KB031424

서 강 한 국 학 자 료 총 서 | 0 7

이광수 초기 문장집 Ⅲ

(1919~1921)

이 책은 2018년 정부재원(교육부)으로 한국연구재단의 지원을 받아 수행된 연구임.
(NRF-2018A1A5A2A01032251)

엮은이

최주한 崔珠瀚, Choi Juhan

서강대 인문과학연구소 연구원. 숙명여자대학교 화학과를 졸업하고 서강대학교 국어국문학과에서 이광수 소설 연구로 박사학위를 받았다. 이광수 연구와 이광수 문장집 작업에 힘써왔고, 최근에는 한국사회와 이광수 표상이라는 주제의 연구를 수행하고 있다. 저서에 『제국 권력에의 야망과 반감 사이에서 - 소설을 통해 본 식민지 지식인 이광수의 초상』(2005), 『이광수와 식민지 문학의 윤리』(2014), 『한국 근대 이중어 문학장과 이광수』(2019)가 있고, 역서에 『근대 일본사상사』(공역, 2006), 『『무정』을 읽는다』(2008), 『일본 유학생 작가 연구』(2010), 『이광수, 일본을 만나다』(2016), 『일본어라는 이향』(2019), 『이광수의 한글창작』(2021) 등이 있다. 그 밖에 공편 자료집 『이광수 초기 문장집』 I · II(2015), 『이광수 후기 문장집』 I · II · III(2017 · 2018 · 2019)을 간행했고, 이광수전집 소재 『허생전』(2019)과 『사랑』(2019)을 감수했다.

하타노 세츠코 波田野節子, Hatano Setsuko

니가타 현립대학 명예교수. 아오야마학원대학 문학부 일본문학과를 졸업하고 니가타대학 국제지역학부 교수로 재직했다. 이광수 평전을 비롯하여 한국 근대 작가 연구에 관한 다수의 저서를 집필했고, 최근에는 한국 문학의 번역에 힘쓰고 있다. 한국어 번역 저서에 『『무정』을 읽는다』(2008), 『일본 유학생 작가 연구』(2010), 『이광수, 일본을 만나다』(2016), 『일본어라는 이향 - 이광수의 이언어 창작』(2019), 『이광수의 한글창작』(2021)이 있고, 일본어 역서에 『無情』(2005), 『夜のゲーム』(2010), 『金東仁作品集』(2011), 『樂器たちの圖書館』(2011) 등이 있다. 그밖에 공편 자료집 『이광수 초기 문장집』 I · II(2015), 『이광수 후기 문장집』 I · II · III(2017 · 2018 · 2019), 『이광수 친필 시첩 〈내 노래〉, 〈내 노래 上〉』(2017) 등을 간행했다.

서강한국학자료총서 07

이광수 초기 문장집 III(1919~1921) 상하이 시절
초판인쇄 2023년 8월 15일 **초판발행** 2023년 8월 31일
엮은이 최주한·하타노 세츠코
펴낸이 박성모 **펴낸곳** 소명출판 **출판등록** 제1998-000017호
주소 서울시 서초구 사임당로14길 15 서광빌딩 2층
전화 02-585-7840 **팩스** 02-585-7848
전자우편 somyungbooks@daum.net **홈페이지** www.somyong.co.kr

값 46,000원
ISBN 979-11-5905-820-2 93810
ⓒ 최주한·하타노 세츠코, 2023

서강한국학자료총서 | 07

이광수 초기 문장집 III
(1919~1921)
상하이 시절

| 최주한 · 하타노 세츠코 엮음 |

이광수 연구의 공백을 메우기 위하여

　이광수의 상하이시절의 문장들을 자료집으로 묶었다. 1919년 1월 2·8독립선언서를 기초하고 상하이로 망명한 후 1921년 3월 귀국하기까지 이광수가 쓴 모든 장르의 문장들을 망라한 것이다. 2019년 3·1운동 100주년 기념을 전후하여 상하이시절의 이광수에 대한 연구가 활발해지면서 그동안 낯선 필명과 무기명 속에 파묻혀 있던 이광수의 문장들이 다수 확인되었다. 『독립신문』을 비롯하여 신한청년당의 기관지 『신한청년』, 『한일관계사료집』, 『혁신공보』 등 당시 독립운동 관련 자료의 발굴과 복원에 힘써온 사학계의 업적이 바탕이 되었던 것은 말할 것도 없다. 또 난징대학의 최창륵 선생 덕분에 중국 장쑤성 우시에서 간행된 『國恥』 창간호에 『신한청년』 중문판 창간호에 실린 이광수의 글이 재수록된 것을 확인할 수 있었던 것도 소중한 수확이다. 덕분에 이들 자료를 모두 갖추어 그간 이광수 연구에서 공백으로 남아 있던 이광수의 상하이시절에 관한 종합적인 연구의 기반이 마련되었으니, 이 책의 간행이 이광수의 상하이시절에 관한 연구는 물론 상하이시절 전후 이광수의 사상적 연속과 단절에 관한 연구에 기여할 수 있게 된다면 편자들로서는 더 바랄 것이 없겠다.

　자료집의 체제는 크게 상하이 망명 첫해인 1919년, 이듬해 임시정부가 전쟁의 해를 선포한 이래 6월 24일『독립신문』이 제86호로 정간을 맞기까지 1920년 전반기, 이후 동년 12월 18일 제87호 속간 때까지 주로 동인지『창조』의 지면에 글을 썼던 1920년 후반기, 그리고 귀국 직전인 1921년 등 시기별로 나누어 구성했고, 자료들 또한 기존의 문장집 체제와 마찬가지로 가급적 집필순에 가깝게 수록했다. 그밖에 상하이 망명 전후 이광수의 동정을 보고한 관헌자료, 귀국 직후 아베 미츠이에를 통해 사이토 마코토 총독에게 전달한 이광수의 건의서 등은 참고자료로 따로 묶었고, 애초에 일본어와 한문으로 쓰인 문장에 대해서는 본문에서 번역문을 싣고 원문은 뒤에 따로 수록하였다.

이번 자료집을 간행하면서도 많은 분들에게서 도움을 입었다. 관련 자료의 제공에 여러 모로 도움을 주신 최기영 선생님과 김주현 선생님, 정병준 선생님, 최창륵 선생님께 진심으로 감사드린다. 연구를 지원해준 한국연구재단, 그리고 자료총서의 간행을 독려해주신 서강대 인문과학연구소 계승범 소장님께도 감사드린다. 끝으로 소나무 출판사를 대신하여 선뜻 출판을 맡아주신 소명출판의 박성모 대표님, 그리고 까다로운 자료집 편집 작업에 애써주신 소명출판 편집부 여러분께도 진심으로 감사드린다.

2023년 7월 3일
최주한, 하타노 세츠코

『朝日關係史料集』(1919). 이광수가 집필한「緒言」의 1면과 4면.
1919년 5월 제4회 임시의정원 회의에서 발의되었고, 국제연맹회 제출하기 위한 목적으로 7월 편찬작업에 착수,
필경작업을 거쳐 편찬을 마친 것은 9월 23일이다. 이광수는 임시사료편찬회의 주임으로 실무책임을 맡았다.

임시사료편찬위원회 위원들.
앞줄 중앙부터 시계방향으로 이광수, 김두봉, 김병조, 이원익, 장붕, 미상, 안창호, 김여제, 김홍서, 박현환
『대한민국임시정부자료집 7 한일관계사료집』(국사편찬위원회, 2005) 소재.

獨立

大韓民國元年八月二十一日　獨立　（木曜日）第一號（一）

創刊辭

臨時議政院의開會

世界大戰日記
（一九一四年）

廣告

本獨刊豫告

『獨立新聞』창간호(1919.8.21) 주필 이광수가 창간사를 썼다.
제호는 22호(1919.10.25)부터 '獨立新聞'으로 바뀐다.
대한민국역사박물관 소장.

『新韓青年』창간호(1919.12) 하버드옌칭대학 소장본.
『한국독립운동사자료총서』제54집(독립기념관 한국독립운동사연구소, 2020) 소재.

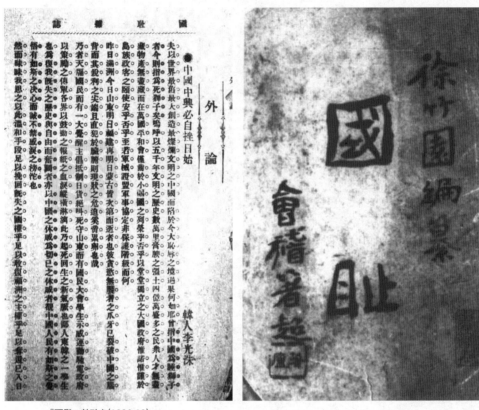

『國恥』창간호(1920.10)
중국 장쑤성 우시의 국치편역사에서 간행한 쉬주위안(徐竹園)이 편찬한 시사류 잡지. 1920년 3월
『新韓靑年』중문판 창간호에 실린 이광수의 글「중국의 중흥은 일본을 꺾는 날부터(中國之中興必自
挫日而始)」가 재수록되어 있다.
상하이도서관 소장(최창륵 제공)

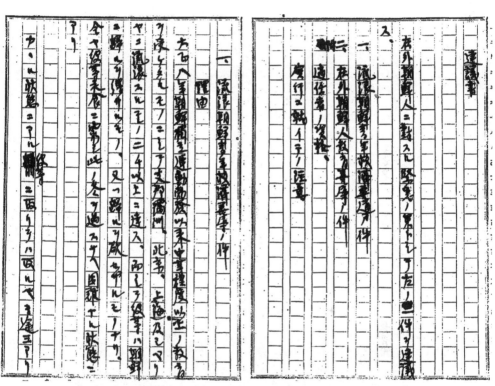

「在外朝鮮人ニ對スル緊急ノ策トシテ左ノ二件ヲ建議ス」(『齋藤實文書』2166).
상하이에서 귀국 직후 아베 미츠이에를 통해 사이토 마코토에게 전달한 이광수의 자필 건의서 1면과 2면.
일본국회도서관 소장

일러두기

1. 원문 그대로 수록하되 띄어쓰기와 구두점은 가독성을 고려하여 수정하였다.

2. 오식은 바로잡고 각주에 원문을 표기하였다.

3. 판독이 어려운 글자는 □로 표기하되, 추정이 가능한 글자는 괄호 안에 표기하였다.

4. 해당 글 제목의 각주에 필명과 출처를 밝혀두었다.

5. 일본어와 한문 원고는 제목의 각주에서 원문이 일본어 혹은 한문임을 밝혀두었다.

6. 자료는 집필순에 가깝게 수록하였다.

차례

12 이광수 초기 문장집 III

1919년

두 번이나 낸 書信은*

내 英이여!

두 번이나 낸 書信은 받아 보셨는지요. 消息 모르는 지도 벌서 반 달이나 됩니다. 나는 全혀 혼자 있습니다. 二層의 한칸방, 게다가 日本 방과 달라서 도어는 자물쇠로 잠그게 되어 있고, 양쪽 유리窓은 空氣와 光線 以外는 아무 것도 드나들지 못하도록 되어 있습니다.

방 한 편에는 寢臺, 그 곁엔 卓子와 한 다리의 椅子, 책상 위엔 書籍이야 新聞이야 작은 火爐야 램프(이것은 멋지고 고급입니다)야 따뜻한 물을 담아 두기 위한 魔法瓶이야 原稿用紙야 담배, 성냥, 時計(十圓을 주고 새로 산 것입니다), 實로 여러 가지 雜多한 것이 秩序 없이 벌여져 있습니다.

英이 보살펴 주기까진 언제나 이럴 테지요. 그 앞에서 나는 洋服을 입은 채, 帽子를 쓴 채, 구두를 신은 채, 램프빛에 비추이며(十二日 밤 九時 二十二分, 朝鮮이라면 十時 二十二分일까요) 그때 당신의 寫眞을 바라보며 이 글을 쓰고 있소이다. 어디서인지 어미 고양이의 울음소리가 들려옵니다.

이 사진은 조금도 당신의 모습을 傳하고 있지 않습니다. 아무리 바라보아도 당신을 對하는 것 같은 느낌은 일어나지 않습니다. 그럼에도 이것 以上 눈에 보이는 것은 아무 것도 없습니다. 이불에는 때가 끼어 있어도 빨고 싶지도 않소이다. 당신이 온다는 기쁨에 안긴 채 잠듭니다. 이 종이는 美學의 노우트에서 찢은 것입니다. 그 美學.

요즈음은 英語만을 읽거나 말하거나 쓰거나 하고 있소이다. 상당히 進步하고 있는 것 같군요. 英文으로 百페이지 假量의 著述을 하고 있습니다. 어떤

* 1919년 2월 20일 자 서간. 이하 서간은 『이광수전집』 9(우신사, 1979)의 문장을 재수록함.

西洋人 친구에게 校正을 받으면서 하고 있습니다.

英이 올 때쯤은(그것은 언제일까. 아마 一個月 以內라고 믿고 있습니다) 脫稿하겠지요. 먼저 어떤 雜誌에 실은 後 單行本으로 내었으면 합니다. 퍽 나를 원망했겠지요. 할 수 없는 놈이다고 여겼음에 틀림없을 것이외다.

그러나 이제 곧 내 事情을(不得已한) 알게 되면 용서해 주시리라고 믿습니다. 얼마나 괴로움을 받았겠어요. 당신을 괴롭힌 나의 괴로움도 당신보다 더할지언정 덜하지는 않다고 생각합니다. 지금도 警察이 귀찮게 구는지요. 걱정이 되어 견딜 수 없습니다. 이후 一週間이 지나면 회답이 오는 것 그것을 즐거움으로 삼고 긴 날을 보내고 있습니다.

내게 印度人의 親舊 하나가 있습니다. 美國의 大學 出身으로 이곳의 St. John's University professor로서 雜誌 <Milard's Review> 記者이며, 相當한 財産이 있고, 東京에서도 日本의 學者나 特히 靑年男女間에 퍽 名望이 있는 분입니다. 親切하고 人格이 높은 서른 대여섯의 한창 나이, 雜誌는 政治評論이나 思想評論을 쓰고 있습니다. 朝鮮의 女子를 妻로 삼고 싶다고 말하고 있습니다.

容貌의 美醜는 不問하고, 마음이 곱고, 그러면서도 活潑하고 苦痛스런 生活을 甘受할 만한 사람을 바란다, 자기가 훌륭히 敎育해 보인다, 英語를 할 수 있으면 거기에 더할 나위 없으나 日本語를 할 수만 있어도 좋다고, 한 사람의 朝鮮女子의 伴侶를 퍽 願하는 모양입니다. 羅○錫氏는 어떻겠습니까. 印度人 愛國者의 妻가 되고 싶지가 않으실까요. 한번 相談해 주시고, 좋다고 말씀하신다면 두 분이 함께 오시면 어떠시겠습니까. 정말 좋은 사람입니다. 얼굴은 毋論 검으나 그 빛도 모습도 快感을 주며, 키는 크지 않고, 어느 편이냐 하면 몸이 조그만 사람입니다. 崔承九 타입일 것입니다. 羅氏가 美術家生活을 하기에는 가장 適當한 남편이라고 믿습니다. 하여튼 말씀해 보십시오. 그리하여 勸誘해 보십시오.

나는 이 著述과 其他 三種의 著述을 마치게 되면 어떤 職業을 求하여 조용히 文學이나 思想을 硏究하면서 安定된 生活로 들어가고 싶습니다.

上海는 적어도 내게 있어서 가장 適當하고 마음에 드는 곳으로 생각됩니다. 귀찮은 일이 없고, 하찮은 친구가 없고, 언제나 혼자 있을 수 있어, 實로 上海는 隱遁을 重히 여기는 사람, 自由를 重히 여기는 사람, 돈벌이를 重히 여기는 사람에게 있어서는 最上의 場所일 것입니다.

그러나 이것도 모두 당신이 있어서의 일, 당신 없이는 나는 永遠의 漂浪者일 것이요, 마침내 自殺者일 것입니다. 孤獨하게 되면 될수록 멀리 떨어지면 떨어질수록, 아무리 일이 바쁠지라도 생각이 나서 견딜 수 없습니다. 무슨 말로써 이를 나타낼까요. 벌써 열 時가 되었습니다. 주위는 숨진 듯 조용합니다. 당신 寫眞의 얼굴만이 비스듬히 나를 바라보고 있습니다. 내 가슴은 가득히 넘쳐 오릅니다. 文字 그대로 萬里他鄕의 逆旅에 홀로 버려진 몸의 쓸쓸함, 슬픔, 먼 저편으로 생각을 달리게 하는 쓰라림. 지금 당신은 잠들고 있는지요. 아니면 잠자리에서 나를 생각며 울고 있는지요.

당신 혼자 오기가 어려우면 羅○錫氏에게 부탁을 드려도 좋겠지요. 될 수 있으면 電報로 알려 주었으면 합니다.

편지로는 實로 기다리기에 너무 지치게 되니까. 無數한 Küssen을 보내며, 紙面 全體 Küssen으로 생각해 주십시오.

二月 十二日 夜 Deiner

오랫동안 通信이 끊인 지 벌써 半年*

사랑하는 英이여,

오랫동안 通信이 끊인 지 벌써 半年이나 되옵니다. 혹시나 내 편지가 당신의 하시는 일에 支障을 주어서는 아니 되겠다고 생각이 되와 잠자코 있었습니다.

당신이 病院에서 수고하심과 別故 없이 계시다는 말은 間接으로 듣고 安心하옵니다.

나는 이곳에 오랫동안 있게 될 것이오니 곧 와주시기 바랍니다. 될 수만 있으면 어머님도 모시고 오시면 좋겠사오나 그것은 어렵겠지요. 그러나 京城에 계심은 安全치 않다고 생각되오니 이곳에 오시도록 勸하심이 좋을 듯하외다.

마침 이곳의 中國 紅十字會總院이라는 病院에서 女醫 한 사람을 求한다 하고 報酬도 于先 銀 百弗 程度 준다 하오니 七月 中旬 안으로 오도록 하십시오.

그때가지 모든 準備를 해놓고 기다리겠습니다. 이제는 결코 이러니 저러니 핑계를 들지 마시기 바랍니다.

나는 몸이 衰弱해져서 이대로 버려두면 어찌 되는지 모르니까요.

六月 二十二日

---

* 1919년 6월 22일자 서간.

『朝日關係史料集』 緒言*

一, 本書 編纂의 目的

三月 一日에 韓國이 獨立을 宣言ᄒ고 曠前絶後ᄒᆫ 捕縛과 虐殺이 行흠으로 브터 世界의 豺狼의 口中에 置ᄒ고, 忘却ᄒ엿던 二千萬의 人類를 記憶ᄒ게 되어 韓族의게 關ᄒᆫ 報導와 評論이 頗히 盛ᄒ게 되다. 그러나 從來의 韓國에 關ᄒᆫ 報導ᄂᆫ 全혀 日本人側으로서 出ᄒ엿나니, 「Annual Reports on Reforms and Progress in Chosen」을** 中心으로 日本人의 誇張的 宣言이라. 間或 公平 ᄒᆫ 西洋人의 報導도 有ᄒ거니와, 比較的 公平ᄒ다 ᄒ더라도 韓人 自身의 眼 으로 보면 不正確 不詳細ᄒᆫ 點이 有ᄒ도다. 我等 韓人은 十餘年間 日本의 箝 口令과 世界人의 忘却中에 自家의 事情을 言홀 自由와 機會를 得치 못ᄒ더니 마츰 我等 十數人이 銃殺과 監禁을 免ᄒ야 法이 잇고 人道가 有ᄒᆫ 씨에 暫留 할 機會를 得ᄒ지라. 이에 韓人의 口로 韓人의 事情을 世界에 訴ᄒ려 ᄒ야 倉 皇間에 此稿를 草흠이라.

一, 編纂의 困難

吾等의게 三種의 堪치 못홀 困難이 有ᄒ니, 卽 時日의 急迫, 材料의 難得 及 人物의 不足이라. 巴里講和會議에 訴ᄒ야 敗ᄒᆫ 吾等은 更히 今次의 國際聯盟 에 訴ᄒ여야 홀지라. 吾等의 所願은 九月內에 此原稿를 世界公義의 士의 一覽

---

　* 『朝日關係史料集』, 대한민국 임시정부 임시사료편찬회, 1919.9. 학계에서 공인된 사료 집의 정식 명칭은 『韓日關係史料集』이다. 1919년 5월 제4회 임시의정원 회의에서 발의 되었고, 동년 7월 내무총장 안창호가 시정방침 연설을 통해 국제연맹회에 제출할 안건 의 중요성을 강조하면서 편찬작업이 착수되어 9월 23일에 간행되었다. 이광수는 임시사 료편찬회의 주임으로 실무책임을 맡았다. 이 글의 집필일은 1919년 8월 20일이다.
　** 원문은 '은'으로 되어 있다.

에 供ᄒ려 홈이니, 如斯히 ᄒ랴면 遲ᄒ여도 九月 一日前에 上海에서 發送ᄒ여야 홀지니 本書 編纂期ᄂ 겨오 五十日이라. 그럼으로 各人의 擔任한 草稿를 一人의 手로 統一 整理ᄒ기ᄂ 姑捨ᄒ고 各其 自己의 分도 校正할 餘暇가 無ᄒ야 如此히 錯雜ᄒ 體裁를 成ᄒ다. 本國과 上海와의 交通이 極히 不便할ᄲᆫ더러 或은 家宅搜索時에, 或은 上海로 來ᄒᄂ 路에 材料될 書類를 ᄲᅢᆺ기다. 四,五人이나 此目的을 本國에 特派하엿스나 回還ᄒ 者ᄂ 一人도 無ᄒ도다. 日本 東京에 在留ᄒ 同胞의게 參考書類의 目錄과 代金을 送ᄒ엿스나 此亦 日本帝國의 押收ᄒ 바ㅣ 되다. 그럼으로 「偶然히 手에 入ᄒᄂ 材料」에 依ᄒ야 此를 編ᄒ니, 實로 記述할 바의 十分之一도 記述치 못ᄒ다. 最後의 困難은 人物의 缺乏이니, 新敎育을 受ᄒ 知識階級의 人을 六萬이나 日本帝國의 銃槍과 監獄에 失ᄒ 吾人은 實로 偶然히 僥倖으로 此地에 殘存ᄒ 者ㅣ라. 合홀 슈 잇는 者자 合ᄒ니 十數의 同人이라. 太半은 文筆에 緣이 無ᄒ 者니, 此書의 成은 實로 技能 所致가 아니요, 오직 滿腔의 悲痛을 訴ᄒ랴ᄂ 誠이라.

一, 本書ᄂ 四大部로 成ᄒ니, 第一部ᄂ 古代로브터 丙子修好條約에 至ᄒᄂ 韓日關係요, 第二部ᄂ 丙子修好條約으로브터 合倂에 至ᄒ기ᄭᅡ지 의 韓日關係요, 第三部ᄒ 合倂後로 今年 三月ᄭᅡ지의 일본의 對韓策이요, 第四部ᄂ 三月 一日 獨立運動 以後의 情形이라. 公平ᄒ 韓族의 歷史, 就中 文明史를 載ᄒ려 ᄒ엿스나 時日이 不足홈으로 後日에 讓ᄒ고 아직 「韓族의 能力」이라ᄂ 題下에 韓族의 國民性과 文化能力과 富力과 愛國心을 略述ᄒ다.

一, 上述ᄒ 四大部를 各기 幾多의 部에 小分ᄒ다. 其中에도 第三部 卽 合倂後의 日本의 對韓策은 詳細히 目錄을 分ᄒ고 可及的 諸方面에 亘ᄒ려 ᄒ다. 吾等은 世界의 人士가 特히 此部分에 注目ᄒ시기를 請ᄒ노라.

一, 吾等은 人力이나 財力으로 日本에 對抗ᄒ리 만ᄒ 宣傳을 ᄒ기 不能ᄒ다. 오직 吾等은 上帝의 前에 眞이라 홀 것만을 採錄ᄒ야 眞으로써 世界에 訴ᄒ노라. 만일 吾等의 記述에 一의 虛僞가 有ᄒ다 ᄒ면 吾等은 其不明의 過失

을 羞恥ᄒ야 此를 指摘ᄒ 者의 前에 謝禮ᄒ기를 不惜ᄒ노라.

一, 吾等 韓日關係 及 韓土와 韓族의 現狀에 關ᄒ 調査事 等은 今後도 繼續
ᄒ 豫定인즉 本草稿도 書籍답게 整理ᄒ지요 調査된 新事實도 更히 報告ᄒ지
라. 此微微ᄒ 草稿가 吾韓族의 不幸ᄒ 事情을 自由를 享樂ᄒᄂ 世界의 同胞에
게 多少라도 理解케 홈을 得ᄒ다 ᄒ면 吾等의 願은 達홈이라.

一, 此事業을 計劃ᄒ고 實行케 ᄒ기ᄂ 現國務總理代理 內務總長 安昌浩氏
요, 古代로브터 合倂에 至ᄒᄂ 韓日關係史料를 多數 蒐集ᄒ기ᄂ 金科奉氏며,
材料를 求ᄒ기 最히 困難ᄒ 獨立運動 史實을 蒐集ᄒ기 日夜不休홈은 三十三
人中의 一人 金秉祚氏와 李元益 兩牧師라.

大韓民國 元年 八月 念日[*]

春園 李光洙 識

---

*   1919년 8월 20일. '念日'은 초하룻날부터 스무날째 되는 날.

『獨立新聞』創刊辭*

文明人의 生活에 言論機關의 必要함을 更言할 것 잇스리요마는 擧國一致
하야 光復의 大事業을 經營하는 此時를 當하야는 더욱 緊要함을 覺하도다.
全國民이 一心이 되고 一體가 되여 堅固하고 統一잇는 大團結을 作함은 財力
보다도 兵力보다도 우리 事業의 基礎요 生命이니, 此을 得하면 成하고 不得
하면 敗하리로다. 그러면 此를 得하는 方法이 何에 在하뇨. 健全한 言論機關
이 有하야 同一한 主義를 鼓吹하고 同一한 問題를 提倡하며 個人과 個人團體
와 團體의 間에 立하야 그 意思를 疏通케 함에 在하도다. 思想鼓吹와 民心統
一이 本報의 使命의 一이오,

外國의 新聞이 千百種이 有하더라도 彼等은 各기 自家事에 汨沒하야 우리
를 顧할 餘裕가 無하며 兼하야 우리의 事情과 思想을 知悉키 難한지라. 그래
서 或은 우리 國土에 起하는 大事件이 外國人에게는 勿論이어니와 我國民中
에꺼지도 傳하지 못하며, 或은 우리의 主義와 行動을 誤解하야 莫大한 損失
을 招케 하도다. 우리의 事情과 思想은 우리의 口로 說하여야 할지니, 此는
本報의 使命의 二며,

이 存亡이 分하는 岐路에 立하야 一은 當面의 絶敵을 當하며 一은 世界의
輿論을 動하여야 할 吾等은 合할 수 잇는 意見을 모다 合하야 우리 國民의 最
大最高한 能力을 發揮하여야 할지니, 이리 함에는 萬人의 意見을 吐露하여서
信憑할 만하고 有力한 輿論을 喚起하야써 一은 政府를 督勵하며 一은 國民의
思想과 行動의 方向을 指導하여야 할지라. 輿論의 喚起가 本報의 使命의 三
이오,

---

* 『獨立』1, 1919.8.21. 22호부터 제호가 『獨立新聞』으로 바뀌었다.

오래 異族의 箝制下에 在하야 世界와 交涉을 斷하엿던 우리 民族을 今으로붓터 獨立한 國民이 되여 世界 列國民으로 더불어 角逐의 生活을 始하려 하는지라. 이리 함에는 우리 國民은 相當한 準備를 必要할지니, 卽 文明國民에 必要한 知德의 準備라. 吾等은 吾等의 眼을 通하야 吾等에게 適當하다고 生覺하는 新學術과 新思想을 攝取하여야 할지니, 新思想紹介가 本報의 使命의 四요,

우리 國民은 過去에 榮譽로온 歷史를 有하엿고 此를 通하야 傳하는 高潔하고 勇壯한 國民性을 有하엿으나 一은 儒敎의 橫暴에 一은 日本族의 橫暴에 만히 消滅하고 掩蔽된지라. 有形한 國土는 차라리 失할지연정 先祖의 精神이야 엇지 잠아 失할가. 健全한 國民敎育을 受치 못한 不幸한 우리는 此榮譽로온 歷史를 닛고 高潔 勇壯한 國民性을 活用치 못함에 至하도다. 그러나 우리의 精神에는 아직도 그 高貴한 萌芽가 存하니, 一風一雨가 足히 此를 蘇生케 할지라. 國史와 國民性을 鼓吹하고 幷하야 新思想을 攝取하야써 改造 或은 復活한 民族으로써 復活한 新國民을 造하려고 努力함이 本報의 使命의 五라.

이러한 五大 使命을 負하고 本報가 創刊되도다. 能力이 大하야 그러함이 아니오 不得已하야 그러함이로다. 이의 責任으로 나섯스니 誠과 力을 다하야 奮鬪하려니와 未嘗不 匹馬單騎로 萬里征途에 登한 感이 有하도다. 願컨댄*讀者 諸位와 同胞 國民은 그 援助하고 愛護하실지어다.

---

* 원문은 '願컨된'으로 되어 있다.

피눈물*

一. 格鬪

允燮은 日人 消防夫의 鐵鉤에 찔니인 머리를 運動帽로 爻 가리우고 壽進洞 巡査派出所를 千辛萬苦로 숨어 지네어 磚洞 굴목으로 北을 向하고 울나간다. 陰曆 二月日 初生달이 벌서 넘어가고 軒燈의 熹微한 光線으로 찌어진 黑暗은 어름가루 갓흔 冷氣를 興奮으로 熱한 允燮의 얼굴을 불어 보내인다. 允燮은 連日의 不眠의 疲勞와 多量의 出血과 傷處의 苦痛으로 時時로 眩氣가 生하며 四肢가 麻痺하야 道路上에라도 쓸어지고 십다. 狂한 듯시 □亂한 腦中에의** 여러 가지 記憶과 計劃과 感情이 頭緖업시 지나간다. 엇지하면 大大的으로 쏘 한번 示威運動을 行할가. 今日의 運動은 넘어 日兵의 壓迫이 甚하기 째문에 豫定의 成功은 得하지 못하얏다. 三十餘名의 死傷이 生하고 數千名이 捕縛 되엿스니 自今으로는 事業이 만히 困難하게 되엿다. 百名 同志에서 昨日꺼지에 八十人을 失하고 이재 幾人이나 남엇는지. 그러나 自己의 責任이 더욱 重하여지는 것이 깃붓고 自己의 存在의 意義가 더욱 重하여지는 듯하야 滿足의 微笑를 하얏다. 그러다가 允燮은 自己의 傷處가 근심이 된다. 엇단 醫師의게 물어볼가. 傷處가 重하지나 안니한가. 重한 듯도 하고 輕한 듯도 하다.

普成學校의 大門에 큰 兩球燈은 써줏다. 이것도 日人의 威力이다. 允燮은 문득 압헤서 나는 語聲을 들엇다.

「이년, 그게 무엇이야.」

「冊이야요」

---

* 其月, 『獨立』 1-14, 1919.8.21.-9.27. 4면 '文藝欄'에 실렸다.

** 원문은 '腦中의에'로 되어 있다.

「무슨 冊이어. 이년, 너도 엇단 남학생의 첩이 되어서 獨立新聞을 돌니는 구나. 응.」

確實이 朝鮮 사람의 소리다. 한침 동안 잇다가

「나하고 가자. 警察署로 가.」

「가기는 어데를 가. 너는 朝鮮놈이 아니야. 즘승이 안니거돈 精神을 차려.」

「이년」이라고 부르는 女子의 語聲은 怒氣를 씌엇다. 允燮은 두어 걸음 더 갓가이 가서 담밋헤 밧삭 붓터 슨다. 썩하고 밤 싸리는 소리가 나고 끌니는 女子와 軍刀 찬 巡査의 모양이 軒燈빗에 나슨다. 巡査는 팔을 女子의 등으로 들여 온全身을 씩끼고 한 팔에는 무슨 문서 죠의 갓흔 것을 들고 允燮의 압흘* 向하고 온다. 女子의 발악은** 아모 效力도 업엇다. 允燮은 全身의 熱血이 一時에 頭上으로 逆流하는 듯하야 暫間 몸을 그늘로 숨기며 주먹을 볼근 진다. 巡査는 팔에 닷는 女子의 溫氣 誘惑으로 女子를 끼안고 그 입이 女子의 얼굴로 向한다. 女子는 「사람 살니요」 하고 크게 叫號하엿다. 그러나 日本의 天皇의 巡査의 行動을 뉘라 抑制할야.(1919.8.21.)

二

더구나 三月一日 以後로서는 韓人은 日人의 보기에 皆是罪人이오 不逞鮮人이오 犬馬엿다. 處女의 「살녀주시오」 하는 咔□는 아주 어득한 목에 虛□함은 아니엇다. 允燮은 가만히 血痕 잇는 周衣를 버서 노코 나는 드시 달녀들어 背後로서 巡査의 耳邊에 一擊을 加하고 因해 그의 項을 扼하야 路上에 썩구러쩌리며 女子다려

「자, 어서 逃亡하시오.」 한다. 女子는 한번 允燮을 보고 어듸든지 몸을 避

한다.

巡査는 不意의 猛打를 當하야 精神을 차리지 못하다가 이윽고 눈을 써보니 一靑年이 주먹을 두러 메고 自己를 노려보며 今時에 自己의 腹臟을 붓칠 쓰한 氣勢들 보인다. 靑年은

「이놈아, 너도 사람이야. 너는 大韓의 雨露를 밧고 生長한 놈이 아니야, 이놈아.」하고 구두로* 胸部를 차려 하다가 힘잇 녑구리를** 한번 찔느고 亦是 몸을 避하엿다.

允燮은 각가수로 松峴 自己 집에 돌아왓다***. 와 보니 兄 光燮은 負傷하야 濟衆院으로 가고 妹 允善은 被捉되야 去處를 모른다 하며, 母親은 家況이 散亂한 속에 心亂히 안져서 三十分前에 憲兵이 쓸어들어 家宅을 搜索하고 母親과 兄嫂써지 毆打하엿단 말을 告한다. 允燮이 兄의 房에 가보니 兄嫂는 자리에 누엇고 눈이 불게 되엿다. 母親은

「너도 어서 몸을 避해라. 어느 째 그놈들이 또 차질는지 아니? 그놈들 말이 네가 凶惡한 놈이라고 기어히 죽여야 한다고 그러더라.」

「只今 가기를 어듸로 가겟서요」 하고 오래동안 다토다가 아밤과 약조하고 行廊에 자기로 하엿다.

大小便 내암새 나는 房이지마는 極度에 疲困한 允燮에게는 더할 수 업는 樂園이엇다. 允燮은 거울을 들어 自己의 피 뭇은 머리를 한번 보고 母親게 말 아니한 것을 스스로 滿足해 하면서 한번 그날 일을 回想하고 明日의 計劃을 生覺하다 잠이 들엇다.

允燮의 잠자는 동안예도 京城은 恐怖와 苦痛 속에 자지 안코 잇섯다. 巡査와 憲兵들은 모긔 모양으로 坊坊曲曲****이 단니면서 門을 차고 家族의 잠자는

---

* 　원문은 '구두로을'로 되어 있다.
** 　원문은 '녑구리를'로 되어 있다.
*** 　원문은 '들아왓다'로 되어 있다.
**** 　원문은 '妨坊曲曲'으로 되어 있다.

니불을 벗기고 搜索하고 毆打하고 捕縛하고 侮辱하엿스며, 各警察署에서는 惡刑과 惡罵 속에 數千의 男女와 老少가 피를 흘니고 慟哭한다.

韓土의 少女들이 日人의 前에 裸體로 서서 戱弄과 唾罵와 毆打*를 當하고 죽고 傷하고 捕縛되다 남은 獨立黨의 靑年들은 구석구석이 모혀 明日의 節次를 의론한다. 이러한 中에서 允燮은 醒時의 苦痛을 夢中에 再現하면서 四日來의 첫잠을 드는 것이라.(1919.8.26.)

三

「貞姬니. 엇더케 안 잡혀 갓나뇨.」 하고 마당에 足跡을 듯고 映窓을 열치는 것은 그의 母親이다.

「그놈들이 모조리 다 잡아가면서 엇재서 너 하나를 남겨두엇단 말이니.」 하고 긔운 업시 들어오는 貞姬의 손을 잡으며

「꼿꼿 얼엇구나.」

「언니는 어듸 갓서요?」

「내가 아니? 앗가 貞旭의 말이 女學生이 한 十餘名中 머리를 풀어혀치고 두 손을 단단이 동여서 自動車에 져 실고 鍾路警察署로 슬어가더라더라. 倭巡査가 帽子슨을 매고 칼을 쌔여 들고 그런데 그中에 貞順의 써망치마가 보이더라고 하더라. 그놈들은 계집아들은 잡아다가 무엇을 하려는지.」

「벌겨벗기고 짜리지요.」

「웨 웨 남의 貴한 짜님을 벌거벗기고 짜려!」

「그놈들헌테 물어보구려.」

母親은 물끄럼히 貞姬를 보더니,

「엇진 일이야, 져 衣服 고름은 어데서 다 쯱이고 아적에 다려 닙은 치마가 져 모양이 되엿단 말이야.」 하고 母親은 半이나 밋친 듯이 精神을 定하지 못

---

* 원문은 '歐打'로 되어 있다.

하고 짜님의 몸을 만진다.

「무슨 일이 잇섯구나. 어듸 말을 해라.」

貞姬는 이 말에는 對答도 아니하고

「오쌔는 어듸 갓서요」

「내가 아니, 또 잡혀간 게지.」

「貞煥이는 어듸 갓소」

「다 몰느겟다. 집에 남은 이는 할머니허고 나밧게 업다. 世上 마즈막 날이 왓는지 모조리 잡혀가고 말엇다……너 져녁 어디서 먹엇니?」

「먹기 실허요」 하면서도 상각해보니 아침 七時半에 早飯을 먹고 나간 後로는 終日 물 한잔도 먹은 일이 업다. 그것을 生覺하면 시장도 한 듯하면서도 오늘 終日 自己의 동무들과 男子學生들과 全同胞가 日兵의 鎗끗헤 찔니고 消防隊와 私服 입은 日人들의게 몽동이로 엇어맛고 구두로 채오던 양과 只今 磚洞 굴목에서 日本帝國天皇의 巡査에게 侮辱을 當하던 일과 只今 獄中에 苦楚를 當하는* 同胞들의 情境을 生覺하매, 純潔한 處女의 가슴은 터지는 듯하야 눈물만 북밧처 을나온다. 貞姬는 母親의 무릅에 쓸어져 운다. 母親은 家長과 一男一女를 온통 獄中에 느흐노코 世上이 갓지 아니하다가 貞姬가 도라오매 얼마콤 慰勞가 되엿스나 貞姬의 눈물에 그 慰勞도 다 스러지고 마치 침침한 밤에 虎狼의 들쓸는 深山中에 어린兒와 단둘이 잇는 듯하야 不知不覺에 戰慄**함을 禁하지 못하엿다. 壁에 그 毒蛇 갓흔 세목난 눈이 間隔 업시 둘나붓터서 母女의 腹臟쩌지 들여다보고, 그 韓人의 피로 녹쓴 槍과 韓人의 살덤이 데덕데덕 붓흔 縛繩으로 母女를 한쩌번에 結縛하야 쌀난 倭憲兵 잇는 警務總監部로 쓸어갈 것 갓다.

그러나 貞姬의 生覺에는 毒만 갓득 찻다. 어데서 石이라도 베고 쇠라도 씬

___

*   원문은 '當한는'으로 되어 있다.
** 원문은 '戰慓'로 되어 있다.

흘 匕首를 엇거던 가슴이 터지도록 사모친 恨을 풀고 시퍼다. 貞姬는 밤새도록 눈물로 베개를 적시면서 法國의 救國少女 짠듹*의 靈에게 빌엇다.

(1919.8.29.)

四

允變은 巡査를 打하고 女子를 救出하던 夢을 見타가 行廊 아밤에게 被醒되엇다. 房은 아직 暗黑하다. 아밤은 允變의 枕頭에 조꾸리고 안져 근심스러운 듯시 細語로

「엇던 사람이 學校書房님을 차자요. 刑事나 안인지 몰누것서요.」

「누구나고 물어보지 안엇나」

「물어보닛간 이름은** 말을 아니하고 어비라고만 그래요」

允變은 工業專門學校의 朴巖君이 온 줄을 알고 AB라는 것을 어비라고 들은 아밤이 우수와서 우슨 후 벌썩 닐어나면서,

「들어오라게. 刑事 아니니 무서 말고」

允變은 손으로 頭部의 傷處를 만져보앗다. 多少 疼痛을 感하나 大端치는 아니한 모양이다. 그리고 今日의 計劃을 思量하며 懷中時計를 窓에다 대고 겨오 午前 四時 以後인 줄을 알앗다. 이윽고 가만히 門이 열리며 黑周衣에 運動帽를 잔썩 눌러쓴 키 큰 朴巖君이 들어와서 允變을 찻노라고 고개를 내어 두른다. 允變은 닐어나서 不意에 朴의 手를 執하며 感激한 듯시,

「아니 잡혓네그려. 傷한 데나 업나.」

朴은 그제야 安心한 듯시 快活하게 允變의 手를 握하면서,

「몽동이로 머리를 한 개 어더마자서 한참 精神 일코 곡구려져 잇던 德에

---

* 잔 다르크(Jeanne d'Arc, 1412-1431). 프랑스의 국민적 영웅이자 로마 가톨릭교회의 성인. 백년전쟁 당시 프랑스를 승리로 이끈 이래 프랑스 애국주의의 상징이 되었고, 특히 제1차 세계 대전 때는 애국심을 고취하기 위한 선전 소재로 자주 소환되었다.

** 원문은 '이릅은'으로 되어 있다.

잡혀가기는 免하엿네. 아마 죽은 줄 알고 내사 두엇나 보데. 자네는 엇더케 世上에 남앗나. 어더맛지나 안앗나.」

允變은 朴의 壯大한 體筒으로서 全羅道 말세에 女性的 音調를 들을 째마다 每樣 一種 滑稽를 感한다.

「나도 머리가 한 군대 터지엇네. 아직도 精神이 이러케 잇는 것을 보닛가 腦는 그대로 잇는 모양일세.」하고 문득

「자 안게오, 대관절 몃 사람이 남앗나.」

朴은 안져서 卷煙을 내여 불을 붓친다. 暫間 번적하는 법성불에 兩人은 彼此의 얼굴을 貪해보다. 둘이 다 疲勞로 色顔이 蒼白하게 되엇스나 堅張과 細心의 注意가 表現되다. 아직 공이나 치고 試驗 치를 근심이나 할 아이들이 國事에 奔走한다는 것이 가이업는 일이다. 그러나 只今 彼等의 精神은 愛國으로 찻다. 愛國은 只今 와서는 彼等에게는 宗敎的 熱情이다. 信仰이다. 今日의 彼等에게는 一點의 私心도 업다. 自己네는 國家를 爲하야서만 生存하는 듯하다. 朴은 오래간만에 먹는 담빗맛을 極히 享樂하는 듯이 두어 모금 깁히 吸煙한 뒤에,

「十餘名. 넷 말일세. 밤새도록 도라단니면서 차잣는데 넷밧게 못 맛낫네. 자네써적 다섯. 다 죽엇는지 잡혀갓는지 뉘가 아나. 인제 病院으로다 가보랴네. 아마 四五人이야 만날 테이지. 모도 다 傷한다는 것이 腦가 갈나지엿스니 살아난들 完人이야 될 수 잇나.」

允變은 昨日 典洞 어구에서 엇던 學生 하나이 演說을 하다가 平服한 日人의 몽동이에 어더마자서 頭部가 갈나져 多量의 出血과 함끠 氣絶하던 光景을 回想하고 그 學生이 아직 十五六歲가 넘지 못한 참한 少年이던 것도 生覺하다가 문득

「오늘 일은 다 準備되엇나.」(1919.9.2.)

五

「오늘 일은 다 准備되엿나.」 하는 允燮의 質問에 朴온 勇氣를 得한 드시,

「功成일세 成功이여, 아주 大成功이여. 이 밤이 새고 아침 해가 쯔면 京城 天地에는 前無後無한 大壯觀을 現出할 것을 生覺하니 愉快해서 못 견듸겟서. 進明女學校生會에 付托하엿던 國旗 二千個가 어제밤에 다 되여서 本部로 가져왓쎼 그려. 그래서 各處로 分配하려던 計劃을 變更하고 그中에서 一千個를 北嶽山 仁王山 南山의 나무숯헤다 걸기로 햇는데* 사람이 잇서야지. 그래 한참 엇지할 줄을 모르고 잇노라닛가 萬歲 부루다가 쫏겨단니는 小學徒 한 패가 오데그려. 그래 그런 말을 해쎠니 두 時間 동안에 旗 一千個를 漢城 天地에 달앗네그려.」 하고 愉快하게 웃다가** 語聲이 너머 놉핫던 것을 悔한 드시 低聲으로,

「그러구 오늘은 到底히 한 곳에 多數히 會集하기는 不可能할 쯧하닛가 우리 世上에 남은 여섯 名이 하나이 한 군데식 벌너서 여섯 군대 示威運動을 하기로 하엿는데, 다 베르고 비오개와 大漢門 아픠 남앗는대 이것은 우리 두리서 맛하야 되겟네. 그리고, 마즐지언뎡 싸리지 말고 죽을지언뎡 죽이지 말나 하는 쯧스로 第二次 警告文을 써서 高等女學校派에게 印刷付托을 해스닛가 아마 벌서 되엿슬 것일세. 그리고 獨立宣言書 六千張은 亦是 누님들派에게 付托을 해스닛가 念慮업고…」

「그러면 여섯 군대가 同時에 니러날 터인가.」

「아니어, 午前 十時예 始作해서 平均 一時間을 새 두고 할 豫定이어. 말하면 東에서 니는 듯 西에서 닐고 南을 치는 듯 北을 치는 軍略을 應用한 것이라.」

이쌔에 門박그로 牛乳 구루마가 지나가는 모양, 窓에는 曙色이 若干 빗최

---
* 　원문은 '해는데'로 되어 있다.
** 　원문은 '뭇다가'로 되어 있다.

여 室內의 兩人의 모양이 次次 輪廓을 드러내인다. 兩人의 胸中에는 一種 悲壯한 喜悅의 情이 躍動한다. 允燮은 수그럿던 고개를 번적 들며,

「그러면 내가 大漢門 아플 맛지. 자녀는 빅오개로 가게. 獨立宣言書는 가져올 사람이 잇겟네그려.」

「암, 누군지는 모르지마는 午前 열時면 貞洞 고을목으로서* 무슨 보통이 가진 女學生이 二三人 나와서 외인손을 들어 軍號를 할 것일세. 또 그쌔지엄 되면 적더래도 二百名 사람은 임의 行人 모양으로 모혀슬 것이니, 그쌔에 자네가 帽子를 벗어 놉히 들고 演說을 始作하면 자네 職分은 다한 것일세.」

允燮은 無限量으로 나오는 朴의 知慧와 不息하고 敏活한 活動을 神奇하게 녁인다. 三月一日 以來로 男女學生團의 活動의 計劃과 實行은 대개 朴의 頭와 手로서 出한 것이다. 昨夜에도 徹宵하야 危險을 冒하고 奔走하면서 今日의 示威運動의 計劃을 微細한 데쩌지 定하고 指揮함을 볼 쌔에 一種 畏敬의 念을 生하야 暗을 通하야 朴의 얼굴을 凝視하엿다. 이윽고 朴은 벌쩍 니러나면서,

「자, 作別하세.」 하고 允燮의 손을 잡는다. 允燮은 不覺에 눈물이 흘넛다.

「오늘 져녁에 다시 맛나게 되면 多幸이오, 못 만나게 되여도 多幸일세.」 하는 朴의 音聲은 未嘗不 쩔린다. 兩靑年은 한참이나 마조보고 섯다가 彼此의 成功을 祝하고 出戰하는 勇士와 갓치 悲壯한 作別을 한다. (1919.9.4.)

六

朴巖의 말과 가치 漢城은 一邊 놀래고 一邊 畏懼하엿타. 해가 쩌자 北嶽과 南山과 仁王山에 無數한 太極旗가 아침 바람에 날니인다. 마치 十年間 日人에게 押收되여 火葬을 當하엿던 數百萬의 太極旗의 悲魂이 一夜間에 陰府로써 쒸여나와 悲恨 만흔 서울을 에워싼 것 갓다. 머리에 太極旗를 인 老松들은

---

* 원문은 '오로서'로 되어 있다.

모다 일즉 大韓나라의 榮光을 讚揚하던 者들이다. 無情한 國民中에는 敢히 입을 열어 日皇의 萬歲을 唱하고 李完用 宋秉畯 閔元植 가텬 小犬大犬을 出하엿다 하더라도 韓土의 雨露에 生長한 老松들은 沈默의 慟哭을 藏하고 잇섯다. 韓土의 에엽쓴 아이들이 夜半에 그 조고마한 손으로 품속에서 太極旗를 내어 自己의 頭上에 달 째에 老松들은 바람이 업더라도 반더시 悲壯한 叫號를 發하여슬 것이다.

三萬 城市民의 視線은 이 神通한 景槪로 몰엿다. 三萬의 日人이 戰慄*과 嘲笑와 憎惡으로써 此를 對하는 外에 진실로 韓民族의 血을 有한 者는 不期코 喜悲交至하는 感激의 熱淚를 濺하엿다. 아아, 얼마나 그립던 太極旗, 얼마나 달고 쉽던 太極旗뇨. 怨讎의 黑手國로써 土를 光復하는 날 우리는 三千里 慟哭하던 江山의 一草一木에게써지라도 태극기를 달니라. 산마다 바위마다 집마다 劃할 수 잇는 온갓에 태극기를 그리고, 새길 수 잇는 온갓에 태극기를 새기리라. 심년前 태극기가 나와 갓치 잇슬 째에는 나는 너의 귀한 줄을 몰낫더니,** 태극기를 일흔 지 심년 억지로 원수나라 국기를 달아온 지 심년에 태극기 나의 업지 못할 것인 줄를 알앗다***. 태극기야 진실로 네가 왓나뇨. 왓거던 내 가슴에 안겨라. 쇠옥 씨여안고 다시 노흘 줄이 잇스랴. 짜린들 노흐랴, 사지를 씈은들 노흐랴, 산 채로 내 몸을 탕을 친들 노흐랴.

이것이 이날 아침에 서울의 감상이 아닐가. 或 내가 잘못 보앗슴일가.

이윽고 北村 近傍으로 民家에도 여긔져긔 國旗가 날닌다. 이 구석**** 져 구석에서 萬歲 소리가 들니며 街上으로 힘 업시 往來하는 白衣人은 무슨 크고 무서운 일을 豫期하는 모양으로 눈을 나려 감고 입을 다무런다. 南大門과 진고개와 大漢門 아프로 日兵의 突喊 소리와 銃槍 빗이 보인다. 日兵은 山에 날

니는 太極旗를 向하고 全速力으로 進擊한다.(1919.9.6.)

七

日兵이 太極旗를 向하고 山으로 突擊하는 景光을 본 群衆의 視線은 南山과 北獄과 仁王山의 太極旗로 몰린다. 日兵의 눌언 服裝이 번적할 째마다 소나무 긋헤 달닌 太極旗가 하나식 떨어진다. 져 日兵들은 그 怨讐에 太極旗를 말씨 내리고야 말란다. 韓族의 아이들이 밤새도록 애써써 달아노흔 太極旗를 日兵들은 足으로 볿고* 침 밧고 行할 수 잇는 온갓 侮辱을 加한 後에 韓土에서 피엇다가 떨어진 솔닙과 함씌 몽쳐 노코 불노 살라바린다. 그러나 太極旗의 魂들은 慟哭을 發하며 아직 母親의 體內에 在한 韓族의 胎兒에게로 入하리라. 胎兒에게로 入하기 前에 爲先 서울 長安의 三十萬 忠義로운 韓族의 胸中에 入하야 그 피를 쓸히며 그 눈물을 쓸히리라. 보지 못하나뇨, 져 굴목굴목이 쏘는 房안에 숨어서 엿보는 韓族의 少年少女의 가슴에 자조 치는 鼓動 눈에 흐르는 피 석기인 눈물, 불끈 주인 조고마나마 단단한 주먹을. 그네의 悲憤으로 쓸는 피를 무엇으로 식히랴. 한번 血管이 터져 내어쑴는 날 져 太極旗를 내리는 무리를 아니 태우고는 말지 아니하리라. 그 피가 쓸허 구름이 되리라. 비가 되어 져들의 서음 나라를 씨서내리라. 그 피가 쓸허 불근 불길이** 되리라. 불길이** 되어 太極旗를 侮辱하는 져들의 서음 나라를 태우리라. 태우되 一草一木도 남김이 업고 九州의 긋헤서 千島의 긋쩌지 식은 재를 만들고 말리라. 韓族의 子女를 辱하고 짜리고 죽인 者들은 녯날 소돔 고모라의 淫凶한 惡人들과 갓히 소곰 기동이 되되, 韓族의 피에 져즌 그 손을 하늘노 向하야 人類와 禽獸와 草木과 하늘에 星辰으로 하여곰 永遠히 凶毒한 져들의 罪惡을 니즘이고게 하리라.

---

* 원문은 '볿고'로 되어 있다.
** 원문은 '볼길이'로 되어 있다.

北嶽山 곡닥이에 서서 仲春의 아참 바람에 풀풀 날니던 큰 太極旗를 나리랴고 日兵들이 突擊할 쌔에 大漢門前으로서 우레 갓흔 萬歲 소리가 들니고, 數千의 羣衆의 懷中으로서 一時에 太極旗가 나와 連해 불르는 萬歲 소리의 함씌 물결 모양으로 나빗끼다. 長安은 한번 더 쓸허오른다.

十餘次 萬歲를 붓르고 나서 羣衆中에 一人이 太極旗를 놉히 들며

「大韓同胞여, 十年 동안 奴隸로 잇다가 自由의 民이 되신 大韓同胞여. 日人은 우리가 다는 족족 太極旗를 내리우지요. 그러나 우리의 품속에는 無數한 太極旗가 잇지 아니합닛가. 日人은 萬歲를 부르고 自由를 웨치는 者를 잡아가고 죽입니다. 그러나 우리 大韓民族에게는 二千萬의 입이 잇지 아니합닛가*. 日人이 내리는 족족 우리 품속에 無限한 太極旗를 내어 답시다. 日人이 죽이는 족족 二千萬의 입을** 다 들어 萬歲를 부릅시다. 大韓同胞여, 목숨이 그러케 앗가우닛가. 奴隸로라도 그다지 살아야 하겟슴닛가. 同胞여, 살아서 奴隸가 될야거든 차라리 죽어 自由의 鬼神이 됩시다***. 同胞여, 만일 大韓의 獨立을 爲하야 大韓民族의 自由를 爲하야 죽을 決心을 하엿거던 이제 一齊히 大韓獨立萬歲를 부릅시다.」

하고 聲淚具下하던 靑年이 太極旗를**** 두르니 羣衆은 一時에 萬歲를 부른다. 첫 소래 다음 소래 次次 소리가 놉하 가다가 마참내는 一齊히 共鳴하야 소리가 모힐 제 어듸로션지 日兵과 巡査憲兵의 一隊가 突擊하여 온다.

(1919.9.13.)

八

日兵의 一隊가 突擊하여옴을 볼 쌔에 羣衆中의 一人은 소리를 놉혀,

---

* 　원문은 '아나합닛가'로 되어 있다.
** 　원문은 '임을'로 되어 있다.
*** 　원문은 '되시다'로 되어 있다.
**** 　원문은 '勾年이를 太極旗'로 되어 있다.

「우리는 가만이 잇습시다. 日兵을 抵抗도 말려니와 避하야 가지도 말아야 합니다.」 하고 말 끗헤 두 팔을 들어 萬歲를 불으니, 一同이 더욱 氣를 내여 唱和한다. 萬歲萬歲를 連呼하는 동안에 日兵은 銃槍으로 巡査와 憲兵은 拔劍으로 마치 풀속에 숨은 毒蛇나 죽이랴는 듯시 함부로 羣衆을 엄살한다. 或은 다리로서 或은 엇개로서 피가 흘러 떨어지고, 여긔져긔서 平服한 日人의 몽동이에 머리를 마져 꺽구러지는 者, 銃把에 쎄미 터져 꺽구러지는 者, 함부로 내여 두르는 칼에 손석락이 떨어지는 者. 몬지는 보야케 닐고 槍劍은 日光에 번쯧이며 黃色服裝 입은 키 적은* 日兵의 지나가는 곳에 男女老幼는 피를 흘니고 쓸어지며 萬歲 소리가 여긔져긔서 닐어난다. 마참 羣衆 속에서 큰 萬歲 소리가 닐어난다. 본즉 十七八歲나 되엇슬 女學生이 왼편 팔에서 흐르는 피를 空中에 내어 쑤리며 太極旗를 둘너 「大韓獨立 萬歲」를 불은다. 하얀 그 女學生의 져고리와 치마에는 무섭게** 피가 흘럿다. 日兵의 손에 잡혓던 지 머리채가 풀어져 或은 가슴으로 或은 귀밋흐로 흘러나럿다. 그는 놉히 두 팔을 들어 太極旗를 두르며 입을 열어,

「大韓同胞여, 銃과 칼이 우리 肉體***는 죽일지언정 精神은 못 죽이리라. 우리는 죽거던 鬼神으로 大韓獨立의 萬歲를 불으리라.」 할 쌔에 長劍이 번쯧이쟈 女學生의 우편 손목이 太極旗를 잡은 대로 짜에 떨어지고, 그리로서 피가 소사 周圍에 그의 兄弟들의 衣服을 적시다. 不過 一二秒 동안에 羣衆의 神經은 電氣를 마즌 것 갓히 衝動되고 피는 끌허오른다. 處女는 남은 팔, 그도 칼에 찍혀 피 뭇은 팔을 내어 두르며,

「同胞여, 忿을 참으시오 大韓獨立 萬歲를 부릅시다.」 할 쌔에 쏘 한번 칼이 번득이며 處女의 왼편 팔이 피 뭇은 져고리 소매와 함씌 떨어질 쌔에 處女는

---

* 원문은 '키 적'으로 되어 있다.
** 원문은 '무설게'로 되어 있다.
*** 원문은 '肉禮'로 되어 있다.

팔에 피를 日本憲兵의 얼굴에 쏵리며 씩쑤러지다. 문득 羣衆中으로서 두르막이 버슨 靑年이 나는 드시 쒸여나와 피 뭇은 日憲兵의 兩眉間에 鐵拳을 안기고 붉길로 그의 가슴을 차 씩쑤러쩌린다. 日憲兵은「살려주오」하는 소리를 發하다. 靑年은 憲兵의 軍刀를 쌔아사 그의 목을 겨누며,

「이 즘승놈아, 개 갓흔 네 목슴을 남겨둠은 公約 三章의 精神을 爲함이다.」하고 무릅을 굽혀 그 處女의 피 뭇은 軍刀를 분질느다. 이쌔에 四方으로 모혀드는 軍刀에 그 靑年은 처음에 엇개를 씩히고, 담에 외인편 귀, 담에는 쏠편 다리, 다음에는 왼편 녀쑤리, 마지막에는 帽子쓴 매인 日巡査의 칼에 왼 억개에서부터 肺에 達하게 씩히어 씩쑤러지다.「만세 自由 萬歲」하는 그의 입은 피바래를 쑴는다. 그 日巡査는 靑年의 가슴 우에 올나서서 되는 대로 靑年을 亂刺하다. 이러하는 동안 羣衆은 銃과 槍에 찔려 四方으로 쏫기다. 羣衆의 뒤를 싸라 三三五五히 日兵은 突擊을 하다. 이 慘憺한 光景을 나갓히 拙文한 者의 붓으로 엇지 다 記錄하랴. 記錄할 수 잇다 한들 가슴이 터져오고 눈물이 압흘 가려 엇지 참아 더 쓰랴.(1919.9.18.)

九

靑年의 胸部에 올라서서 軍刀로 그 身體를 亂刺하던 日本 天皇陛下의 巡査는, 靑年의 生命을 完全히 破壞한 줄* 알고 怒하는 듯시 싸라 나려와 周圍에 선 一羣을 向하야 靑年의 熱血에 져즌 칼을 내여 두룬다. 그의 구두와 바디에는 靑年의 피가 흐르고 그의 눈은 맛치 毒蛇와 갓히 되엿다. 이 毒蛇는 毒蛇의 혀와 갓히 붉게 피 뭇은 軍刀를 내여 두루면서 黃壇 아프로 쏫기는 女學生의 一羣을 싸라 업서지고** 말앗다. 實로 人類의 歷史에 두 번 보디 못할 光景이라.

---

* 　원문은 '破壞하줄'로 되어 있다.
** 　원문은 '업서고'로 되어 있다.

德壽宮 東편 望臺 모롱이로서 男女學生 一羣이 쮜여나와 兩人의 屍體 겟헤 둘너섯다[*]. 사람은 다 훗허지고 흰츨한 大漢門 압마당[**] 거이 복판에는 四五步를 새예 두고 팔 찍힌 女學生과 亂刀 마즌 靑年이 누엇고, 그 周圍에는 無數한 太極旗와 血滴肉塊가 散亂함 쭌이다. 學生들은 허리를 굽혀 兩屍體[***]의 얼굴을 보앗다. 女學生中에 한 사람이 팔 찍힌 女子가 昨日 巡査에게 辱을 볼 번하다가 允變에게 救援 밧은 貞姬인 줄은 알앗스나 靑年이 누구인디는 아는 者가 업다. 여삿 개 學生中에 一人이 敏速히 屍體의 가슴을 헤치고 心臟 귀를 대더니 아직 兩人이 다 生命이 잇슴을 告한다. 이에 一同의 手巾과 女學生들의 치마를 씨져 傷處에 繃帶를 施한 後에 周衣 여섯으로 擔架들을 만들어 兩人을 담아 가지고 男女學生이 赤十字兵이 되어 南大門으로 向하엿다. 이 光景을 보고 섯던 貞洞派出所 巡査補가 쮜여나와 길을 막으며,

「그게 무예여, 나려노아.」

「죽어가는 사람이오.」

「좀 檢査를 해야 할 테니 나려노라면 나려노아.」 하고 女學生을 담은 擔架에 손을 대려할 째에, 그 擔架를 들엇던 女學生이 손을 들어 巡査補의 귀쌈을 붓치며 嗚咽하는 목소리로

「이놈아, 이 즘성놈아. 이 개놈아.」 하고 쏘 한반 귀삼을 부친다. 巡査補는 無顔한 듯시 두어 거름 물너서셔 派出所에 잇는 日巡査만 바라본다. 日巡査는 두어 거름 쮜어오더니 웃둑서며 巡査補를 불른다. 兩人에 擔架는[****] 벌서 數十步를 압섯다. 길에서 두어 번 日巡査와 巡査補와 日憲兵을 맛나 同一한 沮戲를 受하다가 南大門派出所 아폐 當到하여서는 마참내 나려 놋치 안이치 못하엿다. 거긔서 日巡査와 學生들 間에 이러한 問答이 잇섯다.

---

[*]　원문은 '둘너설다'로 되어 있다.

[**]　원문은 '암마당'으로 되어 있다.

[***]　원문은 '首屍體'로 되어 있다.

[****]　원문은 '擔架는'으로 되어 있다.

「그게 무엇이어?」

「당신네 軍刀에 마자 죽어가는 사람이오」

「조곰 檢査를 할 터이니 이리 와.」

「出血이 넘어 만아서 時刻이 밧브니 檢査하랴거던 病院으로 오시요」

「무슨 잔소리야.」 하고 兩人의 의복 고름을 글느고 두루두루 만져 보기를
五分間이나 하다가,

「濟衆院으로 가지 말고 內地 사람 病院으로 가라」 하는 것을 女學生들은
울고 男學生들은 抗議하야 겨오 濟衆院에 감을 엇엇다.(1919.9.20.)

一〇

그날은 朴巖의 計劃대로 거의 成功되엇다. 그 證據는 濟衆院의 滿員임에
본다. 病室은 毋論이오 寢臺를 노흘 만한 데는 뷘틈* 업시 피토성이 된 患者
로 찻스며 地下室과 診察室에쉿지도 찻다. 門을 열고 本館에 들어서면 피비
린내와 요도포름 내암새가 코를 바친다. 頭骨이 破碎된 者, 銃槍에 눈을 찔닌
者, 넙구리가 갈라져서 창자가 露出된 者, 한편 손이 업는 者, 한편 귀가 업는
者, 손가락이 썰어진 者, 한편 밤애 구녕이 쑬닌 者, 老人, 어린아이, 女學生,
勞動者. 二百名 갓가운 患者는 다 萬歲 부른 罪로 日本人에게** 이러케 至毒히
傷한 者라. 或 家族인 듯한 婦人네가 精神 못 차리는 患者의 겻에서 우는 이도
잇고, 或 精神업시 獨立萬歲를 부르는 患者도 잇다. 마치 野戰病院이다. 醫師
와 看護婦들은 雪白色 手術服에 피를 바라가지고 밧브게 돌아간다***. 西洋人
들이 寫眞機를 들고 왓다갓다 하며, 西洋婦人들은 한 손으로 치마자락을 들
고 소리 안 나게 負傷者들 새으로 다니면서 그네의 머리도 만져보며 얼굴도

* 원문은 '뷔튼'으로 되어 있다.
** 원문은 '本人에게'로 되어 있다.
*** 원문은 '들아간다'로 되어 있다.

씨그려보며 自己네끼리 속은속은 니야기도 한다. 아마 그네는 文明한 世界에서 다시 보지 못할 光景을 자세자세 記憶해두려 함인 것 갓다.

이욱고 門밧게 사람 두른거리는 소리가 나며 擔架 둘이 들어온다. 大漢門서 오는 것이다. 마참 손에 藥瓶을 들엇던 키 작달마한 看護婦가 압션* 擔架 우헤 누은 靑年의 屍體를 보고 악 소리를 치며 藥瓶을 쩔어터리고 쓸어진다. 여러 사람들은 무슨 까닭이 잇는 줄을 알아 보앗스나** 그러한 人情問題를 顧慮할 새 업다는 듯시 暫間 兩眉間을 찌푸릴 쑨으로 擔架를 들어다가 藥局 마루에 가지런이 내려노핫다. 寫眞器 든 西洋人도 擔架에 누은 兩人을 보고 참아 乾板을 찌일 生각도 업는 드시 暗然히 手巾으로 눈물을 씨스며 고개를 숙인다. 넘어 만히 慘酷한 負傷者를 보아서 神經이 鈍하여진 看護婦들도 엇지할 줄을 모르고 눈물을 흘닌다. 앗가 쓸어지던 看護婦는 同僚의 挽留함도 듯지 아니하고 비비고 들어와 그 靑年의 옷고름을 그르고 가슴에 귀를 대어 보더니, 그의 얼굴을 피 뭇은 가슴의 대고 소리를 내어 운다. 엇던 절믄 西洋 醫師가 들어와 겨오 그를 쩨어노코 心臟을 聽診하더니 조곰 고개를 기울이며 팔 찍힌*** 女子는 夢을 醒듯시 번히 눈을 쓰더니,

「여러분, 엇지하야 가만히 섯기만 합닛가. 엇지하야 목이 터지도록 大韓 獨立萬歲를 아니 부름닛가.」 하고 自己 몬져 萬歲를 부를 제 두 팔을 들려 함인지 四五寸도 못 남은**** 두 팔이 한번 둘먹하더니 그만 눈을 감는다. 섯던 사람들은 불상한 處女의 請求대로 가만히 萬歲를 불넛다. 處女는 무슨 말을 하랴는 듯이 입살이 방싯방싯하더니 방그레 웃는***** 듯하고 만다.

울던 看護婦는 精神을 차려 품속에서 적은 太極旗를 내어 말업시 靑年의

---

*   원문은 '암션'으로 되어 있다.
**   원문은 '보앗슴나'로 되어 있다.
***   원문은 '찍한'으로 되어 있다.
**** 원문은 '남으'로 되어 있다.
***** 원문은 '뭇는'으로 되어 있다.

가슴 우에 노핫다. 노듯마듯 太極旗는 靑年의 피에 次漸次漸 져 들어온다.

一同은 看護婦와 함게 울엇다.

겨우 둘러선 一同의 驚愕과 悲憤으로 散亂되엇던 心事가 鎭靜되어 擔架를 들고 온 學生들의 말하는 大漢門 事件의 前後首末을 들엇다. 西洋人은 手帖을 내어 兩人의 姓名을 記錄하고 寫眞 數枚를 박앗다. 平和에 즐기는 世界사람들에게 韓土의 女子의 슬픔을 傳하기* 爲하야.(1919.9.23.)

——

孔德里 共同墓地에는 一時에 葬禮 둘이 잇섯다.

아모 裝飾도 업는 喪輿는 新芽 나오라는 마른 잠듸판에 가지런히 노혀 仲春 夕陽 찬바람에 仰井을 퍼렁거리면서 擴穴이 完成되기를 기다린다. 靑年들은 가는 者의 回顧談과 再昨日의 慘狀에 關한 니야기도 거의 다 하여 하옴업는 드시 擴穴로서 나와 싸히는 불그레한 黃土만 물끄럼이 보고 잇다. 엇던 이는 下棺前의 無聊를 淸遣하려 함인지 혼자 기우스 新墳의 木牌를 보며 돌아다니고,** 女學生들은 치운 듯시 몸을 옴츠리고 가는 親舊의 棺 겻헤 모혀 안져서 코를 불며 무슨 니약니를 소군거린다. 擴穴를 파는 상토 짖헤 手巾을 동인 中老는 아모 感動도 업는 듯이 잇다금 허미 잡은 팔로 니마에 싸ㅁ을 씨스면서 或 가늘게 노래도 주ㅇ어린다. 오직 日前 濟衆院에서 氣絶하던 看護婦와 大漢門에서 팔을 찍힌 貞姬의 慈親과 두 사람이 各各 自己의 사랑하던 싸르이오 올아비던 者의 棺 겻헤 안져서 울어 부운 눈에 아직도 눈물이 흐른다.

그 靑年은 濟衆院에 온 지 一時間 後에 죽고, 그 處女도 過量의 出血로 마즈막번 萬歲와 微笑를 世上에 두고 사랑하던 동무의 품에 안겨 다 보지도 못

---

* 원문은 '傳한기'로 되어 있다.
** 원문은 '둘아단니고'로 되어 있다.

한 世上을 써나고 말앗다. 그래서 이 두 어린 勇士를 國葬으로는 못하더래도 살아남은 同志들의 精誠껏 獨立靑年團의 團葬으로 하기로 하엿다. 團員도 다 죽고 傷하고 잡혀가고 逃亡하고 남은 者가 男女 合하야 不過 二十餘人이라. 女子들은 斂衣를 만들고 男子들은 喪輿를 메여 오늘의 葬禮를 하게 된 것이라.

이윽고 擴穴 파던 中老가,

「어이고 허리야. 다 되엿습니다.」 하고 담빗대에 담빗를 담는다. 이 말은 적던 鎭靜되엿이 一同에게 새로온 衝激을 주엇다. 「擴穴이 다 되엿다.」 하는 말에 一同은 몸에 소름이 씨치며* 눈물 그린 眼光이 兩個 喪輿로 向하엿다. 차차 夕陽 바람이 더 强하게 되여 洋木仰井이 씨여질 드시 바람을** 품어 맛치 順風 마즌 白帆 모양으로 二勇치의 遺骸를 하늘로 쓸어올니랴는 것 갓다. 靑年들은 니러나 周衣자락을 허리에 잡아 두루고 仰井과 髳帳을 차례차례 그른다. 漆한 兩個 異棺이 靑天 밋헤 쑬엇시 들어날 제 母親과 누이는 목을 노아 울엇다. 女學生들도*** 치마자락으로 낫츨 가리우고 靑年들의 白棉布 줄에 들려가는 棺을 싸라간다. 靑年의 棺이 먼져 下棺되고 다음에 處女의 棺이 下棺되엿다. 兩 擴穴은 不過 五六步 距離에 잇섯다. 蓋板이 덥히고 주먹 갓흔 흑덩어리가 덩덩 소리를 내며 썰어질**** 째에 통哭 소리는 더욱 놉핫다. 一同 中에서는 이러한 눈물 석근 祈禱가 올낫다.

「하나님, 어린 두 동상의 靈魂을 밧아 주시옵고 괴로운 世上에 남은 父母와 兄弟의 슬픔을 慰勞하여 주시옵소셔. 하나님, 언제ㅅ지나 저희 貴해하는 동새ㅇ들은 怨讐의 劍 밋헤 두시랴나잇가. 다음번 봄바람에는 불상한 두 동새ㅇ의 무덤 곳으로 쑤미고 그들이 爲해 죽은 獨立을 엇엇슴을 告하게 하소

---

* 원문은 '씨지며'로 되어 있다.
** 원문은 '바람를'로 되어 있다.
*** 원문은 '女學生든도'로 되어 있다.
**** 원문은 '썰어집'으로 되어 있다.

서. 아멘.」

이날 밤에 共同墓地에서 萬歲 소리가 나다.(完)(1919.9.27.)

팔 찍힌 少女*

「萬歲! 萬歲!」

어엿분 韓山의 少女가 웨칠 째

日兵의 칼이 하얀 그의 두 팔을 찍엇다

「萬歲! 萬歲!」

어엿쌘 韓山의 少女가 웨칠 째

슬난 피줄기가 山과 들을 向하야 벗엇다

「萬歲! 萬歲!」

日兵의 槍에 찔닌 蓮꼿 갓흔 少女의 입셜은

永遠히 슨치지 안난 「萬歲」로 쩌럿다

「萬歲! 萬歲!」

無光한 날은 피에 져즌 少女의 同胞를 빗최고

짜에 쩌러진 흰 팔쒸ㄱ은 太極旗가 쥐엿다

「萬歲! 萬歲!」

안개 갓흔 그의 피방울 萬歲가 되어 東海中에

여들 셔ㅁ나라가 그의 압흠을 맛보리라

「萬歲! 萬歲!」

韓山의 兒孩들아 可憐한 누이의 무덤을

自由의 꼿과 피와 눈물로 쑤밀지어다

---

* 春園, 『新韓靑年』 창간호, 1919.12. '詩歌'로 분류되어 있다.

京城 及 義州 共同墓地에서
밤에 冤魂 萬歲와 哭소리가 들리다*

오난 것 피스비냐 부난 것은 비린 바람
느진 몸 下弦달이 北邙山에 그무른 제
어이한 셰우름소리 슨코 닛고 하더라
倭칼에 흐르난 피 黃泉까지 흘너들어
千古에 잠든 넉슬 다 블너내단 말가
魂靈아 울 대로 울어라 갈 대 어이 잇더뇨
乙支公 나오소셔 忠武公도 나오소셔
韓土에 자던 英靈들아 다 니러나오소서
다갓치 이 雨露 받으니 幽요 明이 다르랴

*　長白, 『新韓靑年』 창간호, 1919.12.

萬歲*

이애들아 나가 大韓獨立을 爲해
萬歲를 부르자 萬歲를 부르자

하날을 우러러 왼 世界를 向하야
萬歲를 부르고 萬歲를 부르자

잡히여 가면서 피흘려 가면서도
萬歲를 부르고 萬歲를 부르자

모그이 터지도록 왜나라이 쩌지게
萬歲를 부르고 萬歲를 부르자

이애들아 싯내 大韓獨立 날까지
萬歲를 부르자 萬歲를 부르자

---

* 　春園,『新韓靑年』창간호, 1919.12. '童謠'로 분류되어 있다.

改造*

(一)

實(一)

우리 民族은 改造되어야 하겟소. 亡國하던 民族이 興國하는 民族이 되려 하니 改造되어야 하겟고, 劣弱하던 民族이 優勝한 民族이 되려 하니 改造되어야 하겟고, 貧하던 民族이 富하게, 愚하던 民族이 智하게, 賤하던 民族이 貴하게 되려 하니 改造되어야 하겟소. 決코 우리 民族의 優秀함을 자긍치 마시오. 남들도 우리만콤 優秀하외다. 우리 民族의 歷史의 久遠함을 자긍치 마시오. 남들도 그만한 歷史가 잇소이다. 오직 우리 民族은 남에게 지지 안는 榮光 잇는 歷史와 文化와 素質을 가진 것을 記憶하고 現在에는 남들보다 劣弱하여져슴을 痛悔하야 發奮一番에 스스로 改造하기를 決하여야 할 것이요 重言하노니, 現在의 우리 民族은 德으로나 知로나 體로나 富로나 強으로나 文化로나 名譽로나 모두 다 남만 못한 것을 싸끔하게 覺悟하야 新國民의 新生活을 번적하게 經營할 수 잇는 資格과 能力이 잇도록 民族 自體의 改造를 決行하여야 할 것이오.

改造의 中樞이오 出發點을 나는 實로 定하엿소. 이제 實字 달니는 名詞를 調査하면 實地, 實狀, 實情, 實業, 實務, 實속, 實行, 實景, 日人의 語에는 實父, 實母, 實果, 實驗, 眞實, 事實, 名實, 充實……. 辭典이 아니니 枚擧할 必要도 업거니와, 口實, 實업슴을 除한 외에 實字 달니는 語는 다 人類가 貴重하는 배요 實의 對는 虛니, 이제 虛字 달니는 語의 例를 擧하면, 虛의 大將이오 宗家

* 長白山人, 『獨立』 1-23, 1919.8.21.-10.28. 1919년 10월 25일자 22호부터 제호가 『獨立新聞』으로 바뀜. 2면 '宣傳'란에 실렸다. 2회부터 3면에 연재되었다.

인 虛言, 虛飾, 虛張聲勢의 三兄弟를 首로 하고, 虛汗, 虛事, 虛度, 虛報, 虛名, 虛禮, 虛囊. 무릇…… 虛實字 달니는 語는 모다 人類의 憎惡하는 베외다. 그러나 實은 實을 憎惡하고 虛飾으로만 許를 憎惡하는 個人도 잇고 民族도 잇나니, 이 虛實 二字야말로 個人과 民族의 運命이 分하는 妙機라 하오. 그러나 虛字는 神通한 魅力이 有한 樣하여 여간해 쎄지를 못하나니, 虛를 崇尙하는 古今 兩隣의 間에 立한 우리 民族도 虛하기로 第三位 以下에는 降하지 아니할 쯧하외다.

諸君은 나로 더불어 一日의 生活을 回想합시다. 當日에 發한 千言萬語에 實言이 몃 마듸나 되며, 當日에 當한 千行萬動에 實行이 몃 가지나 되는가. 親치 아니한 人을 對하야 親한 듯하며, 無味한 飮食의 待接을 밧고 맛나게 잘 먹엇노라 하는 等은 虛는 虛라 하더라도 오히려 害毒은 업거니와, 不知하는 일을 知하노라 하며 善人을 惡人이라 하고 虛僞를 事實이라 하며 事實을 虛僞라 함에는 大害毒이 잇는 것이오. 個人間의 衝突의 十의 九는 事實에서 生하기보다 虛言에서 生하며, 事實의 失敗의 十의 九는 事實에서 生하기보다 虛言에서 生하는 것이오. 商人이 虛價를 要하므로 顧客*이 商人을 疑하고, 愛國者가 虛言으로 國人에게 告함으로 國人이 愛國者를 疑하고, 親舊가 實情을 告치 아니함으로 親舊가 서로 狐疑하나니, 虛함으로 疑하고, 疑함으로 밋범이 업고, 밋범 업슴으로 서로 賴하지 못하고, 賴하지 못함으로 和協치 못하고, 和協치 못함으로 團結을 作하지 못하고, 團結을 作하지 못함으로 大事를 成하지 못하나니, 全民族의 大同團結을 緊要로 하는 우리는 心中에 蓄積한 虛를 快히 泄하고 實로만 充하여야 할 것이오.

虛의 효력은 마치 컨풀 注射와 如하야 一時의 效果는 有하더라도 卽時 더한 衰弱이 來하나니, 此는 蘇生치 못할 줄로 決定된 病者의 遺言이나 듯고자 하야 最後의 手段으로 行하는 것이외다. 周幽王과 妲己의 實例는 누구나 아

---

* 원문은 '雇客'으로 되어 있다.

는 베어니와, 虛로써 一時의 人心을 收攬하려 함은 最劣한 愚策이외다. 어듸써지라도 實, 어데써지라도 實. 現在로 보더라도 우리 民族은 實하여야 하겟소. 內로 民心을 統一하고 激勵하기에도 오직 實하여야 하겟고, 世界 列國의 輿論과 同情을 喚起하는 데도 오직 實하여야 하겟스며, 將次 列國에 信任하는 國家와 國民 되기에도 오직 實하여야 되겟소. 一旦 國民과 世界에게 信을 失하는 날 우리의 運命은 奈落이외다. 오직 實이오, 오직 實이외다.

(1919.8.21.)

(二)
實(二)

前項에는 僞實이라 하는 意味로 實을 說하엿거니와, 本項에는 實地라 虛事라 하는 意味로 實를 說하려 하오.

人生이 虛뇨 實이뇨, 그것부터 問題겟지요. 그러나 此는 無用한 空談이외다.『此에 余가 在하다』하는 것이 임이 否定할 수 업는 事實이니, 此를 肯定하고 生存하는 동안 人生은 實이외다. 一分一刻이라도 實된 行動을 하는 것이 實인 人生의 本務라 하오.

우리 歷史가 四千年이라 하고 四□年을 一代라 하고 一代의 平均 人口를 一千萬이라 하면 千代 동안에 生存한 우리 民族의 數는 一兆외다. 一兆의 人이 一生에 흙 한 짐式을 진다 하더라도 白頭山 하나는 成하엿슬 것이요, 새끼 一把式을 꼬앗다더라도 全地球를 縱橫으로 結縛할 수가 잇슬 것이외다. 그런데 우리에 남은 것이 무엇이뇨

日人의 統計딕로 國內의 우리 人口가 一千六百九十七萬이라 하고 每年 一人이 一圓式 貯金한다 하면 十年間에는 一億六千九百七十萬圓이 될 것이오, 海外에 僑居하는 同胞가 百萬이라 치고 每人이 每年에 一圓式만 醵金하면 每年 百萬圓을 得할지오, 조곰 奮發하야 二圓式만 醵金하면 二百萬圓이 될지오,

만일 俄領, 中領, 米洲 布哇*를 合하야 二百萬名이 된다 하면 每年四百萬圓□
金을 □할치니, 此로써 獨立完成도 할 수 잇고 敎育實業도 될 수 잇고 坯 是
를 五年만 積置하야 一千萬圓을 成하면 南美洲 等地에 數千里方의 土地를 買
하야 四五百萬의 移民으로 一大 新國家라도 建設할야면 하겟소.

實地로 일하는 힘이 이러케 偉大하오. 우리 民族은 漢族에서 生하야 漢族
은 支配하지 못하는 空理 空論의 儒敎의 影響을 닙어 實을 務치 아니하엿소.
獨立運動을 하기에도 써들기만 조화하고 實地에 힘 감이 적엇쇼. 만일 우리
民族이 統一잇는 組織下에 實을 務하엿던들 只今보다 활신 以上의 成績을 得
하엿스리라 하오.

實이란 무엇요. 나는 반다시 軍事准備만을 實이라고도 아니 하고 冒險猛
進만을 實이라고도 아니 하오. 實이란 各人이 自己의 力量에 맛는 데로 每
□ 무엇이나 作爲함을 謂함이요. 하나이 하나식, 날마다 하나식 이것이**
實이요.

굼벙이도 기는 재조 잇소. 人으로 상겨나서 一種의 技藝가 웨 업겟소. 그
가 만일 韓族의 子孫이요 韓土의 雨露에 生長한 것을 記憶하는 者면 此時를
當하야 무엇이나 한 가지式은 할 것이요.

人의 百體에 모단 機關이 다 제 機能을 다하야 不絶히 活動하여야 그 人體
가 健康함과 國家도 그 國民의 各分子가 一人도 虛되게 지내는 者가 업시 하
나이 하나식 날마다 하나식 제 職務를 다하여야 繁昌할 것이오. 이럼으로 各
人은*** 個人의 生活을 爲하여서던지 國民의 一分子인 義務를 爲하여서던지
하나이 하나식 學術이나 技藝를 修하여야 할 것이오. 高等한 學術技藝를 修
할 處地가 못되면 木手도 조코, 木工****, 大匠, 自働車 運轉手, 職工 무엇도 좃

---

* 하와이의 한자어 표기.
** 원문은 '어것이'로 되어 있다.
*** 원문은 '各人으'로 되어 있다.
**** 원문은 '不工'으로 되어 있다.

소. 제 손으로 제 衣食을 벌고 나서 國家에 多少라도 貢獻이 잇슬 職業이면 무엇이나 죳소. 實. 實. 實.(1919.8.26.)

(三)
밋븜(一)

밋븜은 社會生活에는 第一 가는 要件이외다. 마치 썩반죽을 할 째에는 썩 가루 外에 물이 必要함과 갓치 團體를 지어 社會生活을 하는 데는 個人 外에 밋븜이 必要하외다. 밋븜이란 水로 個人이란 가루를 잘 반죽한 것이 完全한 社會니, 물이 不足하면 썩반죽이 퍼실퍼실함과 갓치 밋븜이 不足하면 그 社會의 基礎는 極히 脆弱하외다.[*]

우리 社會는 밋븜이 넉넉한 社會라 할 수 업소. 남의 말은 으레히에 누리하여 듯고 여간한 演說이나 言論은 形式으로만 生覺하오. 時間은 으레히 안 직힐 것, 規則은 으흘히 犯할 것, 約束과 許諾을 破하여도 羞恥로도 알지 아니하오. 社會의 風氣가 그러하기 째문에 우리의 밋븜에 對한 良心은 痲痺되엇소. 西洋人들은 時間과 約束 직힘과 虛言 아니 하기를 社會道德의 中心이라 하야 此를 犯하기를 큰 罪惡이오 羞恥로 안다고 하오. 밋을 수 업는 사람이라 함에서 더 큰 辱이 업슴은 東西古今이 一樣이지오마는 實狀은 밋을 수 잇는 사람이 참 두물지오.

그러하기 째문에 우리 社會에서는 萬人이 一體가 되어 大事業을 經營하기가 極難하외다. 個人 밋을 수 업스니, 밋을 수 업는 個人으로 組成된 團體도 밋을 수 업소. 實例를 들어보건대 우리 頭目 되는 어른들에게 對하야[**] 우리가 얼마나 한 信用을 둠닛가. 우리는 그네의 一言一行을 반다시 裏面과 側面으로 曲觀曲解하야 正面의 意味와는 正反對의 意味를 發見한 後에야 滿足하

---

[*]   원문은 '脆弱하위다'로 되어 있다.
[**] 원문은 '對하하야'로 되어 있다.

오 이는 밋븜 업는 社會에 자란 가둙이오. 쏘 從來 우리 나라의 團體中에 國民의 信任을 受한 團禮가 어듸 잇소.

敎育으로 言論으로 宗敎로 自省 自修로 全國民의 各個人이 모다 밋부게 되고 生하는 各團體가 다 밋부게 되고 大韓民族이라는 全民族이 世界人類에게 對하야 밋븐 民族이 되어야 할 것이외다. 詐欺와 詭譎로 多少의 成功을 收한 日本의 現狀을 보시오. 日本이 旣失한 信用을 恢復하야 밋븐 日本이 되랴면 今後 四五十年은 虛費하여야 할 것이외다. 우리는 內로 國民에게 對하여서나 外로 世界를 對하여서나 決코 一時에 便宜를 爲하야 永遠한 價值를 有한 民族의 밋븜을 失墜하여서는 아니되오.(1919.9.4.)

(四)

믿븜(二)

밋븜이란 槪念을 分析하면 참됨과 不變함과의 二要素를 得하오. 甲이 밋쌘 사람이라 하면 먼져 僞가 無하고, 둘재 한번 定한 것은 變치 아니함을 要하오. 此二要素中에 一을 缺하여도 밋쌘 사람은 되지 못하오. 참된 사람이면서도 心志가 固定치 못함으로 밋을 수 업는 者도 잇고, 意志는 强固하면서도 虛僞되여 밋을 수 업는 者도 잇소. 그러나 者 兩種의 人은 밋브게 될 餘望이나 만흐되, 참되지도 못하고 □□할 줄도 모르는 者, 다시 말하면 거짓되고 잘 變하는 者는 밋브게 되기가 極難할 것이외다.

今에 鐵石가치 盟約한 二個人이 잇다고 假定합시다. 彼等이 만일 盟約할 째에 眞心 眞情으로 하엿고 쏘 兩者가 다 變치 아니하는 者라 하면 그 盟約하던 目的이 達하거나 쏘 生命이 긋나는 날써지 그 盟約을 직힐지니, 對史에 劉關張三人* 가텬 이는 밋븐 이라 할 것이외다. 밋쌘지라 後世써지 傳하야 讚揚을 受하는 것이외다.

---

* 원문은 '關張三人'으로 되어 있다. 劉備·關羽·張飛를 지칭한다.

나는 新羅라는 나라의 國民이라 하고 한번 許한 後에는 富貴로써 誘惑하더라도 塗炭으로써 威脅하더라도 四肢를 斷하고 髮膚를 斬하더라도 차라리 新羅의 犬이 될지언정 日本의 奴는 아니 되리라, 하고 從容就死하던 朴提上은 밋쑌 어린이오. 내 한번 朴提上의 妻로 心과 身을 許한지라 提上外에 夫가 無하니 提上이 死한지라 準의 妻를 作하랴되 차라리 死하야 提上을 從하리라, 하고 身은 望夫의 石이 되어 提上의 去한 冥府를* 望하고 魂은 望夫의 鳥가 되어 日夜로 提上을 呼하던 望夫人은 밋번 어린이외다. 밋번 어른이라 千千의 下의 밋브지 못한 아이들쩌지 두 어른의 밋븜을 敬仰하고 讚嘆하는 것이외다.

한번 愛國者로 許하엿고 한번 獨立運動에 同志로 許한 後에 獨立의 目的이 完成하거나 身이 死하거나쩌지에는 恒常 愛國者요, 獨立運動의 同志로 잇는 이는 밋븐 어른이외다. 우리 愛國 同志士요 指導者 여러 어른들은 識見으로나 能力으로 보아 不滿한 點이 或 잇다 하더라도 그가 十年이 一日과 가치 湯火斧鎚中에서 옹하게 愛國者의 苦節을 守한 것만 하더라도 □어으로 우리의 崇仰을 受할 價値가 넉넉하다 하오.

一言一行이 다 참된 사람, 如何히 큰 利益이 잇더라도 참되다는** 節槪를 變動치 아니하는 사람, 한번 愛國者인 後에는 十年을 가더라도 百年을 가더라도 愛國者인 사람, 내 財産과 妻女쩌지 내 生命쩌지라도 安心하고 委托할 만한 밋쑌 사람, 이것이 新興***하려는 大□民族의 求하는 사람이 아니오닛가. (1919.9.6.)

(五.)

---

* 원문은 '冥夫을'로 되어 있다.
** 원문은 '참되다는는'으로 되어 있다.
*** 원문은 '新興'로 되어 있다.

밋븜(三)

忿한 일이 만흔 中에 무엇이 가장 忿합니가. 밋던 者의 二心을 發見한 째처럼 더 忿한 일이 잇스리잇가. 「韓國의 獨立을 保障한다」 하고 열 번 스무 번 信誓하던 日本이 保護條約을 強請할 째에 韓人의 忿함이 엇더하엿스며, 實力이 充實하기를 기다려 完全한 獨立을 承認한다고 盟誓한 日本이 倂合을 請할 째에 韓民의 忿함이 엇더하엿스랴. 背信의 日人이 退位를 強迫할 時에 光武皇帝의셔 案을 치고 慟哭하심이 實로 此를 爲함이외다. 韓國을 爲하야 戰爭하노라 稱하고 韓國을 爲하야 一生을 바치노라 稱하던 伊藤博文*이 一旦 韓國의 實權을 掌握한 後에는 韓人의 利益과 幸福과 權利를 奪하야 日人에게 與하기에만 汲汲한 것을 볼 째에 彼의 背信에 對한 韓人의 忿함이 엇더하엿스랴. 哈爾濱 驛頭의** 放砲는 實로 韓人의 이 忿心을 代表한 것이외다. 盟約을 말지언정 鐵石 갓던 盟約을 한 後에 此를 食하고 違하는 者에게 對한 憤怒를 白刃一閃으로 그의 生命을 斷하는 外에 무엇으로 快暢하리오. 몸이 國民이*** 되어 그 國土의 雨露를 受하고 그 國家에 對하야 忠誠을 誓한 者가 異國 異族의 民이라 自稱하고, 母國에게 反逆的 行爲를 하는 者처름 背信中에 더 큰 背信이 어대 잇스랴. 하물며 그 國家의 國民이 된 外에 그 君主의 臣下가 되어 主라 稱하고 臣이라 稱하던 者가 그 君을 欺하고 賣하엿다 하면, 此는 國家에 對하야 反逆을 行한 外에 君主에게 對하야도 反逆을 行한 이외다. 此等 反逆者에게 對한 國民이 忿함이야 무엇에 비기리잇가. 李完用, 宋秉畯, 尹德榮, 죽은 趙重應은 말을 맙시다. 나는 彼等이 國家를 亡케 함으로 忿하기보다 彼等

---

* 이토 히로부미(伊藤博文, 1841-1909). 에도 시대 후기의 무사이자 일본의 헌법학자, 정치가. 메이지 유신 이후 정부의 요직을 거쳤고, 일본 제국 헌법의 기초를 마련했으며, 초대·제5대·제7대·제10대 일본 제국 내각 총리대신을 지냈다. 1905년 11월 을사늑약을 체결시킨 장본인으로, 초대 통감으로 취임해 지배권을 행사하다가 1909년 10월 하얼빈에서 안중근 의사가 쏜 총탄에 암살당했다.

** 원문은 '頭외'로 되어 있다.

*** 원문은 '國民인'으로 되어 있다.

이 國民에게 反逆하고 先祖에게 反逆하고 君主에게 反逆한 그 不信함을 忿해하고 不信漢을 出한 우리 民族을 슮허합니다. 그보다도 이러한 禽獸와 갓고 妖鬼와 갓흔 醜類를 十年 동안이나 神聖한 檀君의 疆土 우에 接足케 하고 神聖할 檀君의 血孫으로 더불어 家를 鄰케 하고 肩을 並케 하엿슴을 忿히 녀깁니다. 趙重應 갓흔 醜類를 臥席終身케 한 우리는 二心의 忿, 背信의 忿을 모르는 者라 합니다. 宋秉畯으로 狂吠를 繼續케 하고 閔元植 갓흔 삽살강아지로 天日을 보게 하는 二千萬民族의 義氣를 의심합니다. 南大門前 一聲雷가 日本의 背信에 對한 天罰의 一片이어니와, 邪鬼 妖怪가 橫行闊步하는 今日 韓土에는 雷霆霹靂과 霜刀熱血의 大振盪 大洗禮를 加하야써 義의 所在와 信의 所在를 알려야 하겟소. 純潔한 忠義士의 一掬熱血로 더럽힌* 江山을 一滌해야 하겟소. 國을 背한 國民, 君을 背한 賊臣, 全民族의 獨立運動을 妨害하는 走狗, 同志를 背하는 愛國者, 모다 씨셔 바려야겟소. 불살라 바려야 하겟소. 淨潔하여진 江山에 自由의 天福이 降하리다. (1919.9.13.)

(六)

十年生聚 十年教訓(一)

十年生聚 十年教訓은 吳王 夫差에게 會稽의 恥를 當한 越王 勾踐**이 정말 臥薪嘗膽하면셔 取한 政策이외다. 勾踐은 十年間 軍費를 貯蓄하고 十年間 軍隊를 養成하야 마참내 快히 會稽의 恥을 雪하엿습니다. 勾踐의 成功은 決코 臥薪嘗膽에 잇지 아니하고 十年生聚 十年教訓에 잇는 것이어늘 世人은 흔히 勾踐에게셔 臥薪嘗膽은 學하되 十年生聚 十年教訓을 輕視합니다. 毋論 臥薪嘗膽도 잇셔야겟지오. 그러나 十年生聚 十年教訓 업는 臥薪嘗膽은 다만 形容만 枯槁케 할 쑨인가 하오

---

* 원문은 '더러힌'으로 되어 있다.
** 원문은 '勾踐'으로 되어 있다. 이하 상동.

庚戌國恥 以來로 至今트록 十年에 我民族中에는 臥薪도 嘗膽도 할 줄 모르는 者도 잇섯거니와, 所謂 愛國者요 志士라는 이들도 또 그네의 組織한 無數한 團體도 오직 臥薪嘗膽만 하고 生聚敎訓을 行한 者는 적으오. 或 國家의 亡함을 보고 當場에 生命을 끈허 차라리 大韓國民으로 鬼神이 될지언뎡 倭奴의 新附民으로 奴隷는 아니되리라 한 여러 烈士는 그 松竹 갓흔 節槪나 追仰할지나, 또 복바처 오르는 義憤의 猛焰을 抑制할 길이 업서 身을 挺하야 快히 邦讐를 斬한 여러 義士는 그 熱烈한 愛國心과 勃勃한 義氣나 追仰할지나, 이도 져도 못하고 오직 悲憤의 淚, 慷慨의 歌로 坐하야 縷命의 續함을 恨하며 時機의 到하기를 待하던 여러 志士에게 對하야는 나는 一言의 誚責과 怨嗟를 들일 수밧게 업소이다. 무슨 말노?「웨 돈을 벌지 아니하고 人材를 養成치 아니하엿던가」고 부질 업시 臥하야 熟柿의 落하기를 苦待하며 或은 다만 成功만 急해 하야 或 義아닌 手段으로 奇利와 奇勝을 博하려 하며, 或 準備업고 勝算 업는 計劃으로 一時의 鬱憤을 決暢하려 함이 비록 全혀 愛國의 丹丹한 熱誠에서 出하엿고 毫末의 私意가 업서서 그 動機와 目的에는 一點의 欠이 업다 하더라도, 그 手段과 方法을 그릇한 신둙에 첫재 國民의 進路를 誤示함과 둘재 人材와 時間과 財政을 虛費한 損害로운 結果를 生하엿고, 그보다 더 크게는 그동안 올케 하엿더면 엇엇슬 利益을 損하엿나니, 此責任은 過去 十年間의 我先輩志士 諸氏의 免치 못할 것인가 합니다.

大抵 무슨 事業의 成功은 그 事業에 必要한 實力의 準備가 잇서야 하나니, 하물며 光復事業이리오, 建國事業이리오. 昔日에는 武力과 軍費만 得하면 或 勾踐과 갓히 光復도 하엿고 秦始皇과 갓히 天下도 取하엿거니와, 今日 우리 民族의 境遇는 첫재 日本으로 하여곰 大韓의 國土를 吐하지 아니치 못하게 할 實力이 잇서야 할지오, 둘재 世界 列邦으로 하여곰 大韓의 獨立을 承認케 하기에 足한 實力을 具備하여야 할지니, 此는 우리가 보기 실터라도 보아야 할 冷酷한 事實이라. 우리에게 이만한 實力이 잇스면 우리의 事業은 成功될

지오 업스면 失敗될지니, 만일 不幸히 失敗한다 하면 우리의 成功할 機會는 이 所要의 實力을 우리가 所有케 되는 날일지라. 世界에는 더구나 文明한 世界에는 決코 偶然이나 僥倖이 잇는 法이 업스며, 또 此를 希望함은 堂堂한 大民族의 羞恥로 할 바외다(1919.9.18.)

(七)

十年生聚 十年敎訓(二)

우리가 今年 三月一日에 獨立을 宣言함은 決코 日人의 曲解하는 바와 갓히 위일손이나 美國이나 平和會議의 慈善의 行動을 恃하고 함이 아니외다. 또는 (되나 아니 되나 한번 하여 보자 僥倖될는지 아니) 하는 生각으로 함이 아니외다. 우리는 十年間 敵의 壓迫下에서라도 蓄積한 實力이 잇기 째문에 日人의 日人되라고 敎育한 知識을 大韓國民되기에 應用할 確信이 잇기 째문에, 國費 窘拙로 敵의 苛酷한 債務를 젓다가 亡한 韓國이 그 빗사고 無用한 多數의 日人官吏를 飼畜하고도 今年부터는 足히 財政獨立을 할 수 잇기 째문에, 十年間 日人의 統治를 傍觀하매 覺醒된 新大韓國民도 그만한 統治는 할 實力이 잇다는 自信이 잇기 째문에, 十年間에 覺醒된 우리 民族의 愛國心과 熱烈한 民族意識과 隱然中에 日人이 모르게 된 民族的 團結力은 武裝만 하면 足히 外敵에게 對하야 足히 獨立과 自由를 自衛하리라 하는 自信이 잇기 째문에, 公論으로써 世界의 眼前에서 日本과 爭할 째에 우리는 足히 日本을 說破하리라는 自信이 잇기 째문에, 또 만일 公論으로 아니 되고 日本이 暴力으로써 우리의 正當한 要求를 抑壓하는 날 우리는 血戰으로써 武强을 自恃하는 日本을 膺懲하리라는 自信이 잇기 째문에 三月 一日 午後 一時에 우리 民族은 日本, 世界에 對하야 大韓의 獨立을 宣言하고 自由의 萬歲를 高唱하엿나니, 이 萬歲 一聲은 實로 우리 民族의 絶對獨立과 自由를 要求하는 意思의 表示가 되는 同時에 우리 民族의 民族的 復活과 國民的 實力을 自覺하는 法悅의 發露

라 할지라.

우리는 過去 十年間에 蓄積한 實力으로 成功의 確信을 가지고 至今토록 奮鬪하여왓고 只今도 奮鬪하는 中이오 쏘 將來도 奮鬪하려니와, 臨事에 每樣窘乏함을 感覺하나니 卽 人材와 金錢이라. 비록 數萬의 新智識이오 쏘 勇士인 新國民을 敵의 捕虜로 委하고 全財産은 毋論이오 妻子仦지도 敵의 占領下에 置한 緣由라 하더라도, 過去 十年間에 우리 先輩 志士의 生聚 敎訓이 豊富하엿던들 今日 以上의 壯快 活潑한 活動을 하여슬 것을 하는 怨嗟가* 干切하외다.

偶然히 살아남은 몃 사람이 偶然이 굴어나온 金錢으로써 敢히 世界 五大强國의 一이라는 日本을 對手로 하야 雌雄을 爭하는 우리의 處地는 孑孑하다 하면 孑孑호대 悲壯함도 그지업는가 하오. 게다 敵은 全力다 못하야 將次 五千의 同類를 더 輸入하여다가 우리의 人材를 一人이라도 더 減하도록, 우리의 財産을 一釐라도 더 減하도록, 우리의 活動의 自由를 一寸이라도 더 縮하도록 狡智와 詭計를 아니 쓰는 것이 업소이다. 「그러나 하여보자, 네가 죽든지 내가 죽든지 둘間에 하나이 죽기까지** 하여 보자.」

그러나, 그럴사록에 우리에게는 準備가 必要하외다. 生聚와 敎訓이 必要하외다. 알에 말을 들으소서.(1919.9.20.)

(八)

十年生聚 十年敎訓(三)

只今은 우리의 弱點을 暴露하기가 가쟝 아픈 째요. 敵은 나를 忽視할지오 나는 落心하기 쉬운 仦둙에. 그러나 自己의 弱點의 所在를 모르고 잇거나 쏘는 알고도 몰은 톄함은 다만 愚者의 일일쑌더러 一家나 一國의 作戰計劃을

---

* 원문은 '怨嗟가자'로 되어 있다.
** 원문은 '족기까지'로 되어 있다.

誤하야 失敗를 當할 憂慮가 잇소. 上에도 言하엿거니와, 文明한 世上에는 偶然도 僥倖도 업소. 成功에는 반다시 다시 成功의 因인 實力의 充實이 잇고 失敗에는 반다시 失敗의 因인 實力의 缺乏이 잇소. 우리에게 비록 上述한 實力의 自信이 잇다 하더라도 우리는 가장 分明하게 勇氣록게 우리의 弱點의 所在를 査覆하야 가장 智慧록게 此를 充實할 方便을 取하여야 할 것외다.

설흑 우리의 今次의 運動이 豫想대로 速히 成功된다 하더래도* 萬般의 新建設에는 實力이 必要하고, 만일 不幸히 今次의 運動이 失敗한다 하면 더구나 再起의 實力이 必要하오. 失敗라는 祥瑞롭지 못한 語句를 使用한다고 誚責 마시요. 成功後의 準備를 하는 同時에 萬一의 失敗後의 準備를 함은 知者의 일이라 하오. 그러면 그 實力이란 무엇이뇨. 갈온 人材와 金錢이외다. 人材와 金錢의 集積, 이것이 우리의 將來의 獨立과 自由와 幸福과 繁榮의 絶對 要件이외다.

人材는 敎育으로 엇고 金錢은 産業으로 엇읍니다. 俄國의 彼得大帝**는 自國의 人材 缺乏함을 恨하야 他國 人材를 쑤어왓고, 以前 韓國에서도 人材가 不足하야 美國 日本 等地에서 顧問이라는 名稱으로 人材를 쑤어왓고, 只今 中國도 그러하오. 그러나 아모리 隆崇한 待遇와 厚한 祿을 주드래도 쑤어온 外國人은 亦是 外國이라. 人材를 쑤어 쓰다가 成功한 者는 아마 彼得大帝쑨이겟지요. 더구나 民族主義의 激烈한 今日에는 外國人을 쑤어다 쓰는 것은 今히 危險하외다. 이러한 危險을 무릅쓰고도 不得已 人材를 쑤어오나니, 人材의 重함이 대개 이러하외다***. 우리는 只今事에 人材의 不足을 嘆하야 死馬骨을 五百金에 산 者의 애타는 心事를 끼끼 經驗합니다. 英國이나 美國에는 우

---

* 원문은 '하래도'로 되어 있다.
** 표트르 1세(Пётр I, 1672-1725). 러시아 제국 로마노프 왕조의 황제. 서구화 정책과 영토 확장으로 러시아 차르국을 발전시켰고, 임페라토르를 칭하면서 러시아 제국을 출범시켰다.
*** 원문은 '대개러하외다'로 되어 있다.

리가 必要로 알 만한 人物이 만히 굴겟지오. 그러나 써거지게 만탁 하드래도 내 것 아니니 所用 업소이다. 내 사람 以外에 누가 내 일을 하여주랴. 누가 나를 爲하야 □을 흘녀주고 生命을 바려줄랴. 只今 이 急한 통에 내 人材가 만핫면 얼마나 쓰기 조흐랴. 얼마나 일이 잘 되랴. 우리에게 只今 잇는 人材의 三倍만 되드래도 얼마나 우리 獨立運動 소래가 더 크고 世界의 稱讚을 더 밧고 成功이 速하엿스랴. 벌서 京城에 들어가 안자슬 것을. 只今 人材의 四倍만 되엿더면 더구나 조치 안아스랴.

나는 반다시 英雄을 바라지 아니합니다.* 이 世上에는 그러케 英雄이 必要하지 아니합니다. 社會 모단 機關을 着實히 運轉할 만한 技能을 가진 者만 잇스면 됨니다. 譬하면 發明家보다 發明된 各種 機械를 設備하고 使用할 技師나 技手가 必要하외다.

英雄은 人力으로 못한다 하드라도 이러한 技師나 技手 갓흔 人物은 養成만 하면 千萬이라도 엇을 슈 잇슴니다. 우리의 缺乏한 人物, 짜라서 要求하는 人物은 英雄이 아니요 實로 技師와 技手외다.(1919.9.23.)

(九)

十年生聚 十年敎訓(四)

그름으로 此等 技師와 技手를 만이 엇기 爲하야 나는 留學生 養成을 絶叫함니다. 쇠 迂闊한 소리지오. 그러나 焦頭爛額**한 後에도 曲突徙薪***은 하여야 하겟고, 臨渴하야 掘한 井도 담번에는 豫備가 되지 아니하나요. 事를 臨하야 人材의 缺乏을 恨嘆하는 째에 後日의 恨嘆을 豫防하기 爲하야 只今붓허

---

* 원문은 '아니다'로 되어 있다.

** 머리를 그슬리고 이마를 데어 가며 위험을 무릅쓰고 불을 끈다는 뜻으로, 사변事變의 소용돌이 속으로 뛰어들어 이리저리 힘겹게 뛰어다님을 이르는 말.

*** 원문은 '曲突涉薪'으로 되어 있다. 굴뚝을 꼬불꼬불하게 만들고 아궁이 근처의 나무를 다른 곳으로 옮긴다는 뜻으로, 화근을 미리 방지하라는 말.

人材의 養成을 힘씀이 知者의 일이 아닌가요. 나는 우리 政府의 收入의 半額은 留學生 養成費에 充함을 主張하오. 만일 豫想과 갓히 二千萬元의 公債가 成功된다 하면 그中의 一千萬元은 敎育機關 設置와 留學生 養成에 使用하여야 할지오, 不幸히 그 半額인 一千萬元만 成功한다 하면 그中의 五百萬元은 人材 養成費에 充하기를 主張하오. 普通敎育에 關한 設費는 國土 光復後에 悠悠히 할 바이라 하더라도 光復後의 急激한 諸建設에 需用할 人物은 時急히 養成하여야 하겟소. 그러므로 五百萬元中의 百萬元은 海外에 僑留하는 同胞의 子女의 敎育機關 設置에 費하고, 남은 四百萬元은 純全히 海外 留學生의 費用으로 할 것이요. 내 留學生 計劃은 이러하오. 詳細한 말은 말고 大綱만 말하면

專門學校 程度의 卒業生中에서 될 수 잇는 대로 候補者를 擇호대 數가 不足하면 此를 第一種生이라 하고, 中等 程度 學校 出身을 第二種生으로 하야 第一種生은 八個年, 第二種生은 十個年으로 留學 期間을 作하고, 每人 每年 平均一千元의 學費를 給한다 하면 四百名 乃至 五百名의 留學生을 養成하리니, 적어도 (美國의 學位를 例로 하면) 마스터의 學位를 得하여야 할지오 第一種生은 반다시 博士의 學位를 得하여야 할지라. 그리호대 留學生을 選拔할 時에 반다시 履修할 學科를 豫定하야 國家의 要求할 萬般 學術을 고로게 다 硏究케 호대 多數할 者는 多數, 少數할 者는 少數 比에 맛게 養成하여야 할지니, 만일 明年 九月 新學期에* 第一期 留學生을 派遣한다 하면 民國 十年 乃至 十二年에는 彼等 留學生은 本國에 들어와 建設의 重要한 材木을 成할 것이외다. 이리하야 五百名 新學者 技術家가 歐美로붓허 도라오는 十年 乃至 十二三年間에 本國과 日本에서 專門 學術 技藝의 敎育을 受한 者도 줄잡아 每年 二百名 치고 二千 乃至 三千에 達할지니, 이 寶物은 足히 新大韓民國의 萬年의 基礎를 成할 것이외다. 이만한 人材의 養成이 잇슨 後에야 비로소 完全한 充實

---

* 원문은 '新學을에'로 되어 있다.

한 一國民의 資格이 確立하야 搖하야도 動치 아니하고 日本싸위가 侮하라도 侮치 못할 것이외다. 이것이 업고는, 이러한 人材의 養成이 업고는 萬事가 다 捕風捉影[*]이니, 이는 決코 迂闊한 言論이 아니라. 政府가 못하면 人民이라도 하여야 할 일이니, 契도 뭇고 會도 組織하야 學者 技術家를 養成함이 國家 獨立 基礎되는 大事業이라 합니다.(1919.9.25.)

(十)
十年生聚 十年敎訓(五)

이리하야 五百名의 新人材를 養成혼대, 特히 注意할 것은 彼等으로 하여곰 참된 사람 밋븐 사람이 되게 함이외다. 하늘을 말아 喇叭을 부는 재조가 잇더라도 참되고 밋지 아니한 사람은 無用이외다. 彼等은 實로 民族改造라는 大宗敎의 使徒가 되기에 足한 人格을 具備하여야 할 것외다.

아모러한 즛을 하여서라도 이 人材養成하여야 할지니, 人材養成이 업시 國을 立하려 함이 진실노 緣木求魚라 합니다. 내 손에 金力을 가진 者는 힘이 자라는 대로 一人이나 二人式이라도 敎育하시오. 이러할 實力이 업는 者여든 마음으로라도 늘 生각하고 逢人에 輒日 人材養成이라 하시오. 이리하야 全國民이 人材養成의 엇더케 重要하고 緊急한 것을 씨닷는 째면 이는 實現될지니, 우리는 人材養成으로 民族的 共同要求를 삼아야 하겟소. 國是를 삼아야 하겟소이다.

人材養成 담에 우리의 國是될 것은 産業의 振興이외다. 二千萬 韓族으로 하여곰 衣食이 足하게 함이외다. 그 낫고 좁고 더러운 오막사리를 모다 바리고 그 자리에 번적한 벽돌 大理石 집을 짓게 함이외다. 飢渴이 永遠히 韓土에서 跡을 斷하고 二千萬이 모도다 充分한 滋養과 修養과 娛樂을 取하야 血色 조코 졈잔은[**] 百姓이 되도록 함이외다.

---

[*]   바람을 잡고 그림자를 붙든다는 뜻으로, 허망 언행을 이르는 말.

웨 倫敦*과 紐約**에 韓人의 會社와 銀行이 업습니깃. 웨 太平洋 大西洋에 太極旗를 날니는 輪船이 업고, 그것은 다 못하더라도 웨 東洋商業의 中心인 上海의 黃浦灘 南京路에 韓人의 大商 하나이 업시 鴉片 密輸入으로써 韓人의 商業을 代表케 되엇슴니가. 웨 全國民의 一致한 獨立運動에 財政의 窘乏을 嘆하게 합닛가. 우리는 富하여야 하겟소. 知하는 今時에 富하여야 하겟소이다. 이리함에는 두 길이 잇스니, 卽 生産의 增殖과 分配의 平均이외다. 國内의 富源을 開發할 수 잇는 대로 開發하고 自然力을 利用할 수 잇는 대로 利用하고 利源의 外國의 流出함을 防止할 수 잇는 대로 防止하야 輸入 超過의 階段에서 自作自給의 階段에, 自作自給의 階段에서 輸出 超過의 階段에 移하기를 期하여야 할 것이외다. 다음에는 分配의 均衡이니, 아모리 生産이 多하다 하더라도 過去의 資本主義의 制度로는 到底히 國内에서 貧窮의 跡을 絶할 수 업슬지라. 現今 勞動問題가 世界改造의 中心問題가 됨을 보아도 알지니, 我國에도 土地問題 勞動問題는 將次 新國家의 中心問題가 될지오 쏘한 되어야 할 것이외다. 그러나 此等 問題보다도 더욱 緊要한 것은 二千萬人中에 하나도*** 遊民이 업슴외다. 富國의 第一要道는 國無遊民임에 在할지오, 現下 우리 處地에셔 絶叫할 것도 一人一業으로 遊民이 업게 함이외다****. 不幸히 萬一에 우리의 光復事業이 數年을 隔하게***** 된다 하면, 더구나 海外에 在한 同胞는 勤勉으로써 貯蓄을 힘써 每年 적어도 六十萬元의 財力을 鳩聚하도록 힘써야 할 것이외다. 産業에 對하야는 留學生 派遣과 갓히 簡單히 말하기 얼업거니와, 人材養成 産業振興이 우리의 二大 國是일 것은 同胞의 깁히 記憶할 바이라 합니

** 원문은 '정잔은'으로 되어 있다.
* 런던의 한자어 표기.
** 뉴욕의 한자어 표기.
*** 원문은 '하도'로 되어 있다.
**** 원문은 '함외다'로 되어 있다.
***** 원문은 '隔라게'로 되어 있다.

다.(1919.9.27.)

(一)
遠慮(一)

目前의 小利를 貪하지 아니하고 百年의 大計를 세우는 것을 遠慮라 하지 아니합니잇. 節制라, 工夫라, 貯蓄이라, 犧牲이라 하는 德은 遠慮에셔 나온 것이 안입니잇. 將來 일을 生각하야 目前의 小利小慾을 바린다 ― 이것이 遠慮가 안임닛가.

野蠻草昧한 時代의 人類에게는 아직 遠慮라는 思想이 發達되지 못하엿스리다. 아참에 니러나셔 그날 먹을 것을 벌면 그만이지요. 그러나 사람이 家庭을 造成하게 된 째붓허 遠慮가 상겻슬 것이웨다. 子息을 나아셔 아모 대나 내여 버리지 아니하고, 내 子息을 내 子息이라고 부르기 始作할 째붓허는 自己 一身에 對한 遠慮外에 種族에게 對한 遠慮가 상깁니다. 사랑하는 子女에게 安樂한 生活을 줄 양으로 勒勉과 儉約으로 財産을 만들지 아니합니잇. 極히 浮浪한 者를 除한 外에는 적어도 自己의 子女를 爲한 遠慮는 다 가지겟지요. 그러나 人民이 더욱 發達하야 各個人이 自己의 責任 範圍를 家族에서 遷하야 民族이나 國家에 옴기게 되면 遠慮도 自己의 家族 以上에 擴大하야 全民族 全國家를 對象으로 삼게 됩니다. 民族觀念, 國家觀念이 全無 或은 薄弱한 者는 一身 及 一家의 將來 以外에 生각할 줄을 모르나니, 民族을 自己의 家族 갓히 生각하게 되고 全民族의 後孫을 自己의 子孫과 갓히 生각하게 될랴면 昔日이면 仁人 君子나 今日이면 文明民族이 되여야 합니다. 今次 우리 獨立運動에 數百萬 同胞가 自己 一身 及 一家에는 直接으로 利害의 影響이 업는 일이엇만은 (舊式思想으로 보기에) 生命과 財産과 幸福을 勇敢히 犧牲한 것은 우리 民族中에 民族을 家族으로 全民族의 後孫을 自己 個人의 後孫으로 生각하리 만콤 民族觀念이 發達된 標徵이웨다. 이 發達이야말로 무엇보다도 貴重한 것이니, 우리의 民族的 生命이 實로 此一點에 在한 것이웨다. 日本이 敢히 우리나라에 郡縣을 置하야 우리 民族을 全혀 日本民族에게 吸收해버리고 말랴고 生각하는 것은 이로* 보아도 참 미런한 일이웨다. 이러한 民族을 自己의 家族으로 生각하고 民族 全體의 將來를 □하야 自己의 生命ᄭ지 犧牲하려 하는 生각을 自覺한 愛國心이라 합니다. 그런데 只今 우리 民族에게는 이러케 自覺한 愛國心이 時時刻刻으로 火燄갓히** 니러납니다. 그 愛國心이 太極旗가 되고 萬歲가 되고 銃釖을 두려어하지 안는 勇氣가 되는 것이웨다.

그런데 이러케 强烈한 民族觀念과 自覺한 愛國心이 닐어날 時機에 가장 戒愼할 것이 무엇일가요. 여러분 生각하셧나요. 작고 愛國心을 니리키고 작고 爲國獻身하는 思想을 鼓吹할 째에 무슨 戒愼할 것이 업쓰릿.

愛國心은 最高의 德이오 最神聖한 精神이웨다. 그러나 男女의 愛가 흔히 盲目的임과 갓히 國家에 對한 純潔한, 새로 覺醒하는 國民의 愛도 坯한 盲目的이기 쉬우니, 오직 熱烈하고 아모 私意 업는 愛國心에서 나오는 行動이 흔히 行動者의 知的 判斷의 誤謬로 하야 도리혀 國家에게 害를 씨치는 수가 잇읍니다. 그럼으로 眞正하고 完全한 愛國者가 되랴면 熱火 갓흔 愛國의 熱情 外에 冷靜한 知的判斷을 具備하여야 하나니, 이 知的 判斷의 標準되는 것이 只今 말하랴는 遠慮웨다.(1919.9.30.)

(一二)

遠慮(二)

새로 覺醒되는 民族은 맛치 血氣方盛의 靑年과 갓하서 勇猛, 前進, 戰爭 等 急激한 變化와 事業을 조와합니다.

「다 그만 두고 나가 죽자」, 「그져 爆發彈 한 個라도 던져라」, 「倭놈 한나라

---

*   원문은 '은이로'로 되어 있다.
**   원문은 '火燄잣히'로 되어 있다.

도 죽여라」, 「外交니 遠慮니 그런 微溫的 行爲는 실혀」. 우리 새로 覺醒된 韓族, 그中에도 愛國心과 勇氣 만흔 靑年의 思想인가 합니다. 法國革命時에 이러하엿고 俄國革命時에 坐한 이러하엿스며, 日本維新初에도 이러하엿습니다. 그네에게는 色이면은 唐紅, 溫度면은 白熱이라. 千里馬, 靑龍刀, 爆發彈, 飛行機, 六穴砲. 赤旗. 殺의 匕首, 赤手의 突擊, 火焰中의 敵陣 —— 이런 것이라야 비로소 滿足을 줄, 그러한 精神 狀態에 在합니다. 外交, 宣傳, 準備, 隱忍, 遠慮等은 그네에게는 졸니고 嘔逆나는 잠고대에 지나지 못합니다. 毒한 燒막酒에 醉眼예 火焰을 날니며 무지게 갓흔 長劍을 들어 끌는 鮮血을 쏫치는 것이라야 버로소 그네의 寂寞을 개타릴 만합니다. 아아 壯하고 讚揚하리로다, 復活하는 國民의 勃勃한 氣魄이여. 이것이 잇기에 足히 强한 怨讐를 慴伏하고, 이것이 잇기에 足히 惰眠한 國民을 警醒하고, 이것이 잇기에 亂臣賊子의 肝膽을 서늘케 하며, 이 氣魄이 잇기에 根本的 大破壞와 大建設을 할 수 잇는 것이외다. 衰弱하던 韓土의 애써 기다리던 것이 무엇입니까. 敵의 奴隸이던 二千萬의 하늘을 우르러 絶叫한 것이 무엇임닛가. 이 愛國心과 이 氣魄이 안임니까. 三月 초하룻날 午後 一時를 期約하야 地軸이 震動하도록 爆發한 것이 이 愛國心과 이 氣魄이오, 天下로 하여곰 大韓民族의 復活을 賀하게 한 것이 이 愛國心과 氣魄이외다. 이것은 漸漸 强烈하고 漸漸 濃厚하야써 億萬斯年*의 大韓民族의 强盛 繁榮과 함쯰 슷날 줄을 모를 것이외다.

그러나 悅에 在하는 悲를 닛지 말라. 戒愼은 아모 쌔에나 닛지 못할 것이외다. 特히 우리 境遇는 嚴重한 戒愼을 必要로 하나니, 卽 靜冷한 頭腦로 深謀遠慮하야써 輕擧妄動의 誚責이 업서야 할 것이외다.

비록 愛國心이 조흔 것이라 하더래도 自己 個人의 愛國心만 滿足하려 함은 亦是 私意니, 統一 업는 愛國心의 發動은 或人의 稱讚하는 奇行을 作할 수는 잇더래도 도리허 國家에게 大害를 貽하는 수가 잇나니, 至今 우리의 要求

* 무궁한 세월.

하는 바는 實로 이 統一이외다. 決코 一時의 快를 貪하야 各各 自己의 任意로 活動하지 말고 中心機關의 命을 從하야 ヒ首一閃, 爆彈一發, 萬歲一聲이 모도 다 統一된 民族意思의 發現이라야 하나니, 만일 政府에서는 甲을 主張하고 計劃할 째에 엇던 個人이나 團體가 그와 反對인 乙行動을 할 째에는 政府는 그만콤 信用과 實力을 일코, 짜라서 우리 獨立運動은 支離滅裂하게 될 것이 외다. 南大門의 一個 爆彈은 決코 此를 投한 一個人의 所爲라 아니 하고 大韓 民族의 所爲라고 解釋하며, 쏘한 그 果效가 亦是 民族的이니 利를 밧아도 全 民族, 害를 밧아도 全民族이외다. 血沸肉躍하는 我獨立軍의 勇士는 이 妙機를 잘 諒解하야 비록 自己의 意見이라도 中心機關을 通하야 中心機關의 意見으로 化해 가지고 그 中心機關의 名義로 實行하여야 하나니, 이것이 가장 戒愼할 빌라, 全民族의 大事에 對한 遠慮를 要할 바라 합니다.(1919.10.2.)

(一三)

遠慮(三)

遠慮의 反對를 臨時로 近慮라 하면 우리들에게는 近慮의 피가 흐릅니다. 南北 萬餘里의 大帝國을 建設할 時代의 扶餘民族은 遠慮가 잇섯겟지요. 遠慮가 잇섯기에 鑿山 通路도 하고 田野도 開하며 城郭도 싸고 法制도 만들엇지오. 그러나 現今의 半島를 보시오. 禿山 渴河는 무엇을 意味하며, 頹牆 矮屋은 무엇을 意味하며, 쏘 工夫을 始作하는 者는 만흐되 業을 成하는 者는 업슴은 무엇을 意味하며, 쏘 國恥 十年에 獨立運動의 大團結을 成치 못하엿슴은 무엇을 意味하나요. 모다 遠慮의 精神을 일코 眼前姑息의 計에만 汲汲한 結果가 아닌가요. 一個의 木을 植함보다 임의 잇는 一個의 木을 찍어다 쓰는 것이 上策이오, 大準備 大合同의 大團結을 作하기보다 爲先 個人 或은 二三人의 小黨의 意思를 滿足함이 上策이라 함이 近代 우리 民族의 退化한 精神이 아닙닛가.

그러나 最近 十年間에 우리 民族은 다른 方面으로 覺醒함과 갓히 多少 遠慮의 精神도 만히 發達한 모양이지마는 아직도 어립니다. 이번 三月 一日 事件에도 各小團體는 三月 一日을 기다리기를 迂闊하다 하야 各各 獨立行動을 하려 하는 것을 각가수로 눌럿다 하니, 이것도 아직도 全體, 統一, 準備 等 遠慮의 精神이 不足한 所致가 아닙닛가. 或 某處에 幾千名의 決死隊가 出動한다 하며, 某處에서는 幾十名의 團體가 單獨으로 某種의 行動을 하며, 某某는 幾萬圓의 金錢으로 某種의 事業을 經營한다 함이 모다 遠慮의 精神을 缺한 所致가 아닙닛가. 三月 一日 以來로 이러케 不統一하게 無準備하게 各個人이나 各小團體가 各各 目前의 欲望만 追求하기 째문에 被한 人物, 精力, 金錢 時間 及 形勢의 損失이 얼마나 큰지 서로 生각해 볼 일이외다. 또 一時 人心을 激動하기 爲하야 虛言을 하며, 一時 金錢을 得하기 爲하야 詐欺의 手段을 講하며, 或 一時 外國人의 稱讚과 同情을 博하기 爲하야 事實을 僞造하거나 誇張함이 僥倖 目前의 小效果를 得한다 하더라도 未久에 信用을 失하야* 周幽王의 烽火의 失敗를 當할 것이 明若觀火가 아닙닛가. 蒺藜에서 엇지 葡萄를 짜리오. 惡因에서 엇지 善果를 차즈리오. 建國의 神聖한 事業은 上帝를 事하는 敬虔과 齋戒와 忠誠으로써 할지오 決코 더러운 詐欺나 詭謫로써 할 것이 아니외다.

功利 方面으로 보아도 一時的 利益을 爲하는 不正한 手段이 도로혀 永久한 損害를 招함에 不過하거니와 精神的으로 보면 더욱 그러하외다. 우리는 決코 罪惡의 基礎 우에 新國家를 建設하기를 不願하노니, 비록 事業의 成功이 遲緩하더라도 內와 外에 對하야 正正堂堂한 行爲를 함이 至當하외다.

그럼으로 目前에 小害가 잇더라도 恒常 久遠의 義와 利를 眼中에 置하야 個人이나 一時의 利害로써 全局 又는 全民族의 久遠한 前途를 誤함이 업서야 할지니, 만일 我民族에게 이러한 遠慮의 精神이 잇다 하면 大統一도 立成할지오, 人材와 財錢의 大準備도 立成할지오, 內外에 對한 信任도 確固不動하게

---

* 원문은 '夫하야'로 되어 있다.

될 것이외다. 久遠한 理想과 計劃을 確立하고 二千萬이 一心一體가 되어 健全하게 着實하게 堂堂하게 進行할 째에 何强을 挫치 못하며 何事를 成치 못하랴. 我를 棄하고 公論에 從할지어다. 姑息을 棄하고 遠慮에 就할지어다.

(1919.10.4.)

(一四)
團合(一)

甲辰 乙巳頃에 우리 先輩 志士들이 愛國의 次에 筆로 舌로 가장 强하게 絶叫한 것은 團合이외다. 演說에도 團合 新聞 雜誌의 論說에도 團合, 唱歌에도 團合, 우리 二千萬이 團合만 하면 日人의 節制를 아니 밧고 堂堂한 獨立을 維持할 수 잇다함이 當時 志士의 所信이엇습니다. 그러나 마참내 豫期의 團合은 못되고 말앗나니, 대개 團合이 되랴면 各個人에게 團合의 必要가 切實히 感悟됨을 要함이외다. 團合의 맛과 利益과 方法을 모르던 人民에게 이를 알게 함은 決코 容易한 事業이 아니외다. 外界의 慘毒한 壓迫과 中心의 沈痛한 自覺과 先覺者의 不絶의 絶叫가 잇슨 뒤에야 비로소 아푸게 團合의 要를 식달을 것이외다. 三月 一日의 大同團合은 實로 過去 十年間의 辛酸한 經驗의 高價로 산 것이외다.

歐美 民族의 무서운 團合力은 數十世紀間의 激烈한 生存競爭에서 出한 것이니, 歐羅巴는 貓額만한 地面에 數十의 民族이 國家를 成하야 戰爭이 不絶함으로 自存上 自然 民族의 團合이 堅固하게 된 것이외다. 這番 歐洲大戰에는 各民族의 團合力이 極度에 達하야 거의 □民 全體가 沒數히 戰線에 立하는 偉觀을 呈한 것이외다. 持히 有名한 세르비아, 치코슬르바키아 等 民族은 거의 全民族 半數의 戰死者를 出하는 놀나운 團合力을 示하엿고, 英法美 等의 自由主義 個人主義가 極度에 發達되어 平時에는 國家의 干涉에 對하야 도로여 反抗의 態度를 取하던 民族들도 這番 戰爭에는 맛치 個人과 自由를 全혀 忘却한

듯시 社會의 高等한 地位와 名譽와 財産과 和樂한 家庭과 모단 幸福을 다 집어던지고 單純한 一兵丁이 되어 地獄과 길이 通한 塹壕속으로 欣欣然히 나갓습니다. 果然 그네의 這番에 나타내인 團合力은 人類史上의 偉觀이외다.

戰爭中쑨 아니라 戰後에도 그네는 萬事를 國家 中心으로 觀하고 思하고 行하야 數千萬 數萬의 國民의 各員이 마치 一大 機械의 各部分 모양으로 同一한 目的을 向하야 同一한 意識을 하면셔 一步一步 健全한 民族的 活動을 繼續합니다. 아아, 우리 民族의 本이 여긔 잇습니다.

團合하라, 이것이 今日의 우리의 標語가 아님닛가. 비록 三月 一日 以來에 놀나운 團合力을 表現하엿다 하더라도 그것으로 足하리잇가. 非常한 째에 羣衆心理的으로 하는 團合이 반듯시 深刻한 自覺에서 出한 團合과 갓지 아니합니다. 眞正한 團合은 有事한 째보다 無事한 째에 들어나는 것이니, 戰線의 團合은 强制力이 背後에 잇는지라 容易하되 平時 强制力이 업는 째의 團合이야말로 眞正한 團合이외다.

나는 이제 우리 民族의 團合의 狀態를 解剖하고 進하야 團合의 原理와 方法을 말하랴 합니다.

「怨수의 大砲가 아모리 커도 우리의 團合力 못싯트려.」

「하나이 되자 하나이 되자. 二千萬 누오라비 하나이 되자.」(1919.10.7.)

(一五)

團合(二)

動物中에는 各個生活을 하는 者와 集合生活을 하는 者와의 二種이 잇소 虎獅 갓흔 것은 前者의 例요 蜂蟻 갓흔 것은 後者의 例외다. 人類는 蜂蟻와 갓히 集合生活을 하는 動物이니, 集合生活中에 가장 發達한 것이 人類社會요 人類社會中에 가장 發達하고 完全하게 된 것이 國家외다.

多數가 集合하엿다고 반다시 社會가 아니니, 되는 대로 集合한 多數를 羣

衆이라 稱하고 法으로 統一된 羣衆을 社會라 합니다. 그럼으로 社會의 完全 不全完은 오직 統一의 完全 不完全에 在하고, 統一의 完全 不完全은 法의 完全 한 行不行에 在하외다. 그런데 法의 發生에 二途가 잇스니, 神이나 皇帝 갓흔 最高 權力의 命令으로 되는 것과 社會를 組成한 人員의 同意로 되는 것과외 다. 過去의 專制國家의 法과 近代의 民主國家의 法을 보면 알 것이외다. 民主 國家의 法의 發生의 狀態를 察하건대 國民 又는 國民의 代表者가 會集하야 從 多數로 決定한 者를 國家의 意思로 하나니, 一旦 國家의 意思가 決定된 時에 는 決定할 째에 反對한 者도 찬成한 者와 다름 업시 그 決定에 服從할 義務가 生합니다. 다시 輿論을 起하고 合法의 節次를 履하야 그 決定을 改正하기 前 에는 此를 違反함은 罪惡이오 反逆이외다. 이러한 者에게 國家는 死刑 以下 諸刑罰을 加하는 것이외다.

이에 우리는 社會生活를 營爲하는 데 두 가지 原理를 發見합니다. 卽 多數 의 意見으로 決定할 것, 한번 決定하야 그 社會의 名義로 公布한 以上 此를 改 正하기 前에는 決定時의 찬成 不찬成을 不問하고 그 社會의 人員은 絶對로 此 를 服從할 것. 쏘 이에 우리는 社會生活의 두 가지 大德을 發見하나니, 卽 讓 步와 服從이외다. 多數의 意見을 構成할 째에는 各個人의 千差萬別한 意見中 에서 小異를 棄하고 쏘 棄하야 半數 以上에 共通하는 一意見을 發見함이 必要 하니, 이러케 하야 生한 意見은 그 意見의 構成에 參與한 甲이나 乙이나 丙의 意見도 아니오, 甲乙丙丁 等의 特殊한 意見을 몽친 것도 아니오, 그 여러 特殊 한 意見中에 共通한 要素를 拔萃하야 成한 一種 特別한 意見이외다. 그럼으 로 이러한 意見을 生하기 爲하야는 各個人은 自己의 意見에 關하야 各相當한 讓步가 必要하니, 이 讓步가 업스면 十年을 다토아도 到底히 合一한 意見을 得키 不能할 것이오, 쏘 一旦 決定한 後에 此決定이 意에 不滿하다 하야 各기 一幟를 立한다 하면 社會는 數十黨 數百派로 分裂하야 마참내 社會가 破滅되 고 말 것이니, 그럼으로 一旦 決定된 以上은 此를 合法하게 改正하기까지는 비록 自己의 意에 不滿하더라도 絕對로 服從하여야 할 것이외다. 社會의 各員에게 이 두 가지 德이 업스면 그 社會의 運命은 滅亡이외다. 우리가 지금 말하는 團合은 決코 一齊히 萬歲를 불으는 것만이 아니오 一時에 나가 죽는 것만을 니름이 아니니, 이것이 團合이 아님이 아니나 이는 아즉 初等의 團合이라 未開한 人種과 蜂蟻갓흔 動物도 하는 빅라. 우리의 要求하는 團合은 實로 道德과 法과 知와로 된 高等하고 複雜한 團合이외다.

이러한 團合의 能力을 有한 뒤에야 비로소 文明한 國家를 經營하는 國民이 될 것이외다. 그런데 우리의 現狀은 엇더합닛가.(1919.10.11.)

(一六)

團合(三)

自來 우리 中의 團合의 種類를 擧하면 耶穌敎 天道敎 等의 宗敎的 團合, 金氏 李氏 等의 血族的 體合, 老論 少論 等의 階級的 團合, 新民會 光復會 等의 獨立運動을 目的하는 團合 等이니, 宗敎的 團合은 그 範圍가 넘어 廣汎하야 全人類를 包含하는 것이매 嚴正한 意味의 團合이라 稱키 不能하고 더욱이 民族이나 國家를 目的한 團合은 아니며, 血族的 團合은 다만 自然의 約束에 依하야 生한 것이니 아모 主義主見을 有한 것이 아니오 階級的 團合도 血族的 團合과 相異할 것이 업스며, 近年에 發生한 諸種 愛國團體도 다만 獨立이라는 廣汎한 目的을 有할 쑨이오 獨立이라는 大目的 以外 及 以下의 主義로 團結된 團合은 업습니다. 目的이 넘어 廣汎된 團合은 團合力이 薄弱할쑨더러 또 社會에 及하는 그 影響도 甚히 稀薄합니다.

大韓人은 大韓의 獨立을 目的삼고 二千萬의 大同團結을 지어야 할 것은 勿論이지마는 그 獨立의 目的을 達하되 엇던 主義와 엇던 方法으로 達할가 하는 데 對하야는 自然히 數種의 意見이 有할 것이외다. 或 外交를 爲主하는 者도 잇슬 것이오, 或 戰爭을 爲主하는 者도 잇슬 것이오, 或 暗殺이나 虐殺을

爲主하는 者도 잇슬 것이오, 갓히 外交를 爲主한다 하더라도 或은 美國에 主力을 向하자는 者, 或은 英法에, 쏘 或은 中國이나 俄國에, 쏘 或은 日本에 主力을 向하자는 者 等 各各 主見이 잇슬 것이외다. 그쑨더러 或은 今日의 運動은 今日의 運動대로 하여가되 只今붓터 久遠한 將來의 準備를 하자는 者도 잇슬지오, 그러한 者中에도 或은 某쳐 某쳐에 多數의 健壯한 靑年을 모도아 軍隊敎練을 施함으로써 將來의 準備를 삼는 者도 잇스며, 或은 萬事의 原動力은 金錢이니 무슨 方法으로던지 金錢을 募集하야 積置함으로써 將來의 準비를 삼는 者도 잇슬지오, 쏘 或은 萬事의 根本의 國民의 覺醒과 改造와 訓練에 在하다 하야 筆로 舌로 行으로 民族을 改造함으로써 將來의 準비를 삼는 者도 잇슬 것이외다. 쏘 其他에도 或은 平民主義, 或은 哲人主義 或은 國家社會 或은 共産主義하야 여러 가지 主義를 가진 자도 잇슬 것이외다.

이러케 여러 가지 主義를 싸라 自然 여러 가지 團合이 生할지니, 이러한 團合은 잇슬사록 조코 잇서야만 할 것이외다.

實로 우리의 團合은 上述한 바와 갓흔 主義의 團合이라야 합니다. 感情이나 디方이나 淺薄한 利害를 中心으로 하는 團合은 極히 幼穉하고 쏘 害되는 團合이외다. 不幸히 아직 우리 社會에는 主義의 團合이 만치 아니한 모양이라. 이는 過去 十年間 日人 惡政에도 原因할지나 쏘 우리 社會의 文化 程度의 幼穉함을 恨치 아니할 수 업슴니다. 담번에는 團合의 成立되는 順序와 團合과 國家와의 關係를 말하려 합니다.(1919.10.16.)

(一七)
團合(四)

主義를 基礎로 하는 團合의 發生하는 順序는 如下하외다. 처음에 一人이 잇서 그의 精神中에 一種의 新思想의 萌芽*가 生김니다. 그는 그 思想을 涵養

---

*   원문은 '崩芽'로 되어 있다.

하고 發達시켜 一個系統的 思想을 만듭니다. 그러한 뒤에 그는 이 思想을 世上에 實現하라는 强烈한 慾求를 生합니다. 그 思想은 或 宗敎일 수도 잇고 哲學일 수도 잇고 社會나 道德의 改良일 수도 잇슴니다. 그런데 이 思想實現의 第一要件이 同志의 糾合 卽 世上에 對한 自己의 思想의 宣傳이외다. 그는 처음에 가장 親한 親舊 一人을 密室에 請하야 가장 愼重히 自己의 思想을 傳할재 反對와 辯明과 設喩와 온갓 難關을 通하야 비로소 그 親舊로 하여곰 同志의 第一人이 되게 하나니, 一個의 思想을 二人만 共有하게 되면 이에 團合의 基礎가 生김이 마치 幾何學上에 二點만 잇스면 一線을 得함과 갓슴니다. 基礎의 一線을 得한 後에는 다시 一點을 得하면 面을 作할 수 잇고, 다시 一點을 得하면 體를 作할 수 잇나니, 無窮한 宇宙도 實로 四點으로 決定되는 것이외다. 이와 갓치 二人으로서 三人이 되고 四人이 된 後에는 幾何級數的으로 增殖될 것이외다. 이리하야 百人千人의 團合을 作한다 하면 그 百人千人이야말로 眞正한 意味의 同志요 이러한 同志로 된 團合이라야 眞正한 意味의 團合이니, 初代 耶蘇敎의 團合이나 歷史上 모든 革命의 團合이 實로 이러한 團合이외다. 이리하야 그 團合이 相當한 實力을 備하고 機會를 得하면 이에 비로소 그 機會를 利用하고 그 實力을 發揮하야 그 主義를 世上에 實現함을 得하는 것이외다. 或 速히 되는 것도 잇고, 或 十年百年의 長時日을 □할 것도 잇고, 或 數千年을 要할 것도 잇나니, 耶蘇敎의 理想 갓흔 것은 二千年에 近하여서도 아직 達치 못한 것이 著例외다. 그러나 아모리 오란 歲月을 要하더라도 眞正의 主義에 基礎한 自覺으로 된 團合일진대 決코 變하지 아니하리라. 하물며 偉大한 理想일사록 達할 時日이 더욱 長久함에리오. 盈尺의 草난 當年에 자라는 것이로되 놉히* 雲霄를 凌하는 巨樹는 數百年 數千年을 자라는 것이외다. 人類에게는 先入見이라는 一邊 利益도 주지마는 一邊 大害도 주는 天性이 잇슴으로 新思想이 現出할 째에는 반다시 이에 反對합니다. 그 思想

---

* 원문은 '놉히'로 되어 있다.

의 新한 程度가 甚할사록 世上의 反對도 尤甚할 것이며, 特히 腐敗하고 墮落한 人類를 救濟할 만한 根本的 改造의 大理想 갓흔 것은 더욱 世上의 激烈한 反對를 受할지니, 殉敎者는 決코 初代 耶蘇敎에만 잇는 것이 아니라 世上의 濁流를 排하고 思想의 實現을 爲하야 勇往邁進하는 者는 누구나 다 殉敎者일 것이외다. 아모려한 逼迫과 苦難이 나를 包圍하고 壓迫하더라도 이 主義는 바리지 못하리라 하야 同志가 서로 抱擁하고 피 흐르난 다리를 끌면서 遼遠한 理想의 光明을 追求하는 것이 眞正한 團合이외다.

우리 보기에 져 文明한 旺盛한 여러 民族들도 우리네와 갓치 밤낫 目前의 瑣事에만 汨沒하고 淺薄한 利害關係로만 서로 聚散하는 듯하나, 其實 져들의 裏面에는 여러 가지 主義의 團合이 잇서 그 民族의 精神의 主流이 되고 生命이 되난 것이외다. 現代의 健全한 國家는 健合한 團合의 基礎上에 建設되는 것이외다.(1919.10.25.)

(一八)
團合(五)

이러케 同一한 主義下에 多數의 同志가 聚會하면 第一에 닐어나는 것은 組織問題외다. 主義는 조코 同志도 만흐면서도 組織方法이 不完全하면 所期의 效果를 得키 難하외다. 만일 耶蘇敎會가 現在와 갓히 完備한 組織이 업섯던들 今日과 갓흔 隆盛을 得하지 못하엿슬지요, 今次의 我獨立運動도 組織方法이 得其宜를 못하엿더면 이만한 發展을 보지 못하엿슬 것이외다. 엇지 보면 文明은 卽組織이라 할 수 잇스니, 今日의 國家 及 其他 社會의 整然한 組織을 보시오.

完備한 組織의 次에 닐어날 것은 組織의 活用問題외다. 아모리 組織이 完備하더라도 此를 잘 活用하지 못하면 조흔 機械를 두고도 쓰지 아니하는 것과 갓히 아모 効用이 업슬 것이외다. 그럼으로 完全한 機關을 組織하고 그 機

關을 잘 活用함이 團合의 要諦니 此에 要하는 것은 人材와 金錢이외다.

첫재, 그 團合의 主義를 實現하기에 가장 適當한 方針을 確立하는 者, 그 方針에 基하야 가장 適當한 機關을 組織하는 者, 이미 組織된 機關을 하나도 놀니지 아니하고 最善의 能率을 出하도록 活用하는 者 等의 人材가 잇서야 할지니, 方針의 確立과 機關의 組織은 一二人의 人材로도 能히 할지나 이 機關을 活用하는 데는 團合의 大小와 事業의 煩簡을 따라 差異가 有하더라도 左右間 多數의 人材를 要求할 것이외다.

둘재, 아모리 完備한 機關과 人材가 有하더라도 金錢이 업시는 豫定한 事業을 進行치 못할 것이외다.

이제 革命이나 改革을 目的하는 한 團合이 잇다 하고, 그 團合이 完全한 團合이 되랴면 무엇 무엇이 잇서야 할 것을 假定해 봅시다.

첫재 그 團合이 由하야 生하는 根本主議를 唱導하고 實行하는 中心人物, 둘재 그를 잘 理解하고 說明하고 愛護하는 輔佐者 卽 首弟子도 되고 副官도 될 者, 셋재 그 主義를 體하는 힘 잇는 實行家, 넷재 그 主義를 잘 宣傳하는 文士 及 演說家, 다섯재 事務의 才幹이 잇는 者, 여섯재 財産家 及 理財家, 닐곱재 外交에 能한 者, 여달재 外國語文을 잘하는 者. 以上 八種의 人物은 實로 업서서 아니될 要素니, 이러한 人物이 多할사록 그 團合의 勢力은 大하고 이러한 人物이 업스면 비록 엇더케 조흔 主義라도 數千萬의 羣衆이 모혓더라도 아모 効果가 업슬 것이외다.

그런데 現今 우리 民族中의 多數한 團合에는 或 中心主義가 分明치 못하거나 中心人物이 업는 者, 或 組織이 不備한 者, 或 組織이 잇더라도 한갓 남만 模倣하고 그 精神을 理解치 못하는 者, 組織은 잇서도 人材와 金力이 不足하야 그 組織된 機關을 活用치 못하는 者가 만흠니다. 그럼으로 龍頭蛇尾되기 쉽고 有名無實되기 쉽고, 甚至에 그 團의 一員이면서 그 團의 主義와 性質을 모르며, 그 團의 職員이면서 自己의 職務가 무엇인지를 모르는 奇現象을 現

出하게 됩니다. 이리하야 無數한 團合들이 朝生暮死하고 空然히 軋轢하야 歲
月과 金錢만 浪費하는 慘狀을 묻하는 것이외다. 깁흔 自覺이 잇고 分明한 主
張이 잇는 것이 아니라 或은 一時의 뜬 생각으로 或은 親舊의 弄談삼은 勸誘
로 욱하고 모혀서 規則委員을 뽑고 任員選擧 投票를 하고나 무슨 營門인 줄
은 自己도 모르는 그러한 團合이 不振하는 것을 恨하는 이가 도로혀 어리석
지 아니합니까.(未完)(1919.10.28.)

所謂 朝鮮總督의 任命[*]

本月 十三日 東京電은 所謂 新朝鮮總督의 任命을 傳하다. 그리고 各新聞은 朝鮮總督 海軍大將 齋藤實[**]이 비록 海軍大將이나 海軍大將이 아니오 政治家임과, 軍閥主義者가 아니오 寬厚한 者임을 力說하다가 預備役인 齋藤을 現役으로 復活식힘을 보고 周章狼狽하도다.

日本人의 生覺에 韓人이 日本에게 不服함은 總督이 武官이요 警察이 憲兵인 緣故로 思하나, 韓人의 思想을 單純하다고 嘲笑하는 日本人이야말로 韓人에게 嘲笑밧을 單純한 者로다.

日本人은 幼穉한 女子들이 흔히 하는 모양으로 저 혼자 人의 心思를 推斷하고 其實은 人의 意思에 反하는 行動을 하다가 人이 不滿하여 하면 勃然히 色을 變하야 人을 怒하고 怨하는 性癖이 잇나니, 韓人의 不服의 原因을 一個 總督이나 憲兵制度에 歸함도 實로 日本人의 此心理에서 出한 것이라.

吾人의 思想으로 보면 總督의 文武와 警察의 如何는 거의 眼中에도 不置하는 베니, 吾人이 日本을 反抗함은 日本人은 異民族이라 하는 絶對하고 唯一한 理由가 有한 故라. 文官은 말고 日本皇帝가 親히 오더라도 吾人의 反對은 少毫도 變함이 無할 것이라.

朝鮮內에 日本人의 官吏가 다 나가고 總督 一人만 남는다 하더라도, 總督써지 다 나가고 名義만 日本의 領土라 하더라도, 自由의 思想에 覺醒된 我民

*   『獨立』2, 1919.8.26. 1면 '社說'란에 실렸다.
** 사이토 마코토(齋藤実, 1858-1936). 일본 제국 해군의 군인이자 관료, 정치인. 1927년까지 제3대, 1929년부터 1931년까지 제5대 조선총독부 총독을 지냈다. 1919년 9월 조선 총독으로 부임하러 조선의 남대문역에서 내리다가 강우규 등의 폭탄 습격을 받았고, 식민지 조선에 '문화정치'를 실시한 인물이기도 하다.

族性은 決코 此를 忍치 못할 것이라.

或은 朝鮮人 本位를 云云하고 或은 參政權 或은 自治를 云云하나 云云하는 것은 彼等의 自由이오 吾等에게는 馬耳東風이라. 日本이여, 小孩를 달내는 手段으로 韓人을 悅服케 하려는 徒勞를 그칠지어다. 淺薄한 利害關係와 可憎한 威脅과 詐欺手段으로 韓人을 籠絡해보려는 徒勞를 그칠지어다. 만일 韓人에게 對하야 眞實로 誠意가 잇거던 더구나 韓人을 統治하려는 奪父의 望을 棄抛할지어다. 그리하고 韓人의 唯一한 希望이오 意思는 獨立이오 自由임을 알지어다.

日本의 半醒

聖潔한 我國民의 부루지짐과 血의 힘은 小成自傲의 毒酒에 醉한 日本을 醒의 狀態에 引導하엿도다. 三千里 韓土는 日本人의 노리터요 二千萬의 韓民은 日本人의 쓰기 조흔 奴隷로만 밋엿던 것이 不可함을 이제야 개닷고 舌端만일지라도 「韓日人 無差別」 「韓人의 韓土」를 說하게 되엿나니, 實로 日本人으로는 大覺醒이요 大進步라.

만일 在來의 壓迫을 一日이라도 더 繼續하엿던들 韓民의 怨恨은 더욱 激烈함에 이르러 早晚間 더욱 激烈한 復讐를 當혀엿을 것을, 半이라도 前非를 悔改한 것이 半이라도 前罪를 減하리로다.

그러나 언제나 韓人에게 對한 惡政이 罪라 함을 自覺한 日本은 內와 外에 對하야 점잔치 못한 虛言과 陰謀를 가지고 半만이라도 領土慾과 征服慾을 滿足히 하려고 하는 未練과 稚氣를 一擲하고 韓國을 合倂한 것이 罪障의 根本임을 快悟하야 全醒의 域에 入할가.

조금 더 多量의 韓人의 鮮血를 要하나뇨 구태 辭讓치 아니하거니와, 竊히 久遠한 日本의 將來를 爲하야 亞細亞 及 世界人類의 平和와 幸福을 爲하야 日本人의 淺慮强慾함을 愛惜하노라.

國恥 第九回를 哭함*

庚戌年 八月 二十九日. 半萬年의 自由民의 歷史가 斷絶되고 詐欺와 武力으로 二千萬 神聖民族이 日本의 奴隷로 된 날. 我夫餘民族에게 生活의 方法과 文字와 道德과 制度를 受하야 穴居蠢動하던 野蠻의 域을 脫한 恩惠를 恒常 怨讎로써 報하기를 國是로 하는 日本의 最後요, 쏘 最徹底한 報恩을 敢行한 날. 先祖의 피로 직힌 故疆이 植民地가 되고, 堂堂하던 帝國의 國土가 北海道, 台灣, 樺太의 次에 가는 一小地方이 된 날. 檀君을 棄하고 神武天皇을 我祖宗이라 부르고, 半萬年間 我族의 精神과 思想을 담고 傳하는 國語를 鮮語라 하고 因緣도 업는 日語를 國語라고 稱하게 된 날. 마음에는 업스면서도 憲兵의 威脅을 못 이기여 日章旗를 달고 天皇陛下의 萬歲를 呼하게 된 날. 二千萬의 血이 沸하고 胸이 裂하는 날. 骨髓에 사모친 此怨恨은 數十代를 經過하여도 減치 안이할 그러한 寃痛한 날.

그날붓터 只今쩌지에 三千二百八十五日을 經過하다. 三千二百八十五日의 晝와 夜. 晝에 自由를 思하고 夜에 獨立을 夢하면서 八回의 紀念日을 送하다 奴隷된 者의 身世라, 主人의 征服者的 快樂을 滿足케 하기 爲하야 慟哭할 날에 萬歲를 부르지 안이치 못하엿다. 「언제나, 언제나」가 二千萬의 切齒하고 誦하는 呪文이러라.

束縛과 壓迫과 侮辱과 怨恨의 九年間. 自由와 幸福과 安心을 全혀 일흔 黑暗하고 辛酸한 三千二百八十五日 我民族은 手足을 傳하고 舌을 斷한 捕虜가 되여 大日本 天皇의 代理인 者의 毆打와 唾罵와 嘲弄를 忍受하고 笑하라면 笑하고 拜하라면 拜하다.

---

* 『獨立』3, 1919.8.29. 1면 '社說'란에 실렸다.

九年. 中華革命이 起하야 漢族이 三百年來의 滿族의 羈絆을 脫하다. 世界大戰이 起하고 終하다. 大俄帝國이 瓦解하고 共和政府가 坐 瓦解하고 人類史上에 初創인 過激派 政府가 立하고 盛하고 衰하다. 天日을 東으로 굴닐 듯하던 大德帝國이 瓦解하고 萬乘의 維廉* 陛下가 樵夫로 化하다. 歐洲 最古 帝國인 奧太利가 瓦解하다. 二千年 流離하던 이스라에리 族屬이 시온域으로 모혀들다. 무슨 나라이 建設되고 무슨 나라이 獨立하다. 大韓 江山 三千里에 忍辱하던 二千萬 衆生이 一齊이 웨치는 自由의 叫號에 日本이 戰慄하고 世界가 驚動하다. 아아, 冤痛하고 黑暗하던 九年間. 多事하고 意味 만흔 九年間.

그러나 怨讐의 酷毒한 鞭撻下에 我族은 그가 希望하고 計畫한 베와는 正反對의 方向으로 自覺하고 進步하고 準備하다. 同化政策은 我族에게 强烈한 民族的 意識을 起케 하엇고, 所謂 不逞鮮人 取締와 愛國者 撲滅策인 여러 大事件은 吾族에게 愛國者의** 標準과 그에게 對한 崇仰의 情을 强烈케 하다. 內地人이라고 불으지 안이치 못할 째마다 自由를 思하고 天皇의 恩澤을 感謝하기를 强制될 째마다 日本에게 對한 怨恨이 長하다.

아아, 萬感이 交臻하는 斯日이어. 咀呪밧고 記憶될 斯日이어. 神聖한 故疆을 敵의 占領下에 置하고 斯日을 當함이 此로써 最終이 될지어다.

---

*　빌헬름 2세(Wilhelm II, 1859-1941). 독일 제국의 황제 겸 프로이센의 카이저.
**　원문은 '愛國者니'로 되어 있다.

政府 改造案에 對하야*

去八月 二十八日에 臨時憲法 改訂案 及 臨時政府 改造案이 國務院으로붓터 議政院에 提出되다. 四月 十一日 發布의 十個條의 臨時憲章은 元來 立國의 綱領을 示함에 不過하니, 此는 憲法의 體裁를 具한 臨時憲法의 制定을 豫想한 것이 分明한지라. 今次의 臨時憲法은 名義는 改訂이라 하더라도 其實은 十個條의 敷衍이니, 그 內容 如何는 別問題어니와 改訂案 그것은 □然히 出할 것이라. 異論도 無하거니와 臨時政府 改造案에 對하야는 一般與論은 毋論이오 議政院內에도 是非의 論이 紛紛한 듯하도다.

今에 國務院 提出의 臨時政府 改造案을 觀하건대

一, 制度를 變更하야 總理制를 統領制로 할 것

二, 組織을 擴張하야 行政六部를 七部一局으로 할 것

이라 하야 國務院의 意思는 漢城에서 發表된 臨時政府의 制度와 同一하게 한 後에 執政官 總裁를 大統領으로 改하고**, 大統領 李承晩 博士 以下의 全部 國務員은 漢城 發表의 人員대로 選任하는 形式을 取하야써 世上에 發表된 二個 政府를 一로 하려 함에 在한 듯하다. 그럴진대 法理論으로 보아 여러 가지 複雜한 異論을 生할지나 安代理總理의 言과 如히 此가 現今에 在하야 民族의 政治的 統一의 最好한 道라 하면 吾輩도 實際를 爲하야 勞成하는 빗어니와, 安代理總理의 議政院에서 한 說明에 若干 模糊한 點이 不無하니, 卽 氏의 言中에(漢城 發表의 臨時政府를 承認한다)는 句節이 有함이라.

만일 承認함이라 하면 議政院에 對하야 官制의 改革과 大統領 及 其他 國務

* 『獨立』 4, 1919.9.2. 1면 '社說'란에 실렸다.
** 원문은 '改四하고'로 되어 있다.

院의 改選을 要求할 必要가 無하니, 아마 氏의 言의 眞意는 漢城의 政府를 精神的으로 承認하야 上海의 政府를 改造호대 漢城의 政府와 同一한 制度와 人員이 되게 하자는 쯧인 듯하도다.

만일 吾輩의 解釋이 그 眞相이라 하면 「承認」과 「改造」의 質이 異한 兩概念의 調和를 得할 수 有하니, 卽 二가 아니오 오직 一이라 하는 實을 表하기 爲하야 兩樣으로 發表된 政府를 一로 하되, 精神的으로는 漢城의 政府를 承認하고 形式的으로는 上海의 政府를 改造하야써 漢城의 精과 上海의 肉으로써 統一政府를 産出함이라고 解하리라.

그러나 此에 對하야 一種의 不滿이 有하니, 卽 아직도 紙上 空文의 境域을 脫치 못함이라. 過去에도 李總理 及 安金 兩總長外에 四總長은 出席함이 無하엿으니, 今次의 改造에는 空文이 되지 말고 各部 總長의 承認을 先得한 後에 任命하야 國務員 全體*가 實務를 執하도록 하지 못함이라.

그러나 國務院은 엇지하야 먼져 臨時憲法을 通過케 한 後에 李承晩 博士를 大統領으로 選擧하기를 提案하고 李東輝**參領을 國務總理로 同意하기를 請求하는 順序를 取하지 아니하엿나뇨. 그리 하엿더면 諒解하기도 容易하엿고 節次도 分明할 번하엿도다.

---

* 　원문은 '全禮'로 되어 있다.
** 　원문은 '李東暉'로 되어 있다.

韓日 兩族의 合하지 못할 理由[*]

(一)

今次 獨立運動을 武力으로 一時 制壓줄 信하는 日本은 掩然히 從來의 態를 變하야 가장 韓人을 愛護하는 듯한^{**} 樣을 作하다. 日本의 各新聞紙 等도 近日에는 筆法을 卒變하야 韓人을 數千年來로 相愛 相依하던 同胞인 듯시 言하며, 原敬^{***}은 韓日人 無差別일 것과 朝鮮은 決코 植民地가 아니라, 朝鮮人 統治는 朝鮮人 本位라 하는 等 廓然 大悟의 誓를 發하다. 그리하고 部를 局으로 改하며 道長官을 道知事로 하며 憲兵補助員의 地位를 曹長써지 놉히며 憲兵의 一部分을 巡査로 扮裝하는 等 淺薄한 二三의 改造으로써 韓人에게 對하야 正當한 處置를 함이라고 自矜하도다.

惟컨대 日本은 淸日 俄日 兩次 戰爭의 勝利와 今次 大戰에 一躍 五大國의 列에 參與함으로 그의 特性인 驕慢 더욱 增長하야 그 隆盛이 永遠하리라고 自信하더니, 문득 大戰中에 日本이 聯合國에게 對하야 犯한 背信的 罪惡이 暴露되여 世界의 日本에게 對한 憎惡와 不信任의 空氣가 濃厚하며, 自家의 家畜으로 確信하엿던 韓人이 日本에게는 最히 意外로 組織的 大活動을 開始하야 十年間 日本이 世界에 虛傳한 韓民의 悅服과 朝鮮統始의 成功이라던 粉飾이 餘地 업시 剝落하엿슬쑨더러, 十年前의 義兵 虐殺과 三十年來 連하야 實行하던 臺灣人 虐殺의 舊套를 今日의 獨立運動에 實行하야 數萬의 韓人을 殺傷하고, 其他에도 文明의 一片이라도 有한 國民은 忍해 行치 못할 暴行을 日本國家의

---

*　　『獨立』 5-8, 1919.9.4.-9.13. 1면 '社說'란에 연재되었다.

**　 원문은 '듯한한'으로 되어 있다.

*** 하라 다카시(原敬, 1856-1921). 제국 일본의 정치가. 1918년 9월 28일부터 1921년 11월 4일까지 19대 일본 내각총리대신을 지냈다.

名義로 行하야 全世界의 信任을 失하고, 一邊 四萬萬의 中華人에게 根抵 깁고 組織的인 背斥을 受하야 日本은 今에 四面楚歌의 孤立의 地에 陷한지라. 日本은 利害打算上으로 보더래도 外表만으로나마 前非를 改하는 樣을 作하야 世界의 信任을 恢復할 必要가 有할지라. 今次 所謂 朝鮮統治 改革도 此魂膽에서 出하엿스려니와, 此가 或 世界人의 耳目은 多少間 眩惑하는 結果를 得할는지 모르더래도 韓族에게 對하야서는 아모 効力도 與치 못할 것은 日前 本紙上에 吾輩의 임의 聲言한 비라. 日本의 今次의 改革에 前述한 動機를 除한 外에 韓族을 爲하야는 何等 誠意도 認키 不能하니, 대개 만일 日本에게 多少의 誠意가 有하다 하면 맛당이 韓族의 意思를 尊重하는 表跡이 有하여야 할 것이어늘 不然하야 萬事를 自己네의 任意대로 行하엿도다. 그러나 此는 理論으로 言함이오 日本의 誠意 不誠意와 善政이오 惡政임은 吾輩의 全然히 不關하는 비니, 在巴里 我代表의 聲言한 韓族의 戰함은 日本人과 平等權을 得하려 함이 안이요 오직 獨立을 爲함이니, 日本이 韓國을 自國의 一部分으로 保有키를 主張하는 동안 決코 極東에는 平和가 無하리라 함은 實로 韓族의 意思를 最히 簡明直截하게 說明한 것이라. 그럼으로 吾輩는 日本의 所謂 朝鮮統治 改革案에 對하야는 是非를 論할 必要가 能하도다. 그러나 日本人이 韓族을 同化할 수 잇다고 迷信함에 對하야 吾輩 自身의 口로 그 能不能을 論證하야 一邊 日本의 迷夢을 破하고 一邊 一部 人士의 疑惑을 破함을 極히 必要한 事라고 自信하노니, 余가[*] 本論을 草하는 所以라.(1919.9.4.)

(二)

日本人은 아모조록 韓族을 支配할 口實을 得하기 爲하야 韓日 兩族의 同文 同種임을 力說하며, 甚至에 此兩族은 古代로붓터 密接 不離할 關係가 有하다 하며, 愚昧 强慾하고 良心이 痲痺된 彼等은 古代로붓터 韓族은 日本族에게 支

---

*   원문은 '失가'로 되어 있다.

配를 受하는 傾向이 有하였다 하야 合倂은 二千年來의 宿題를 解決함이라고 壯談하도다. 此는 我獨立宣言書에도 言하는 베어니와 淺薄한 征服者的 決樂을 取하려 하는 迷見에서 出함이라.

韓日 兩民族이 同一한 民族이라 함은 民族의 定義를 不知하는 者의 言이라. 或 種族과 民族과의 判異한 兩概念을 混同하야 自己에게 利하도록 言함일지나, 韓日 兩民族이 同是 蒙古族이라 하면 此意味로 보아 此兩族이 同一한 種族이라고 稱함은 得할지나, 共同한 歷史와 言語를 有한 外에 「우리는 同一한 民族이다」한 民族的 意識의 存在를 必要로 하는 民族이라는 見地에서 보면 아모리 牽强附會와 我田引水에 長한 日人이라도 韓日 兩族을 同一한 民族이라고 謂할 面皮가 無할지라. 만일 同一한 蒙古族이라는 根據로 韓日 兩民族의 同化의 可能을 說할진된 蒙古族 漢族은 勿論이오 멀리 土耳其*族 匈牙利**族 芬蘭***族끄지도 同化하야 一民族이 됨을 得할지오, 쏘 만일 同一한 漢字를 便用함을 根據로 同文이라 하야 同化가 可能하다 하면 韓日 兩族의 同化보다도 漢日 兩族의 同化가 더욱 容易할지오 同一한 알파벳을 使用하는 歐美의 諸民族은 모다 同化하야 一民族을 成할 것이라.

쏘 만일 韓日 兩國이 一葦帶水임을 同化의 一條件이라 하면 陸으로 相接 法德俄伊 等 諸民族은 더욱 同化하기가 容易할지오, 自古로 密接한 歷史的 關係가 有함으로써 同化의 條件이 된다 하면 韓族은 日本族에게보다 漢族에게 同化할 可能性이 尤多할지오, 希臘과 羅馬 英法德 等은 더구나 同化하기 容易할지라. 쏘 만일 日本民族은 韓民族보다 近代文化에 一日의 長이 有하고 一臂의 强이 有함으로써 同化의 條件이 된다 하면 世界의 劣弱民族은 모다 優强民族에게 同化되고 말 것이며, 쏘 만일 日本人이 鐵面皮하게 自稱함과 갓치 日皇

---

* 터키의 한자어 표기.
** 헝가리의 한자어 표기.
*** 핀란드의 한자어 표기.

이 韓民族을 日本民族과 갓치 愛하고 日本人이 韓人은 同胞와 갓치 한다 함으로써 同化의 條件이 된다 하면 日本民族은 犬馬와 가치 自己에 利益을 주는 異民族에게 同化될 것을 自白함이오 民族的 意識과 民族的 矜持와 神聖한 歷史의 傳統을 無視하는 者라. 日本은 果然 何等의 根據로써 韓日 兩族의 同化를 主張하나뇨.

理論으로만 二個의 異民族의 同化가 不可能할뿐더러, 有史 以來로 일즉 異民族 同化의 實例가 無할뿐더러, 此와 反對로 同化政策이 同化하랴던 兩民族에게 慘害를 加하고 失敗한 實例만 歷史에 充滿하엿스며, 特히 今日은 同化라는 僞名下에 暴力으로 抑壓되엿던 民族이 分離하고 解放되는 時代라. 日本은 敢히 歷史의 方向을 逆轉하랴나뇨. 하물며 韓日 兩族間에는 以下에 論할 特殊한 調和치 못할 理由가 有함이리오.(1919.9.6)

(三)
歷史와 民族意識

歷史의 傳說로 보건대 日本民族은 我國으로붓허 流入한 듯하며, 더욱이 日本의 崇神天皇의 京城이 韓族의 植民地인 敦賀이던 것과 韓族이 舟를 縱하야 日本에 入하야 日本王이 되엿다 함을 보던지, 所謂 奈良朝의 京城이던 奈良(日本音에 나라)이 新羅語임과 其他 고오리(郡) 무라(村) 等의 地方制度의 名稱이 新羅語에 出함과 彼所謂 神功皇后는 韓人의 女로 九州의 賊을 討滅한 後헤 □家인 故國 新羅에 朝賀함과 朝觀하엿슬 時에 新羅 王室에서 優渥한 對遇로 此를 迎하야 日本民族이 아직 못 보던 여러 가지 珍品을 下賜하엿슴을 보던지, 쏘 三國時代의 各國이 마치 幼兒를 扶掖하드시 日本民族에게 各般의 文化를 傳授하야 生食穴居의 蠻族이던 日本民族으로 하여곰 제법 相當한 文化를 有하게 하엿슴을 보더래도 古代에 在하야는 我韓族은 日本族을 我族의 一分家로 視하엿는 듯하며, 兼하야 上述한 傳說과 밋 崇神天皇 及 神功皇后의 例

로 보더래도 日本 皇室은 十에 八九는 我韓族의 血인 듯하도다. 其他 三國으로붓허 或은 植民으로, 或 移住로 高等한 文化를 携하고 日本에 流入한 者 一多數하니 現今의 日本人에게도 應當 數百萬의 韓族의 後裔가 有할지라. 그러타고 韓日 兩民族을 同民族이라 할가.

韓族은 四千二百餘年의 獨立한 國民으로의 記錄을 有하고, 特殊한 言語는 强와 習慣을 有하고, 우리는 韓族이라는 烈한 民族的 意識이 有하며 日本民族도 亦是 이러한지라. 만일 韓族이 日本族에게 同化할 可能性이 有하다 하면 同一한 論理로 日本族도 韓族에게 同化할 可能性이 有할지라. 만일 今日 兩族이 處地를 易하야 韓族이 新文化에 日本보다[*] 一日의 長이 有하다 하고 韓族이 日本民族다러 同化하라 하면 日本族이 果然 神武天皇을 棄하고, 그 自矜하는 야마도民族이라는 名稱과 야마도다마시이(大和魂)를 棄하고, 檀君을 日本族의 祖先이라 하며 大韓民族을 自己네의 名稱이라 하야 榮光으로 녀길가.

自慢心과 排他性 强하기로 著名한 日本民族이 幸히 韓族의 處地에 立하엿던들 同化라는 同字만 들어도 참지 못하엿슬지요, 만일 東京에 韓族의 總督을 置한다 하면 少하여도 十年間에 十人은 暗殺하엿슬지요, 韓族이 日本內로 橫行하면서 檀君을 日本族의 先祖이라 하고 日本族은 古來로 韓族의 支配를 受한 民族이니 二千年 못 되는 野蠻된 歷史를 棄하고 半萬年의 文化의 歷史를 가진 韓族에게 同化하 暴라 한다 하면 愛國心을 자랑하는 日本人은 반듯시 그 잘 쓰는^{**} 槍과 短刀로 數百千의 韓人을 暗殺하고 韓族의 詭謫, 惡함을 怨恨하엿스리라. 엇지 伊藤 齋藤^{***} 二人의 狙擊샏이엇슬이오.

日本人의 慾望대로 하면 韓族이 速히 自己의 歷史와 言語를 니져바리고 速히 速히 日本人이 되엇스면 조흐련마는 日本人이 韓族의 歷史를 滅하려 할사

---

* 원문은 '日本보디'라고 되어 있다.
** 원문은 '잘쓴은'으로 되어 있다.
*** 원문은 '齊藤'으로 되어 있다.

록 國語를 滅하려 할사록 韓族의 此에 對한 愛着心은 더욱 刺激되며, 日本이 同族이라고 力說할사록 日本은 異民族이다, 韓族의 怨讎다 하는 觀念이 더욱 强하게 되지 아니하나뇨.

設或 日本이 애써 牽强附會와 歷史의 僞造 等의 手段으로 同化의 神通한 口實을 得한다 하더라도 韓族의 歷史와 國語와 밋 民族的 意識은 永遠히 打破치 못하리라.(1919.9.13.)

安總長의 代理 大統領 辭退*

李承晩 博士를 臨時 大統領으로 選擧한 議政院은 安昌浩氏를 大統領 代理로 選定하니, 此는 憲法 第十六條 大統領이 有故할 時는 國務總理가 此를 代理하고 國務總理가 有故할 時는 臨時議政院에서 代理를 選定함이라는 □를 依함이라.

華盛頓에 在하야 外交의 衝에 當한 李大統領을 有故라고 解釋함이 當할가, 쏘 此를 有故라 하더라도 某處에 在하야 아직 赴任치 아니한 李國務總理를 有故라고 解釋함이 當할가, 하는 것이 先決問題라. 此에 對하야는 異論이 不無할지나, 그러나 此憲法**을 通過한 議政院 自身이 憲法을 通過한 翌日의 한 憲法에 解釋이니, 今日에 在하야는 此以上의 有力한 解釋을 得할 수 업스리라.

만일 此解釋이 正當하다 하야 臨時 大統領 代理의 必要가 有하다 하면 安昌浩氏를 選定한 議政院의 行動은 極히 正當한 일이라. 此에 三種의 理由가 有하니, 卽 비록 憲法에 大統領 代理의 資格을 國務員에만 限하지 아니하엿다 하더라도 可及케는 國務員임이 便할지니 此가 理由의 一이오, 安昌浩氏는 從來로 國務總理 代理의 職에 在하야 事實上 元首의 職을 行하엿스니 此가 理由의 二요, 最後에 人物로 보더라도 氏를 除하고 다시 適任者를 求키 難할지니 議政院이 二票를 除한 外에 거의 全院 一致로 氏에게 投票함은 實로 眞正한 愛國의 誠意에서 出하고 毫末도 他意가 無하며, 一航의 輿論이 쏘한 議政院의 意向에 贊同하는지라. 氏의 辭意를 聽한 議政院이 憤怒의 情을 發함도

---

* 『獨立』7, 1919.9.9. 1면 '社說'란에 실렸다.
** 원문은 '此憲治'로 되어 있다.

無理가 아니며, 或 氏로써 責任을 回避하는 者라 하며 勇氣가 乏한 者라 함도 잇슬 만한 批評이로다.

그러나 首를 回하야 安昌浩氏의 心事를 推測하건대 坮한 難處치 아니함이 아니라. 余는 氏의 過去의 心思와 行動의 善惡을 判斷할 知識이 無하거니와, 一部 有力한 人士間에 氏를 地方熱이 有한 者, 野心이 有한 者, 自己의 意思에만 固執하야 人의 意見을 包容하는 雅量이 乏한 者라는 批評을 受하며, 그中에도 地方熱과 野心은 맛치 氏의 顯著한 特色인 듯시 鼓吹하도다. 氏가 처음 上海에 來하매 一部 上海의 人士도 亦是 此種의 思想을 抱하엿슴은 事實이니, 爾來 三閱月間에 上海 人士中에는 氏에게 對한 此種 誤解가 氷解되엿거니와 아직 言論機關의 不備와 通信의 不便으로 하야 上海와 其他 各地 人士間에는 意思의 流通이 完全치 못함으로 各地 人士의 氏에게 對한 諒解가 반다시 上海 人士의 그것과 同一타 하기 어려운지라. 만일 安昌浩氏가 政府 改造를 主唱하야 李博士를 大統領으로 椎薦한 後에 自己가 몸소 大統領 代理*가 되면 世上의 誤解도 不無할지니, 모쳐름 國民의 統一을 爲하야 莫大한 犧牲과 努力으로써 成한 事業이 一部 國民의 上述한 反憾으로 하야 水泡에 歸할가 畏懼함이 아마 氏의 心思일지라. 議政院의 氏의 辭職을 怒함도 國을 爲함이오, 氏의 辭職을 固執함도 坮한 國을 爲함이라. 吾輩는 議政院과 氏와 밋 全國民이 오직 國만 爲하야 一致協力하야써 生과 死와 自由와 奴隸가 分歧되는 이 아슬아슬한 國民的 危機를 濟하도록 努力하기를 빌 쌴이로라.

---

* 원문은 '大統代理'로 되어 있다.

爆發彈事件에 對하야*

九月 二日 南大門에서 엇던 韓人이 齋藤**에게 爆發彈을 投한 事實이 報道
되매 日本의 官邊 及 新聞은 宏壯히 驚愕과 憤怒와 恐怖를 表하도다. 「韓人의
愚昧」, 「不逞鮮人의 妄動」 等 日人의 즐겨 使用하는 紳士롭지 못한 言句가 新
聞의 全面을 充하고, 依例로 此事件에 責任을 我政府에 歸하도다. 그리하고
依例로 此는 少數 在外 不逞徒輩의 意思요 內地에 在한 韓人은 日本의 施政改
革에 滿足하는 줄 「信한다」 하야 스스로 安心 「하려」 하는 日本人이야말로 可
笑可憐하도다.

吾輩가 이러한 亂暴한 行動을 贊成하지 아니함은 三月 一日의 公約 三章
以來로 屢屢히 聲明한 빅요 兼하야 實行한 빅라. 三月 一日 以來로 四月 中旬
의 日兵의 大蠻行에 至하기까지 五十日 未滿에 韓人의 日兵의 手에 虐殺된
者 六千三百餘人임에 不拘하고 日人의 死한 者 二人에 不過함을 보더라도 韓
人이 엇더케 此公約을 嚴守하고 日本의 暴行에 對하야 엇더케 隱忍하엿음을
可知라. 日本은 韓人에게 온갖 武器를 奪하엿슴으로써 安心할지나 吾輩는 임
의 日本의 言論壓迫의 禁을 뚤코 吾輩의 眞情을 世界에 發表할 路를 開하엿나
니, 今後에도 日本이 오히려 韓族의 意思를 無視하고 韓國을 日本의 一部分으
로 主張할진대 二千萬 韓人의 懷中헤 藏하엿던 二千萬의 匕首와 爆發彈은 漸
次로 日本 及 日本人에게 向하리라. 아즉 吾輩는 大殺戮의 慘狀을 아모조록
避하고 平和로운 解決로써 韓日 兩族의 久遠한 幸福을 求할 양으로 隱忍하게
日本의 反省을 苦待하거니, 相當한 時期에 至하도록 日本이 朝鮮統治를 云云

---

* 『獨立』 9, 1919.9.16. 1면 '社說'란에 실렸다.
** 원문은 '齊藤'으로 되어 있다. 이하 상동.

하기를 止치 아니하면 吾輩는 二月 八日 東京서부터 豫告한 最後行動에 着手하리라. 그러나 아직 그 時機가 아님을 알므로 한참 더 日本의 反省과 世界의 輿論을 動하기에 全力하려 할 째에 문득 이러한 爆發彈事件이 起함은 吾輩도 日本人과 함씌 意外로 하고 驚愕하는 빈라.

그러나 數萬의 警官과 偵探과 虐殺의 모든 武器를 所有한 日本으로도 禁치 못는 바를 멀니 海外에 在한 吾輩의 힘으로 엇지 禁하랴. 오직 三月 一日 以來 니러날 數十次 數百次의 爆發彈事件*을 全力으로 防止한 것이 吾輩인 줄을 記憶할지어다. 아모리 日本이라도 只今 韓族의 民心이 少數의 賣國奴와 偵探을 除한 外에 全部 日本을 離한 줄은 確知할지니, 兵力과 警察力을 增加함이 此確證이 아니뇨. 만일 吾輩가 一言으로 다만 一言으로 日本人의 虐殺을 宣言하는 날 二千萬의 民衆은 三十萬의 敵을 虐殺하는 最後行動을 取할지니, 不幸하면 이러한 날을**볼 수도 잇슬지라.

獨立과 自由를 叫號하다가 多大한 熱血을 濺하는 民族에게 日皇이 分에 업는 詔勅을 發하며, 長谷川***이라는 一敵將을 代하야 齋藤이란 一敵將이 來할 째에 엇지 韓族의 憤慨함이 前보다 激烈치 아니하리오. 韓族의 要求는 오직 獨立이니, 總督政治의 改良도 아니오 參政權도 아니오 自治도 아니라. 十三道 二百餘郡 四百餘回의 示威運動에 六百餘萬 韓人이 叫號한 것이 오직 獨立이 아니뇨. 二三의 宋秉畯 一派의 賣國奴外에 어느 韓人이 總督政治 改善을**** 要求하엿스며, 朴勝彬 等 五六人의 賄賂 밧은 者外에 어느 韓人이 自治를 要求하더뇨. 韓族은 일즉 韓族의 名으로 總督政治의 改善이나 日人의 所謂 日鮮無差別이나 其他의 善政을 要求한 일이 無하엿고, 百번 千번 소리처 叫號한

---

* 원문은 '爆今發彈事件'으로 되어 있다.
** 원문은 '날를'로 되어 있다.
*** 하세가와 요시미치(長谷川好道, 1850-1924). 제국 일본의 군인이자 정치인, 외교관. 일본 제국 육군 원수를 지냈고, 1916년부터 1919년까지 제2대 조선총독을 역임했다.
**** 원문은 '政善을'로 되어 있다.

것은 오직 韓國의 獨立쑨이라. 그럼으로 今次의 改革이 비록 理想的 改革이라 하더래도 齋藤이가 비록 韓族을 爲하야 一生을 바치는 眞人이라 하더래도 此는 吾輩의 關知하는 빅 아니라. 그러하거늘 三宅雄二郎* 갓흔 日人中의 優秀者까지도 「朝鮮人의 求하는 것은 獨立도 아니오 平等도 아니오 오직 善政쑨이라」 하는 이러한 韓族을 侮辱하는 愚言을 發하고, 坐 此愚言을 東京의 一流 大新聞紙가 맛치 天來의 福音과 갓치 爭揭하도다.

韓族의 十年間 鬱積한 悲憤은 三月 一日에 그 一端을 發하엿고, 三月 一日 以來로 鬱積한 悲憤과 敵愾心은 十年間에 싸힌 것보다 더욱 激烈할지오 今次의 總督政治 改革은 前의 무엇보다도 韓族을 憤激케 하엿나니, 대개 韓族이 一致로 表示한 意思를 全然히 無視한 故라.

이처름 憤激한 民心은 到底히 他手段으로 鎭靜치 못하리니, 日人의 言과 갓히 今後에 數十 數百의 爆發彈事件이 起할 것은 推測키 不難한지라. 비록 政府와 其他 獨立運動의 中心 幹部가 時機尙早라는 理由로 힘써 이러한 行動을 制御하려 하더래도 無數한 小體團와 個人의 秘密한 行動을 무엇으로 禁하리오. 하믈며 內地 及 海外로서 오는 通信을 보건대 政府 外交 偏重의 緩漫한 態度를 非難하고 速히 最後行動에 着手하기를 懇願함이리요.

時事新報를 據하건대 齋藤이 昌德宮에 入內할 時에 韓人은 一步도 戶外에 出함을 禁하고 警衛의 巡査는 모다 도라서서 韓人의 住宅의 門戶에만 注意하엿다 하니, 此醜態는 實로 日本의 韓國에 對한 關係와 狀態를 遺憾 업시 暴露한 것이라. 將次 韓土에는 前無後無한 □嚴令이 日本 新總督의 憤怒口로서 發하려니와, 坐 三千人의 日人 巡査를 韓國으로 輸入하야 家家戶戶의 韓人을 檢束하려니와 此로써 二千萬의 懷中의 匕首와 爆彈를 防禦함을 得할가.

---

* 미야케 유지로(三宅雄二郎, 1860-1945). 일본의 철학자이자 평론가. 제국대학 철학과를 졸업했고 조약개정반대운동 등 민권운동에 관여했으며, 국수주의적 입장 설파를 위해 잡지 일본인을 창간하기도 했다.

日本이 만일 三千里 韓土에 虐殺의 大慘劇이 起하기를 願치 아니하거던, 二千萬 民族의 激烈하고 永遠한 敵愾心을 挑發하야 兩族의 永遠한 不幸을 招 아니 하랴거던, 그 野心과 一時的 利慾과 禮面과 穉氣를 棄하고 虛心坦懷로 反省一番 發奮一番하야 快히 韓族의 要求를 聽할지어다. 이것이 彼此의 幸福 이니라.

日本國民에게 告하노라[*]

大韓民國 元年 三月 一日에 我民族이 獨立을 宣言하고 擧國一致로 平和的 示威運動을 行함으로붓터 임의 六個月을 閱한지라. 我民族은 寸鐵의 武器도 업시 오직 萬歲을 唱함으로써 我等의 獨立을 要求하는 意志를 表示할 쓴이어늘, 貴國 政府는 正義와 人道를 無視하고 오직 自家의 虛僞된 功名을 庇獲하여 二千萬 民族을 暴壓하던 罪惡을 掩蔽하기에만 汲汲하야 節制 업시 警察과 武力을 使用하야써 我等 指導者인 志士를 暴徒라는 陋名下에 捕縛하고 投獄하고 惡刑하며, 平和로써 自由를 부르짓는 良民을 銃하며 槍하며 打하야 二萬餘의 死傷과 六萬餘의 被捕者를 出하고, 甚至에 無垢한 處女를 侮辱하며 小兒를 虐殺하야 平和롭던 二千萬衆의 熱血을 불갓흔 敵愾心으로 끌히게 하고, 鎭壓이라는 美名을 貪하야 坊坊曲曲이 銃槍의 兵警을 配置하야 行人을 搜驗하며, 夜半에 民家에 侵入하야 裸體의 男女를 道傍에 曳出하야 참지 못할 侮辱과 毆打^{**}를 加하며, 國內의 旅行조차 旅行券을^{***} 要하는 等 前無後無한 强壓政策을 使用하야 三千里 江山을 腥血의 恐怖下에 呻吟케 하며, 日本國民과 世界에 對하야는 或은 事實을 隱蔽하고 涅造하야써 我民族을 讒誣하기에 汲汲하니, 我等도 耳目이 잇고 精神이 잇고 熱血이 잇는 자라. 엇지 貴國 政府의 暴虐 殘忍 不義 虛僞한 心事와 行爲에 切齒扼腕하지 아니하리오 이러한 可憎 可恨한 事實은 政府에게 欺罔되는 日本國民을 除한 外에는 世界가 周知하는 바라. 엇지 一人의 手로 天下의 目을 掩하랴. 갓가이는 中華人民의 排日과

* 『獨立』10-11, 1919.9.18.-20. 1면 '社說'란에 연재되었다.
** 원문은 '樞打'로 되어 있다.
*** 원문은 '旋行券를'로 되어 있다.

멀니는 歐米 列國民의 排日에 實로 貴國 政府가 我國民에게 對한 行動이 重要한 一原因을 作함도 모르는 者은 오직 日本國民쑨인가 하노라.

詐欺와 暴力으로 行한 我民族의 徹大의 怨恨인 韓日合併도 暫間 말 말고, 合併後 十年來 貴國 政府가 我民族에게 行한 暴虐도 말 말고, 三月 一日 以來로 貴國 政府의 殘忍 不義한 行動이 我二千萬衆의 骨髓에 印한 怨恨과 敵愾心만 하여도 數世紀를 經하기 前에는 消滅하기 不得할지라. 만일 貴國이 大虐殺을 實行하야 我民族을 殲滅하면 已어니와, 不然하고 다만 貴政府의 所謂 不逞鮮人을 獄에 投하며 有爲한 學生의 頭部를 亂打하야 腦에 故障을 生케 하라는 手段으로는 我民族을 永遠히 强壓하기 不能할지라. 貴國 政府의 보기에 我民族은 極히 劣物하고 愚蠢하야 一劍의 威에 容易히 慴伏할 듯하거니와, 我等은 實로 貴國보다 倍나 久遠한 文化의 歷史를 有한 民族이라. 비록 一時 衰弱하엿다 하더라도 貴國의 鬱興에 强烈한 刺激을 受하고 世界를 風靡하는 自由의 思想에 民族精神의 新光焰을 得한 我二千萬 民衆이 決코 異民族의 統治下에 滿足할 수 업슴이 分明치 아니하뇨*. 勃然히 興起하는 民心은 古昔 民智가 未開한 專制時代에 在하여셔도 抑壓키 不能하거늘 하물며 今日이리오.

貴國 政府가 優越한 武力을 是恃하야 强壓만 是事하면 二千萬 覺醒된 民族의 熾烈한 敵愾心을 挑發하야 마침내 韓日 兩民族으로 하여곰 永遠히** 融和치 못할 仇讎를 成하리니, 이는 오직 兩民族의 不幸일쑨더러 實로 世界人類의 不幸일 것이라. 日本이라고 恒常 强한 武力이 繼續하라는 法이 잇스랴. 五十年來의 日本의 盛運이 비록 偉大한 것이라 하더라도 임의 遠近隣의 民族의 憎惡를 受함이 極烈하니, 오직 强力만 恃하고 改悛함이 업스면 엇지 第二의 獨逸이 아니 되기를 保하리오. 임의 我等은 日本 國內에 政治的, 經濟的, 諸般 危險思潮가 澎湃함을 알앗고, 西伯利亞*** 出征 兵士가 過激派외 思想에 浸浸

然 感化되는 事實을 들은지라. 비록 我民族에게 貴國의 武力을 抵抗할 만한 武備가 업다 하더라도 貴國이 如前히 我等의 意思를 無視하고 我等에게 참지 못할 羞辱을 加할진뒤 我等은 能히 或은 中華와 結하며 或은 過激派와 連하야 貴國의 腹心의 疾을 作할지오, 或은 鬱結하엿던 敵愾心이 爆發하는 날 半島 二千萬은 起하야 半島內에 在한 貴國民의 虐殺 暴擧에 出함이 업스리라고도 斷言키 不能하도다. (1919.9.18.)

(續)

我民族이 正義로써 나의 固有한 自由를 붓르지지되 貴國은 我民族을 蔑視하기를 牛馬와 갓치 하나니, 我等이 만일 平和로 我等의 目的을 達지 못하는 날 可能한 온갓 手段을 使用하야 殘忍 不義 驕慢한 怨敵인 貴國에 對함이 차라리 當然한 人性의 所爲가 안이리오. 我等의 穩忍함이 實로* 임의 度를 過하엿도다. 我等은 我等의 志士가 貴國의 官吏에게 侮辱 當함을 目擊하엿고, 我等의 父老와 兄弟와 姊妹가 貴國의 兵士와 警官과 消防隊와 私服한 人民의 銃과 鎗과 棒과 鉤에 血을 流함을 目擊하엿고, 我等의 村落과 敎會와 學校에 放火하며 深夜에 我等의 家庭에 侵入하야 我等의 妻女를 裸體로 하야 路傍에 立케 하고 嘲弄하고 毆打** 함을 目擊하엿고, 我等의 貴愛하는 子女가 貴國의 憲兵隊와 警察署에서 慘酷한 惡刑을 當하야 或은 끽여진 머리, 불어진 다리, 피 뭇은 오스로 도라 옴을 目擊하엿고, 甚至에 婦女의 陰部를 炙하며 陰毛를 拔하는 等 獸行의 證左를 目擊하엿으며, 萬餘名 我民族의 虐殺을 爲하야는 一言半辭의 哀悼의 言도 업스면서 一二個 暴行 亂兵의 死傷은 大事인 듯시 鼓吹하며 無辜한 良民을 虐殺한 多數의 亂兵에에는 아모 制裁도 無함을 目擊한

*** 시베리아의 한자어 표기.
* 원문은 '賓로' 되어 있다.
** 원문은 '樞打'로 되어 있다.

我等은 의임 穩忍이 그 度를* 過하엿도다. 그러하거늘 貴國民은 아직도 人道的 自覺을 生치 아니하고 도로혀 貴國 政府의 行動을 承認하야 言論 文章에 我民族을 侮辱하는 言辭가 充滿함을 見하니, 이는 貴國 政府가 事件의 眞相을 貴國民에게 隱蔽 或은 改造함에도 由할지나 天人이 共憤하는 此大惡을 聽코도 動치 아니함은 實로 我等으로 하여곰 貴國民의 良心의 存在를 疑心케 할 쑨더러 目前의 小利慾예 戀戀하야 民族 久遠의 大計을 圖하는 遠慮를 乏한가 疑心케 하도다. 近來 貴國民中 一部 識者間에 多少 我國에 對한 總督府 政治의 缺陷을 論하는 者도 잇는 모양이나, 아직도 領土慾과 征服者의 誇矜을 바리지 못하고 文官總督 憲兵制度의 廢止 等으로써 一時를 糊塗하려 하며, 加藤高明**男爵 其他의 朝鮮 自治論을 唱導하는 者도 잇거니와 하나도 我國民의 意思를 無視치 아님이 업도다. 我等의 不平은 實로 武官總督 政治도 아니오 憲兵制度도 아니오 오직 異民族의 羈絆에 在함이며, 짜라서 我等의 要求는 文官總督制도 아니오 參政權도 아니오 自治制도 아니오 오직 하나인 自主獨立이라. 이 自主獨立의 目的을 達하는 날짓지 我等은 叫號할지오 戰鬪할지오 最後의 一人짓지 死하기를 앗기지 아니할지라. 二萬名 我國民의 鮮血이 아직도 此目的을 達하기에 不足하다 하면 二十萬이 잇고, 二十萬도 不足하다 하면 二百萬, 二千萬의 熱血과 生命이 잇는지라. 我等의 民族的 自負心으로 보거나 政治的, 經濟的 及 社會的 生存과 發展의 自由로 보거나 我等은 生命으로써 我等의 獨立을 誓圖하여야 할지니, 이러한 死浩의 大問題를 爲하야는 我等은 我等의 自由의 强奪者를 對하기에 마참내 手段과 方法를 擇할 餘裕가 업스리로다.

我二千萬民族은 임의 大韓民國의 自由民이오 我等을 支配하는 政府는 卽

---

* 원문은 '크度를'로 되어 있다.
** 카토 타카아키(加藤高明, 1860-1926). 제국 일본의 정치가이자 외교관. 외무대신 재임 중 영일동맹을 추진한 공으로 남작위에 오르고 1915년 1월 위안스카이 중국 총통에게 21개조 요구를 제출한 공을 인정받아 자작이 되었으며, 제24대 내각총리대신을 지냈다.

我大韓民國의 臨時政府니, 日本이 暴力으로써 我等을 捕虜로 함은 可能할지라도 永遠히 다시 我等을 日本의 新附民을 作하지 못할지라. 我等은 함부로 隣邦 國民을 敵對하려 함이 아니나, 隣邦이 만일 그 不義와 殘虐을 不悛 할진대 畢竟 熱血로써 相見할 수 밧게 업도다.

我等은 貴國의 軍閥과 官僚가 반다시 貴國民의 竟思를 代表하는 者가 아님을 아노라. 그럼으로 이에 數言을 묻하노니, 願컨대 貴國은 小하게는 貴我 兩民族의 久遠한 利害와, 大하게는 世界人類의 自由와 平和를 爲하야 貴政府를 鞭撻하야써 當然하고 公正한 解決의 道를 取하야 悲慘한 流血의 悲劇을 未然에 防遏하고 相隣한 民族의 永遠한 友愛와 幸福을 圖謀케 할지어다.

(1919.9.20)

李國務總理를 歡迎함*

改造된 新內閣의 國務總理 李東輝**先生이 水陸萬里에 安穩히 來着하심을 다시 祝賀하노라.

四月 十一日 大韓民國 臨時政府가 成立됨으로붓허 國務總理 李承晚 博士는 美京에, 內務總長 安昌浩氏는 桑港에, 外務總長 金奎植氏는 巴黎에 在하고, 當時 軍務總長이던 李東輝氏와 交通總長 文昌範 及 財務總長 崔在亨 兩氏는 西伯利亞에 在하야 臨時政府의 所在地인***上海에는 겨오 法務總長 李始榮氏가 在할 뿐이라.****安內務總長이 上海에 到着하기 數日前에 李法務總長은 上海를 去하고, 安內務總長은 如前히 單身으로 國務總理 代理의 職을 帶하고 各部 次長으로 더불어 萬機를 總攬하더니, 安氏는 國民 統一의 第一策으로 第三議會에 內閣 改造案을 提出하야 快히 從來의 內閣을 犧牲하고 四月 十六日 漢城 國民大會 發布의 政府대로 改造함에 成功하야 李承晚 博士는 이미 臨時大統의 職에 就하엿고, 國務總理 李東輝氏도 쏘한 西伯利亞로붓허 來하야 日內에 國務總理의 職에 就할지오, 쏘 李國務總理를 隨하야 由法務, 文交通 兩總長도 不日에 就任하리라 하며, 其他 李內務, 朴外務, 盧軍務 等 諸總長도 從速히 就任할 確實한 希望이 잇다 하니, 그리 되면 我國民의 指導者는 數週前 安昌浩氏의 談과 갓치 不遠에 一堂에 聚하게 될지오, 짜라서 內外 各地의 全國民의 民心도 一齊히 我臨時政府로 集中되고 統一되어 擧國一致 完全統一의 名과 實이 相副할지라. 大統一의 第一步로 보아 李總理를 歡迎함이 其一이오,

---

* 『獨立』12, 1919.9.23. 1면 '社說' 란에 실렸다.
** 원문은 '李東暉'로 되어 있다. 이하 상동.
*** 원문은 '臨時政府所의在地인'으로 되어 있다.
**** 원문은 '뿐이라가'로 되어 있다.

1919년 **105**

從此로 臨時政府는 內와 外에 對하야 不眠不休로 心誠과 精力을 傾盡하는 大活動을 開始하여야 할 危機를 當하야 事實上으로 大統領을 代理하야 全國家를 代表하고 統率할 國務總理가 前途의 艱難을 不決辭하고 敢然히* 身을 挺하야 難局의 大任을 擔하려 하니, 이 李總理를 歡迎하는 理由의 二요,

最終에 以上의 두 가지 理由보다 더 重要한 一理由는 李總理의 政治的 手腕도 안이요 喧傳하는 名譽도 안이요 오직 그의 人格이라. 我國民은 永遠히 다시 舊韓國에 잇던 바와 갓흔 腐敗한 官僚의 政府를** 戴치 아니할지니, 彼等 腐敗한 貴族들은 專制君主의 袞龍布中에 隱하야 亡國의 惡政을 施함으로써 다만 國家만 亡케 할 쑨 아니요 日本에게 韓族의 獨立自治의 能力이 無하다는 讒誣의 口實을 주게 되엿도다.

그러하거늘 建國初의 國務總理 李東輝氏는 元來 平民의 出로 獨立 奮鬪한 者의 典型일쑨더러 그의 淸敎徒的 淸純 高潔한 人格, 그의 熱火 갓흔 愛國心, 그의 富貴도 淫치 못하고 威武도 屈치 못할 松竹 갓흔 節槪, 그의 愛人下士*** 하는 天來의 謙遜의 德, 그의 時와 處를 不關하고 恒常 祖國과 同胞를 爲하야 息함 업시 活動하는 忠誠, 그의 農夫와 갓치 素樸하되 王侯와 갓치 軒昂한 氣宇, 한번 志를 決하매 水火를 不關하고 한번 義라 斷하매 生命을 鴻毛갓치 녁이는 勇氣는 足히 새로 國民生活에 入하려 하는 大韓民族의 指導者되기에 맛당할지라.

此를 讚辭로 알지 말지어다. 氏를 오래 接한 者면 누구나 此를 解得할지니, 그는 家도 업고 妻子도 모르고 二十年來의 生涯가 오직 하나님과 □國을 爲한 것 쑨이라. 그의 半白의 鬢髥과 漸漸 늘거가는 얼굴의 주름이 何로 中함이뇨 名譽를 爲함이뇨, 財産을 爲함이뇨, 家庭의 樂을 爲함이뇨, 東西로 漂流하

---

* 원문은 '敢然히 然히'로 되어 있다.
** 원문은 '政府름'으로 되어 있다.
*** 백성을 사랑하고 선비에게 자기 몸을 낮춤.

며 天涯萬里에 외로운 客을 作하야 思함도 國, 行함도 國, 歌함도 國, 哭함도 國이라. 二千萬아, 우리 眞正한 國土의 아페 허리를 굽힐지어다.

그로 더부러, 그의 命令을 縱하야 苦커나 樂커나 生커나 死커나 光復의 大事業을 成할지어다.

「承認」「改造」辯*

或이 問호대 엇지하야 漢城 發表의 政府를 그양 承認하야 上海에 在하던 政府와 議政院을 解散하는 節次를 取하지 아니하고 議政院이 上海政府를 改造하야 漢城政府와 同一하게 하는 節次를 取하엿나뇨. 俄領의 國民議會는 一切를 犧牲하고 自行 解散을 約하지 아니하엿나뇨.

答曰 上海에서 改造의 節次를 取함이나 西伯利亞의 承認의 節次를 取함이나 形式에는 多少의 差異가 有하다 하더라도 精神은 同一하니, 卽 漢城 組織의 政府를 推戴하야 內外의 大統一을 完成하려 함이라. 그러나 上海에서는 單純히 承認의 節次를 取하기 不能한 事情이 有하니, 卽 至今토록 內外에 對하야 國家의 主權을 行使하던 上海의 臨時議政院과 臨時政府가 一旦 解散하면 從來의 主權이 一旦 中絶되여 從來의 國家的 行動이 全部 無效에 歸할지라. 그럼으로 勢不得已 上海의 政府를 改造하야 漢城의 政府와 同一하게 하는 形式을 取함이니, 精神은 오직 漢城政府를 承認함이라. 漢城의 國民大會의 組織한 政府를 西伯利亞의 國民議會가 承認하엿고, 上海의 議政院이 坐한 法理上 不得已한 節次인 改造라는 形式 以外에는 勞動局을 勞動部로 改正하자던 案신지도 消滅되고 無條件으로 承認하엿스며, 桑港**의 國民會는 今次 獨立運動에 本國에 次하는 大活動을 하엿슴으로 國家 大事에 有力한 言權을 有함에 不拘하고 自己는 參議도 아니하엿건마는 大事를 爲하야 忠誠으로써 公議에 順從하나니, 細瑣한 節次나 字句의 解釋에 拘泥하야 다시 異論을 唱함은 不可하지 아니하뇨.

---

* 『獨立』13, 1919.9.25. 1면 '社說'란에 실렸다.
** 샌프란시스코의 한자어 표기.

或이 又問曰 旣히 漢城政府를 承認할진대 新內閣의 閣員이 聚會하고 新國會가 成立되기 前에 臨時憲法을 制定發布함은 何故뇨.

答曰 旣是 改造의 節次를 取하야 總理制를 大統領制로, 八部制를 九部制로 하랴 하고 四月 十一日의 臨時憲章에 此에 關한 條項이 無하니, 爲先 憲法의 改正이 無하고 무엇으로 改造의 節次를 取하리오. 坯 旣是 憲法을 改正하면 一章 二章만 할 수도 업고 三四章만 할 수도 업나니, 無可奈何로 全體를 改訂여야 할지라. 此問題에 對한 政府 及 議政院의 態度에는 一點의 私意나 不公正함이 無한가 하노라.

或이 又曰 들은즉 上海政府*의 特使로 西伯利亞 國民議會에 派送되엇던 玄楯 金聖謙 兩氏의 聲明한 바는 上海의 臨時政府와 臨時議政院을 全部 犧牲하고 無條件으로 漢城 發布의 政府를 承認함이라 하야 國民議會도 깃브게 應諾하고 完全한 統一을 誓하얏나니, 만일 國民議會가 改造라는 節次를 不肯하면 奈何오. 答曰 改造는 오직 法律上 形式上의 用語에 不過하니, 此는 實로 法理上 主權의 斷絶을 不許하는 不得已한 節次에서 出함이라. 비록 改造하더라도 그 動機, 精神 及 結果는 完全한 無條件의 承認이 아니뇨. 만일 臨時政府와 臨時議政院이 改造의 節次를 取함이 업시 自行 解散하얏다 하면 國民議會가 改造의 節次를 行하여서야 할지라. 今에 多幸히 內外가 共히 承認하는 統一政府가 完全히 形體를 具하얏스니, 小異를 棄하고 大同에 就하야 全國民 一致로 大理想을 向하야 戮力**하사이다.

---

* 원문은 '上流政府'로 되어 있다.
** 원문은 '戳力'으로 되어 있다. '戮力'은 서로 힘을 모은다는 뜻.

愛國者여*

네가 愛國者여든 내 말을 들으라. 무엇이뇨. 갈온 참될지어다, 밋불지어다, 그리하고 오직 일만 爲할지어다. 아아, 네가 만일 愛國者여던 내 말을 드를지어다.

愛國者여, 權謀와 術數를 긋칠지어다. 뉘가 너만한 權謀와 術數를 아니 가져스랴. 더구나 日本人은 너보다 百倍 千倍의 權謀 術數를 가첫나니, 네 權謀 術數를 뉘게다 쓰려 하나뇨.

오직 네 同胞에게나 쓰랴나뇨. 韓國을 亡한 者― 誰―뇨. 光武皇帝의 權謀 術數, 李完用 宋秉畯의 權謀術數가 아니뇨. 西北學會의 權謀術數, 大韓協會의 權謀術數, 누구누구 하는 志士의 權謀術數는 오직 國民으로 하여곰 信賴할 바를 모르게 하야 國民의 統一을 沮害할 쑨이 안이엇나뇨. 만일 아직도 權謀 術數를 바리지 아니하고 暗室의 朋黨과 羊面狼心으로 일삼으면 國家는 亡하리라, 民族은 滅하리라.

愛國者여, 猜疑와 曲解를 바릴지어다. 남의 말과 行動을 에누리하야 보지 말고 더욱 自己의 言語와 行動을 率直하게 誠實하게 하야 人으로 하여곰 解釋키 難케 하며, 兼하야 數種의 解釋이 잇지 안토록 할지어다. 엇지하야 人의 言爲를 반다시 側面으로 裏面으로 解釋하고야 滿足하나뇨. 世上이 惡한지라 正面으로 率直하게 言爲하며 正面으로 率直하게 人의 言爲를 解釋하는 者를 愚하다 하고, 不然하고 人의 言爲를 側面으로 背面으로 겻구로 뒤집어 解釋하는 者를 策士라** 하며 智者라 하도다. 彼等은 무엇이나 人의 言爲면 恨死

---

* 『獨立』 14, 1919.9.27. 1면 '社說'란에 실렸다.
** 원문은 '策士라라'로 되어 있다.

코 欠點을 吹覓하고 恨死코 惡意로 解釋하려 하나니, 이는 實로 忠誠된 人士의 胸이 裂할 恨事로다. 愛國者여, 네 만일 國을 愛하거던 猜疑와 曲解를 바릴지어다. 愛國者여, 野心을 바릴지어다. 野心이란 무엇이뇨. 自己가 한 일이 아니면 誹謗하고 自己가 參預치 못하엿스면 惡事라 하며, 自己가 表面에 立하야 名을 彰치 못할진대 차라리 退하야 白眼으로 世事를 冷評하는 心術를 니름이니, 愛國者여 이 더러운 心術을 바릴지어다. 뉘가 한 일이던지 조흔 일이면 贊成하고, 設或 自己의 意見에 不合한다 하더래도 그 일을 한 그도 愛國의 忠誠으로 한 것임을 恕諒할지어다. 無名한 華盛頓* 無名한 윌손이 되기를 甘受할지어다. 國事일진대 무엇이나** 할지어다. 決코 뒤로 몰며 無責任한 言辭를 弄하야 人心을 攪亂함이 업슬지어다. 너희 所求가 國家의 獨立에 잇나뇨, 一身 一黨의 私利 私名에 잇나뇨***. 不公正한 野心과 陰謀를 藏한 者는 天罰을 懼하야 戰慄할지어다. 愛國者여던 네가 野心을 바릴지어다.

愛國者여, 小異를 棄하고 大同에 就하야 萬人이 하나이 될지어다. 英雄인 톄 政治家인 톄 各各 自己의 部下를 率하야 一方에 雄據하야 天下를 俾睨하는 三國誌式 時代錯誤의 笑劇을 演치 말지어다. 罪悚커니와 只今 우리中에 무슨 그리 엄청난 英雄이 잇스리오 諸君이 各各 英雄이 되랴기보다 한 데 合하야 함이 利하리로다. 愛國者여, 各各 러려운**** 小人之心을 바리고 半夜에 良心에 비최여 自己보다 優勝한 者여던 崇拜하고 服從하고, 自己가 얼마콤 讓步해서 合할 일이어든 男子답게 讓步하야 諸君의 義務를 다할지요 決코 十年前섯지 京城 貞洞 近傍에 하던 醜態를 演치 말지어다.

愛國者여, 諸君은 愚하뇨. 余는 말치 아니하리라. 諸君은 惡하뇨. 余는 말치 아니하리라. 諸君은 愛國心이 없나뇨. 余는 말치 아니하리라. 罪悚커니와

---

* 워싱턴의 한자어 표기.
** 원문은 '무엇이나나'로 되어 있다.
*** 원문은 '한잇나뇨'로 되어 있다.
**** 원문대로.

諸君은 頭腦에 自來의 惡習이 아직 不去하고 우리 民族의 處地를 分明히 自覺하는 明이 업나니라. 아아, 愛國者여.

戰爭의 時機*

南大門外 爆彈의 一聲이 天下 無數輩의 雄心을 躍動하니, 隱者는 乃現하고
未已者는 乃起하야 칼 든 者 炸彈 든 者 前後 相繼하야 一死에 忠義의 自在함
을 覺悟하며, 一身으로 千萬의 痛墳을 洗하야 奮起하는 靑年 健兒여, 每時急
에 在하야는 緩을 思하며 機의 適宜함을 言하라. 余는 諸君의 活躍이 尙의 時
早함을 言함이 안이오 每謀에 出함이라 함이 아니나 光復의 大業을 經綸하
는 우리는 小로 大를 失코자 안이 하노니, 吾儕가 武力으로써 最後의 解決을
得코자 할 時에 적은 成算이나마 準備는 업지 못할지라. 日로 祖國에 兄弟 父
母가 敵의 毒斃을 當함을 見할 時에 一日이나 遲滯하리오만은 至今붓터라도
圓滿한 行動에 出하야 最後의 勝利로써 祖國의 父老를 慰코자 함이 안인가.
吾儕는 임이 虛僞나마 正義며 人道를 標準하야 國際聯盟신지 其終은 보랴는
우리라. 萬一 今日이라도 最後에신지 武力으로 우리의 主義를 澈底한다 하
면 我政府에셔도 벌셔 宣戰의 布告를 發하엿을지며 戒嚴令을 布하엿을지라.
政府에셔는 無能한 外交만 坐信하고 잇다 하나 事實은 그럿치 안을지라. 吾
儕의 其知하는 바와 如히 一便으로 無能한 外交이나마 續繼하며 全力은 軍事
에 總注集하는 빈라. 그러나 民國이 建設된 지 尙日淺에 用意가 다 周到치 못
하고 其結果를 現치 못함으로「政府는 無能하다」고 日로 督促하는 公函이 來
到하는 듯하외다. 그럼으로 政府에셔는 速히 閣員들과 다갓치 諸君과 前進
하야 犧牲한다 하외다. 日로 어데셔 무슨 事件이 起하엿다 할 時에 余等의게
血躍肉踴하는 빈나 吾人은 今日붓터는 임이 民國 政府를 創設하고 더 意味
잇는 活動을 하랴는 우리가 안인가. 그러면 欲速이면 不達이며 部分이면 敗

* 『獨立』 15, 1919.9.30. 1면 '社說'란에 실렸다.

滅이나, 곳 速하다 함이 안이요 部分이라 함이 안이라. 政府의 宣戰布告로 幾
聯隊라도 大同的 活躍이 못되는 셋닭에 記者도 敢히 此筆를 下함이라. 準備
에 엇지 쓰지 못함을 恨하며 畜銳에 엇지 動치 못함을 憂하리오. 旣報와 如히
安圖縣에 事件이 發生하엿다는 報를 接할 時에 깃쌉지 안이함은 안이나 將飛
에 大翼을 傷치 안이할가 하는 憂懼가 有하외다. 萬一 如斯히 風雲이 急變하
게 되면 外人은 무삼 大準備나 有한가 하야 虛實을 探할지오, 日人의 警戒는
더욱 酷甚하야 交通上 不便에도 大害가 有할쌴더러 後에 大擧에도 더욱 艱
難을 與할지니, 칼 든 여러 兄弟여, 其機가 곳 잇나니 不足한 것 補하라. 外面
으로 우리는 國際聯盟을 밋는 톄하며 敵의게 虛를 見함이 兵家의 云함이 안
인가. 萬一 우리의 準備와 時機가 已熟하엿다 하면 記者의 淺眼으로도 벌서
主戰論을 聲明하야 現政府의 怠慢을 責하엿을지며 靑年의 勇進을 鼓舞하엿
을지라오. 즉 諸君의 圓滿한 思慮에 付코자 하며 絶對秘密의 時期 問題에 至
하야는 當局에서도 相當한 商確이 有하려니와, 出動하랴는 諸君도 旣히 生覺
하는 바이 안인가.

　愛國勇士의 敢死的 行動을 그 精神은 讚揚할지라도 一個人 或은 一個 團體
가 各各 任意의 行動을 取한다 하면 다만 以卵擊石의 誚가 잇슬쌴더러 또 國
民의 不統一 不節制를 暴露함일지니, 忍耐하게 暴風前의 靜寂을 保하고 可能
한 準備를 成하엿다가 一令之下에 萬軍이 動하는 計를 用하여야 하리라 하
노라.

中樞院의 覺醒[*]

日本 新聞紙의 報道를 보면 去番 齋藤[**]이 中樞院 顧問 及 讚議를 集合하야 時局에 對한 意向 及 總督政治에 對한 希望을 聽取할 세 一同은 不穩한 思想과 無理한 希望條件을 提出하야 議論이 騷然하엿다 하며, 此運動은 全院一致라 하엿고, 또 中樞院 顧問 及 讚議 等은 隨處에 秘密이 會集하야 무슨 劃策을 하는 中임으로 當局은 警戒를 嚴히 하며 善後策에 腐心하는 中이라 하엿스니, 그 所謂 不穩한 思想과 無理한 希望 條件이란 무엇인지 그 內容은 아직 알 수 업거니와, 이미 金允植 李容直 諸氏의 實例로 보든지 不穩이라 無理라, 警戒라는 語句로 보던지, 또 自來 貴族中에 特히 中樞院 讚議中에 隱密히 愛國心을 抱한 數人이 有하던 것을 보던지 이것이 獨立運動에 關係된 問題임은 勿論이라.

비록 中樞院 一派가 本來 無氣力한 舊官僚라 하더라도 過去 十年間에 日人에게 밧은 蔑視와 苦痛은 그네도 亦是 感覺하엿슬지오, 澎湃하는 世界의 新思潮와 全民族의 自由 精神은 아모리 守舊的이오 感受性이 鈍한 그네에게도 波及하엿슬지오, 三月 一日 獨立運動 以來의 同胞의 絶叫와 日人의 同胞에게 對한 殘虐에는 그네도 피를 끌혓슬지오, 또 한갓 쇼리만 크다가 實은 업는 日本의 所謂 朝鮮統治 改革이라는 것을 볼 쌔에 그네도 亦是 日本의 오직 利己的이오 不誠實하고 韓族을 草芥로 보는 可憎한 眞意를 보앗스리라. 그네도 韓族이라. 비록 敵의 祿爵를 受하고 一時 賣國賊의 醜名을 가지엿다 하더라도 翻然히 改悟하야 大韓民國의 國民인 義務를 다하면 다만 彼等의 榮光일쑌

---

[*] 『獨立』 16, 1919.10.2. 1면 '社說'란에 실렸다.
[**] 원문은 '齊藤'으로 되어 있다.

더러 實로 我國民에게는 失羊을 復得한 喜悅이 有할 것이라. 하물며 彼等의 奮起가 日本에게는 가장 아푼 大打擊임에리오.

그러나 風說을 듯건대 或은 彼等이 復辟을 運動한다 하며 或은 合倂前의 原狀 恢復을 運動한다 하나, 만일 如此하다 하면 彼等은 一罪에셔 出하야 他 一罪에 入함이니, 此는 우리 運動 及 彼等 自身을 爲하야 甚히 寒心할 비라. 余는 此가 一種의 風說에 不過하기를 希望하거니와, 坐한 彼等의 過去의 行爲와 心事를 回想하건대 如此한 行動을 함도 容或無怪라. 何故오.

彼等은 元來 腐敗한 門官僚의 出로 오직 政權의 爭奪과 一身의 榮華만 圖謀하던 者니, 아직 大多數의 彼等은 新思想의 洗禮나 愛國心의 躍動을 受치 못한 者라. 一은 全國民의 大決心 大活動에 衝動되고 一은 將來의 自家의 勢力을 保維키 爲하야 獨立運動을 起함이오, 生命과 財産을 犧牲할 勇氣에 乏한 彼等은 敢히 絶對獨立을 叫號하지 못하고 合倂前의 原狀回復이라는 微溫的 態度를 取함이며, 坐 民主共和制는 彼等 貴族으로 自處하던 者流에게는 一種의 恐怖일지니, 다시 李朝의 皇室을 戴하야 袞龍袍 그늘에서 過去의 榮華를 維持하려 함이라는 說도 全혀 根據가 無함은 아니라. 그러나 아직 그러한 事實의 들어난 것이 업스니 구태어 人의 行動을 惡意로 解釋하려 하지 아니하거니와, 一言으로써 世人의 解釋하는 바를 告하야 中樞院 諸君의 三省을 請함도 徒爾는 아닌가 하노라.

만일 中樞院 諸君의 獨立運動이 眞實로 誠意에서 出한 것이라 하면 國內 數千名의 敵의 官吏된 同胞에게도 多大한 好影響이 有하리니, 余는 全國 官吏의 同盟休職의 報가 不遠에 霹靂갓히 達할 줄을 確信하며, 아울러 敵의 官吏된 諸君의 一大 勇斷을 促하노라.

建國의 心誠*

夫의 病을 爲하야 山川 祈禱하러 가는 妻의 心誠. 沐浴 齋戒하고 焚香 端坐하야 一毫의 邪念이 心裏에 入하기를 두려워하는 心誠. 火燄中에 立하야 主에게 最後의 祈禱를 듸리난 殉敎者의 心誠. 二千萬 同族에게 自由를 주며 千萬代 後孫의 福樂과 繁榮을 爲하야 新國家를** 建설하랴는 國土의 心誠. 오직 淨潔, 오직 謹愼, 오직 正義, 오직 忠誠, 오직 正直, 陰謀, 詭譎, 猜忌, 虛榮, 爭鬪를 秋毫도 許치 못하는 그러한 心誠.

萬歲의 國基에 一點의 汚穢를 許치 말지어다. 億萬代의 子孫에게 一點의 不義를 遺치 말지어다. 美國人의 先祖가 그네의 子孫에게 傳한 國家난 世界現在의 諸國家中에 가장 聖潔하니라. 그러나 大韓民族의 獨立宣言書가 美國의 獨立宣言書보다 더욱 聖潔하고 偉大한 精神의 發露임과 갓치 大韓의 國家로 美國보다 더욱 聖潔하고 위大한 國家를 成케 할지어다.

우리의 運動은 오직 日本에게 對한 獨立쑨이 안이오 實로 過去의 罪惡된 思想과 生活에 對한 根本的 革命이라야 하리니, 日本과 如히 惡한 國家內에서 우리 民族의 聖潔 偉大한 理想을 發揮할 수 업다 함이 쏘한 우리의 獨立運動의 深刻한 理由의 一일지니라. 그럼으로 大韓民國으로 하여곰 正義의 宅이 되게 하고 自由와 平等의 巢가 되게 하여 世界人類에게 天의 福樂을 示하는 시온의 聖地가 되게 할지어다. 다시 專制, 軍閥, 階級, 貧賤, 陰謀, 詐欺, 猜忌, 爭鬪, 虛僞로 一步도 三千里의 聖地를 汚함이 無케 할지어다.

우리 獨立運動의 危機가 何에 在하뇨. 或은 人材의 缺乏에 在하다 하리라.

---

* 『獨立』17, 1919.10.4. 1면 '社說'란에 실렸다.
** 원문은 '新國家름'으로 되어 있다.

金錢의 不足에 在하다 하리라. 或은 日本의 强力에 在하다 하며, 쏘 或은 世界의 無情에 在하다 하리라. 그러나 我等은 우리의 危機는 此에도 아니오 彼에도 아니오 오직 我等의 心誠 如何에 在하다 하노라.

或 우리 國土中에는 一時의 奇勝 奇功을 博하기 爲하야 同胞에게 對헤서나 或은 外人에게 對하야 不正當한 言爲를 짐짓 하려 하는 誘惑도 볼지니 이것이 우리 獨立運動에 큰 危機요, 或은 日本의 完全 自治나 合倂前의 原狀 恢復이라는 餌로 우리로 엇던 部分을 誘惑하리니 이는 더 큰 危機요, 或은 成功의 速하지 못함을 悲觀하고 自暴自棄하야 無秩序한 過激行動에 出하리라는 誘惑이 來하리니 이는 더욱 큰 危機요, 쏘 或은 失望과 落膽의 誘惑이 臨하리니 此는 最大한 危機라. 耶穌가 曠野의 三誘惑*을 勝한 것은 實로 우리의 將來를 明示한 것이라. 飢餓에 臨하엿스되 決코 正道를 脫하야 石으로 餠을 作하는 權謀를 行치 아니하엿고, 身이 微賤에 在하야 天下를 拯濟할 經綸을 施할 길이 업스되 決코 魔鬼에게 拜하는 詭譎로써 天下의 政權을 執하지 아니하엿고, 自己가 天의 子인치 아닌지 卽 天이 自己를 助하는지 안은지를 試驗코져 하야 屋頂에서 跳下하야도 傷치 아니하는 僥倖을 求하지 아니하엿나니, 이러한 諸誘惑을 勝하야 正義와 心誠으로써 死키신지 努力한지라 맛참내 世界人類를 拯濟하는 天國을 建설한 것이라. 우리의 理想이 입에 單純히 異族의 羈絆을 脫하는 것만이 아니오 脫하야써 正義와 自由의 新國家를 建설함에 在할지면 모든 誘惑을 다 이기고 徹底하게 우리의 理想을 達키신지 奮鬪하여야 할지라. 우리에게도 內에 對해서나 外에 對해서나 오직 暗室中에서 自己의 良心에 對하여서나 오직 正이오 오직 義인 同時에 우리의 主義 主張을 貫徹하기신지는 姑息도 업고 妥協도 업고 自暴自棄도 업고 더구나 落心도 喪膽도 업스리니, 우리는 神聖한 國家와 子孫의 自由 福樂을 爲하야 殉敎者의 心誠과 態度와 勇氣와 忍耐로 奮鬪할 샏이니라.

---

* 원문은 '三誘感'으로 되어 있다.

아아, 大韓의 國士여. 오직 聖潔하고 偉大한 國家를 建設할지어다.

外交와 軍事*

　　外交와 軍事行動, 又는 外交냐 軍事行動이냐 하는 것이 三月 一日 以來의
我等의 中心問題라. 或은 外交를 主로 한다 하고 或은 軍事行動을 主로 한다
하며, 쏘 或은 外交와 軍事行動을 並行하여야 한다 하야 議論이 不一하엿나
니, 一般의 解釋을 據하건대 西伯利亞의 國民議會와 吉林의 軍政司는 軍事行
動을 爲主한 者요, 上海에 在한 臨時政府는 外交를 爲主한 者라. 外交와 軍事
行動에 對한 國民의 態度를 察하건대 無論 兩者의 並行을 理想으로 하거니와,
만일 一輕一重의 別이 有하다 하면 平和會議 終末까지는 外交說이 主가 되다.

　　그러나 我等은 我等에게 同情하는 外國 人士에게 軍事行動의 不利益하다
는 忠告를 屢聞할쑨더러 四圍의 形勢와 我等의 實力이 아직 砲火로써 日本
과 相見할 程度에 達치 못한지라. 만일 我等에게 一師團만 動할 實力이 잇다
하면 我等도 快히 一戰을 試하기를 主張하려니와, 그러치 못한 處地에 한갓
戰爭을 叫號함은 다만 一時 聽者에게 淺薄한 滿足을 與하고 敵으로 하여곰
警戒를 더욱 嚴重히 하야 我等 行動을 더욱 不便케 할쑨이라. 비록 數百 數千
의 敢死의 士가 隊伍를 整하야 日軍을 對抗한다 하더래도 此는 實로 卵으로
써 死를 擊함이라. 貴重한 人材를 失하는 外에 何益이 有하랴. 我等이 最後 行
動으로 日本에게 對하야 戰端을 開할 方法에 二가 有하니, 一은 大局의 變化
로 我等에게 參戰할 機會가 到來하게 함이요 一은 日本人의 虐殺運動이라. 只
今이라도 我民族의 愛國心과 團合力은 一命之下에 足히 全國의 敵을 掃蕩**할
줄을 確信하거니와, 此는 人道에 不許할쑨더러 쏘한 我等에게 利益도 아니

라. 그러치 아니하고도 我等에게는 獨立의 機會와 自信이 잇거늘 웨 구태어 躁急한 行動을 하랴. 軍事行動을 準備함에도 그 基礎되는 것은 外交의 勝利라. 能히 外債를 得하야 軍費에 充할 수도 잇고 第三國의 後援을 得할 수도 잇지 아니한가. 그러면 外交의 方式은 何如할가.

自來의 我政府의 外交는 甚히 局限하야 平和會議에 參列한 各國 代表와 밋 美國에 限한 듯하도다. 從此로 外交의 方針을 一變하고 아울려 外交의 路를 擴張할 必要가 有하도다.

國際聯盟會議는 我等에게 最近한 機會라. 맛참 그 會期가 遷延됨은 我等을 爲하야 莫大한 幸運이니, 會期를 明年 二月이라 假定하면 今後 三四個月間 불이 나게 各國 及 各民族에게 對하야 活潑한 宣傳運動을 開始하야써 必勝을 期할 準備를 成하여야 할지라. 現今 國際聯盟 加入國이 四十七이라 하고 各國은 大小를 勿論하고 一票를 有할 뿐이라 하며, 全員 三分二의 同意로 一國이 聯盟에 加入함을 得한다 하니, 三十二個國의 同意만 得하면 我大韓民國은 完全한 獨立國의 資格으로 國際聯盟의 一員이 되여 該聯盟 規約의 擁護를 受함을 得하리라.

아모리 正義라 하더래도 坐하야 成功을 期키 不能하니, 此輿論政治의 時代에 處하야는 宣傳은 가장 必要한 것이라. 實로 千載一時요 또 餘日이 無多한 緊急한 機會니, 我等은 잇는 全力과 人材를 集中하야 此事業에 當하여야 할지라.

只今 我民族의 人道를 基礎로 한 文化와 統一에 對한 世界의 信用이 絶對로 必要한 時를 當하야 暗殺이나 部分的 戰爭이나 不統一의 行動을 함은 實로 自殺的 行動이라 할 수밧게 업도다.

願컨대 我等의 頭領 諸氏는 瑣小한 禮文이나 感情에 拘碍하야 大事를 誤함이 無할지어다.

雙十節 所感*

지난 十月 十日은 雙十節이라 하야 中華民國의 第八回 誕生日이라. 上海의
中華人은 熱狂的으로 祝意를 表하다. 燦爛한 國旗와 提燈과 熱誠의 萬歲聲,
이것이 다만 民國의 成立을 祝賀하는 歡喜를 表할 뿐일가. 五色旗를 흔들며
中華民國의 萬歲를 熱呼하는 少年少女의 손으로 뿌리는 紙片에는 何를 寫하
엿는가. 曰「萬衆一心 抵制日貨」, 曰「驅除國賊 還我靑島」, 曰「同胞警醒 國家
危矣」. 此等 文字가 何를 示함이뇨. 우리는 七月 四日의 美國 獨立紀念日을 보
앗고, 七月 十四日의 法國 共和節을 보앗스며, 今에 中華民國의 雙十節을 보
도다. 다 비슷한 慶節이면서 엇지하야 美法의 慶節에 歡喜와 希望이 洋洋함
에 反하야 中華의 慶節에 悲憤과 憂懼의 空氣가 漲溢하는고

「萬衆一心 抵制日貨」「驅除國賊 還我靑島」「同胞警醒 國家危矣」. 此三句中
에 中華人民이 雙十節을 歡樂치 못하는 原因의 全部가 含有되도다. 四萬萬 衆
心으로 國民이 統一되지 못함과 國賊이 跳梁하야 經國의 樞要人物中에 愛國
眞誠의 士를 缺함과 國民的 自覺과 識見이 無함과 이것이 中華不振의 原因이
아니고 무엇이랴.

中華의 四萬萬人은 一種族은 形成한다 할지연뎡 아직 一國民이라 謂키 難
하니, 國民의 各員이 各各 自己의 利害에만 沒頭하야 國家 全體의 休戚이 眼
中에 無할뿐더러 地方을 隨하야 門閥을 隨하야 黨派를 隨하야 幾百 幾千의 小
國家 小國民을 形成한지라. 南北 政府가 有하며, 段祺瑞** 徐樹錚*** 이 有하며,

---

* 『獨立』 20, 1919.10.14. 1면 '社說'란에 실렸다.

** 돤치루이(段祺瑞, 1865-1936). 중화민국의 군벌이자 정치가. 1911년 신해혁명 후 위
안스카이 총통 밑에서 육군총장이 되었고, 1916년 위안스카이가 죽은 뒤 정권을 장악하
여 1920년까지 중화민국의 최고 권력자의 지위를 누렸다. 1917년 독일에 선전포고를

安福部[*]가 有하며, 張作霖^{**} 張敬堯^{***}가 有하며, 南政府中에도 孫文^{****}이 有하며, 岑春煊^{*****}이 有하야 各其 一幟를 立하야 마치 戰國時代를 再現한 듯하야써 內로는 國民의 歸趣할 바를 迷惑케 하고 外로난 貪慾한 强敵의 利用을 受하니, 現下의 中國의 狀態로는 萬衆이 一心코도 오히려 列國과 並立키 難하려든 하물며 이러케 百으로 分하고 萬으로 裂하고야 羞侮와 敗亡을 免하려 한들 得하리오. 萬衆一心 抵制日貨라 하나 抵制日貨 싸위는 其實 末之末이라. 차라리 萬衆一心하야 傾하랴는 國家를 扶하기를 絶叫할지어다.

無統一의 次에 中國을 亡케 하난 것은 國賊의 跳梁이라. 辛亥革命은 滿淸

하면서 일본의 지원을 받아들여 돤치루이 정부의 친일적 행보에 항의하는 5·4운동에 직면하기도 했고, 1920년 7월 다른 군벌들에 패해 정치 일선에서 쫓겨났다.

^{***} 쉬수정(徐樹錚, 1880-1925). 중화민국 북양군벌의 한 파벌인 안휘군벌의 장군. 돤치루이의 측근으로 일시 큰 권세를 누렸지만 군벌 간의 패권 다툼에서 몰락했다.

[*] 안후이구락부(安福俱樂部). 1918년 5월 중화민국의 총선거 실시 당시 돤치루이가 국회를 장악할 요령으로 조직한 어용정치집단. 1918년 8월에 개원된 2대 국회는 돤치루이의 안후이가 장악했다 하여 '안후이국회'라고도 부른다. 1920년 7월 직안전쟁에서 안후이계가 패배하면서 돤치루이가 물러나고 안후이국회와 구락부도 해산된다.

^{**} 장쭤린(張作霖, 1875-1928). 중국 국민정부 동북지방의 봉천 군벌이자 정치인. 1918년 동북 3성을 관할하면서 다른 군벌들과의 다툼으로 세력을 확장하는 한편 일본의 지원하에 성장하였다. 1926년 1월 베이징에서 대원수직에까지 올랐으나 1927년 장제스의 북벌운동이 시작되면서 밀리기 시작했으며 1928년 6월 일본군에 의해 폭살당했다.

^{***} 장징야오(張敬堯, 1881-1933). 중국 국민정부 안휘 군벌의 주요 일원. 5·4운동 당시 그의 오랜 학정에 분노한 시민들의 저항에 부딪혀 돤치루이에게 해임 축출되었으며, 1920년 안직전쟁에서 안휘 군벌이 몰락하자 장쭤린의 봉천 군벌에 가담하였다.

^{****} 쑨원(孫文, 1866-1925) 중국의 신해혁명을 이끈 혁명가이자 중국국민당의 창립자. 1905년 중국혁명동맹회를 결성하여 반청 혁명운동을 전개했고, 1911년 신해혁명을 이끌어 1912년 1월 중화민국 임시대총통이 되었으나 북양군벌의 거두 위안스카이와 타협하고 4월 대총통직을 넘겨주었다. 위안스카이의 사후 북양정권이 돤치루이의 수중에 떨어지자 1917년 서남군벌 세력과 연합하여 광저우에서 호법정부를 세우고 대원수로 취임하였으나 군벌과의 연합으로 호법의 목적을 달성할 수 없다고 판단, 1918년 5월 상하이로 망명했다. 1919년 5.4 운동을 계기로 아래로부터의 혁명 노선으로 선회하여 동년 10월 중국국민당을 결성하고 재기에 나섰다.

^{*****} 천춘쉬안(岑春煊, 1861-1933). 청말의 관료이자 중국 국민정부의 정치인. 1915년 호국전쟁 당시 위안스카이 타도 운동에 나섰고, 1916년 6월 위안스카이의 사망 후 쑨원 등과 민국 원년의 약법을 회복하고 호법운동에 나섰으나 광저우의 호법정부 장악 후 북양정부와의 화의를 고집하다 1920년 2차 호법운동 당시 축출되었다.

에 對한 革命이엇도다. 異民族의 支配下에서 脫함이 賀할 만하지 아니함 아니나 惡習과 惡人에 對한 革命은 그보다 더욱 重要한 것이니, 만일 中華民族이 滿族에게 對한 革命으로써 滿足하고 同族이면서 異族 以上의 毒害를 끼치는 國賊에게 對하야 根本的 大革命을 成就치 못하는 以上 四萬萬의 中華民族은 恒常 第二의 異民族의 奴隷가 될 危險中에 在하다 할지라. 日本이 제 아모리 兇毒한 野心을 藏하고 奸狡한 手段을 弄한들 此에 倀鬼를 作하는 國賊이 無할진대 何懼가 有하리오. 그러나 中華의 國賊은 다만 日本의 창鬼가 되는 者만 안이니, 或은 私兵을 擁하야 中央政府를 威脅하며, 或은 私利를 爲하야 私黨을 立하며, 或은 國家를 爲하야 貢獻할 能力이 잇는 者로 짐즛 超然한 態度를 取하야 白眼으로 時事만 冷評하며, 或은 陰謀와 反間을 弄하야 大局을 擾亂하는 者 等은 모다 國賊이니, 如此히 愛國의 假面을 着한 者의 兇毒은 도로혀 日本의 창鬼로 自處하는 國賊의 兇毒보다 尤甚한지라.

中國人이 章宗祥[*] 曹汝霖^{**}만 國賊이라 絶叫하고 無知한 督軍輩와 謀利漁名者類를 看過함은 實로 吾人의 理解치 못할 비라.

그러나 國民의 不統一과 國賊의 跳梁보다 더욱 可恐 可慮하며, 쏘 國家를 敗亡하는 萬惡의 根源되는 者는 國民이 深刻한 自覺과 文明國民의 合當한 知能과 識見을 缺함이니, 今日의 國家 더구나 民主國家는 高等한 敎育과 國民的 訓鍊을 經한 國民을 有치 아니코는 存키 不能한지라. 中華民國에도 數十의 博士와 敎授와 數千 數萬의 歐美 留學生이 잇건만은 四萬萬의 無敎育한 人民의

---

* 장종샹(章宗祥, 1879-1962). 청나라 말기와 중화민국 초기의 정치가. 1917년 돤치루이 정권하의 주일공사로 차오루린과 함께 니시하라 차관을 도입하면서 산둥성의 각종 권리를 일본에 양도한다는 내용의 조약을 체결했다. 5·4운동 당시 매국 관료로 지목되어 해임되었다. 원문은 '章祥宗'으로 되어 있다.
** 차오루린(曹汝霖, 1877-1966). 청나라 말기와 중화민국 초기의 정치가. 1915년 위안스카이 정부의 외교부 차관으로 일본이 요구한 21개조를 조인한 장본인이자 돤치루이 정권하에서도 니시하라 차관의 체결을 비롯하여 일본에 권익의 일부를 양도하는 데 앞장섰다. 5·4운동 당시 장종샹과 더불어 매국 관료로 지목되어 해임되었다.

大海中에는 滴水만도 못할 것이니, 만일 진실로 中華民國의 國基를 泰山磐石 上에 奠하랴면 國民敎育에 全力을 다하여야 할지라. 三百萬의 有害無益한 軍 人을 養하는 代身에 三百萬의 小學校 敎師를 養하고 懶惰와 陰謀의 巢窟인 全 國 無數의 兵營에 漆板을 걸도록 할지어다. 三百萬의 兵士는 中華民國을 亡하 는 것 밧게 못하되 三百萬의 小學生은 足히 中華民國을 扶하고 興하리라.

우리의 處地로 何暇에 남에게 忠告하랴마는 이는 남에게 하는 忠告가 아 니오, 쏘한 나의反省이며 나의 同胞에게 對한 血淚의 聲인가 하노라.

아아, 人이 醒하고 天이 助하야 一日이라도 速히 亞細亞 兩民國이 三一節 雙十節을 完全한 歡喜와 洋洋한 希望으로 祝賀할 날이 臨하기를 禱하노라.

奈蒼生何[*]

嗚呼 蒼天아, 네 韓族을 禍하랴나뇨. 쏘는 將次 大任을 降하려 하시매 難堪한 苦難을 下하심이뇨. 만일 그러할진대 이보다 더한 苦難을 降한들 무엇을 恨하랴 怨하랴. 녯날 約百[**]에게 降하던 災殃을 다 나리고 그보다 더한 災殃을 더 나리더라도 甘受하리이다. 오직 오는 千萬代 子孫의 自由와 安樂을 約束할진대, 二千萬의 生命을[***] 왼통이라도 聖潔한 祭壇에 밧치니[****] 무엇을 愛하랴 무엇을 惜하랴.

三月 一日 以來로 敵의 挺刃下에 死한 者 얼마며, 傷한 者 얼마며, 窮凶 極惡한 敵吏의 酷刑下에 겨우 殘喘을 保全하면서 獄中에 呻吟하는 父老는 얼마며, 兄弟는 얼마며 姊妹는 얼마뇨. 집에 남겨둔 그네의 父母와 妻子는 얼마뇨. 게다가 數十年來의 大旱으로 五穀이 枯死하야 扶老携幼하고 山野에 草根木皮을 採하는 慘境에 在하고, 쏘 近日의 隨導를 據하건대 虎列剌는 秋風으로 더불어 더욱 猖獗하야 全國內 八千餘의 患者를 出하다 하며, 쏘 十月에 入하야는 日人이 木葉이 動하야도 獨軍立인 줄 알도록 經神이 過敏하야 一週日內에 京城에서만 二千餘의 同胞가 捕縛되어 全身 피트성이로 敵營에 끌려감을 報하도다.

日氣가 漸漸 寒冷하여 가는데 衣食과 怙恃를 失한 數十萬의 同胞는 엇더게나 살아갈는가. 一死의 機와 處를 得하랴고 漂然히 故國을 써나 滿州의 曠野에 彷徨하는 數萬의 靑年은 將次 엇더할는가.

---

[*] 『獨立』 21, 1919.10.16. 1면 '社說'란에 실렸다.
[**] 성서 욥기에 나오는 인물 욥을 가리킨다.
[***] 원문은 '生命려'로 되어 있다.
[****] 원문은 '밧치니을'로 되어 있다.

敵은 韓族을 壓하고 打하고 殺하기 爲하야 水原의 亂兵의 同類를 날로 韓土內에 輸入하며, 多數의 黃白을 散하야써 韓人으로 韓人을 戕害하는 骨肉의 計에 腐心하도다. 敵의 心은 日로 惡하여지고 敵의 手는 時로 毒하야지니, 嗚呼 蒼天아, 何時씻지 이 不義를 容許하랴나뇨.

三千里 江山에 愁雲이 暗憺하고 二十萬 心靈에 悲憤이 鬱鬱하도다.

生하랴 死하랴, 笑하랴 哭하랴, 醉하랴 狂하랴. 生理的으로 道德的으로나 精神的으로나 韓族은 只今 一大 層危機에 臨하엿도다. 或 層疊疊의 견듸기 어려운 苦痛에 自暴自棄의 念을 起할 憂慮도 有하니, 或은 道德的으로 墮落하야 浮華淫佚에 流할지오, 或은 敵愾心을 能制치 못하야 日人 大虐殺의 擧에 出할지오, 或은 過激한 思想에 浸染하야 社會의 大崩壞를 生할지니, 이리되면 韓族의 前途는 아주 黑暗일지라. 온갓 苦痛과 가즌 試驗을 다 當호대 大主義 大理想을 爲하야는 泰然不動하는 勇氣와 忍耐를 示하여야 비로소 韓族은 新生한 大國民의 榮譽를 受하게 될지라.

아아 蒼天아, 韓族을 福할지어다. 光明의 前途를 示할지어다.

約百의 苦難도 辭讓할 바 아니며 耶穌의 苦痛도 辭讓할 바 아니니, 우리는 오직 敬虔한 殉敎者의 態度로 無雙한 忍耐와 勇氣로 此를 當하리라.

嗚呼 蒼天아.

臨時政府와 國民[*]

十年間 異民族의 統治를 受하던 我民族이 다시 我民族 自身의 政府를 가지게 됨이 엇더한 幸福이며 엇더한 榮光이뇨. 비록 아직 我國土를 光復하지 못하고 아직 列國에게서 獨立의 承認을 受하지 못하엿다 하더래도, 비록 아직 我臨時政府를 우리 서울에 安置하지 못하고 外國의 領土內에 寓接하엿다 하더래도, 我民族의 希望과 精神의 焦點이오 我國家의 發育의 萌芽며 我千萬代 大韓民族의 自由의 獨立과 安福과 繁榮의 根源이라. 三月 一日 以來의 我民族의 血誠은 臨時政府의 建設에 在하엿고, 今後에 我民族의 勢力은 臨時政府의 擁護와 此政府를 우리 서울로 들여감에 在하도다. 아아, 二千萬 男女의 忠誠의 對象이 臨時政府요 進路의 目標가 臨時政府로다

그러나 我二千萬 男女가 臨時政府를 崇奉하고 血과 生命으로써 此를 擁護함은 決코 大統領 國務總理 以下 政府 閣員의 自然人을 爲하야 그리함이 아니오, 我國家의 主權의 所在인 政府 그것을 爲하야 그러함이라. 李大統領, 李國務總理 以下 各總長 及 總辦이 어느 것이 我民族의 崇仰 敬拜하는 人物이 아니리오마는, 그러하더래도 政府라는 機關에 比하면 彼等은 그리 重要한 것이 아니라. 政府라는 機關은 民國 元年 二年으로 千年 萬年에 至하기신지 傳之無窮할 我大韓民族의 自由의 獨이오 生命일 神器로되, 그 閣員되는 自然人은 一時 此神器의 委托을 受한 國民의 被傭人이라. 그럼으로 我二千萬이 心과 誠과 力과 生命을 合하야 奉戴하고 擁□할 것은 實로 政府라는 神器니, 金哥가 大統領이 되고 李哥가 大統領이 됨으로써 我等의 心을 一二할 바 아니니라

---

* 『獨立新聞』 22, 1919.10.25. 1면 '社說'란에 실렸다.

建國初의 國家가 大槪 그러한 모양으로 아직 우리 臨時政府는 人民이 建設하고 鞏固하는 中이니, 政府가 國民을 保護할 때가 아니요 人民이 政府를 保護할 때라. 人民은 政府라는 機關을 通하야 內로 國民에게와 外로 列國에게 그 意思를 發表할 뿐이니, 旣成한 國家의 政府와 갓치 人民이 그에게 아직 保護를 請할 때가 아니오 將次 我等 及 我等의 後孫이 그의 安全한 保護를 受하기 爲하야 爲先 政府의 發育을 保護함이 맛치 將次 安全한 住宅을 삼기 爲하야 爲先 家屋을 建築함과 갓도다. 從此로 만일 二千萬 男女가 心을 一히 하야 我政府를 崇敬하고 擁護할진대 日이 가고 月이 갈사록 我政府의 實力과 威信은 더욱 增加할지니, 四月에 我政府가 처음 成立되매 敵은 다만 兒戱라는 嘲笑로써 對할 뿐이러니, 不過 四個月間에 內外의 國民의 信任이 漸漸 重하여 가매 敵은 或 密使를 派하야 意思의 疏通를 求하며, 或 甘言利說로 妥協의 道를 講하다가 我政府 當局者의 「大韓民族의 要求는 唯一이니, 그것은 卽 絶對 獨立이라. 我等은 國民의 委托을 受하엿스매 獨立承認에 關한 條約外에 日本과 交涉할 아모 事件도 必要도 無하다」하고 强硬히 拒絶하매 敵은 마참내 온갖 詭計와 陰謀 手段으로써 我政府를 撲滅하려 하나니, 이것과 밋 世界의 言論界의 大韓民國 臨時政府 云云의 文字가 頻頻히 出現하며, 特히 美國에 在한 我李大統領, 徐大使 等의 大活動 大歡迎은 實로 我政府의 威信이 日로 進步함과 國民의 信任과 擁護가 政府로 하여곰 엿더케 漸漸 有力하게 되게 함을 示하는 大事實이라. 二千萬이 全部 信任하고 擁護하는 我政府를 敵이 能히 破滅함을 得하리라고 同胞 諸位는 想像하나뇨. 敵이 그러한 妄想을 有하다 하면 我等은 코우숨으로써 此를 待하리라.

我等이 起하야 三千里 聖域에서 敵醜를 逐하기신지, 我等의 勇敢과 忍耐와 智慧와 活動이 마참내 列國의 承認을 獲得하기신지 日人은 我政府를 逼迫하려니와 日人의 逼迫에 正比例하야 我二千萬 男女의 愛國心은 더욱 激發될지니, 我政府의 實力과 威信은 敵의 逼迫下에서 더욱 生長하고 鞏固할지라.

蒙昧하던 我等은 日人을 許하야 前大韓帝國의 政府를 破滅케 하니라. 그러나 覺醒한 我等은 全世界가 다 力을 合하더래도 다시 永遠히 大韓民國의 政府를 건드림을 許치 아니하리라. 數百萬의 熱血로 贖한 我主權을 꾸口에느들 다시 노칠 줄이 잇스랴. 日本은 말 말고, 美國이나 英國이나 法國이나 世界 어느 나라 어느 民族을 勿論하고 空中에 벌과 하늘에 天使라도 우리의 政府를 敢히 건드리는 者면 大韓民族 千代 萬代의 敵이라 하야 生命으로 싸호리니, 決코 斷코 容貸함이 無하리라.

凱歌와 自由의 歌舞로써 我政府가 서울로 갈 날이 或 數月後이리라. 或 一年後며 二年後이리라. 그동안 敵은 온갖 奸計와 逼迫을 다 하리라. 비록 我政府의 位置가 變하고 또 變하야 或은 太平洋 或은 大西洋 져편에 가는 限이 잇다 하더래도 我大韓民族의 主權의 所在는 오직 我臨時政府니, 我等은 冷笑로써 敵의 必死의 奸計 狡策의 無効함을 傍觀하리라.

或 政府가 國內에 在하지 아니하고 外國에 在함으로써 欠하난 同胞가 無치 아니하거니와, 此는 決코 當局하는 自然人의 危險을 慮하야 구태 安全地帶를 擇함이 아니라. 첫재 國旗로써 代表한 政府의 神聖한 機關과 獨立運動에 關한 神聖하고 機密한 書類를 敵의 蹂躙에 委치 아니하려 함과, 重任을 帶한 當局 諸人이 一網打盡으로 敵의 捕虜되기를 避함과 對外行動과 會議 印刷 等 對內行動의 自由를 保有하려 함이니, 京城을 恢復하는 날ᄭ지 政府는 恒常 安全한 地帶에 在하여야 할 것이 맛치 今次의 媾和條約ᄭ지 白耳義* 政府가 法國內에 在하엿슴과 갓흔지라. 同胞여 回想하라, 白耳義가 强德의 占領下에 入하고 白耳義의 君主와 그 政府가 法國으로 避難하엿슬 째에 그 記事를 讀하던 同胞 諸位는 白耳義의 今日이 잇스리라고 새ㅇ각하엿나뇨. 聯合軍이 날로 敗하고 德軍이 날로 勝하야 巴黎에 砲彈을 雨下할 째에 諸位는 더구나 白耳義의 運命를 悲觀하엿스리라. 그러나 三年이 못하야 正義는 맛참내 强力을

* 벨기에의 한자어 표기.

勝하엿도다.

　法國의 一鄕村에 避難하엿던 白耳義의 政府는 다시 凱歌로써 부릇셀 京城
에 들어갓고, 凶奴의 暴虐下에 呻吟하던 白耳義에는 只今 自由의 春風이 부
는도다. 當時 白耳義가 德國에 親附치 아니함을 後悔하던 弱老者輩는 賣國賊
으로 身首가 兩斷하엿고, 凜烈한 氣象으로 自由를 爲하야 피를 흘린 愛國者
의 무덤에는 全國의 感謝와 讚揚의 淚로 들인 花環으로 빗나지 아니하나뇨.

　아아 大韓 同胞여, 멀지 아니한 自由의 希望中에서 勇敢하고 忍耐하고 活
動할지어다. 恒常 부를지어다. 大韓民國 萬歲를, 政府 萬歲를.

六頭領의 聚會*

去六月붓허 前內務總長 安昌浩氏가 國務總理 代理가 되여 單獨으로 諸次長을 率하고 國政을 總攬하다가 漢城政府 推戴後에 世人의 多少한 優懼에 反하야 李國務總理가 先到하고 爾來 數□間에 申法總, 文交總, 李內總, 李財總의 順序로 順次 來到하야 임의 我民族의 六頭領이 一堂에 聚會하엿스니, 此는 다만 獨立運動 發生後의 盛事일뿐더러 實로 國恥 以來의 盛事라 할지라.

李大統領과 金學務總長은 美國에서 外交에 鞅掌하는 中이오, 朴外總 及 盧軍總도 不遠에 來會하리라 하니, 이에 我國民이 晝宵로 渴望하던 頭領 全部의 蹶起를 見함이로다. 加之 承認 改造 問題로 多少 意見의 齟齬가 有하던 것도 國家의 大事라는 無上命令과 頭領의 意思疏通으로 임의 雲散 霧消하야 李總理 以下 各部 總長이 連袂하야 日內에 就任 視務하리라 하니, 얼마나 歡喜하며 얼마나 幸福하뇨. 從今以往으로는 前보다 十倍 百倍한 自信과 實力을 가지고 內와 外에 對하야 我獨立運動의 步를 進하리로다. 國民아, 소리를 가즉이 하야 萬歲를 부르고, 精誠을 하나로 하야 敢然히 難局의 大任을 擔하고 나셔는 우리 頭領 諸氏에게 感謝할지어다.

或 國民은 法國 官憲이 在上海 我民國 臨時政府 家屋의 閉鎖를 命하엿다는 報道를 보고 자못 驚愕하고 悲憤하엿슬지나, 獨立運動이나 革命運動에 이만 일은 當然히 잇줄로 豫期한 것이라. 敵이 百方으로 我等을 殲滅하려 하는 奸計의 一에 不過하나니, 이만 일로 我等의 事業에 打擊이 될 理도 업고 我等의 精神에 動搖가 生할 理도 업는 것이라. 八月 以來로 敵의 全力은 我臨時政府의 樸滅에 集注하엿나니 或은 讒誣로 或은 奸計로 或은 甘言利說로 我政府의

---

* 『獨立新聞』23, 1919.10.28. 1면 '社說'란에 실렸다.

顚覆을 圖할지나, 我等도 亦是 全心力 全生命을 다하야 我政府를 擁護할지니 이제붓허는 더욱 敵과 我等의 씨름이라. 我等이 敗하면 我民族에게는 永遠한 滅亡이 잇고 敵이 敗하면 我民族에게는 永遠한 自由와 □樂과 榮光이 잇슬지니, 이 길고 힘드는 씨름에 必勝을 期할 것이 我等의 피로 쓴 誓約이 아니뇨.

이러할 째를 當하야 이제 諸頭領의 聚會를 보니 엇지 欣賀할 비 아니리요. 方今 美國 上院에는 我獨立問題가 討議되는 中이오, 제네바의 二十五個國의 社會黨 大會에셔는 我獨立을 承認하는 決議를 通過하엿스며, 日이 가고 月이 지나 我獨立運動의 眞相이 世界에 彰明될사록 全人類의 同情은 我大韓民族에게 集中되는도다. 進하면 生하고 退하면 滅할 此地頭에 大任을 擔한 諸頭領의 責任은 實로 重하고, 그네에게 向한 全國民의 期望은 實로 大하도다. 이로붓허 頭領 諸氏는 一心이 되고 一體가 되여 一死로써 國에 報할 決心을 가질지오, 全國民은 諸頭領을 絶對로 信任하야 그 命令과 指揮대로 一心一體로 活動하야 最後에 大目的을 達하는 날신지 勇往邁進할 大覺悟를 가져야 할지라.

任重 道險한 諸頭領에게 恒常 健康과 和協과 智慧와 勇氣가 잇슬지어다.

倭奴와 우리*

倭奴는 二千年來의 我民族의 怨讎라. 三國 初葉붓터 每年 倭賊이 東南韓의
沿海를 襲하야 村邑을 焚掠하고 婦女를 刦姦하며 人命을 殺害함이 絶함이 업
시 壬辰倭亂신지 至하엿나니, 一千五六百年間에 殺害된 我民族이 數百萬에
達할지오 壬辰倭亂의 八年間에 倭奴가 我等의 文化를 焚滅하며 産業을 破壞
한 것은 姑舍하고라도 虐殺한 人命만 해도 三百萬을 計하며, 長谷川** 寺內***
兩醜의 手에 虐殺된 同胞도 百萬을 不下하리라. 同胞여, 우리 二千萬 大韓民
族中에 倭奴의 手에 血을 流한 祖先의 子孫이 아닌 者 誰뇨. 父祖의 讐를 不報
함은 禽獸만 못하다 하도다.

我國 近代 大衰頹의 原因은 實로 壬辰倭亂에 在하도다. 壬辰倭亂의 大瘡痍
는 三百年의 歲月로도 恢復치 못하리 만큼 그러케 慘酷하엿도다.

淸日戰役에도 利한 者는 倭奴, 害한 者는 我民族이오 俄日戰役에도 그러하
엿도다. 그러한 것은 다 姑舍하고라도 半萬年의 自由民에게 奴隸의 羞恥를
준 者가 倭奴로다. 同胞여, 國讐를 不報하는 者를 禽獸만 못하다 하도다.

同胞여, 三月 一日 以來의 倭奴의 蠻行을 記憶하나뇨? 팔 신힌 少女를 記憶
하며, 强姦과 羞辱을 當한 妻女를 記憶하며, 孟山 龜城 水原 等地의 虐殺을 記
憶하며, 消防隊의 鐵鉤와 警察署의 刑具에 鮮血을 流하고 痛哭하는 兄弟와 姊

---

* 春公,『獨立新聞』23, 1919.10.28. 4면 '告大韓國民(來稿)-目下의 義務와 決心'란에 실
  렸다.
** 하세가와 요시미치(長谷川好道, 1850-1924). 제국 일본의 군인이자 정치인, 외교관. 일
  본 제국 육군 원수를 역임했고, 1916년부터 1919년까지 제2대 조선총독을 지냈다.
*** 테라우치 마사타케(寺內正毅, 1852-1919). 일본 제국의 육군 군인이자 정치가, 외교관.
  제18대 내각총리대신을 지냈고, 1910년 5월부터는 제3대 한국통감, 한일합방 이후부터
  1916년 10월까지 초대 조선총독이었다.

妹를 記憶하나뇨? 이 狀態를 觀한 西人이 言호대 倭奴가 韓族의 女子에게 對하 羞辱만 하여도 足히 全國民을 忿死케 하리라 하니, 同胞여, 諸君은 血도 淚도 업는 木石이뇨 禽獸뇨.

同胞여, 倭奴는 三十三人 以下의 我民族의 指導者를 囚禁하고 惡刑하고 亂徒라 하며 兇漢이라 하야 가즌 侮辱을 다하는도다. 그네 志士는 我民族의 代表가 아니뇨, 救濟者가 아니뇨.

그네의 死를 冒하고 起함이 誰를 爲함이며, 그네의 惡刑과 羞辱을 當함이 誰를 爲함이뇨. 同胞여, 二千萬의 너와 나를 爲함이 아니뇨. 倭奴가 그네를 毆打*함은 卽 너와 나를 毆打함이며, 倭奴가 그네를 侮辱함은 卽 二千萬 大韓民族 全體를 侮辱함이니, 만일 大韓民族이 白耳義나 셀비아 民族갓히 義氣와 愛國心을 有한 者면 벌서 忿起하야 그네를 倭奴의 手로셔 奮하엿슬 것이라**. 義와 情을 俱히 모르는 者를 □獸라 하지 아니하나뇨.***

倭奴는 我獨立運動을 처음에는 嘲笑하고 罵詈하엿스며, 담에는 欺罔하고 詭譎하엿스며, 마참내는 虐殺殲滅하랴는 策을 取하도다. 所謂 朝鮮統治의 改善이며, 所謂 文官總督이며 憲兵制度 撤廢며, 所謂 言論自由며 地方自治의 約束이 이미 我民族의 要求와 天壤의 懸隔이 有할뿐더러, 三十年來 詐欺로써 我民族을 對하던 倭奴의 奸狡에 다시 넘어갈 禽獸가 어대 잇스리오. 今次 倭王의 妄言을 보더래도 아직도 同化를 云云하며, 魚頭鬼面의 小倭 大倭는 如前히 我民族의 意思를 蔑視하고 恬然히 我民族을 美洲의 黑奴에 比하는도다. 이제 倭奴는 韓國內에 二萬 倭警을 配置하야 我民族의 廚房�ᄭ지 監視하려 하며, 內外에 毒手를 伸하야 我民族의 指導者와 밋 中心階級인 將來 有爲한 靑年 愛國者를 一網打盡하려 하나니, 임의 倭奴의 捕虜로 數萬의 指導者와 靑年을 失

---

* 원문은 '摳打'로 되어 있다. 이하 상동.
** 원문은 '것라'로 되어 있다.
*** 원문은 '하니 하나뇨'로 되어 있다.

함도 我民族의 大打擊이오, 하물며 海外에 在한 이를 全部 倭奴의 手에 入한다 하면 我民族의 打擊은 實로 致命傷的일지니 此를 恢復하랴면 數十年의 長歲月을 要할지라. 倭奴의 心術은 我民族을 全滅하고라도 自己의 私慾을 滿足하려 함에 在하도다. 千萬代의 我民族의 子孫을 奴隷를 삼고야 말려 하도다. 人間에 하도 만흔 怨讐中에 自由를 脫하고 奴隷를 삼음에셔 더한 怨讐가 어대 잇스랴. 勇壯한 美國人의 祖上은 當時 强大하기 世界第一이던 英國에 對하야 「우리에게 自由를 주라, 아니어던 死를 주라」 하고 奮然히 起하야* 血戰한 지 十年에 自由의 大美國을** 建設하엿도다. 二千萬의 大韓人은 이러한 氣魄을 有한가 否한가.

　嗚呼라 可憎 可殺의 倭奴여, 天下에 爾等과 如한 背恩 背信의 醜類가 어대 잇스랴. 爾等에게 萬般의 生活의 法方과 文字와 文化를 주어 生命 食居의 野蠻으로서 人類다운 人類가 되도록 敎之導之한 恩人이 韓族이 아니뇨. 爾等은 二千年의 恩惠를 怨讐로써 갑는도다. 爾等은 漢族의 恩惠를 受하엿거늘, 今에 漢族을 禍하고 美國의 恩惠를 受하엿거늘 今에 美國을 憎하는도다. 爾等은 일즉 一粒飯 一件衣를 남에게 주어 본 적 업고, 東에서 西에서 남의 恩惠만 受하엿스되 아직 感謝를 表하여 본 적도 업시 도로혀 倨傲自大하야 恩惠를 報호대 怨讐로써 하는 者니, 맛치 心術 兇惡한 乞丐와 如하도다. 爾等은 或 一時의 强盛을 自恃할지나 東에 秦始皇이 有하고 西에 奈翁***이 有하며, 東에 大俄帝國이 有하고 西에 大德帝國이 有하야 冷酷히 爾强의 恃치 못할 것을 訓戒하고 嘲笑하도다. 爾等의 自矜 自恃하는 所謂 大日本帝國의 根柢에 노힌 爆

---

* 　원문은 '起을야'로 되어 있다.
** 　원문은 '大美國하'로 되어 있다.
*** 　나폴레옹 보나파르트(Napoléon Bonaparte, 1769-1821). 프랑스 제1공화국의 군인이자 제1국의 황제. 19세기의 첫 10년 동안 나폴레옹이 이끄는 프랑스는 나폴레옹 전쟁을 주도하여 유럽의 강대국들을 상대로 많은 승리를 거두면서 유럽의 패권국가 자리에 올랐다. 1812년 러시아원정에 실패한 후 1814년에 실각, 1815년 복위에 성공했으나 백일천하로 끝났다.

發彈의 火繩은 이미 燃燒를 始하얏나니, 爾等의 老人은 死하기 前에 爾等의 靑年은 老하기 前에 悲慘한 大爆發을 見하리라. 爾等의 傲慢한 頭는 爾等의 怨讐인 韓族과 漢族의 前에 屈하야 憐憫을 哀求할 날이 不遠하리라.

　아아 大韓同胞여, 落心말지어다 恐怖말지어다. 웃고 춤추며 勇氣를 내어 不遠한 幸福의 將來를 待할지어다. 그리하되 倭奴의 怨讐를 닛지 말고 一日 이라도 速히 싸금하게 彼等에게 報復할 機會를 作하도록 決心하고 努力할지 어다. 彼個人의 怨讐요, 父祖의 怨讐요, 兄弟와 姊妹의 怨讐요, 妻子의 怨讐요, 民族의 怨讐요, 國家의 怨讐요, 千萬代 子孫의 怨讐요, 東西 全種族의 怨讐인 二千年 倭奴의 怨讐를 報復하지 안코는 다시 天日을 見치 아니할 決心을 굿 게 할지어다.

『新韓靑年』創刊辭*

우리는 獨立을 宣言하엿슴니다. 그러나 獨立宣言만으로 獨立이 되리잇가. 우리는 萬衆一心으로 萬歲를 불넛슴니다. 그러나 萬歲만으로 獨立이 되리잇가. 우리는 世界의 同情을 엇엇슴니다. 그러나 世界의 同情만으로 獨立이 되리잇가. 勿論 獨立宣言과 萬衆一心의 萬歲와 世界의 同情이 다 重要한 것이외다. 이것이 우리 國民 復活의 第一聲이외다.

이것으로 우리 스사로 우리의 國民的 生存을 自覺하엿고 世界人類로 하여곰 우리의 國民的 生存을 確信케 하엿슴니다.

우리의게는 確實히 國民的 生命이 存在함니다. 이것은 三月 一日 以後로는 우리는 確信하고 世界도 確認하는 바외다. 그러나 우리의게 이 國民的 生命을 保全할 實力이 잇슴닛가.** 卽 끗끗내 奮鬪하여서 獨立을 完成하고 그러한 後에는 그 獨立한 國家로 하여곰 후르루ㅇ한 國家가 되게 할 그러한 實力이 잇슴닛가. 이제 우리 스사로 確信하려 하고 世界가 確知하려 하는 것은 實로 이것이외다. 그 實力이란 무엇이오닛가. 우리 國民 全體의 文化力과 사람과 돈이외다.

우리의게난 半萬年의 歷史가 잇슴니다. 三千里의 國土가 잇슴니다. 共通한 言語와 衣服과 習慣과 國民性이 잇고 堅固한 團結力과 熱烈한 愛國心이 잇슴니다. 이것이 다 獨立國民이 되기에 必要한 條件이외다. 우리난 이것을 가젓나니 이것은 今次 獨立運動에 더욱 確實히 우리 스사로 自覺하엿고 또 世界로 하여곰 確認케 한 것이외다. 그러나 同時에 우리 스사로도 自覺하고 世

---

* 『新韓靑年』 창간호, 1919.12.
** 원문은 '잇슴니다'로 되어 있다.

界도 疑訝하난 것이 잇스니, 그것은 卽 우리 全體의 文化力과 사람과 돈의 힘이외다.

一國家를 經營하난 대는, 더구나 現代式 民主國家를 經營하난 대난 一般國民의 充分한 國民的 乃至 人類的 常識과 그 國家의 千殊萬別한 各機關을 運轉할 만한 人才가 絶對로 必要하고, 그러고난 그 모든 것을 하기 爲하야는 豊富한 財産이 필요한 것이외다.

우리가 이 雜誌를 發行하난 理由는 實로 이에 잇습니다. 卽 一般國民의 國民的 常識을 增進함에 萬一의 寄與를 하려 함이외다. 人才의 養成도 本誌의 할 바 못 되고 産業의 振興도 本誌의 할 바 못 되나니, 오직 或은 우리의 民族性을 闡明하고 發揮함으로 或 世界의 大勢와 新思想을 紹介함으로 一般國民의 文化向上에 萬一의 助가 되면 本誌의 使命은 다함이외다.

新韓靑年黨 趣志書*

靑年아, 檀君의 血孫인 靑年아! 過去의 恥辱을 雪할지어다. 先祖時節의 榮
光을 恢復할지어다. 人類의 今後 歷史를 빗내일 새로운 大榮光을 創造할지어
다. 大韓의 靑年아, 이것이 우리의 職分이 아니냐. 神聖한 職分 幸福된 職分,
免하랴 免치 못할 職分이 아니냐. 偉大하고 永遠한 이 大理想과 大職分을 生
覺할 때에 우리는 一邊 悚懼하야 戰慄하며 一邊 壯快하야 踊躍함을 禁치 못
하도다.

우리의 事業의 始初는 獨立을 完成함에 잇도다. 우리의 數千代 祖先의 피
로 직힌 國土와 自由를 恢復하야 우리의 千萬代 子孫이 生活하고 우리의 偉
大한 永遠한 理想이 實現될 基業을 定함이 우리의 事業의 始初로다. 우리는
마음으로 몸으로 피로 목숨으로 이를 爲하야 힘스리라. 우리의 國土와 自由
가 完全히 恢復되는 날신지 싸호고 싸오리라.

그러나 大韓의 靑年아, 獨立의 完成이 우리의 目的의 全體하 말치 말지어
다. 이는 오직 우리의 事業의 始作이니, 우리의게는 獨立 以上에 더 重要할 事
業이 잇도다. 무엇이뇨.

갈온 民族의 改造와 實力의 養成이니라. 우리 民族은 質이 優容하거니와
數百年間의 墮落을 經한 現代의 우리 民族은 決코 優秀한 者가 아니라. 現今
의 우리 民族은 奸惡하니라, 詭譎하니라. 虛僞되고 利己的이오 義理에 薄하
고 姑息的이오 遠大한 理想이 업나니라. 우리가 永久하고 名譽로은 獨立한
國家의 自由民인 幸福을 享하려 할진대 우리는 現代의 우리 民族을 根本的으
로 改造하야 善하고 正大하고 忠實하고 正直하고 愛國心 잇고 博愛心 잇고

* 『新韓靑年』 창간호, 1919.12.

高遠한 理想을 抱負하는 新大韓民族을 成하여야 하나니라.

우리 民族은 學問을 愛하고 創造力이 富하더니라. 우리의 國土는 氣候가 適宜하고 天産이 豊富하더니라. 그러나 近代 不良한 政治下에 極度의 壓迫을 經한 現代의 우리 民族은 決코 學術 技藝와 創造 發明을 가진 者가 아니요, 他族과 比肩할 만한 富力을 가진 者가 아니라. 우리는 精神的으로 民族을 改造하는 同時에 學術과 産業으로 우리 民族의 實力을 充實케 하여야* 하나니라. 이로써 우리 民族 自體의 自由와 文化와 幸福을 得하려니와 이것으로 滿足치 못하리니, 마참내 檀君의 血에서 出한 新文化가 全人類의게 偉大한 幸福을 與하기에 至하기를 期할지니라.

이러한 主旨로 우리 幾個 同人은 死生으로써 盟約하고 本黨을 組織하니, 本黨은 成功을 急하지 아니하며 黨員의 多함을 貪하지 아니하노라. 一步一步 勤勉히 實行하기에 힘쓸 쌘이오 一人一人 本黨의 主旨와 綱領을 絶對로 承認하는 同志를 歡迎할 쌘이라.

大韓의 靑年아, 우리의 任이 重하고 道가 遠하도다. 이에 數言으로 本黨의 趣志를 書하야써 스스로 警戒하며 아울너 全大韓의 靑年 兄弟姉妹의게 告하노라.

---

* 원문은 '하야'로 되어 있다.

韓族의 將來*

韓族의 將來□ 近代史上의 大疑問이로다. 日人도 韓族이 自家의 奴隷로 될 줄만 確信하엿던 것이 이 今次의 獨立運動으로 因하야 失望과 疑問에 陷하엿고, 世界도 日本의 一屬領으로 韓土를 記憶하는 外에 韓族의 存在조차 忘却하엿섯나니, 엇지 韓族의 將來를 慮한 者 잇섯스리오. 過去 十年間 全世界는 韓族의 記錄은 다시 世界史上에 現出치 아니할 줄로 斷定하엿섯다. 대개 世界는 韓族을 몰낫섯다. 그의 歷史와 文化와 國民性을 몰낫섯다. 대개 韓族이 世界와 接觸한 지 年이 尙淺할뿐더러 左記한 여러 가지 理由로 世界는 韓族에 關한 知識을 엇을 機會를 넉넉히 가지지 못하엿다. 그 理由라 함은 이러하다.

第一, 過去 四十年間은 實로 世界 各國이 다 奔忙한 時代에서 크게 利害關係를 有치 아니한 題目에 關하야는 考慮할 餘裕가 적엇던 것,

第二, 過去 四十年間은 實로 帝國主義 全盛時代라 무릇 어느 나라나 民族을 觀察할 쌔에 그의 武力에 만히 注目하야 自己의 武力이 그에게 勝하면 此를 征服하기에만 汲汲하엿고, 그 民族의 歷史나 文化나 民族性의 眞價를 硏究하는 것은 閒人의 事業에 不過하엿슴으로 世界는 韓土를 可呑이라는 點外에 韓族의 眞價를 알려 아니 하엿고,

第三, 世界의 注目은 西隣의 大寶庫인 中華에 集中하야 經濟的으로 價値가 少한 韓國을 그러케 重要히 視하지 아니함과 韓族의 文化가 近代에 甚히 衰殘하야 文化的으로 世界의 注目을 쯔을 만하지 못하엿던 것,

第四, 合倂前에는 韓族이 아직 世界에 對하야 自己를 紹介할 機會가 업섯슬뿐더러 또 紹介하자는 懇求도 稀薄하엿고, 合倂된 後에는 敵의 壓迫下에

---

* 春公 李長白, 『新韓靑年』 창간호, 1919.12. 집필일은 10월 27일이다.

더욱 自己를 紹介할 機會를 得치 못한 것,

第五, 敵이 一邊 韓族을 抑壓하야 行動으로나 言論으로나 自己를 紹介할 機會를 奪하는 同時에 一邊 政府와 人民이 合力하야 韓族을 世界에 誤傳하엿나니, 이는 合倂한 피ㅇ게와 專制政治를 行하는 遁辭를 作하기 爲함이라. 敵은 書籍으로 寫眞으로 口舌로 韓族의 欠點만 世界에 暴露하엿고 一個의 美点에 言及함이 업섯나니*, 敵의 世界에 紹介한 韓族은 現實의 韓族과는 判異한 一種 創作的 韓族이라. 그 韓族은 歷史도 업고 文化도 업고 自治의 能力도 업는 한 蠻族이니, 自古로 日本의 支配를 受하엿고 日本이 支配치 아니하면 거의 社會를 成키 難하고 쏘 全族이 擧하야 日本 天皇의 恩澤을 謳歌하는 한 架空의 民族이라. 이러한 民族은 일즉 世界에 存在한 적이 업섯거니와, 韓族에 關한 知識이 乏한 西洋人은 이 日人의 創作한 韓族과 現實의 韓族과를 混同하여 왓섯다. 이는 暴力으로 合倂된 怨恨에 次하야 我民族의 가슴을 수시는 怨恨이다.

아모러나 如上의 諸理由로 韓族은 世界에게 誤解함이 되엇섯다. 眞價보다 數十層 以下로 平價되엇섯다. 얼마나 價値 업시 보앗스면 數千萬이나 되는 一大 民族의 運命이 世界의 考慮에도 오르지 못하게 되엇스랴. 韓族은 그 歷史와 國語와 함끠 世界史上에 過去 한 民族이엇섯다.** 韓日合倂 된 最後의 事實로 하고 韓族은 永遠히 民族의 記憶에서 除名된 者엿섯다. 三月 一日의 大運動이 起하매 敵을 爲始하야 世界는 그 意外임에 一驚하엿고 遠處에 在한 者는 三月 一日 以來의 事實조차 虛傳이 안인가 疑心하엿스며, 虛傳이 안인 줄을 안 後에도 이것은 무슨 私慾이나 感情에 基한 一部 人民의 運動이라고 想覺하엿고 組織的 全民族的 運動인 줄 안 者는 업섯다. 우리 獨立運動이 高遠한 理想에서 出한 民族運動인 줄을 世界가 알게 되기에는 만흔 犧牲과 歲

---

* 원문은 '업섯나'로 되어 있다.
** 원문은 '民族이업섯다'로 되어 있다.

月을 費한 後이엇다. 敵이 우리 運動을 民族的 獨立運動으로 認定치 아니치 못하게 된 것은 五月 五日의 內閣會議에서니, 實로 三月 一日부터 六十七日을 經한 後요 六萬의 逮捕者와 萬餘의 生命을 犧牲한 後이엇섯다.

今次 우리 獨立運動은 엇던 意味로 보든지 復活이다. 이 復活에 關하야 暫間 想覺하여 보자.

첫째, 上述한 바와 갓치 우리는 世界史上에서 復活하엿고 世界人의 記憶中에서 復活하엿다. 復活하는 韓族이 世界史上에 씨친 第一 記錄은 實로 그 獨立運動 自身이엇다. 우리 獨立運動은 그 精神으로 보든지 方法으로 보든지 世界史上에 일즉 類例를 보지 못한 獨創的 運動이다. 이는 實로 世界에 가장 進步된 思想과 方法을 體現한 운동이니, 正義와 人道가 우리의 標語요 徒手로 오직 우리의 意思를 發表함이 그 手段이다. 武力, 暗殺, 放火, 虐殺, 敵愾心 等 過去의 革命이나 獨立運動에 반드시 附隨하야 此以外에 方法이 업는 줄로 알던 모든 非人道的 方法을 全혀 바리고 '萬歲의 叫號와 世界의 良心에 訴함으로써 唯一한 方法을 삼은 우리 運動은 人類의 人道化에 一新紀元을 劃함이니, 實로 國際聯盟과 社會共産主義로 더불어 人類史上의 最大 事實의 一일 것이다. 印度나 埃及*이나 坐 愛蘭**의 獨立運動도 한갓 過去의 方法을 反覆함에 不過할 쌔에 韓族이 이러한 新方法을 創出함은 實로 우리의 큰 誇矜이 될 것이니, 復活의 第一 記錄으로 가장*** 神聖하고 適當한 것이라 할 만하다. 卽이 獨立運動으로 因하야 世界는 韓族이 얼마나한 精神的 文化를 가젓고 얼마나 世界의 新思想과 人類의 最高 理想을 理解하는가를 알앗다.

다음에 世界가 韓族의 今次의 行動에 놀나는 것은 그 무서운 組織的 行動이엇다. 一心一體的 行動이엇다. 漢城의 萬歲 一聲에 全牛國 坊坊曲曲이 一齊

---

* 이집트의 한자어 표기.
** 아일랜드의 한자어 표기.
*** 원문은 '가잠'으로 되어 있다.

히 響應호대 同一한 精神, 同一한 方法, 同一한 規律로써 할 째에 韓族을 極히 幼稚한 民族, 統一 업는 民族으로 알앗던 世界는 그 偉大한 組織力 統一力에 一驚을 喫하지 아니치 못하엿다. 그後 上海에서 大韓民國 臨時政府의 組織이 發表되매 敵은 한 嘲弄으로써 此를 對하엿고 世界도 此를 一部 人士의 所爲로 녁여 別로 注目함이 업더니, 成立後 不過 半年에 本國과의 交通이 甚히 不便하고 敵의 反臨時政府的 宣傳과 抑壓이 無所不至함에 不拘하고[*] 全國民이 敢然히 日本의 國旗를 揭揚함을 拒絶하고 大韓民國의 人民 됨을 宣言하야 臨時政府의 指揮와 命令을 服從하게 되매, 世界는 쏘 한번 韓族의 統一力에 一驚하엿다.

다음에 世界가 復活된 韓族에게 一驚한 것은 韓族의 愛國心과 勇氣다. 十年間 異民族의 暴虐下에 表面 從順의 態度를 取함을 보고 韓族은 愛國心도 勇氣도 업는 民族으로 連斷하엿던 世界는 韓族이 徒手로써 敵의 銃釼에 抗하며 泰然히 敵의 惡刑을 受하되 再接 再厲함을 볼 째에 世界는 놀나지 아니치 못하엿고, 特히 高等한 精神的 文化와 訓練을 有함이 아니고는 가지지 못하는 沈勇을 볼 째에 더욱 一驚하엿다. 일즉 韓族의 愛國心과 勇氣 업슴을 嗟嘆하고 猛責하던 奇一[**] 博士는 今次의 運動을 본 後에 「韓族의 勇氣」라는 一篇 論文을 著하야 自己가 韓族을 誤解하엿던 것을 辯하고 韓族은 過擧의 殉敎者보다도 白耳義[***] 國民보다도 沈勇을 가진 자라고 讚揚하엿다.

쏘 이를 우리 韓族 自身으로 보더라도 여러 가지 意味로 復活이다. 우리는 數百年間 沈睡의 狀態에 在하야 民族的 運動을 하여 본 일이 업섯슴으로, 쏘 近年에 至하야는 民族的 能力이나 意思를 發表하여 볼 機會를 쌔앗것슴으

---

* 원문은 '不拘한고'로 되어 있다.
** 제임스 스카스 게일(James Scarth Gale, 1863-1937). 캐나다 장로교 선교사이자 신학박사. 한국어와 한국 문화에도 관심이 많아 『천로역정』을 한글로 번역하고 『구운몽』을 영문으로 번역하는 등의 업적을 남겼다.
*** 벨기에의 한자어 표기.

로 우리는 우리의 民族的 實力을 스사로 알지 못하엿다. 果然 우리에게 얼마나한 團結力 組織力이 잇는가, 우리에게 얼마나한 決心과 勇氣가 잇는가, 우리에게 果然 敵을 反抗하야 奮起할 能力이 잇는가를 우리 自身도 疑心하엿섯다. 그러하던 것이 今次의 獨立運動으로 우리는 우리 自身의 實力과 勇氣를 自覺하고 自覺함으로 前에 倍蓰*하는 實力과 勇氣를 더 엇엇다. 只今의 韓族에게는 어느 째나 엇더한 壓迫下에서나 一齊히 奮起할 確信이 잇고, 조곰도 暴力을 使用치 말라 하면 一齊히 使用치 아니할 確信이 잇는 同時에 暴力을 使用하라 하면 一齊히 生命을 바리면서라도 暴力을 使用할 確信이 잇다.

三月 一日의 運動은 우리 自身의 實力을 疑心하면서 한 것이거니와, 今後의 運動은 우리 自身의 實力을 自覺하고 確信하면서 하는 것이다.

이보다 더 重要한 이번 運動의 所得은 우리 民族의게 獨立이라는 自覺이 深刻하게 됨이니, 우리 民族은 永遠히 日本의 奴隸로 알가 或은 日本의 統治下에서 五十年 百年 지나는 동안에 完全한 日本의 臣民權이나 得할가 말가 하는 陰鬱한 思慮中에서 彷徨하던 者가 만핫고, 敢히 自治좃차 唱導하는 者도 드물더니, 今次의 運動으로 小數의 敵의 走狗를 除한 外에는 獨立이 唯一한 우리의 要求임을 絶叫하게 되고 絶叫할쑨더러 또 獨立 아니고는 民族的 生存을 保全치 못하리라는 自覺이 確固하게 되어 一死로써 獨立의 目的을 達하리라는 決心을 엇게 되엿다. 이제붓터는 敵좃차 同化를 云云치 못하고 決코 過去 十年間 만한 平和도 日本의 손으로 엇지 못할 줄을 自覺하게 되엿다. 敵이 그 優勝한 武力으로 一時 韓族을 抑壓함을 得한다 하더라도 全韓族의 腦髓에 深刻한 此自覺은 아모러한 時間과 手段으로도 拔치 못하리라. 이에 韓族은 이미 精神的으로 完全히 獨立함이니, 政治的 獨立을 妨害하난 者는 오직 敵의 武力이 잇슬 쑨이라. 敵의 武力이 얼마 동안이나 我二千萬의 手足을 拘束함을 得할난지 참 可觀이다.

---

* 갑절 이상 다섯곱절 가량.

三月 一日 以來의 我運動이 得한 精神的 效果는 大槪 如上하거니와, 政治的 效果는 얼마나 한가.

三月 八日 上海로서* 巴里 平和會義의 各國 代表에 獨立運動의 內容과 狀況을 打電한 以來로 四次의 電報와 四月 十二日 我特使 金奎植氏 巴里 倒着 以來로, 或은 報紙로 或은 個人 訪問으로 宣傳에 從事한 結果 五月 十二日 請願 提出 當時에는 거의 全歐州의 各新聞에 我問題가 論難되엇슬쓴더러 平和會義의 各國 代表에게서도 或은 訪問으로 或은 書信으로 同情과 激勵의 意를 表하엿스며, 美國에 在하야는 我李大統領을 爲首하야 徐載弼, 鄭漢卿 諸氏의 宣傳運動과 我國 在留 宣敎師 諸氏 及 其他 名士의 韓國 事情 及 獨立運動 眞相 紹介로 因하야 거의 全美國民의 輿論의 同情을 得하엿슬쓴더러, 美國 上院에는 現今 韓國獨立 援助 決議案이 討議되는 中이라. 비록 該案의 運命을 逆睹할 슈 업다 하더라도 世界의 韓族의게 對한 同情의 一般을 推知할 것이다. 이제붓터 더욱 內로는 獨立示威運動을 激烈히 하고 外로는 各國에 對한 宣傳運動을 盛大히 하면 오난 國際聯盟會에 多大한 希望이 잇을 것은 事實이다. 물론 國際聯盟이 우리 獨立의 唯一한 機會는 아니요 無數한 機會中의 一 에 不過하지만은, 또 敵도 이제는 韓族을 自家의 奴隷라고 想覺하던 迷夢을 破하고 韓族의 獨立이 時間問題에 不過함을 自覺하게 되엇다. 오직 私慾과 未練과 自己의 武力에 對한 過大한 妄信으로 一日이라도 久히 現狀을 維持하야 萬一의 僥倖을 求함에 不過하다.

우리 韓族의 現狀은 大略 如上하다. 如上한 處地에 立하야 우리 自身도 우리의 將來를 推想하고 世界도 우리의 將來를 推想할 것이다. 韓族의 將來는 과연 엇더할난가.

韓族의 將來는 오직 韓族 自身에게 달넛다. 韓族의 團結力 統一力이 얼마나 하며 韓族의 愛國的 勇氣와 忍耐가 얼마나 한가, 하는 問題가 卽 韓族이 獨

---

* 원문은 '三海月八日上'으로 되어 있다.

立國家의 自由生活을 享할가 말가 하는 問題다. 韓族의 決心이 五分鐘熱度*
가 아니오, 乃祖의 數百年間 隋唐과 싸호고 壬辰에 十年間 日本과 싸호던** 勇
氣와 美國이 八年間 英國과 싸호던 忍耐力과 '自由냐 死냐' 하는 徹底한 自覺
과 決心이 잇는가 업는가 하는 問題다.

아마 將來 얼마 동안 敵의 暴虐은 더욱 甚하리라. 敵의 甘言의 誘惑은 더욱
甚하리라. 或 閔元植과 같은 妖物의 數도 增加하리라. 其他 여러 가지 困難이
오리라. 實로 견디기 어려운 苦痛과 困難을 當하리라. 俗說과 같이 韓土에 流
血이 滿江하고 積屍如山하며 求人種於兩白하고 求穀種於三豊할 날도 오리라.
만일 過去 半年間의 獨立運動과 不過 數萬의 死傷으로써 일헛던 自由를 恢復
한다 하면 그 아니 넘어 賤價한 自由일가. 비록 數月內에 最後의 目的을 達하
는 限이 잇다 하더라도 五年 十年의 經營과 決心이 잇서야 할 것이다. 이제붓
터는 敵과 우리와의 씨름이다. 지면 니러나고 지면 니러나 맛참내 敵의 項을
扼하는 날이 우리 事業의 마즈막이니, 이에 要求하는 것은 끈준한 忍耐와 不
息不絶코 再接再厲하는 活動이 有할 뿐이다.

이제 獨立運動을 中止하면 獨立은 가고 만다. 來月에 中止하거나 來年에
中止하더라도 獨立은 가고 만다. 언제던지 獨立完成의 究竟 目的에 達하기
前에 韓族아, 너의 決心과 勇氣가 挫折되면 獨立은 永遠히 다시 들어오지 못
할 대로 아주 가버리고 만다. 이에 獨立完成의 秘訣이 잇나니, 卽 最後까지
죽기까지 참고 견딈이다. 現在 我等 血과 肉을 싸하 千萬代 子孫의 自由의
家를 建設하리라는 殉敎者的 大決心 大勇氣를 가짐이다. 韓族아, 만일 네게
이만한 決心과 勇氣가 업나냐. 么麽한 歲月과 困難과 苦痛에 辟易하나냐. 그
러커던 獨立도 말 말고 自由도 말 말고 奴隷의 멍에 밋헤서 永遠히 헐덕거리
는 運命을 取하여라. 韓族아, 韓族의 將來는 오직 네게 달넛다.

---

* 　짧은 충격으로 인한 단기간의 열의.
** 　원문은 '싸가호던'으로 되어 있다.

148 　이광수 초기 문장집 Ⅲ

或 나의 넘어 弱함과 敵의 넘어 强함을 근심하리라. 或 國際聯盟의 確實히 밋지 못할 것을 근심하리라. 그러나 世界는 動한다. 맛치 汽車와 갓치 彗星과 갓치 動하야 그 局面의 迅速 不可測한 變化를 니로 端睨할 슈 업시 變한다. 뉘라서 俄國이나 德國의 今日을 想像하엿스랴. 各種의 新思想의 風潮가 暴風雨와 갓치 狂瀾怒濤와 갓치 山을 헐고 바위를 부쉬ᄂ 이 판에 敵의 强이 몃 날이랴. 하물며 俄가 가고 德이 가고 過去時代의 遺物인 專制主義, 帝國主義의 國家로 殘喘을 僅保하는 것이 오직 日本 하나이니, 政治的 革命은 勿論이요 勞動者 革命, 過激派主義의 支配가 日本에 臨할 날이 그 몃 날이랴. 또 太平洋 問題, 中國問題로 美日交戰이 起할 날이 그 몃 날이랴. 如上한 것은 現在에서 볼 슈 잇난 點만이나 來月에 엇더한 機會가 올는지 明日에 엇더한 新局面이 展開될는지 뉘가 알랴. 우리 眼前에는 無限의 機會가 밀너오나니, 맛치 聖經의 敎訓과 갓치 各各 燈油를 豫備하엿다가 不時에 來臨할 新郞을 마자야 할 것이다.

우리의 憂慮는 우리 民族의 勇氣의 缺乏보다도 勇氣의 過剩이다. 只今 二十歲 以上 四十歲 以下의 數十萬 靑年은 一令의 下하기를 기다린다. 彼等의 手에는 爆發彈이 잇고, 火砲가 잇고 炬火가 잇다. 彼等의 胸中에 일어나는 敵愾心과 義氣의 火焰은 能히 敵의 射出하는 砲丸을 매ᄂ 손으로 잡아 입으로 째물 幾歲가 잇다. 南大門의 轟然한 一聲은 六十餘歲의 老人의 所爲다. 참고*참는 大韓靑年의 手中에는 數千萬의 爆彈이 잇다. 그러나 이것은 함부로 던질 것이 아니오 利要한 時機에 一齊히 던질 것이다. 我等의 運動은 一毫一絲의 動이라도 久遠하고 綿密한 統一的 計劃에서 出하여야 할지니, 그럿지 아니한 行動은 아모리 그 自身 愛國的이요 勇壯하다 하더라도 大目的에 違反할 것이다.

三月 一日의 獨立宣言은 我大韓民族의 未來 永劫의 大理想을 示하는 同時

---

* 원문은 '참는'으로 되어 있다.

에 我獨立運動의 大方針을 示한 것이다. 此宣言은 我大韓民族의 眞情에서 發하엿고 正義와 人道의 人類의 大精神에서 發한 것이니, 거기 一言一句의 僞도 업고 誇張도 修飾도 업다. 만일 조곰이라도 이런 것이 잇다 하면 그 獨立宣言書는 아조 沒價値한 關文字일 것이다. 그 宣言書는 一體의 暴力을 禁하엿고 敵의게까지라도 憎惡의 念을 抱하며 暴行을 加하지 말 것을 示하엿스며, 또 우리는 이에 同意하고 順從하엿다. 말하자면 我大韓民族은 天地神明과 世界人類에 對하야 我等의 主義와 方法을 誓約한 것이니, 我等은 徹頭徹尾하게 이 誓約을 嚴守할 義務를 負한 것이라. 이를 犯함은 卽 自殺的 行爲니, 우리는 언제까지 어대까지든지 平和의 手段으로 우리의 目的을 貫徹하여야 할 것이요, 만일 武力을 使用할 境遇가 있다 하면 이는 實로 不得한 경우일 것이다. 나는 數十萬 靑年 同志를 向하야 懇切히 此語를 反復치 아니치 못하리니, 卽 참고 暴力 쓸 날을 기다리라 함이다.

우리의 前途는 光明이다. 우리의게 決心과 勇氣와 忍耐와 確信이 잇는 동안 우리의 前途는 光明이다. 卽 우리 國家의 獨立은 오직 時間問題요 可能 不可能의 問題가 아니다. 敵으로 하여곰 하고 십흔 온갓 手段을 다 하게 하고 閔元植輩의 走狗로 하여곰 가즌 狂吠를 다 하게 하더라도 우리의 前途는 光明이다. 우리는 大韓民國의 自由民이오 決코 異民族의 奴隸가 아니다.

(元年 十月 二十七日)

國民과 政府*

國務院에서 大政方針에 關한 意見書를 提出하기를 내게도 請求하여왓다. 國務院이 이러케 多方面에서 意見을 求하려 함은 至極히 조흔 일이다. 國務院이 얼마나 廣한 範圍內에서 國民의 意見의 求하엿는지 모르지만은 나는 그 期限을 定함이 업시 各處에 廣히 意見을 徵求하기를 바라며, 또 國民 된 者도 意思 잇는 바를 無時로 國務院에 提出하야써 國務院으로 하여곰 첫째 民意의 所在를 알게 하고, 둘재 全國民의 知慧와 謀略을 綜合하야 行動함을 得하게 하기를 바란다. 아직 本國을 敵의 占領下에 置한 우리는 言論機關이나 議政院 議員의 選擧로써 民意를 綜合할 時期가 아닌則 現在에 處하야 最上의 民意 綜合方法은 各個人이 自己의 最先으로 信하는 바를 政府와 밋 國民의게 告하는 것일지니, 政府는 다만 人民의 意見을 尊重할쁜더러 이러한 意見의 提出을 獎勵함이 可하다. 自己의 意見을 當局者의게 말치도 아니하고 다만 當局者의 行動이 自己의 意見에 背馳됨만 責함은 不當한 일이라. 이에 나도 내가 最先이라고 想覺하난 바를 開陳하야 大方의 批評을 밧으려 한다.

一, 今日의 大韓民國

將次 本國을 恢復한 後에는 여러 가지 複雜한 政治의 方針도 必要하려니와 今日에 在하야는 우리의 大政方針은 오직 獨立運動의 最先한 進行에 잇다.

---

* 『新韓靑年』 2, 1920.2. 1919년 11월경 집필한 것으로 짐작된다. 『나의 고백』(1948)에 "국무원에서 적당하다고 인정하는 사람들에게 각기 의견을 제출케 하기로 하고, 일개월의 기한을 정하였던 것이 두 번이나 연기가 되어서 십이월 초에야 약 이십 통의 의견서가 모였다. 이 의견서를 종합하여서 독립운동 방략을 만드는 책임을 맡은 것이 안창호요, 내가 그를 보좌하는 사람이었다"는 언급이 보인다.

우리는 몬져 우리 大韓民國이라난 今日의 實質을 生覺할 必要가 잇다. 卽 今日의 大韓民國은 歷史上 類例를 보지 못한 一種 特殊한 國家니, 구태 그 類例를 求하려 하면 最近의 白耳義*와 채크슬로바키아의 二國이 잇슬 쑨이라. 國土를 全部 敵의 占領下에 置한 點으로도 그러하고, 國土는 敵의 占領下에 잇스면서도 그 國土에 在한 國民은 形式上 敵의 支配를 受하면서도 精神上 祖國의 國民인 點으로도 그러하고, 그 政府가 本國外에 在한 點으로도 그러하다. 敵은 或 大韓民國을 一個 架空의 國家라고 嘲笑하나 二千萬 國民이 大韓民國에 對하야 그 國民임을 自處하는 限에서는 大韓民國은 實在의 國家다. 그러면 今日 우리 國家의 中心과 目的이 무엇이뇨. 갈온 臨時政府의 維持와 밋 臨時政府를 셔울로 가져감이라. 臨時政府의 存在가 大韓民國이 大韓民國되는 唯一한 標的이오 生命이오 證據니, 全國民의 運動의 目標가 무엇일지는 自明하지 아니하냐.

二, 臨時政府

臨時政府는 어대신지던지 擁護하여야 한다. 臨時政府가 업서지는 날 大韓民國은 업서지고, 싸라서 獨立運動은 업서지고 만다. 비록 本國의 光復이 數年後에 잇더라도 臨時政府는 끗신지 維持하여야 하고, 비록 우리 臨時政府가 歐羅巴나 美洲나 어느 山속이나 바다 우에로 간다 하더라도 維持하여야 한다. 大韓民族이 獨立을 要求하는 唯一한 有形한 證據는 臨時政府의 維持를 두고는 다시 업난 것이다. 만일 大韓民族이 知慧로앗던들 十年前 敵의게 漢城政府의 占領을 當하엿슬 쌔에 卽時 大韓國 政府를 組織하엿서야 할 것이다. 만일 그리하엿던들 우리 民心은 더욱 激憤되고 統一되엇슬 것이오 우리의 獨立運動은 더욱 잘 進行되엇슬 것이다. 三月 一日 以來로 全國의 叫號와 數萬名 愛國者의 血과 生命으로써 建設한 것이 우리 臨時政府니, 臨時政府는 우

---

* 벨기에의 한자어 표기.

리의 過去의 勢力과 犧牲의 結晶이오 現在 國民 合心의 中心이오 未來 億千萬
年의 希望이다. 國家의 獨立과 民族의 自由를 要求하는 韓人이면 누구나 血
과 生命으로써 臨時政府를 擁護할 國民的 道德的 乃至 宗敎的 義務가 잇나니,
言이나 行으로 臨時政府를 誹毁하거나 妨害하는 者는 非國民이다. 可殺의 逆
賊이다. 敵이다.

그러면 臨時政府를 擁護하는 方法이 엇더할가.

첫재, 臨時政府를 服從하여라. 政府의 權力은 人民이 服從함에서 生하는
것이니, 人民이 服從치 아니하면 그 政府는 破滅하고 마는 것이다. 하물며 今
日 우리와 갓치 困難한 境遇에 處한 者는 더구나 政府에 對하야 絶對로 服從
하여야 할 것이다. 만일 우리 國民이 우리 政府에 服從하지 아니한다 하면 列
國이 우리 政府를 蔑視할 것이오, 列國이 우리 政府를 蔑視하면 우리 獨立의
希望은 漸漸 멀어질 것이오, 만일 列國이 우리 政府를 全혀 國民의 信用이 업
는 者로 認定하면 우리의 獨立運動은 아조 긋나고 말 것이다. 그럼으로 우리
國民으로 政府를 誹謗하거나 政府에 反抗하야 政府의 威信을 失墜케 하는 行
動을 하는 者는 진실로 獨立에 反對하는 國賊이다.

或 俄領 同胞中 一部 人士와 갓치 臨時政府의 成立要件이 民意에 不合하다
하야 反抗의 旗幟를 立하는 者도 잇는 모양이어니와, 本國 同胞가 다 服從하
고 西北間島 美洲의 同胞가 다 服從하는 政府를 民意에 不合하다 하면 그 民
意란 俄領 同胞의 意思를 云함인가. 俄領이나 中領이나 其他 在外 僑民團體는
本國의 民心에 服從하야 事業의 進行을 一心으로 도움이 本分일지니, 거긔
무슨 攜貳*의 策을 弄함은 不當한 일이다. 나는 이것이 俄領 同胞 全體의 意
思가 아닌 줄을 確信하노니 말성을 부리는 것은 그中에 小數 人士일지며, 그
小數人士도 國家를 亡하랴는 惡意를 가져서 그러함이 아니오 廣히 大勢를 觀
察하는 識見이 不足하여서 그러함이라 한다. 아모러나 우리 政府에 妨害로

---

* 서로 어그러져 믿지 아니하거나 다른 마음을 가짐.

운 言行을 하는 者는 永遠히 그 罪를 免치 못할 것이다.

大戰中의 諸强國을 보라. 英國의 휘ㄱ黨과 토리黨이며 美國의 民主黨과 共和黨은 다 歷史的 서로 敵對하는 政黨이라. 甲黨이 政權을 執할 째에는 乙黨이 此를 破壞하려 하고, 乙黨이 政權을 執할 째에는 甲黨이 此를 奪하려 하야 서로 爭鬪함이 끈치지 아니하되, 一旦 大戰이 起하야 國家가 危機에 際함에 各黨은 從來의 主見을 다 바리고 오직 大局에 臨한 政府를 援助하야 國家가 最後의 勝利를 得하기에만 全力하엿다. 英美와 갓흔 大國 强國도 國難을 當하여는 黨爭을 廢하고 오직 中央政府를 信任하고 援助하거든 하물며 우리랴.

우리 臨時政府의 成立 要件에 비록 不備한 點이 잇다고 假定하더라도 (나 보기에는 업지만은) 그 政府가 大韓人이 大韓獨立을 爲하야 建設한 것이오, 쏘 그 人員이 大韓獨立을 主張하는 者일진대 ─ 이 두 가지 要件만 具備한 者일진대 ─ 今日의 우리 國民은 雙手를 擧하야 此에 服從함이 可하고 아모 反對할 理由가 업는 것이다. 하물며 우리 臨時政府에 對하야 反對의 意思를 抱하는 小數 人士도 그 反對의 理由로 하난 바는 오직 承認이라 改造라 하난 一小 節次의 差異요, 조곰도 그 實質에 關한 것 아님이랴.

둘재, 臨時政府의 當局者를 尊敬하고 信任하라. 臨時政府를 擁護하랴면 그 當局者를 尊敬하고 信任하여야 한다. 만일 只今이 平時일진대 自己의 主義와 政見이 不同하면 大統領도 攻擊할 수 잇고 國務員들도 攻擊할 수 잇고 彈劾할 수도 잇지만은, 只今은 平時가 아니닛가 그러할 째가 아니다. 美國갓치 民主的인 나라에서도 平時에는 一個 勞動者로도 能히 自由로 大統領을 攻擊하엿스나 大戰中에는 위르손 大統領을 攻擊하난 者를 國賊으로 看做하고 敵이나 便이나 위르손 大統領을 讚揚하엿다 하거든 하물며 우리랴.

或 우리 李大統領이 일즉 自治를 主張한다고 解釋하랴면 解釋할 만한 言論을 하엿다 하고, 쏘 昨年에 우리나라를 國際聯盟의 委任統治下에서 獨立케 하기를 運動하엿다 하야 그의 大統領 됨을 不滿해 하난 者도 잇난 모양이나

이는 넘어 偏狹한 者의 所見이라. 李大統領이 만일 論者의 言과 갓히 自治를 主張하난 듯한 言論을 한 것이 事實이라 하더라도 이 亦是 二千萬 國民의 自由와 福利를 爲하여 한 것이오, 쏘 委任統治下의 獨立을 運動하엿다 하더라도 이 亦是 二千萬 國民의 自由와 福利를 爲하여서 한 것이라. 只今 놀니기 쉬운 毒舌을 놀려 李大統領을 攻擊하기로 能事를 삼난 者들이 아직 아모러한 想覺도 活動도 하기 前에 李大統領은 엇더케 하면 同胞를 救援할가 하고 勞心하엿고 活動한 것이니, 李大統領은 決코 敵의 賄賂를 受한 者도 아니오 國을 賣하려난 者도 아니라. 만일 그가 自治나 委任統治下의 獨立을 主張하엿다 하면 그는 獨立을 主張할 形勢가 되지 못함을 爲하야 쏘난 獨立에 至하는 一階段으로 함이오, 獨立이 실혀서 獨立 以下나 쏘는 以外의 무엇을 求하려난 魂膽이 아닌 것은 아모리 李 大統領의 心志를 惡意로 曲解하난 者 라도 許諾하여야 할 것이다. 그러할쏜더러 三月 一日의 獨立宣言 以來로 李大統領은 임의 獨立을 爲하야 全心力을 다하야 努力하시난 中이니, 이제 다시 過去의 帳簿를 들추어내어 우리 民族의 頭領의 名譽와 信用을 損傷할 必要가 어대 잇나뇨. 만일 그네의 思想이나 行動이 우리 民族의 理想에 크게 어그러짐이 잇다 하면 一步도 可惜함 업스려니와, 그러치 아니한 以上 한갓 우리 頭領이나 當局者를 攻擊함은 우리의 內部의 不統一을 增進하고 쏘 外에 對하야 暴露하야써 우리 政府의 威信을 減損할 쑌이니, 우리 國民이 비록 法律上 完全한 言論의 自由를 有하다 하더라도 非常한 今日의 境遇에 處하야는 道德上 스사로 制限함이 업지 못할 것은 大戰中 美國 人民이 위르손 大統領의게 對하야 絶對로 讚揚하고 服從한 態度를 보와서 알 것이다. 敵을 攻擊하기에도 餘暇와 餘力이 업스려든 奚暇에 自家에서 서로 攻擊하리오.

近來에 春秋 中毒, 三國志 中毒된 一派가 所謂 介潔과 節槪를 自己네의 專有物갓치 하야 人을 攻擊하기를 能事로 삼난 現像이 보임은 實로 浩嘆할 일이다.

三, 모든 것을 政府로 모화라

建國이나 革命에 두 가지가 잇다. 帝王이나 一部 貴族이 主動이 되여 하난 것과 人民이 主動이 되여 하난 것이다. 古代의 建國이나 革命은 대개 前者에 屬하고 近代의 그것은 흔히 後者에 屬한다. 東洋史上에 니러난 모든 革命과 日本의 明治維新 갓흔 것은 前者의 例로되, 法國革命, 俄國革命, 체크, 波蘭* 等의 獨立 갓흔 것은 後者의 例라. 帝王이나 貴族이 中心이 될 째에는 多數 人民은 아모조록 그 政府에 反抗하는 態度를 取하여야 一面 治者階級의 專橫을 牽制하고 一面 人民의 自由를 擴張할 수가 잇지만은, 全部 人民이 中心이 될 째에는 이와 反對로 그 政府에 貢獻하기를 힘스고 服從하기를 힘써야 그 國家가 外에 對한 獨立과 內에 對한 統一을 得할 수가 잇다. 하믈며 우리나라의 現狀은 國內의 革命이 아니요 列國에 對한 獨立承認의 要求니, 더구나 그 人民이 心을 合하고 力을 合하야 政府를 擁護하고 讚揚하야써 政府가 名實이 相符**하게 우리 全民族의 代表機關이 되고 外國으로 하여곰 韓國 臨時政府의 意思는 卽 二千萬 韓族의 意思라고 確信케 하여야 할 것이 아니뇨.

이리함에는 우리는 우리의 가진 모든 것을 政府에 밧칠 決心이 잇서야 한다.

(一) 모든 智力을 政府에 밧치라. 「이러케 하엿스면 조켓다」 하는 무슨 意見이나 妙案이 잇거든 그것을 네 것이라 하야 政府에 그만한 意見이나 妙案이 업슴을 責하지 말고 政府에 밧치라. 政府에 밧쳐서 그것이 政府의 意見이나 妙案이 된 뒤에 너는 政府의 命令을 밧난 것으로 實行하라.

(二) 모든 財力을 다 政府에 밧치라. 내게 幾萬 幾千의 財錢이 잇슬 째에 이 것으로 내 個人의 일을 하리라 하지 말고, 모다 政府에 밧쳐 政府의 일흠으로 事業을 經營하라.

(三) 모든 事業을 政府의 일흠으로 經營하라.

---

* 폴란드의 한자어 표기.
** 원문은 '相副'로 되어 있다.

(四) 모든 名譽를 政府로 돌니라.

이리하야 獨立을 完成하는 동안 우리 民族의 모든 獨立運動을 全部 政府의 事業으로 하야써 우리 政府의 意思와 行動이 卽 우리 國民의 意思와 行動이 되게 하라. 이리하여야 우리 政府의 基礎는 더욱 革固하여지고 威信이 더욱 隆隆하게 될 것이니, 이것이 獨立運動의 要諦라.

우리 獨立의 結局이 무엇이뇨. 內로는 二千萬 國民이 同一한 政府下에 統一되고 外로는 우리 政府가 列國의게 承認을 受함이 아니뇨. 그럼으로 우리 政府의 意思와 行動이 곳 우리 國民의 意思와 行動이라고 나도 밋고 남도 밋게 함이 우리 獨立運動의 眞體다.

우리 政府는 우리 國民의 마음대로 업시 할 수도 잇고 잇게 할 수도 잇고, 못 되게 할 수도 잇고 잘 되게 할 수도 잇는 것이다. 우리 政府에는 아직 兵力도 업다. 司法權도 實行할 수가 업다. 그럼으로 너희는 암만이라도 우리 政府를 無視하고 毁謗하고 反抗하고 顚覆할 수가 잇다. 只今은 政府가 國民을 統治하는 째가 아니오 國民이 政府를 建設하난 째다. 집이 落成된 뒤에는 네가 그 집의 保護를 바슬 수도 잇거니와, 建築中에는 네가 도로혀 그 집을 保護하여야 한다.(完)

國民아 反省하라*

十四年前에 韓國이 滅亡하엿소. 卽 十四年前에 二千萬 「倍達」 民族은 제 國家를 保全치 못하리만콤 衰弱하게 되엿소. 비록 韓國의 滅亡이 日本의 詐欺와 暴力으로 되엿다 하더라도, 그 詐欺에 넘어가고 그 暴力을 抵抗치 못한 者는 倍達民族이외다. 비록 合倂條約에 調印한 것이 決코 全民族의 意思가 아니오 極少數의 腐敗한 賣國賊이라 하더라도, 이 賣國賊을 出한 것도 우리 民族이오 그네를 國家 大局에 當하도록 내버려 둠도 우리 民族이외다. 우리 民族은 外敵의 詐欺를 看破치 못하리 만콤 愚하엿고, 그 暴力을 抵抗치 못하리 만콤 弱하엿고, 賣國과** 賊臣을 우리 中에서 出하리 만콤 墮落하엿섯소. 同胞여, 우리는 져 賣國賊의 性格을 硏究할 必要가 有합니다. 그 理由는 이러합니다. 偉大한 學者를 出하랴면 그 民族이 永遠하고 偉大한 文化를 有하여야 하고, 偉大한 政治家를 出하랴면 그 民族의게 政治思想이 普及하여야 함과 갓치 偉大한 賣國賊을 出하랴면 그 民族의게 賣國的 思想이 瀰漫하여야 할 것이외다. 偉大한 學者는 無數한 小學者에서 出하고 偉大한 政治家는 無數한 小政治家에서 出함과 갓치 偉大한 賣國賊은 無數한 小賣國賊에서 出할 것이외다. 李完用, 宋秉畯 갓흔 賣國賊과 함씌 閔忠正, 崔勉菴 갓흔 愛國士도 出하엿지만은, 賣國賊은 勢力을 得하고 忠烈한 志士가 落魄함이 우리 民族의게 賣國的 思想이 有勢하엿던 證據라 합니다. 「카이서」를 德民族의 代表者, 「위르손」을 米民族의 代表者라 함과 갓치, 李完用을 우리 民族의 (적더라도 十四年前에) 代表라고 아니할 수 업슴니다. 多數의 德人의게 「카이서」의 思想이

---

* 『新韓靑年』 2, 1920.2.
** 원문은 '賣國와'로 되어 있다.

잇고 多數의 米人의게 「위르손」의 思想이 잇슴과 갓치, 多數의 우리 民族의게 (적더라도 十四年前에) 李完用의 思想이 잇섯다 할 수밧게 업습니다. 以下에 賣國賊의 性格을 暫間 硏究하고, 아울너 그 性格이 全民族의 共通性이던 것을 證明해 봅시다.

賣國賊의 代表를 李完用이라 함은 異論이 업습니다. 內外가 共認합니다. 나는 李完用과 直接의 交際가 업슴에 (이는 큰 幸福이외다) 그의 性格을 論함에는 政治的으로 들어난 事實을 材料로 할 수밧게 업습니다. 李完用은 伶俐하다 합시다. 時勢 形便을 觀察하는 眼光이 極히 銳敏하다 합시다. 俄羅斯의 勢力이 東漸함을 銳敏히 觀察하고 伶俐한 그는 親俄排日의 魁首가 되엿고, 日俄戰爭 臨時하야 日本의 勢力이 隆盛할 것을 銳敏히 觀察하고 伶俐한 그는 親俄排日의 魁首가 되고, 伊藤의 被誅로 激昂한 日本 政界의 輿論을 銳敏히 觀察하고 伶俐한 그는 韓日合倂이라는 것으로 日本人의 寵兒가 되기를 決心하엿습니다. 그는 人의 下에 立하기를 不堪합니다. 그럼으로 機會만 번쯧 보이면 모든 功名은 自己의 手中에 너흐려 합니다. 宋秉畯이가 聯邦說을 主唱함을 보고 伶俐한 그는 몰내 合倂運動을 하엿습니다. 伶俐한 그는 大韓帝國의 總理大臣으로 無雙한 苦楚를 격는 이보다 日本의 伯爵으로 安樂을 享함이 上策임을 銳敏히 看破하엿고, 死後 千載에 殉國忠臣의 美名보다 眼前의 富貴榮華를 取하엿습니다. 이번 獨立運動에도 그는 他人에 率先하야 警告文이라는 것을 發表하엿습니다. 이는 第一에 日人의 寵愛의 第一人인 地位를 失하지 말려 함과, 第二에 賣國賊의 他同僚보다 功名의 機先을 制하려 함과, 第三에 自己의 主張이던 合倂을 辯護하려 함에서 出함이외다. 李完用은 只今 우리 中에 第一 富者외다. 그리하고 日本 赤十字社 特別社員된 것과, 京城에 建立하는 明治神宮 義捐 以外에는 公益事業에 돈 낸 일이 업습니다.

우리는 只今 우리 代表者의 事蹟의 分析에서 何如한 性格의 要素를 得하엿습닛가. 以下에 말하리다. 말하기 前 한번 더 同胞 諸位의 注意를 喚起하여할

할 것은 李完用은 諸位의 同胞라, 그럼으로 李完用의 性格의 要素는 多少 厚薄의 別은 有하더라도 諸位의 性格의 要素라, 이는 數百年에 亘한 民族的 墮落에서 得來한 習性이라 함을 銘念할 것이외다. 우리 同胞가 國家를 論하고 愛國을 談할 時에 李完用輩는 우리와는 아모 相關이 업고, 天이 우리를 亡케하기 爲하야 갑작히 空中으로 落下식힌 惡人으로 思함이 第一 큰 誤謬이외다. 그럼으로 우리 同胞가 正當한 道로 入하는 第一步는 우리는 李完用과 大同小異한 李完用의 血族이다 함을 銘念함에 在하외다.

李完用의 性格의 第一 要素는 伶俐와 銳敏이외다. 이 要素가 업섯던들 李完用은 賣國賊의 王이 되지 못하엿슬 것이외다. 이 伶俐와 銳敏은 決코 惡도 아니오, 善도 아니외다. 맛치 銳利란 劍과 갓타셔 君父를 弑할 수도 잇고, 亂臣賊子를 誅할 수도 잇는 것이외다. 李完用의 性格의 第二 要素는 利己心이외다. 萬人의 肉을 食하더라도 自己만 살면 그만이외다. 國도, 君도, 親友도, 同胞도 업고, 天上天下에 쑬엿이 보이는 것은 오직 自己의 富貴榮華쑌이외다. 第三 要素는 事大性 或은 依賴性이외다. 今日俄 明日倭, 바람갑이 모양으로 風勢 짜라 도라감니다. 第四 要素는 陰謀외다. 此는 舊式 政治家의 恒用하난 手段이외다. 小數 同惡의 徒黨을 糾合하고 使嗾하야 黑暗中에 自己의 目的을 達하려 함이니, 이리함에는 詭譎과 詐欺와 僞善이 必要條件이외다. 第五는 猜忌외다. 自己 以上인 者는 一人이라도 남겨두지 말자, 可能한 온갖 手段을 取하야 敵黨을 撲滅하고 讒誣하야 自己의 世上을 맨든 後에야 말자, 이리함에 特히 그는 事大와 陰謀를 應用합니다. 第六이오 쏘 第一 重要한 要素는 無主義외다. 그의게는 正義에 基礎한 아모 遠大코 高尙한 理想이 업고, 오직 劣等한 自己의 功, 利慾의 驅使를 受할 짜름이외다. 그의게는 總理大臣이라는 地位는 有하나 大韓帝國이라난 國家는 無합니다.

伶俐, 利己, 事大, 陰謀, 猜忌, 無主義 ― 나는 우리 民族의 代表者(적어도 十四年前) 李完用의 行跡에서 이 六要素를 抽象하엿습니다. 우리는 李朝 興亡史

의 主流를 作하는 東西老少의 黨爭을 暫間 回顧합시다. 그 黨爭이 國家 民生을 爲하는 무슨 主義의 差別에서 生한 것입닛가. 오직 利己心에서, 勝者를 猜忌하는 마음에서 生한 것이 아닙닛가. 甲黨이 乙黨을 敵할 쌔에 公明正大하게 戰하엿슴닛가. 或은 君主의 力, 甚하면 外戎의 力을 藉하야 陰謀와, 陰謀의 속에서 暗鬪하지 아니하엿슴닛가. 腐敗하엿지만은, 勇敢하던 羅馬 末年의 貴族을 나는 讚揚합니다. 縱橫으로 權謀와 術數를 使用하던 伶俐한 우리의 先人을 나는 憎惡합니다. 伶俐! 韓國은 實로 伶俐, 其他 小光武, 小李完用輩의 伶俐야말로 世界 列國의 同情을 失하고, 全國民의 信任을 失한 原因이외다. 無主義하고, 陰謀에 使用하는 伶俐쳐름, 可懼할 魔物이 更有하리잇가.

이 모양으로 李完用은 그 六惡을 自己가 스사로 創造한 것이 아니오 過去 數百年의 惡을 大集成하엿슴에 不過하외다. 이제 方面을 들어 當時 悲憤慷慨의 愛國志士네와 밋 그의 黨與를 觀합시다. 假令 金玉均, 朴泳孝 兩氏를 보면 그네는 李完用에 比하야 利己心이 少하엿고, 愛國이라는 比較的 確固한 主義는 有하엿스되 日本의 力을 藉하엿스니 事大心이 有하엿고, 多數人의 猜忌心과 利己慾을 利用하야 陰謀로써 敵黨을 殲滅하고, 陰謀로써 一國의 政權을 掌握하려 하엿습니다. 그네는 아직 正義라던지 忠勇으로 戰할 自覺을 得하지 못하고, 伶俐라는 魔思에 歸依하엿습니다. 다음에 光武, 隆熙時代의 愛國者를 보더라도 一二人을 除한 外에는 伶俐, 陰謀, 利己, 猜忌의 範疇를 超脫하지 못하엿스나 一部가 事大心을 抛棄한 것과 敎育을 主張하는 點에서, 多少 眞正한 自覺이 生한 것은 一步를 進함이라 할 수 잇습니다.

다시 今次 獨立運動을 觀察합시다. 우리 指導者들의 三月 一日의 行動은 참 光明하고, 正大하엿습니다. 그 獨立宣言書의 宗旨는 참 高尙하고 光明하며, 그네의 行動과 및 그네가 同胞의게 命한 바는, 眞實로 光明하고 正大하엿습니다. 조곰도 좀쇠를 부림 업시, 조곰도 利己의 내음새 업시, 조곰도 陰險한 詭譎 업시, 조곰도 外力을 藉함 업시, 조곰도 人을 猜忌함 업시, 正義와 自

由라난 光明하고 高尙한 旗幟下에서 勇敢과 正直으로 戰하얏습니다. 이는 實로 政治的 獨立의 完成보다도, 무엇보다도 우리 民族의 歷史에 特筆大書할 貴重한 事實이오, 자랑이외다. 우리 民族이 만일 復活한다 하면, 그 復活의 萌芽는 實로 三月 一日의 大事實에 在하다고 確信합니다. 그러나 엇지 되엇슴닛가. 저 指導者들, 一去後에 우리 民族의게는 數百年 무근 더러운 空氣가 다시 活動하기 始作합니다. 萬人이 다 自己中心論을 主張하야 旣成한 政府를 擁護하며, 임의 着手한 事業을 □助하려 하지 아니하고 各기 「나도 英雄인데」 하야 各기 自己中心의 政府, 自己中心의 事業을 計劃한다 하면, 이것이 利己心이 아니고 무엇입닛가. 임의 國事를 爲하야 鞠躬盡瘁하는 이의 毛를 吹하고 疵를 覓하야, 一疵를 得하면 虎狼이나 搏한 듯시 意氣揚揚하야 東에 鼓하고 西에 吹함이, 이것이 猜忌心이 아니면 무엇입닛가. 或은 金錢을 得하기 爲하야, 或은 勢力을 得하기 爲하야, 或은 勝己한 者를 陷하기 爲하야 詐欺와 詭譎을 使用하면, 이것이 陰謀가 아니고 무엇입닛가. 우리의 宣言書와 밋 指導者의 訓戒를 忘却하고, 좀된 詭計를 利用하야 僥倖의 奇功을 傳하려 하는 思想이 漸漸 增加하는 貌樣이외다. 高尙하고 正大한 主義의 旗幟下에 光明하게, 堂堂하게, 勇往邁進하자 함이 우리 民族의 三月 一日의 作定인대.

나는 참아 現在의 事實과 人物을 들어, 이를 實證할 勇氣가 無합니다. 다만 同胞 諸位다려 各各 自省하시오 할 것박게 업습니다. 아! 獨立宣言書는 맛츰내 此를 起草한 指導 몃 분의 意思요, 우리 民族 多數의 意思는 아닌 것 갓흠니다. 우리 民族은 아직 十分 更生하지 못하얏습니다. 우리는 아직 李完用의 同胞요, 同志외다. 나는 獨立運動에 熱中하다 말고, 씽그린 얼굴로, 暫間 吾族 (그中에도 上海, 中領 等 外地에 在한)의 現狀을 回顧하고, 慟哭함을 不禁합니다. 「아! 어리다, 멀엇다.」는 絶望的 歎息을 不禁합니다.

言語*
國語普及, 保存의 必要와 方法

現代에 在하야 言語學은 一種의 科學을 成하니라. 또한 言語學에서 여러 가지 分岐되여 數種의 科學을 成하며 從하야 言語學者가 多出하다.

國語를 사랑하는 마음, 此를 發達식히고져 하는 希望, 갓흔 것이 昔日의 言語에 對하야 起한 想念이겟지만은 今日은 如斯한 것도 言語學의 一部分에 지나지 못하리만침 言語學은 發達되다.

一, 言語의 發生

原始時代에 잇서서는 言語가 아직 發生치 못하고 몸짓 손짓으로 思想을 通하는 所謂 科語가 存在하엿슬 것은 想像키 어렵지 안타. 必要에 因하야 意思를 通함에 소래를 發함이 다음 階段일지라. 이 소래의 種類가 次次 만하짐에 싸라 비로소 言語가 發生하엿스리라. 現今에도 言語中에 몸짓 손짓이 殘存함은 言語가 以上과 如히 發生한 證據일지라. 然故로 가장 發達된 言語가 잇다 하면 此는 少許도 科語를 쓰지 안코라도 足히 通情할 만한 言語일지라.

二, 言語의 進化와 發達

言語의 進化와 發達에는 두 가지 要素가 必要하니, 卽 智識의 進步와 文字의 發生이다. 智識의 進步는 語數의 增加를 致하고 數萬으로 增加된 言語는 文字가 업스면 保存되기 難하니라.

---

* 李光洙, 『新韓靑年』 2, 1920.2. 부제 아래 '靑年團 講演會 筆記'라는 설명이 붙어 있다.

三, 發達過程에 起하는 現象

言語가 發達함에 싸라 如何의 諸現象을 呈하나니라.

一, 言즙*의 增加. 現代의 가장 發達되엿다는 英法語는 語數가 三十萬을 過하것만은 가장 未開하다는 홋텐홋토語는 一百五六十語에 不過하니라.

二, 所謂「死語」가 現言함. 一時 盛大하엿던 民族이 衰亡한 後에라도 其文化를 傳하야 該民族의 用語가 「死語」로 남나니, 例를 들면 끄릭과 라틴, 희부리, 샌스크릿 等이라.

끄릭. (現代 끄릭語는 古代語와 다르다) 끄릭 文化는 哲學 及 其他 모든 學術의 起源이니, 「아리스토텔네쓰」의 著書에 임의 現今 歐洲의 所謂 社會學, 政治學, 甚至於 美學 等의 語源이 在한지라. 그럼으로 古代 끄릭語는 現今끄지 文字로써 傳하니라.

라틴. 라틴語는 古代 羅馬人의 用語니, 羅馬의 學術 特別히 法律의 發達로 因하야 民族은 旣亡하야 該語를 用하는 人은 업스되 言語는 남아잇도다.

희부리, 샌스크릿 等도 亦然하니라.

三, 言語의 消滅. 以上의 例는 多幸히 一民族의 言語가 死語가 되어 後代에 傳함이어니와, 民族의 消滅을 싸라 言語까지 消滅된 者도 잇스리니 古代語의 尙存은 쏘한 此의 反證이 되도다. 就中에도 文化 程度가 薄弱하던 民族의 言語는 더욱 然하여스리라.

四, 言語의 變遷. 言語의 發達에 隨하야 그 變遷을 免치 못하리니 其實例는 許多하다. 我國 書傳 諺解에 使用된 「하신들」, 「흔들로」, 「하놉다」 等의 吐는 四百年前 該書 製作時에 適用하던 語일지니 現今에 임의 變遷되엿고, 日本語의 文語體 及 古代文, 候文 等이 亦 此例에 싸지지 안음이라. 此等 變遷의 跡이 書籍에 依하야 判然하도다.

---

* 원문대로. 이하 상동.

四, 文化의 發達과 言語의 變遷

文化가 發達되지 못하야 記錄이 업슬 째에는 言語의 變遷이 過激하지만은 文化의 發達을 隨하야 文藝 學術이 發達될 째는 言語의 變遷이 過激하지 안은 지라. 三百年前에 確定된 現代 英語는 其後에 多大한 變遷이 無하고 現今에 至하니라. 此에 反하야 我國語는 過去 三百年 동안에 多大한 變遷을 經하엿스니, 此는 國語 文學이 不振한 結果니라.

五, 言語의 普及, 保存策

言語 — 다시 말하면 國語의 保全 及 普及策은 時代를 싸라 다르니라.

非文明時代에 잇서서는 民族 全體의 口傳에 依하야 言語가 保全 及 普及되엿나니, 此를 稱하야 自然的 普及 保存이라 하겟고, 쏘 幼稚함을 不免이라.

文明時代에 잇서셔는 敎育 及 文藝로 國語의 保存 普及을 企할지라.

一, 國語敎育. 갓가온 例로 日本을 볼진대, 小學校의 國語敎育 卽 讀本, 歷史, 習字, 修身 合하야 一週에 十五時間 以上이며, 中學校에서도 此에 文法을 加하야 거의 十時間에 近하며, 高等學校에도 國語科가 有하니라. 此外에 英美俄 其他 列國은 勿論이오, 中國에도 不完全한 敎育 程度에 唯一한 科目이 國語, 國文學이 잇나니라.

二, 文藝의 發達. 英國에서는 于今 三百年前에 섹스피어라는 大文豪가 出하야 不朽의 名著를 著述함으로 英語의 文典과 스펠링이 確定되엇도다. 쏘한 文藝의 發達은 地方에 依하야 相異한 言語가 交通되야 語즙을 豐富케 하는 效果가 잇나니라.

六, 國語의 普及 保存은 何故로 必要하뇨

一, 言語는 思想을 담는 그릇이라. 然故로 國語를 保全하고 普及식힘은 我國 固有의 思想을 保全하고 普及함이니라. 例컨대 漢文으로 「孝」라 하면 其

內容이 甚히 豊富 複雜하야 決코 外國語로 飜譯할 수 업나니라.

英語에서 「홈」이라는 一語를 全數 抹殺한다 假定하면, 英人이 「홈」에서 受하는 幸福을 消滅할지로다.

二, 民族의 興衰를 隨하야 國語의 包含한 思想의 內容도 加減하나니, 國民의 氣象이 遠大할수록 國語의 表現한 思想도 遠大할지니라.

昔日 吾韓族이 旺盛하엿을 時에는 「사람」이라는 單語는 內外가 完全 充實한 人格者를 稱하엿슬 뿐이엿는지도 未知라. 不幸 吾族이 墮落한 今日에 至하여서는 「사람」이라는 말의 內容이 貧弱하여짐이 아닐가.

然則祖先의 貴重한 傳統的 思想을 傳함은 「國語」 外에 업나니라.

三, 國語를 破壞하고 撲滅함은 卽 一民族을 破壞하고 撲滅함이니라.

所謂 同化政策의 根本은 此國語의 撲滅이니, 現在 日本이 吾族에게 施하는 것이다. 「모란」이라 하면 我國 古來의 幾多의 아름다운 傳說, 背景이 有하되 一旦 此語가 消滅되고 他國語가 轉入한다 하면 (假令 日語로 「보단」이라던지) 以上의 아름다운 背景은 從하야 消滅하리니, 國語 撲滅이 該民族의 國民性에 影響함이 甚大하도다.

七, 國民의 死活問題

然故로 吾民族 固有의 國語의 普及 保全을 하고 못함은 我國民의 死活問題라. 吾族의 自由를 回復하고 獨立國民을 建設함에 가장 重要한 要素의 하나는 國語의 普及과 保全이니라.

先覺 諸氏의 努力. 過去에 잇서셔 임의 此를 痛切히 先覺한 先覺 諸氏中에는 國語 保全 及 普及에 對하야 一生의 努力을 注하신 이가 업지 아니하니, 周時經, 崔南善 兩君과 如한 者라. 前者의 文典 編纂과 後者의 文學 獎勵, 雜誌의 發行 等은 다 우리 國語의 普及 保全에 多大한 效果를 奏하니라.

一般人民의 未醒. 然이나 一般 國民의 此에 對한 自覺은 不充分하나니, 엇

지 危殆하다 아니하리오. 國文 片紙는 無識하다 하야 輕蔑하며, 光文會에서 國語字典을 編纂하엿스나 出版 資金을 出하려는 이가 업도다.

八, 現代語中에 在한 我國語의 位置

現代에 가장 發達된 國語는 英法 兩語라. 法語는 十四五六七八世紀를 通하야 歐洲語의 代表가 되니라. 現今 世界에서 가장 만은 人數가 말하는 國語는 英語라. 德語는 數世紀 前ᄭ지 조곰도 重要視하지 안은 國語이나 現今은 學術語로 有名하니라.

文明한 各國語와 比較하야 우리 國語는 勝하냐 劣하냐?

文明語의 要素는 一, 語즙이 豐富하야 自由롭게 思想을 發表할 수 잇는 것. 二, 音이 豐富하고 韻이 完全할 것. 三, 發聲이 優美하야 귀에 듣기 됴흘 것. 四, 規則的일 것 等이라.

我國語는 右要件에 適合하는가. 第一 語즙에 對하야는 現代의 가장 發達된 英法語에 少함을 不免이나 日本語보다는 本來의 純全한 國語로 比較하야 三倍의 多數에 達하나니, 此는 各言語學者의 證明하는 바라. 卽 過去의 文化가 我가 彼보다 勝하엿슴을 見하도다(近代에 至하야 新流入語를 다 合하야 볼 째는 我國語가 日語보다 語즙이 少하나니, 此는 近代文化의 差를 表함이라).

第二項 音의 多寡로 論할진대 我國語의 有한 音이 三千餘種이니 世界에 드문지라.

第三項에 對하여서는 具體的의 硏究가 업고 第四項 文法 至하여는 世界 어느 말에 지지 아니하나니(語尾의 活用 等이 規則的이오 完全타 할 수 잇슴), 日本語에 對하야 멀니 上位에 在하니라.

九, 言語의 效用과 缺點

一, 社會의 形成. 言語가 豐富할사록 意思의 疏通이 充分함으로 社會가 形

成되고 國家가 組織되나니, 一國家를 成함에는 國語의 統一이 가장 必要하니라. 中國은 言語가 多岐임으로 統一이 難하고 同一한 英語를 用하는 世界 各地에 散在한 英人은 恒常 團合하나니라.

二, 言語로 通치 못하는 思想. 言語에 依하면 사람과 사람 사이에 共通한 思想은 發表할 수 잇스되 其以外의 特殊한 思想은 아모리 하여도 相通할 수 업도다. 然故로 文明이 進步될사록 思想間 에 其共通點이 多生하야 發表할 만한 思想이 複雜하여짐으로 文章도 쏘한 複雜을 不免하나니라.

三, 發表形式의 進化. 입으로 손으로 發表할 수 업는 思想은 走하야 繪畫 音樂으로 出하나니, 卽 繪畫 音樂도 言語의 一種이라 稱할지라.

然故로 繪畫 音樂의 發達이 無한 國民은 生氣가 업는 國民이니라.

獨立完成時機*

「언제나 獨立이 되나」, 「언제 져의 놈들이 다 가나」 하는 것이 우리 二千
萬 男女 同胞의 晝宵로 企望하고 祝願하는 바라. 일즉 平和會議를 希望하엿고
只今은 國際聯盟을 希望하며, 或은 美日의 交戰을 生각하고 或은 日本 自身의
革命的 破滅을 生각하며, 或 數十萬 大兵이 鴨綠江 豆滿江으로 疾風갓히 좃쳐
들어와 死보다도 괴로운 壓制와 羞侮의 主人인 異民族을 말금 逐出하기를 苦
待하도다. 다 虛된 生각은 아니니, 다 잇슬 만한 일이오 希望할 만한 일이라.
敵은 自己가 五大 强國의 末席을 瀆하엿다 하야 國際聯盟의 □치 못할 것과
美國의 賴치 못할 것을 我民族에 宣傳하거니와, 敵 自身도 韓國 獨立問題에
關하야 國際聯盟과 美國을 恐懼함은 그 恐懼 아니 하노라 하는 重言復言이
힘잇게 證明하는 바니, 國際聯盟 第一回를 我獨立完成의 機會로 알믄 充分한
理由와 根據가 有한 일이라. 그럼으로 臨時政府는 去六月부터 對國際聯盟策
에 全力을 다하야 一邊 韓日關係史料 獨立運動史料 及 日本의 占領과 韓族과
의 關係를 調査하야 大部를 完成하야 이미 各國語로 翻譯하는 中이며, 一邊
國際聯盟會에 提出할 條件을 硏究 決定하고 一邊 巴黎, 倫敦, 제네바, 華盛頓,
필라데르피아, 紐約, 桑港, 上海 等地에 宣傳局을 設하야 獨立運動의 眞相을
宣傳하며, 從此로 中央歐羅巴, 濠洲, 日本 等地에도 大大的 宣傳運動을 起하리
라 하니, 美國 上院에 累次 提出되엿고 또 方今 上院議員 스페ㄴ셔氏의 손으
로 提出된 韓國獨立 援助案, 美國 各敎派의 韓國獨立 援助 決議, 全버지니야州
人民의 韓國獨立 承認 及 援助 請願書, 各階級의 名士로 組織된 韓國獨立 後援
會 等은 實로 此宣傳運動의 反響이오 不遠한 國際聯盟會에 對한 我運動의 基

---

* 『獨立新聞』 24, 1919.11.1. 1면 '社說'란에 실렸다.

礎가 될지라. 此際를 當하야 我國民이 더욱 結束하야 獨立의 意思를 確固하고 獨立이 唯一한 民族的 要求임을 發表하야써 一邊 政府를 後援하며 一邊 世界의 興論를 喚起하면 비로소 國際聯盟이 我等의 目的을 達할 機會되기에 充分할지라. 日本이 그 强大함을 自矜하거니와, 此는 韓國內에서나 하는 소리오 世界의 한 복판에 내세우면 아직도 乳臭兒라. 게다가 可憎한 野心과 驕慢한 心術을 藏하야 列國의 擯斥을 受하나니, 今次 巴黎平和會議에서 카를닌 마샬*羣島와 靑島問題 等 私慾에 關한 것外에 一言도 發치 못하고, 侯爵이니 伯爵이니 하야 日本內에서는 一流 政治家로 自處하던 者가 中國의 一少年 論客의 압혜 俛低 首尾하는 醜態를 演하야 在巴黎 日本人記者들로 하여곰 거의 憤死케 한 日本이라. 이러한 微弱한 日本을 五大 强國의 一에 加함은 國際聯盟의 基礎를 作하기에 黃人種을 參與케 하라는 윌손氏 等의 苦衷에서 出함이오 決코 日本이 그 地位에 合當하여서 그러함이 아님은 公然한 秘密이라. 日本으로 하여곰 黃人種을 代表케 하는 黃人種도 可憐하거니와, 이러케 남의 德에 엇어 붓흔 五大 强國의 一인 日本이 國際聯盟을 左右한다 하면 뉘가 冷笑치 아니하리오. 今次 京城의 講演會에 某日本 中將이 「國際聯盟도 그 執行委員은 五大 强國이 各一人, 諸小弱國에서 四人인즉 五大 强國의 一인 帝國의 意思를 無觀하고 朝鮮의 獨立을 承認하는 일은 업스리라」 云云한 豪語는 實眞로 具眼者의 失笑을 不禁케 하도다.

쏘 美日戰爭도 想像치 못할 바는 아니니, 새로 카를닌 마샬島를 得한 日本이 揚揚自得하야 該島의 保護를 憑藉하고 巨大한 海軍을 置하야써 美本土와 非律賓과의 連絡과 太平洋을 威脅한다든지, 쏘 現在에도 그러하거니와 將次더욱 激烈하여질 中國의 利權에 對한 美日의 競爭이라든지 西伯利亞 問題 갓흔 것은 或은 單獨으로 或 連絡 錯綜하야 넉넉히 兩國戰機의 原因이 되리니, 韓國獨立 問題만은 美日戰爭의 原因이 아니된다 하더라도 上述한 諸原因의

---

* 원문은 '말샬'로 되어 있다. 마셜 제도. 이하 상동.

一, 或은 二와 合하야는 넉넉히 戰因이 될 可能性이 有한지라. 敵은 美國이 歐戰에 參與한 것도 白耳義를 爲함도 아니오 正義나 人道를 爲함도 아니라 오직 私慾을 爲함이니, 아모 利害關係 업는 韓國을 爲하야 이러케 貪慾한 美國이 血을 流할 理가 萬無하다, 하고 己心으로 人之心을 忖度하야써 我等을 欺罔하고 威脅하는 識者의 失笑를 不堪하는 바라. 戰爭의 動機는 비록 利害關係에서 出하엿다 하더라도 美國 參加戰後에는 確實히 各國이 可及的 正義와 人道를 目的하엿거늘 淺見多慾한 日人은 구태 此를 惡意로 解釋하야써 韓族을 속이노라고 스사로 속는 것도 悶笑함을 마지못하리로다.

또 敵은 重言復言호대 民族自決主義는 아모 正義 人道의 觀念에서 나옴이 아니오 德奧 兩國을 疲弊케 하기 爲하야 위르손의 做出한 奸計라 하니, 愚論杜說도 此에 至하야는 瞠然 呆然함을 不禁하도다. 民族自決主義의 結果는 비록 德奧의 疲弊를 致하엿다 하더라도 그러타고 그 動機섯지 邪曲하다 함은 넘어 惡解 曲解함이 아니뇨.

이는 日人 아니고는 不可能한 惡解 曲解일지니, 我獨立運動을 或은 一部 不逞徒의 煽動이라 하며, 或은 美國宣敎師의 煽動이라 하며, 或 無智 蒙昧하야 하는 妄動이라는 것과 同一한 心理에서 出한 것이라.

그러나 我等이 起한 것은 民族自決主義를 依함도 아니오 平和會議나 國際聯盟이나 美日戰爭을 恃하고 起함도 아니니, 我等은 十年間 蓄積한 鬱憤과 實力과 自由를 憧憬하는 熱烈한 民族的 要求로 말랴도 말 수 업고 누루랴도 누를 수 업서 起한 것이라. 民族自決을 提倡함은 그 語句가 我等의 意思를 發表하기에 가장 適當함을 因함이오, 平和會議 國際聯盟 美日戰爭을 云云함은 그것이 다 我等의 目的을 達할 機會의 一됨에 因함이니, 民族自決主義나 平和會議나 國際聯盟이 잇기 째문에 起한 것이니라. 起하려 할 째에 그것이 마참 一刺激과 一機會를 供給하엿슬 뿐이라. 엇더케 四圍의 事情이 變하더라도 我等의 獨立과 自由를 要求하는 精神은 變함이 업시 此目的을 達하기섯지 不絕 不

息하고 모든 機會와 모든 手段을 다 利用할지라. 만일 오는 國際聯盟에 失敗하면 또 오는 國際聯盟이 잇고 또 오는 國際聯盟이 잇스며, 敵의 願하는 바와 갓히 아주 國際聯盟이 成立되지 아니한다 하더라도 我等의 目的은 變할 理가 업도다. 一年에 못하면 二年에, 그도 못하면 三四年*乃至 十年을 가더라도 二千萬이 다 죽기신지는 盟誓코 期必코 我神聖한 國土內에서 我等을 奴隸하는 怨讎의 異民族을 逐出치 아니코는 말지 아니하리라, 함이 二千萬 大韓民族의 決心인 줄을 알고 敵은 戰慄할지여다.

世界의 大勢는 端睨할 새 업시 變하도다. 過去 十年間의 大局의 變化를 보라. 그보다도 過去 五年間의 大局의 變化를 보라. 國家의 强大를 恃할 수 업도다. 俄國을 보라. 德國을 보고 奧國을 보라. 特히 日本內의 勞動運動과 陸海軍人의 革命思想의 浸染을 보라. 昨年과 今年의 變化의 엇더케 큼을 보고, 아울러 今年과 明年 그보다도 今月과 來月과의 變化의 엇더할 것을 想像하라. 同胞여, 오직 志를 堅히 勇敢하고 忍耐할지어다. 獨立의 完成은 오직 時日問題니, 그 機會는 連해 올지오 民族의 團結이 날로 堅固하여 갈사록 成功의 日은 날로 接近하리라.

---

* 원문은 '三年四'로 되어 있다.

敵의 虛僞*

日人의 虛僞를 누군들 모르랴. 하믈며 百番 千番 日人에게 속은 우리 韓族
이리오. 아아, 可憎한 虛僞의 化體인 日本이여.

近日 敵의 新聞에는 우리 臨時政府中에 무슨 大軋轢이 잇는 드시 傳하도
다. 多少의 狡智를 가진 日人이라 아조 事實답게 粉飾하는 樣이 더욱 可憎하
도다. 獨立運動의 最高 幹部에 處한 我指導者가 만일 禽獸가 아닐진대 此時局
에 在하야 무슨 軋轢이나 決裂의 行動을 敢行하랴. 만일 그러한 일이 잇다 하
면 敵이 그러한 報道를 傳하기 前에 愛國男兒의 鐵拳이 이미 그러한 賣國賊
의 頭臚를 粉碎하엿슬 것이라. 臨時政府의 內部에 만일 敵이 傳하는 바와 갓
흔 軋轢이나 決裂이 存在하다 하면 그를 먼져 暴露하고 먼져 攻擊할 者는 本
報니, 대개 本報는 大韓의 獨立運動과 千萬代 相傳할 臨時政府를 爲하야 犬馬
의 力을 盡하려니와 決코 黨爭이나 私利 私情을 爲하는 엇던** 自然人을 爲하
야 辯護함이 업스리라. 大統領보다도 國務總理보다도 全內閣이나 全部 指導
者보다도 貴重한 것은 國家요 國民이니, 國家와 國民에게 害를 貽하는 言行
을 하는 者는 다 國賊이라. 我等의 愛國의 熱血로 動하는 筆鋒은 秋毫도 容貸
함이 업시 그러한 무리를 討하고 誅하리라.

三月 一日 以前은 且置 勿論하고라도 三月 一日 以後로 敵이 我國民에게 對
하야 虛僞의 宣傳을 하는 題目이 잇스니, 卽 臨時政府의 信賴치 못할 것, 外國
의 同情과 援助의 信賴치 못할 것, 世界는 今後도 帝國主義의 舞臺일지니 韓
國이 獨立한다 하더라도 美國에게 倂吞함이 될 것, 日本의 前非를 自覺하야

---

* 『獨立新聞』 25, 1919.11.4. 1면 '社說'란에 실렸다.
** 원문은 '어던'으로 되어 있다.

從今以往으로 韓族을 優待할 것, 日本의 兵力은 世界에 웃듬이니 만일 韓族이 긋내 日本을 反抗하면 日本은 强大한 武力으로 韓族을 抑壓할 것 等이오, 外國에 對하야는 韓族의 極히 幼稚한 것, 獨立을 謀하는 者는 極少數의 所謂 不逞鮮人이오 多數는 日本에게 悅服하는 것 等이라. 그럼으로 京城日報 每日申報를 爲主하야 敵의 各新聞에는 臨時政府의 行動을 報道호대 모든 良好한 것은 다 바리고 조곰이라도 不好한 點이 잇스면 虎子나 得한 드시 此를 針小棒大하야 傳하며, 歐美의 輿論中에서도 一二의 親日派의 賄賂 밧은 論調만 傳하야 百方으로 我國民을 落心케 하려 하나니, 敵으로는 이는 할 만한 일이라. 우리에게 害되는 것 利되는 것을 不擇하고 事實과 眞만 報道하는 我獨立新聞을 敵이 미워함도 敵으로난 맛당히 할 일이라.

敵은 本報를 壓迫코져 하야 百方 狡智를 使用할지나 國民의 同情이 本報에 在한 동안 敵의 努力은 水泡에 歸할지오, 我等의 敵이 本報일내 애타하는 소리을 悶笑로써 待할 쑨이리라.

敵은 自己를 爲하야 虛僞의 報道로써 彼等의 敵인 我國民을 欺罔하려 함이 容或無怪어니와, 彼每日申報의 編輯室에서 不過 十五圓 二十圓에 買收된 兒孩들의 어리석은 붓□ 閔元植 等 禽獸의 狂吠亂吼는 實로 韓族의 體面을 損傷함이 多大한지라. 비록 我等이 暴力의 行爲을 憎惡하거니와, 如此한 徒輩에게는 一日이라도 速히 □誅를 加하야써 魚頭鬼面의 大犬 小犬으로 하여곰 □의 □在를 □□할 □□가 有하도다. 만일 그러한 □懲이 업스면 敵은 □數의 薄志 悖倫의 徒를 飼養하야 더욱 □心을 蠱□하는 奸計를 用하게 되리라.

健忘하는 國民이여, 敵의 虛僞를 삼갈지어다.

財産家에게*

　二十年來로 지은 우리 財産家의 罪惡은 五賊 七賊의 賣國賊의 罪惡과 다름
이 업도다. 母論 全部 그러함은 아니어니와, 國民의 容恕를 受할 者는 曉星과
갓치 드물도다. 만일 彼等이 二十年前붓터 敎育, 産業, 出版事業 其公益事業
에 努力하엿던들 或 亡國의 恥辱을 아니 當하기도 하엿스리라. 國恥 十年 以
來로라도 彼等이 光復의 諸般 準備에 努力하엿던들, 三月 一日 以來로라도 彼
等의 當盡할 義務를 다하엿던들 우리 運動은 더욱 順境으로 進行하야 더욱
偉大한 效果를 得하엿스리라. 그러나 愚하고 惡한 彼等은 可憎한 利己慾의
奴隸가 되여 敵의 足掌을 할타 自己의 一時의 安全을 保하려 하도다. 同胞가
血을 밧치고 肉을 밧칠 째 彼等은 敵의 牆內에 隱하야 好酒美色으로 不義의
快를 貪하며, 或 危險을 冒하고 愛國金을 請求하는 志士를 敵警에게 내여 주
며, 或 家財를 가지고 敵國으로 逃하며 或 짐즛 敵에게 親附하는 態度를 示하
야 淫女와 갓히 敵의 歡笑를 買하려 하도다. 貧家의 婦女가 頭髮을 斷하야 國
費에 充할 째 彼等은 敵將을 供饋하기 爲하야 牛를 殺하고 羊을 烹하도다.
　아아 可憐하고 愚昧한 財産家여, 爾曹는 언제々지나 敵의 保護下에서 安
全하려 하나뇨. 爾曹의 獸命을 斷할 者 오직 敵의 刀쌀이라 하나뇨. 光復後의
論罪는 暫間 말** 말고 今夕의 爾曹와 爾曹의 妻女의 生命의 安全을 누가 擔保
하더뇨. 二千萬 熱血이 沸騰하는 憎惡의 視線은 이미 爾曹의 脂肪 만흔 一身
에 集注하엿도다. 다만 그 憎惡와 咀呪의 긔운만*** 말하여도 足히 爾曹의 집

---

* 『獨立新聞』 26, 1919.11.8. 1면 '社說'란에 실렸다.
** 원문은 '暫間만'으로 되어 있다.
*** 원문은 '긔운말'로 되어 있다.

터를 숙밧흘 만들리라. 하물며 無數의 霜刃과 無數의 爆彈이 이미 爾曹의 枕頭 數步地에 숨엇슴에리오. 霜刃과 爆彈은 敵曹에게만 加할 것인 줄로 誤想치 말지어다. 차라리 爾曹의 頭上에 加할 날은 멀고 爾曹의 頭上에 加할 날은 갓가오리라. 爲先 國內의 犬과 賊을 一掃하야 國民에게 趨向할 바를 明示한 後에야 敵曹의 掃蕩에 着手하리라.

貴重하고 有用한 國家의 財産을 爾曹와 如한 獸類의 手中에 置함은 國家에 有害無益할뿐더러 도로혀 敵의 力을 增할 뿐이니, 차라아리 爾等의 頭을 斷하고 爾等의 財를 奪하야 忠良한 國民에게 分與하리라. 爾等은 임의 公益을 生각한 적이* 업섯고, 獨立運動을 補助한 적이 업섯스며, 大虐殺 大兇年 大惡疫으로 同胞의 窮境에 빠진 者를 救濟한 적이 업섯도다. 天下에 可殺의 惡人이 잇다 하면 爾曹를 두고 누구리오. 만일 爾曹가 國家에 補益됨이 잇다 하면 아직 그 存在를 許하려니와, 如前히 私慾에만 汲汲하야 敢히 敵에게 阿附하며 民族的 大運動을 妨害할진된 爾曹는 爾曹의 愛惜하는 家産으로 더불러 粉碎되어 바리리라.

爾曹를 粉碎할 者 엇지 爆發彈과 六穴砲와 火繩샌이리오. 爾曹의 階級의 數千倍되는 小作人 勞動者 等의 貧寒한 同胞는 언제든지 爾曹의 무서운 敵이 되리라. 社會共産主義의 思想은 只今 全世界를 風靡하나니, 俄國을 보고 德國을 보라. 爾曹가 만일 俄德의 財産家의 當한 慘境을 免하려 할진대 連히 悔改하고 覺醒하야 大義를 從하야 敵을 背하고 國民의 親友가 될지어다. 國民으로 더불어 獨立의 大運動에 戮力하고 敵의 暴虐殺과 兇年과 惡疫에 苦痛하는 同胞를 救濟하기에 着手할지어다. 그러하는 날 只今 爾曹를 誅하는 此筆을 돌려잡아** 爾曹를 讚揚하고 感謝하리라. 그러나 如前히 改慣함이 업슬진대 此筆은 다시 動하야 爾曹를 殲滅하지 아니코는 말지 아니하리라.

---

* 원문은 '숙이'로 되어 있다.
** 원문은 '들려잡아'로 되어 있다.

日本의 五偶像*
韓國問題의 對한

베컨氏는 人類에게 四偶像이 잇서 眞理를 못 찻고 迷信과 誤解에 싸지는 것이라고 喝破하야 世界 學術界에 一新紀元을 劃하엿다.

나는 말하기를 日本은 我國에 關하야 思想하고 行動할 째에 다섯 가지 偶像의 節制를 밧아 迷信과 誤解를 生하난 것이라 한다.

첫재는 優勝의 偶像이니, 日本은 스스로 새ㅇ각하기에 世界에 最優勝한 民族中에 하나이라. 英國이 印度를 征服할진대 美國이 非律賓**을 法國이 安南***을 征服할진대 自己가 韓國과 中國을 征服지 못하랴 하는 偶像이니, 이는 日本이 過去 五十年間의 幸運中에서 엇은 偶像이라. 이 偶像을 엇음으로부터는 日本은 甚히 倨傲하고 自大하야 前에는 廢하랴던 不完全한 것ㅅ지도 自己 것이면 尊崇하랴는 傾向이 生하엿나니, 그 잘난 日語로 韓語를 代하려 하며, 그 잘난 道德과 習慣으로 韓族의 道德과 習慣을 代하려 하며, 그 잘난 日人으로 韓人의 統治를 代하려 하는 等이다. 이는 偶像의****迷信에서 出한 것이다. 새ㅇ각하라, 日本이 가진 모든 것中에 西洋을 슝내내ㄴ 몃 가지 外에 世界가 稱讚할 만한 것이 무엇이뇨. 富士山? 賣淫女? 기모노와 나막신?

둘재는 劣等의 偶像이니, 韓族은 自己보다 極히 劣等한 民族인지라 自己가 支配치 아니하면 살아갈 수 업다 함을 니름이니, 이는 日本의 健忘性과 背恩性을 表함이라. 穴居 生食의 日本人에게 文明生活의 모든 法方을 준 者가 누

---

* 『獨立新聞』27, 1919.11.11. 1면 '社說'란에 실렸다.

** 필리핀의 한자어 표기.

*** 베트남의 한자어 표기.

**** 원문은 '이 偶像의'로 되어 있다.

구뇨. 新文明에 一日의 長이 有하고 兵力과 詐欺術이 남보더 優勝함을 藉하야 괴심히 先進國民이오 文化의 恩人에게 劣等民族이라, 植民地의 新附民이라는 等 버릇 업는 名稱을 加하도다.

셋재는 同化의 偶像이니, 自己는 優勝하고 韓族은 劣等함으로써, 劣等하되 歷史를 忘却하고 國民性을 消失하도록 劣等함으로써, 韓族을 永久히 日本民族의 奴隸로 化할 수 잇다 함을 니름이니, 今年 二月 二十八日ᄭ지 彼等이 世界에 對하야 壯談한 것이오 아직도 頑冥한 徒輩의 主唱하는 것이라.

넷재는 權力의 偶像이니, 비록 韓族이 自己의 同化政策에 悅服하지 아니한다 하더라도 憲兵과 惡刑과 軍隊와 箝制로써 永久히 抑壓할 수 엿스리라고 迷信함을 니름이니, 六穴砲 한個, 칼 하나 업시 한 韓族은 俎上의 魚로 確信하엿섯다. 그래 이번 獨立運動에도 長谷川이가 곳 此偶像의 神託을 請한 것이라.

매ㄴ 나즁은 必要의 偶像이니, 韓國을 合倂함도 日本 存立의 必要條件이오 永久히 韓國을 領有함도 日本 存立의 必要條件이라 함이니, 合倂 當時에는 言하되 韓國이 俄國이나 淸國의 手에 入하면 日本의 獨立이 威脅되리라 하다가도 假想敵인 俄淸 兩國의 患이 除한 今日에는 피ㅇ게에 窮하야 美國의 野心을 疑하노라고 稱한다. 美國이 韓國을 手中에 너흘 野心이 잇다 하면 뉘가 고지 들으랴. 이는 美國이 仁慈하다 함이 아니오, 政治上으로나 經濟上으로나 美國이 韓國에 對하야 野心을 둘 必要가 업다 함이라.

이 다섯가지 偶像에 幼穉한 新興國民이 빠지기 쉬운 領土의* 慾望이라는 誘惑이 合하야 구태 韓國을 自己의 手中에서 아니 내어 노흐랴고 애를 쓰는 것이라.

---

* 원문은 '領—의'로 되어 있다.

日本人에게[*]

牆內의 敵보다 親誼의 隣

(上)

日本人의 利己慾으로 보건대 韓國을 永遠히 自己의 掌中에 握하고 십흐리라. 엇지 韓國쑨이리오. 全世界는 못하여도 全亞細亞는 自己의 囊中物을 作하고 십흐리라. 日本이 千枚 萬枚의 舌을 用하야 自己의 帝國主義的 野心이 無함을 辯明한다 하더라도 뉘 잇서 此를 信하랴. 日本쑨 아니라 古來로 人類史上에는 或은 天下의 統一, 或은 權力의 無限한 伸張을 夢想하던 個人과 民族이 多하엿거니와, 일즉 그 功을 成한 者 無하고 모다 悲慘한 末路를 取하엿나니 알네ㄱ산드가 그러하고 羅馬가 그러하고 나풀네온이 그러하고 德國이 그러하도다. 이러한 野心을 품는 者는 다 一時의 盛運에 醉하야 自己의 運과 力을 過信함에 出하나니, 過去 半世紀間에 無名의 一半開族으로서 一躍 世界 五大의 一이 된 日本은 正히 自己의 運과 力을 過信하야 前車의 覆轍을 效할 危機에 在하도다.

實로 日本이 韓國을 領有하려 함은 넘어넘어 過分하는 慾望이라.

아직 韓族이 新文明에 覺醒치 못하고 長夜夢에 醉하엿슬 째인지라 少數 軍閥主義者로 代表되엿던 日本의 詐欺와 詭計와 武力下에 一時 合倂의 恥辱을 當하엿거니와, 一旦 韓族에게 民族的 自覺이 生하는 날 日本이 足히 幾日이나 彼等을 抑壓할 듯 십흐뇨. 만일 慶應 年間이나 明治 初年에 英이나 美가 日本을 合倂하엿든들 容易히 合倂되엿스리라. 最初에는 同盟이라 稱하고, 다음에는 一時 外交權을 委託한다 하고, 다음에는 國民皆兵主義의 徵兵制度를 實施

* 『獨立新聞』28-29, 1919.11.15.-20. 1면 '社說'란에 연재되었다.

하기 爲하야 傭兵制度를 廢止한다 하야 軍隊를 解散하고 民間의 武器를 一並 押收하야 國民에게서 反抗할 모든 能力을 奪한 後에, 少數의 吾家所立*的 當 局者를 誘惑하고 威脅하야 合併條約이라는 一張紙에 五六人의 圖章을 押함 으로써 萬事畢하던 日本이 韓國을 合併하던 手段을, 英이나 美가 民智가 아 직 未闢한 日本에 施하엿든들 日本도 今日의 韓國의 痛恨을 當하엿스리라. 實로 日本이 韓國을 合併함은 友誼를 利用한 背信的 行動이니, 맛치 安心하고 내 품에 안기라 한 後에 칼을 목에 대임과 갓도다. 合併되는 날 韓族의 腦裏 에 電光갓히 지나간 것은 「속앗고나」 함이오 以來 十年間 韓族의 心中에 싸 히고 싸힌 것은 「언제나 이 怨讎를」 함이라. 十年間 가만히 잇슴을 보고 엇 던 日本人은 韓族이 日本에 悅服함이라 廣言하엿고, 엇던 外國人은 韓族은 獨 立을 爲하야 奮起할 精神도 勇氣도 업다 하엿거니와, 手中에 寸鐵이 無하고 적이 人格이나 識見이 足히 人民의 指導者될 만한 者에게는 憲兵과 密偵으로 써 晝夜에 그 行動을 監視하며 絶對的으로 集會結社와 言論出版을 禁止하는 高壓下에 在하야 十年만에 비로소 奮起한 것도 實로 異蹟이라 할지니, 或 總 督政治의 改良이라던지 日本의 治下에 在하야 多少의 民權을 伸張하기를 目 的하엿다 하면 這間에도 多少의 意思 表示도 有하엿스러니와, 이러한 것은 일즉 我等의 眼中에 置한 적이 업섯고 起하면 獨立을 爲하야 起하리라 하야 도로혀 民心의 激動키 爲하야는 日本의 政治의 더욱 苛酷하기를 希望하엿나 니, 過去 十年間에 我等의 恐懼는 日本의 惡政에 在하지 아니하고** 日本의 善 政이 一部 同胞의 獨立의 決心을 弛緩케 함에 在한지라.

또 或 엇던 日本人은 稱호대 合併時에도 人心이 平穩하엿고 合併後에도 아 모 反抗이 無하다가 十年後의 今日에 이러한 獨立運動이 有함은 必是 總督政 治가 民怨을 報함과 外人의 煽動에 依함이리라 하나, 合併時에 언제 人心이

---

* 자기가 도와서 출세시켜 준 사람.
** 원문은 '안니하고'로 되어 있다.

平穩하엿스며 合倂後에 어느 달 어느 날에 反抗的 運動이 無하엿더뇨. 保護
條約에도 合倂條約에 至하기勺지의 三年間에 或은 强盜라는, 或은 殺人이라
는, 或은 暴徒라는, 或은 져 有名한 保安法 違反이라는, 或은 無名하게 虐殺된
者, 投獄된 者, 流配된 者가 얼마라 하나뇨. 暴徒라는 名稱下에 死한 者도 十萬
에 達한다 하도다. 合倂後에도 梁起鐸事件, 安命根事件, 尹致昊事件, 光復團事
件 等 所謂 强盜 謀殺未遂 保安法 違反 等 事件이 百으로써 算할지니, 만일 言
論機關이 잇서 이러한 有事件의 眞相을 世界에 發表할 自由가 有하엿던들 벌
서 五六年前 又는 十年前에 임의 日本人 及 世界는 今日에 韓族의 意思를 理解
하는 이만한 理解를 得하엿스리라. 그러나 朝鮮總督府는 或 千萬人中 一二個
總督 頌德文이나 阿諛을 爲하는 同化論者 等을 宏壯한 大事實인 드시 筆과 舌
의 모든 便宜와 能力을 다 使用하야 廣佈하엿스되, 日本에 反對되는 韓人의
行動은 그것이 엇더케 重大한 意義를 有한 것이라도 暗中에 葬하거나 或 葬
할 수 업시 된 境遇가 되면 竊盜나 强姦 갓흔 一個 無意味한 事件으로 假裝하
야 世上에 發表할 쑨이니, 新聞記事와 朝鮮總督府의 報告만으로써 韓族의 狀
態를 判斷하는 日本人이 韓族의 悅服이라던지 韓族의 無精神 無氣力을 信함
도 無理는 안이라. 要컨대 日本의 十數名 爲政者는 五千萬의 日本人 及 全世
界의 對하야 韓國의 狀態를 欺罔한 것이오, 韓族은 마치 幽閉된 者와 如하야
幽閉한 者가 任意로 造出한 意思로써 自己의 意思에 代치 안이치 못할 悲境
에 在하엿도다.

그러하다가 大戰이 終結되어 말로만이라도 强權이 破碎되어 少數 支配者
의 便宜를 爲하야 任意로 造出하는 所謂 人民의 意思보다도 人民 自身의 眞正
한 意思를 世界가 尊重한다는 所謂 民族自決主義라는 說이 出하며, 韓族은 이
에 일어나 「只今까지 强制로써 우리를 支配하던 日本이 世界에 對하야 廣言
한 韓族의 狀態나 意思는 다 虛僞라. 韓國을 日本에 合倂한 것은 決코 韓族의
意思가 아니며 合倂된 後에도 韓族은 일즉 日本에 悅服한 일이 업나니, 韓族

의 意思는 오직 絶對獨立이라」 함을 絶叫하야 宣言할 必要와 機會를 自覺하야 三月 一日의 獨立宣言이 有하고 因하야 全國 各地方에 獨立示威運動이 有한 것이니, 實로 有史 以來로 이만큼 全國에 亘하고 全民族이 一致한 民族 意思의 表示는 此로써 嚆矢가 되리라. 이리하야 三月 四月 兩個月間에 六萬의 投獄者와 六千三百의 銃死 槍死者와 六百戶의 燬燒 家屋을 出하고, 四月 以後로도 或은 惡刑에 못 이기어 死하는 者, 或은 示威運動時에 虐殺되는 者가 거의 空한 日이 無하며, 九十度의 非法한 笞刑의 餘毒으로 或은 一週日, 或 十數日內에 死한 者의 數도 九月 末日신지에 調査된 者 三千에 達하다 하도다. 그러면서도 韓族의 活動과 勇氣는 再接 再厲하야 底止할 바를 不知하나니, 대개 韓族의 要求는 오직 絶對獨立이 有할 뿐일세라.

이러하거늘 日本은 아직도 韓族의 意思를 不知하고, 或은 知하면셔도 蔑視하고, 如前히 同化政策을 云云하며 如前히 朝鮮統治策을 云云하나니, 이는 余의 所謂 日本의 五大 偶像의 所致라. 日本族은 優勝하다, 韓族은 劣等하다, 그러닛가 同化식힐 슈가 잇다, 만일 同化가 아니되면 强壓할 權力이 잇다, 韓族이 비록 獨立을 要求하더라도 韓國의 領有는 日本의 存立上 必要한 일이라 하는 五大 偶像의 所致라. 나는 이 五大 偶像 卽 日本의 韓國에 對한 五大 迷信 及 誤解에 對하야 日後 詳論함이 有하겟기로 여기 反覆치 아니하거니와, 辯論의 便宜上 여기 다만 그 結論만 擧하리라. 日本의 盛運의 久遠하기를 希望하고 그 實力이 날로 充實하기를 柏悅의 情으로써 頌祝하거니와, 自己보다 歷史가 倍나 久遠하며, 過去의 文化와 繁榮에 對한 回憶이 自己보다 倍나 十倍나 豐富하고 强烈하며, 現在의 境遇에도 團結力과 愛國心과 文化의 消化 及 創造의 精神力이 自己와 大差 업스며, 人口로도 世界의 大民族의 一에 算할 만할뿐더러 이미 獨立의 一致한 意思와 堅固한 決心을 世界에 發表한 韓族을 强壓하고 統治하기에는 日本은 넘어 弱하리라. 韓國을 領有함이 日本의 存立上 絶對로 必要하다는 日本의 迷信이 비록 正當하다 하더라도 韓族은 決

코 鄰國의 必要를 爲하야 犧牲될 아모 義務도 업슬쑨더러, 正義와 人道를 主唱하기 始作하는 日本도 自己를 爲하야 二千萬을 犧牲하기를 辭치 아니한다는 말을 아마 참아 하지 못하리라. 하물며 冷靜히 慮하면 韓國을 强制로 領有함이 決코 日本 存立의 必要條件이 아닐쑨더러, 도로혀 日本의 大陸政策과 밋 韓國에 在한 日本臣民의 生命 及 財産과 日本의 存立 自身에 對하야 큰 威脅이 되고 腹心의 疾이 됨에리요. 請컨대 나로 하여곰 그 理由를 陳케 하라.

(1919.11.15.)

(下)

日本이 처음 韓國을 合倂하던 理由의 가장 中心되는 者는 첫재* 俄國의 勢力에 備함과, 둘재** 韓國으로써 日本의 大陸經營의 接足點을 삼으려 함이니, 韓國의 富源 開發이라든지 移民이라든지 하난 것은 實로 第二次的 慾望에 不過함지라. 그러나 俄國은 임의 帝國主義的 野心도 업슬쑨더러 實力도 업시 되엿고 支那도 亦是 그러하니, 이제 와서는 東洋의 平和를 攪亂할 者는 오직 日本이 잇슬 쑨이오 다시 俄도 업고 淸도 업도다. 「日本의 安全을 威脅」하는 勢力은 임의 亞細亞에서 消滅되엇나니, 「自存의 必要上 韓國을 合倂」하여야 할 理由도 짜라서 消滅되엇도다.

다음에 大陸經營의 接足點 되는 點으로 보건대, 日本이 政治的으로 滿洲나 蒙古를 領有할 意思가 잇다 하면 이는 韓國을 領有하려 함과 다름 업는 空想的 野心일지라. 漢族도 韓族이나 다름 업는 消滅치 못할 國民性이 有한 以外에 滿洲는 將來 列國의 利害關係의 □突點이 된 憂慮가 有함이니, 그럴진대 列國은 決코 日本으로 하여곰 任意로 滿洲를 處分하기를 許치 아니할지라. 山東이 日本의 領有됨을 不許한다 하면 그와 同樣의 理由로 滿漢도 日本의 領

* 원문은 '첫제'로 되어 있다.
** 원문은 '둘제'로 되어 있다.

有됨을 不許할지니, 日本의 過去의 野心과 政策은 何如하엿든지 今後에는 日本의 大陸經營은 經濟的 發展에 限하지 아니치 못할지라. 이것이 實로 世界의 大勢니, 決코 日本이 武力으로 如何치 못할 强制的 性質을 帶한 者라. 이러케 日本의 大陸經營의 目的이 오직 經濟的 發展에 限할진대 韓國의 獨立은 此에 對하야 아모 禍害를 及할 것이 업슬뿐더러, 도로혀 日本이 韓族과 親誼의 關係를 維持함이 大陸政策의 施行에 큰 利益이 될지라. 만일 韓日 兩國間에 親誼의 關係가 成立된다 하면 日本人은 韓國內에서 自由로 商工業을 經營할지오, 쏘 日本의 物貨를 滿洲로 輸送하기에 自由로 韓國의 鐵道를 利用함을* 得할지니, 어느 點으로 보든지 韓國의 獨立은 日本의 經濟的 大陸發展에 아모 障礙도 될 理由가 업도다.

以上 兩個의 理由 以外에 日本은 韓國으로 農民의 移住地 及 商工業의 獨占 市場을 삼을 意思가 잇는 모양이나, 韓國은 普通 日本人이 想像하난 바와 갓치 人口가 稀薄하고 未墾地가 만흔 野蠻의 國土가 아니라. 韓族 自身도 耕作할 地面이 不足하야 山坂 干瀉꺼지 開墾하고도 오히려 不足하야 임의 百萬에 近한 人口가 西北間島로 移住하엿고, 쏘 只今도 每年 數萬人式 滿洲로 流出하나니, 日本農民의 移住는 卽韓人의 逐出을 意味하는 것임에 日本의 移民政策은 日本의 良心으로도 容許할 바 아닐뿐더러 韓族의 自存上 容忍치 못할 빈며, 쏘 韓國을 日本의 商工業의 市場으로 봄도 至今꺼지와 如히 日本人이 自身의 利益만 爲하야 韓族의 商工業 發展을 直接 或은 間接으로 壓迫하는 政策은 到底히 韓族의 容忍하지 못할 바라. 그러나 英, 或 美의 勢力을 引入하야써 日本을 牽制하는 等 政策은 韓國이 韓國 自身을 爲하야셔도 取할 바 아닌則 日本人은 適當한 條件下에 韓國의 原料를 使用할 슈도 잇고 商工等의 企業權을 享有할 수도 잇나니, 이것이 決코 韓國을 領有하여야 할 必要條件이 될 것은 아니라.

---

* 원문은 '利用할을'로 되어 있다.

以上은 韓國의 獨立이 決코 日本의 存立에 禍害를 及하지 아니할 것을 言함이어니와, 만일 日本이 어듸쐸지던지 韓國의 獨立을 承認하지 아니하고 武力으로써 韓國의 領有를 固執한다 하면 엇더한 結果가 生할가.

첫재, 韓國內의 獨立運動은 日本이 韓國의 獨立을 承認하는 날쐸지 繼續할지요 쏘 그러하기를 希望하고 努力할지며, 그러하면 日本도 亦是 그 暴虐한 手段을 繼續할지니, 이러하야 原因은 結果가 되고 結果는 다시 原因이 되여 無限한 連鎖의 獨立運動이 起하는 동안에 韓族의 血을 더욱 만이[*] 흐를지요, 싸라서 韓族의 日本에 對한 敵愾心은 날로 激烈의 度를 加할지며, 그리 되면 韓國內에 在한 四十萬의 日本人은 恒常 生명과 財産에 對한 危險을 感할지니, 벌셔붓터 僻地의 日人이 都會로 退却함이 무엇을 意味함이뇨. 아직도 韓族의 胸裏에 平和的 解決의 希望이 有한지라 오직 平和的 運動을 繼續하거니와, 만일 敵愾心이 極度에 達하야 「倭놈이여든 다 죽여라」 하는 一種 變態心理 衝動이 二千萬의게 니러나는 날, 그날의 慘狀을 뉘라 知하며 뉘라 禦하리오. 假使 日本이 兵力으로 韓族을 니러나난 대로 虐殺하야 一時의 鎭壓을 得한다 하더라도 韓族의 日本의게 對한 怨恨은 永遠히 消滅되지 못할 地境에 達하리니, 이것이 日本의 利益일가.

둘재, 南北 滿洲에 在한 韓人이 만일 死生을 決斷하는 態度를 取하야 滿洲內의 日本의 事業과 人民을 威脅하려면 極히 容易한 일이오, 쏘 中國의 軍隊와 馬賊과 結하야 日本의게 害를 及할 것도 極히 容易한 일이니, 或은 爆彈으로 或은 石으로 鐵路도 破壞할 수 잇고 市街도 파壞할 슈 엿난 것이며,

셋재, 日本의 新聞이 屢屢히 報道하난 바(아마 虛傳일지나)와 갓치 韓人의 刺客이 日本 各地에 橫行함도 將次는 想像할 일이라^{**}. 日本內에도 數萬의 韓人勞動者가 有할쑨더러 韓人으로서 日本內에 入하기는 極히 容易한^{***} 일이

<small>* 원문은 '더욱만'으로 되어 있다.</small>
<small>** 원문은 '알이라'로 되어 있다.</small>

니, 이도 韓族의 敵愾心에 正比例하야 增加할 危險일지며,

넷재, 中國 美國 其他 外國에 在한 韓人의 反日本的 宣傳도 決코 日本에 對하 少야 有利할 것이 업고, 또 그 害가 決코 하지도 아니 하리니, 特히 中國에 對한 韓人의 宣傳은 日本의게 顯著한 損害를 加할 것이라.

나는 正義나 人道를 말치 아니하리라. 日本民族의 道德的 人道的 價值의 向上도 말치 아니하리라. 오직 韓國의 領有가 決코 日本의 存立의 必要條件이 아니오 韓國의 獨立이 도로혀 日本의 遠大한 將來에 有益이 될 것을 力說을 할 뿐이니, 日本의게 遠大한 眼光과 寬宏한 度量을 가진 政治家가 잇는가 업는가.(1919.11.20.)

*** 원문은 '易易'한으로 되어 있다.

君子와 小人*

사람을 너머 밋다가 害됨이 잇나니, 古來로 仁人 君子中에 或 그러한 일이
잇더니라. 케사르는 카시우스의 손에 죽고 예수는 유다의 손에 죽엇나니,
카시우스는 케사르의 信任하던 同志요 유다는 예수의 親愛하던 弟子러라.
全心誠을 다 밧처서 밋던 者에게 背叛을 當함은 아마 人生의 最大한 悲劇이
오 가장 寃痛한 일이리라. 그러나 사람을 밋다가 害를 當하는 것은 大概는 仁
人 君子의 일이니, 대개 사람을 믿음은 仁人 君子 아니고는 能치 못함일세라.
小人의 여려 本色中에 가장 큰 本色은 사람을 疑心함이니, 小人은 사람을 疑
心함으로써 利를 보고 쏘한 사람을 疑心함으로써 害를 보나니라. 萬人과 萬
事를 對할 째에 決코 일을 正面으로써 하지 아니하고 裏面으로 側面으로 橫
解하고 曲解하고, 고개를 개우ㅅ개우ㅅ 千萬 가지로 推測해 보고 疑心해보
는 것이 小人의 本色이니, 이를 小人은 스스로 賢明함이라 하나니라. 國家이
興할 째에는 國民에게 君子의 性이 有하야 서로 同志나 同胞를 信任함이 만
흐되, 國家이 亡할 째에는 國民에게 小人의 性이 有하야 서로 同志나 同胞를
狐疑하고 猫疑하고 鼠疑하야 猜疑의 눈만 반작거리나니라. 君子가 모힘으로
서로 밋고 믿음으로 團合이 堅固하고 團合이 堅固함으로 大事가 成하나니
이것이 興하는 者의 일이오, 小人이 모힘으로 서로 疑心하고 서로 疑心함으
로 團合力이 薄弱하고 團合力이 薄弱함으로 大事가 決裂하나니 亡하는 者의
일이니라.

  小人은 萬事萬人을 觀할 째에 그의 欠點만 먼져 찻나니, 吹毛覓疵는 恒常
伶俐한 小人의 長技니라. 그럼으로 小人의 容貌에 恒常 不平의 色이 잇고 小

* 『獨立新聞』30, 1919.11.27. 1면 '社說'란에 실렸다.

人의 言語에 恒常 不平의 調가 잇나니, 小人의 言語를 드르면 世上에는 完人이 업고 善事가 업나니라. 그는 질겨 사람의 欠點과 弱點을 摘出하야 顯微鏡下에 千倍萬倍로 擴大하야 世人의 前에 提供하고 스스로 그 炯眼됨을 자랑하나니, 마치 엇던 사람의 身體中에서 부스럼 잇는 곳만 摘出하야 들고 街上에 立하야 大聲疾呼호대, 嗚呼라, 이 사람은* 全身이 부스럼으로 成하엿도다 함과 갓흐니, 만일 이 大聲 疾呼를 듯는 人民이 愚昧할진대 「아아, 先生이여 果然 그러하도다」 하고 隨喜 感泣하나니라. 엇지 사람뿐이리오. 事物에 關하여서도 그中에 欠된 點만 摘出하야 嗚呼라, 이 事物은 欠뿐이로다 하고 間或 憂國의 熱淚를 석거 이를 攻擊하나니라. 그에게는 사람이나 事物의 光明한 半面을 보는 힘이 不足하고, 쏘 間或 보더라도 그 光明面은 그에게 아모 興味를 주지 아니하도다. 구데기가 말근 空氣와 말근 물을 다 바리고 뒤ㅅ간 밋 써ㄱ은 쏘ㅇ 속에 쓸님과 갓히 小人은 오직 사람이나 事物의 暗黑面만 즐겨하나니, 대게 그는 暗黑의 아들임이라. 그럼으로 이러한 사람의 言辭는 每樣 사람에게 戰慄을 주고 갈藤을 주고 不平을 주나니, 世上의 不幸事中에 大部分은 이러한 사람의 造作이니라.

世上에 더러운 것을 집어내랴면 無限히 만코, 우리 獨立運動中에도, 쏘는 獨立運動에 參與하는 사람中에도 欠을 집어내랴면 無限히 만흘지라. 그러나 世上에는 그와 反面에 조흔 일도 無限히 만흘지니 웨 구태어 조흔 것은 다 내어바리고 조치 못한 것만 차즈며, 사람들의 功績과 善行은 못본 채 하고 萬人이 다 免치 못할 欠點만 摘出하야 世上을 騷擾케 하나뇨. 美人을 압헤 놋코 웨 그의 불그레한 쌔ㅁ과 말긋말긋 우슴을 쯰인 눈이며 야ㅁ젼한 態度는 아니 보고, 그의 腹中에 잇는 쏘ㅇ과 겨드랑과 바르쌔당에 잇는 欠만 집어내 노코 얼굴을 찌그리나뇨. 君子의 입에는 恒常 讚頌이 잇스되 小人의 혀에는 恒常 叱辱과 咀呪가 잇도다. 小人의 唯一한 快樂은 사람이나 事物을 欠談하

* 원문은 '삼람은'으로 되어 있다.

고 攻擊함이니, 또한 不幸히 世上 不完全한 人類中에는 이것을 듯기 조와하는 者도 잇도다.

君子는 吉事를 조와하고 凶事를 실혀호대 小人은 그 毒眼을 돌르려 凶事의 材料를 求하나니, 針小한 무엇을 엇으면 춤을 바르고 흙을 뭇치고 온갓 手段을 다하야 커다란 事件을 만들어 世上에 내여 노코, 嗚呼라, 國家의 大事라 하야 世上을 驚動하는도다. 잔듸닙 갖해도 全宇宙가 縮寫되엿나니, 무슨 일이던지 집어들고 엇던 獨斷的 大前提에 맛처 풀어나려가면 國家의 大事, 天下의 大事, 宇宙의 大事 아닐 것이 무엇이리오. 아모 準備 업던 世人은 그 巧妙한 論理에 眩惑하야 장구를 치고 춤을 추어 이에 和하도다.

建設보다 破壞는 容易하고 和合케 하는 것보다 離間케 함은 容易하나니, 父祖가 數十年間의 努力으로 成한 家産을 그 子가 一旦에 蕩盡하며 偉人의 一生心血을 다하야 엇온 和合을 奸人의 三寸舌로 能히 破壞하는 것이라. 事業이 容易하기 째문에 小人은 恒常 破壞의 方面에 興味를 두어 惡魔的 快味를 滿足하려 하나니, 小人의 言行은 어대싯지던지 消極的이오 陰性的이라. 남이 애써 建設할 째에는 一指의 力도 出하지 안코 가만이 冷觀하다가 바야흐로 그 建設이 成功되는 瞬間이면 毒蛇와 갓히 뛰어나와 그 兩端 三端의 毒舌을 놀니어 그 建設이 소리를 내고 쓸어지는 것을 보면서 會心의 微笑를 作하나니, 實로 仁人 君子의 心腸을 寸斷하는 비라.

아아, 내 엇지 이러한 말을 냇던고 그러나 또한 아니 하지 못할 말이로다. 참아 더 하랴, 이만 하고 말리라.

太極旗*

一

三角山마루에

새벽빗 비최ㄹ 제

네 보앗냐 보아

그리던 太極旗를

네가 보앗나냐

죽온 줄 알앗던

우리 太極旗를

오늘 다시 보앗네

自由의 바람에

太極旗 날니네

二千萬 同胞야

萬歲를 불러라

다시 산 太極旗를 爲해

萬歲 萬歲

다시 산 大韓國

二

불근 빗 푸른 빗

두ㅇ굴게 엉키어

* 『獨立新聞』30, 1919.11.27. 제2사설 「開天慶節의 感言」 상단 한가운데 실렸다.

太極을 일워스네
피와 힘 自由平等
엉키어 일워스네
우리 太極일세
乾三連坎中連
坤三絶離中絶
東西南北上下
天下에 썰치라
太極旗 榮光이
世界에 빗나게
國民아 소래를 모도다
萬歲 萬歲

三
大韓國 萬萬歲
가브옷을 닙여라
방패를 들어라
늙은이 절믄이
머시마나 가시나
하나이 되어라
太極旗 지켜라
貴하고 貴한 國긔
왼 世界 百姓이
다 모혀 들어도
우리의 太極旗

건드리지 못하리

大韓사람들아 닐어나

나가나가

太極旗를 지켜

大韓나라 지켜

絶對獨立*

　國家의 獨立에 무슨 絶對獨立 相對獨立의 구별이 잇스리오. 獨立이라 하면 이미** 그 自身 絶對性을 內包한 것이라. 그런데 國人中에 三月 以來로 絶對獨立의 句를 자조 듯게 됨은 웨ㄴ 일이냐. 그 原由를 考하건대 今般 平和會議에서 獨立된*** 民族中에 채크니 波蘭과 갓치 完全한 獨立權을 得한 者도 잇고, 猶太國 其他와 갓치 國際聯盟이나 國際聯盟에서 指定된 第三國의 委任統治下에서 獨立의 名義를 得한 者도 잇슴이니, 國人이 絶對獨立을 主張함은 實로 이 委任統治下의 獨立을 否認하기 爲함이라. 去四月에 臨時政府에서 當時 國務總理이던 李博士에게와 巴黎特使 金奎植氏에게 致□電文中에 「國民의 要求는 오직 絶對獨立에 在하다」는 句가 揷入됨이 아마 그 濫觴일지라. 그러나 우리 獨立運動은 이메 分明히 絶對獨立 □□□□엿고 우리中에 아모리 委任統治下의 獨立을 主張하는 이가 업슨則, 絶對獨立이라는 語는 거의 所用이 업시 되엿다 할지라.

　그러나 一部 人士中에는 絶對獨立이라는 말을 自治에 對하는 말갓치 誤認하는 듯하도다. 獨立이라 하면 自國의 國號를 가지고 自國의 國旗를 달고 自國의 立法機關이 制定한 法律下에 自國의 國民으로써 行政 及 司法機關下에서 異民族의 容喙함을 不許하고 國家的 生活을 經營함을 謂함이니, 이 以上의 獨立도 업고 以下의 獨立도 업는 것이라. 져 日本의 國號와 國旗下에서 오직 內政만 우리(이것도 韓國內에 居住하는 日本人ᄭᆞ지 合하야)의 議會가 參與하는

---

* 『獨立新聞』 31, 1919.12.2. 1면 '社說'란에 실렸다.
** 원문은 '이메'로 되어 있다.
*** 원문은 '獨立되'로 되어 있다.

自治와는 比할 빈도 아니라. 只今 小數의 敵의 走狗를 除한 外에는 全國民이 一致하야 獨立을 叫號하나니, 이 獨立의 叫號는 決코 以下의 무엇으로 滿足하랴는 에노리의 高價의 要求가 아니오 實로 額面 대로의 獨立의 要求며, 또 아모 代用物이나 交換을 許치 못할 唯一코 絶對한 要求라. 이만한 것은 全國民이 다 아는 빈며, 特히 獨立運動에 從事하는 者의 넘어 잘 아는 빈요 또 獨立 以外 又는 以下의 要求를 하는 者가 우리 運動의 敵일 것도 넘어 잘 아는 빈라. 그러하거늘 近來에 絶對獨立이라는 語를 무슨 新發明이나 되는 듯이 連放 使用하야 同志의 攻擊을 일삼는 者가 或 有함은 엇짐이뇨.

獨立運動의 重要人物中에 獨立運動의 方式에 關하야 數種의 意見이 잇슬 것은 免치 못할 일이며, 또 그것이 害될 것은 아니라. 或은 獨立運動의 唯一한 方法은 血戰쑨이라 하야 닥치는 대로 집어들고 方今이라도 나가 싸호기를 主張하고, 或은 海外의 宣傳을 盛히 하야 世界의 輿論과 同情에 訴하야써 第一次 目下의 國際聯盟會議에서 □□□□□기를 主張하며, 갓흔 主戰派中에도 或 準備를 充分히 하고 時機를 待하야 一大決戰을 行하기를 主張하고 或 當場에 爆彈이나 短銃이나 닥치는 대로 들고 敵을 虐殺하기를 主張하며, 宣傳論者中에는 或은 歐美에 對한 宣傳만을 主張하는 이도 잇고 或은 日本에 對한 宣傳을 重要視하는 者도 잇스며, 또 或은 靑年의 敎育, 民族의 改造, 産業의 獎勵로써 獨立運動 建設運動의 主旨를 삼으랴는 者도 잇나니, 獨立運動者中에는 以上의 어느 一種의 主張을 가젓슬 것이라. 그러나 이는 獨立이라는 宗旨와 目的에 關한 意見의 差異가 아니오 오직 그 方法에 關한 意見의 差異니, 이러한 意見의 差異는 決코 서로 排擠할 바도 아니오 攻擊할 바도 아니라. 或 各各 自家의 主張을 筆이나 舌로써 宣傳하야 同志者를 만히 求함은 當然히 할 일이로대, 自家의 主張과 다른 主張이라 하야 남을 排擠함은 理由도 업슬쑨더러 當치도 아니한 일이라.

假令 今番 呂運亨氏 渡日 問題로 보더라도 決코 獨立 非獨立의 問題가 아니

오 그 方法의 問題니, 말하자면 呂氏等은 日本人에게 對한 宣傳을 必要하게 보는지라 今次의 渡日을 斷行함이오 呂氏等의 渡日을 反對하는 者는 日本人에게 對한 宣傳을 不必要하게 보는지라 反對함일지니, 呂氏等을 攻擊하려 할진대 먼저 呂氏等이 獨立이라는 우리 運動의 主旨에 違反되는 무슨 言行의 證據가 必要할지라.

絕對獨立이라는 말을 過去에 亂臣賊子라는 말과 갓치 濫用하야 自己 主見에만 違反되는 이가 잇스면 곳 曲한 論理를 利用하야 絕對獨立의 宗旨나 民意에 違反된다는 理由下에 國賊을 만들너 함은 決코 絕對獨立을 要求하는 者의 行動이 아니라.

사람마다 自己의 意見이 잇스며 또 各個人의 意見을 充分히 活用케 함이 그 社會나 國家의 利益이니, 만일 自己의 意見만이 正當하다 하야 自己의 意思에 違反되는 者를 「聲討하고 誅戮」 하려 함은 李朝 當年의 老少論의 黨爭하던 버릇이라. 그럼으로 獨立이라는 主旨를 갓치하는 同志의 行動이어던 그 方法의 差異로 하야 空然히 世上을 擾亂하며 同志의 名譽를 損하는 等 言辭를 弄하지 아니함이 可하니라.

信賴하라 容恕하라*

死生榮辱을 갓히 할 同志들끼리 罰할 者를 罰하고 賞할 者를 賞하야 正義의 所在를 分明히 하고 政法의 紀綱을 嚴肅히 함은 治國의 要道리라.

그러나 一功으로써 百罪를 贖하며 溫情으로써 小咎를 恕함도 쏘한 治國의 要道리라. 넘어 寬함이 紀綱을 解弛케 하는 弊도 잇스려니와, 넘어 嚴함이 紀綱을 酷하는 弊는 더욱 甚하리라. 寬嚴이 그 宜를 得함이 治國의 理想이려니와, 이는 難中에도 難한 일이니 過히 嚴하기론 차라리 過히 寬한 것만 못하리라. 特別히 非常한 時機를 當하야 多數의 人民의 悅服을 要하고 多數의 人材의 來集을 要할 境遇에는 恒常 嚴보다 寬을 만히 하고 罰보다 賞을 만히 함이 可하니라.

只今 우리의 境遇는 正히 이러한 것이니, 全國民의 悅服도 엇어야 하겟고 多數 人材의 來集도 求하여야 할지라. 그러할쑨더러 現在의 境遇에서는 來하는 者는 官爵이나 黃金이나의 報酬를 求하려 함이 아니요 오직 愛國의 熱誠을 發하야 技能과 生命과 黃金을 가지고 苦難과 危險中으로 勇敢히 들어옴이니, 이러케 들어오는 者를 迎接할 方法은 오직 感謝와 讚頌과 熱淚외 兄弟의 愛情으로써 抱擁함일지니, 아아, 家庭을 바리고 財産을 버리고 모든 苦難과 危險이 自己의 生命을 威脅하는 줄 分明히 알면서 身을 挺하야 獨立運動의 幕下에 來投하는 男女同胞의 그 義氣와 愛國心만 하야도 熱淚로써 感謝할 만하지 아니하뇨. 하물며 그네는 俸給이나 名譽의 報酬도 求함이 업시 각기 誠과 力을 다하여 獨立運動을 爲하야 奔走하나니, 비록 이것이 國民된 者의 當行의 義務라 하더라도 當行의 義務를 自覺지도 履行치도 못하는 數千萬中

---

* 『獨立新聞』32, 1919.12.25. 1면 '社說'란에 실렸다.

에서 率先하야 이를 自覺하고 實行하는 한 事實만 하야도 讚頌할만 하지 아니하뇨. 만일 그네가 아니 한다고 뉘가 責하고 罰할 빈 아니어늘 自願하야 이러한 苦難과 危險을 當하는 한 事實만 하야도 感謝할 만하지 아니하뇨.

或은 重要한 通信이나 書類를 帶하고 危地에 來往하며 或은 晝伏夜行으로 劍戟의 間에 出入하면서 同胞를 激勵하고 示威運動을 劃策하며 或은 膽寫板을 지고 다니고,* 或은 地下의 冷室에서 活字를 골나 國民을 警醒하는 印刷에 從事하며, 或은 內外人을 訪問하야 三寸의 舌로써 大韓의 獨立을 主張하며, 或은 敵의 橫暴한 槍劍 잊해 同胞의 찔녀 쓸어지난 것을 보면서도 大韓獨立의 萬歲를 絶叫하며, 或은 國民의 委任을 不辭하고 晝霄로 大業進行의 劃策에 焦慮하는 等 어느 것이나 무슨 報酬를 바라거나 누구의 命令을 기다려 하난 것이뇨. 오직 讚頌하고 오직 感謝할 빈 아니뇨.

人孰無過리요. 일하야 가는 동안에는 過失도 잇스리라. 或은 能力이 不足함도 잇스리라. 或 怠惰함도 잇슬지오, 或 不正한 行爲를 함도 잇스리라. 그러나 現在의 우리의 處地에 할 일은 그네를 罰함보다 聲討함보다 嫉視함보다 冷笑하고 唾罵함보다 그네의게 正義로써 忠告하고 情誼로써 容恕함일지며, 그리하야도 듯지 아니하야 不得已 그네를 同志中에서 除名할 쌔에도 憎惡로써 함보다 悲痛으로써 할 것이며, 聲討로써 함보다 沈黙과 祕密의 中에서 하야써 그로 하야금 悔改하고 復歸함 機會를 엇게 함이 맛당할지라. 만일 한번 그를 公衆에게 聲討하야 바리면 그는 永遠히 復歸할 路를 失할 것이 아니뇨. 더구나 同志로 한번 許한 以上, 特別히 國家의 大事를 爲하야 同志로 許한 以上 비록 淚를 揮하고 馬謖을 斬하는 境遇가 잇다 하더라도 千이나 萬中에 하나일지오, 一般的으로 말하면 永久히 管護하고 容恕함이 일로 보던지 人情으로 보던지 合當한 일일지라. 만일 한 가지 罪로써 昨夕의 同志를 今朝에 「誅戮」 한다 하면 엇지 同志를 밋고 의지하리오. 쏘 한번 罪를 지엇던 同志

---

* 원문은 '단니고'로 되어 있다.

라도 悔改의 淚로써 復歸할 째에는 반가운 抱擁으로써 迎接할지며, 비록 過
去의 同志가 아니라 할지라도 무릇 大韓民族으로서 獨立運動에 參與키 爲하
야 오는 者면 두 팔을 벌이고 반가브게 迎接할지오, 한번 迎接한 後에는 秋毫
의 差別이 업슬 것이니 至今토록 敵의 官吏로 잇던 이도 可요 偵探으로 잇던
이도 可라. 元來 檀君의 血孫으로서 大韓民國의 獨立을 主張하고 나서는 이
는 모다 우리의 同志니, 거긔 무슨 厚薄의 差別이 잇스리오. 만일 敵의 官吏
나 他敵의 手下이 되엿던 것을 嫌疑하면 十年間 敵國의 民籍에 登錄하고 敵
의 支配를 밧던 二千萬은 모다 賣國賊이라. 어느 것이 容恕치 못할 罪人이 아
니리오. 그러나 한번 獨立을 宣言하고 獨立萬歲를 부른 後에는 모다 神聖한
大韓民國의 國民이니, 敵의 差別待遇에 切齒扼腕하던 우리가 다시 夢이나 우
리中에 差別이나 階級을 立할 理가 잇스리오. 大韓의 獨立을 主張하는 者는
同志니라.

　이 非常한 時機에 處하야 우리의 할 일은 同志가 서로 兄弟의 誼를 結하야
서로 勸하고 서로 愛하고 서로 容恕하고 서로 協助하야 死生과 榮辱을 갓치
하기를 決心함과 바다와 갓흔 度量으로써 새로 오는 同志를 歡迎하고 信賴
함이니, 우리로 하여곰 信賴하고 容恕하다가 失敗하는 者가 되게 할지언뎡
猜疑하고 서로 排擠하는 무리가 되게 말지어다.

自由의 價*

美國의 獨立戰爭은 八年을 끌엇다. 발 버슨 老少年 軍人들이 어름 우흐로 지나는 그림이 그 戰爭의 慘狀을 말하는 것이다. 그러나 그네에게 恒常 希望과 確信과 勇氣가 잇섯다. 발칸의 小國 셀비야는 國民의 半數가 出戰하엿다. 우리나라로 보면 一千萬의 人民이 國家의 獨立과 民族의 自由를 爲하야 戰線에 나섬이라. 이번 戰爭에 前無後無하고 壯絶 快絶한 愛國心과 大勇氣를 發揮하야 世界의 小弱民族에게 戰慄할 만한 大刺激을 준 체크族은 거의 男子 全部가 軍人이 되엇다. 이러케 血戰한 지 五年에 六百年間 亡하엿던 祖國을 恢復하엿다.

우리 祖國을 먹기 爲하야 日本은 十年間의 兩次 戰爭에 四十萬의 人命을 犧牲하엿고, 自國 말고 世界의 平和를 爲하야 美國은 今次의 戰爭에 二十萬의 生命을 犧牲하엿다.

三百年前의 壬辰倭亂 八年間에 我祖先은 祖國을 守護하기에 二百萬의 生命을 犧牲하엿고, 千餘年前 우리 勇壯한 先祖네가 隋唐의 侵略을 막을 째에도 數十年에 亙하야 數百萬의 生命을 犧牲하엿다.

무릇 自由 치고 苦痛과 파괴와 生命으로 守護치 아니한 것이 어듸 잇스며, 일헛던 自由를 恢復할 째에 苦痛과 피와 生命의 出한 代價로 하지 아니한 것이 어듸 잇스랴. 自由의 꼿은 犧牲의 土壤에만 피는 것이다.

우리는 三月 一日 以來로 約一萬의 生命을 犧牲하엿고 七萬의 同胞가 敵의 銃劍과 惡刑에 피를 흘엿스며, 그 時間이 아직 八個月을 經함에 不過하엿다. 이만 歲月, 이만 苦痛, 이만 犧牲으로 自由가 恢復된다 하면 그것은 넘어 廉價

---

* 　獨立新聞 主筆 李光洙, 『革新公報』50, 1919.12.25.

요 넘어 僥倖이다. 만일 이러한 廉價와 僥倖으로 곳 目的을 達하지 못한다 하야 조곰이라도 悲觀하고 落心한 者가 잇다 하면 그는 自由의 價値를 全혀 모르는 者요, 自由를 가질 資格이 全혀 업는 者다.

우리가 아주 完全하고 아주 確固한 理想的 獨立國家를 建設하야 自由와 福樂과 榮光의 遺業을 千萬代 子子孫孫에게 傳하려 할진대 至今보다 十倍의 歲月과 十倍의 苦楚와 十倍의 犧牲을 供할 大決心 大氣魄이 잇서야 할 것이니, 鄭勘錄에 言한 바와 갓치 僧血이 滿江도 할지오 人種을 兩白에 求하고 穀種을 三豊에 求하며, 百里에 一家를 見하고 十里에 一人을 見하는 地境에 達하더라도 獨立과 自由를 得지 아니코는 말지 아니한다는 決心을 가져야 할 것이다.

毋論 우리의 前途에 目的을 達할 機會가 만타. 해마다 잇고 달마다 잇고 날마다 잇다. 端睨할 수 업는 世界의 大勢는 인제 엇더케 變하야 우리에게 엇더한 機會를 줄는지 모르며, 爲先 當場 우리 眼前에 보이는 機會만 하더라도 우리에게 實力만 잇스면 目的을 達하기 充分하다. 다만 우리는 멀니 準備하고 오래 忍耐하야 決코 悲觀하거나 落心하지 아니하고, 決코 敵의 詭計에 속아 넘어가서 自治나 平等의 陷穽에만 아니 빠지고, 오직 唯一한 우리의 民族的 要求인 絶對的 獨立을 絶叫하고 이를 爲하야 奮鬪만 하면 不遠한 장래에 우리는 우리의 大所願을 成就할 것이다.

크리스마스의 祈禱*

主여, 당신은 人類를 罪에서 救援하야 永生의 天國에 引導하시러 오섯습니다. 罪! 果然 人類는 鴉片에 中毒한 모양으로 罪에 中毒하엿습니다. 鴉片에 中毒한 者가 鴉片을 아니 먹고 못 빅ㄱ이는 모양으로 人類는 罪를 아니 짓고는 못 빅기는 모양이외다. 獨立運動갓치 神聖한 運動을 하는 者들도 豺狼의 압헤 쫏기는 羊의 무리 갓흔 者끼리도 서로 다토고 嫉視하고 誣陷합니다그려. 主여, 十字架에 흘니신 피로 이 모든 罪를 씨서 주시압소서.

主의 前驅者인 洗禮 요한도 「悔改하라」고 웨첫고, 主끠서 恒常 悔改하라고 웨치섯습니다. 두다리지 안는 者에게 엇더케 門이 열니며, 求하지 안는 者에게 엇더케 주ㅁ이 잇겟습닛가. 悔改하지 안는 者에게 엇더케 容恕함이 잇스며, 容恕밧지 아니한 者에게 엇더케 새 天福이 나리겟습닛가. 그러하오니 主여, 主의 權能으로 人類의 ― 그中에도 가장 軟弱하고 불상한 韓族에게 慟哭으로써 悔改하도록 感動하야 주ㅂ시오. 그네가 國家와 自由를 일코 異邦사람의 奴隷가 된 것이 罪의 應報인 것과 將來에 國家와 自由를 恢復하는 것이 前罪를 悔改하고 불로 再生한 後일 것을 □悟케 하야 星火갓치 悔改의 눈물로 온몸과 마음을 씨끗이 씻게 해줍시오.

主여, 당신의 가라치신 天國의 길이 오직 사랑이 아닙닛가. 兄弟와 다토지 마러라, 兄弟를 미워하지 말어라, 兄弟가 罪를 짓거던 四百九十番이라도 容恕하여라 ― 이것이 당신의 가라치신 千言萬語의 主旨가 아닙닛가. 다ㅇ신의 보내신 三十三年의 一生의 主旨가 아닙니까. 그러하것마는 이 平凡하고도 分明한 이 가라침을 世界는 씨닷지 못하고 ㅅㄱ 그 反對로만 감니다그려.

---

*   春園, 『獨立新聞』 33, 1919.12.27. 3면에 실렸다.

이러한 結果가 死後의 地獄이나 末日의 審判은 姑舍하고도 現世에 在하야 家를 破하고 國을 亡하고 現世에 處하야 地獄의 懲罰을 受하지 안슴닛가.

主여, 당신은 사랑의 極致를 自己의 犧牲이라 하섯슴니다. 그래서 당신은 罪 만흔 同胞를 爲하야 十字架에 피를 흘니섯슴니다. 당신이 橄欖山에 안즈서서 罪 만흔 故國 都城인 예루살넴을 나려다보시고 눈물을 흘녀 恨嘆하섯고, 그가 頑惡하야 품에 들지 아니할 째에 그 仁慈하신 마음으로도 마침내 咀呪를 發함을 禁치 못하섯슴니다. 얼마나 가삼이 아푸섯스면 다ㅇ신의 입으로서 咀呪가 나왓겟슴닛ㄱ. 당신이 一生에 咀呪하신 것이 둘밧게 업지오 닙사귀만 만히 피고 열매 업는 無花果나무와 罪만 짓고 悔改할 줄 모르는 예루살넴과. 主여, 只今에인들 그러한 無花果와 예루살넴이 얼마나 만켓서요. 그러나 主는 至今토록 그 呪咀를 繼續하심닛ㄱ. 아니오, 主의 너르신 사랑이 人類의 모든 罪를 容恕하섯슴니다. 主와 함씌 十字架에 달니던 盜賊싯지 容恕하섯고, 主를 十字架에 달던 頑惡한 무리싯지도 恕容하섯슴니다. 그리고는 그 咀呪밧을 同胞를 爲하여서서 가즌 苦難을 다 밧으시고 맛침내는 至極히 苦痛된 方法으로 몸까지 犧牲하섯슴니다. 이것이 당신씌서 본보이신 世上으로써 天國을 만드는 方法이지요. 「사라ㅇ하라」, 「사라ㅇ하닛가 容恕하라」, 「사라ㅇ하거든 그네를 爲하야 生命을 犧牲하라」.

主여, 나로 하여금 主의 뒤를 짜르게 하여줍시요. 主와 갓치 世界人類를 사라ㅇ하게 해주시고 主와 갓치 世界人類를 爲하야 生命을 犧牲하게 해주시오. 그보담도 먼저 主의 아브헤 내 罪를 痛悔하게 해주ㅂ시오. 그러고 世界를 사라ㅇ하는 階段으로, 쏘 代表로 제가 그 속에 나고 제가 그 말과 마음, 쏘 그의 불상함을 잘 아는 二千萬 韓族을 사랑하고 爲하야 生命싯지 犧牲하고 그네에게 悔改하라 그리하여 滅亡에서 벗어나라 하는 소리를 웨치는 權力을 주ㅂ시오.

主씌서 처음 世上에 오시던 오늘이 이미 二千回나 갓가히 지나갓스되 世

上에는 如前히 罪가 만흡니다. 主여, 이제 몃 번이나 더 지나면 이 世上에 約束하신 天國이 臨함니있. 世界人類가 主끠서 祝福하시던 小兒와 갓치 純眞한 마음으로써* 서로 抱擁하고 즐거운 讚美와 춤으로 生活할 날이 은제나 옵니있.

---

*   원문은 '마읍으로써'로 되어 있다.

俄羅斯革命記[*]

(一)

今後의 世界의 精神的 支配者는 俄羅斯이다. 今後의 思想의 世界, 爭鬪의 世界는 全혀 아라사의 것이다. 吾人은 아라사主義의 勝利를 確信하거니와, 이 새 時代의 開幕인 三月大革命記를 譯出함에 臨하야 더욱 그 感慨를 이기지 못한다.

一, 革命의 豫兆

俄國은 世界上에 다시 업는 專制國으로 稱하엿다. 로마노프 王朝의 獨裁政治는 永遠 無窮하야 衰할 날이 업슬 것 갓핫다. 그러나 靑天의 霹靂과 갓흔 一九一七年 三月革命[**]은 一朝에 「차르」의 帝權을 顚覆하엿다. 然而 이 革命運動은 一朝에 發한 者 아니오 그 原由는 차즐사록 멀고 깁도다.

生각건대 「차르」의 專制政治는 알레ㄱ산더 二世[***] 時代에 稍히 緩和한 樣이 잇서 農奴解放[****]이라는 大事業을 成就한 일이 잇스나, 同三世[*****] 卽位함에

---

[*] 天才 譯述, 『獨立新聞』36-48, 1920.1.10.-2.26. 3면에 연재되었다. 布施勝治, 『露国革命記』(文雅堂, 1918)을 저본으로 하여 발췌역한 글이다.

[**] 1917년의 2월혁명. 1918년 2월까지 러시아는 율리우스력을 사용했는데, 이는 서구의 그레고리력보다 13일이 늦다. 원저자는 러시아력을 기준으로 사건을 기술하고 있다.

[***] 알렉산드르 2세(Александр Ⅱ, 1818-1881). 러시아 로마노프 왕조의 12번째 군주. 1861년 발표한 농노해방령을 비롯하여 지역 자치제를 활성화하고 군사 제도를 개편했으며 귀족들의 특권 일부를 없애고 대학 교육과 산업 발전에 힘쓰는 등 러시아 제국의 근대화를 위해 앞장섰다. 1881년 의회 제도를 마련하기 위해 마차를 타고 궁으로 향하던 중 전제정에 반대하는 인민주의 테러리스트 집단의 폭탄테러로 암살당했다.

[****] 원문은 '農奴開放'으로 되어 있다.

[*****] 알렉산드르 3세(Александр Ⅲ, 1845-1894). 러시아 로마노프 왕조의 13번째 군주. 아버지 알렉산드르 2세가 폭탄 테러로 암살당하자 국민들에 대한 뿌리 깊은 불신을 갖게

204 이광수 초기 문장집 Ⅲ*

臨하야 그 反動政策은 前보다도 더 嚴峻苛酷한 政治를 持來하매 于今 健全히 發達되던 民權思想은 이 不自然한 壓迫을 맛나 쏘한 이에 反動的으로 急據의 進出을 避치 못하엿다. 그리하야 그 自由主義의 潮流는 二派에 分하야 猛烈한 勢力으로 國民全般에 蔓延된지라. 卽 一은 勞働者, 學生間에 起한 社會主義的 階級的 運動이며, 一은 小俄*, 波蘭**, 芬蘭*** 리토와****, 아르메니아*****, 高加索* 等 諸民族의 民族運動이라.

俄日戰爭이 勃發되어 日本海 海戰에 볼트크艦隊 大敗의 報가 俄都에 到하매 各地에 農民 及 勞働者, 兵丁의 暴動이 起하야 마침내 俄都에 勞兵會가 組織되며, 革命運動은 俄國 全體에 波及하야 同年 十月 俄國 全國 同盟破業이 起한지라. 革命 鎭壓의 命을 受한 토레포프 將軍의 「彈丸을 앗기지 말나」는 嚴命도 效果를 이루지 못하고, 十月 三十日 俄皇은 民權, 自由議會 開設을 保障한 「十月 詔勅」을 發함을 避치 못함에 이르다.

그러나 此는 一時的 緩和政策에 不過하고 其後 政府의 高壓策은 少毫도 不變할 뿐더러 더욱 酷烈을 極하게 되다. 從하야 此에 前後하야 暗殺이 盛行하며 政府의 逮捕, 死刑, 流刑이 日로 多할세, 一時 此高壓政策은 功을 奏하야 一九〇三年에는 社會黨이 分裂하야 레닌 等 多數의 極端派는 「볼세비끼」라는 일흠을 짓게 되고 小數派는 「멘세비끼」**라 稱하다.

되어 전제군주제를 강화하고 수호하기 위해 반동정치로 일관했다. 후계자인 아들 니콜라이에게도 자신의 사상을 주입하여 니콜라이 2세 치세까지 반동정치와 전제정치가 계속되었고, 이는 결국 러시아 혁명으로 이어졌다.
* 우크라이나의 한자어 표기.
** 폴란드의 한자어 표기.
*** 핀란드의 한자어 표기.
**** 리투아니아. 러시아 영토에 속했던 발트 3국(에스토니아, 라트비아, 리투아니아)의 하나. 원문은 '레토'로 되어 있다. 번역 저본에 따른다.
***** 러시아 영토에 속했던 캅카스 3국(아르메니아, 아제르 바이잔, 조지아)의 하나. 원문은 '아메니아'로 되어 있다. 번역 저본에 따른다.
* 캅카스 혹은 코카서스의 한자어 표기.
** 멘셰비키(меньшевики). 1903년 러시아 사회민주노동당 제2차 대회에서 입당 자격에

一九〇七年*에 至하야 革命運動은 一時 屛息하야 其後 七年間 平和에 醉한 官僚는 火山上의 太平夢을 쑤다.

一九一四年에 니르러 一時 沈息하엿던 革命運動은 다시 猛烈한 勢力을 가지고 再發하다. 同年 七月 大戰爭이 勃發하야 俄國은 此에 參할새 戰運 不振에 加하야 內閣의 動搖 太甚하고 宮中 暗黑의 力은 拔扈를 極하는지라.

「內閣의 動搖」「暗黑의 勢力」 이는 무엇을 指함인가. 俄國은 十月革命 以來로 國會가 設置되엿스나 거위 無用에 갓갑고, 內閣은 內閣議長의 名이 有하나 其實 總理의 實權은 皇帝가 가지니, 此則 「皇帝의 內閣」 이라. 此로 因하야 內閣은 생기는 것마다 分裂內閣이 되여 優柔不斷한 皇帝에게 直屬한 各大臣은 內訌을 일삼으니, 國政은 統一을 缺하야 國民心의 安定은 一刻도 維持치 못하는지라. 이리하야 一方으로는 寬厚 仁慈한 듯하고도 一方으로는 社會黨을 蛇蝎갓치 미웨하야, 가장 虐毒한 手段으로 壓迫에 從事하는 矛盾한 性格을 가진 니코라쓰 二世**의 決斷性이 업는 行政은 其後에 숨은 暗黑의 힘과 合하야 革命의 氣運을 날로 促成하엿다.

俄都*** 南方五十里, 夏宮의 名으로 有名한 차르스쇠에 세로**** 宮裏 깁흔 곳

엄격한 기준을 요구하던 레닌이 기초한 강령이 채택되면서 분열되어 나왔다. 당시 다수 당이었던 나로드니키 잔당이 조직한 사회주의혁명당과 친화적인 온건파였으며, 1905년 제국의회에 진입한 후에는 입헌민주당(카데트)과 연립정부를 조직하여 볼셰비키의 급진 노선에 반대하며 임시정부 헌법 내에서의 개혁을 주장했다. 1917년 10월 볼셰비키 정권이 출현하자 멘셰비키 내 우익은 러시아 백군에 가담하는 등 맹렬한 반혁명운동을 전개하였고, 이들 대다수는 내전에서 볼셰비키가 승리하자 서구 국가로 망명했다.

* 원문은 '一九〇四年'으로 되어 있다. 번역 저본에 따른다.

** 니콜라이 2세(Николай II, 1868-1918). 러시아 로마노프 왕조의 14번째 군주이자 마지막 황제. 1917년 2월 혁명으로 퇴위했다. 이후 알렉산드롭스키 궁에서 가택연금에 처해졌고, 1917년 여름 임시정부에 의해 토볼스크로 보내졌다가 1918년 봄 볼셰비키에 의해 예카테린부르크로 옮겨졌고, 7월 이파티예프 집에서 가족들과 함께 총살당했다.

*** 상트페테르부르크. 1703년 표트르 대제가 건설하여 1713년 모스크바에서 천도한 이래 1918년 3월까지 러시아의 수도였다. 1914년 1차 대전이 시작되면서 애국심이 고양되는 가운데 러시아식 이름인 페트로그라드로 바뀌었고, 1924년 1월 레닌의 사후 레닌을 기념하여 레닌그라드로 불렸으며, 1991년 소련 해체 후 본래 이름을 되찾았다.

**** 차르스코예 셀로(Царское Село). 상트페테르부르크 중심 지역 남쪽에 위치한 러시아 황제

에 새박을 告하는 암닭, 俄國 皇后 알레ㄱ산드라*, 神經 過敏하고 히스테리
性이 富한 德國 皇室의 피를 바든 傀儡師, 그 우에 더하야 怪僧의 稱이 잇는
라스푸틔ㄴ과 갓흔 怪怪의 黑幕이 宮中에 一種 暗黑한 絶對勢力이 澎溢한지
라. 內閣의 更迭, 人物의 등用, 國政의 一動一靜이 此勢力의 影響을 밧지 아님
이 업더라.

　라스푸틔ㄴ은 本是 一個 文盲한 漁夫의 子라. 政治的 手腕이 잇슬 리가 업
건마는 放浪의 끗헤 僧이 되여 皇太子의 病祈禱로 宮中에 出入키 始作하야
처음에는 社交上에 勢力을 페더니, 小人이 出하야 此怪僧을 政治上에 利用함
에 至하야 다시 고치지 못할 惡症을 俄國 主權上에 蔓延식혓더라.(1920.1.10.)

(二)

　이 所謂 「皇帝의 內閣」의 頻頻한 更迭과 不統一은 어지러운 時局을 더욱
亂麻와 갓치 하야 一九一六年으로 一七年 頭에 亘하야 政界混沌, 政策矛盾, 暗
黑力에 對한 反感은 마춤내 怪物 라스푸틘의 屍體가 네바 河泮에 나타나게
되엿지만은, 歷代의 內閣은 依然히 此暗黑力의 崇拜者 或은 代表者로 組織되
며 頑冥한 反動政策의 極은 德國과 單獨講和를 陰謀하게 되다. 於是乎 革命氣
分은 單히 革命黨員뿐 아니라, 타우리츠宮에 在한 議會로 퍼져서는 「미류코
브」**(第一 革命內閣에 外相의 地位를 得한 이, 立憲民主黨) 「슈리킨」 等의 熱辯을

의 별궁. '황제의 도시'라는 뜻을 지닌 차르스코예 셀로는 1918년 볼셰비키에 의해 '어린이
마을'이라는 뜻을 지닌 데츠코예 셀로로 바뀌었다.
* 　알렉산드라 표도로브나(Императрица Александра Фёдоровна Романова, 1872-1918).
니콜라이 2세의 황후. 외아들 알렉세이의 혈우병을 고치기 위해 소개받은 시베리아의
수도사 라스푸틴에게 광적으로 집착했다. 제1차 세계대전 당시 니콜라이 2세가 전선으
로 향하자 라스푸틴에 의지하여 국정을 운영하면서 혼란을 거듭했고, 결국 라스푸틴은
러시아와 전제정의 명예를 지키려는 황실측 귀족과 우익 두마 의원에게 살해당한다. 3
개월 뒤 그녀 역시 2월 혁명으로 니콜라이 2세가 퇴위하면서 황후 자리에서 물러난 뒤
함께 총살당했다.
** 　파벨 밀류코프(Павел Милюков, 1859-1943). 러시아 입헌민주당(Cadet) 창설자 겸
지도자. 1917년 2월 혁명 후 임시정부의 외무부 장관이 되었으나 반혁명으로 실각, 이

産하고 府中 宮中에 入하야는 前記 라스푸틴의 暗殺事件을 이루며, 軍隊司令部內에까지 皇室에 對한 反感이 顯著하게 되다. 外交界에도 貪慾한 英國 가튼 者가 한사코 暗黑力을 排하야 戰爭繼續, 最後勝利 云云을 貫徹코져 한다.

그러나 以上의 事實은 아직 大爆發을 誘導하기에는 足치 못하다. 이 混沌한 政界에 잇서서 漸次로 키피 드러가는 一般國民의 病根이야말로 革命의 導火線이 될지니, 三年間의 戰爭의 餘禍로 農村에는 貧民의 困憊 더욱 甚하고 都會의 勞働者 또한 食料不足으로 戰爭을 咀呪하지 안는 者 업는 形便이라.

食料缺乏의 原因으로는 戰爭에 因한 生産力 輸送力의 減少이라던지, 內閣의 無秩序의 因한 政策의 矛盾, 或은 內閣 不統一에 因한 權力 싸홈에 食料 配給을 利用함이라던지 여러 가지를 들 수 잇겟거니와, 그런 種類의 原因探索은 暫捨하고 그 慘酷한 實況을 보라. 俄都와 如한 者는 麵包房 잇는 곳마다 行列을 作하야 夜半에 니러나 數三時間을 서서 기다리지 아니하면 一塊의 麵包도 어들 수 업섯다. 이는 實로 一九一七年 一月 二月의 일이라. 째째로는 그 방쩍한 조각도 업서지기도 하며, 쩍장사가 가루가 업서 쩍을 굽지 못하는 일도 종종 잇섯다. 事勢가 이에 니르매, 或 쩍房을 싸려부시는 일도 生기고, 或 男女가 列을 지어 「떡을 달나」는 示威運動을 開始하는 者도 잇다. 工場에는 同盟罷業이 頻頻하고, 大膽한 社會黨 革命黨들은 彼의 理想을 實現할 時機가 왓다 하야 所在의 劃策을 힘쓴다.

同年 二月 中旬 國會 再開日이 近接하매, 流言蜚語가 到處에 流布되며 人心은 갈사로 險惡하여지더니, 同二十二日 俄都 軍司令官 하바로브 將軍은 俄都의 勞働者를 向하야 嚴嚴한 訓令을 公布하엿다. 其結句에 曰

「페트로그라드의 勞働者여, 余는 諸子의 名譽와 良心에 訴하노라. 諸子는 決코 陰謀에 誘引코져 하는 煽動者에게 귀를 기우리지 말라. (中略) 予의 布告를 듯지 안는 者에게 警告하노니, 戒嚴中인 페트로그라드에서 官憲에게 暴

___
후 프랑스에 망명하여 백색군과 협력하고 반러시아 운동에 투신하였다.

力으로 反抗하려는 一切의 企圖는 直時 武力으로써 停止식히리라.」

翌朝의 俄都 各新聞은 立憲民主黨 首領 미류코브(前出)의 公開書를 載하니, 그 一節에 曰

「이런 勸誘를 조츰은 敵을 爲하야 計함이니… 請컨대 二月 二十七日 開院日은 示威運動에 參與치 말고 고요히 이날을 보낼지어다*. 靜肅을 직힘은 卽 敵의 陰謀를 破함이니라 云云.」

以上에 依하야 當時 俄都의 勞働者間의 動搖와 革命의 潮流가 어대까지 니르럿던가를 可히 알니라.

議會 開會 當日 卽 二月 二十七日은 쯧밧게 無事히 經過함으로 官僚輩들은 暫간 숨을 내쉬엇다.

그러나 뉘라서 알니오, 三月에 入하자마자 空前의 大革命이 勃發하야 僅僅 二週日後에 同一한 하바로브 將軍은 囚監中의 人物이 되고, 미류코브 自身은 勞働者와 兵丁에게 쪄들니여 革命의 渦中에 入하게 될 줄이야.

革命이라 함은 避하랴 避치 못할 最後의 幕에서 始하는 人力으로써 할 수 업는 革命的 爆發이라. 事勢가 此에 至하야 이를 豫知한다 한들 何用이 잇스리오**.(1920.1.17.)

(三)
二, 革命의 洪水
國民議會의 執政 — 第一回 勞兵大會 — 臨時政府成立 — 俄皇 退位
二月 下旬으로 三月初에 亘하야 俄都에 起한 食料 要求 示威運動은 三月 中旬에 至하야 마침내 爆發하야 空前의 大革命을 이루다.

三月 九,十兩日 勞働者의 罷工同盟에 加擔하는 者 續出하고 그 團中에는 學

---

* 　원문은 '보날지어다'로 되어 있다.
** 　원문은 '엇스리로'로 되어 있다.

生 及 革命黨의 活躍이 非常하다. 十日 市內 各所에서 憲兵과 罷業者가 衝突하야 死傷者를 生하다. 翌日은 十一日, 이날부터 一週間은 大革命史中 特筆할 「革命週間」이라.

十一日 正午 多數의 罷工 勞働者團이 各方面에서 中央인 네브스키 大路로 集合하야 騷亂은 더욱 大規模로 되다. 軍隊는 機關銃을 亂射하야 多數의 死者를 出하다.

此報가 大本營에 達하매 俄皇은 亂의 源이 國民議會에 잇다 하야 停會의 勅令을 下하다. 於是乎 忠君愛國의 士로 일홈이 잇던 同議長 롯장코[*]氏 以下의 激昂 憤慨 太甚하야 勅令 反對의 決議를 하다. 萬一 俄皇이 이 勅令 代身에 責任內閣 組織의 策을 立하엿던들 國民議會의 幹部로 하여곰 케렌스키[**] 一派 社會黨과 握手함에 至하지 아넛슬 거슬, 實로 國會 停會의 勅令은 로마노프朝의 運命을 決한 勅令이엇다. 이째를 當하야 軍隊中에 임의 革命黨化하는 者 續出하며 政局의 中心은 國民議會에 移하고 俄都는 全然 無政府 無警察의 狀態에 쌔졋다.

十二日 國民議會의 反政府 態度가 判明되매 俄都駐 在中의 各聯隊 坐한 革命軍에 加入하야 總數 二萬五千을 算하다. 午后 二時 多數의 軍隊는 國民議會 所在地인 타우리츠宮[***] 前에 集合하야 國民議會를 喝采하고 議員 치헤제[****](社

---

[*] 미하일 로쟌코(Михаи́л Влади́мирович Родзя́нко, 1859-1924). 러시아의 정치가. 대지주와 상인 및 관리들로 구성된 온건 우익정당인 10월 연합의 창시자이자 지도자로 제헌의회 두마의 3,4대 의장을 지냈고, 2월 혁명 당시 국가두마 임시위원회를 이끌었다.

[**] 알렉산드르 표도로비치 케렌스키(Алекса́ндр Фёдорович Ке́ренский, 1881-1970). 제정 러시아의 정치가. 1905년 사회주의혁명당에 가입해 정치 활동을 시작했고, 1912년 제정러시아의 의회인 두마에 러시아노동당 소속으로 진출해 제도권 정계에 발을 들여놓았다. 1917년 2월 혁명 직후 사회주의혁명당으로 복귀한 후 공화정 임시정부의 법무부 장관, 국방부 장관을 거쳐 7월 총리직에 올랐다. 그러나 독일과의 강화 반대, 전쟁 지속의 입장을 고수했던 그는 8월 총사령관 코르닐로프 장군이 일으킨 우익 쿠데타와 이에 연루되었다는 비난 속에 대중의 지지를 잃고, '평화와 빵을'이라는 구호를 내걸고 볼셰비키가 주도한 10월 혁명으로 모스크바에서 탈출한 후 프랑스로 망명했다.

[***] 타우리드 궁전 (Таврический дворец). 1789년 그레고리 포템킨 왕자가 건축했고 그의 사후 예카트리나 2세가 구입하여 여름 별장으로 개조한 이래 19세기까지 소규모 왕족을

會民主黨) 케렌스키(勞働黨) 等은 此를 마자 熱辭을 吐하다. 同夜 社會黨의 劃策으로 勞兵會(勞働者兵丁會)*가 組織되여 치혜제(上出)氏 議長으로 케렌스키(上出) 스코베레부(社會民主黨) 兩氏 副議長으로 選任되다. 이로부터 勞兵會가 革命의 中心이 되다. 이날 內閣議長 쏘리친 辭職하다.

十三日 早朝 勞兵會는 檄文을 發表하다. 其一節에 曰

「舊政府는 國家를 破滅에 陷하야 吾人의 忍耐는 마침내 限度를 넘어 페트로그라드의 市民은 그 不平을 訴하기 위하야 거리에 나아왔다. 然하거늘 政府는 國民에게 주되 糧食으로 하지 안코 鉛(彈丸)으로 하엿다. ……舊政府는 根柢까지 顚覆하지 아느면 안 된다.

……市民은 모다 我勞兵會의 周圍에 모혀 一致協力하야 舊政府를 顚覆하고 다시 普通選擧에 依한 憲法會議를 開하기에 邁進하여야 한다.」

이날 俄都 駐屯軍 全部 革命에 參하다. 페트로 파우로브스크 要塞 司令官도 革命軍에 參加함으로 革命軍은 同要塞를 本部로 삼다. 쏘 同日 前首相, 法相 其他 高等官 次例로 逮捕되고 外交團은 下院議長과 交涉을 開始하니, 於是에 官僚政府는 完全히 倒壞되다. 下院은 代政委員을 任命하다.

十四日 舊政府의 堅城 冬宮이 陷落하고 各大臣 被擒하다. 莫斯科**도 革命軍의 手에 歸하다. 皇族中에 下院議長에게 至하야 革命 贊同의 뜻을 表하는

위한 거주지, 무도회와 전시회장으로 사용되었다. 1906년 러시아 최초의 제헌의회인 두마가 들어섰고, 1917년 2월 혁명 직후 러시아 임시정부와 페트로글라드 소비에트를 수용했다. 3월 초 임시정부는 마린스키 궁전으로 이전한다.

**** 니콜라이 치이헤제(Николáй семёнович чхеи, 1864-1926). 러시아 영토였던 캅카스 3국의 하나인 조지아의 정치인. 1890년대 조지아에서 사회민주당 운동을 장려했고, 1907년부터 1917년까지 러시아 제헌의회 두마의 의원이자 러시아 사회민주당 내 멘셰비키의 대변인으로 활약했으며, 1917년 2월 혁명 후 페트로그라드 소비에트 집행위원회의 멘셰비키 의장으로 선출되어 러시아 혁명의 핵심인물이 되었다.

* 페트로글라드 노동자 및 군인 대표 소비에트. 2월 혁명 당시 멘셰비키 당원 치이헤제, 스코벨레프 및 사회주의혁명당원 케렌스키의 주도로 설립되었다. 볼셰비키와 달리 임시정부에 대한 지지와 방어적이고 합병 없는 전쟁 지속이라는 중간적 노선을 취했다.

** 모스크바의 한자어 표기.

者 잇다. 「차르」의 末運, 慘憺의 極을 일우엇다 하리로다.

十五日 十四日에 舊政府가 全혀 失墜되엿슴으로 同夜 徹宵, 勞兵會와 執行委員會間에 臨時政府 組織의 議進行하야 十五日 未明에 發表되니, 其中堅은 穩和派인 立憲民主黨이라.(下回를 보라)

同日 早旦 新陸海相 구치코브氏와 下院執行委員 슈리킨氏는 新政府의 委託을 受하야 大本營에서 歸還中인 俄皇을 푸스코브市에 會見하야 讓位의 勅書를 바다오다. 俄皇은 其後 幽閉의 몸이 되여 轉轉타가 暴民에게 殺害를 當하다.

十六日 俄皇의 讓位詔勅에 依하야 位를 承할 미하일大公은 케렌스키派의 反對에 依하야 不得已 卽位 辭退令을 發하게 되고 國體 問題는 憲法會議 開催後에 決定키로 하다.(이 渴望하던 憲法會議는 그後 第二革命에 依하야 消滅되다.)

於是乎 表面上 政權은 臨時政府로(臨時政府 所在地는 마리아宮*) 移하엿스나 一方에 革命黨의 本部인 勞兵會가 嚴存하고, 此에 國民議會의 執會委員會를 加하건대 革命後 俄國의 主權은 三分한 形勢를 이루엇다.(1920.1.22.)

(五)

三, 두 가지 潮流(續)**

勞兵會의 活躍 ― 國體問題 ― 和戰問題 ― 臨時政府의 不徹底

새로 成立된 臨時政府 閣員을 觀察하면 勞兵會의 勢力은 다만 一個 케렌스키 法相으로 代表되엿슬 쑨이다. 然而 이 「名士內閣」도 終是 革命의 主人公인 勞兵會의 勢力下에 壓迫될 것은 定理다. 임의 勞兵會는 臨時政府의 施設에 不

---

* 마린스키궁(Мариинский дворец). 1839년 상트페테르부르크 에 건설된 마지막 신고전주의 양식의 황실 거주지. 니콜라이 1세가 딸인 마리아 니콜라예브나에게 선물하기 위해 지은 것으로 마리 궁전으로도 알려져 있다. 1884년 제국의 소유권으로 귀속되었고, 1905년 이래 1917년까지 국무원, 제국 총리, 각료 위원회가 있었으며, 1917년 3월 러시아 임시정부에 의해 장악되어 임시정부의 소재지가 되었다.
** 『獨立新聞』 제40호가 누락되어 현재 연재 4회분이 빠져 있다.

滿을 表하고 向後「政府의 監督者」되기를 宣言하엿다. 政府가 먼져 니코라스 讓位의 勅令을 獲得하야 미하일 大公을 位에 登코저 하엿스나 勞兵會의 强硬한 抗議로 다시 미하일公의 辭退書를 發케 함은 已述과 如하다. 케렌스키 法相은 就職하자마자「死刑全廢」를 斷行하엿스며, 逮捕된 舊大臣도 勞兵會의 要求로 法相 掌中에 도라가며, 勞働者는 一日 八時間 勞働制에 勝利하며, 兵卒은 士官과 同等의 權利를 엇는 等,「차르의 俄羅斯」가 一變하야「勞働者와 兵丁의 아라사」가 되엿다.

그 勢力의 增減이 如上한지라 果然 國體問題에 一波瀾을 닐으키엿다. 처음에 臨時政府 及 國民議會의 多數를 占한 立憲民主黨이 君主制를 採用코저 하엿슴은 事實이라. 롯장코, 미류코브氏 等의 革命 目的은 다만 니코라쓰 二世 及 舊官僚 內閣을 倒壞함에 止할 쓴이라. 然이나 革命의 洪水는 漸次로 勢를 도도아 마참내 彼等의 身邊을 侵하게 되엿나니, 卽 閣員中에서는 勞兵會를 등진「케」法相이 共和制를 主張하고, 외로는 社會黨의 宣傳과 壓迫이 尤甚하야 閣員의 多數 쏘한 共和制의 合理的임을 認定케 되고 미류코브 麾下의 立憲民主黨씃지 그 豫備 總會에서 共和制를 可決함에 니르럿다. 그럼으로 問題는 一步를 進하야 徹底 共和主義와 保守 共和主義의 執爭을 일우엇다.

이리하야 國體問題는 大勢가 임의 決하엿다 할지나 至於 一問題, 卽 平和냐 戰爭이냐 하는 問題하야는 政府와 勞兵會의 主張이 全혀 相反하야 到底히 妥協의 途가 업는 處地라. 勞兵會가 三月 二十七日 그 大會에서 決議한「全世界 人民에게 주는 檄書」에 曰「……우리는 德奧의 同志, 其中에도 德國 勞働者에게 告하노니, 諸子는 當初부터 君主專制國인 俄國을 討함이 亞細亞의 專制主義에서 歐羅巴의 文明을 救出함이라는 辯解를 드럿스리라. 그러나 只今 그 理由는 임의 消滅하엿다. 民主的 俄國은 임의 自由와 文明의 威嚇이 아니다. ……」 又曰

「……各國의 勞働階級아, 우리는 同胞의 죽엄과 無□*의 피와 눈물의 江

과 荒廢한 村落과 破滅한 文明의 寶山을 넘어 손을 버려 國際的 合同의 再興을 諸子에게 勸告하노라. 이는 實로 우리 將來의 勝利와 完全한 人類의 解放을 保證함으로써니라.」

如斯한 高尙한 理想으로써 非戰論을 主張하는 勞兵會도 一邊에 若干의 疑懼가 업지 아니하니, 이는 卽 野心 만흔 德國 軍閥이 此機를 乘하야 俄都를 點領하고 舊帝政을 復興식히지 안을가 함이라 하더니, 意外에 三月 二十六日 德國 議會에서 한 德首相 호르웨히*의 演說은 舊俄帝 政府를 攻擊하고 新政府에 同情을 表하며 「光榮 잇는 根柢 우에 平和 克復을 願한다」는 主旨로써 되엿다. 社會黨은 이를 伯林**에서 오는 春風이라 하야 平和 渴望의 聲에 더욱 오른다. 社會黨은 임의 媾和의 具體的 條件으로 非併合, 非賠償主義를 聲明한다.

그러커늘 一方 臨時政府의 中堅으로 俄國의 形式上 行政者인 立憲民主黨 卽 國民議會 一派는 當初에 革命에 加擔키를 舊皇室의 單獨講和 陰謀에 對한 反抗으로 始함이엿다. 더구나 聯合諸國의 暗躍에 壓迫을 感한 小□의 臨時政府가 窘乏의 極에 臨한 軍隊를 가지고 春季 總攻擊 準備를 不本意면서도 强行코저 함은 엇지 보면 可憐타고도 할가.

要컨대 革命後 第一回의 內閣은 財産家 內閣이라. 國內 一般人民 卽 勞農兵 階級의 利害에는 薄하고 쓸 데 업시 前帝政 內閣의 外交政策을 引繼하는 데만 汲汲하야 聯合國의 所謂 「最後의 勝利」를 說하기를 마지안는다. 그러나

---

* 번역 저본은 '罪無'로 되어 있다.

* 테오발트 폰 베트만홀베크(Theobald von Bethmann Hollweg, 1856-1921). 1909년 부터 1917년까지 독일 제국의 총리를 역임했다. 1914년 7월 오스트리아-헝가리 제국 이 세르비아를 침공하면서 제1차 세계대전이 발발하자 동맹국으로서 오스트리아-헝가리에 대한 지원에 나서면서 전쟁에 뛰어들었다. 한때 연합국의 일원인 러시아의 희생을 대가로 한 영토 확장을 꾀하기도 했으나 전쟁 후반에는 합병에 반대하는 입장을 취했고, 1917년 7월 강경한 군 지도자들의 반대에 부딪쳐 총리직에서 물러났다.

** 베를린의 한자어 표기.

214 이광수 초기 문장집 III

한便 勞兵會의 勢力 坯한 偉大할쑨더러 그 唱導하는 理想論은 革命時代의 人心을 指導함이 足하며, 大勢 坯한 어늬 편으로나 平和로 向치 아늘 수 업는지라. 然而 臨時政府는 依然 英美의 鼻息을 엿보고 決斷에 쌈을 쌔는 地境이라. 於是□ 五月初에 至하야 外務相 미류코브 排斥의 騷動이 니러나 資本家內閣의 根柢가 滅落하고 所謂 聯立內閣를 이루게 되엿다.(1920.1.31.)

(六)
四, 資本級의 衰運
五月革命 ─ 聯立內閣 ─ 急轉하여가는 革命의 中心

革命後 俄國은 直時 資本家內閣이 成立되고, 이에 對한 第四階級의 根柢가 勞兵會에 잇고 此兩者가 和戰問題에 至하야 大衝突을 生함은 前述과 如하다.

內政問題에 關하여서는 社會黨의 正當한 主張에 屈服하던 臨時政府도 和戰問題에 이르르는 英法의 壓迫을 恐하야 優柔不斷한다. 勞兵會는 이에 對한 對抗運動으로 五月 一日 萬國勞働祝日을 利用하야 非併合講和의 示威運動을 起하다. 그러하거늘 惡夢이 未醒한 臨時政府는 翌二日에 聯合國側에 通牒을 發하야 「同盟條約을 確守하야 最後 勝利를 엇기섮지 싸호겟다」 聲明하엿다. 이에 烈火와 如히 憤激한 社會黨員은 卽夜 幹部會를 開하고, 翌日 早朝부터 勞働者와 兵士의 多數가 마리아 宮前에 集合하야 示威를 開始할새 前頭에는 「미류코브(外相)을 排斥하라」, 「政府를 破壞하라」 는 等의 赤旗를 놉히 들엇다.

同四日에는 武裝한 勞働者(赤衛兵)의 示威行列과 政府軍과 네브스키大街에셔 衝突하야 死傷者를 出하야 俄都는 다시 混亂狀態에 入하다. 이를 五月革命이라 한다. 勞兵會와 臨時政府는 三, 四 兩日間 徹宵協議를 開하엿스나 終내 決定을 보지 못하고, 四日에 至하야 勞兵會는 政府 反對의 決議文을 發表하다. 但 示威運動은 勞兵會의 禁止로 終熄되야 一但 秩序는 回復되엿스나 임

의 臨時政府의 勢力은 地에 墜하엿다. 五月 十日 國民議會 創設紀念日을 利用하야 資本級의 退勢 挽回策으로 開催한 議員大會 쏘한 失敗에 歸하야 立憲民主黨의 命運도 임의 決하엿다.

이새를 當하야 舊帝國의 犧牲을 作한 一般民衆의 生活狀態의 危急은 아직 回復되지 못하고, 理想的 平和論에 動心한 戰線의 軍士는 盛히 德兵과 交驩하야 事實上 休戰狀態에 臨하며, 驛馬와 갓흔 社會黨은 今에 그 徹底한 主張을 가지고 猛進한다.

過激社會黨의 擧頭는 英法 資本家의 忌避하는 바라. 그럼으로 社會黨의 主張이 徹底하면 할수록 國際的으로 본 勢力이 墜下된다 觀察하는 者 잇스나 이는 短見에 不過하니, 곳 그 正理의 主張의 뒤에는 大多數 民衆의 勢力이 잇슴이라.

五月 十八日 夜 立憲民主黨을 率하는 미류코브派는 社會黨 大臣 六名이 入閣하야 聯立內閣 成立함에 니르러 政界에서 沒落하니, 於是乎, 政權의 中心은 名實이다 左轉하엿다.

新內閣은 社會黨 大臣 六, 資本級 大臣 九名이나 其實 陸海, 農, 法, 郵政, 勞働, 食料等 重要한 地位는 다 新入한 社會黨의 手에 歸함으로 聯立은 이름쑨이오 事實은 社會黨 內閣이라. 社會民主黨에서 入閣한 勞働卿 스코페레브氏 (同黨 領袖로 前에 皇帝 暗殺 陰謀罪로 流謫을 當하다. 讕說에 長함.) 郵務卿 채레테리氏(勞兵會 副會長) 農務卿 틔에르노브氏(地主의 私有地를 無償으로 押收하야 分配하자는 論者) 新設 食料卿 페세호노브氏(氏의 一生의 歷史는 家宅搜索과 獄中生活의 連續이라.) 法務卿 페레윌세브氏(케렌스키氏의 親友) 等 모도 다 勞兵會의 幹部요 社會主義의 實行者이라.

時局은 確實히 左轉하엿다. (歐洲의 議會에서는 慣例로 保守派*가 議場의 右半을 占하고, 進步派가 左半을 占하는 故로 進步主義로 向하는 것을 左轉한다 左傾

---

* 원문은 '保主派'로 되어 있다.

한다라 稱하며, 또 保守 或은 進步等 主義의 極端한 者를 極右黨 極左黨 等으로 부른다.) 그러나 到底히 여기 머물지는 안을 것 갓다. 새로 나타나는 徹底社會黨 卽 볼세비씨, 及 아나키스트(無政府黨)의 勢力은 날로 부러간다. 妥協派 社會黨(멘세비씨)이 聯立內閣에 入하야 資本家와 握手함에 니르러 볼세비씨의 反抗은 忽然 猛烈의 度를 加하야 講和 締結, 土地 分配의 卽決을 高唱하며 政權 全部를 勞兵會의 手에 歸키를 主張하엿다. 볼세비씨는 現在 勞兵會에 二百五十의 黨員을 有하고 멘세비씨가 右傾하면 할수록 볼세비씨의 勢力은 旺盛하여간다. 革命國民의 前途 아직 憶惻을 許치 못한다.(1920.2.5.)

(七)

五, 穩和社會黨

勞兵大會 — 示威運動 — 갈리시아 敗戰 — 七月革命

六月 十六日, 第二 國會解散 紀念日로 全國 勞兵大會 開會式을 擧하다. 會員 約八百名中 멘세비씨(치헤제 等 穩和黨) 三百, 社會革命黨(케렌스키 一派) 三百, 볼세비씨(레닌, 트로츠키의 社會民主黨) 二百, 其他라.

開會 劈頭, 俄都 勞兵會長 치헤제氏는 「十年前 今日 第二 國會 解散時에 收監되여 爾來 十星霜 西比利 流謫에 잇던 當年의 自由志士가 여긔 잇다.」 하고 郵相 채레텔리*氏를 안고 입을 마초매, 滿場이 一時에 起立하야 拍手喝采하엿다. 이 刹那의 光景은 會衆에게 肉躍骨動하는 感을 주엇다.

大勢는 穩和社會黨의 손에 잇다. 그리고 이 勞兵大會는 憲法會議 열니기까지의 議會의 責을 가진 者임으로 於是乎 俄國의 實權은 치헤제, 체레테브氏

等의 손에 잇다. 會衆의 風貌를 보건대, 다 粗服 粗帽, 수여ㅁ이 蓬蓬하며, 머리를 풀고 붉근 씌를 띈 農夫의 形像이 太半이다. 社會黨의 得意는 想像할 수 잇다.

七月一日은 勞兵會의 示威運動의 날이라. 이 示威運動은 國內의 反動勢力과 國外의 主戰論에 對한 示威라

四方으로붓허 「마른조」드을*(革命 犧牲者의 墓地)로 모혀든 示威行列은 隊伍를 지어 革命歌를 놉히 부르며 無數의 赤旗를 느려 行進한다. 그 赤旗에 나타난 標語를 보건대 「國民議會와 國務院을 廢하라!」, 「쌔ㅇ과 平和와 自由를 다고!」, 「十人의 資本家 大臣을 除하라!」, 「政權 全部를 勞兵會에 收하라!」, 「直時 各正面의 休戰을 斷行하라!」 等이라.

一方 臨時政府는 此에 反하야 國內의 要求를 無視하고, 或은 威壓하기 위하야 無理無策의 攻勢를 取하엿다. 七月 二日 小捷報를 接한 미류코브 一派의 親英派가 行列을 지어 示威的 祝賀를 計劃하엿스나 도리혀 老頭의 醜體를 街路에 爆함에 不過하다.

이에 先하야 七月 中旬의 過激派 社會黨의 擧事가 有하야 聯立內閣이 문허젓다. 七月 十五日 外相 테레시첸코브, 郵相 채레테리, 小俄와 妥協條約(小俄는 革命 勃發時붓허 民族自決主義에 依하야 獨立을 宣言하엿섯슴)을 締結하야 歸함에 立憲黨의 三大臣 辭職하다. 同日 볼세비씨의 首領 트르츠키**氏는 攻勢

---

* 마르스 광장(Ма́рсово по́ле). 상트페테르부르크의 중심부에 위치한 공원. 파벨 1세 통치 시기 군사 행진과 훈련의 장소로 쓰이면서 이 이름으로 불리게 되었다. 1917년의 2월 혁명 당시 많은 사람들이 학살당했고, 이후 이들의 희생을 기린 볼셰비키에 의해 '혁명 희생자의 광장'이라는 이름이 붙여졌다.

** 레프 다비도비치 트로츠키(Лев Дави́дович Тро́цкий, 1879-1940). 소비에트 연방의 군사인민위원이자 외교관, 정치가, 노동운동가. 1903년 러시아 사회민주노동당 제2차 당대회에서 멘셰비키에 가담하여 활동을 시작했으나 1917년 7월 전향하여 볼셰비키에 가입했고, 10월혁명 당시 레닌과 함께 볼셰비키당의 지도자의 한 사람으로 소비에트 연방을 건설했다. 초대 소비에트 연방의 외무부 장관을 맡았으며 붉은 군대의 창립자이다. 레닌의 사후 스탈린과의 권력투쟁에서 밀려나 멕시코로 망명하였다.

反對의 大演說을 兵丁과 勞働者의 압헤서 □快히 하엿다. 十六日에 軍隊中 볼세비끼에 投하는 者 만코 翌十七日은 赤衛兵과 政府軍 사이에 大衝突이 生하야 市街戰의 慘劇을 現하다. 十八日에는 勞兵會 幹部(穩和派)가 叛軍 高壓手段을 政府에게 許함으로 慘劇은 더 擴張하야 機關銃의 亂射에 死傷者 千人에 達하다. 二十一日에 至하야 戰線에서 到着한 軍隊의 힘으로 亂이 鎭定되니 此所謂 七月革命이라.

穩和派 社會黨은 볼세비끼의 擧事를 巧妙히 利用하야 一邊 內閣을 威脅하야 리보브公을 逐出하고 自黨의 케레느스키로 內閣을 組織케 하며, 一邊으로 오래 威를 일엇던 王黨과 카사크兵으로써 過激派를 壓迫하엿다. 케레느스키는 過激派의 힘으로 資本級 大臣 排斥에 成功하면서 軍隊를 利用하야 過激派를 賣國奴의 虛名下에 捕縛 監禁하엿다. 이리하야 革命의 悍馬는 一足을 失한 形勢를 順致하엿다.

社會黨을 根據로 하고 政權을 柄握하면서 社會黨中의 가장 奮鬪的 勢力의 旺盛한 볼세비끼를 壓除함은 自家撞着이라. 마침내 過激派와 立憲黨派의 挾擊을 免치 못하게 되엿다. 이윽고 갈리시아 大敗*의 報가 至함에 第一次 케內閣은 一旬을 經치 못하고 八月 三日에 瓦解함에 니르럿다.

갈리시아 大敗의 原因은 種種을 擧할 수 잇스나 그 가장 大한 者는 卽 理想的 平和論, 非戰論의 侵入이니, 主戰論者에게 말케 하면 卽 士氣의 頹廢가 是라(1920.2.7.)

(八)

五, 穩和社會黨(續)

케렌스키時代 — 모스코會議 — 리가 敗戰— 코르닐로브의 變 — 케氏의 衰運

七月革命의 過激黨 擧事는 失敗되엿스나 그 結果로 資本級의 六大臣을 放逐하고 此로부터 革命後의 俄國은 케렌스키時代에 入하엿다.

新首相 케렌스키氏는 熱烈한 革命志士로 主義를 위하야는 아모 것도 辭하지 안는 勇氣가 잇스나, 一方에는 圓轉滑脫의 小技와 投機的 豪傑主義를 가젓슴으로 마참내 스스로의 才氣에 禍하야 一身과 國政을 誤함에 니르럿다.

그는 過激黨의 七月革命을 利用하야 內閣을 뒤지버 업고 스스로 首相의 地位를 占하면셔, 갈리시아 敗北의 責任을 過激黨에 嫁하야 賣國奴의 虛名下에 過激黨을 壓迫하엿다. 七月末, 敗戰의 報가 陸續 到著됨에 內閣은 다시 動搖하야 極難의 時局을 形成하매 그는 卽時 辭表를 提出하고 隱身하엿다. 이 一場演劇은 卽效를 이루어 八月 三日 各政黨의 代表者는 그에게 內閣 組織의 全權을 委任하엿다. 이에 그는 意氣揚揚히 冬宮*(케內閣의 本部)으로 도라가 所謂 獨裁 首相의 地位를 占하엿다. 第一回 케內閣의 外形을 보건대, 大部의 重要한 地位는 케氏 一派의 社會革命黨이 占하고 社會民主黨의 勢力은 거진 放逐되여 체레테리氏와 갓흔 이는 다시 勞兵會에 몸을 감초게 되는 同時에, 「戰爭繼續」의 聲明으로 立憲民主黨의 歡心을 사는 等妥協的 色彩가 如干 濃厚치 아니하엿다. 이갓치 하고 能히 政府와 勞兵會의 和合이 圓滿할가.

케렌스키氏는 當年 三十七歲의 少年政客이라. 法曹界에서 出身하야 國會議員이 되여 勞働黨을 率하고 舊政府에게 懲役宣告를 바든 일까지 잇다. 革命 當時에는 勞兵會長 치헤제氏와 갓치 陣頭에 立하야 革命의 指導者가 되엿스나 終내에 小策을 弄하야 立憲民主黨에 一脚을 걸치고 所謂 「無能政治」를

---

* 겨울 궁전(Зимний дворец). 러시아의 상트페테르부르크에 있는 궁전으로 1754년 제정 러시아 군주의 겨울을 위해 건축되었다. 1917년 2월 혁명 이후 러시아 임시정부의 청사로 쓰였으며, 볼셰비키에 의한 급습으로 10월 혁명의 발단이 되기도 하였다.

現出함으로 第二革命의 慘劇을 生케 하엿다.

危殆하도다, 케首相의 行動이여. 法相, 陸海相* 時代에는 恒常 그의 地盤인 社會革命黨을 根據삼던 그가 首相이 되자 右黨으로 轉身하는 氣色을 보인다. 그는 果然 左右 兩派를 統合하야 妥協內閣의 基礎를 닥기를 夢想하는가. 萬一 그러타 하면 그 愚야말로 可笑롭도다. 果然 氏의 小技巧이 마침내 모스코會議에서 大失敗를 만낫다.

모스코會議는 케首相 一生의 知慧로 開催된 것인대, 八月 二十五日부터 四日間 繼續하다. 開會에 先하야 左右 兩極派의 作戰이 猛烈하엿스나 多幸히 會議는 無事히 끗낫다. 그러나 首相의 두 時間의 長演舌도 不徹底의 極인 兩股主義에 立脚한 無理의 折衷를 强求할 뿐이라. 마침내 左右 兩黨에 다 滿足을 주지 못하고 케內閣의 運命도 쏘한 幾日이 가지 못할 形勢라.

九月 一日 急報가 잇서 曰, 德軍이 리가市를 攻擊한다. 이윽고 同四日 公報는 二個年間 苦心의 結果인 리가의 要塞가 陷落됨을 報하엿다. 아모리 獨裁 首相 케렌스키가 攻勢, 進出을 絶叫하여도 非戰論이 盛行하는 革命의 俄國은 無意義한 戰爭의 繼續을 願치 안는다. 이것이 케首相 失敗의 第一步라.

九月 中旬 쏘다시 靑天의 霹靂과 갓치 總司令官 코르닐로브**가 大軍을 거느리고 政權를 强迫하려는 事件이 니러낫다. 多幸히 코將軍의 軍은 卽時 平定되엿스니, 其內幕이라고 傳하는 바에 依컨대 케렌스키는 코將軍과 結托하야 社會黨을 盡蕩코져 陰謀타가 社會黨의 威脅에 膽이 조려 코將軍을 謀反人으로 處刑함이라 한다. 이 事實이 爆露되자 케首相은 左右 兩黨에게 다갓치 信任

---

* 원문은 '陸相'으로 되어 있다. 번역 저본에 따른다.
** 라브르 코르닐로프(Лавр Георгиевич Корнилов, 1870-1918). 러시아 제국의 장군이자 백군 지도자. 시베리아의 코사크 출생으로 러일전쟁에서 대위로 활약해 명성을 얻었고, 제1차 세계대전에 참전하여 동부전선에서 싸웠다. 갈라시아 전투에서 대패하여 포로가 되었으나 포로수용소를 탈출한 후 1917년 3월 육군 참모총장으로 임명되었다. 8월 러시아 혁명정권을 뒤엎기 위해 쿠데타를 일으켰으나 실패하여 감옥에 수감되었다가 탈출, 1918년 내전이 시작되자 남부 러시아에서 백군을 지휘하다가 전사했다.

을 이러버렷다. 於是乎 內閣은 또 動搖를 始하야 케氏는 一時 獨斷으로 聯立內閣을 組織코져 하엿스나 勞兵會의 大反對로 不如意하고, 一時的으로 所謂 「五頭內閣」을 組織하고 聯立內閣의 可否를 國民大會에 提出키로 하엿다.

케首相의 地位는 地에 써러지는 同時에 그 反動으로 勞兵會內에는 볼새비씨가 多數를 占하야 치혜제 一派의 幹部는 不信任案을 맛나 退하고 此에 代하야 레닌, 트로츠키 一派가 勢를 得하니, 이에 俄國의 局面은 다시 한번 左轉할 氣勢를 이룬다.(1920.2.12.)

(九)
六, 第二革命
代行議會의 喜劇 — 十一月革命 — 쏘비에트 政府 成立

케렌스키는 七月革命時에 過激黨을 利用하야 內閣을 獨占한 後 沒義하게 레닌 一派를 壓迫하엿다. 케氏는 다시 코르닐로브와 同謀하야 勞兵會를 殲滅코저 하다가 도로혀 勞兵會에게 機先을 制함이 되여 「革命의 精華」인 勞働者에게 武器를 주어 「赤衛軍」을 編成하야 코軍을 討하엿다. 이리하야 武器를 得한 勞兵會는 俄都의 主人이다. 그 勞兵會는 케氏의 無能政治가 原因하야 漸次로 過激化한다. 俄都 勞兵會는 滿場 一致로 「政權 全部를 勞兵會의 手에 收하자」는 決議를 (同會가 屢次 否決한 過激黨의 提案) 通過하엿다. 케氏 今番에도 此形勢를 强壓할 成算과 勇氣가 잇슬가.

케氏가 리가 敗戰 以後의 難局을 收拾하기 위하야 召集한 國民大會는 一週間에 亘한 長廣舌, 懸河辯의 騷亂, 怒號後에 採結에 入할새 聯立內閣案이 一時 得勝하엿스나, 立憲民主黨 入閣이 否決되매 立憲民主黨을 除外한 聯立內閣은 不可能이라 하야 前議決이 다시 否決되엿다. 이에 케首相은 周章狼狽하야 所措를 莫知라. 國民大會에 失敗한 케렌스키는 다시 國民大會 出席員中에서 委員을 選定하야 代行會議라는 物件을 製造하엿다.

그럭져럭 하는 동안에 名뿐인 聯立內閣은 發表되엇스나 社會黨은 明白히 反對의 旗幟을 보이며 所謂 代行會議는 볼세비끼 一派의 翻弄하는 바 되여 마침내 케렌스키의 沒落의 活劇을 現出하엿다.

代行會議라는 者는 要컨대 케렌스키의 反對派 壓迫策이라. 開會 劈頭 볼세비끼 首領 트로츠끼氏가 突然히 演壇에 出現하야 「吾人은 國民을 背反한 政府와 反革命的 議會와 갓치 하기를 不願한다」絶叫하고, 케렌스키 一派를 嘲弄하면서 一黨을 率하고 退場함에 至하야 脆弱하게도 瓦解하여버림은 實로 可笑할 만하다.

代行議會 喜劇의 一幕이 나리자마자 十一月 第二革命이 勃發하야 一代의 怪雄 케렌스키는 看護婦服을 닙고 逃走하는 醜體를 演하엿다.

十一月 四日 勞兵會는 軍事革命委員會를 設하다.

五日 軍事革命委員會와 軍司令部間에 葛藤이 더욱 甚하다.

六日 夜에 入하야 市內 各處에 銃聲이 生하다. 革命委員會의 活躍이 非常하다.

七日 俄都 駐屯軍 全部가 軍事革命委員會에 投하고 政府의 一婁의 命인 카사크兵도 케렌스키를 忌避하야 中立을 宣言하다. 軍革委員會는 停車場, 電話交換所, 電信局, 國立銀行 等을 占領하다. 이날 케렌스키, 看護服을 닙고 女子로 變裝 逃走하다.

同日 勞兵會 本部에는 볼세비끼의 首領 레닌氏, 오래간만에 出席하야 場이 문허지는 拍手喝采裏의 社會革命의 開始를 宣言하고, 勞働者 農民 政府(略하야 勞農政府) 卽 쏘비에트政府 組織과, 戰爭 中止, 資本 討伐, 土地 押收, 生産 監督을 絶叫하며, 新政府의 政綱으로 (一)直時 各交戰國에게 民主的이오 公平한 講和提議를 할 것, (二)地主의 土地 所有權을 廢止하고 土地를 共有로 함, (三)生産業과 生産品의 配給에 關하야 勞働者에게 監督權을 줄 것, (四)銀行을 國民의 監督下에 國有로 할 것 等을 發表하다.

이와 갓치 過激派는 電光石火로 四日의 短時間, 一兵을 損치 안코 革命을

遂行하엿슴은 七月革命의 失敗에 鑑함이라.

其後 케렌스키는 十三日 若干의 카사크兵과 共謀하야 再擧코져 하다가 失敗하매 水兵服을 닙고 國外에 逃亡하다.

七日은 第二回 勞兵大會의 日이라. 會上에서 레닌을 總理로 하고 트로츠끼를 外務卿으로 한 內閣이 組織되어 俄國「國民執政內閣」이라 命名하다.

(1920.2.14.)

(十)

七, 볼세비씨와 레닌氏 及 其施政

第二革命의 意義 ― 革命의 氣勢 ― 主義의 人 ― 憲法會議 破棄 ― 第四階級의 執權

法國大革命이 貴族階級에 對한 庶民階級의 反抗과 勝利라 하면, 俄國大革命은 資本階級에 對한 勞働階級의 反抗과 勝利라. 社會民主黨의 理想인「第四階級 專制」는 卽 社會上의 民主主義를 樹立하기 위하야 其道程으로 資本專制를 變하야 勞働專制를 唱道함이니, 十一月革命은 實로 俄國 資本主義의 全滅과 勞農專制의 成立을 意味함이니 이로써 新時代의 紀元을 劃하엿다. 그 影響의 밋는 곳은 甚히 넓고 커서, 이윽고 德國의 革命과 英美法의 勞働運動을 惹起하며 멀니는 極東의 島國 日本에ᄭ지 미츠며 레닌, 트로츠끼 諸氏는 人類의 救世主로 指稱함에 니르러다.

니꼴라이, 레닌*氏는 本名을 우라디밀, 일리위치, 울랴노브라 하며, 一八

---

* 블라디미르 일리치 레닌(Влади́мир Ильи́ч Ле́нин, 1870-1924). 러시아 제국과 소비에트 연방의 혁명가이자 볼셰비키의 지도자. 1898년부터 러시아 사회민주노동당에서 활동했고, 1903년 사회민주노동당 제2차 대회에서 엄격한 기준을 요구하는 입당 자격에 반대하는 분파를 볼셰비키와 구분하여 멘셰비키로 몰았다. 주로 외국에서 망명생활을 하면서 볼셰비키당을 이끌었고, 1917년 2월 혁명이 일어나자 러시아로 돌아와서 사회주의 혁명을 촉구하는 4월 테제를 발표했다. 이후 볼셰비키당을 10월 혁명으로 이끌었고, 볼셰비키 임시정부의 수반을 거쳐 1918년 3월 신생 소비에트 국가의 원수인 인민위원회 의장을 맡아 1924년 1월 54세로 병사할 때까지 6년간의 레닌시대를 펼쳤다.

七〇年 신빌스크에 生하다. 一八八七年 그의 兄 알레ㄱ산드르가 歷山 三世*
暗殺陰謀에 關係하야 死刑을 바듬을 보고 當時 十七歲이던 그와 그 同窓들은
마침내 「차르」帝政을 咀呪하고 社會革命의 熱火를 품게 되엿다. 其後 二十五
歲의 靑年으로 그는 俄都에서 「勞働階級 解放同盟」을 組織하고 그 首領이 되
엿섯다. 同年 十二月 그는 社會革命 煽動의 罪로 二個年 懲役을 바든 後 西比
利로 追放을 當하다. 流刑期間 滿期後는 西方 歐羅巴로 가 熱烈한 붓으로 만
흔 著述을 出版하다 一九〇五年 그는 故國에 도라가 萬般의 劃策에 奔走하엿
스나 失敗에 歸하고, 다시 亡命하야 萬國 社會黨 本部에 몸을 드리다. 世界大
戰이 勃發하매 그는 俄德法 各國語로 非戰論을 主唱하고 社會黨의 微溫的 態
度를 攻擊하야 名聲을 擧하다. 俄國革命이 突發함에 니르러 瑞西**의 山間에
躑躅하던 革命主義者가 廣闊한 俄羅斯 中央에 宿昔의 理想을 樹立함을 得하
니, 그 愉快야말로 想像 밧기다.

聯合側은 오래 레닌氏 等을 가르처 德探이라 賣國奴라 中傷하여 왓다. 그
러나 그에게는 德國도 업고 聯合側도 업다. 그의 過去와 現在는 다만 그의 抱
懷한 主義가 잇슬 뿐이다. 主義 째문에는 아모 것에도 屈하지 안는다. 社會黨
中에 가장 奮鬪的인 偉人으로 實로 世界 社會主義의 指導者이다.

레닌氏 한번 天下를 잡아 勞農政府를 세우며, 그 가는 곳에 모든 舊弊와 妥
協은 一擊에 粉碎된다. 平和促進, 土地國有, 勞働者의 工業 監督權 及 八時間
制, 民族自決 等의 宣言은 着着 實施되엿다.

第一革命과 同時에 召集에 着手한 「憲法會議」는 十二月初에 至하야 開會
하엿스나 資本黨과 社會黨의 執爭으로 有耶無耶間에 年을 밧고다. 一九一八
年 一月 十八日 再開된 憲法會議는 夜半에 至하야 社會黨 全部 退場하고, 翌日
午前四時頃에 至하야 「守衛兵의 疲勞가 甚함으로」 閉會한 後 다시 永遠히 開

---

* 알렉산더 3세의 한자어 표기.
** 스위스의 한자어 표기.

會치 못하다. 이로붓허 勞兵會가 議事權을 獨占하다.

一月 二十三日 第三回 勞兵大會 開催되다. 二十四日 同會 席上에서 한 레닌 氏의 演說은 「勞働階級의 獨裁政治」를 高唱한 者로 新俄國의 理想과 抱負를 아울너 알지라. 그 一節을 譯하건대

「우리는 社會主義가 접ㅂ시에 담겨서 오ㄹ 줄로 生각지 말자. 우리는 우리 힘으로 이를 쌔아서야만 한다. 우리는 資本階級에 對한 壓制를 主唱한다. 階級戰爭은 偶然이 아니오 必然의 勢라. ……勞農政府의 政略은 如何. 軍隊의 民主化, 裁判所의 廢止, 銀行 國有, 勞働者의 監督權 等 모도 다 民衆의 힘으로 旣成한 事實을 承認할 쑨이라.」 「볼지어다, 새로운 新社會主義가 到處에 長生함을. 우리의 억개에는 社會革命의 前衛인 名譽를 겻도다. 우리는 揚言하리라, 「俄人은 革命을 創始하고 德法英人이 이를 完成한다」고」云云.

其言이 虛에 도라가지 아니하고 幾朔을 가지 못하야 俄羅斯의 勞働者와 農民이 始作한 事業을 全世界의 勞働者와 農民이 響應하야 니러낫다.

(1920.2.17.)

(一)

八, 破壞에셔 建設로

講和 交涉 — 모스크바 遷都 — 德國革命 — 世界的 社會革命

十二月 二十二日 쎄레스트 리토브스크에서 俄對德奧土*勃**의 講和會議***

---

*　土耳其. 튀르키예의 한자어 표기.

**　勃牙利. 불가리아의 한자어 표기.

***　1918년 3월 폴란드의 브레스트 리토프스크에서 소비에트 러시아의 볼셰비키 정권과 동맹국 사이에 맺어진 평화조약. 독일군과 오스트리아군의 진격을 더이상 막아낼 여력이 없었던 볼셰비키 정권은 이 조약을 받아들일 수밖에 없었고, 조약의 결과 독일에 발트 3국을, 오스만 제국에 캅카스 남부의 카르스 주를 양도하고 우크라이나 독립을 인정해야 했다. 그러나 동년 11월 독일이 연합국에게 항복하면서 조약은 사실상 파기되며, 이 조약으로 볼셰비키는 러시아 내전에 집중할 수 있게 되어 내전에 승리했다.

가 開하다. 德奧側은 俄國便의 提出案인 民族自決, 非併合 非賠償主義와 經濟
的 壓迫政策 排斥을 全部 承諾하다. 平和의 報가 俄都에 至하매 全勞兵階級은
十二月 三十日을 期하야 盛大한 祝賀行列을 行하다. 晴天下에 飄揚하는* 赤
色旗의 標語를 보건대, 가르대「民主的 全般 平和 萬歲」,「萬國 勞力革命 萬
歲」,「帝國主義를 째트리라」,「第三 인터내슈낼 萬歲」,「世界 各國의 勞働者
와 兵丁아, 곳 平和克復**을 要求하라」其他 勞兵會를 絶對 信任하는 句節이
만타.

德奧의 軍閥이 俄國의 民族自決, 非併合 非賠償을 承諾하매 所謂 聯合國側
其中에도 英法의 外交 軍事家는 魂飛魄散하게 놀낫다. 何如間 德奧의 內心에
는 딴 窮理가 잇섯슬 것은 想像할 수 잇다. 이에 對하야 勞農政府는 德奧의 社
會革命으로 軍閥派를 威脅하엿다. 新年(一九一八年)에 入하야, 果然 德奧側에
서는 種種의 難問題를 提起하야 그 假面裏에 在하던 本性을 나타내엿다. 이
에 勞農政府는「吾人은 世界的 社會革命의 큰 불을 니르키기 위하야 放火하
엿다. 世界 各國의 勞農階級은 吾人과 갓치, 吾人과 힘을 合하야, 各其 自國의
支配階級에 宣戰」하라는 大膽한 宣言을 發表하다.

二月 十日, 勞農政府는 突然 交戰 停止를 宣言하야 世界의 耳目을 聳動하다.
繼하야 講和委員長 트로츠키氏의 脫戰宣言이 發表되야 勞農政府는 交戰國의
勞働階級과 直接交涉이 아니면 아모런 講和條約도 承認치 안는다 하다. 레닌
氏는 이 宣言에 對하야 某의 質問에 答하야 曰「今後는 德國의 社會革命이 잇
슬 쑨」이라 豪語하다.

二月 十八日 德將 힌데ㄴ불그*** 大軍으로써 俄都攻進을 開始하다. 이 報가

* 원문은 '飄揚하느'로 되어 있다.
** 바른 길로 돌아감, 또는 그것으로 돌아가게 함.
*** 파울 폰 힌덴부르크(Paul von Hindenburg, 1847-1934). 바이마르 공화국의 군인이자
정치가. 1866년 육군대학을 졸업한 후 참모본부와 육군성에서 근무했다. 제1차 세계대
전 당시 타넨베르크 전투에서 러시아군에 대승을 거두어 육군 원수에 이어서 참모총장
에까지 취임하지만, 패전 후 연합군의 베르사유조약에 항의하여 병역에서 물러났다.

俄都에 達하매 聯合側의 居留民 及 大使團이 愴惶히 逃走한 것은 喜劇中에도 喜劇이다. 德軍은 僅僅 四日間에 아모 抵抗도 밧지 안코 俄都 正面 프스쇼브 線을 占領하다. 그러나 德軍中에 임의 革命思想에 感染하는 者 續出하고, 쏘 德國의 野心은 도리혀 西部戰線에 잇슴으로 平和를 促하는 氣脈이 보인다. 그럼으로 勞農政府는 三月三日 쌘레스트 리트브스크에서 講和條約에 調印 하는 同時에 모스크바로 遷都하야 勞兵農會 大會를 開하고 條約 諮詢 決議를 하다. 이로부터 革命의 俄羅斯는 建設期에 入하니, 同黨의 一首領 보로다르 스키氏가 「우리는 破壞의 試驗에 及第하엿다. 今後 우리는 創業의 試驗을 바 드리라.」 함은 空談이 안이다.

一時 勞農政府의 모스크바 遷都로써 同政府의 衰運을 促함이라는 論者가 만핫스나, 이는 後에 事實上으로 誤解이엇슴이 辨明되다.

레닌氏가 「今後는 德國의 社會革命이 잇슬 쌘」이라 壯談한 지 半年이 넘지 못하야 果然 野心國의 假面은 破悅되야 怪雄 카이제르는 和蘭*의 一隅로 潛走하게 되고,** 싸라서 五年間의 大戰亂이 終熄되고 所謂 聯合國의 魚頭鬼面之卒이 巴黎 近傍에 모혀서 前에 德國이 俄國에 對하야 하던 그갓흔 酷毒한 條件으로써 講和條約을 締結함은 世人 旣知의 事實이다.

歐洲大戰의 唯一의 所得이 俄羅斯革命이라 하면 今後의 世界의 모든 潮流를 支配하는 者도 쏘한 그것이다. 一九一九年間에 各國을 風靡하는 勞働運動은 모도 勞農政府를 同情하고 쏘는 그 影響을 닙지 아는 자 업다. 英國의 炭工

1925년에서 1934년까지 바이마르 공화국의 제2대 대통령을 지낸 그는 아돌프 히틀러를 내각 수상으로 임명하여 나치 독일 성립의 길을 연 장본인이기도 하다.
* 네덜란드의 한자어 표기.
** 1918년 11월 7일 독일에서 발생한 11월 혁명을 가리킨다. 1918년 여름 독일의 패전이 거의 확실해고 10월 휴전교섭을 진행 중이던 상황에서 해군지도부가 실패할 것이 분명한 공격 명령을 내리자 11월 3일 수병들이 봉기를 일으키고, 여기에 노동자들이 호응하여 가담하면서 혁명은 독일 전역으로 급속히 확산된다. 결국 11월 9일 황제 빌헬름 2세가 네덜란드로 망명하면서 제정이 무너지고 의회민주주의에 기반한 공화국이 선포된다.

及 鐵道 大罷工, 法國의 新聞罷工, 伊太利의 社會黨 勝利, 奧太利의 赤化, 美國의 鐵道罷工, 甚至於 日本의 革命熱에 至하기까지 俄羅斯革命이 그 導火線 됨이 안이라 하지 못하겟다. 勞農政府의 「世界的 大革命」의 兆는 日一日로 激烈하여 감이 分明하다.

其後의 勞農政府는 一方 國內 國外의 反動運動과 壓迫과 奮鬪하면서, 一方으로는 理想的 建設事業을 大成키 위하야 新生의 苦悶을 經하는 中이다. 昨年末로 今年에 亘하야, 西比利와 南俄 等地에 占據하던, 골착*, 데니킨** 等이 次例로 沒落하고 新興한 芬蘭***, 에스토니아**** 等과의 平和도 成立되야 漸次로 順境의 入하는 모양이다. 싸라서 同政府 壓迫을 圖하던 英美法 等 强國도 이를 承認하려는 氣色을 보이게 되엿다. 加하야 今年은 勞農政府下에 잇는 俄國은 大豐年을 만낫다 한다. 過激派의 前途는 洋洋한 觀이 잇다.(完)

(1920.2.26.)

---

* 알렉산드르 콜차크(Алекса́ндр Васи́льевич Колча́к, 1874-1920). 러시아 제국의 제독이자 군사 지도자. 러일 전쟁과 제1차 세계 대전에 참전했고, 1917년 10월 혁명 후 시베리아 남서부의 옴스크에 반공주의 정부를 설립하고 백군 지도자로 러시아 최고통치자지위에 올랐으나 1919년 11월 옴스크가 함락당한 후 이르쿠츠크로 후퇴, 생포되어 볼셰비키에게 처형당했다.
** 안톤 데니킨(Анто́н Ива́нович Дени́кин, 1872-1947). 러시아 제국의 장군이자 군사 지도자. 러시아 내전 당시 돈바스 지역과 우크라이나 남동부 지역에서 백군 지도자로 활약했다. 1919년 초 우크라이나를 거쳐 소비에트 정부의 수도 모스크바에 대한 총공격을 시도하며 빠르게 세력을 확대했으나 적군의 반격으로 후퇴, 1920년 3월 돈 지방에서의 패배를 마지막으로 코스탄티니예를 거쳐 영국으로 망명한 후 프랑스에 정착했다.
*** 핀란드의 한자어 표기.
**** 원문은 '에토니아'로 되어 있다.

1920년 전반기

새 決心*

大韓民國 二年!
獨立戰爭의 第一年!

國民아, 모든 顧慮와 躊躇와 心算을 긋칠지어다. 우리의 나아갈 唯一한 路程은 決定되엇나니라 ― 獨立戰爭에 ― 獨立戰爭에!

國民아, 네게 잇는 모든 것을 다 밧쳐 銃과 칼과 飛行機와 大砲를 準備케 하여라. 우리를 爲하야 이것을 準備할 者는 하나님도 아니요 世界도 아니오 오직 大韓人 네니라 ― 맛치 大韓의 獨立을 爲하야 피를 흘닐 者가 오직 넨 것갓치.

國民아, 너는 한번 動員令이 나릴 쌔에 집을 바리고 네 사랑하는 妻子를 바리고 獨立軍으로 나서기를 決心하라. 그리하야 天地神明과 山川과 祖宗의 靈쯰 向하야 「피로써 獨立을 完成하리다」 하고 盟誓하라.

國民아, 兄弟끼리 서로 害하지 말고 하나님이 너를 爲하야 쌔신** 統率者의 指導에 服從하라. 軍人은 오직 將軍의 命令에 服從할 쑨이니라 ― 죽던지 살던지.

國民아! 獨立軍의 勇士야!

---

footnotes

* 『新韓青年』2, 1920.2.
** 원문대로.

二月二十八日에 부치신 편지*

十二月 二十八日에 부치신 편지 받았습니다.

부피 많은 편지가 한 장 왔더라는데 누가 집어갔는지 없어졌답니다. 이제 부터는 上海 英界 龍門路 二〇六號 呂先生交 李春園으로 편지하시오. 四個月 以內 오신다니 굳은 決心인 줄 믿으려 합니다. 職業은 英語를 배우기 前에는 얻을 수 없는 것이니, 이곳 오시면 어느 女學校에서 한 一, 二個年 英語를 準備하심이 必要하겠습니다. 女學校는 西洋人 經營이니까 英語를 工夫하기는 대단히 便하고 學費도 많이 들지 아니하여 一年에 銀 二百圓(時價로 金 二百二十圓 假量) 假量이면 됩니다. 만일 집을 떠날 수가 있고 約 二個年의 學費가 되거든 오시는 것이 좋을 듯합니다. 오셔서 얼마 동안 工夫하시다가 〇〇으로 ××하도록 하시기를 바랍니다.

나는 只今은 어려우나 一生의 生活費는 念慮 없을 듯합니다. 나는 朝鮮人 敎育(넓은 意味의)에 一生을 바치려 하며, 돈벌이를 爲하여 구태여 다른 職業을 求하려 하지 아니합니다.

나는 英이 同胞에게 獻身하는 窮儒를 잘 사랑하고 도와주는 아내가 되어 주시기를 바랍니다. 四個月 以內에 보시려니와, 나는 精神上에 大變化를 받아 대단히 着實 穩健한 사람이 되었고, 平生에 人格의 修養에 힘쓰는 사람이 되었습니다.

나는 英을 어서 만나 英도 나와 같이 되게 하기를 甚히 願합니다.

내 言辭는 前에 比하여 매우 冷冷하리라. 그러나 冷靜이지 冷情은 아니외다. 이것이 내가 着實하게 된 證據인가 합니다. 내게 對해서는 安心하시오.

---

* 1920년 1월에 쓴 서간으로 추정됨. 날짜 불명.

한번 더 말할 것은 「只今부터 더욱 英의 自由대로 判定하시오. 아주 冷靜하게 判定하시오. 그리하고 이제부터 더 생각을 變함이 없으시오」함이외다. 이래서 다시 생각하실 몇 가지 條件을 드립니다.

一, 나는 一生에 同胞의 敎育에 從事하겠다.

二, 나는 英과 ○○으로 ××하겠다.

三, 그러므로 그 準備는 英이 上海에 와서 一個年 以上 工夫하면서 새로운 自覺과 및 내게 對한 理解를 얻기를 要求한다.

戰爭의 年*

本紙 新年號에 揭載한 安島山의 祝辭의 題目이 「新年은 戰爭의 年」이오. 그
中에 氏는 「우리가 오래 기다리던 獨立戰爭의 時機는 今年인가 하오. 獨立戰
爭의 年이 니른 것을 깃버하오」하야 獨立戰爭의 時機가 熟하엿슴을 말하고,
다시 「우리 國民은 一致하야 戰爭의 準備에 全力하기를 바라오」하야 時機는
熟하엿스나 準備가 要緊할 것을 말하엿소. 그리고 準備가 要緊할 理由로 大
規模로 準備 잇게 統一 잇게 獨立戰爭다운 戰爭을 할 것이오, 남이 暴徒라 匪
徒라 할 小部分的 行動이 不可함을 말하엿소.

쏘 一月 三日 上海 大韓民團 新年祝賀會 席上에서 한 「우리 國民의 行할 六
大事」라는 氏의 演說中 軍事에 關한 部分에도 同樣의 意味를 敷衍하엿소.

나는 責任 잇는 우리 當局者의 입으로서 今年은 獨立戰爭의 年이라난 斷
言을 들은 것을 깃버하오. 一月 三日의 그의 演說은 決코 그의 個人의 意思만
이 아니오 臨時政府의 獨立運動策의 非公式的 發表라고 推定할 理由가 잇소.
元年末에 大政方針의 具體案이 國務會議를 通過하엿다 함과 軍事, 外交, 敎育
司法, 財政 統一의 六大 項目이 氏의 演說의 內容인 것을 보아 알 것이오. 그
러면 今年이 獨立戰爭의 時機인 것과 獨立戰爭의 進行方針도 이미 當局의 方
寸中에 確定된 것이 分明하오. 大部分 祕密을 要할 일이라 門外漢의 窺知할
바 아니어니와, 安氏의 演說에 들어는 바로 推測하건대 各地의 民團을 通하
야 義勇兵을 募集할 것과, 各處에 散在한 帝國時代의 軍人 及 義兵을 連絡하
고 斯界의 重要한 人物을 某處로 會同하야 戰爭의 具體的 策略을 議定할 것

---

* 『獨立新聞』 38, 1920.1.17. 1면 '社說'란에 실렸다. 제호 옆에 큰 활자로 인쇄한 '國民皆
兵, 國民皆納, 國民開業'의 표어가 눈에 띈다.

等은 이미 着手한 듯하며, 軍事 公債의 募集도 北美를 中心으로 하야 各處에서 祕密히 進行하는 모양이오.

그러고 보면 아직 公式으로 發表한 것은 업스나 我臨時政府가 今年內에 獨立戰爭을 宣言할 것은 旣定이오 確定인 事實인 듯하오.

元年 三月一日 以來로 我國民은 平和의 手段으로 可能한 거의 모든 運動을 實行하엿스나 敵은 漸漸 더 頑暴하여 갈 쑨이니, 이제 取할 바는 오직 預定的 最後行動인 戰爭밧게 업소. 나는 오직 우리의 準備 업슴을 念慮하엿더니, 我政府에 이미 如斯한 成行이 잇슬진대 다만 歡喜코 勇躍할 쑨이오.

氏의 獨立戰爭의 主要한 條件으로 國民皆兵主義, 國民皆納主義 及 統一을 들엇소. 「山에서나 들에서나」 大韓의 男女는 다 兵法을 배호자고 絕叫하고, 또 大規模의 戰爭을 하기 爲하야 軍費 調達의 根本方針을 各人이 쌔지지 말고 每日 二錢 三錢式이라도 내는 데 잇다 하엿소. 그러고 統一的 行動을 爲하여서는 「大韓의 壯士야, 네가 獨力으로 日本을 當할 쑷 시프냐. 네가 만일 獨立戰爭을 하려 하거든 李東輝의 命令에 服從하라」 하엿소.

그러고 氏는 外交를 함도 亦是 獨立戰爭의 準備를 爲함이라 하야 모든 運動을 獨立戰爭에 集中하엿소. 여기서 나는 한 結論과 한 斷案을 엇엇소. 卽 臨時政府의 獨立運動 方針은 이미 戰爭으로 決定된 것이라 함이오 公約의 第三章의 時代가 目睫에 迫하엿소.

執筆하는 中에 安總辦의 談話筆記가 왓소(前號 所載). 그것을 보니 더욱 氏의 演說이 政府의 方針의 精神이오 大綱領인 줄을 確實히 알 것이오. 그런즉 氏의 演說은 一種 非公式的 動員令이라 할 수 잇나니, 나는 不遠에 公式의 動員令과 宣戰布告가 下하기를 期待하오.

그러나 國民이여, 그날을 기다리릿가. 우리 政府의 方針이 이미 戰爭으로 確定하엿슨則 우리는 各各 一令之下에 總動員을 行할 準備가 잇서야 할 것이외다. 그 準備란 무엇이오. 安總辦의 말을 빌건대, 저마다 돈을 내고 져마다

軍人이 되고 全國民이 政府의 命令下로 集中함이외다.

國民이여, 徬徨하지 말고 政府로 더부러 心을 決합시다. 우리의 할 일은 오직 血戰이 잇슬 쑨이라고 그리하되 不統一하게 하지 말고, 一令之下에 組織的 統一的으로 戰爭다운 戰爭을 하야 死나 自由나의 一을 取하자고 아아 上帝여, 歷代 祖宗의 靈이여, 우리의 國民과 政府를 策勵하야 우리의 가장 神聖한 大業을 이루도록 하여 주시옵소서. 그네로 하여곰 逡巡함 업시 落心함 업시 오직 勇氣와 피와 죽음으로써 굿싯지 나가지 아니치 못하게 하여 주시옵소서.

病中吟 四首*

陣中에 病이 드니 그리도 애닯고
아 나라에 許한 몸이 죽은들 설우라만
山갓히 싸힌 져 일을 쉬어 어이 하리오

天涯의 客窓寒衾 病들어 흘로 누어
기나긴 겨울밤을 呻吟으로 새단 말가
國事야 國事라더라마는 눈물겨워 하노라

半夜에 흘로 안져 무지러진 붓을 들어
피 석거 눈물 석거 한 篇 글을 쓰고 나니
어듸서 汽笛一聲이 날이 새다 하더라

塗炭에 우는 어린네 아우와 누이
피뭇은 同志들을 보는다 못 보는다
요마한 괴로음이야 닐러 무삼 하리오

(二. 一. 二〇 새벽)

---

* 春園, 『獨立新聞』 41, 1.31. 2면 하단에 실렸다.

六大事*
우리 國民의 進路

一月 三日夕 上海 大韓民團 新年祝賀會 席上에서 한 勞働局 總辦 安昌浩氏
의 演說 「우리 國民이 斷定코 實行할 六大事」는** 다만 獨立運動 開始 以來의
大演說일쑨더러 實로 大韓國民의 前途를 明示한 大演說이라 할지라. 島山 自
身이 聲言하는 바와 갓치, 이것은 臨時政府의 國務會議에 決定된 獨立運動 進
行方針의 精神과 밋 祕密 아닌 一部의 大綱을 說함이오 반다시 島山 個人의
意見만이 아니라 할지라도, 이 째문에 島山의 演說은 價値를 減할 것이 아니
오 도로혀 이 째문에 그 價値를 增할 것이니, 대개 우리 國民에게는 島山 個
人의 意見보다 臨時政府의 意見이 더 貴重함과 밋 島山의 明快하고 熱情的인
演說로 하야 一般國民이 政府의 大方針을 確實明瞭히 理解할쑨더러 熱烈한
情意로써 同感하게 됨이라. 本紙의 그 演說 筆記가 速記錄 못됨이 恨이어니
와, 不完全하나마 本紙 三十五六 兩號에 連載한 筆記로만 하여도 讀者 諸氏는
應當 이는 우리 國民의 前路를 明示하는 大演說이라 하야 拍手喝采함을 禁치
못하엿슬지며, 더욱 □□것이 島山 個人의 意見쑨이 아니오 우리 政府의 大
方針의 精神이오 大綱領인 줄을 알매 나와 함쯰 欣喜함을 말지 아니하엿스
리라 하노라.

쏘 내가 이를 大演說이라, 國民의 前途를 明示한 大演說이라 함은 반다시
그 演說의 內容이나 主旨가 全혀 國民이 想到치 못하던 一種 神奇的 獨創的임
을 指稱함이 아니오, 도로혀 全國民이 或은 斷片的으로 生각하되 系統을 作

---

* 『獨立新聞』 39, 1920.1.22. 1면 '社說' 란에 실렸다.
** 원문은 '은'으로 되어 있다.

하지 못하던 바, 或은 欲言而未言하던 바, 或은 어려口풋한 生각이 잇스되 分明히 名치 못하던 바를 分明히 名하고 言하고 系統을 주어 集大成하엿슴에 在하니, 實로 此演說로 하야 十年 以來, 特히 獨立運動 開始 以來 우리 國民의 發한 精神과 밋 獨立運動의 모든 方針이 整然한 系統中에 形體를 具하고 生命을 得하게 되엿슴이 마치 無數한 石塊로 一大塔을 形成함과 갓흐니, 新民國 國民의 國民的 精神과 意思가 이에 처음 具體化하엿다 하리로다.

일즉 德國 名哲 피히테가 伯林＊大學에서 한 「國民에게 告하노라」 하는 大講演이 德國民의 大戰前ᄭ지의 進路를 示하엿슴과 갓치 「六大事」는 우리 國民의 今後의 進路를 明示함이라. 우에도 말하엿거니와, 이는 決코 그 六大事가 우리의 想到치 못하던 것이라는 意味가 아니오 우리 國民이 져마다 生각하던 바를 總合하야 適當한 名을 주고 體系를 주고 表現을 주엇슴이니, 만일 그러치 아니하엿던들 — 이것이 우리 國民의 共通한 精神이 아니오 엇던 個人쑨의 意思이엇던들 그것은 우리 國民과 아모 相關이 업는 것이니, 대개 우리 國民은 決코 어느 個人의 專制君主的 意思에 服從할 者가 아닌 緣故라.

毋論 이 六大事는 우리 國家의 久遠한 理想은 아니오 獨立의 目的을 達하기ᄭ지의 精神과 方針이니, 이는 그 演說의 主意가 獨立運動 進行方針인 것을 보아 알지라. 그럼으로 獨立完成의 期間이 一年이라 하면 一年 동안, 二年이라 하면 二年 동안에 有效할 것이니, 이 一年 二年이 비록 期間은 短하지마는 우리 國家와 民族의 命運이 判定되는 點으로 보면 百年 二百年에 相當하게 重要한 時機라. 獨立完成後에는 스스로 建設의 理想과 方針이 有할지오 建設完成 後에는 스스로 守成과 發展의 理想과 方針이 有하려니와, 獨立完成ᄭ지 우리 國民의 心力과 金力과 血과 生命을 集注할 데는 오직 獨立完成쑨이라. 그럼으로 獨立完成의 主義와 方針이 確立함은 實로 萬事의 本이니, 엇지 重要하지 아니하리오.

＊ 베를린의 한자어 표기.

홀로 遺憾됨은 그 大方針 全體의 內容을 窺知치 못함이나 이는 到底히 發表할 性質이 못되는 것이니, 다만 그 精神과 大綱領을 알무로써 滿足하고 國民 各各히 硏究하야써 政府를 도을 수밧게 업도다.

軍事와 外交와 敎育과 司法과 財政과 統一. 獨立을 爲하야 우리의 할 일은 임의 戰爭밧게 업다. 大韓의 男子와 女子는 모다 兵法을 배호고 軍士가 되여 大元帥의 命令下에서 統一的으로 大血戰을 決行하자. 그리하기 爲하야 外國에게서 同情과 軍費와 軍需品을 得하기 爲하야 宣傳과 外交에 힘쓰자. 그리하되 獨立戰爭이 持久할 것을 預備하기 爲하야 戰爭, 外交 及 國內의 運動에 連해 後繼者가 될 人材를 養成하자. 獨立運動의 整然한 規律을 維持하고 賊子를 懲辦하기 爲하야 法綱을 明히 하자. 獨立戰爭이 有力한 獨立戰爭이 되기 爲하야 二千萬人이 多하나 少하나 잇는 것과 버는 것을 다 내여 軍費를 準備하자. 獨立運動의 各團體와 各個人이 가장 有力하게 獨立戰爭을 하자는 主義와 目的下에서 政府를 中心으로 하고 하나이 되자. ……이것이 獨立運動의 六大綱領이니, 나는 이에 一一히 批評하지 아니하거니와 獨立運動의 要義는 實로 이에 다한지라. 이 大綱領을 得하고 나서 다시 具體的 細節目이 임의 確定되엿다 하니, 그 內容이 얼마나 完全하고 適切한지는 모르거니와 이러한 方針의 確定 自身이 이미 大事業이라 할지라.

今後의 問題는 오직 實行이니, 이제부터는 政府나 國民이나 討論을 終結하고 一條 一條式, 一項 一項式, 一章 一章式 實現하기에 全力을 다할 것이라. 그러나 立案은 一二個人 或 數個人이 한다 할지라도 이를 實行함에는 臨時政府가 全國民一致의 協力과 後援과 服從을 得함이 必要하리니, 政府와 國民은 이째와 處地와 悚懼한 大義務를 爲하야 敬虔코 至誠된 和協과 信賴와 戮力으로써 勇往할지어다.

本國同胞여*

十事로써 告함

本國 同胞의 苦楚를 잘 아노라. 多數의 犧牲과 凶年과 惡疫과 敵의 暴虐과
心中의 苦痛과 焦慮와. 그러나 同胞여, 하늘이 우리에게 約束한 날이 멀지 아
니할 줄을 밋고 希望과 勇氣로써 꿋꿋지 忍耐할지어다. 이에 나는 特히 本國
에서 敵의 橫暴下에 잇는 同胞에게 十事로써 告하노라.

第一事 獨立의 盟誓

獨立하겟다는 盟誓를 굿게 하라. 죽을지언정 日本을 半島에서 내어쫓고
大韓民國의 獨立을 完成치 아니코는 말지 아니하기를 다시금 盟誓하라. 아
츰에 盟誓하고 져녁에 盟誓하고 大韓獨立 四字를 呪文갓치 念佛갓치 외오라.
이리하면 勇氣가 나고 希望이 나고 剛力이 나리라. 그리하고 今明間에, 或은
今月에나 來月에나 宣戰이 布告될 쌔에 져마다 一命을 들고 獨立軍으로 나갈
覺悟와 準備를 가지라.

第二事 오직 獨立

敵에게 속지 말나. 敵은 惡魔와 갓히 狡猾하고 毒蛇와 갓히 詭譎하니라. 敵
은 古來로 我에게 對하야 信義를 보인 일이 업나니, 敵에게는 絶對로 信義가
업나니라. 敵은 甘言과 利說로 我를 속여 我를 奴隷하엿도다. 이제 다시 甘言
利說로 我를 속여 我의 奴隷를 永久케 하려 하나니, 同胞여, 속지 말을지어다.
齋藤이가 무슨 말을 하거나 原敬**이나 嘉仁***이가 무슨 盟約을 하거나 모다

---

* 『獨立新聞』 41, 1920.1.31. 1면 '社說'란에 실렸다.

惡魔와 毒蛇의 詭計니 속지 말을지어다. 或은 平等으로 속일지나 我로써 天皇을 作하겟나뇨. 或은 自治로 속일지나 自治도 敵의 奴隸임은 一般이니라. 嘉仁이 素車白馬로 我大本營에 命을 乞하기⸱지 敵의 言을 밋지 말을지어다. 그리하고 敵이 무슨 말을 하던지 「가거라, 우리는 獨立國民이라」 하고 웨칠지어다.

第三事 國民皆業

하나이 하나식 大韓의 獨立을 爲하야 무슨 일이나 하라. 或 機密의 通信을 함도 일이오, 獨立運動에 關한 宣傳을 함도 일이오, 或 敵의 鷹犬이 된 惡類를 懲戒하거나 敵魁를 殺하며 敵의 營造物을 破壞함도 일이오, 獨立戰爭의 準備를 作하기 爲하야 敵의 軍情을 偵探함도 일이오, 그날에 預備하기 爲하야 忠勇한 同志를 糾合하야 精神을 團束하며 武藝를 習함도 일이오, 獨立戰爭의 軍費를 爲하야 政府의 公債를 팔며 愛國金을 收合함도 일이라. 남이야 알거나 모르거나 일이야 크거나 적거나 大韓의 男女는 大韓의 獨立을 爲하야 무슨 일이나 하나식 잡으라.

第四事 敵을 排斥하라

敵에게 利益될 일을 말지어다. 敵의 命令에 服從치 말며, 敵의 公債를 사지 말며, 敵의 物貨를 사지 말며 敵에게 生活의 必需品을 팔지 말며, 特히 敵에게 一片의 土도 팔지 말며, 敵과 交際도 말지어다. 이는 敵에게 가장 큰 苦痛이오 損失이니, 同胞 諸位는 이리함으로써 獨立軍 職分의 一部를 다함인 줄 알고 힘써 行할지어다.

** 하라 타카시(原敬, 1856-1921). 제국 일본의 정치가. 1918년 9월 28일부터 1921년 11월 4일까지 19대 일본 내각총리대신을 지냈다.
*** 요시히토(嘉仁, 1879-1926) 다이쇼 천황. 일본의 제123대 천황이다.

第五事 國民皆納

獨立戰爭에는 金錢이 必要하도다. 同胞여, 每日 먹는 것과 쓰는 것의 十分之一을 節하야 貯蓄하엿다가 獨立軍備를 爲하야 바칠지어다. 二千萬人이 各各 一圓式만 내여도 二千萬元이니, 二千萬元은 우리의 獨立을 사기에 足할지라. 富者를 바라지 말고 저마다 獨立을 바라거든 낼지어다. 隣里로 하야금 내게 할지어다.

第六事 國士 遺族 保護

獨立運動에 犧牲이 된 여러 國士와 밋 그의 遺族을 救濟하고 慰勞할지어다. 이는 맛당한 일이니라. 將次 國家의 感謝와 褒賞이 잇스려니와, 그의 朋友와 隣里가 그와 밋 그의 遺族에게 熱烈한 精神的 感謝와 物質的 救助를 들일지어다. 쏘 獨立을 爲하야 奔走하는 愛國者로 하야금 後顧의 慮가 無게 할지어다. 만일 義士의 子女가 飢寒에 운다 하면 이것이 國民의 羞恥가 아니뇨.

第七事 各團體 愛護

各團體를 도으라. 光復事業을 目的으로 하는 各團體를 尊敬하고 援助하라. 그에게 活動할 資金을 주며 便宜를 주며 祈禱를 주며 身體를 주라. 새로 만흔 團體를 組織하려고만 말고 旣成한 團體를 維持하고 發展케 하도록 힘을 쓰라. 어느 團體의 主義의 可否를 알녀 하거든 그 團體의 政府에 對한 忠誠을 보라.

第八事 久遠한 戰爭의 決心

一時 同胞에게 淺薄한 滿足을 주기 爲하야 獨立의 完成이 容易한 듯이, 確實한 듯이, 日內에 될 듯이 말하지 말나. 이는 同胞를 속임일쑨더러 同胞에게 落心을 주미니라.

獨立의 完成이 엇지 容易하리오. 만흔 努力과 만흔 生命을 費하지 아니하고 엇지 되리요. 獨立運動의 第一期가 겨우 지나가고 將次 第二期가 오려 하나니, 이 第二期야말로 우리 獨立運動의 本論이오 中心이라. 이미 平和運動의 時機가 過하고 血戰의 時機가 到하엿나니, 이 時期의 期間은 第一期보다 길 것과 그 困難과 犧牲은 더욱 巨大할 것과, 짜라서 이 時機에 우리 國民의 發하여야 할 愛國의 熱誠과 勇氣와 忍耐는 더욱 倍加하여야 할지니, 한갓 一時의 自慰를 爲하야 獨立運動을 容易하고 簡單한 것으로 알지 말나.

第九事 政府를 信任

政府를 信任하고 各團體나 個人이 個人의 知力과 金力과 모든 것을 政府로 集中케 하라. 交通이 不便하고 敵의 妨害가 甚하야 政府의 行動을 國內 同胞가 알기 어려우려니와, 政府 當局 諸氏는 우리 民意를 代表하야 獨立戰爭의 準備로 晝宵彈精함을 밋으라.

그러나 이는 獨立運動을 全혀 政府에만 一任하라 함은 아니니, 當局 諸氏가 비록 超羣한 英傑이라 하더라도 國家大事를 少數人의 知力이나 金力으로 能히 하기 不能한則 全國民中에 優秀한 人物은 아모조록 本部로 集中하야 局에 當하게 하고, 그러치 못하더라도 使者나 通信으로 意見을 提出할지며, 坐 金錢으로써 政府의 活動의 資를 供給케 하여야 할지며, 最終에 政府가 一令을 下하거던 二千萬이 一體로 此에 服從하여야 할지니, 國民은 政府에 對하야 意見과 財政을 出할 時에는 主權者요 政府의 命令에 對하야 服從할 時에는 人民임을 밝히 알아야 하며, 坐 獨立運動은 國民 全體가 할 일이오 決코 政府에만 맛기고 「차자주시오」 하고 依賴할 것이 아님을 覺悟하여야 할지라.

第十事 獨立의 確信

우리 獨立의 確實함을 確信할지어다. 져도 確信하고 남에게도 確信을 주도록 할지어다. 우리의 獨立은 오직 時間問題니, 우리 國民의 決心問題니, 우리 國民에게 「獨立 아니면 死」라는 決心만 確固하면 獨立은 오직 今年이나 明年事임을 確信할지어다. 대개 今後의 獨立運動은 오직 血戰뿐임일세니라.

同胞여 敵의 虛言에 속지 말라*

日人은 虛言과 狡詐의 化身

　近來의 敵의 新聞紙에는 臨時政府의 衰運, 獨立運動 內部의 決裂 等의 記事
가 보이도다. 이는 實로 今時初聞이니, 敵의 可憎하고도 拙劣한 窮策이오 또
奸策이라 一笑에 付할 것이어니와, 또 우리의 眞相을 모르는 者에게는 多少
의 誤解를 起하기도 쉬울지라.

　敵紙는 去年 李總理가 西比利亞로붓허 臨時政府 所在地에 來到하엿슬 時
에 卽時「미들 만한 報道」로 臨時政府 內部에는 決裂이 生하다, 李東輝는 急
進黨이오 北方派가 되고 安昌浩는 穩和派요 親美黨이 되여 紛爭하는 中인則
不遠에 臨時政府는 沒落하리라, 하다가 그「미들 만한 報道」가 臨時政府 所在
地에 達하기도 前에 李總理와 其他 各總長은 就任하엿고, 그 後에 또 敵은 臨
時政府가 封鎖되엿다, 解放되엿다 하는「미들 만한 報道」와 佈告文을 各處에
散布하다가 呂運亨氏가 東京에 가매 臨時政府 外務次長이라 하야 自家撞着
의「미들 만한 報道」를 하엿슬뿐더러, 「解散」된 臨時政府의 活動이 날로
治澎하매 또 臨時政府의 衰運이니 內部의 決裂이니 하는 妖言을 做出하야 미
들 만한** 報道를 들니도다.

　敵의 一流 新聞紙인 大阪每日과 東京日日에 呂運亨氏는 東京에 갓다 온 後
로「翻然히 改悟」하야 臨時政府 外務次長의 職과 民團長 及 學務監의 職을 辭
하고 一個 勞働者가 되다. 이것도 臨時政府 衰運의 一端이라 하는「미들 만한
報道」에 至하야는 噴飯의 域을 起하다. 果然 自失하치 아니치 못하리로다. 呂

---

*　『獨立新聞』42, 1920.2.3. 1면 '社說'란에 실렸다.

**　원문은 '미들말한'으로 되어 있다.

氏는 東京가기 二個月前에 임의 外務次長의 職을 辭하엿섯고, 東京서 도라온 後에도 아직신지 民團長의 職을 辭免한 일이 업스며, 學務監이라는 職名은 「미들 만한 報道」에서 처음 듯는 말이라. 이 「미들 만한 報道」를 揭載한 大阪 每日 特派員 平川이 呂氏를 訪問하야 呂氏의 態度를 무를 째에 呂氏가 「變하 지오. 나만 아니라 全韓人이다 變하리다. 過去 一年間은 平和로운 手段으로 만 싸왓지마는 一千九百二十年붓허는 血戰이 잇슬 쑨이오」 한 것은 實로 快 하게 敵의 「미들 만한 報道」를 嘲笑한 말이라.

十餘年來로 敵이 世界에 對하야 韓族의 日本의 政治에 悅服하엿다고 揚言 한 것은 暫間 말 말고, 昨年 三月 以來로 大韓 全國에 獨立을 絶叫하는 示威運 動이 遍行한 後에도 敵은 狡詐히 獨立運動은 一部 少數 不逞徒의 所爲요 多數 韓族은 如前히 日本의 德政에 悅服한다고 揚言하엿고, 只今도 獨立運動은 一 部人의 所爲라 하도다.

大抵 良心이 痲痺하고 淺薄한 私欲의 滿足에 汲汲한 敵은 韓國內에 多數의 兵警과 機關紙 잇슴을 利用하야 아모조록 眞을 隱하고 僞를 造하며, 우리 民 族의 善을 隱하고 惡을 揚하야써 우리 民族의 精神을 墮落케 하야 獨立運動 을 妨害하려 하나니, 그 心事의 可憎 可惡함이야 말해 무엇 하리오마는 그 策 의 兒戱的이오 拙劣함도 「世界 一等國」의 所爲로는 憫笑할 만하도다.

二流 三流의 惡新聞記者는 말 말고, 所謂 日本의 首腦 人物이라는 政治家, 宗敎家 及 其他 知識階級에도 公正한 心事와 正義의 觀念을 가진 者 幾稀하도 다. 桂太郎* 伊藤** 寺內*** 等의 貪慾 無信 不正義한 것은 再提할 必要도 업지

---

* 카츠라 타로(桂太郎, 1848-1913). 일본 제국의 군인이자 정치가. 제11, 13, 15대 내각 총리대신을 지냈다. 1901년 6월 2일 총리로 취임하였고, 이후 사이온지 긴모치와 교대 로 총리대신직을 수행였다. 1905년 7월 미국과 가츠라-태프트 밀약을 맺었고, 2차 내 각에서는 한일합방을 성사시켰다. 1913년에 열린 가츠라 3차 내각은 헌정옹호운동에 의해 무너지고 만다.
** 이토 히로부미(伊藤博文, 1841-1909). 에도 시대 후기의 무사이자 일본의 헌법학자, 정치가. 메이지 유신 이후 정부의 요직을 거쳤고, 일본 제국 헌법의 기초를 마련했으며,

마는, 日本 政治家中에 人格의 人으로 名聲이 잇다는 床次* 內務大臣의 貴族院에서 한 呂氏事件에 對한 答辯은 渠의 良心의 存在를 疑心케 하는 것이라. 「엇지하야 呂運亨으로 하야금 東京의 中央에셔 獨立을 宣傳케 하엿느냐」 하는 質問에 對하야 床次는 呂氏와 直接 會見 談話하엿슴에 不拘하고, 當時에 三人 以上의 證人이 잇섯슴에 不拘하고, 또 그 速記錄이 잇슴에 不拘하고, 또 呂氏의 帝國호텔의 演說이 日本의 各新聞紙에 揭載되엿슴에 不拘하고 呂氏가 自治나 運動한 듯이 言하며, 또 古賀** 拓殖局長官이 昨年 七月頃부터 牧師 村上唯吉, 木村淸松, 藤田九皐 等을 通하야 거의 四個月間이나 여러 가지 條件으로(張德秀를 放免함도 그 條件의 一) 呂氏를 請한 것은 古賀의 發한 書柬, 電報 其他의 證據가 目在할 쑨더러 呂氏 出發前에 上海의 西洋人 記者 其他 重要 人士의 會集한 席上에 古賀의 代表 藤田九皐가 聲明한 바여늘, 床次는 번질번질하게 呂氏가 먼져 東京에 가기를 運動한 듯이 言하니, 床次 갓흔 者는 果然 全혀 良心을 喪失한 日本 政治家의 好代表라.

日本人은 宗敎家신지도 信任하기 難한 虛飾 無信者流니, 昨年 七月頃*** 組合敎會 牧師 村上唯吉이란 者가 上海에 來하야 西洋人을 通하야 百方으로 我人士를 會見하려 할 時에 適히 該西洋人의 家에서 呂運亨氏와 相逢하야 聲言하되, 「余는 日本의 對貴國策에 反對하노라. 余의 此行은 日本의 韓國內에서 한 不正한 行動을 發布하려 함이니, 余를 君의 同志로 信하라」 하더니, 그 舌

초대·제5대·제7대·제10대 일본 제국 내각 총리대신을 지냈다. 1905년 11월 을사늑약을 체결시킨 장본인으로, 초대 통감으로 취임해 지배권을 행사하다가 1909년 10월 하얼빈에서 안중근 의사가 쏜 총탄에 암살당했다.

*** 테라우치 마사타케(寺內正毅, 1852-1919). 일본 제국의 육군 군인이자 정치가, 외교관. 제18대 내각총리대신을 지냈고, 1910년 5월부터는 제3대 한국통감, 한일합방 이후부터 1916년 10월까지 초대 조선총독이었다.

* 마토지 타케지로(床次竹二郎, 1867-1935). 일본의 관료이자 정치가. 1918년 9월 하라 타카시(原敬, 1856-1921) 내각의 내무대신 겸 철도원 총재를 지냈다.

** 코가 렌조(古賀廉造, 1858-1942). 일본 대심원의 판검사이자 형법 학자. 하라 내각의 척식국拓殖局 장관을 지냈다.

*** 원문은 '七月項'으로 되어 있다.

根이 未乾하야 數週後 大阪每日新聞 紙上에 自己는 陸軍省에 囑托으로 上海
不逞鮮人의 內情을 偵探하러 갓던 길이라 하야 別別 妄談悖說을 狂吠하엿스
며, 韓國內 日本 組合敎會 牧師 渡瀨常吉이도 牧師라 함은 名義요 副業쭌이요
十年來의 彼의 正業은 敵 總督府의 走狗가 되여 韓國 人士의 思想과 內情을
偵探함임은 渠를 아는 同胞의 共知하는 바어니와, 이번 呂運亨氏 等의 東京
行에 더욱 分明히 渡瀨輩가 日本政府의 傀儡임을 알앗나니, 져 鮮于鏌, 柳一
宣 等은 實로 宗敎라는 假面을 쓴 高等刑事로 敵의 倀鬼가 된 者라.

이러케 日本人은 그 政治家나 軍人은 可論할 것도 업거니와, 主의 일홈을
부른다는 牧師까지도 虛言과 狡詐와 無信의 結晶임이 마치 九尾狐와 갓도다.

日本의 國際的 信義에 關하여서는 更論할 바도 업거니와, 國人은 實例를
멀니 求하지 말고 丙子修好條約에서 庚戌合倂에 至하는 三十五年間에 我國
에 對한 行動과 過去 數年間 西隣의 中國에 對한 行動을 보아 알지라.

그러하거늘 敵은 我獨立運動을 狙戲하기 爲하야 近來에 各種 無根妖說을
做出하야 或은 國民의 疑惑을 이르키려 하며, 或은 我運動의 中心人物間에 反
間을 縱하며, 或은 韓中의 親善을 害하려 하도다. 敵의 反間이나 妖說에 迷惑
할 國民이야 잇스리오마는 晝夜로 敵의 宣傳中에 싸혀 잇는 本國 同胞는[*]
「日本은 我의 怨敵이라. 日本人은 虛言과 狡詐의 人種이라」 하는 觀念을 心裏
에 深刻함이 可할지라.

---

* 원문은 '同胞은'으로 되어 있다.

七可殺*

우리의 敵이 누구 누구뇨. 戰時의 敵에게는 死刑이 有할 쑨이니라. 過去 一年間 우리는 彼等에게 悔改의 機會를 주엇나니, 一年의 期間은 彼等에게 過分의 恩典이니라. 이미 恩典의 期間이 盡하엿도다. 同胞여, 勇敢한 愛國者여, 躊躇할 것 업시 殺할 者는 殺하고 焚할 者는 焚할지어다. 彼等은 良心이 업는 禽獸니 禽獸의 兇惡한 者에게는 死밧게 줄 것이 업나니라. 生命을 殺함이 엇지 本意리오. 져 禽獸 갓흔 一命으로 하야 國家가 大害를 受한다 할진대 아니 殺코 엇지하리오. 이제 우리의 可殺의 敵을 헤여보자—

一, 敵魁를 可殺

敵이라 하면 毋論 日本人이라. 戰爭이 開始되면 맛당히 殺할 者를 알려니와 爲先 開戰前에 殺할 敵魁가 잇나니, 卽 所謂 總督, 政務總監等은 勿論이오, 무릇 韓國獨立에 强硬히 反對의 意見을 吐하는 敵의 有力한 人物과, 內外에 對하야 我獨立運動 及 我指導者를 誹毁하는 政治家, 學者, 新聞記者, 宗敎家 等의 不逞日人 等과, 밋 獨立運動 以來로 가장 我同胞를 虐待하던 敵의 憲兵 警官等이오,

二, 賣國賊을 可殺

李完用 宋秉畯 等은 아직 그냐ㅇ 두고 韓人으로 새 韓國의 獨立을 反對하고 敵의 國旗下에 在하기를 主張하는 兇賊 等이니, 閔元植, 鮮于鈺, 柳一宣 及 協成俱樂部 等의 醜類요,

---

* 『獨立新聞』 43, 1920.2.5. 1면 '社說'란에 실렸다.

252 이광수 초기 문장집 Ⅲ

三, 偵鬼을 可殺

或은 高等偵探, 或은 그냐ㅇ 刑事로 我獨立運動의 祕密을 敵에게 密告하거나 我志士를 逮捕하며 同胞를 毆打하는 醜類들이니, 鮮于甲, 金泰錫, 金極一과 갓흔 兇賊이라. 特히 重要한 祕密을 敵에게 密告하거나 重要한 人士를 逮捕한 者에게는 반다시 卽時 復讐를 하여야 할지니, 이는 同志에게 對한 義務일쑨더러 此等 賊類를 懲戒하는 가장 有力한 手段이라. 如此한 罪惡을 犯한 惡漢은 天涯地角 어듸로 가더라도 死의 咀呪를 逃避치 못하도록 함이 愛國者의 義務니라.

四, 親日의 富豪를 可殺

一時 自己의 財産의 安全을 圖하기 爲하야 敵과 通하야 그의 兵警의 保護를 受하거나, 或 一身의 安全을 貪하야 敵國으로 逃走하거나, 屢次 勸誘하되 獨立運動에 獻金키를 不肯하거나, 特히 獻金을 勸誘하는 志士를 敵에게 密告한 者는 龍川의 崔哥와 鐵原의 高哥와 갓치 그 家를 焚하고 그 命을 斷하야써 同類를 懲戒하여야 할지오,

五, 敵의 官吏된 者를 可殺

敵의 官吏된 者로 獨立運動 諸團體의 退職 勸誘가 三次 以上에 達하되 改悟할 줄을 모르는 者와, 敵의 手下가 되어 獨立運動을 誹毁하거나 國民의 愛國心과 勇氣를 減損케 하는 者와, 밋 敵威를 恃하고 一般同胞를 壓迫하는 者,

六, 不良輩를 可殺

浮言과 浪說을 傳播하야 獨立運動을 害하거나 民心을 眩惑케 하는 者, 或은 獨立運動者로 冒稱하고 同胞의 愛國 義捐金을 橫領한 者, 重要한 使命을 帶하고 派遣된 者로서 或은 變心하거나 或은 惰懦하야 期間內에 使命을 果치

못한 者, 或 重要한 祕密을 漏洩하거나 同志에게 對한 信義를 背叛한 者, 同志間에 反間을 縱하는 者,

七. 謀反者를 可殺

大韓의 獨立을 爲하야 死生을 相約한 同志로서 中途에 志를 變하야 獨立運動에 違反되는 行動을 하는 者는 最히 可殺이며, 私黨을 植하야 徒히 政府를 誹毁 反抗하야써 獨立運動에 障礙가 되게 하는 者도 可殺이라.

아아, 우리는 이러케 祥瑞롭지 못한 일을 하지 아니치 못하게 되엿도다. 그러나 敵은 一向 頑惡하야 온갓 巧詐와 詭譎을 肆用하며, 國內의 賊類가 쏘한 猖獗하야 到底히 和平한 手段으로 그 惡을 防杜할 수 업는지라. 敵은 數萬의 兵警과 倀鬼와 數千間의 監獄으로 我運動을 妨害하며 我同志를 凌辱하고 拘束하나니, 我에게 아직 兵警과 監獄이 업스메 져 惡類를 抵制할 方法은 오직 短銃과 匕首와 爆彈이 잇슬 뿐이라. 吾輩는 일즉 이러한 亂暴한 行動을 取치 말기를 極力 同胞에게 勸誘하엿거니와, 敵의 橫暴가 此에 至하매 우리는 더 忍할 수 업도다. 아아, 吾輩로 此言此行을 하게 함이 果然 誰의 責任이뇨.

내 몇 번이나 敵의 改悟를 勸하고 同胞中의 賊의 反省을 求하엿던고 그러나 너희는 吾輩의 至誠과 血淚의 忠言을 無視하엿도다. 이제 네가 밧기에 合當한 것은 오직 死쑨이니라.

警告하노라 敵魁와 賊이여, 血戰의 宣言이 나리기 前에 이미 너희의 身邊에는 死의 咀呪가 隨하리라.

人口調査 拒絶*

西墾島 某地의 同胞는 敵警의 我同胞 人口調査를 拒絶하엿다. 가로대 만일 우리의 人口를 調査하랴거든 우리 政府의 命令을 가지고 오라고

아아, 우리 國民의 決心은 맛당히 이만하여야 할 것이다. 내 生命을 쓴흐라, 그러나 내 祖國에 對한 精神은 건드리지 못하리라.

同胞여, 諸位는 이러한 決心을 가젓는가 안앗는가.(春)

---

* 春, 『獨立新聞』 43, 1920.2.5. 4면 '時事短評'란에 실렸다.

洪聖益氏를 悼함*

志士 洪聖益氏와 밋 그 同志 三人은 敵의 詭計에 陷하야 被擒하엿고 重病中의 洪氏는 敵營中에셔 逝去하다.

吾輩는 洪志士의 過去의 功績과 悲慘한 終局을 思하고 哀悼 血淚를 禁치 못하거니와, 國事에 鞅掌하다가 屍를 馬革에 裹함이 쏘한 愛國男兒의 本色이라. 하믈며 뒤에 그 志를 繼하는 二千萬 同志가 잇스니, 志士는 瞑目하여야 可하고 그 遺族은 安心하여야 可하다.

오직 可憎 可殺한 것은 敵에게 志士의 所在를 密告한 者와 志士의 逮捕에 倀鬼가 된 金極一類니, 血性 잇는 同胞여, 我不幸한 同志를 爲하여 復讎를 遲延치 아니함이 우리의 義務가 아닌가.

快殺하라 快殺하라.

---

* 『獨立新聞』 43, 1920.2.5. 4면 '時事短評'란에 실렸다.

不可解의 鄭安立*

或은 吉林에서 韓族 生計會를 組織한다 하며, 或 廣東에서 南方政府와 接近한다 하며, 或 滿洲의 獨立을 計劃한다 하며, 或 大高麗國 建設의 基礎로 古史硏究會를 組織한다 하야 或은 志士도 갓고, 或은 親日派도 갓고, 或은 挾雜軍도 갓히 變幻無常하는 鄭安立**의 本性은 참말 不可解로다.

그는 始作하매 每樣 소리가 宏壯히 크면서 自初로 一個의 終이 업슴이 特色이라. 이번의 소리는 몃 날이나 가며 무슨 結果를 매즐난고

써들고만 도라다니는 것이야 무슨 罪가 되랴마는 滿洲 獨立 云云으로 敵에게 利用되어 中國의 我韓에 對한 感情을 害케 함은 容恕치 못할 罪라. 하믈며 敵인 水野*** 完用 等과 結合함이리오. 鄭安立된 者, 速히 反省할지어다. (春)

---

*　春, 『獨立新聞』 43, 1920.2.5. 4면 '時事短評' 란에 실렸다.

**　정안립(鄭安立, 1873-1978). 일제강점기 충청북도 진천 출신의 독립운동가. 구한말 보성전문학교 교감 및 교장, 신민회 회원, 청주에 보성학교를 설립하는 등 애국계몽운동을 하다 합방이 되자 망명하여 길림성 간도 일대에서 유동열(柳東說, 1879-1950) 등과 항일독립운동 자치조직인 동삼성 한족생계회(東三省 韓族生計會)를 설립하는 등 독립운동을 전개하였다.

***　미즈노 렌타로(水野鍊太郎, 1868-1949). 일본의 내무관료이자 정치가. 내무대신, 조선총독부 정무총감, 문부대신, 귀족원의원으로 요직을 역임했다. 1895년 명성황후시해사건에 가담하였고, 1919년 신임 정무총감으로 사이토 마코토(齋藤實) 총독과 함께 조선에 들어왔을 때 강우규가 던진 폭탄에 의해 다치기도 했다. 간토 대지진 당시 내무대신으로 조선인들에 대한 국민들의 악감정을 조장해 학살 사건을 일으킨 장본인으로도 유명하다.

獨立戰爭과 財政*
國民皆納主義의 實行

安昌浩氏는 그 大演說中에 우리 國民의 經濟的觀念의 缺乏함을 論하고 「獨立運動 開始 以來로 죽자, 죽자 하기만 하고 資金에 對하야서는 別로 顧慮하지 아니한 듯하오」 하야 三月 一日에나 또 臨時政府 成立時에나 財政의 準備를 疎忽히 하엿슴을 痛恨하고, 只今 그 우리 國民은 「죽자, 죽자」 하기만 하고 財政에 關하야는 甚히 冷淡한 것을 指摘하고 警告하엿소.

무슨 事業에나 必要한 것은 人物과 財錢이니, 二者中에 어느 것이 업서도 그 事業은 아니 될 것이오. 하물며 强暴한 敵을 물니치고 亡하엿던 國家를 再建하려 하는 絶世의 大事業인 獨立運動에야 多數의 人材와 巨額의 財錢이 必要할 것이야 말해 무엇 하겟소. 그럼으로 우리 運動이 成功되랴면 國內 國外의 人材란 人材는 다 나서야 되고, 나서더라도 한 旗幟下 한 組織內로 다 모혀들어야 할 것이며, 우리 國民의 財力이란 財力은 다 나와야 하고, 나오더라도 한 旗幟下 한 組織內로 다 모혀들어야 할 것이오.

아모리 우리 國民中에 人材가 만타 하더라도 아니 나서는 人材는 所用이 업고, 나서는 人材는 만타 하더라도 統一한 組織內로 아니 모혀드는 人材는 도로혀 大事가 妨害가 될 것이오. 이와 갓히 우리 國民에게 아모리 財力이 크다 하더라도 獨立運動을 爲하야 아니 내는 財力은 업스나 다름업고, 내더라도** 統一한 組織內에 들어오지 안는 財力은 도로혀 獨立運動에 妨害가 될 쑨이오. 웨? 統一을 妨害하는 人材가 財力을 엇어 더욱 統一을 妨害하겟는 故로

---

* 『獨立新聞』 44, 1920.2.7.
** 원문은 '내더라로'로 되어 있다.

그럼으로 나는 斷言하고 絶叫하오. 大韓의 獨立運動이 成功이 될 것일진 대 大韓의 모든 人材는 臨時政府의 人材 名簿에 登錄되여야 하고, 모든 財力 은 臨時政府 財務部의 金庫에 들어야 한다고.

人材는 近來에 臨時政府의 名簿로 만히 들어오는 모양이오. 그러나 아직 도 某地에 一團 某地에 一團 各各 旗幟를 立하고 모혀잇서 各自家로 人材와 財力을 集中하려 하는 愛國者가 업지 아니하오. 可嘆할 일이오. 그네도 愛國 者요, 獨立運動을 하는 志士인 것을 나는 許하오. 그러나 적더라도 그네는 우 리의 時와 處를 分辨치 못하고 나아갈 正路를 失하엿다는 責罰은 免치 못하 리라 하오.

多幸인 것은 各處에 軍政府 或은 軍政司 等名으로 獨立國家的 機關을 버리 고 各各 自家를 中心으로 하랴던 것은 이미 다 업서지고, 이제는 渾一하게 臨 時政府下로 모혀든 일이오. 그러나 不幸한 것은 아직도 人材와 財力을 全혀 中央機關으로 集中하여야 한다는 自覺이 不足함이오. 그러나 現在의 人心의 傾向과 事勢의 推移로 判斷하건대 不遠에 人材는 全部 集中하리라고 確信하 오. 만일 財力이 集中되여 中央政府의 經營하는 事業이 漸次 活氣를 묻하게 되면 人材의 集中은 더욱 促進되리라 하오.

그리고 본즉 現在의 中心問題는 財力의 集中이오.

獨立運動 開始 以來로 臨時政府는 恒常 財政이 困難한 中에서 今日에 至하 엿소. 至今토록 本國으로서 나온 財力은 實로 微하오. 同胞여, 各各 自問하시 고 親知에게 물어보시오. 獨立을 爲하야 財力을 밧친 者가 몃 사람이나 되는 가. 三月 以來로 同胞 諸位는 萬歲를 부르고 危險한 모든 行動을 하고, 或은 敵 에게 生命을 失하고 兇惡한 惡刑을 當하엿소. 毋論 이것은 거룩한 愛國的 行 爲오 有力한 獨立運動이엇섯소. 그러나 同胞여, 一圓 二圓의 金錢을 남모르 게 내는 것이 거긔서 나리지 안는 愛國的 行爲요 有力한 獨立運動인 줄을 모 르섯습니다.

只今 우리는 獨立戰爭을 唯一한 길로 作定하엿소. 今年內에는 早晚間 獨立戰爭이 開始될 것은 旣定한 事實이오. 그러면 우리는 大砲와 小銃도 準備하여야 하고, 飛行機 飛行船도 準備하여야 하고, 數十萬의 軍人이 一年間 繼續할 軍糧이라도 準備하여야 할지니, 財力이 만흐면 만히 準備되여 크게 오래게 戰爭할 수 잇거니와, 적으면 적게 準備되여 크게 오래게 戰爭할 수 업슬 것이외다.

假令 二十萬의 軍人을 武裝하야 一個年 戰線에 立케 한다 하여도 一億圓 以上의 軍費를 要할지니, 우리 國民에게 만일 確實히 獨立의 決心이 잇고 誠意가 잇다 하면 다만 이 一億圓의 軍備를 負擔할 義務가 잇슬쑌더러, 卽地에 이것을 辦出할 決心과 實行이 잇서야 할 것이오.

或 外債를 말하리다. 毋論 外債는 必要하지오. 本國이 敵의 占領下에 잇는 동안 外債는 絕對로 必要하지마는 外債를 得하는 데는 우리 政府의 對外信用이 必要하고, 政府가 對外信用을 得함에는 標나는 國民의 信賴가 必要하며, 標나는 信賴中에 가장 標나는 信賴는 政府의 公債 應募와 愛國 義捐金의 額數일 것이오. 만일 政府의 發行하는 公債가 一億圓이라 假定하고, 只今 處地에 잇서서 그 五分之一 卽二千萬圓만 應募된다 하면 남어지 八千萬圓의 外債는 容易히 得할 것이오. 만일 우리 國民의 鳩聚한 財力으로 戰爭을 開始하야 二個月만 繼續하더라도 數億의 外債라도 得할 수 잇슬 것이오.

只今 世界의 우리 國民에게 對한 同情은 過去의 白耳義*와 갓소. 特히 美國의 同情은 그 以上이라 할 수 잇소. 日前 某閣員이 美國 有力한 新聞記者로 東亞의 情勢를 視察하기 爲하야 特派되여온 某氏(아직 姓名을 祕)에게 美國의 韓國에 對한 態度를 問할 時에 그 答에 美國의 韓國에 對한 同情은 極度에 達하엿다 할지니, 이는 一般人民쑌더러 上下 兩院과 政府⸝지 그러하다, 機會만 잇스면 積極的으로 援助할 決心이라 한 것을 보아도 알 것이오. 쪼 美國의 엇

＊　벨기에의 한자어 표기.

던 財産家(아직 姓名을 祕함)는 좀더 形勢를 觀望하야 國債에 應募하기를 我政府의 代表者에게 聲明한 것을 보아도 알 것이외다.

그러면 그 機會란 무엇이며, 그 觀望한다는 形勢란 무엇인가. 일즉 내가 有力한 美國人을 對하야 山東問題로 만일 中日이 開戰한다 하면 美國은 財力과 兵力으로 此를 援助하겠는가 하매, 그는 「웨」 하고 가장 意外인 듯이 「中國에는 人口도 만코 財力도 만흐니, 그 人口가 만히 죽고 財力도 盡하는 날 美國은 援助할 義務가 生할 것이라」 하고, 白耳義를 援助한 것도 그가 正義로운 目的을 爲하야 만흔 生命을 犧牲하고도 그 目的을 達치 못함을 보매 美國은 血과 生命으로써 援助하지 아니치 못할 人道的 義務를 自覺함이라 하엿소.

그럼으로 우리 國民이 他國의 돈과 피의 援助를 밧을 「機會」와 「形勢」는 卽 우리가 낼 수 잇는 財力을 다 내고 흘닐 수 잇는 피를 다 흘닌 뒤르 것이오. 可能하면 우리는 우리 祖國의 獨立을 爲하야 一分 一厘의 人의 援助도 受키를 不願하노니, 우리 獨立은 우리의 일이라 엇지하야 苟且히 남의 援助를 빌겟소 마는 우리가 우리의 全財力과 全生命力을 다하야 血戰할 째에 義氣 잇는 世界 同胞가 우리를 援助하거나 우리가 그에게 援助를 請함은 人類 共存의 情誼上 當然한 일이라 하오.

그럼으로 우리는 爲先 國民皆納主義를 實行하야 或은 公債 應募로, 或은 愛國義捐으로 내일 수 잇는 財力을 다 내여 獨立의 血戰을 開始하여야 하겠소 大韓國民은 비록 一錢 一圓金이라도 다 내일 義務가 잇소. 그것이 몃 푼 되라 하지마는 二千萬이 一圓式만 내여도 二千萬圓이 될 것이오, 二千萬이 每日 一錢式만 貯蓄하여도 一個月에는 六百萬圓이 될 것이니, 이는 天道敎에서 曾往부터 銅米라 하야 實行한 方法이오 實行하야 成功한 方法이외다.

國內外에 在한 各團體는 卽時 이 方法을 行하며 此를 目的으로 各面 各里에 新同盟을 組織하야 一日이라도 速히 此方法이 全國民에 實行되여야 할 것이오.

或 큰소리 하는 이는 이러한 方法을 蔑視하야 언제 그것으로 돈이 되느냐 하야 財産家를 쓸기만 일삼지마는 安昌浩氏의 聲言한 바와 갓치 이것이야말로 우리 財政의 根本策일 것이오, 이 國民皆納主義야말로 이것이 되면 우리 事業은 成功되고 不然하면 우리 事業은 失敗될것이오.

從今 以後로 우리에게 가장 重要한 事業은 國民皆納主義의 實行이니, 戰爭開始前에는 開戰의 準備로, 戰爭開始後에 持久의 準備로.

우리에게는 强大한 後援이 잇소. 世界의 輿論과 同情의 後援도 잇거니와 金力과 兵力의 後援이 잇소. 우리는 決코 孤하지 아니하고 弱하지 아니하니, 孤弱한 者는 도로혀 敵 日本이오. 同胞여, 最善의 努力을 다하야 後援이 들어올 「機會」와 「形勢」를 지읍시다.

同胞의 恩人 피博士*

　　上海 在留 美國宣敎師 피—老博士**는 今番 單獨으로 上海 在留 我同胞를 爲하야 多數의 衣服과 寢具와 救濟金을 募集하다.

　　博士는 數年前붓터 우리 同胞를 愛護하엿스며, 그 敎會堂을 빌려 韓人의 禮拜 處所를 供給하는 等 其他 여러 가지로 我同胞의게 親切한 援助를 주어온 恩人이라.

　　博士는 古稀의 老齡으로도 甚히 鑊□□□ 傳道事業에 鞅掌하며 今番 救濟 會에도 親히 理事가 되여 이번 中國에 在한 各敎派의 宣敎師를 動하야 救濟會 를 爲하야 活動케 함도 實로 博士의 盡力한 빈라.

　　博士의 令息 쪼지 피치氏***는 上海 中國基督敎靑年會 名譽總務로 中國人間 에는 毋論이어니와, 當地 美國人 社會에도 指導者의 地位에 處한 人物이라. □亦是 우리 同胞에 親切함이 博士에 □치 아니하야 上海에 在留하는 우리 同胞는 博士 父子에게 對하야 無限한 感謝를 抱하다.

　　願컨대 우리 恩人 老博士는 身魂이 내내 康健하야 使徒의 聖職을 다하실지 어다.(春)

＊　　春,『獨立新聞』44, 1920.2.7. 4면 '時事短評'란에 실렸다.

＊＊　조지 필드 피치(George Field Fitch, 1845-1923), 미국 장로교 선교사. 1870년 11월
　　　중국에 도착한 이래 상하이와 쑤저우에서 선교활동에 전념하였고, 1910년대 망명한 한
　　　국인 기독교인과 접촉하면서 한국인들의 활동을 지원하기 시작했다. 1919년 미국에서
　　　설립된 한인구제회의 모금활동 및 한국인의 미국 유학 등을 도왔고, 상하이의 한인 자녀
　　　의 교육을 위해 설립된 인성학교의 기금 모집에 참여하기도 했다.

＊＊＊　조지 애시모어 피치(George Ashmore Fitch, 1883-1979), 미국 장로교 선교사. 조지
　　　필드 피치의 아들로, 1905년 신학교를 졸업하고 목사가 된 후 1909년 상하이로 돌아와
　　　YMCA 간사로 활동하며 아버지와 함께 한국인의 활동을 도왔다. 1932년 4월 윤봉길 의
　　　거를 계기로 한국인들의 독립운동을 지원하기 시작했으며, 1944년 한국광복군과 미군
　　　부대의 합동작전을 돕기도 했다. 1968년 3월 건국훈장 독립장을 수여받았다.

돈! 돈!*

愛國者야, 돈을 내며 돈을 모흐라. 獨立戰爭의 成否는 오직 돈에 달니엿나니, 國民아, 돈이 잇스면 自由民이 되고 돈이 업스면 奴隷를 免치 못하리라.

自由를 願하나냐, 돈을 내여라. 獨立을 願하나냐, 돈을 내여라. 生命을 내기 前에 먼져 돈을 내여라.

全國民은 저마다 多少를 勿論하고 낼지니, 이것이 神聖한 너희 義務니라. 너희는 돈과 피를 밧침이 업시 獨立國 自由民이 되리라 하나뇨.

上海와 北京과 南京과 其他 各地에 잇는 愛國者들아, 네가 獨立戰爭을 바라거든 空想空談만 말고 本國에 冒險하야 돈을 거두라.

國內外에 잇는 各團體도 今日부터 全力하야 돈을 거두라. 큰 慾心 내지 말고 一圓式 一圓式, 그리하되 거둘 째에도 政府의 일홈으로, 것운 뒤에는 政府의 金庫에 모흐라. 이리하여야 獨立戰爭도 되고 獨立도 되리라.(春)

_____

* 春, 『獨立新聞』 44, 1920.2.7. 4면 '時事短評' 란에 실렸다.

時哉時哉*

　西比利亞는 過軍**의 手中에 入하엿다. 過軍은 日本과 싸호랴 한다. 俄國은 大韓의 獨立을 承認하엿고 大韓의 獨立을 援助하기를 聲言하엿다.

　中國은 起하려 한다. 山東問題와 韓國獨立 援助問題를 提하고 起하려 한다.

　美國은 山東問題로 日本을 抵制하고 韓國 獨立運動을 援助하라는 소리는 上院에 下院에 報紙에 敎會에 演說會에 瀰滿하엿다.

　時哉時哉라, 天이 주신 時로다. 뉘라셔 이러한 好時機가 이러케 速히 來到할 줄을 預想하엿던고.

　獨立軍을 編成하자. 國民아, 나셔거라. 太極旗를 날리는 飛行機가 三角山 한 모통이로 도라들 날이 멀지 아니하다.

　아아 大韓의 男女야, 닐어나거라 나셔거라.(春)

---

*　春, 『獨立新聞』 44, 1920.2.7. 4면 '時事短評'란에 실렸다.
**　과격파, 볼셰비키군을 가리킨다.

世界的 使命을 受한 我族의 前途는 光明이니라*

同胞여, 한숨을 그치고 근심으로 眉間을 지프리기를 바리라. 우리의 前途
는 光明이니라. 다만 주먹을 불끈 쥐여 冊床을 벼락가치 짜리면서 「나는 하
리래」 하라. 그러면 우리의 希望하는 바는 일울지니라.

諸君中에 만일 一毫라도 우리의 前途에 對한 疑心이 잇거던 바리고, 落心
이 잇거던 바리라. 이는 自殺의 匕首니, 이런 思想을 가진 동안 우리의 希望
은 決코 達함이 업스리라. 成功은 오직 希望하는 者, 일하는 者에게는 반다시
오고, 에게만 반다시 오는 賞이니라.

우리의 希望은 決코 虛된 希望이 아니며, 쏘 적은 希望이 아니라. 우리의
希望은 確實한 根據가 잇고 理由가 잇는 希望이며, 우리의 希望은 神聖한 意
味가 잇고 遠大한 價値가 잇는 希望이니, 請컨대 내 말을 들으라.

아마 同胞의 希望과 勇氣와 確信을 쌔앗는 者는 敵의 强大함일지니, 諸君
은 心裏에 思想하되, 「日本이 五大强國의 一이라. 그는 國際聯盟 執行委員의
一이라. 그에게는 强大한 陸海軍이 잇다. 그런데 我에게는 國際聯盟에 發言
權도 업고 强大한 陸海軍도 업다」 하야 國際聯盟에서 言論으로 다토더라도
勝算이 업고 血戰으로써 다토더라도 勝算이 업슴을 근심하야, 愛國의 志가
强한 者는 失望 自暴에 陷하고 愛國의 志는 弱하고 一身一家의 一時的 安全만
求하는 者는 차라리 敵에게 服從하리라 하리라.

淺見近眼으로 볼 쌔에 이는 果然 그럴 쯧한 思想이라. 果然 敵에게는 國際
上의 地位가 잇고 輿論으로 偉大한 宣傳機關이 잇스며 兵力으로는 偉大한 陸
海軍이 잇나니, 만일 宣傳機關의 偉大함이 輿論에 勝利를 得하는 唯一한 條件

---

* 『獨立新聞』 45, 1920.2.12. 제2사설로 1면의 하단에 실렸다.

이 되고 兵力의 强大함이 戰爭에 勝利를 得하는 唯一한 條件이 된다 하면 現在의 地位로는 我는 到底히 敵을 勝치 못하리라. 그러나 輿論의 勝利는 반다시 發言數의 多寡에 因하는 것은 아니니, 多數의 人과 金力을 使用하야 多數의 發言을 하는 者에게 一時的 勝利는 잇다 하더라도 世界는 그러케 오래 虛僞된 宣傳에 속는 者가 아니라.

처음에 我獨立運動이 起하엿슬 時에 敵의 各國에 散在한 數百人의 外交官을 利用하며 無數한 黃白을 散하야 多數의 報紙를 利用하야 韓國의 獨立運動이 獨立運動이 아님과, 얼마 後에는, 獨立運動이라 하더라도 少數 不逞 無賴輩의 野心的 行動에 不過하고 多數 韓人은 日本 天皇의 德政에 悅服 感泣함과, 獨立運動은 벌서 鎭壓되엿고 그 鎭壓하는 手段은 極히 公明正大하야 些少의 暴行도 無하엿슴을 極口 宣傳할 째에, 我는 少數의 人物과 少額의 金錢으로 我等의 眞狀을 宣傳함에 不過하엿건마는 今日 世界에 뉘라서 우리 運動을 利害와 階級을 超越한 全民族 一致의 獨立運動이라고 아니 하는 者 잇스며, 뉘라서 昨年 以來의 日本의 我獨立運動에 對한 蠻行을 信치 아니하는 者 잇나뇨. 輿論의 最後 勝利는 決코 言의 多함에 在하지 아니하고, 言의 眞하고 正함에 在하니라.

우리는 이미 世界의 輿論上으로는 快히 日本을 征服하엿나니, 日本의 五千萬의 一身이 都是 口가 되여도 我等의 要求와 行動의 正大하고 日本의 野心과 行動의 不正悖戾하다는 世界的 斷案을 顚覆치 못할지니, 日本人된 者는 그 議會라는 閒談場에서나 狂噪亂吠할 뿐일지라.

그러나 頑冥 貪慾한 敵衆은 正義의 輿論에 動하지 아니할 것을 이미 示하엿나니, 今番 敵의 議會의 言論을 보더라도, 비록 朝三暮四의 愚論과 黨利와 私見에서 나오는 曲論稚論이나 일즉 一定한 主義主見이 잇슴은 아니라 하더라도, 아직도 朝鮮의 統治를 云云하며 甚至에 齋藤 一類의 政策신지 緩漫하다 하는 者조차 잇나니, 愚者와 惡人을 改悟케 하는 데는 오직 눈에 불이 번적 나는 痛棒이 잇슬 쑨이라. 우리가 過去 一年間의 平和的 手段을 抛棄하고 斷然히 血戰의 決心을 作함이 진실로 이를 爲함이니라.

이에 敵은 戰爭일진대 勝利는 나의 것이다 하며, 엇던 同胞는 戰爭으로 엇더케 强敵을 이기랴 하도다. 作戰의 機密은 나 갓흔 門外漢의 窺知할 바 아니어니와, 내가 生각하기에 우리가 取할 戰術은 二期에 分함을 得할지니, 第一期는 退嬰期오 第二期는 進攻期라 下에 說明하리라.

敵은 只今 我獨立軍의 侵入을 防禦하노라고 鴨綠 豆滿의 國境에 거의 全部 散兵線을 作하며, 俄領과 西北墾島에 多數의 密探을 縱하야 우리의 軍事的 活動을 未然에 防杜해 볼가 하고 可憐한 精力을 다 쓰는 모양이나 우리 獨立戰爭의 起함도 昨年 三月 一日에 獨立이 宣言될 쌔와 갓흐리니, 獨立軍의 來함은 天도 아니오 地도 아니오 東도 西도 南도 北도 아니리라. 난 데 업는 一陣 狂風이 山野로 도는 듯 마는 듯 沛然한 소낙비가 天地에 가득함과 갓흐리니, 그쌔에 敵은 向할 길과 應할 바를 모르리라. 西比利와 西北 墾島에서는 俄國이나 中國에서 武器의 供給을 受하야 隊伍 整然하게 鴨絲江의 鐵橋를 渡하려니,와 國內 各處 坊坊曲曲에 □起할 獨立軍에게 精銳한 武器를 供給할 者는 爲先 日本이니, 敵은 東京과 大阪의 砲兵工廠에서 製造한 彈丸이 自己의 胸을 貫할 줄은 豫料치 못하엿스리라. 敵이 每面에 倭警 三人式을 配置한다 하니, 이는 實로 感謝한 일이라. 이리함으로 敵으로 보는 機會가 드믈고, 싸라서 敵이 엇더케 兇暴하고 貪慾하고 그러고도 미련한 줄을 몰나 敵愾心과 輕蔑心을 發할 機會를 得하지 못하던 同胞도 이제는 그 機會를 得하엿스니, 敵에게는 意外의 大損失이오 我에게는 意外에 大利益이라. 이 亦是 我獨立戰爭의 偶然한 一準備라 할지라.

我獨立戰爭의 開幕은 昨年의 萬歲運動과 갓흐리니, 今日에 一處를 攻擊하고는 退嬰하고 明日에 一處를 攻擊하고는 退嬰하야 오직 持久로써 敵의게 損害를 加할지니, 이에 暫間 壬辰의 役을 한번 反復하게 될지라. 一人을 殺하매

一人의 武器를 得하고, 一處를 襲하매 一處의 武器를 得하야 一二個月內에 龍山, 羅南, 平壤, 大邱 等 大都會를 除한 全部를 占領함을 得할지오, 이째에 西北 國境으로서 整齊한 軍隊가 온갖 文明의 利器를 携하고 長□突進하리니, 이에 純全한 被動的 退嬰的 戰略이 變하야 戰爭은 漸漸 活氣를 呈할지라. 그러나 우리의 戰爭의 要訣은 持久니, 이로써 敵의 士氣를 沮喪하고 經濟的 負擔을 重히 하며 아울러 日本의 革命思想을 助長케 하야 마참내 日本으로 하여금 韓國을 抛棄케 하거나, 不然하면 帝國主義的인 現在의 日本의 日本國家를 破壞하고 新建되는 日本國家로 하여금 好意로 我의 獨立을 承認케 하거나 二者中 一을 導出케 할지라.

近視眼的으로 보면 日本人은 革命을 起하기에는 넘어 現國家(天皇과 軍閥과 財閥의 日本)에 對한 愛國心이 强烈하고, 主義를 爲하야 싸오기에는 日本人은 넘어 利己的이오 打算的이라 할지라. 그러나 日本人의 現國家 及 社會制度에 對한 盲從的 時代는 이미 다시 도라오지 못할 데로 經過하여 바리고, 이제는 日本國民은 批判的 態度로 彼等의 國家와 社會를 觀察하게 되엿슬쑨더러 至今껏지 觀察批判한 結果로 現在 日本의 國家組織, 社會組織 及 經濟組織에 對하야 否認의 斷案을 下한 것은 日本의 靑年運動, 勞働運動, 社會主義運動 及 其他 諸般 改造運動에서 그 巨體의 片鱗을 分明히 窺할지며, 쏘 此等 運動이 加速度的으로 激烈의 度를 加함은 日本의 報紙가 分明히 傳하는 바라. 만일 現在의 日本의 國家組織 及 其政策에 對하야 死로써 此를 擁護할 者가 잇다하면 이는 少數의 軍閥, 官僚 及 財閥쑨일지니, 元來 此等 閥族의 能力은 그 自身에게 存한 것이 아니오 旣成한 制度를 利用하야 警察과 陸海軍의 指揮權을 그 手中에 握함에 在한지라. 그럼으로 一旦 陸海軍이 그 命令에 服從하기를 拒絶하는 날은 卽 彼等의 沒落하는 날이오 同時에 現在의 日本의 國家의 解體되는 날일시니, 俄國과 德國의 不意의 革命이 이 好實例라.

그런데 만일 韓國의 獨立戰爭이 持久되면, (假令 一年만 繼續한다 하야도) 그리하고 韓國에 對한 出兵 又 出兵으로 軍費의 額과 生命의 犧牲이 漸加하면, 또 韓國內에 在한 三十萬의 日人이 生業에 從事할 수가 업시 되면, 마침내 日兵橫暴은 愈加하야 韓人의 敵愾心은 愈激하야 韓國內에 在한 日人의 生命과 財産이 時時刻刻으로 危險을 當하게 되면, 多數의 韓人 決死隊가 韓國內는 戰場이라 勿論이어니와 日本 內地에까지 入하야 爆彈과 短銃과 放火로 日本의 安寧을 破壞하게 되면, 그리하면 日本 人民이 이는 韓國을 領有하랴는* 日本의 野心에 因함인 줄을 自覺하면, 人民의 要求를 無視하고 頑冥한 閔族들이 그냥 韓國에 對한 戰爭을 繼續한다 하면, 이리 되면 日本人은 바로 그 打算的 利己心이 動機가 되어 오래 潛燃하던 大革命의 猛焰이 비로소 爆發할 機運을 當할지니, 이리하야 우리는 最後의 勝利를 得할 것이라.

生각하라, 우리는 우리의 自由를 爲하야 우리의 國土를 爲하야 限死코 싸오기를 決心도 하고 持久도 하려니와, 日本 人民이 무슨 그리 우리에게 큰 怨嫌이 잇스며 또 自己네에 큰 利害關係가 잇서 白骨을 韓土의 野에 曝하리오. 西比利亞의 出兵도 只今 日本 人民의 反感을 起하야 增兵하랴던 計劃도 日本內 輿論의 反對로 中止의 狀態에 在하지 아니하뇨.

革命은 이제는 天의 命令이오 世界的 精神이라. 日本을 革命케 할 者는 이 世界的 精神이니, 英國人이나 美國人이나 新思想 新理想을 懷抱한 者와, 特히 俄國人과 中國人은 모다 日本의 革命에 參與하고 贊成할 者라. 그러나 이 世界的 大精神을 代表하야 日本에게 熱血의 洗禮를 授할 者는 實로 우리 大韓民族이니, 그럼으로 우리의 血戰은 다만 우리의 當然하고 神聖한 獨立의 完成만 爲함일쑨더러 實로 日本을 爲하고 世界를 爲하야 하는 神聖한 天의 明命이라. 이는 이미 我獨立宣言이 發表한 바니라.

이러한지라, 우리가 獨立戰爭을 起하매 世界에 對하야 援助를 請할 權利도 잇고, 또 世界는 우리의 請求에 應하야 援助를 供할 義務도 잇나니, 美國과 中

---

* 원문은 '領有이라는'으로 되어 있다.

國과 俄國이 我에게 援助을 約함은 當然한 일이라.「吾等이 茲에 奮起하도다. 良心이 我와 同存하며 眞理가 我와 倂進하는도다. ……千百世 祖靈이 吾等을 陰佑하며 全世界 氣運이 吾等을 外護하나니, 着手*가 곳 成功이라. 다만 前頭의 光明으로만 驀進할 따름인뎌」.

大韓同胞여, 모든 疑惑과 근심을 바리고 確信과 勇氣를 내일지어다. 그리하야 잇는 金力을 다 모으고 잇는 生命을 다 바처 速히 決戰할 準備를 할지어다. 우리의 血戰이 開始되는 날, 財力과 軍需品과 人物과 生命의 後援이 四至하리라.

아아, 有史 以來로 처음 世界的 大使命을 밧아 實行하랴는 大韓民族아, 깃버 쮜며 춤출지어다. 너희의 前途는 오직 光明이니라.

---

* 원문은 '著手'로 되어 있다.

獨立의 資格*

日人 農法學博 新渡戶稻造**는 東京 英文報에 書를 寄하야 日本의 殖民政策의 成功을 自矜하는 中에, 韓人에게 過去에는 獨立의 歷史가 업고 現在에도 獨立은 姑舍하고 自治의 實力조차 업다 하야 韓國 獨立運動의 不可함을 말하고, 最終에 日本은 將次 韓人을 同化하야 英國의 웰스나 아일랜드와 갓치 할 것이니 보아라 하고 豪語하다.

우리 韓族에게 獨立의 實力이 잇는지 업는지, 日本의 卑劣하고 貪慾한 野心의 爪牙를 분지르고 正義와 人道를 가르치던 五百年前에 王仁***의 蒙昧한 蠻族이던 新渡戶의 先祖에게 天地玄黃을 가르치던 歷史를 反覆할 實力이 잇는지 업는지는 下回를 보아야 알 것이라. 韓族에게는 激勵의 鞭撻이 되려니와, 日本의 現勢는 如何, 貴衆 爾院의 醜態는 如何, 그 外交는 如何, 日本內의 統治는 如何, 統治하지 못할 남을 統治한다고 無益한 爭論으로 歲月을 虛費하기 前에 먼져 日本 自身의 統治나 生각함이 如何.

新渡戶된 者는 爲先 自國을 爲하야 再思 三思함이 可하도다.(春)

---

* 春, 『獨立新聞』 45, 1920.2.12. 4면 '時事短評'란에 실렸다.
** 니토베 이나조(新渡戶稻造, 1862-1933). 일본 메이지·다이쇼 시대의 사상가이자 농업 경제학자, 교육가, 외교가, 정치가. 일본의 식민정책연구를 통해서 당시 일본인들에게 식민지 정책과 제국에 관한 지식을 가르쳤다. 특히 유럽 국가처럼 식민지를 단순히 경제적 자원으로 취급하는 방식은 잘못되었으며, 문명국으로서 식민지 주민의 이익을 중시하여 선진 문물, 문명을 전파하고 근대화시키는 것으로 계몽시켜야 한다고 주장했다.
*** 왕인(王仁, ?-?). 일본의 『고사기』와 『일본서기』에 등장하는 백제 근수구왕 때의 학자로서, 일본에 건너가 『천자문』과 『논어』를 전했다고 전해지는 인물이다.

張德秀君*

平壤 靑年俱樂部 主催의 張德秀君의 大演說 「自由가 업스면 죽는다」 하고 三千의 聽衆의 雙頰에 熱淚가 흐르게 하던 大演說! 이것은 當然한 일이다, 張德秀君의 엇더한 人物인 것을 우리가 아는 故로.

저 東京의 敵衆을 보라. 反覆 無常하야 德義도 信義도 업는 原敬**, 床次*** 等이며 貴衆 兩院의 魚頭鬼面之卒, 그 卑劣하고 淺薄하고 철 업고 宗的 업는 狂叫亂吠. 아아, 그 醜態, 그 喧囂! 이것이 猥濫되히 韓國 統治를 云云하는 大日本帝國의 首腦人物이 아닌가.

敵은 韓族의 獨立의 實力 업습을 짓거리지마는 이제 보라, 韓國이 그 血로써 그 羈絆을 脫하는 날 엇더한 人物이 輩出하는가. 將來 東洋의 思想界를 支配할 者는 韓人이라 함은 무슨 點으로 觀察하던지 眞이리니, 當場 日本의 暴壓下에 幾百 幾十의 天才와 英傑이 물녀 잇슴을 잘 記憶하라.(春)

---

* 春, 『獨立新聞』 45, 1920.2.12. 4면 '時事短評'란에 실렸다.
** 하라 다카시(原敬, 1856-1921). 제국 일본의 정치가. 1918년 9월 28일부터 1921년 11월 4일까지 19대 일본 내각총리대신을 지냈다.
*** 마토지 타케지로(床次竹二郎, 1867-1935). 일본의 관료이자 정치가. 하라 다카시 내각의 내무대신 겸 철도원 총재를 지냈다.

國民皆兵*

大韓人아, 軍籍에 入하라

臨時政府는 內外 各地에 十八歲 以上 男子의 軍籍 登錄을 命하야 只今 進行中이라. ○○在留同胞는 이미 거의 全部 登錄을 完成하다.

臨時憲法에 全國民의 兵役의 義務를 規定하엿스나 아직은 强制 徵兵을 實行치 아니하고 義勇兵 制度를 取할 作定이며, 義勇兵 志願者는 甲乙 兩種에 分하야 甲種은 每日 一時間 以上, 乙種은 每週 二時間 以上 軍事 敎鍊을 受할 者이니, 乙種이라 함은 獨立運動의 他部門의 事務에 服하거나 又는 現在의 生業을 全廢키 難한 者를 指稱함이라.

中俄領 各地와 美領 在住 同胞는 毋論이오 各聯通府를 通하야 內地에쉬지 義勇兵 登錄이 施行될지니, 그 詳細한 內容은 祕密이라 窺知키 難하거니와 李總理의 談話를 據하건대 義勇兵 登錄은 全速力으로 進行될지오, 海外에는 適當한 處所에 訓鍊機關의 設置도 準備中이라 하며, 쏘 現今 帝國時代의 將校와 士卒과 밋 義兵도 調査 成冊中인즉 豫定數의 募集 完了를 期하야 不遠에 軍隊 編制에 着手하리라 하다.

內地의 軍人에 對하야 아직 正式의 訓鍊을 加키 不能하나 成冊과 誓約을 作成하엿다가 곳 動員令을 應하야 起하게 할지오, 我軍의 將次 取하랴는 戰略도 在來의 通常戰術이 아닐 터인則 應募 軍人에게는 各各 그 戰略의 精神을 鼓吹하리라.

이 우리의 戰略은 通常戰術이 아니라는 말은 크게 意味 잇는 말이니, 우리의 戰爭의 主要한 勝勢와 策略이 此에 在할 것이라.

---

* 『獨立新聞』 46, 1920.2.14. 1면 '社說'란에 실렸다.

大韓人아, 速히 軍籍에 着名하라

大韓人아, 이제는 오래 기다리던 獨立戰爭의 時機가 來到하엿도다. 우리 國民의 決心이 獨立戰爭에 在하고 日本의 頑惡이 獨立戰爭을 要求하고 世界의 輿論과 正義가 獨立戰爭을 要求하도다. 獨立戰爭은 我等의 良心의 明命이며, 千百世 祖先의 明命이며, 世界의 正義와 自由와 人道의 明命이며, 億萬代 可愛로운 後孫의 要求며, 邪惡을 罪하고 正善를 彰하는 上天의 明命이라. 大韓人아, 네가 이 要求를 抛棄하고 이 明命을 拒逆하랴나뇨.

二千萬 忠義男女가 다 獨立의 軍人이 되며, 正義를 愛하는 世界의 友邦이 獨立의 後援이 되며, 皇天과 祖先의 靈이 獨立의 後援이 되나니, 大韓人아, 네가 이 好機를 바리랴나뇨.

네가 自由와 忠義의 熱血을 샏려 不義와 壓制의 敵을 물니치고 榮光의 獨立國民이 될 째에 皇天과 祖靈은 너를 賞할지오, 世界의 友邦은 너를 敬할지오, 億萬世 子孫은 自由에 樂하야 너를 慕하고 너를 感謝할지라. 大韓人아, 너는 이 길을 取하랴나냐, 쏘는 卑怯과 無氣力으로 奴隷의 羞恥를 後世에 遺하랴나냐.

너는 勇敢하던 扶餘 高句麗人의 子孫이 아니냐. 너는 薩水一戰에 隋軍 百萬을 滅하고 安市城頭에 唐太宗을 敗走케 한 祖先의 子孫이 아니냐. 너의 祖先은 壬辰倭亂에 八年의 大血戰으로 國家와 自由를 死守하던 祖先이 아니냐. 너는 이를 記憶하나냐 안나냐.

너는 맛당히 죽어야 할 째에 죽지 못한 者들이 아니냐. 乙巳條約 째에 閔忠正으로 더불어 죽엇서야 올핫고, 庚戌國恥 째에 여러 殉國志士로 더불어 죽엇서야 올핫고, 三月 一日에 可憐한 너의 누이가 敵에게 두 팔을 찍힐 째에, 너의 先導者요 統率者인 首領과 愛國志士가 敵에게 侮辱을 當할 째에 죽엇서야 올핫고, 너의 可憐한 어린 弟妹가 惡魔 갓흔 敵曹에게 怨入骨髓하는 惡刑과 羞辱을 當하고 切齒痛哭할 때에 죽엇서야 올핫나니, 大韓人아, 죽을

데 죽지 못한 그 목숨을 爲하야 父老와 兄弟와 妹姊의 져 慘狀을 보면서 밥이 너머가나뇨. 물이 넘어가나뇨.

大韓人아, 너는 三月 一日에 大韓의 獨立國임과 大韓人의 自由民임을 皇天과 祖靈과 世界의 압헤 宣言하고 最後의 一人ㅅ지 最後의 一刻ㅅ지 이를 爲하야 奮鬪하기로 公約하지 아니하엿나뇨. 너는 敢히 이 宣言과 이 公約을 한 虛言과 休紙를 作하랴나뇨. 그리하야 永世無窮토록 信用치 못할 賤한 種子를 作하랴나뇨.

大韓人아, 百以思之하더라도 너희의 나갈 길은 오직 血戰이로다. 血戰이로다, 血戰쑨이로다. 大韓人아, 너의 나갈 길은 오직 血戰이로다.

大韓人아, 皇天이 너를 부로고, 祖靈이 너를 부르고, 世界가 너를 부르고, 獄中의 同胞가 너를 부르고, 殉國의 怨魂이 너를 부르고, 億萬世 後孫이 너를 부르고, 너의 自由요 너의 生命인 國家가 너를 부르고, 네가 밟은 大韓의 疆土가, 네가 보는 大韓의 山川이, 네가 사람일진대 너의 良心이, 너를 부른다. 「大韓人아, 나와 軍人이 되라」하는 그네의 부르는 소리가 네가 가는 곳마다, 山에나 들에나 바다에나 寢室에나 夢中에나, 네게 들니리라.

大韓人아, 軍籍의 登錄을 맛흔 國家의 使者가 네집에 니를 째에 너는 엇지 하랴나뇨. 忠義로운 愛國者인 너는 두 팔을 들어 萬歲를 부르고 깃브게 네 일홈을 獨立軍籍에 두리라.

元來 우리 國民은 皆兵이엇섯다

우리 始祖 한배검*은 國民에게 勇戰하라는 聖訓을 授하섯고, 漢族의 扶餘 及 三韓時代의 我祖先을 評하야 君子라 하면서도 「剛勇善戰」이라 하엿스며, 漢族이 古代에 我族을 稱呼하던 夷字는 從大從弓이라 하야 大弓을 携한 勇士 라는 쯧이며, 扶餘時代에는 男子 平時요 寢食時에도 座右에 甲冑와 武器를 置

---

* 대종교에서 단군을 높여 부르는 이름

하고 國家의 召命을 待하엿나니, 오직 我族은 彼凶獰한 日本과 갓치 不義의 師와 侵略의 戰을 아니하엿을 쑨이오 國家와 自由를 爲하야는 國民이 다 强兵勇卒이더니라.

特히 三國時代에 入하야는 麗濟羅 三國이 다 相似한 國民皆兵主義의 徵兵制度를 採用하엿나니, 國史를 據하건대 十七歲 以上의 男子는 다 軍籍에 入하야 三年間 軍隊의 訓鍊을 受하고 二年(未詳)*間 邊方에 戍한 後에 各自의 生業에 歸하되 一旦 有事하면 곳 動員令에 依하야 一齊히 兵營에 入하나니, 近代諸國의 徵兵制度**와 彷似하다.

當時붓허 千餘年을 隔하는 우리는 다시 祖國과 自由와 世界의 平和를 爲하야 우리 先祖의 遺風을 取하나니, 쏘한 奇異한 因緣이오 勇躍할 快事라 하리로다.

네가 大韓人이냐. 그러하거던 先祖의 遺烈을 守하야 勇躍하야 大韓의 獨立軍人이 되되, 南에서 北섲지 東에서 西까지 一人도 쌔짐이 업스라.

決心과 勇氣와 服從은 獨立軍人의 生命이라

大韓의 獨立軍아, 너는 決心하라. 굿게 決心하고, 盟誓코 決心하라. 나는 大韓의 獨立軍이니 獨立을 完成하기섲지, 쏘는 熱血로써 神聖한 大韓의 疆土를 물드리기섲지 싸호리라고 決心하고, 盟誓하라. 지거나 이긔거나, 살거나 죽거나 쑷섲지 싸호리라, 하나라도 더 敵을 죽이고 敵에게 損害를 주어 大韓獨立의 基礎에 한줌 흙이 되리라는 決心을 굿게 하고 구스게 하라.

大韓의 獨立軍아, 너는 勇氣를 가지라. 鼻端에 砲丸이 爆發하여도 눈도 섲ㅁ박 아니 하는 勇氣, 同僚의 屍體를 타고 넘고 타고 넘어 自己가 最後의 一人이 되기섲지 太極旗를 놉히 들고 敵陣中으로 突貫하는 勇氣, 가슴에 爆彈을

---

* 원문대로.
** 원문은 '徵兵諸度'로 되어 있다.

품고 敵將이나 敵營을 粉碎하되 自己의 몸ᄭ지 *粉碎하는 勇氣······. 이러한 勇氣는 다 너의 祖先에게 잇던 것이니, 이는 決코 그네의 肉體와 갓치 墳墓에 간 것이 아니오 너희의 血液中에 흐르나니, 흔들기만 하면 너희 中에 復活하리라.

大韓의 獨立軍아, 너희는 自由를 得하기 爲하나니, 그럼으로 爲先 服從하라. 服從은 自由의 母니 獨立戰爭의 期間에 國民이 政府의, 軍人이 將官의 命令에 絕對로 服從하야 二千萬 一心一體로 싸호지 아니하고는 너희에게는 永遠히 自由가 업스리라. 過去의 너희 祖先이 隋軍에 對하야, 唐軍에 對하야 이리하엿나니, 너희는 今日에 이리함이 맛당하니라.

去番 大戰에 英國이, 美國이, 白耳義**가, 채크가 이리하엿나니, 너희도 이리함이 맛당하니라.

二千萬의 是日의 祈禱

하나님이여, 是日에 二千萬 大韓同胞에게 祖國의 獨立과 正義와 自由를 爲하야 血戰할 決心을 주시고 是日에 닐어나 神聖한 獨立軍의 軍籍에 일홈을 두게 하옵시며, 일즉 二千萬의 祖先이 가젓던 義氣와 勇氣가 是日에 復活하게 하시며,

일즉 美國의 義軍에게 나리시던 陰護를 大韓의 獨立軍에게 나리시옵소셔.

是日에 들이는 우리의 熱血의 燔祭가 당신의 寶座에 올나 우리의 모든 罪咎를 容恕하시게 하고, 괴로운 罰에서 나와 天賦의 自由와 福樂을 누리게 하시옵소서.

是日에! 二千萬이 復活의 苦를 始하는 是日에!

---

* 원문은 '몸ᄭ지써'로 되어 있다.
** 벨기에의 한자어 표기.

獄中 同志의 苦楚*

敵의 惡刑과 飢寒과 病으로 苦楚하는 獄中의 同志! 手足指가 썰어지고 全身이 얼어 써ㄱ어지는 同志! 病이 늘매 看護하는 者도 업시 쑤브리고 얼어 죽는 同志!

大韓人아, 소리를 노아 痛哭할지어다! 血과 淚가 잇거던 一死로써 져 可憐한 同志의 怨讐를 갑고, 져 可憐한 同志의 志를 達하기 爲하야 蹶然히 起하고 憤然히 起할지어다.

져 可憐한 同志를 救할 길이 무엇이며, 져 可憐한 同志의 怨讐를 갑흘 길이 무엇이며, 그네를 慰勞할 길이 무엇이뇨. 오직 獨立戰爭이 아니뇨. 國民아, 더 무슨 顧慮가 잇스며 躊躇가 잇스랴. 닐어나 獨立軍의 軍籍에 일홈을 둘지어다.(春)

---

* 春, 『獨立新聞』 46, 1920.2.14. 4면 '時事短評' 란에 실렸다.

敵國 製鐵所의 大罷工*

八幡製鐵所**는 그 長官을 親任 待遇로 하는 그러한 重要한 敵의 國家事業이라. 그 製鐵所의 三萬의 職工이 聯盟罷工을 行하고 家屋과 機械를 破碎하야 軍隊신지 出動하게 되고 이미 多數의 死傷을 出하엿다 하도다.

敵紙는 報道흐대, 白衣의 韓人과 上海로서 潛入한 重要한 韓人이 內部에셔 活躍한다고 或 그러리라, 或 그러치 아니하리라. 數萬의 敵國內에 虐待 밧는 韓人 勞働者가 大韓을 爲하야 應分의 義務를 盡함은 當然한 일이 아니뇨

明日에는 大阪의 砲兵工廠, 又 明日에 東京의 砲兵工廠, 又 明日에는 橫須賀의 造船廠, 又 明日에 軍艦의 暴動, 又 明日에는 近衛隊의 反亂, 이러케 日本의 革命은 預定의 푸로그램을 싸라 進行하리니, 그날이 一月後냐 一年後냐.(春)

---

* 春,『獨立新聞』46, 1920.2.14. 4면 '時事短評'란에 실렸다.
** 1901년에 일본 정부에서 직접 세운 관영 제철소로 시작하여 1887년 세워진 이와테현 가마이시시의 가마이시 광산 다나카 제철소에 이어 일본에서는 두 번째로 세워졌다. 제2차 세계 대전 전까지 일본내 철강 생산량의 반 이상을 책임지고 있었으며, 1934년부터는 민관 협동으로 세워진 일본 제철이 관리하다 전쟁 이후 야하타 제철을 거쳐 1970년 야하타 제철과 후지 제철의 합병으로 새롭게 태어난 신일본제철에서 관리하게 됐다.

獨立軍 勝捷*

我獨立軍 二千이 吉林으로 道를 假하야 敵陣을 깨트리고 敵을 誅하기 三百, 敵의 敗走하기 四百이라. 그리하고 그 獲得品은 多數에 達하엿스리라고 아지 못게라, 機가 임의 熟하엿나뇨. 力이 임의 備하엿나뇨. 다시 아지 못게라, 우리는 機의 熟함을 坐待하겟나뇨. 進하야 機의 熟하기를 促하겟나뇨. 機 임의 熟함으로 出함이라 하면 余는 그 機의 早함을 賀하노라. 進하야 機의 熟함을 促함이라 하면 余는 또한 그 勇氣를 嘆하고 그 前途를 祝하노라.

불은 임의 당기엇도다. 이 불이 或은 성량갑이에 붓는 불보다 勝하지 못하리라. 남이 보기에는 길가에 던지어 풀득이는 담배불만치도 못 보이리라. 그러나 이 불은 半島江山을 愛國의 熱血로 태우고 東陲의 小島國을 復讐의 猛焰으로 태울 불이다. 그뿐이랴, 이 불은 亞細亞의 老大國을 覺醒의 烈火로 태울 불이며, 이 불은 「세-ㄴ」江邊에서, 英法海狹에서 부어내리던 火藥불을 黑龍江畔, 朝鮮海狹에 솟아지게 할 그 불이다.

아아, 엇지 이 불이 半島江山에서 倭賊만 태울 불이랴. 이 불이 당기는 곳에 모든 醜惡과 모든 害毒, 모든 腐肉이 남지 못하리라. 이 불이 가는 곳에 새로운 나라가 잇슬지오, 새로운 社會가 잇슬지오, 새로운 生活이 잇고 새로운 政治가 잇스리라. 이 불이 가는 곳에 새로운 大韓民族이 잇고, 새로운 中華民族이 잇고, 새로운 日本族, 새로운 亞細亞가 잇스리라. 아아, 이 불은 東亞의 싸히고 싸힌 舊弊를 모조리 사라버리는 淨火로다.

누가 이것을 過言이라 하나뇨. 太平을 꿈꾸는 者여, 눈을 들어 바라보라. 朔風이 猛烈한 西比利 曠野에 新曙光이 비침을 깨닷지 못하나뇨. 積雲이 疊

---

* 天才, 『獨立新聞』 47, 1920.2.17. 1면 '社說'란에 실렸다.

疊한 支那 平原에 새로 쌤ㅁ는 火山을 못 보나뇨. 北京의 傀儡政府의 顚覆은 目前에 잇고 沿海州의 日兵과 赤衛軍間에 大衝突이 生할 것은 明若觀火라. 帝國主義, 金權主義, 잇다 하는 모든 날근 것을 代表하는 日本의 軍閥과 北京의 木偶政治. 自由主義, 解放主義, 온갓 새로움을 代表한 西比利의 革命家, 靑年 中國의 新精神. 不安한 生活과 自由思潮의 侵入은 激動하기 쉬운 日本의 被壓階級을 음즉엿도다.

萬一 日本으로 메칠만 더 無益한 增兵을 쑴쑤ㄹ 째는 彼所謂 「帝國의 忠良」은 一人도 남기지 안코 西比利의 들에 그 피를 흘리고 그 쎠를 무드리라. 萬一 一日 더 늣게 北京의 魔醉 政客이 잠자는 째는 그들의 老首는 革命의 心醉한 中國靑年의 불근 손 아레 부서지리라.

이 모든 形勢를 爆發식힐 導火線은 임의 죄다 裝置된 火藥에 電氣를 導하는 손은 오직 大韓人의 피니라. 오직 大韓靑年의 피니라. 그럼으로 吾人은 敢히 말하노니, 二千의 獨立軍의 勝捷은 東亞의 大革命의 開始를 宣하는 警鐘이라 하노라.

임의 불은 당기엇도다. 獨立戰爭의 第一期는 臨迫하엿도다. 暴風雨의 先驅가 地平線을 슬치고 가도다. 「忠勇한 大韓의 男女여, 血戰의 時, 光復의 秋가 來하엿도다. 너도 나아가고 나도 나아갈지라. 正義를 위하야 自由를 위하야 民族을 爲하야 鐵과 血로써 祖國을 살닐 째가 이째가 아닌가」(軍務部布告)

獨立戰爭의 第一步에 우리에게 도라온 이 勝利는 卽 獨立戰爭의 前途를 卜하는 勝利요, 東亞大革命의 成功을 祝하는 勝利이로다. 勝利를 祝할 者는 나아오라. 勝利를 向하야 突進할 者는 나아오라.(天才)

獨立軍歌*

나아가세 獨立軍아 어서 나가세
기다리던 獨立戰爭 도라왓다네
이째를 기다리고 十年 동안에
갈앗던 날낸 칼을 試驗할 날이
나아가세 大韓民國 獨立軍士야
自由獨立光復할 날 오늘이로다
正義의 太極旗발 날리는 곳에
敵의 軍勢 落葉갓히 슬어지리라

보나냐 半萬年 피로 직킨 싸ㅇ
오랑케 말발굽에 밟히는 모양
듯나냐 二千萬 檀祖의 血孫
怨讐의 칼 아래서 우짓는 소리
楊萬春 乙支文德 피를 밧앗고
李舜臣 林慶業의 後孫 아니냐
나라 爲해ㄴ 목슴을 터럭과 갓히
싸호던 네 祖上의 後孫 아니냐

---

* 『獨立新聞』47, 1920.2.17. 앞의 사설 「獨立軍 勝捷」 하단에 나란히 실렸다. 김여제의
  회고에 따르면, 1절과 2절은 이광수가, 3절은 김여제가, 4절과 5절은 주요한이 지었다
  고 한다. 김여제, 「『독립신문』 시절」, 『신동아』, 1967.7. 참조.

彈丸이 비싸르가치 퍼붓더라도
鎗과 칼이 네 아프길을 가로막아도
大韓의 勇壯한 獨立軍士야
나아가고 나아가고 다시 나가라
最後의 네 피방울 써러지는 날
最後의 네 살졈이 써러지는 날
네 그리던 祖上나라 다시 살리라
네 그리던 自由쏫이 다시 피리라

獨立軍의 百萬勇士 달리는 곳에
鴨綠江 魚鱉들이 다리를 노코
獨立軍의 붉은 피가 내쑴는 째에
白頭山 구든 바위길을 열리라
獨立軍의 날낸 칼이 빗기는 날에
玄海灘 푸른 물이 핏빗이 되고
獨立軍의 霹靂 갓흔 鼓喊소리에
富士山 소슨 峯이 문허지노나

나아가세 獨立軍아 한 號令 밋헤
疾風갓히 물결갓히 달려나가세
하나님의 도으심이 우리에 잇고
祖上의 神靈 오서 引導하리니
怨讎軍勢 山과 갓고 구름 갓하도
우리 바르에 틧글갓치 홋허지리니
榮光의 最後勝利 우리 것이니

獨立軍아 疾風갓히 달려나가세

하늘은 맑앗도다 짜ㅇ은 열렷네
榮光의 獨立軍旗 노피 날리네
수풀 갓흔 槍과 칼에 淋漓한 것은
十年怨恨 씨서내던 핏줄기로세
빗은 날고 해여진 우리 軍服은
長白山 狼林山을 長驅한 標요
우레갓히 몰려오는 萬歲소리는
漢陽城 大勝利의 凱旋歌로다

婦人과 獨立運動*

三月 一日에 左手에 太極旗, 右手에 獨立宣言書로 示威行列의 前頭에 셔서 突進하던 一處女는 敵의 칼에 兩手를 슨키엿다. 이것이 이번 獨立運動의 첫 피다. 大韓獨立을 爲한 첫 피는 大韓女子에게서 흘럿다.

그로부터 大韓의 女子는 獨立運動의 모든 部門에 싸짐이 업섯다. 祕密文書의 印刷, 謄寫, 配布와 通信의 大部分은 女子의 손으로 되엇다. 昨年 二月 東京과 上海로서부터 飄然히 조르던 故國에 돌아온 幾個 女愛國者는 釜山에서 義州까지 木浦에서 咸興신지 날아다니며 四千年間 沈黙하엿던 大韓의 一千萬 女性에게 祖國을 爲하야 니러날 째가 當到하엿슴을 告하엿고, 一旦 大韓獨立萬歲聲이 니러나매 그네는 奮然히 深閨의 門을 차고 太極旗를 두루고 나섯다.

그네는 獄에 가고 惡刑을 當하고 重罪의 宣告를 受하엿다. 그네의 피와 눈물로 大韓獨立을 부르지지는 소리는 千萬의 大韓男子를 奮起케 하고 世界에 對하야 大韓民族의 義氣를 高聲으로 자랑하기에 足하엿다.

쳐음에 男子의 運動을 隨하야 닐어난 그네는 漸漸 自己네의 實力과 地位를 自覺하게 되어 「우리는 男子의 附屬物이 아니오 獨立한 人格이다」 함을 事實로 證明하게 되엇다. 그네는 女性國民으로 國家에 對한 義務를 自解하야 여러 가지 結社를 만들엇다. 이번에 일홈난 愛國婦人會는 아마 大韓婦人이 組織한 最初요 最大한 政治的 結社일 것이다. 이러한 政治的 結社를 얼마나 組織的으로 얼마나 有力하게 運轉할가 하는 것은 現在 大韓婦人의 能力을 試驗하는 問題지마는.

---

* 『獨立新聞』47, 1920.2.17. 1면 제2사설에 해당한다.

河蘭史 金敬喜 갓흔 人物은 죽엇고, 金마리아 黃愛施德 갓흔 이는 敵의 捕虜가 되엇다. 이것은 大韓 婦人界에 큰 損失이지마는 나는 無名한 中에 多數의 人物이 活動함을 밋고, 쏘 方今 發育中에 잇는 俊才가 無數할 것을 祝한다.

婦人에는 그 婚姻紀念의 指環을 쎼고, 비녀를 쎼고, 머리를 베엇다. 그네는 扇子를 팔고 썩을 팔고 바느질품을 팔앗다. 손에 財産權을 가지지 못한 그네는 自己네로 可能한 온갓 手段을 다하야 애써 獨立을 挽回하려 한다.

只今 上海에 在한 三十餘의 婦人은 거의 一刻의 閑隙이 업시 活動한다.

그네는 대개 女學校出身으로 昨年 三月 以來로 國內에서 活動하다가 數個月의 獄中生活을 치르고 온 이들이다. 月前 陸報에 金蓮實氏의 獄中에서 惡刑當하던 告白이 낫거니와, 우리나라에 쯧 잇는 女子들은 다 그러한 苦難을 當한다고 봄이 맛당할 것이다. 上海에 在한 그네는 愛國婦人會를 組織하엿다. 그네는 돈을 모도와 獨立運動에 關한 寫眞帖 數千部를 發行하야 西洋과 漢人方面에 配布하엿고, 쏘 將次는 太極旗와 其他 大韓의 獨立運動을 聯想할 만한 紀念品을 만들어 널리 世界의 同情하는 人士에게 보내려 하며, 或은 調査의 職任을 맛하 獨立運動史料와 宣傳材料의 蒐集에 從事하며, 或은 財務部의 收稅員이 되어 稅를 거두며, 或은 軍務部의 義勇兵 勸誘員이 되며, 或은 學校의 敎師가 되며, 或은 赤十字會의 看護婦가 되어 獨立戰爭의 準備를 하는 等, 上海에 在한 男子로는 아모 事務 업시 優遊하는 者가 잇다 하더라도 女子로는 一人도 그러한 者가 업다.

이번 우리 獨立運動에 자랑할 것이 만흔 中 아마 우리 女子의 活動은 가장 자랑할 것의 하나일 것이다. 願컨대 一千萬 女性이 다 覺醒하고 蹶起하야 新大韓建設에 各各 應分의 힘을 낼지어다. 그리고 이것은 全혀 新敎育을 受한 先覺者의 掌中에 잇는 것이니, 先覺者된 女子들은 自己의 責任의 重大함을 自覺하여서 一刻이라도 人格과 知識의 修養을 疎忽하여서는 아니된다. 只今 이 急한 쌔일사록, 밧불 쌔일사록.

軍籍에 入하라*

그대는 이미 軍籍에 들엇나뇨. 아니 하엿거던 오늘에 하라. 豆滿江邊에는 이미 風雲이 起하엿도다. 大韓人아, 速히 닐어나서** 二千의 勇士의 뒤를 싸르라.

村마다 面마다 義勇隊를 組織하야써 宣戰의 日, 大動員令의 日을 기다리라. 그날이 目前에 迫하엿나니라.

大韓人으로, 男子나 女子나, 獨立軍이 아니 되는 者는 罪人이니라. 國家의 罪人이오, 先祖의 罪人이오 子孫의 罪人이오, 世界의 罪人이니라.

너의 先祖의 墳墓가 敵의 말발굽에 밟힘을 네가 본다. 너의 兄弟와 姉妹가 敵의 暴虐下에 우는 소리를 네가 듯는다. 敵이 네의 千萬代 後孫을 奴隸의 鐵鎖로 結縛하려 함을 보다. 다시 長提할 必要가 잇스랴. 이만하면 너희가 切齒扼腕하고 憤然히 起하야 피와 목슴으로써 敵과 死生을 決하리라는 決心이 나리라. 하믈며 惡毒과 野心의 化身인 日本을 깨트림이 世界의 自由와 平和를 爲하는 偉業임이랴.

닐어날지어다, 大韓의 男子야 女子야. 닐어나 獨立軍人이 될지어다.(春)

---

* 春,『獨立新聞』47, 1920.2.17. 4면 '時事短評'란에 실렸다.
** 원문은 '닐어나저'로 되어 있다.

技能 업시는 愛國 못한다*

아모리 胸腔에 愛國의 熱誠이 퍼르퍼르 끌는다 하더라도 한 가지 내여 노흘 技能이 업스면 무엇으로 나라일을 하리오. 그러한 이는 오직 東西로 도라 단니고 南北으로 짓거릴 뿐이로다. 하는 일은 업시 不平만 이르키는 徒는 다 이러한 者니라.

그러나 이제는 아모 技能이 업는 者라도 한 가지 技能을 내일 째가 되엿도다. 네게 피가 잇스니 피를 흘니라. 네게 목숨이 잇스니 목숨을 바리라. 네가 먼져 軍服을 닙고 銃을 메고 獨立軍의 先鋒이 되라. 이 技能식지도 내지 못하면 너는 다시 愛國者로라는 말을 말지어다.(春)

* 春, 『獨立新聞』47, 1920.2.17. 4면 '時事短評' 란에 실렸다.

어제 편지 보고 놀라셨지요*

　어제 편지 보고 놀라셨지요. 空然히 그런 편지를 했습니다. 몸은 좀 나았습니다.

　오늘 밤은 陰曆 正月 初三日**입니다. 초생달을 바라보며 黃浦江邊을 散策했습니다. 同居하는 朴兄의 열다섯 살 난 아들이 죽었다는 편지를 받고 슬퍼하는 朴兄과 같이 나온 것입니다.

　世上의 人情은 몹시도 찹니다. 종이 한 장보다도 얇고, 얼음장보다도 찹니다. 友情이라는 것은 銅錢 한 푼의 價值가 없는 것입니다. 外國人은 어떠한지. 적어도 朝鮮人은 그러합니다. 내가 幸福스러웠을 때에 누가 기뻐한 사람이 있습니까. 내가 不幸하게 된 때에 누가 슬퍼해 주었습니까. 만나면 반가운 듯이 人事해도 헤어지면 그뿐입니다. 사람과 사람의 接觸, 이것은 機械가 돌아가는 것 같습니다.

　나는 그래도 여러 親舊에게 同情과 사랑을 받은 편입니다. 또 現在도 받고 있습니다……. 그러나 세상은 너무 차고 無情합니다.

　나는 지금 健康을 잃어버리고 孤獨에 울고 있습니다. 그러나 아무 데에도 따뜻한 慰勞의 손길은 없습니다. 일없는 사람들이 찾아와서 쓸 데 없는 소리 지껄이고 돌아갈 뿐, 무슨 必要한 일이 있을 때는 나를 생각할 뿐이겠지요.

　犧牲的인 사랑 — 이것은 親舊들 사이에는 볼 수 없는 것이 아닐까요. 어머니와 子息 사이, 남편과 아내 사이에 限하여 가질 수 있는 사랑일 것이외다.

---

*　1920년 2월 22일자 서간.
**　양력으로 1920년 2월 22일.

하나님은 이러한 손을 가지고 계시지 아니합니다.

하나님은 이 따뜻하고 부드러운 愛情에 주린 者를 만져주고 쓰다듬어 주실 손을 가지고 계시지 아니합니다.

하나님은 어떤 사람을 사랑해 주시려고 할 때에 어떤 다른 사람을 시켜서 당신을 대신하게 하십니다.

하나님께 당신의 사랑을 나타내고자 하실 때에는 아름다운 사람을 通하여 사랑의 노래를 부르게 하심으로써 그것을 나타나게 하십니다.

그러기에 사랑해 주는 사람을 가진 자는 하나님에게 祝福을 받은 자외다. 그는 救援된 者외다.

사람이 一時에 두 사람 以上의 사람으로부터 사랑받음은 禁止되어 있습니다. 아담에겐 이브가 있을 뿐, 이브에겐 아담이 있을 뿐. 예수는 萬人에게 사랑받았다고 말하는 사람이 있습니까. 아닙니다. 열두 弟子조차도 그를 버렸습니다. 모른다고 우겼습니다. 아마도 그를 사랑한 사람은 그의 어머니인 마리아나, 十字架를 붙든 채 쓰러져 운 막달레나 마리아였을 것이외다.

天下의 榮光이 무엇에 쓰리오. 한 사람이 그의 목숨을 잃는다면 事業, 成功, 名譽, 富…… 이러한 것들이 사람에게 얼마만 한 幸福을 줄 것이겠습니까. 모든 이러한 것과 사랑의 따뜻한 손길 중 당신은 어느 것을 바라십니까.

내 이러한 생각이 단지 病的인 생각이겠습니까.

아닙니다. 나는 결단코, 결단코 그렇게 생각지 않습니다.

아아, 어떻게 해서든 世上을 살기 좋은 곳으로 만들고 싶습니다. 하찮은 싸움이나 虐殺이나 嫉視 自慢을 버리고 謙遜과 사랑에 가득한 세상으로 만들고 싶습니다. 예수가 죽은 것은 確實히 그 일을 爲해서였습니다.

아아, 세상에는 얼마나 차가움에 울고 있는 男女가 많겠습니까. 지금 이 瞬間에 당신도 그 한 사람, 나도 그 한 사람!

이 괴로움, 이 束縛을 벗어나도록 기도하시지 않으렵니까. 역시 반입니다.

편히 쉬시오.

Deiner

K와 R의 行路에 幸運이 있기를 기도합니다.

新生*

「悔改하라 天國이 갓가오니라.」

「다시 나지 아니한 者는 天國을 보지 못하리라.」

悔改하라, 大韓人아! 奴隷에서 나와서 自由에, 愚에서 智에, 賤에서 貴에, 貧에서 富에 나오랴거든 大韓人아, 悔改할지어다!

써ㄱ은 材木으로 다시 집을 지으랴. 百番 지어도 百番 문허질 샏이니, 한 번 문허질 쌔마다 그 문허짐이 더욱 甚하리라. 그리하야 마침내 永遠히 다시 닐어나지 못하게 되리라.

大韓人아, 너는 亡國하던 百姓이니, 亡國하던 百姓으로 能히 興國하는 百姓이 되리라 하나뇨. 하늘이 도으심으로 되며, 世界의 도음으로 되며, 僥倖으로 되며, 自然히 되리라 하나뇨. 너의 나라을 亡한 것이 하늘이라고 하지 말고, 運數라고도 하지 말고, 우리를 奴隷로 한 日本이라고도 하지 말고, 우리의 奴隷됨을 黙認한 列國이라고도 하지 말라. 大韓을 亡한 것은 오직 너희 大韓人의 罪임을 깁히 씨닷고 이 罪를 아프게 悔改하기 前 다시 네 國家의 自由가 오리라고 妄想하지 말지어다. 一年을 悔改치 아니하면 一年을 奴隷의 鐵鎖와 鐵鞭이 네 우에 잇고, 十年을 悔改치 아니하면 十年을 네 우에 잇스리라. 눈물을 흘리고 가슴을 두드려 悔改할지어다.

十年間 敵에게 牛馬의 虐待를 受하되 悔改할 줄을 모르며, 三月 以來로 數萬의 兄弟와 姉妹가 피를 흘리되 悔改할 줄을 모르나뇨. 너희의 醜惡한 罪惡이 血液에 充滿하고 心身의 組織內에 浸潤하야 地獄의 烈火로 膚骨이 俱焚하기 前에는 消滅할 수 업다 하나뇨. 이사야, 에레미아 等 여러 先知者의 熱火

---

* 『獨立新聞』 48, 1920.2.26. 1면 '社說'란에 실렸다.

갓흔 絶叫를 들은 체 만 체하고 마침내 數千年間 天涯에 流離하는 亡國民을 作하던 猶太人이 되고야 말랴나뇨, 大韓人아!

今次의 獨立運動으로 過去의 罪를 贖하엿다고 生覺하지 말라. 今次의 列國의 同情과 稱讚으로 大韓人의 過去의 陋名을 快雪하고 世界의 信任과 同情을 博하엿다 生覺하지 말라. 이러케 生覺함은 過히 주제넘은 일이오 兼하야 自殺的 妄想이니, 大韓人의 醜惡한 罪障은 더욱 싸혓슬 뿐이오, 싸일 뿐이며, 世界에 對한 大韓人의 陋名과 不信用은 如前한 줄 알고 더욱 悔改하고 鞭撻할지어다

大韓人아, 스사로 思量할지어다. 너희가 文明한 新國民이 되기에 適當한 資格이 잇나뇨. 네게 그만한 道德이, 그만한 知識이, 그만한 富力이, 그만한 忠誠이, 그만한 勇氣가, 그만한 純潔한 愛國心과 團結力이, 그만한 信義가, 잇다고 自信하나뇨. 五百年來의 惡政과 腐敗에서 得한 虛僞와 空論과 巧詐와 無信과 猜忌와 嫉妬와 懶惰와 無氣力과 利己心을 快히 바렷다고 自信하나뇨. 이것을 아니 바리고도 奴隸의 羞辱에서 出하야 自由의 榮光에 入하리라고 思量하나뇨.

罪로는 病人이오, 幼穉하기로는 小孩인 大韓人아! 光復과 新建의 大事業을 病人과 小孩로 能히 하리라 하나뇨. 罪를 悔改하야 健全하게 되고 精神을 修鍊하야 힘을 엇으라. 個人으로 「힘」을 엇고 團體로 「힘」을 엇고 民族으로 「힘」을 엇어야 하리니, 大韓人의 復活과 繁榮은 大韓人의 「힘」에 잇고 大韓人의 「힘」은 大韓人의 悔改에서 源을 發할지니, 悔改 업는 大韓人에게는 永遠히 自由의 救援이 업스리라. 悔改의 淚와 希望의 光은 同時에 同源에서 發하는 것이니라.

大韓人아, 悔改하라, 다시 나라. 그리하고 新郎을 기다리는 處女와 갓히 各各 淨潔의 燭을 準備하야 오는 新國家와 新時代를 마즈라.

그래도 잊지 않고 편지를 주셔서*

그래도 잊지 않고 편지를 주셔서, 나는 어리석게도 또 기뻐할 것 같습니다. 나는 그 기쁨을 억누르고 있습니다.

나는 何等의 辨明을 하려고는 생각지 않습니다. 당신이 한 일은 당신이 잘 아실 것입니다. 당신의 心情은 더구나 잘 아시겠지요.

開業을 하든지 ○○을 ○든지 자유로 하십시오. 즐거운 길을 택하십시오. 그렇게 귀찮은 바엔 自由로 하심이 좋겠지요. 決코 나를 두려워 마십시오. 그것은 卑怯합니다.

아아, 나의 身邊에는 아직도 그 記念物들이 소중히 保存되어 있습니다. 무슨 일이 있어도 차마 破業하지는 못합니다. 人間은 사라져도 그것들은 나의 生命이 다할 때까지 남아 있을 것이외다. 그리고 나를 괴롭히거나 울리거나 하리라.

나는 十二月의 十四, 五日頃에 편지를 드렸습니다. 보여드리지 않았던 모양이군요.

이미 哀願도 威脅도 진력이 나고 말았습니다.

만일 希望하시는 대로 하자 하자고 努力해 보아서 그렇게 되지 않으면 悲劇의 最後의 幕을 演出하는 게 고작이겠지요. 부디 당신의 고향 사람들에게 告해 주십시오. 「아아, 아름다운 女人들이여, 信實하라」고. 아니면 「永遠히 풀리지 않는 ○○가 그대들에게 내릴지어다」라고.

얼마나 矛盾된 사람들의 마음입니까. 이렇게 ○○하면서도 당신의 健康

---

* 1920년 2월 28일자 서간. 正月은 음력으로 한해의 첫 달을 가리키므로 '正月 九日'은 양력으로 2월 28일에 해당한다.

이 염려되는 것입니다. 그리고 당신이 그리운 것입니다. 抱擁의 過去로 되돌아가고 싶은 것입니다.

　이것은 이루어질 일일까요. 넋두리일까요.

　그저 울리라. 울리라. 태어난 것을 울고, 사랑을 안 것을 울고, 사랑의 맹세에 ○○○한 것을 울리라.

正月 九日 午前 二時　잊혀진 Hd.

三一節*

己未 三月 一日, 大韓의 獨立을 宣言한 날. 그날의 午後 二時, 玉塔公園에서 처음 大韓獨立 萬歲聲이 發한 째. 이날 復活의 날, 이째 復活의 째. 半萬年 歷史가, 大韓의 國名이, 世界의 記憶中에 大韓民族의 存在가 오래 慟哭의 눈물 속에 잠겻던 太極旗와 함씌 大韓民族의 自由가, 이 모든 우리의 貴한 것이, 生命과 갓히 貴한 것이 이날에 復活하엿도다.

이날에 獨立宣言書에 署名한 民族代表 三十三賢, 이날에 팔을 벌이고 하늘을 우럴어 大韓獨立의 첫 萬歲를 부른 忠勇한 兄弟와 姊妹, 이날에 太極를 두르고 自由를 웨치다가 피를 흘린 이에게 永遠한 感謝와 榮光이 잇슬지어다!

이러한 忠勇한 兄弟와 姊妹를 가진 大韓人과 밋 그 千萬代 子孫에게 永遠한 自由와 繁榮이 잇슬지어다!

이날에 日月과 갓히 밝게 霹靂과 갓히 크게 三千里의 江山에 울어난 偉大한 獨立宣言書의 理想과 義氣가 速히 實現되고 永遠히 빗날지어다!

二千萬의 大韓人과 밋 그 千萬代 子孫이 永遠히 이 貴重한 宣言書를 誦하고 쏘 誦하야 晝晝夜夜로 時時刻刻으로 그 속에 表現된 理想과 約束을 體하기를 實現하기를 忠實히, 黽勉히 할지어다!

이날에 부른 獨立萬歲 소리가 한번 울고 슬어지는 우레와 갓지 말고, 開闢의 첫날부터 天地의 마즈막 날씌지 永遠히 울리는 大海의 波濤 소리와 갓흘지어다!

이날에 매즌 三章의 피로 매즌 구든 言約을 大韓人아 닛지 말지어다! 健忘의 大韓人, 反覆하는 大韓人으로 쏘 한번 世界에 對하야 큰 虛言하는 者가 되

---

* 『獨立新聞』 49, 1920.3.1. 1면 '社說'란에 실렸다.

1920년 전반기　**297**

지 말고, 그 健忘과 反覆의 惡을 三月 一日의 忠義의 熱血로 다 씨서바리고 神聖한 이 「最後의 一人ᄭ지, 最後의 一刻ᄭ지」의 盟約을 긋ᄉᆞᆫ지 履行케 할지어다!

虛僞, 空論, 巧詐, 反覆, 㤼懦, 猜忌, 利己, 紛爭, 懶惰 等 大韓人의 個人的, 種族的 모든 罪惡을 이날에 흘린 팔 찍힌 處女의 淨潔한 熱血로 씨서 바리고 태여 바리고, 實과 行과 忠과 義와 信과 勇과 愛와 相助相勸하며 相和相合함으로, 新國民, 新自由民 되기에 合當한 重生한 國民이 될지어다!

첫돌, 今年 三月 一日에 大韓의 兄弟와 姊妹로 하여곰 己未 三月 一日을 黙想케 하고, 過去 一年間에 매 마즌 者, 죽은 者, 피 흘린 者, 獄中에서 惡刑을 當하는 者, 國家를 爲하야 夫를 失한 寡婦, 子女를 失한 父老, 父母를 失한 孤兒를 生각케 할지어다. 그리하고 昨年에 아니 죽은 生命은 今年에 犧牲하기 爲함인 줄을 自覺하야 家財를 傾하야 獨立軍備를 장만하며 一身을 獻하야 獨立軍人이 되어써, 明年 今日에는 新生한 大韓江山 三千里 坊坊曲曲에 凱旋과 獨立을 祝하는 萬歲聲이 天地를 震動케 할지어다!

아아, 三月一日! 億千萬歲 無窮토록 自由大韓의 誕生한 聖日로 斯日을 億千萬 韓土子女의 萬歲聲으로 채우게 할지어다!

三一節*

三月 初하릇날 우리나라 다시 산 날
漢陽城 萬歲소리 三千里에 울리던 날
江山아 입을 여러라 獨立萬歲

三月 初하로날 義人의 피 흐르던 날
이 피가 흘러들어 金과 玉이 되옵거든
三千里 自由의 江山을 꾸미고져

---

* 『獨立新聞』49, 1920.3.1. 위 사설 본문의 한가운데 게재되어 있고, 내용이 상통한다.

중국의 중흥은 일본을 꺾는 날부터*
中國之中興必挫日而始

　　이 세상에서 가장 긴 역사를 가지고 가장 찬란한 문명을 창출한 중국으로
써 오늘날 같은 치욕스러운 지경에 빠진 것은 과연 어떻게 된 영문일까. 옛
날에는 중국을 잠든 사자라고 가리킨 사람은, 오늘은 중국을 죽은 사자라고
부른다. 오호, 오천년의 문명의 역사와 수만리의 비옥한 국토에다 사억만에
달하는 수많은 민중을 보유하는 나라로써 인재는 물론이고 물산도 풍부하
기 짝이 없는 중국은 만국화평회의에서 약소국의 반열에 만족하다니, 이것
이 영광스러운 일인가. 절대 아니다. 당당한 독립국의 정부가 일개 섬나라의
정객의 명령에만 복종하다니, 이것이 타당한 일인가. 역시 아니다. 무기를
구매하여 군사협정을 체결하는 것도 결국 자기 계급의 이익을 보호하는 것
이 아니면 무엇인가.

　　어제는 만주, 오늘은 산둥山東, 내일은 푸젠福建, 모레는 몽골, 이렇게 국
토가 차례로 잠식되어 가고 있다. 끝없는 탐욕의 발톱에 의해 중국은 이미
뒤통수가 찢어졌는데, 그 예리한 끝은 곧바로 중국의 내장으로 향하고 있다.
그렇다면 지금의 이 현황은 쌓아 올린 계란과 다름없이 아주 위급한 것이다.

　　일전에 하늘의 깨우침 덕분에 국민이 크게 각성하여 일제 상품을 배척하
고 산둥을 사수하겠다고 호소하는 일이 있다. 그리고 어떤 국민대회에서 학
생은 시위운동을 벌여 정부에 신속히 알리고 피눈물을 흘리면서 선동의 전
단을 각계에 돌리며 고무의 신문을 살포하였다. 이것이야말로 죽었다 다시
살아난 새로운 기운이다. 나는 동쪽에 위치한 한국의 일개 학생이자 잃은

*　원문 한문. 李光洙, 『新韓青年』 中文版, 1920.3.

역사와 자유를 되찾기 위해 분투하는 사람이다. 또한 중국의 안위를 제 자신의 안위처럼 여기는 사람이다. 중국의 민중이 이처럼 대단한 각성과 결심을 가진 것을 보고 나는 감격의 눈물을 금할 수가 없도다.

그런데 가만히 생각해보니, 이러한 온유한 수단만을 믿고서는 이미 상실된 국권을 만회하여 푸저우福州의 주권을 회복하고 또 이미 일본의 입 안에 들어간 산둥을 과연 탈환할 수 있을까. 또한 일본인이 모든 기회를 틈타 백방으로 계획하고 있는 소위 대륙정책을 제지할 수 있을까. 그리고 중국에서 수년간의 남·북 전쟁으로 인해 수억만의 국가 재력이 낭비되었을뿐더러, 수십만 명 민중이 인명 피해를 입었고 장강長江 유역은 인가가 사라져 남북 양측 다 기력이 쇠진한 것은 과연 누구의 탓인지 중국인이 생각해야 할 점이다. 이는 일본인이 중국의 내분을 이용하여 조종한 결과이지 세상 각 나라가 뻔히 알면서 공언한 대로가 아니다. 그렇다면 일본인이 마치 자기가 본래 웅장한 듯이 중국의 국토와 재산을 노골적으로 침탈하였고, 또 간접적으로 중국의 민중을 살상하여 국가의 명맥을 해치는 일은 또 어떻게 해야 하는가. 이에 중국 민중이 뼈에 사무치도록 아픈 것은 삼한三韓 민족과 다를 바가 없다.

그렇지만 중국 민중의 독립자존을 위한 그 계략은 어떤 방법에서 나와야 하는가. 국민의 여론을 통해 승리를 거둘 수 있는가. 아니면 외국의 여론에 의지함을 통해 실력을 획득할 수 있는가. 오늘날은 여론의 시대라 할 수 있지만 아직은 전부가 아니라고 보아야 한다. 영국, 미국, 프랑스 등 문명이 극히 발달한 나라의 경우 국내 정치에 관해 여론을 통해 시행할 수 있는데, 국제관계에 이를 때 아직도 무력으로 좌우하는 것이다. 일본 여론의 저항이나 명령에 대한 복종은 너무 미개하고 폭력적인 면이 있다. 중국은 자신의 내정內政에 있어 여론의 힘조차 가질 수 없는데 하물며 외국의 여론에 의지할 수 있겠는가. 중국이 번창하면 그 행복을 누리는 사람은 유독 중국인이며 중국이 망하면 그 피해를 입는 것도 중국인뿐이다. 그러므로 중국을 위해 피를 흘릴 수 있는 사람은 역시 중국인뿐이기에 미국인, 영국인이 대신 피를 흘려 줄 리가 만무하다. '이이제이以夷制夷'라는 구체제를 고수하면서 자존自存을 바란다면 나무에서 물고기를 구하기나 다름없다. 이는 오히려 자멸의 길로 들어가는 방법이다.

오호, 중국은 이제 이 세상의 독립국이 아니며 사억만의 민중과 백만의 육해군의 힘을 가진 나라도 아니다. 산둥 한 개 성의 민중만으로도 한 국가로 조직하여 외적을 방어할 수 있는데 이십일 개 성의 민중의 힘으로는 국가의 자존을 지킬 수 없다니. 전에 나는 중국 학생운동회를 관람한 적이 있다. 그중 지도자 한 명이 계단에 올라서 중국은 무력으로 일본을 대항하면 안 되며, 오로지 평화의 수단으로 일본 상품을 억제하여 일본에 피해를 줘야 한다고 운운했다. 이런 장면을 보고, 나는 중국인의 부진한 사기土氣에 탄식하지 않을 수가 없었다. 벨기에는 비록 작은 나라이나 자립을 위해 강적强敵 독일에 대항하였고, 체코는 독립을 위해 혼자의 힘으로 러시아를 공격했다. 사억만의 민중을 보유하는 나라 중국이 무력으로 일본을 대항할 수 없다는 것은 어찌 한탄스러운 일이 아니겠는가. 중국이 일본을 꺾을 필요가 없으면 몰라도 중국의 자존과 동양의 평화를 위해서 일본을 적으로 삼는 일이라면 속히 전쟁 한판 붙을 필요가 있지 않는가. 온 세상을 둘러보건대 중국처럼 이렇게 기백이 없는 민족을 본 적이 있는가. 부디 중국의 형제들은 나의 우매한 말에 노하지 말고 뼈저리게 깨닫고 더욱 분발하기를 바란다.

한민족은 호랑이에게 물렸기 때문에 그 무서움을 잘 안다. 독립운동에서 평화수단을 시도한 지가 일 년이 되었다. 어찌 이로써 그 결과를 이룰 수 있다고 하겠는가. 오로지 전민족의 확단確斷을 통한 혈전만이 유일한 길이다. 중국을 위해 가만히 생각해 보매 중국의 중흥위업中興偉業, 안녕과 행복은 유혈의 대가를 치르지 않는 이상 절대로 실현할 수가 없다. 오호, 이 점을 잘 생각해 두어야 한다.

李總理의 施政方針 演說*
國民아 政府를 도와 實現케 하라

  三月 二日 議政院에서 國務總理 李東輝氏의 施政方針의 演說이 잇다. 이는 民國成立 以來 初有의 事일 쑨더러 實로 我國 有史以來 初有의 事이라. 吾人은 此演說을 試한 李國務總理로 더부러 우리 國民에게 今日이 有한 것을 欣幸으로 하는 바로다.

  今次의 施政方針은 다른 나라나 다른 時代의 그것과 比較할 바 — 아니니, 대개 今日 我國의 施政方針은 內政外交가 全혀 獨立運動의 進行方針일 것이라. 이제 李總理의 演說한 바 八項의 方針을 보건대, 最後의 敎育 司法 及 勞働局에 關한 條項은 그러케 直接으로 獨立運動에 關係된 것이 아닌즉 여긔 評論치 아니하거니와, 其餘의 五項 卽 內政, 外交, 財政, 軍事 及 交通에 關한 方針(無論 이는 大綱領쑨이오 詳細한 內容에 言及함이 업스되)은 時宜에 適하다 할지니, 假令 內政의 中心을 內外 國民의 統一에 置하며 外交의 主旨를 獨立戰爭의 後援을 得함에 置하야 그 方針으로의 對外宣傳의 主旨를 三에 分하야 韓國의 獨立이 東洋 及 世界의 平和에 必要함과, 日本의 統治下에서는 韓族은 到底히 生存繁榮을 享樂치 못할 것과, 韓族에게 獨立國民이 될 資格이 잇슴을 宣傳하야 世界로 하여곰 韓國의 獨立戰爭을 援助케 하도록 한다 함 等 모다 徹底하게 肯綮에 中하엿다 할지라. 其他 財政 交通에 關하여서도 政府는 이의 細密한 進行方針까지도 確定하엿다 하니, 이제 國民이 政府에게 要求할 것은 이를 逐條하야 實現함이라. 아모리 名案 妙策이라 하더라도 實現이 업스면 何益이 잇스리오.

---

* 『獨立新聞』 51, 1920.3.6. 1면 '社說' 란에 실렸다.

李總理는 內政의 要諦가 國民의 統一에 잇다 하고, 統一하는 方針으로 (一) 國內 國外에 細密한 聯通制를 實施하야 民心의 趨向을 歸一케 하며, (二)內外 各地의 團體를 調査하고 糾合하야 그네로 하여곰 政府와 行動을 一致케 함을 들도다. 이는 實로 平凡한 듯하면서도 가장 確的한 名案이라. 그러나 이를 實現하는 方針이 엇더뇨. 임의 着手하엿나뇨, 將次 着手하랴나뇨. 쏘 임의 着手하엿다 하면 過去의 成績은 何如하며, 將來의 預想은 何如하뇨. 具體的으로 論하면 聯通制는 얼마나한 程度ᄭ지 實施되엿스며, 民心의 趨向을 歸一케 하는 方法이 엇더하뇨. 이 事業을 爲하야 今年度에 人員은 幾人이나 使用하고 金錢은 幾圓이나 使用하려 하며, 施設 完了의 預定 期間은 幾個이나 되나뇨.

쏘 外交에, 世界 列國으로 하여곰 韓國의 獨立이 東洋 及 世界의 平和에 必要條件임과, 韓族이 日本의 治下에서는 生存繁榮을 享受치 못할 것과 韓族에게 獨立國民의 資格이 잇슴을 宣傳한다 함도 果然 今日 我國 外交의 大旨일 것은 無疑하지만은 이 目的을 達하기 爲하야 엇더한 方法, 얼마나한 金錢, 얼마나한 人材로써 엇던 事業을 얼마나 實行하려 하나뇨.* 假令 重要 各國에 代表者를 派遣하나뇨. 한다 하면 어느 나라, 어느 나라에? 쏘 假令 韓族에게 獨立國民이 될 資格이 잇슴을 世界에 證明한다 하면 무슨 方法으로?

쏘 軍事에, 一邊 軍事의 智識을 普及하고 義勇兵을 募集하며 戰略上에 必要한 某某地點에 軍事的 施設을 한다 하니, 그것은 엇더한 方法으로, 얼마의 期間에, 얼마의 金錢으로, 義勇兵數의 預定은 얼마?

쏘 이 모든 事業을 一貫하는 根本的 事業은 宣傳이니, 國民을 統一하기도 根本은 宣傳에 在하고, 外國의 援助를 得함도 根本은 宣傳에 在하고, 義勇兵을 募集하거나 公債 國債를 募集함도 根本은 宣傳에 在한지라. 英美 갓흔 完成되고 訓鍊 잇는 國民을 가진 國家에서도 이러한 大事業을 經營할 새에는 宣傳에 全力을 다하거든, 하믈며 우리와 갓치 初創의 際에 在하야 內로는 國

---

* 원문은 '하난뇨'로 되어 있다.

民의 統一이 不完하고 外로는 列國의 信任이 薄弱한 臨時政府로셔 이러한 大事業을 經營할 째에 엇지 宣傳에 全力을 다하지 아니하고 可하리오. 李國務總理의 施政方針中에 맛당히 잇서야 할 宣傳의 條項을 缺함은 甚히 疑訝하는 바이니와, 亦是 政府는 宣傳에 主力을 集注하기를 밋고져 하노니, 그럴진대 그것은 何如한 方法으로 얼마나한, 또한 엇더한 人員, 얼마나한 金錢을 使用하야, 얼마나한 範圍, 얼마나한 期間을 預定하고 實行하랴나뇨. 또는 임의 着手하엿나뇨. 하엿거든 過去의 成績은 얼마나 하며, 아니 하엿거든 언제나 着手하려 하나뇨. 그보다도 宣傳을 重視하나뇨, 아니 하나뇨.

나는 이中에 大部分이 祕密에 屬한 줄을 잘 아노라. 그럼으로 나는 이 모든 質問에 對하야 或은 議政院에셔 或은 演說로 或은 新聞紙上으로 一一히 答辯하기를 政府에 强要하치 아니하거니와, 第一 强要하는 것은 政府 自身이, 當局者 自身이 이러한 諸質問에 對하야 明確하고 詳細한 答辯을 가지고 아울너 勇敢 果斷한 實行이 잇기를 바라르 뿐이로라.

그러나 祕密 祕密하야 넘어 祕密만 직히면 民心의 趨向을 歸一케 한다는 宗旨에 違反될지니, 國民이 政府의 方針의 大綱領과 實現方法 及 其成績의 幾部分을 알지 못하면 國民은 政府에 服從할 길을 모를지오, 또 國民이 政府를 信賴할 根據가 업슬지니 國民의 信賴와 服從이 업시 무슨 일을 하리오. 다만 「내가 잘하니 너희는 말* 업시 나를 싸라라」 함은 現代에 處하야셔는 不可能한 일이라. 그럼으로 可能한 대로 政府의 意思와 現在 實行의 形便과 밋 過去의 成績을 알님이 政府 自身의 信任上에도 必要하거니와, 國民의 進路를 指示하고 決心을 確固히 함에 有助할지라. 우리의 希望대로 말하면 敵이 알아셔 아니 된 將來의 計劃은 絶對로 祕密히 함이 可하되, 過去의 成績은 그것이 大하거나 小하거나 成功이거나 失敗거나 國民이 듯고 愉快할 것이거나 失望할 것이거나 分明히 公開함이 國民과 政府를 密接하게 하야 政府로 더부

---

* 원문은 '멀'로 되어 있다.

러 그 喜와 悲를 갓치하고 決心과 努力을 갓치 하기에 最히 有利하다 하노니, 李國務總理가 좀더 詳細하게, 좀더 具體的으로 議政院에서 施政方針을 說明하엿기를 바라고, 쏘 過去 一年間의 獨立運動의 實績을 公開하엿기를 바라노라.

아모러나 敵에 알니는 것이 무서워 國民에도 알지 아니함은 上에 言한 바와 갓치 엇던 程度씃지는 必要하다 하더라도, 卽 將來의 計劃에 關係할 쌔에는 必要하다 하더라도, 過去의 弱點의 現出을 두려워함이라 하면 이는 甚히 勇氣를 缺함일쑨더러 公明正大의 精神에 違反되는 것이니, 우리 獨立運動의 實力, 우리 政府의 實力 卽 人材, 財政, 統一, 外勢 갓흔 實力을 事實대로 國民에 公開함이, 만일 그 實力이 虛弱하다 하면 一時 國民에 失望도 주려니와, 同時에 國民에게 警告와 激勵를 주게 되어 虛弱하던 것을 充實케 할 可望이 잇스되 弱點을 늘 隱蔽한다 하면 이러케 充實할 機會쏫차 업슬쑨더러 도로혀 國民의 疑惑을 살지라. 虛弱한 것을 슬퍼할 者도 國民이오, 虛弱한 것을 充實할 者도 國民이 아니뇨.

우리는 發表한 限度의 施政方針에 對하야 雙手를 擧하야 歡迎하노라. 獨立運動의 進行方針이 確定되엿다는 것을 歡迎하고, 쏘 그 大綱領이 時宜에 適한 것을 歡迎하노라. 그러나 그 具體的 方針의 內容과 實行의 決心과 能力에 對하야 더 알기를 願하노니, 우리는 國民으로 더부러 政府에 對하야 可及한 範圍內에서, 一二의 實例라도 들어* 具體的 方針의 確立하엿슴을 實證하고 아울러 임의 着手한 事業의 成績의 實績을 例示하기를 바라노라

終에 臨하야 우리는 同胞에게 一言을 寄할 必要를 感하노니, 同胞여, 임의 我臨時政府는 獨立運動 進行에 關한 施政方針을 確定하엿고 쏘 그 大綱領을 正式으로 臨時議政院에 說明하엿슨즉, 이는 我政府가 처음으로 그 確定한 方針을 國民에 보임이라. 그러나 이 方針의 實現 與否는 政府의 能力에 달넛다

---

* 원문은 '들오'로 되어 있다.

하기보다 國民의 爲不爲에 달닌 것이니, 아모리 政府가 統一을 부른들 國民이 듯지 아니하면 何用이 잇스며, 아모리 政府가 獨立戰爭을 計劃한들 아모리 財政方針을 立한들 國民이 此에 應치 아니하면 何用이 有하며, 아모리 훌륭한 外交方針을 立한들 國民의 信任과 血과 金錢의 後援이 업스면 何用이 有하리오. 그 內政, 外交, 軍事, 財政, 交通 等 獨立運動 期間을 一貫할 大方針이 確立되엿나니, 이를 確立한 政府에 對하야 우리는 그 誠意와 力量을 感謝하고 同時에 此를 實現하기를 督勵하려니와, 우리 二千萬 大韓男女는 政府와 一心一體가 되여 此大方針을 限死코 實行할 義務를 自覺하여야 하리로다. 이 大方針을 實現하기 外에 우리의 目的을 達할 길이 업슴으로.

蜿雲!*

검은 두루막에 小本 聖經 한 卷을 들고 十圓 못 되는 路費를 차고 立冬 찬
바람에 포풀라 닙히 다 떨어지는 十年前 어느날 夕陽에, 飄然히 西天을 向하
고 떠나가던 蜿雲!**

나라는 恢復하여야 하리라, 그리하랴면 사람붓터 만들어야 된다 하야 單
身으로 싸르싸르한 鴨綠江을 건널 째 君의 胸中은 何如하던가.

그러나 君은 君의 祖國과 同族에게 對하야 貴한 努力을 하엿고 貴한 貢獻
을 하엿다. 한번 作定한 다음에는 씃싯지 나가고야 마는 君은 十年이 一日갓
치 君의 祖國에 對한 約束을 지켜 數百의 靑年을 敎育하엿다. 十年에 君은 空
手로 갓거니와, 只今은 祖國에 對한 만흔 善物을 젓다. 蜿雲아, 저마다 이 義
務를 自覺하고 實行하는 줄로 生각지 말어라. 君 갓흔 이는 우리의 本이다.
祖國이 要求하는 貴重한 아들이다.

君은 浮虛한 名利를 몰낫고, 一身 一家의 快樂을 몰낫고, 空中에 樓閣을 지
엇다 헐엇다 하는 空想과 空談을 몰낫고, 神機 妙算으로*** 天下를 席捲하고
萬姓을 指揮하랴는 虛된 野心을 몰낫다. 君은 오직 한 짐식, 한 짐씩 짜ㅁ을
흘니며 흘글 져다가 新國의 基礎를 싸핫다. 남이 모르는 동안에, 虛되히 써
들고만 돌아단니는 동안에, 그러한 十年 동안에.

---

* 春, 『獨立新聞』 51, 1920.3.6. 4면 '時事短評'란에 실렸다. 원문은 '虬雲'으로 되어 있다.
원고 말미에 '虬雲은 尹琦燮 先生의 號'라는 주석이 붙어 있다.

** 윤기섭(尹琦燮, 1887-1959). 일제강점기 신흥무관학교 교사·교장 등을 역임한 교육자
이자 독립운동가, 정치인. 경기도 장단 출신으로 보성전문학교를 졸업한 뒤 평북 정주의
오산학교 교사로 재직했다. 1908년 안창호 등과 청년학우회를 조직해 활동하다가 중국
만주로 망명한 후 신흥무관학교 교사·교장으로 10여년 간 독립군 양성에 힘썼다.

*** 원문은 '妙算으르'로 되어 있다.

虛僞에 찬 우리 族屬中에셔 엇더케 君과 갓흔 眞人이 낫나냐. 아아 敬愛할 만하고 模範할 만한 蜿雲이여, 넷 벗의 眞情의 感想을 들으라.(春)

此際을 當하야 在外 同胞에게 警告하노라*

一, 合하라 一心하자

在外 同胞의 數爻는 全部 二百萬이 未滿할지라. 그러하더라도 한데 合하면 大韓 全民族의 十分之一을 占領할지오, 또 二百萬은 決코 小한 數가 아니라. 合하면 足히 一國家라도 建設할지니, 過去에 이미 合하엿던들 우리의 獨立을 이미 完成하엿슬지오, 이제부터 한데 合하더라도 二百萬의 大團結, 大軍隊는 東亞에 處하야 當할 者가 업스리라.

그러나 記憶하라, 이는 한대 合한 뒤에 일인 것을. 合함이 업스면 二百萬이 아니라 二千萬 二萬萬이라도 아모 힘이 업스리니, 四萬萬의 漢人이 그 八分之一 되는 五千萬의 日人에게 受侮함을 보라. 在外 同胞 諸位에게 만일 眞情으로 愛國心이 잇고 眞情으로 獨立을 祈願하는 忠誠이 잇다 하면 반다시 合하기를 힘쓰리니, 武備 업는 二千萬으로 五大 强國의 一이라 稱하는 日本의 五千萬을 敵하려 하니 合하여야 하고, 만일 在外 同胞 二百萬이 誓死光復의 志가 잇서 本國 同胞야 應하거나 말거나 祖國을 光復하리라 한다 하면 二百萬으로써 그 二十五倍나 되는 五千萬을 敵하려 함이니, 더욱 合하여야 하리로다.

生각하라, 俄領 同胞가 五十萬이라 하여도 이 五十萬의 知力과 金力과 血力만으로 足히 祖國을 光復하리라 하나뇨. 北間島의 同胞가 百萬이라 하고 西間島의 同胞가 百萬이라 하더라도 그내 各個의 知力과 金力과 血力으로 足히 光復의 大事業을 成就하리라 하나뇨.

아아 同胞여, 二百萬이 왼통 合心이 되여도 여려우려든, 二千萬이 왼통 合

* 『獨立新聞』 52, 1920.3.11. 1면 '社說'란에 실렸다.

心이 되여도 어려우려든, 그 속에서 甲乙로 갈리고 丙丁으로 난호인다 하면 무슨 일이 되리오.

亡國 十年에 合하지 못한 諸位를 보니 愛國心이 업다 하노라. 獨立宣言 後 一年에 合하지 못한 것을 보니 愛國心이 업다 하노라. 今後에도 合하지 못한 다 하면 在外 韓人 二百萬은 永遠한 奴隷의 咀呪를 밧으리라.

二, 웨 合하지 못하엿던고

웨 合하지 못하엿나뇨. 내 直言하리라. 良心이 잇는 者여든 怒하지 말고 痛哭하고 悔改할지어다.

一, 國民의 程度의 幼穉함

二, 梟雄의 橫行함

이 두 가지가 在外 同胞의 統一되지 못한, 못하는, 밋 못할 根本的 原因이 니, 國民의 敎養 程度가 幼穉함으로 自由의 意思도 時勢을 觀察하야 事理를 公正하게 判斷할 能力이 업시, 或은 知人, 或은 同鄕人, 或은 巧言令色하는 者, 或은 先入한 者의 言만 信憑하야 一盲이 衆盲을 쯔는 悲慘한 狀態를 現出함 이오.

國民의 이 弱點되는 心理를 利用하야 巧詐, 漁利釣名之輩가 羊皮狼心으로 或은 片紙 政策으로, 或은 流言 政策으로, 或은 詐欺 手段으로 國民을 蠱惑하 야 無數한 不正한 小團을 作하나니, 可憐한 것은 이러한 梟雄을 盲從한 純朴 한 國民이라. 그네는 「이것이 愛國인 줄, 光復運動인 줄」 盲信하고, 金力과 精 力을 다하야 도로혀 國家의 大事에는 害를 씨치면서 奸惡한 徒輩의 名利慾의 犧牲이 되도다.

俄領 同胞를 歸一 못하게 하는 者가 誰며, 西北間島의 同胞를 眩惑케 하는 者가 誰며, 美洲 同胞를 分裂케 하는 者가 誰뇨. 不過 十指를 屈할 만한 小數 惡徒 奸黨의 所爲라. 아아, 同胞에게 何咎가 잇스리오.

三, 己를 立하야 統一을 妨害하는 者는 賊이라

나는 이러한 徒輩를 惡徒라 하노라, 奸黨이라 하노라. 그네는 毋論 殺人犯도 아니오 强盜犯도 아니오 國法에 抵觸*할 만한 詐欺 取財犯도 아니라. 그네는 입에 愛國을 主唱하며, 日常의 套語로도 誓死光復을 云云하며, 一部 同胞에게는 志士라, 先生이라, 英雄이라는 稱呼씃지 듯는 어룬들이라. 그러하거늘 나는 웨 그네를 惡徒라 奸黨이라 하나뇨.

그네는 國民을 蠱惑하얏도다. 國民을 眩亂하야 統一을 妨害하고 獨立運動을 妨害하얏도다. 이것이 惡徒요 奸黨이 아니고 무엇이뇨. 이것이 賣國賊과 敵探이 아니고 무엇이뇨. 이제 나로 하여곰 그 證據를 들게 하라.

第一 큰 證據는 中俄 兩領의 近二百萬 同胞가 統一되지 못함이니, 俄領은 俄領씌리, 北間島는 北間島, 西間島는 西間島씌리도 統一되지** 못하고 各一 地方內에 數多한 團體가 併立하야 拮抗 反目하며, 더욱 그中에 엇더한 者는 政府를 中心으로 하고 正經大原을 바리고 每事에 逆行하기를 일삼움이오,

第二는 過去 十年間에도 二百萬의 同胞를 善導하야 獨立事業의 準備를 成함이 업고 虛된 事業과 不義한 紛爭에 同胞의 精誠과 金力만 消耗하얏스며, 獨立運動 開始後에도 如前하야 別로 일러노흔 事業이나 事業의 準備가 업나니, 君等은 人心을 團合하얏나뇨, 財政을 積立하얏나뇨. 軍隊를 養成하얏나요, 又는 그네에게 正當한 指導를 주엇나뇨.

四, 北美 同胞의 模範

져 北美에 在한 同胞는 人口가 一千에 達하지 못하되 國民會라는 統一되고 完全한 團體를 組織하야 過去에도 만흔 活動을 하얏거니와, 特히 三月 一日 以來로 貧寒한 同胞들임을 不拘하고 十餘萬元의 金錢을 釀出하얏고, 그러면

---

* 원문은 '牴牾'으로 되어 있다.

** 원문은 '統一되시'로 되어 있다.

셔도 中央政府에 對하야 少毫도 反抗하거나 己見을 立하랴는 態度를 보지 못하니, 實로* 感謝할 만하고 模範할 만하도다. 그네는 돈을 내면 獨立運動을 爲하야 쓰고, 글을 쓰면 同胞에게 愛國心을 鼓吹하거나 外人에게 本國의 事情을 紹介하는 것을 썻나니, 저 돈을 내면 짜로 一幟를 立하거나 私腹을 充하는 데 쓰고, 글을 쓰면 聲討文이니 質問書니 하야 國人끼리 서로 誣害하고 同胞의 精神을 眩惑하는 者와 天壤之差가 잇도다.

不幸히 舊韓國時代의 挾雜 紛競軍式 愛國志士가 國外 各處에 橫行하야 過去에도 我大事業에 莫大한 禍害를 주엇고, 아직꼿지도 毒蛇와 惡魔와 갓히 各地에 潛伏하야 大事業의 進行을 妨害하나니, 彼等은 實로 敵의 飼犬 以上의 禍害를 주는도다. 李完用 閔元植의 輩는 國人이 모다 可殺의 敵探으로 明知하는지라 그 害가 甚히 輕微ᄒ대, 愛國의 假面을 쓴 者의 害는 國人을 欺罔하는 危險이 尤大하도다.

五. 近來 奸徒의 陰謀가 又開하다

近來에도 上海 北京 等地로셔 無數한 暗室의 私信이 俄領, 西北間島 及 美布** 等地로 飛하는 모양이며, 그 私信이 飛入하는 대로 統一이 잇던 곳에는 統一이 깨여지려 하고, 統一이 되랴던 곳에도 分裂이 甚하여 가는 傾向이 잇도다. 俄領의 同胞는 輓近에 漸漸 人心이 統一되여 中央政府의 旗幟下에셔 光復의 大事業을 務圖하랴는 兆朕이 보이더니 그 咀呪 밧을 暗室의 私信이 쏘 人心을 惑亂하는 모양이오, 西北間島도 만히 統一되는 모양이더니 亦是 近來에 上海 北京 等地의 暗室의 私信의 禍災를 밧는다 하도다. 彼等 奸徒의 套語는 「上海政府는 信任할 수 업다. 血戰을 하여야 되겟는대 政府에도 血戰의 準備가 업다. 그런대 내게는 이 意思가 잇스니 金錢이나 人物이나 政府의 下로

---

* 원문은 '實로'로 되어 있다.
** 布哇. 하와이의 한자어 표기.

가지 말고 내 밋흐로 오너라」 함이니, 奸黨이 依例히 하는 모양으로 國民의 生戰論的 心理를 巧詐히 利用하야 事가 成하면 建國의 英雄이 되고, 敗하더라도 手中에 入한 金錢과 名譽야 갈대 잇스랴 하는 可憎 可憫한 心事로 이러함이라.

六, 光復事業은 英雄의 것이 아니오 人民의 것이라

只今 建國英雄의 時代는 아니로다. 光復事業은 一二個의 英雄의 事業이 아니오 大韓人民의 事業이로다. 英雄이 되랴는 者는 물너갈지어다. 너는 日人과 갓치 我等의 敵이니라. 我를 세우지 아니하고 國家라는 機關의 一役夫가 되랴는 者야말로 我等의 要求하는 人物이니, 國家에 服從하라 함은 善이로대 내게 服從하라 하는 者는 賊이니라.

七, 善惡判斷의 標準

在外 二百萬 同胞여! 精神차려 奸輩에 속지 안토록 할지어다. 善惡과 正邪를 分明히 가릴지어다*. 數多의 大魔小魔가 諸位의 身邊에 纏綿하야 諸位의 純潔한 愛國心과 財錢을 奮하려 하나니, 分明한 判斷을 가질지어다. 내 이제 判斷의 標準 數條를 들이리니,

一, 合하기를 主하는 者와 分하기를 主하는 者와,

二, 手段이라 하야 거즛말 하는 者와 正直하게 참말 하는 者와,

三, 政府라는 國民의 公器를 奉戴하는 者와 自己個人을 中心으로 내여세우려 하는 者와,

四, 國家의 일홈으로 準備 잇고 統一 잇는 戰爭을 하려는 者와, 自己가 中心이 되여 漢沛公 楚霸王的 奇功을 立하랴는 者와

이런 것中에 어느 것이 善이오 正이오 어느 것이 邪요 惡이뇨.

---

* 원문은 '갈일지어다'로 되어 있다.

아아 同胞여, 只今이 危機一髮의 秋로다. 只今 合하여야 하고, 只今 準備하여야 하고, 只今 進路를 定하여야 하나니, 同胞여 只今이 危急의 秋로다. 언제신지나 奸徒惡黨의 凶計에 싸져 內部의 紛爭으로만 일삼으려 하나뇨. 말지어다. 쌔여서 모든 私心을 바리고 오직 光復의 大事業을 爲하는 明智와 赤誠으로 善惡과 正邪의 判斷을 分明히 하고 善과 正을 向하야 勇往直前할지어다. 國家의 運命이 諸位에게 달넛나니라.

三氣論(義氣·根氣·勇氣)*
遠大한 建國事業의 要件

大韓人아, 우리의 經營하는 事業이 얼마나 遠하고 大한가를 먼져 깨달을 지어다.

四五世紀間 우리는 遠大한 事業을 니젓더라

大韓人은 過去 四五世紀間 遠大한 事業을 經營하고 實行하여 본 일이 업섯도다. 그네는 目前의 小利와 姑息으로 生活하여 왓도다. 그럼으로 그네는 遠大한 事業의 意味와 滋味를 모르도다. 그럼으로 獨立運動을 開始한 지 不過 一年에 벌서 周章하고 燥急하고 疲困하고 落魄하도다. 아아 大韓人아, 우리의 經營하는 事業이 얼마나 遠大한가를 먼져 씨달을지어다.

南北 萬里의 滿洲平野와 三千里 半島의 山을 鑿하고 野을 開하던 祖上은 遠大한 事業을 알앗더라. 只今 우리가 것는 道路를 처음 만들고, 田野를 처음 開하며, 京城 平壤의 大城壘를 築한 祖先도 遠大한 事業을 알앗더라. 壬辰倭亂에 八年의 血戰, 數百萬의 犧牲으로 祖國의 獨立과 自由를 保全한 째싯지도 우리는 遠大한 事業을 알앗지마는, 그로부터 幾年이 못하야 丙子胡亂에 一時의 安을 圖하야 南漢城下의 盟을 作할 째에 벌서 우리 民族은 遠大한 事業을 모르게 되엿더라. 그네는 一時 多大한 犧牲이 잇기를 두려워하고, 數百年間 子孫에게 奴隸의 恥辱을 주며, 神聖한 歷史에 萬年에 씻지 못할 汚點을 끼치는 줄을 몰낫더라.

이로부터 우리에게는 遠大한 事業이 업섯나니, 個人으로 十年의 計를 作

---

* 『獨立新聞』 53, 1920.3.13. 1면 '社說'란에 실렸다.

하는 者도 드믈고 國家로 百年의 計를 作한 일도 업섯더라. 十年後 洪水를 念慮하기보다 目前의 小利에 汲汲하야 山野의 森林은 理髮하드시 採盡하고, 十年後의 國家의 慘運을 憂懼하기보다 目前의 苟安을 貪하야 여러 가지 賣國的 條約을 結하고, 一死로써 國家를 瀕危에서 扶하랴는 氣魄이 업섯더라.

獨立運動에도 遠大한 計劃이 업섯더라

이리하다가 國恥後 光復을 圖謀한다는 志士들섓지도 遠大한 計劃을 立할 줄 모르고 周章燥急하야 目前의 小事 小名에만 汲汲하고, 光復運動의 基礎되는 人材의 養成과 資金의 蓄積하는 等 五年이나 十年의 時日을 虛費할 事業은 着手할 줄도 몰낫더라. 多數의 人材를 길너서 同志를 삼으려 하기보다 甘言利說로나 甚하면 詐欺 手段으로라도 一時 多數의 朋黨을 作하기에 힘썻고, 將來 一大 決戰을 爲하야 資金을 장만하고 軍隊를 養成하기보다 아모러한 手段으로던지 몃 千圓의 돈을 긁고 當場 잇는 捕手나 義兵을 모와 一時의 雪憤이나 하기를 힘썻더라.

三月 一日 獨立運動을 開始한 뒤로부터도 多數의 團體나 個人은 그겨 燥急하야 自暴自棄的, 姑息的 手段만 取하려 하고 遠大한 計劃을 立하는 者 幾稀하니, 슬프다, 이러한 人民으로 무슨 大事業을 成就하리오. 나는 그 愛國心의 반짝하고 쩌지는 불꼿이 되기를 두려워하노라. 只今곳 獨立이 되엿스면 조켓나뇨. 우리는 조곰도 苦生을 말고 天上으로서 神兵이 내려와 敵을 討滅하여 주면 조켓나뇨.

우리의 事業은 遠大하다, 遠大함으로 困難하다

大韓人아, 우리의 經營하는 事業은 遠大한 事業이니라. 「同胞가 獄中에 苦楚를 當하는데」, 「하나씩이라도 어서 나가서 죽어야지」 하고 冊床을 두다리며 우짓는 兒女子의 風을 바리라. 이것으로 일이 되지 아니하리니*, 너희의 눈물이 敵에게 무슨 相關이 잇스며 너희의 한숨이 獨立에 무슨 相關이 잇스랴. 敵을 물리치랴거든 우는 것보다 敵울 물리칠 힘과 일을 準備하여야 하고, 獨立을 하랴거든 한숨을 지기보다 獨立의 基礎에 흙 한 짐을 져 날느라. 이것이 올흐니라.

大韓人아, 우리의 事業은 遠大한 事業이니, 뒤山에 솔씨를 심거 棟樑을 作하리라는 氣魄울 가질 것이오, 決코 當年 자란 수수쌍으로 큰 집을 지으려 하지 말지어다. 아니 나가겟다고 惡을 부리는 日本人을 내어 쫏기가 엇지하야 容易한 일이며, 亡國한 腐敗한 貧弱한 人民으로 高等한 新國家를 建設하기가 엇지 容易한 일이랴. 둘中에 한 가지만 해도 人生에 最難한 事業이어니, 하물며 一時에 두 가지 일을 다 하자 하니 엇지 難中에도 難事가 아니랴. 돈도 무척 만히 들어야 하겟고, 애도 무척 만히 쓰고, 사람도 무척 만히 죽고, 歲月도 무척 만히 虛費하여야 하리니, 三月 一日 以來 同胞諸位는 各各 몃 分이나 돈을 내엿스며, 얼마나 애를 썻스며, 우리 民族이 피는 몃 방울이나 흘넷나뇨.

獨立을 光復하고는 建設하여 우리의 一生은 苦鬪와 犧牲이라

只今 獨立을 運動하고 新國家建設의 事業에 干參하는 兄弟여 姊妹여, 그대네는 當代에 萬年의 大計를 成就하고, 當代에 이 大福을 맛보려 하나뇨. 이여* 이러한 淺短하고 燥急한 生각을 바릴지어다. 이것은 우리의 勇壯하던 祖上도 아니 가지던 바요, 今日 世界에 힘잇는 모든 國民도 아니 가지는 바라.

日本人을 逐出하고 獨立權을 恢復하기는 或 二三年內에 잇스려니와, 그것으로써 우리의 事業이 完成된 것이 아니라 도로혀 始作된 것이니, 진실로 日本에서 獨立하는 것은 우리 民族의 遠大한 事業의 入門 第一步라.

大韓人아, 獨立이 貴한 것이뇨. 우리는 乙未年에 馬關條約의 結果로 獨立

---

* 원문은 '아니하리니'로 되어 있다.

을 엇지 아니하엿더뇨. 그後에 우리나라는 大韓帝國이라 稱하엿고, 外交도 잇고 司法도 잇고 警察도 잇고 軍隊도 잇지 아니하엿나뇨. 그런데 웨 그것을 지키지 못하고 怨讎에게 쌔아겻나뇨. 오직 힘이 업섯슴이로다. 國家를 保全할 힘이 업섯슴이로다.

그럼으로 우리가 獨立을 光復한 後에는 完全한 國家를 組織하고 그 國家를 保全 發達하도록 큰 힘을 準備하여야 하리니, 이것이 업스면 百番 獨立을 하더라도 保全키 難할지라. 그럼으로 現在 光復事業에 獻身하는 我等의 苦鬪는 日本人을 逐出함으로써 終할 것이 아니오 도로혀 始할 것이니, 我等은 我等의 一生에 幸福의 報酬를 바라지 못할 것을 自覺하여야 할지라. 다만 日本人을 逐出하는 事業만 하여도 如干 만흔 血과 歲月을 虛費할 것이 아니니, 同胞여, 우리의 一生은 오직 犧牲이오 苦鬪인 것을 自覺할지어다.

그러면 우리는 우리 當代에 맛보지 못할 幸福을 爲하야 우리 當代에 完成하지 못할 大事業을 爲하야 애를 쓰고 피를 흘니는 者니, 이것을 生각하면 우리의 前途는 넘어 暗澹하고 索漠하지 아니한가. 차라리 世界 어느 구석에 이 몸을 숨겨 後孫이야 잘 살던 못 살던 내 一身이나 安樂하게 하는 편이 得策이 아닐가.

義로 起하야 義의 事業을, 義의 方法으로 義의 基礎에

이에 義氣가 必要하도다. 우리를 爲하야 山野를 開拓하여 주고 文化를 비저내여준 祖上을 爲하야, 異族(그야 善하거나 惡하거나)의 支配(그야 幸福되거나 不幸하거나)下에서 奴隸의 恥를 泣하는 二千萬 同血同文의 民族을 爲하야, 自由를 부르짓고 먼져 敵手에 犧牲이 된 可愛로운 兄弟와 姉妹를 爲하야, 只今 철 모르고 작난하는 子女와, 今後에 뒤대 니을 千萬代 子孫의 自由와 幸福을 爲하야, 내야 괴롭던지 즐겁던지, 내야 죽던지 살던지, 結果를 내 눈으로 보던지 말던지, 비록 事의 成不成좃차 逆睹할 수 업다 하더라도 奮然히 起하야 財를 다하고 力을 다하고 生命을 다하야 나의 義務에 대답하리라는 義氣가 必要하도다. 나는 子孫의 自由와 幸福의 씨가 되리라, 내가 땅에 썩어 엄이 나고 이삭이 닉어 子孫으로 하여곰 그 秋收를 즐기게 하리라, 씨는 못 되더라도 거름이나 되리라, 내가 거름이 되여 뒤에 떨어지는 씨를 수이 자라게 하리라, 거름은 못되더라도 거름을 지고 가는 소라도 되리라, 하는 義氣가 必要하도다.

獨立運動이나 建國事業을 自己 個人의 利害打算으로 할 수 잇는 것일가. 果然 過去의, 甲申 以來의 愛國運動의 多數가 이에서 出하엿다. 自己 一個人 或은 一團의 人의 權力慾 名利慾의 衝動으로 金店軍이 金鑛을 차즈려 定向 업시 山野를 跋涉하는 모양으로 國家의 富强을 차즈려 하고, 獨立을 차즈려 하엿스며, 或 純正한 義氣에서 出한 者라도 그 方法은 亦是 金店軍의 方法이러라.

義氣가 動機가 아닌지라 不義에 일을 짐즛 行하며, 元亨利貞의 正道를 取하지 아니하고 僥倖과 奇勝을 바라스는지라 正當한 準備와 努力을 하기보다 權謀라 稱하고* 術數라 稱하야 詐欺에 갓갑고 挾雜에 갓가운 手段을 取하엿나니, 同胞가 그 結果가 엇지 되엿나뇨.

義 아닌 基礎 우에 義로운 事業을 싸을 수가 잇슬가. 엉겅퀴에서 葡萄를 짤 수가 잇슬가.

이번 獨立運動에도 各사람은 自己의** 利害를 打算하야 제각금 英雄이 되고 中心이 되려 하며, 일에는 每樣 僥倖과 術數를 爲事한다 하면 榮光의 獨立이 成功될가. 或 美國을 說하고 俄國을 籠絡하며 富者를 欺하고 同胞를 惑함으로써 獨立의 美果를 得할가. 말지어다. 우리는 過去 우리 祖先의 失敗의 歷史를 보앗도다. 다시 利己를 말치 말고, 權謀와 術數를 말치 말지어다. 우리로 하여곰 國家事를 하메 自己와 밋 民族 當代의 利害를 打算치 말고, 內로 國

---

* 원문은 '稱한고'로 되어 있다.
** 원문은 '사람은各自己의'로 되어 있다.

民에게나, 外로 世界에게나, 平和로운 運動을 하던지, 戰爭을 하던지, 金錢을 모흐거나, 軍人을 모흐거나, 人心을 激勵하거나 오직 正으로, 오직 眞으로, 오직 誠으로 오직 義로 하게 할지어다.

腐敗한 世代에서 生長한 智者들은 冷笑하리라, 「너는 迂闊한 腐儒의 言을 休하라」고 그러나 나는 勇敢히 明答하리라, 「獨立運動을 失敗케 하고, 子孫 萬代에 免키 難한 禍害와 恥辱을끼칠 者가 너와 갓흔 腐敗한 智者라」고

義만한* 强함이 업나니라. 利害打算으로 起한 者는 利를 주어도 그치고 큰 害를 주어도 그치리니, 그는 밋을 수 업는 志士요 愛國者라. 오직 義氣로 起한 者라야 利하거나 害하거나, 生하거니 死하거나 最後의 目的을 達하기亇지 邁進하리니, 大韓人아, 너희는 利로 起하뇨, 義로 起하뇨.

義로 起하엿스니 百折不屈하는 根氣를 가지라

義로 起하엿거든 맛당히 根氣를 가젓스리라. 獨立을 圖하는 것이 最上의 義務로 自覺하고 닐어난 者야 困難하다고 中止하며, 失敗가 잇다고 落心하며, 成功이 더듸다고 志를 變하랴. 成하여도 「할 일」이요 敗하여도 「할 일」이며, 速하거나 遲하거나, 犧牲이 크거나 작거나 「할일」이거니, 무슨 落心이나 變節이 잇스리요. 만일 그러한 者가 잇거든 물너갈지어다. 그러치 아니한 者여든 그저 슨준히 勇往邁進할지어다. 죽던지 살던지, 五年이 되던지 十年이 되던지, 우리의 事業은 子孫萬代에 傳할 遠大한 事業인 줄 알고

義를 爲하야 生命을 밧첫나니 畏懾함이 업는 勇氣를 가지라

이러한 義氣와 根氣를 가진 者는 應當 엇더한 困難이나 强敵이라도 두려워 懾내지 아니할 勇氣를 가젓스리라. 義를 爲하야 起하엿고, 몸이 가루가 되고 百年이 千年이 되더라도 期於코 이 義務를 行하리라는 決心을 가진 者에

---

* 원문은 '義만'으로 되어 있다.

게 무슨 畏怯함이 잇스리요. 生命을 밧첫거니 獄엔들 못 가며, 千槍萬劍之中엔들 못 가랴. 「할 일」이면 한다, 百番이라도 千番이라도 더욱 勇氣잇게 한다.

이러한 勇氣를 가지면 무슨 일이 아니되리요. 「돈이 잇서야 하겟다」, 「그러면 잇게 하자」, 이에 돈이 잇도다. 敵의 警戒下에서 如此如此한 活動을 하여야 하겟다, 그러면 하자. 飛行機를 탈 者가 잇서야 하겟다, 그러면 배호자. 무엇이나 할 일이 잇거든 말하라, 내 해마. 獨立을 爲하야 敵과 血戰을 해야 되겟다, 그러면 하자. ……이러한 勇氣 압헤서 「進하야 攻함에 何强을 挫치 못하며 退하야 作함에 何事를 成치 못하랴.」

同胞여, 우리의 經營하는 事業은 이러케 遠하고 大한 事業이라. 이를 成할 者 오직 義氣와 根氣와 勇氣니, 諸位는 이 三氣를 가첫나뇨. 이에 三氣論 一篇을 지여 獨立과 自由를 부르짓는 大韓의 同胞에게 들이노라.

日本의 現勢*

(一)

日本은 韓國內에서 發行하는 新聞紙를 通하야 그가 世界에 가장 强한 國家인 듯이, 가장 堅固한 國家인 듯이 世界 어느 强國도 日本을 건드리지 못할 듯이 말하야 韓人을 威脅하고, 그 反對로 日本 國內의 混亂狀態나 危險狀態는 힘써 이를 隱蔽하려 하며, 或 그 一端을 들어내니 日本 國內에서 發行한 新聞은 이를 韓國內에 發賣 頒布키를 禁止하나니, 이는 一人의 手로 天下의 目을 掩하랴는 稚計에 不過하거니와, 그래도 日本의 機關紙外에 日本 國內의 眞狀과 外界의 形勢를 得聞할 機會를 有치 못한 我同胞는 一時 日本의 巧妙한 隱蔽術에 欺罔됨이 업지 아니하도다. 이에 나는 日本의 現勢의 大綱을 記錄하되 嚴正한 事實에 基하야 하랴 하노라.

一, 物價 騰貴와 中流階級

歐洲大戰 以來로 物價 騰貴는 世界 어느 나라를 勿論하고 다 밧는 影響이지만은 特히 日本은 政府의 施設이 그 宜를 得지 못하야 食料 其他 日用 必需品이 三年前보다도 倍 乃至 二倍 以上에 騰貴하야 이 物價의 騰貴는 方今 原敬 內閣의 死命을 制하엿슬뿐더러, 또 日本 現存 國家의 根抵를 動搖케 하는 大事實이라. 年前의 糧米暴動은 그 前鑑이며, 또 現在 原敬內閣에 向한 攻擊의 焦點이 大藏省과 農商務省 卽 財政策과 物價 調節策에 在함을 보와도 알지며, 또 憲政會나 國民黨도 다만 敵本主義로 此를 政爭의 題目에 利用할 짜름이오 그 政策이란 것을 보건대 아모 徹底한 救濟策도 잇는가 십지 아니하니, 이는

---

* 『獨立新聞』 52-60, 1920.3.11.-4.1. 4면에 연재되었다.

國家, 社會 及 經濟의 組織을 根本的으로 改造하기 前에는 到底히 滿足한 解決을 볼 수 업는 것이라. 內閣이 아모리 變하고 政策이 아모리 變하더라도 이는 臟腑의 疾患에 皮膚에 膏藥을 塗함과 無異할 터인즉 物價 騰貴라는 極히 平凡한 此事實은 現存 日本國家의 腹心의 疾임을 免치 못하리라.

特히 注意할 것은 物價 騰貴의 壓迫의 支點이 中流階級의 上에 在함이니, 中流階級이라 함은 卽 學者, 官吏, 銀行員, 社會員 等 흔히 月給生活을 하는 者라. 最近의 信憑할 만한 統計를 據하건대, 日本의 全國民中 有産階級 卽 物價 騰貴의 利益을 受하는 階級은 百分의 二에 不過하고 남아지 百分의 九十八은 貧民이니, 그中에 上述한 中流階級과 勞働者와 農民을 包含하엿스나 農民은 米價의 騰貴로 因하야 多少의 潤澤에 浴하고 勞働者도 賃金의 騰貴와 生活程度의 低下로 겨우 支撐함을 得하되, 中流階級에 至하야는 俸給 其他 知識的 勞働의 收入은 十分五六을 增加함에 不拘하고 生活費는 거의 三倍나 騰貴하엿스니, 彼等의 困難은 實로 極度에 達하엿다 할지라.

아직신지 糧米暴動 갓흔 大擾亂이 中流階級에서 起하지 아니함은 大概 三因이 잇스니, (一)아직 國家 及 社會 改造의 自覺이 徹底치 못함, (二)革命運動을 起할 만한 團結이 成치 못함, (三)知識階級의 特性으로 所謂 體面을 尊重하야 因循不決함 等이라.

그러나 이제는 맑스의 社會主義가 全日本의 思想界를 風靡하며, 甚至에 크로포트킨의 無政府主義도 決코 浸染이 不淺하며, 俄國式 볼세비즘도 隱然中에 浸漸하는 中이라. 日本의 知識階級은 거의 全部 現狀 打破의 猛焰을 胸裏에 藏하엿다 할지니, 일즉 日本 各地의 軍隊에 革命을 鼓吹하는 數萬枚의 葉書를 配布한 것은 政府의 緘口令下에서 外界로 漏出한 萬波의 一抹에 不過할 것이라.

或은 言하되 日本의 新聞과 雜誌에는 아직 大革命의 兆朕이 顯著치 아니하다 할지나 모든 革命은 驟雨的이라. 三月 一日 前에 뉘가 우리 獨立運動을 豫

告하엿더뇨

日本의 知識階級은 임의 徹底한 自覺이 잇슬쑨더러 또 無數한 秘密의 結社와 種種의 計劃이 有함도 事實이니, 져 新人會갓치 極端主義로 指目밧는 者㉦지도 祕密히 잇는 者와 밋 將次 올 者에 比하면 閔元植輩의 協成俱樂部의 類라 할지라. 彼等은 根本的 革命을 除한 다른 手段으로는 到底히 今日의 窮地를 脫出치 못할 줄을 確知하나니, 만일 不然하면 彼等은 無識輩요 愚人일지라.

(1920.3.11.)

(二)

二, 勞働運動

八幡鐵工場의 大同盟罷工과 東京市 電車 從業員의 怠業 及 同盟罷工은 最近의 大事實이어니와, 昨冬의 東京 砲兵工廠의 大罷工, 神戶 川崎造船所의 大罷工, 足尾銅山의 大罷工도 讀者의 記憶하는 바라.

此等 同盟罷工이 아직은 賃金의 增率과 時間의 短縮을 標榜할 싸름이요 産業의 國民化(모든 産業을 國民의 所有로 하야 그 收益을 勞働者가 分配하는 것) 갓흔 社會主義的 色彩를 쯰지 아니하엿스나, 어느 나라의 勞働運動도 初期에는 이러한 것이니, 져 勞働者가 主權者가 된 俄國서도 一千九百十七年前 卽 四年前㉦지도 同盟罷工이라 하면 賃金과 時間을 爲하는 것이요 敢히 社會主義的 要求를 發치 못하엿나니, 만일 日本內의 同盟罷工이 아직 社會主義的 及 革命色彩를 쯰지 아니하엿다고 安心하는 者가 잇스면 이는 愚人이라.

日本內의 同盟罷工에서 우리가 特히 看取하여야 할 點은

(一)主從道德의 破壞

(二)平等思想 及 革命思想의 普及

(三)勞働運動 團體 及 指導者의 出現

(四)團結的 實行의 經驗

이니, (一)主從道德은 日本 現存國家의 基礎이라. 天皇과 人民과의 關係, 地主와 小作人과의 關係, 資本家와 傭勞者와의 關係, 따라서 日本의 諸般 社會關係는 主從道德을 基礎로 한 것이니, 이 道德의 動搖는 實로 現存 日本國家의 基礎의 動搖라. 昨年 華盛頓 萬國勞働會議에 代表者를 派遣할 째에도 治者階級 資本家階級의 多數는 所謂 溫情主義라는 것을 主唱하야 이것으로 日本의 資本勞働 兩階級의 爭鬪를 協調한다고 豪語하엿스나, 이 溫情主義는 則 主從道德의 活用의 別名이라.

敎育勅語로븟터 國民敎育의 基礎가 全혀 이 主從道德으로 成하엿지마는 歐美로븟터 狂瀾 怒濤와 갓히 侵하는 個人主義的 平等思想을 抵抗할 힘이 업서 이제는 無識한 勞働階級ᄭ지도 主從道德, 溫情主義를 冷笑하야 「뉘가 너로 내 主人을 삼더뇨」 하도다. 이제는 그네의 눈에는 天皇도 人이요, 貴族이나 資本家도 人이라. 自己네와의 唯一한 差異는 엇던 僥倖으로 彼等은 治者階級에 生하야 놀고도 잘 먹고, 自己네는 죽도록 일하고도 못 먹는 一點쑨이라.

(二)主從道德이 破壞되면 其反面은 平等思想이라. 「天은 人의 上에 人을 作하지 아니하고 下에 作하지 아니하엿다. 그럼으로 만일 人의 上에 在한 人이 잇거나 下에 在한 人이 잇다 하면 이는 惡이니 맛당히 校正할 것이다」 하는 世界를 風靡하는 思想은 決코 日本을 例外로 하지 안이하엿다. 彼勞働者들은 自己네의 膏血로 豪奢한 生活에 耽溺하는 天皇 以下의 貴族 與 資本家의 宏壯한 邸宅과 自働車를 보고 「져것이 다 當然히 우리의 所有일 것이다」 하고 自覺과 忿怒의 一睥睨를 준다. 「우리에게 短縮한 勞働時間과 增加한 賃金을 다오」 하는 것은 불타는 듯한 이 自覺과 憤怒와 慾望의 戰戰兢兢히 發露하여진 一端이라.

(三)그러나 二三年前ᄭ지도 日本 勞働者는 아직 이에 對한 確的한 自覺이 업섯고, 따라서 이 惡을 矯正하리라는 決心과 그리하는 方法도 몰낫더니, 大戰中 及 其後에 俄德墺를 爲始하야 英美의 勞働者의 活躍을 볼 째에 彼等도

奮然히 起하엿다. 그리고 自己네의 要求를 實行하는 方法이 勞働者 同志의 團結에 在함을 自覺하고 各處에 無數한 小團結이 生하엿스며, 無數한 小指導者가 生하엿다. 五六年의 歷史를 가지고 萎靡不振하던 友愛會가 昨夏 以來로 急히 活氣를 뭇한 것과 或은 知識階級中에서 或은 勞働者 自身中에서 名望 잇는 指導者가 만히 輩出하야 階級戰爭의 陣容이 날로 整齊하여 가나니, 近來에 日本內의 勞働運動이 漸漸 組織的으로 漸漸 大規模的으로 行하게 된 것도 實로이 有力한 一實證이라.

(四)理論으로 아모리 徹底한 自覺이 잇다 하더라도 實行에 入하기는 매우 어려운 것이니, 임의 自覺이 잇고 또 한번 實行의 經驗이 잇슨 後에는 反覆하기는 極히 容易한 일뿐더러 또한 強烈한 實行의 衝動이 生하는 法이라. 日本 勞働은 임의 團結의 經驗을 하엿고,* 또 上述한 大罷工에서 實行의 經驗과 實力의 自覺을 得하엿도다.

沛然을 孰能禦之리요. 中産階級의 自覺을 막을 수 업슴과 갓치 이 勞働者의 自覺을 뉘가 누르리요. 이번 八幡製鐵所事件에와 갓히 多數의 軍警과 生活難의 壓迫의 힘으로 一時的 鎭定을 得하엿다 할지라도 이는 한갓 勞働者의 自覺과 憤怒를 激發하야 團結은 더욱 鞏固하게 될지요, 社會主義的 思想은 더욱 浸潤하기 容易할지며, 又 政府의 武力的 鎭壓이 여러 번 될사록 彼等의 憎惡는 資本階級에게만 向하엿던 憤怒의 銳鋒을 現存의 國家에 向하야 마참내 現存國家를 根本的으로 改造하리라는 慾望과 熱情이 發하야 이에 비로소 革命의 機運이 熟하리니, 이쎄 中産階級이 合하고 軍隊가 合하야 現存의 日本國家는 顚覆되고 新國家가 發生하리라.(1920.3.13.)

(三)

---

* 원문은 '하여고'로 되어 있다.

三, 國民道德의 頹廢

國家의 基礎는 國民道德이라. 이것을 或 精神이라고도 하다.

國家가 制度의 良否로 興亡한다 하는 것은 一面만 본 者의 말이니, 毋論 良善한 制度 업시 國家가 興할 수 업지마는 制度는 死物이라. 이를 運轉하는 人物이 잇고서야 비로소 生命이 生하나니, 人物 업는 制度는 眞實로 紙上의 空文에 不過하다.

이에 人物이라 함은 반다시 大政治家, 大軍略家, 大經濟家 갓흔 이를 指함이 아니니, 무릇 國家機關의 運轉에 參與하는 모든 國民을 니름이라.

假令 여기 한 蒸汽機關車가 잇다 하자. 그러고 그것은 아모 欠點도 업는 完全한 機械라 하자. 그러고 石炭과 물도 豐足하다 하더라도 機關手, 火夫, 石炭과 물을 供給하는 人夫가 업스면 무엇으로 그것을 運轉하랴. 또 人員數는 다 찬다 하더라도 機關手나 火夫될 者가 다 그 蒸氣 機關의 運轉을 實益에나 衛生에 害하다 하야 이를 不肯한다 하면, 오직 電氣나 其他 蒸氣아닌 動力을 用하는 機關車라야 한다 하면, 아모리 機關車內를 修理하고 改良한들, 아모리 그 人員을 變更한다 한들, 或 一時는 糊塗한다 하더라도 엇지 永久한 解決을 得하리오. 만일 連해 機關車主가 蒸氣를 主張한다 하면 마춤내 機關手와 火夫는 그 蒸氣 機關을 破壞하고 새로 自作으로 電氣 機關을 建設하려 하리니, 그後에는 前에 말 안 듯고 懶惰하고 不平하던 機關手와 火夫들은 自己네가 理想하던 新機關을 得하야 順良하고 勤勉하고 滿足한 者가 되리라.

日本의 國家는 正히 이 機關車와 갓고, 그 不平한 中流階級과 勞働者階級은 이 機關手와 火夫와 갓다.

明治維新 以來 五十餘年間 日本國民은 現存 日本國家의 組織을 最善한 것으로 自信하여오다. 그래서 天皇을 尊崇하고 貴族과 富豪를 欽敬하며 兵役에 服하고 陸海軍을 國民의 生命의 保護者로 밋고, 「聖代」에 處하엿노라고 自滿하다. 그래서 그네는 國家의 모든 制度에 對한 道德的 義務라는 感情으로 이

를 服從하고 擁護하다. 이리하야 中日, 俄日 兩役에 大勝利를 博하고 世界 强國의 尊號를 밧게 되다. 그러나 人民은 變하다.

政府의 大官은 國事보다 自黨과 自身의 利害를 先하고, 神聖하여야 할 貴衆 兩院은 國家의 休戚보다 利己心을 根據로 하는 政爭을 爲事하며, 現存 日本의 唯一의 生命인 軍隊에도 將官은 自己의 名利慾이나 追求하며, 兵卒은 屠所에 끌리는 牛羊 모양으로 單身이 制度의 힘을 이길 길이 업서 一年 二年 或 三年의 苦役(前에는 苦役이 아니엇스나 人心이 變遷한 結果)을 억지로 치르고, 中流 以下의 一般人民은 天皇이니 貴族이니 陸海軍이니 하는 것이 오직 自己네의 敵인 줄로 알게 되여 國家가 罪人이라고 罰하는 者를 志士요 指導者라 崇仰하게 되엿다. 시멘스事件*이라는 海軍收賄事件, 八幡製鐵所의 不正事件, 衆議院 議員의 여러 不正事件, 徵兵 忌避와 脫營, 幸德秋水** 以來의 여러 革命 陰謀, 現在의 社會主義運動, 過激社會主義의 蔓延, 同盟罷工의 續出, 所謂 朝鮮總督府 內部의 各黨派의 葛藤, 이것이 다 國民道德의 頹廢를 意味함이 아니뇨.

이러케 國家의 立國의 根本主義와 制度가 人民의 要求에 合致치 아니함으로 國家의 命令은 모다 人民의 敵이 되고 國家의 敵이 도리혀 人民의 崇仰하는 對象이 되나니, 天皇이나 原敬과 幸德秋水나, 게利彦***이나 今次 無政府主

---

* 독일의 제조기업인 지멘스가 일본 제국 해군의 고위 관료에게 뇌물을 준 사건. 영국의 제조기업인 비커스가 발주한 순양전함 곤고도 뇌물 수수 의혹과 더불어 당시 정계를 뒤흔든 일대 사건으로 발전했다. 1914년 1월 발각되었고, 3월에는 해군의 원로인 야마모토 곤노효에(山本権兵衛, 1852-1933)가 이끄는 제1차 야마모토 내각이 총사퇴했다.

** 코토쿠 슈스이(幸德秋水, 1871-1911). 메이지 시대의 언론인이자 사회주의자, 무정부주의자. 1910년 일본 천황을 암살하려고 했다는 죄목으로 처형되었다. 일본 정부가 사회주의자들을 탄압하기 위해 날조한 사건으로, 이후 일본 사회주의 운동은 위축되고 종교적인 사회운동인 기독교 사회주의가 성장하게 된다.

*** 사카이 토시히코(堺利彦, 1871-1933). 일본의 사회운동가이자 저술가, 공산주의자. 1903년 헤이민샤平民社를 창립해『헤이민신문』을 간행했고, 1906년 일본 사회당을 결성한 이래 사회주의 사상을 소개하고 보통선거운동 및 노동운동에 관여했다. 1922년 일본 공산당 초대위원장이 되었고, 1927년 무산대중당을 결성하여 무산정당의 결집에 노력했다.

義事件으로 全日本國民의 同情을 博한 森戶[*]와 어느 便이 日本國民의 眞情한 敬愛를 밧나뇨. 自明하리라.

이럼으로 國民의 紀綱이 解弛하야 帝國大學의 法學士요 將來 有望하던 農商務省 參事官이라는 顯官으로서 金 몟 萬圓에 慘毒한 方法으로 人을 殺하며, 京都의 子爵은 情婦를 殺하고, 樞密院 顧問官 子爵 吉川某^{**}의 令孃은 有夫의 女로 自動車 運轉手와 情死를 圖하며, 其他 戰慄할 만한 大罪惡이 日本의 新聞紙에 一日에도 몟 件式 報道되나니, 이는 決코 梧桐의 一葉으로 秋를 占하며 霜을 履하고 堅冰을 憂하는 類가 아니라 日本의 國家의 生命이 되는 國民道德이 根柢로부터 動搖混亂함을 指示하는 것이니, 이것을 무엇으로 막으랴. 쏘는 무엇으로 고치랴.(1920.3.25.)

(四)
四, 四面楚歌

四面楚歌라는 말은 實로 今日의 日本의 國際的 境遇를 說明하는 말이라.

羅馬의 大帝國이 北歐 諸族의 咀呪에 滅亡하엿고, 奈巴崙의 强으로도 四圍의 흘긔는 눈에 부서지고, 德國의 强大로도 四面楚歌에 五年이 못하야 餘地업시 蹂躪되도다. 알괴라, 四面楚歌中의 日本의 運命이 風前의 燈과 갓흠을.

바로 西隣에 二千萬 含怨의 人民이 晝晝夜夜로 時日害喪을 呪誦하고 奮起報讐의 隙을 窺하며,

좀더 西하야 四億萬의 漢族은 滿洲와 山東의 侵略과 賣國賊의 援助로 怨이 骨髓에 徹하야 언제나 한번 么麽 倭奴를 虱과 갓히 바서버리나 하도다. 「東

---

* 모리토 타츠오(森戶辰男, 1888-1984). 일본의 학자이자 사회 사상가, 교육자. 도쿄 제국대학 법과대학 경제학과 졸업했다. 1920년 창간된 기관지『경제학연구』창간호에 크로포트킨의 저서『빵과 탈취』를 번역하여 발표한「크로포트킨의 사회사상 연구」가 학내의 우익 단체의 배격을 받아 잡지는 발매금지 되고 신문지법에 따라 기소되었다.
** 킷카와 모토미츠(吉川元光, 1894-1953). 메이지·쇼와 시기의 화족. 작위는 자작.

洋人打打」의 咀呪는 禹域 九州에 遍滿하고 日貨 排斥과 日人 排斥은 愈往愈激하야 이로 因하야 日本은 이미 戰時*受益의 一半을 失하엿다 하며, 長江 沿岸에 日本 商人의 破産 退去하는 者 날로 踵을 接하고, 日淸 汽船會社의 船舶은 空手來 空手去만 하도다.

中國의 排日運動은 漸漸 더욱 組織的이 되어 이 目的으로 成立된 團體와 定期 出版物과 遊說隊의 數는 實로 百千으로 計하게 되엇나니, 決코 過去와 갓히 一時的 現象으로 看過할 것이 아니오 무커나 晩커나 日本을 倒하기 前에 止치 아니하리니, 支那가 日本의 敵手가 되지 못한다고 웃지 말지어다. 普魯西**는 決코 法國의 敵이 아니더니라. 民衆의 覺醒과 團結은 歷史上에 成就치 못한 事業이 업섯나니라.

좀 더 西하야 俄國은 엇더하뇨. 俄日戰爭의 舊怨은 말하지 말고, 日本이 西比利에 出兵한 以來의 怨嫌이 엇더하랴. 첫재 么麼한 島夷에게 一時라도 制裁를 밧은 것, 둘재 西比利에 在한 日兵은 가장 支配者인 체하고 驕傲하고 暴虐하고 美兵과 체크兵이 宏壯한 親愛와 歡迎을 受하던 代身에 눈까르을 쌥고 창자를 끌어내고 집부검지를 다져서 나무가지에 걱구로 달도록 俄人의 憎惡와 怨尤를 受하게 된 것, 셋재 俄國의 立國의 宗旨인 社會主義를 東亞에 實現하기에는 日本이 惟一한 敵인 것 等이라. 이럼으로 日本이 스스로 革命하야 그 帝國主義的 國家를 破壞하고 民主主義的 社會主義的 新國家를 建設하기 前에는 무커나 晩커나 俄日의 衝突을 免치 못할 일이라.

다시 方向을 돌려 美國을 보자. 俄日戰爭으로부터 去番 歐洲戰亂ᄭ지는 美國은 차라리 日本에게 對하야 好意를 가젓섯나니, 加州를 中心으로 한 太平洋沿岸의 排日은 甚히 歷史가 오래거니와, 中部 東部 及 南部의 美國은 도로혀 日本에게 對하야 一種의 敬意를 表하엿던 것이 事實이라. 그러나 日本이

---

* 원문은 '前時'로 되어 있다.
** 프로이센의 한자어 표기.

歐洲戰亂의 機를 利用하야 卽 歐美列國이 生死間에 出入하는 危機를 利用하야 中國에 二十一條의 不當한 要求를 强制한 것과, 昨年 以來의* 日本의 韓國에 對한 蠻行의 暴露와 카를린, 마살 群島를 占有하야 太平洋上의 霸權을 握하려 함과, 去番 協同借款問題에 南北 滿洲와 蒙古를 日本의 特別 勢力範圍로 主張한 것 等은 日本의 非文明的 國民性과 侵略的 野心을 깁히 깁히 美國 人民에게 印象하엿나니, 今番 美國上院이 山東問題의 保留를 主張하며, 陸海軍을 急速히 擴張하고, 非律賓에 歐洲戰線 及 西比利戰線으로서 回還하는 軍隊와, 艦隊와 飛行隊를 集中하며, 하스트系의 大新聞紙가 더욱 排日의 論調를 强硬히 함을 보아 美國人民의 排日思想이 엇던 程度에 잇슴을 可知할 것이오,

쏘 方面을 돌려 濠洲를 보면 아아, 排日의 旗幟가 가장 鮮明하고, 調가 가장 過激한 者라 할지니, 더구나 이번 講和條約의 結果로 日本과 濠洲와는 서로 境을 接하게 됨으로 太平洋上에서 日本의 勢力을 挫함은 濠洲의 惟一한 大政策이니, 그가 獨立한 大海軍을 建設하려 함도 實로 이 째문이라.

쏘 日本이 至極한 依賴로 알고 榮光 [한 행 누락]제와서 그 同盟의 對象인 俄德의 患이 永遠히 除去하매 다시 이러한 無用한 [한 행 누락] 無하도다. 理論上으로만 그러할샌더러 英日同盟은 이미 死休의 狀態에 [한 행 누락]던 大日本帝國은 全世界의 國家와 人類에게 人心을 일코 兀然히 東海의 滄 [한 행 누락](1920.3.30.)

(五)

前次에 나는 日本의 國際的 孤立의 形勢를 論하엿거니와, 日本의 孤立을 쏘 內部的으로도 觀察할 수 잇다.

나는 屢次 「現存의 日本國家」라는 句를 使用하엿거니와, 이는 同一한 日本의 土地와 人民으로써 現在의 日本 天皇과 山縣** 副皇 及 그네의 制定한 國是

* 원문은 '以正來'로 되어 있다.

와 制度로 代表되는 國家의 代身에 그 性質과 制度를 달리하는 新國家를 建設할 수 잇다 함이라.

나는 前에 制度는 固定하고 民心은 變心함으로 일즉 그 人民에 가장 適當한 制度도 年所를 積함을 隨하야 마츰내 制度와 民心의 사이에 건너쒸지 못할 深淵이 生하야 滅亡이나 革命이나 二者中에 一에 到着함을 論하엿거니와, 日本은 正히 이 時機에 處하엿다 하리니, 대개 「現存의 日本國家」라 함은 이러케 民心과 隔離하게 된 日本의 制度를 指함이라.

現存*한 日本의 制度는 明治 初年부터 同二十三年 憲法發布ᄭ지에 完成한 者니, 그後에 多少의 修正 增補가 잇섯다 하더라도 日本憲法 改正 提議權이 議會의 手中에 在하지 아니하고 天皇의 手中에 掌握된 동안, ᄯᅩ 歷代 內閣이 民意內閣이 아니오 처음에는 貴族官僚 內閣, 담에는 貴族軍閥 內閣인 以上, ᄯᅩ 昨年ᄭ지의 日本의 人民을 代表한다는 衆議院 議院이 겨우 五千萬中에서 一百六十萬의 資本家 地主의 投票로 選出된 것이오, 多數의 無資本한 知識階級은 國政에 參與할 機會가 업섯던 以上, 그동안에 하여온 制度의 修正 增補의 程度가 保守的이오 利己的인 少數의 貴族 軍閥 及 資本家의 便益의 範圍를 超脫치 못하엿슬 것은 自明한 事實이며, 더욱 注目할 것은 日本의 憲法이 所謂欽定憲法임과, ᄯᅡ라서 日本의 主權의 所在가 天皇이오, 國民道德의 中心이 天皇에게 忠함이오, 軍人이 나아가 싸호는 것이 天皇을 爲함이오, 內閣 更迭과 議會의 召集 及 解散權이 天皇의 手에 在함이니, 天皇이라 함은 名義上 睦仁**이나 嘉仁***을 指稱함이나 事實上 貴族과 軍閥(近年에는 三井**** 長崎***** 等資

** 야마가타 아리토모(山縣有朋, 1838-1922). 일본 제국 육군 원수이자 일본 제국의회 최초의 총리. 근대 일본의 군사와 정치 토대를 마련하여 '일본 군국주의의 아버지'로 불린다.

* 원문은 '璟存'으로 되어 있다.

** 무츠히토(睦仁, 1852-1912). 일본의 제122대 천황. 1867년 2월 13일에서 1912년 7월 30일까지 재위했다.

*** 요시히토(嘉仁, 1879-1926). 일본의 제123대 천황. 1912년 7월 30일부터 1926년 12

本家도)의 意思요, 그 意思는 卽 自己네의 階級的 權力과 安全과 尊崇과 밋 權
力을 獨專하는 人類의 自然的 通病인 內에 對하야는 專制, 外에 對하야는 侵
略의 野心을 滿足하려 함이라. 보라, 憲法은 伊藤博文이 制定하고 貴族輩가
贊成한 것이며, 自來의 모든 內閣은 山縣 副皇의 意思로 破壞되고 組織되지
아니하엿나뇨. 쏘 보라, 過去 十餘年間 日本國家가 엇더케 民主主義를 敵視하
엿고 現在에도 엇더케 普通選擧運動, 社會主義運動* 等 무릇 多數 人民의 自
由와 平等과 福樂을 增進하는 運動을 敵視하는가. 加藤高明**이가 비록 當時
衆議院의 多數黨의 首領이랴 하더라도 山縣 副皇***의 御意가 아니매, 內閣組
織의 大命은 當時 小數黨이오 兼하야 各言論機關(知識階級의 意思)의 攻擊을
受하던 原敬에게 下하지 아니하엿나뇨.

이러케 過去의 日本國家, 아직도 現存의 日本國家는 貴族과 軍閥이(近年에
는 財閥도) 貴族 軍閥을 爲하야 統治하여 왓슴으로, 그네는 果然 權力과 尊貴
와 安業에 飽하고 多數의 國民은 淸日戰爭에 巨額의 賠償을 밧아거나 말앗거
나, 俄日戰爭에 韓國과 滿洲를 먹엇거나 말앗거나, 貴族이나 軍閥은 손싯락
하나도 아니 傷할 째에 中流 以下의 人民은 數十萬이 피를 흘엿거나 말앗거
나 如前히 生活難은 生活難, 貧民은 貧民, 賤民은 賤民, 參政權도 如前히 업
고……. 그러나 現存 日本國家의 唯一한 恩德으로 敎育이 매우 普及되어 歐

월 25일까지 재위했다.
**** 미츠이 그룹. 미츠비시, 스미토모 그룹과 함께 일본의 3대 재벌 중 하나. 메이지시대 은
    행, 무역, 광업 등에 진출하며 세력을 넓혔고, 1909년 지주회사격인 미츠이합명회사三
    井合名會社를 세우고 재벌의 면모를 갖췄다.
***** 미츠비시 중공업 나가사키 조선소三菱重工業長崎造船所. 1857년 일본 최초의 함선 수
    리 공장 '나가사키 용철소'로 탄생했고, 이후 1887년 미츠비시가 메이지 정부에서 불하
    받아 민영 조선소로 전환되었다. 전함 무사시를 건조한 것으로도 유명하다.
*   원문은 '社㝵主義運動'으로 되어 있다.
** 카토 타카아키(加藤高明, 1860-1926). 일본의 정치가이자 외교관. 1924년 6월에서 1926
    년 1월까지 제24대 내각총리대신을 지냈다.
*** 원문은 '山縣 天皇'으로 되어 있다.

美의 事情을 알며, 또 民主主義 社會主義 等 新福音이 九年 水後의 日光과 갓히 貧賤에 泣하던 彼等의 눈에 비최게 되매, 彼等은 「우리가 속앗다, 이것은 잘못된 世上이다」함을 깨달아, 「져 可憎한 少數의 壓制者의 그네가 그네의 權力과 安全과 尊榮을 爲하야 制定한 모든 制度를 打破하고 우리의 쯧대로 새 國家를 建設하자」하는 思想이 —— 이 危險思想이 良心 잇는 知識階級과 靑年階級을 中心으로 하야 日本의 五千萬 人心을 風靡하나니, 國家가 惡人으로 녀기는 게利彦, 大杉榮*, 맑스 等의 書籍은 天來의 福音과 갓히 人民이 다토아 愛讀하고, 國家가 犯罪人으로 判決한 森戸 갓흔 이는 人民이 先覺者라고 推仰하며, 그와 反對로 現存 日本의 中心이오 最高人物인 山縣輩는 惡魔라는 咀咒를 受하나니, 이것이 무엇을 意味함이뇨. 나는 斷言호대 現存의 日本國家는 오직 貴族 官僚 軍閥 及 少數 資本家의 國家요, 多數 人民 百分之九十八인 中流 以下의 人民에게서 孤立한 것이니, 換言하면 日本 自身內에 韓國人民과 갓히 壓制者, 强奪者에게서 脫出하랴는 四千九百萬의 奴隸的 人民이 잇슴이라 하노라. 그러면 그 將來는 엇지될가 下回에 論評하여 보자.(1920.4.1.)

---

* 오스기 사카에(大杉栄, 1885-1923) 일본의 노동운동가. 고토쿠 슈스이幸徳秋水와 사카이 도시히코堺利彦 등이 세운 헤이민사에 참여해 사회주의자로서 활동을 시작했으며, 한국의 독립운동가인 이동휘와 여운형 등을 직접 만나 국제연대를 꾀하기도 했다.

留日 學友俱樂部의 第一回 講演*

　去二月八日 東京 學友 獨立宣言紀念會席에서 發起된 在上海 留日 學友俱樂部는 同月末에 成立되어 張鵬, 申翼熙, 李光洙 三氏가 幹事로 被選하엿는데, 同俱樂部에서는 前土曜日에 第一回 公開講演會를 開하다. 聽衆 一百五十, 講演者 兩人中 申翼熙氏는 身病으로 出席치 못하고 李光洙만 一時半에 亘하야 「볼세비즘」이란 題로 講演하다.

　李氏는 冒頭에 「預告는 볼세비즘이라 하엿스나 序論으로 그 由來를 말하리라」 하야 革命의 原因과 種類를 論하고 볼세비즘은 將次 世界 全部에 올 革命이라 하다. 그 要領을 摘記하건대,

　「볼세비즘이란** 經濟革命이라. 覺醒하는 人類에게 쳐음 온 것은 思想革命이니, 人類에게 思想의 自由와 平等을 標榜한 것이니 文藝復興 宗敎改革 等이오, 다음에 온 것은 政治革命이니, 政治에 自由와 平等을 標榜한 것이니 法國大革命 以來의 各國의 革命이오, 그後에 온 것은 經濟革命이니,*** 人類에게 財産의 自由와 平等을 주기를 標榜한 것이니 現代 各國의 社會主義運動이라.

　「大抵 革命이란 社會制度의 某缺陷에서 發하는 것이니, 그 缺陷이 엇던 階級에게는 利가 되고 다른 階級에게는 害가 될 쌔에 利되는 階級은 이 缺陷을 長處라 하야 保全하려 하고, 害되는 者는 이 缺陷을 缺陷이라 하야 除去하려 하나니, 이에 兩階級의 衝突이 生하는 것이라. 그런데 그 制度의 利를 受하던 階級은 自然히 모든 權力을 掌握하엿슴과 數로는 小함이 特徵이오, 害를 受

---

* 『獨立新聞』 55, 1920.3.18.
** 원문은 '볼세비즘이라'로 되어 있다.
*** 원문은 '經濟革命이'로 되어 있다.

하는 階級은 이와 反하야 數는 多하여도 權力이 업나니, 이에 權力階級은 權力을 밋고 多數 階級은 多數를 밋어 慘憺한 血戰을 演하는 것이라. 그러나 歷史는 恒常 被革命階級이 革命階級에 征服된 記錄이니라.」*

「이 모양으로 當時의 制度의 害를 밧는 階級이 革命에 勝利하야 新制度를 定하면 그 新制度가 또 害를 주는 階級이 잇서 이리하야 革命은 循環될지며, 또 아모리 目前의 缺陷을 除去하더라도 人生이 全知全能이 아닌 以上 缺陷은 늘 잇슬 터인즉 革命은 쯔침이 업스리라.」

「思想의 自由와 平等을 엇고 본즉 다시 政治의 自由와 平等이 엇고 십고, 그것을 엇고 본즉 또 經濟的 自由와 平等이 엇고 십흐니, 이리하야 今日의 經濟革命時代를 現出한 것이라. 그러나 思想革命이 完成되고 나서 政治革命이, 그것이 完成되고 나서 經濟革命이 오는 것이 아니라, 思想의 自由 平等이 相當한 程度에 達하면 政治的 自由 平等의 慾望이 生하고, 그리되면 또 經濟的 自由 平等의 慾望이 生하나니, 그럼으로 只今은 此三種 革命이 同時에 잇는 셈이오 다만 經濟問題가 中心이 되엿슬 섚이라.」

「今日 經濟革命의 模型은 俄國이니, 德墺 諸國도 임의 此를 倣하엿고 英美 갓흔 現存 制度의 基礎가 鞏固한 國內에도 이 第三革命의 猛焰이 隱燃함은 每日 新聞紙의 報道로 알 것이다. 「政治的으로 治者 被治者, 貴와 賤의 別을 업시 하자, 經濟的으로 貧과 富의 別을 업시하자.」 이것은 現代思想의 當然한 結論이니 全世界에 이 經濟革命의 猛焰이 起할 날이 不遠하리라. 日本內에도 임의 無數의 小烽火가 起하지 아니하나뇨.」

「이 經濟革命의 使命을 맛흔 者는 社會主義니, 社會主義를 奉하는 貧民階級이 그 革命軍이라」 하고, 「볼세비즘은 칼, 맑스에 源을 發한 社會主義의 一派니, 레닌, 트로츠키로서 代表하는 者요 社會主義中 最徹底 最代表的인 者라. 余는 다시 機會를 得하야 볼세비즘을 解說 批評하려 하노라」 하고 最

---

* 원문은 닫는 홑낫표가 누락되어 있다. 이하 상동.

後에,

　「우리의 運動은 다만 單純한 日本에게서의 獨立運動샌 아니오 實로 新國家 新社會의 建設運動이니, 現代에 世界의 民衆을 음즈기는 모든 思想을 잘 硏究하야써 國基를 完全한 基礎우에 奠하도록 努力할 것이라」 하야 思想問題의 硏究는 獨立運動의 一部라 하다.

No.3는 보셨을 듯*

Shanghai China

March 14th, 20

My dear Yung!

No.3는 보셨을 듯, 健康과 happy life를 每樣 祈禱합니다. 어머님 患候 어 떠십니까. 나는 健康하게, 敬虔하게 바쁘게 지냅니다. 上海에는 벌써 봄이 왔 습니다. 들에는 푸름이 나오니 복숭아꽃도 봉오리를 지었습니다.

그동안 할 줄 모르는 演說을 一週間에 세 번이나 하였더니 목이 쉬어서, 아직 낫지 아니합니다. 演說은 各各 九十分 假量이었고, 매우 喝采를 받았으 며, 題目은 둘을 連結한 것인데, 하나는** 우리 民族의 前途大業이요, 하나는 Bolshevism***이라는 것이외다. 여러 사람이 喝采해 줄 때에 나는 東京 靑年會 의 그날 저녁을 생각했습니다.

그러나 나는 나의 짓는 글이나 演說이 나의 힘이 아니요, 나를 指導하는 하나님의 힘이라고 믿습니다. 나는 무엇을 할 때에든지, 글을 지을 때에나 말을 할 때에나 그에게 求하게 되었습니다. 그는 힘을 주시는 인 줄을 믿습 니다. 「저 길 잃은 民族에게 빛을 보여 주소서」 하고 아침 저녁 빕니다. 그러 나 이 하나님이 恒用 예수敎人들이 말하는 하나님과 같은지 아닌지는 모릅 니다. 그러나 耶蘇는 나의 標本으로 믿습니다. 그러고 아침 저녁, 或은 電車 中, 或은 休息中에 祈禱를 올릴 때에는 반드시 Yung을 爲하여 빕니다. 「나를

---

*   1920년 3월 14일자 서간
** 원문에는 누락되어 있다.
*** 上海 留日 학우구락부에서 개최한 제1회 공개강연회에서의 강연. 관련 기사 및 강연 내 용에 관해서는 「留日 學友俱樂部의 第1回 講演」『獨立新聞』55, 1920.3.18. 참조.

爲하여 괴로와 하오니 나를 犧牲하고라도 그에게 幸福을 주소서」하고. 이
는 眞情이외다.

God be with you, my dear!

Deiner

議政院 議員에게*
諸君은 獨立運動의 謀士가 되라

議政院이 開會된지 이미 二旬이 지내엿도다. 그동안 諸君은 무엇을 議論하엿나뇨「하노라」,「하나이다」問題로 二日, 定員數 不足 問題로 二日, 柳璟煥 問題로 四日, 敵新聞紙에 政府의 祕密 漏洩 問題로 二日, 其餘는 每日 幾時間式 辭免 請願, 新到 議員 資格審査 等으로 消費되고, 남어지는 종작업는 愚問 拙問과 日本 衆議院式 야지와 對句로 消費되고, 眞正 獨立運動에 關係된 事件이라고 處理된 것은 政府의 暫行法例 及 公債管理局 條例의 事後 承諾案이 잇슬 쑨이오, 五十名 議員의 智囊으로서 나온 案이라고는 臨時政務 調査委員會案이라는 무엇이 될지 알 수 업슨 一案이 잇슬 쑨이라.

아아 五十名이, 獨立運動에 獻身한다는 五十名이, 國民을 代表하야 獨立運動의 進行方針을 討議한다는 五十名이, 二旬 동안의 會議에 하여 노은 일이 참말 업도다. 들을 만한 시언한 말조차 업도다! 某議員이「이게 무엇이오 銃을 메고 나갑시다」하고 憤慨한 것도 當然한 일이로다.

비록 現在의 不得已한 事情을 依하야 議員을 選擧하는 方法이 아직 全國民의 意思를 代表할만 하지 못하다 하더라도, 只今은 經濟政策이나 社會政策이나 國民의 權義問題나 全國民 又는 一部分 國民의 利害를 討議하는 時機가 아님으로, 아모러한 方法으로 選擧된 議員이든지 다만 獨立運動의 조흔 方針만 熱誠으로 잘 討議하면 投票를 아니 한 全國民이라도 다 그네를 自己네의 代表로 認定할 時期라. 뉘가 選擧方法의 不完全으로써 議政院의 國民 代表性을 論難하리오.

---

* 『獨立新聞』 55, 1920.3.18. 1면 '社說'란에 게재 되었다.

臨時議政院은 臨時政府로 더부러 大韓民國 萬年의 基礎라, 象徵이라. 그럼으로 臨時議政院 議員이 恒常 念頭에 둘 바는 自己가 民國 成立初의 立法部 議員이 되는 榮光을 가짐과 밋 自己에게 獨立運動을 가장 有力하게 進行할 方針을 議定하는 重大한 責任이 有함이니, 만일 이를 니져버리고 함부로 가는 者는 大罪惡을 犯함이라 할지니, 대개 그는 二千萬의 흘린 피를 더럽힘일세라.

只今 諸君이 할일은 敵의 議會와 갓히 些少한 問題의 質問으로 政府나 괴롭게 하며 形式的 節次로 時日을 虛送할 것이 아니오, 오직 엇지하면 獨立運動을 가장 有力하게 하여갈가, 卽 엇지하면 內外 民心을 統一 激勵하고 엇지하면 獨立運動에 必要한 財政을 모흐며, 엇지하면 獨立戰爭의 準備를 잘하고 엇지하면 內外에 對한 宣傳을 잘 行할가, 只今 世界의 大勢는 엇더하닛가 엇더한 政策으로 此에 應하며, 內外의 民心은 엇더하닛가 엇더한 計策으로 此에 對할가, 하는 것을 窮理하고 討議하고 成案하야 政府로 하여곰 實施케 할 것이 아니뇨 ─ 이것이 諸君의 神聖한 職務요 쏘 唯一한 職務가 아니뇨.

그런데 「하노라」, 「하나이다」가 獨立運動에 무슨 相關이 잇스며, 議員 自身은 政府에게 아모 方針도 준 것이 업시 政府의 言辭나 施設에 對하야 尋章摘句하고 吹毛覓疵하는 無數한 質問이 獨立運動에 무슨 關係가 잇나뇨. 大事가 當前하매 小事는 應當 니져바릴지니, 대개 大事에 害할가 念慮함이라. 그런데 過去 二旬來의 議政院은 小事를 爲하야 大事를 니져버린 모양이 되엇도다. 뭇노니 諸君에게 大事가 무엇인지 알아보는 識見이 업슴이뇨. 잇스면서도 짐즛 大事를 그릇히기 爲하야 이러함이뇨. 諸君이여, 再三 思量할지어다

美日戰爭*

임의 十餘年을 經過하엿다. 其間에 歐洲戰亂의 勃發로 因하야 一時 美洲의 排日熱이 終熄된 듯하엿섯스나 이는 美國 人民과 政府가 對德國 軍事行動을 取하는 事勢上 一時 그 소리를 숨김이오, 大戰 終結과 同時에 排日熱이 前보다 더 猛烈하게 니러날 것은 吾人이 想像하던 바이다. 果然 再昨年 十一月에 休戰條約이 成立되고 베르사이으에서 講和會議가 開催되매 預期와 如히 美日 兩國間에 暗鬪와 衝突이 니러낫다. 和議中 山東問題의 니르러는 兩國間의 葛藤이 頂點에 達하야 美國의 態度 如何에 依하여는 日本은 和議에서 脫退하리라고신지 傳하엿다. 及其也 和約이 調印되고 그 批准案이 美國 上院에 提出되매 共和 民主 兩黨間에 大論戰을 惹起하야 于今신지 批准案의 通過가 遼遠할 뿐 아니라, 山東問題에 關한 保留案 修正案이 出現케 되다. 今回의 報道에 依컨대, 前番에 「山東問題에 關하야 中日 兩國間에 紛爭이 잇슬 째는 美國 政府는 行動의 自由를 保留한다」 하엿던 共和黨 首領 럿지氏의 保留案이 中日 兩字를 削除하고 通過되엿다 한다. 그 結果로 保留의 範圍가 甚히 廣汎하야 美國은 山東問題에 關하야는 엇더한 國家를 向하여셔라도 抗議를 提起할 權利를 가지게 될 것이라. 山東問題와 前後하야 蜂起한 排日熱은 太平洋問題, 中國問題, 移民問題, 西比利問題, 韓國問題 等에 因하야 그 勢를 도도아 마참내 美日戰爭說이 다시 니러나게 되엿다. 그러면 果然 美日開戰은 可能에 屬한 일일가.

戰爭의 原因으로 感情的 憎惡와 利害上 衝突의 兩者를 들 수가 잇스나 美日間의 感情上 衝突은 吾人이 너머 여러 번 說한 것임으로 여긔 論及치 안코

* 『獨立新聞』 56, 1920.3.20. 1면 '社說'란에 실렸다.

다만 利害上 衝突로 보아 美日間의 危機가 伏在함을 먼져 述하겟다.

美日 兩國間에 가장 重要한 利害關係를 짓는 者는 다시 말할 것 업시 太平洋과 中國問題다. 戰亂의 結果로 世界 强國이 다 至極한 疲弊에 싸질 재에 홀로 富强을 지은 者는 美國과 日本 두 나라이다. 그리하고 두 나라가 其商業上의 權을 닷토ㄹ 地點은 太平洋上을 놋코 다시 업다. 그런則 太平洋上의 兩國 衝突은 避하랴아 避할 수 업는 事實이라. 和約이 成立된 結果 日本이 太平洋上의 舊德領 羣島를 獲得케 되매, 이로 因하야 多大한 脅威를 感하는 者는 濠洲와 美國이라 하겟다. 이에 美國은 太平洋 貿易 保護의 必要上 太平洋 艦隊를 擴張하야 日本의 勢力과 對抗치 아니치 못하게 되다. 比律賓 諸島의 獨立이 遲延됨도 美國의 日本에 對한 疑懼가 去치 안음을 因함이다. 日本側으로 觀察하건대, 新領土인 카를린, 마살 兩羣島間에 潛在한 美領 구암島는 日本의 太平洋 發展上에 侮視치 못할 障礙가 되며, 日本이 太平洋上 實權을 獲得키 위하야는 比律賓 羣島에 垂涎치 아니치 못할 것이라. 美國으로는 比律賓 羣島를 日本의 手에 너흐면 太平洋 貿易의 死命을 쥐이는 結果를 일울지라. 然則 太平洋上의 兩國 局面은 거의 解決치 못할 難點에 達하엿슴으로 此際에 斷然히 新局面 打開의 途에 出할 必要가 잇스니, 이가 開戰을 避치 못할 一理由라.

中國 利權問題에 就하여셔도 同樣의 斷案을 나릴 수가 잇다. 戰亂 當時에 各國이 中國을 도라볼 餘力이 업는 트ㅁ을 타 利權의 獨占의 滋味를 본 日本은 戰爭 終熄後에도 依然 中國의 商權을 獨占코져 하야 門戶 開放에 暗然히 反對의 旗幟를 立하엿다. 이로 因하야 가장 打擊을 밧는 者는 美國이라. 故로 平和締結*幾日이 지나지 못하야 임의 中國 平原에 美日의 衝突이 激烈히 니러낫다. 昨年 夏季붓터 于今 繼續하는 日貨 排斥運動을 日人이 目하야 그 背後에 美國이 잇다고 世人을 信케 하려 하며, 스스로도 그러케 信함은 當然한 感情의 發露라 하겟다. 現在 滿蒙은 姑捨하고 或은 山東에, 或은 長江 沿岸에,

---
* 원문은 '締平和結'로 되어 있다.

或은 福建에 勢力 扶植과 利權 獨占에 汲汲함은 日人의 狀態라. 然而 日本으로서 이 利權 獨得을 成就코져 할진대 美國을 放逐치 안으면 안되겟고, 美國 쏘한 其商權을 일치 안으려 할진대 日本을 排斥치 아니치 못할 것이다. 이도 쏘한 開戰의 不可避한 一理由라.

 그 다음에는 加州*의 排日을 들 수 잇다. 加州의 排日은 그 沿革이 甚히 長久하나, 要컨대 加州에 在한 日本 移民의 異數의 發達이 白人間의 恐怖와 猜怨의 感情을 挑發하야 生한 것이다. 戰亂後의 形勢에 依하면, 加州에 在한 日人의 心思는 全혀 日本人의 기름자를 加州에셔 逐出코져 함에 잇는 듯하리만큼 排日의 形式이 徹底的이오 苛酷하다. 이는 白人으로는 生存上 不得己의 行動이리고 할는지 모르거니와, 이로 因하야 日人의 感情을 激發한 것이 甚히 크다. 美國의 日本 移民制限은 一變하야 日人 逐出政策이 되여 간다. 이 形勢는 加州뿐 아니라 至今에는 全美國에 彌滿하엿스니, 그 우에 加하야 하―스트系의 黃色新聞의 宏壯한 勢力이 排日의 形勢는 날로 기른다. 이대로 進行하면 幾年 안에셔 美洲에 移殖된 日本人은 말금 放逐의 運命에 遭遇할는지 모르니, 이는 日本의 死活問題라. 開戰을 避치 못할 쏘 하나의 理由라. 그밧게 西比利의 衝突을 擧할 수 잇겟다.

 或者는 論하야 만일 美日이 開戰한다 하면 日本에게 到底히 勝算이 업스니 開戰은 不可能이라 한다. 開戰이 不可能이라 함은 다시 말하면 開戰하기만 하면 日本은 滅亡에 陷할지라 함이니, 暫時이 論者의 說을 드러보자.

 가르되, 美日이 開戰하면 日本의 産業은 破滅에 至하리니, 日本의 對外貿易의 五分之一을 占하는 顧客은 卽 美國임과, 日本의 紡績業은 全혀 美國의 良質인 綿花 供給에 依하는 싯닭이다. 쏘 美日이 開戰하면 日本은 國際上 非常한 困境에 處하리니, 一은 同盟國인 英國의 友誼를 失할 것이오, 一은 中國에서 列國의 共同 排斥을 受하야 日本의 勢力이 驅逐됨에 니를 것이다. 쏘 美

---
*　　캘리포니아주의 한자어 표기.

日이 開戰한다 하면 日本의 貧弱한 財政과 人口로 到底히 美國의 富力과 人口를 抵當치 못할지며, 日本이 歐洲 列國의 財政上 援助를 得하리라고는 只今 想像할 수 업다. 또 美日이 開戰된다 하더라도 二千五百 海里를 隔한 美洲싯지에 軍隊의 輸送이 不可能하며, 其他 石炭 飮料水의 供給이 困難하며, 設使 軍隊 輸送이 可能하다 하더라도 美國 沿海에는 潛航艇 其他의 防禦 工事가 充足하야 軍隊 上陸이 至極히 困難하다. 그밧게 日本은 美國의 海軍力과 航空力을 如何히 防備할가. 空中 防禦가 不足하고 建築이 不完全한 東京 大阪 等 市街는 一擊下에 灰燼이 될 것이 아닌가. 以上이 不能 開戰論者의 說이다.

그러하나, 日本 民族의 가진 國家 擁護의 精神(잘못된 國民的 쇼비니즘)은 자못 熾烈하야 一時의 血氣는 開戰도 辭치 안는 特殊한 民族心理를 決코 勿視하지 못할 것이며, 日本의 年年이 增加하는 人口는 廣大한 殖民地를 要求하나니, 殖民政策의 衝突, 或은 이에 對한 壓迫과 妨害는 國民의 死生에 關係되는지라. 勢의 趣하는 곳애 進하야도 死하고 退하야도 死함에는 차라리 一戰을 不辭하는 수도 잇스며, 다시 日本 官僚 或 軍閥의 處地로서 보건대는, 日로 險惡하여 가는 民心을 向外식힐 必要가 잇다 하야 此時에 勝敗를 不顧코 外戰을 開始함이 彼等 一身上에는 利益됨과, 彼等의 自國의 陸軍力을 過信하는 妄想에서 發하야* 政府에 開戰을 促할는지도 모른다.

그런즉 以上의 모든 條件을 綜合하건대, 日本內의 社會革命이 突發한다면** 모르거니와, 現今의 形勢대로 進步한다 하면 美日의 開戰은 길어도 數年內에 싸르면 數朔內에 잇스리라 斷定할 수 잇나니, 此危急한 形勢에 對한 綿密한 硏究와 充分한 準備를 쉬지 안음이 이 時代의 處한 吾族의 任務라 하리로다.

---

* 원문은 '發하야'로 되어 있다.
** 원문은 '突發한다며'로 되어 있다.

다시 國民皆兵에 對하야*

去二十日 ○○에서 國民軍 編成式이엇다. 數爻는 二百 未滿이라 하더라도 ○○居留民 五百中에서 二百이라 함은 거의 壯丁의 全部라 할지니, 쏘한 壯하다 하리로다.

西間島에서도, 北間島에서도, 俄領에서도 隱密한 中에 날로 國民軍의 募□이 進行하는 中이오 將次 國內 各地에서도 同一한 事業이 進行하리라. 이리하야 獨立戰爭의 計劃은 具體的으로 着着 進行하도다.

○○國民軍 編成式 席上에 李國務總理는 「今年內에 血戰을 宣할 것□ 決定□ 事實이라」 하야 大韓民國 □年內에 獨立戰爭을 開始할 것을 明言하고, 此에 對한 國民의 決心을 要求하야 小異를 바리고 大同에 就하야 二千萬 國民이 一心一體가 되기를 力說하도다.

그러토다. 우리의 나갈 길은 오직 血戰이 잇슬 쑨이로다. 우리는 生하여야 하리니, 生하랴면 生하기를 妨害하는 敵을 除去하여야 할지라. 그런데 過去 一年間 우리는 戰爭아닌 온갖 手段을 다 使用하엿견마는 敵은 改悛하는 빗이 잇기는커녕 警察을 增加하야 捕縛과 惡刑을 肆行하야 더욱 우리에게 對하야 頑惡하게 됨을 보이도다. 이에 우리가 안즈랴. 안즈면 다시 닐지 못하리니 우리에게는 背水의 一戰이 잇슬 쑨이오, 그리하랴면 全國民이 一心一體가 되어 肉彈 血煙으로 敵에게 勇壯한 大痛棒을 加함이로다.

同席上에 孫議長은 「過去의 平和的 運動이 偉效를 奏한 것도 事實이지마는 最後의 目的은 오직 血戰으로야만 達할 것이라. …… 우리 民族의 千年의 怨讎요 正義의 敵되는 日本을 退治함은 오직 우리의 血戰에 달렷다」 함은 아

---

* 『獨立新聞』 57, 1920.3.23. 1면 '社說'란에 실렸다.

마 우리 全國民의 字字句句히 同感하는 바일 것이라.

이러케 李總理와 孫議長의 簡單한 말이 우리 國民의 進路를 道破하엿나니, 卽「우리의 나갈 길은 오직 血戰뿐이라. 그러고 血戰의 時機는 今年이라」함이라.* 國民아 記憶하라, 血戰이 우리의 唯一한 進路임을.

그럼으로 우리 壯丁은 男女를 勿論하고 軍籍에 登錄하여야 할지오 登錄한 날로부터 軍人의 精神을 培養하고 軍人의 生活을 鍊習하여야 하리니, 血戰이 虛言이 되게 하고 國民皆兵이 飾辭가 되지 말게 하라. 只今 我民族의 死活의 判定하는 地頭니, 이 運命의 判定은오직 國民軍의 成績 如何에 달넛도다.

安勞働局總辦은 ○○國民軍 編成式에서「우리는 十年 동안 언제 獨立의 義戰을 爲하야 獨立軍을 召集할가 하고 苦待하엿더니 오늘을 보앗다」하고「깃븐 것은 西北間島와 俄領에서도 過去부터도 힘썻지마는 現在에 國民軍의 編成이 進行하는 中이며, 國內에서도 隱密裏에 編成하는 中이라」하야「우리 民族은 海內에 잇거나 海外에 잇거나 이제는 獨立의 血戰이라는 同一한 目的으로 奮起하엿스니, 우리 目的은 實現된 것이라. 最後의 勝利가 우리의 目前에 보인다」하엿소

果然 千年間 懦弱에 조르던 大韓民族이 이러케 一齊히 勇壯한 獨立의 血戰을 爲하야 勇敢히 奮起할 精神을 가지게 된 것은 實로 大變遷이니 足히 우리 民族에게 復活中의 興生氣 잇슴을 實證할 것이라. 昨年 三月 一日 以來의 義擧도 外國人에게는「韓族에게 겨만 勇氣와 義氣와 根氣가 잇섯던가」** 하고 驚愕의 누느을 쓰게 하엿거니와, 우리 民族의 義氣와 勇氣가 이러케 一時에 激發됨은 우리 自身도 그윽히 놀라는 바라. 元來 勇壯한 祖先의 피를 밧은 者로서 奴隸의 十年羞恥와 世界의 大勢에 눈이 쓰고, 過去의 勇壯하고 忠烈한 國士들의 熱血에 피가 끌허 一千年 조르던 大韓魂이 火焰을 發함이로다.

---

* 　원문은 '今年이라함」이라'로 되어 있다.
** 　원문은 닫는 홑낫표가 누락되어 있다.

그러나 國民이어 더욱 自省하고 더욱 鞭韃할지어다. 모든 罪惡과 모든 缺點惡習을 다 씨서바리고 淸淨한 精神과 身體, 忠義와 勇敢으로 찬 精神과 身體가 되여 獨立과 自由를 求하는 神聖 燔發壇에 祭物이 될지어다.

獨立軍인 二千萬 國民아, 너희는 「乙支公, 李忠武公의 忠烈한 精神」*을 가질지어다. 敗하고 닐어나고, 또 敗하더라도 다시 닐어나, 一年이나 二年이나, 十年이 되고 二十年이 되더라도 變치 안코 屈치 안코 最後의 勝利를 엇기신지 나아가고 또 나아가는 耐久力을 가질지어다. 무엇보다도 「爲先 大韓人끼리」** 合하고 무o치고 한 덩어리가 되며, 國民軍이라는 일홈 밋헤 統一이 되고 團團한 團結이 되자. 俄國의 援助도 오고 中國의 援助도 오고 美國의 援助도 오려니와, 그 根本은 오직 大韓人끼리 한 덩어리 國民軍이 됨이니라.

---

* 원문은 닫는 홑낫표가 누락되어 있다.
** 원문은 닫는 홑낫표가 누락되어 있다.

世界大戰이 오리라*

巴黎의 講和會議가 失敗에 終한 標徵이 漸漸 彰明하여지도다. 支那는 맛참내 簽字를 拒絶한 대로 잇고, 美國의 上院은 다시 山東 保留案을 通過하야 언제 講和條約의 批準이 될는지, 쏘는 아주 안 될는지 모르며, 伊太利와 주고슬라비아도 아드리아海 問題로 不滿한 中에 잇스며, 德國은 그 條約을 履行하리라, 말리라 하야 아직 定向이 업도다.

싸라셔 그 條約의 一部分인 國際聯盟도 完成될는지 말는지, 된다 하여도 美國의 參加는 甚히 疑問이며, 其他 各國도 參加는 主張하면셔도 아직도 疑問의 눈으로써 이를 보도다.

이리하야 講和條約이 調印된지 임의 十個月이 近하되, 休戰의 結果를 生한 外에, 쏘 幾個 未成品의 新國家를 生한 外에, 世界의 秩序를 整齊한 아모 效果가 업도다. 다만 效果가 업슬쑨더러 새로운 世界大戰 ― 過去의 歐美大戰 말고 이번에는 정말 世界大戰 ― 을 招來하는 動機가 되고 煽動이 되엿도다. 내 말을 드르라.

이 講和條約이 오는 世界大戰의 動機가 되는 原因은 五니,

(一)過去의 大戰을 니르킨 責任者가 所謂 上流階級, 卽帝王, 貴族, 軍閥 及 財産家 階級인 것

(二)大戰中에 犧牲이 된 者는 大戰의 開始에 아모 參與權이 업던 無産 人民 階級(農夫, 勞働者)인 것

(三)大戰의 結果로 戰勝國이나 戰敗國이나 生活의 改善은 別로 업고 倍前한 苦痛을 밧는 것은 大戰中에 가장 만흔 犧牲을 한 無産 人民階級쑨이오 自

---

* 『獨立新聞』 57, 1920.3.23. 1면 제2사설에 해당한다.

己네가 大戰은 開始하고도 압흔 犧牲은 別로 아니 밧치던 所謂 上流階級은 益富 益貴하게 되여 더욱 繁榮하는 것

(四)民族自決主義로 本旨를 삼는다 稱하면서 其實 講和會議나 國際聯盟은 幾個 强國의 利己的 機關이 되여 多數 被壓民族의 憤慨를 起한 것

(五)講和會議 自身이 國際的으로 보면 强國의 獨擅場이오 各國의 社會的으로 보면 所謂 上流階級의 獨擅場이던 것

이리하야 한번 民族自決主義의 소리를 들은 無數한 被壓民族들은 最後의 目的인 自主獨立을 得하는 날ᄭ지 決코 奮鬪를 止息치 아니하리니, 져 愛蘭*을 보고 印度를 보고 埃及**을 非律賓***을 보고 ᄯ또 韓國을 보라. 그쑨이랴. 이번에 새로 獨立을 得한 체크, 波蘭****, 芬蘭***** 等國은 다시 그 獨立을 脅威하는 者를 對抗하야 싸흘지오, 所謂 委任統治下의 獨立을 得한 小亞細亞의 諸邦과 太平洋中의 羣島는 그 委任統治를 脫하기 爲하야 싸흘지며, 世界人類의 四分一을 占한 支那 人民은 旣失한 利權과 名譽를 恢復하랴고 싸호는 中이며, ᄯ또 將次도 싸흘지니, 生각하라, 世界의 大戰이 目睫에 迫하지 아니하엿나뇨. 이것이 世界大戰의 一方面이오,

ᄯ또 去番 巴黎會議는 名色은 各國의 代表를 網羅하엿다 하엿스나 所謂 四大國 五大國의 專橫場이엿스며, 名色은 世界改造의 理想과 主義를 實現함이라 하엿스나 其實은 四大國 五大國의 戰利品 分配會議엿나니, 民族自決主義를 適用함도 主義 自身을 爲한 것보다 自己네의 利益을 爲함이오 委任統治의 配當도 正義를 標準으로 한 것보다 强國間의 利權의 爭奪이라. 이에 德墺 等의 苛酷한 要求를 强迫밧은 戰敗國은 勿論이어니와, 白耳義*, 瑞典**, 諾威***, 支

---

* 　아일랜드의 한자어 표기.
** 　이집트의 한자어 표기.
*** 　필리핀의 한자어 표기.
**** 　폴란드의 한자어 표기.
***** 핀란드의 한자어 표기.

那 等 諸國은 正當한 要求좃차 貫徹치 못한 怨恨을 품엇나니, 그네의 諸强國에 對한 憎惡는 언제나 機會를 기다려 爆發할지니, 이것이 世界大戰의 第二方面이라.

그러나 이 모든 것보다 더 重大한 一方面이 잇스니, 그는 곳 階級戰이라.

去番 大戰에 戰爭을 닐으킨 階級, 戰爭에 犧牲이 된 階級, 戰爭으로 利益을 受한 階級이 分明히 알녀젓고, 이로붓터 推理하야 古來로 人類社會에는 治者階級 富者階級과 被治者階級 貧者階級이 잇섯슴과, 恒常 多數의 被治者 貧者*와 平時에는 그네의 勞役과 戰時에는 그네의 生命으로 極少數인 治者 富者의 淫逸한 安樂을 供給하여 왓슴과, 밋 그러하는 것이 가장 不合理, 不正義할쑨더러, 이는 多數의 被治者 貧者의 愚弱한 過失임을 分明히 自覺하엿고, 아울러 敎育의 普及으로 하야 少數의 治者 富者階級이 多數의 被治者 貧者階級을 抑壓하기 可能하던 唯一한 祕訣이던 知力과 團結力을 得하엿도다.

各國의 勞働團體의 發達(勞働團體라 하면 最初에는 賃金 勞働者만 包含하엿스나 只今은 漸漸 敎員, 官吏, 其他 月給生活하는 者를 包含하게 됨)과, 俄國의 農民團體의 發達은 實로 오는 世界大戰의 渦의 中心인 階□□爭의 主力이 될지니, 俄國의 勞農政府는 世界 勞農政府의 先驅오 模範이라.

現今 社會共産主義의 思想은 燎原의 火와 갓치 全球를 風靡하며 俄國 쏘비엣트의 猛烈한 宣傳의 手가 世界 어느 나라, 어느 城市에 아니 간 데가 업나니, 每日 報紙의 傳하는 歐美의 同盟罷工과, 各種의 示威運動은 다만 暴風前의 樹葉의 一氈動이니, 이 氈動은 決코 虛됨이 업슬지니, 또 그 뒤를 짜르는 低氣壓의 本體가 멀니 잇다 하더라도 太平洋이나 大西洋의 範圍內엣일이라.

文化의 程度가 逈殊한 東亞에도 이 大革命의 思想이 時時刻刻으로 浸潤하

---

* 벨기에의 한자어 표기.
** 스웨덴의 한자어 표기.
*** 노르웨이의 한자어 표기.
* 원문은 '分者'로 되어 있다.

야 日本과 갓치 가장 統一이 堅固한 國家도 只今 그 基礎가 動搖하야 틈이 트고 흙이 부서지는 소리가 들리며, 支那도 排日과 北京政府 顚覆을 目的으로 하고 起한 各種 團體가 不過 一年內에 그 本質이 變化하야 社會主義的 色彩가 濃厚하게 되여 만일 武器와 軍費만 得하면 一戰을 決하라는 決心을 가지게 되도다. 日本의 人民이 亦是 이러한 狀態에 잇나니, 이에 現存한 日本 國家制度에 對하야 日本 民族을 包含한 東亞 三民族의 戰鬪가 在邇할지오, 이것은 美日 衝突의 漸漸 確實하여감을 싸라 더욱 確實하여지리니, 이리하야 오는 世界大戰의 初幕은 東亞에서 開하야 맛참내 世界의 모든 帝國主義 資本主義的 國家를 破壞해 버리고야 말리니, 이것이 舊世界의 大審判日이오 新天 新地의 生日이 되리라.

大韓人아, 大韓의 獨立은 全民族의 一心團結과 必死的努力을 要求한다*

▷우리의 事業

우리의 事業이 무엇이뇨. 二千萬을 敵의 奴隷에서 끌어내여 自由의 國民이 되게 함이며, 다 문허진 舊墟에다 燦爛한 新國家를 建設하려 함이로다. 아아, 얼마나 大하며 얼마나 難한 事業이뇨. 첫재 敵을 征服하여야 하고, 둘재 新國家의 建設을 完成하여야 하리니, 國民아, 네 事業이 무엇인지, 또 그것이 얼마나 大하고 難한 事業인 것을 自覺할지어다!

▷우리의 敵

우리의 敵은 얼마나 크뇨. 日本은 우리보다 地廣이 倍나 되고 人口가 倍나 되고, 비록 임의 根柢는 動搖하기 始하엿다 하더라도 組織的 國家가 잇고, 訓練잇는 陸海軍이 잇고, 數十億의 國富와 數萬의 人材가 잇스며, 게다가 韓國을 永遠히 自己의 領有로 하랴는 野心이 잇도다. 敵은 아직도 同化政策을 云云하며 獨立運動의 鎭壓을 目的하도다.

大韓人아, 네 敵이 얼마나 强大하고 暴虐한 者인 것을 自覺할지어다.

▷우리의 實力

그런대 이 强大하고 暴虐한 敵을 征服하고, 이 偉大하고 困難한 建國的 事業을 完成하랴는 우리의 實力이 엇더한가. 國民아, 自覺할지어다.

(一)人材. 우리의 現存한 人材가 얼마나 되나. 過去 十年間 國內에서 敵의

---

* 『獨立新聞』 58, 1920.3.25. 1면 '社說'란에 실렸다.

經營인 法律專修學校, 醫學專門學校, 工業專門學校, 農林學校 等 四個 幼穉한
專門敎育을 受한 者가 大約 一千人, 同胞 及 耶穌敎會의 經營인 各種 專門學校
의 出身이 大約 五百名, 日本 留學生으로서 專門 程度의 學校를 出한 者를 十
年間 每年 平均 二十人 치고 三百名, 其他 外國 留學으로 專門 程度 以上 學校
를 出한 者를 만히 잡아 五十名, 以上 合計 一千八百五十名.

다음에는 專門 程度 以上 學校의 出身이 아니면서도 獨學 自習으로 그만한
學力을 得한 者를 五百名이라고 假定하면, 우리 民族 二千萬中에 專門 程度
以上의 學識을 가졋다고 볼 者가 總數 二千三百五十名. 大約 全人口 每萬人에
一人이라.

만일 一個 專門家(學識으로나 技術로나)라 할 만한 者를 統計하기로 하고 法
律, 政治, 工業, 軍事, 經濟, 敎育, 實業 其他 各部門의 學者와 技術家를 쳐보자.
그것은 말 말고라도 各國의 語學과 國情에 通한 者를 골나 보자.

(二)財産. 우리 民族의 總財産은 얼마나 되는지 모르지만은 그네의 所有한
金錢──當場 獨立運動에 運用할 수 잇는 財産인 金錢이 얼마나 잇나.

十三道의 通貨인 朝鮮銀行券이 總額 一億六百萬元(그中에 又 數假量은 中領
에 通用되다), 그 半額 假量은 國內에 在하는 三十萬 日人의 手中에 잇고, 남아
지 約半額을 敵의 官金이라 하면 二千萬 大韓民族의 手中에 잇는 朝鮮銀行券
은 大約 二千五百萬元 假量일 것이니, 全人口 每人 平均이 一元 二十五錢이라.
게다가 敵은 驛屯土를 賣下하네 무엇을 하네 하야 우리 民族의 手中에서 될
수 잇는 데로 通貨를 말리려 하도다.

쏘 海外에 잇는 同胞의 數를 二百萬이라고 假定하고, 그네를 本國에 잇는
同胞보다 二倍나 殷富하다고 假定하야 每人 平均 二元五十錢의 通貨를 가졋
다 하여도 總計 五百萬元이니, 만일 以上의 假定的 統計에 무슨 意味가 잇다
하면 現今 우리 民族 全體의 手中에 잇는 金錢을 왼통 써러 모와야 金貨 三千
萬元 內外에 不過할 것이라.

우리가 獨立運動에 使用함을 得할 金錢은 實로 이 三千萬圓뿐이니, 其他의 不動産이나 또는, 끌어내지 못할 財産이야 암만 잇슨들 무엇하리오.

(三)兵力. 舊帝國時代의 將校로서 現在에 能力잇는 者를 만히 쳐서 三千名, 日本에 敎育밧고 日本 軍隊에 現在하는 士官 三十名, 俄國 軍隊에 將校로 잇는 者 約○○○名, ○○에셔 敎育밧은 者 約○○○名, 以上 士官以上 合計 ○○○六十名. 兵卒로는 俄軍에 從하야 實戰의 經驗이 잇는 者 約○千名, 帝國時代에 軍事 敎練을 受한 者로서 現在 兵役에 堪할 者를 一千名, 義兵으로 經驗잇는 이를 ○千名, 以上 合計約○萬名.

이러고 본즉 우리 二千萬이 잇는 돈을 다 내고, 現在에 잇는 軍人을 다 내여야 겨오 ○師團의 兵을 一年間 戰線에 세울 수 잇게 될 것이다.

(四)愛國者. 二千萬이 다 愛國者오 獨立을 바라는 者일지나 百折不屈하고 괴롭거나 즐겁거나, 살거나 죽거나 獨立을 爲하야 끗끗지 나아갈 可能性이 特히 만흔 者를 生각하면 耶穌敎人이 三十萬, 天道敎人이 百萬, 天主敎人이 五十萬, 靑年男女 學生이 五萬, 其他 各愛國團體에 屬한 者를 百萬이라 하면 永遠한 獨立黨員이 大約 三百萬.

(五)壯丁. 內外 合하야 全人口를 二千萬이라 하고 그中에 半數를 女子라 하고 남아지 一千萬에셔 每五人에 一壯丁을 得한다 하면 總數 二百萬, 그中에셔 弱者 病者 等을 除하고 軍人될 만한 壯丁을 百萬이라 假定하고.

國民아, 이것이 비록 무슨 基礎 確實한 計算이 아니오 一種 假說에 不過하지만은 우리의 實力은 대개 이에 近似하다. 二千萬이 다 一心團結이 되여야 우리는 비로소 이만한 實力일망졍 發할 것이니, 或은 二에 或은 三에 갈린다던지, 全國民이 各기 必死의 努力을 다하지 아니하면 그 結果가 엇더하랴. 俄領 하나만이 얼마나한 힘을 내며, 西間島나 北間島 하나만이 얼마나 한 힘을 내랴. 우리가 現在 一心一體가 되여 全人力, 全金力, 全誠力, 全血力을 다 모와야 可히 우리의 目的한 事業을 經營할지오 足히 國際聯盟도 利用하며, 美日戰

爭이나 俄日戰爭도 利用할 것이라.

國民아, 우리 興亡이 오직 一心團結과 必死的 努力의 如何에 달넛나니, 悔改하고, 覺悟하고, 發憤할지어다.

上海는 봄이 다 되었소[*]

上海는 봄이 다 되었소. 버들은 푸르고 꽃도 피었소. 날은 늘 흐려가지고 있소.

나는 約 一個月間 (三次 續하여 演說한 後로부터) 목이 쉬어서 오늘은 含嗽劑[**]와 內服藥 얻어 왔는데. 內服藥은 맛이 고약하고 Capsule도 없으므로 먹기 싫소.

내 生活은 많이 變하였소. 寢室도 깨끗이, 冊床도 말짱하게, 구두도 잘 닦고, 再昨夏에 英이 그렇게도 勸하던 「정돈된 生活」을 하오. 기뻐하시오.

그리고 자랑할 것 있소. 장난 삼아 배운 것인데, 自動車 運轉, typewriter, roller-skate, pingpong 배웠소. 꽤 Aristocratic이지요. 이 재주를 다 보여드리고 싶소.

病院, 英惠病院은 開業되었다는, 왜 『每日申報』에 廣告가 아니 나오? 나도 첫 事業, 英도 첫 事業, 길이 祝賀하고 恒常 成功을 빕니다. 아무쪼록 全心力을 다하여 奮鬪하시오. 혼자 英의 病院에 있어 움직이는 모양을 그려봅니다. 英惠病院 萬歲!

三月 二十七日 土曜日 夜 Deiner

---

[*] 1920년 3월 27일자 서간
[**] 입안이나 목구멍의 세균을 제거하고 염증을 치료하는 데 쓰는 약제.

美國 上院의 韓國獨立 承認案*

本月 二十四日着 華盛頓 電報는 美國 上院에서 議員 토마쓰, 쉴즈 兩氏의 손으로 英日 兩國으로 하여금 韓國 及 愛蘭의 獨立을 承認하게 하고 兩國을 國際聯盟에 加入케 하자는 決議案이 提出되엿다 하며, 또 日本 新聞紙의 報道를 據하건대 그前에 韓國, 愛蘭, 印度, 埃及, 非律賓 等을 全部 解放하자는 條文을 講和條約에 揷入하자는 修正案이 上院에 提出되엿다가 五十四票 對 二十二票로 否決되고, 第二案인 토마쓰, 쉴즈案은 討論을 延期하엿다 하도다.

나는 毋論 이 第二案의 通過를 期待하는 者가 아니니, 此案은 아마 十에 八九否決되리라. 그러나 이에 對하야 [이하 두 행 판독 불가 小弱國□□□□ 案이 二十二票라도 得한 □□□. 이는 決코 些少한 事實이 아니니, 不遠한 將來의 大事實을 豫示하는 것이라 할지라.

回想하라, 國恥 十年 以來로 언제 韓國問題가 世界의 輿論에 오르나럿더뇨. 日本의 輿論에조차 別로 오른 일이 업섯고, 韓國과 韓族이라는 名稱은 다만 史學者의 筆記帳에나 熹微히 記憶된 名稱에 不過하엿도다. 또 昨年 三月 一日 韓國이 獨立을 宣言하고, 臨時政府를 組織하고, 巴黎에 特使를 派遣할 째에 世界에 누가 注意하엿더뇨. 다만 一地方 人民의 무슨 小不平에 對한 一騷擾로만 녀겻도다. 實로 우리의 運動을 獨立運動이라고 敵이나 世界가 부르게 된 것은 昨五月 以後, 卽 宣言後 滿二個月을 經한 後이오, 우리의 獨立運動이 全民族的 運動인 줄을 敵도 承認하고 世界도 明知하게 된 것은 實로 그로부터 六個月, 三月 一日로붓터 八個月, 數萬의 死傷을 出한 十一月, 美國 上院에 第一次로 韓國獨立 承認案이 提出되던 째며, 當時에는 스펜서, 노리쓰 갓흔 有

* 『獨立新聞』 59, 1920.3.30. 1면 '社說'란에 실렸다.

力者의 案도 거의 有耶無耶의 間에 否決되여 버릿도다. 아아, 生각하라. 우리의 運動을 獨立運動이라고 敵과 世界에 알리게 하고, 또 이 獨立運動은 一部分의 것이 아니오 全民族的 運動인 줄을 敵이나 世界로 하여곰 明知케 하기에 얼마나 한 努力과 犧牲을 要하엿는가. 또 그러케 하는 것만 하여도 얼마나 偉大한 事業이엿는가.

敵은 韓族을 永遠히 奴隸로 할 수 잇다고 確信하엿고, 世界는 韓族이 永遠히 日本의 奴隸가 되리라고 確信하야 韓國獨立問題는 일즉 敵이나 世界의 夢想에도 닐어난 적이 업섯도다. 그러하던 것이 敵은 韓族은 永遠히 奴隸로 할 수 업다 하게 되고, 世界는 韓族이 마츰내 日本의 羈絆을 脫하고야 말리라 하게 되엇나니, 이것이 滄桑之變이 아니며, 偉大한 事業이 아니고 무엇이뇨.

다만 이제 韓國이 獨立을 完成하기에 必要한 것은 內部의 結束과 持久的 繼續이니, 政府가 結束하고, 各團體가 結束하고, 다시 政府와 各團體가 結束하고, 다시 政府와 各團體와 全國民의 個人이 結束하야 一心一體가 되여 頭될 者는 頭되고 肢될 者는 肢되여 서로 제 職分을 직히면서 서로 協助하야 一致하게, 有力하게, 持久하게, 旣定한 「進行方針」을 一步一步 덤베지 말고, 쉬지도 말고 着着히 進行하야써 最後의 獨立戰爭에 至하고 다시 最後의 勝利에 至할 것이니, 이리하면 또 이리하여야 天과 祖靈의 冥助陰護가 우리에게 잇고, 世界의 同情과 應援이 우리에게 잇슬 것이라.

만일 三月 一日이 업섯던들 우리 民族의 獨立의 意思가 表示되지 못하엿슬 것이오, 만일 그 後 二個月의 示威運動의 繼續이 업섯던들 敵과 世界로 하여곰 우리의 運動이 獨立運動인 줄을 表示하지 못하엿슬 것이오, 만일 그째에 運動을 中止하고 六個月의 奮鬪와 犧牲이 업섯던들 우리의 獨立運動이 全民族的 運動이라는 것을 世界에 알려 美上院에 韓國獨立承認案이 提出되지 못하엿슬 것이오, 또 만일 그째에 곳 中止하고 다시 繼續함이 업섯던들 今次의 獨立承認案도 업섯스리니, 그럼으로 이제 만일 우리의 獨立運動을 中止하거나, 前만 못하게 한다 하면 다시 世界에 韓國獨立問題가 오를 機會가 업서 世界의 同情과 援助는 永遠히 가버리고 말려니와, 만일 더욱 奮勵하야, 더욱 結束하야, 全民族이 統一이 되고, 軍隊가 準備되고, 金錢이 모히고, 政府의 各 機能이 活氣잇게 活動되며, 納稅 拒絶, 官公吏 退職, 賣國奴 懲治, 日旗 揭揚 拒 絶 等 獨立運動을 進行하면 世界의 우리에게 對한 同情은 더욱 深厚의 度를 加할지며, 마참내 世界의 變局을 乘하야 大血戰을 宣하는 날 世界의 同情과 援助는 翕然히 우리에게로 集中될 것이라.

同胞여, 今次 美國 上院의 韓國獨立案을 輕視치 말지어다. 또 그것이 否決 된다고 悲觀도 말지어다. 한 방울 두 방울 썰어지며 말며 하는 것은 未久에 大雨의 沛然할 兆朕이니, 우리의 흘리는 一滴汗 一滴血은 決코 浪費됨이 업 시 蒼空에 올라 獨立의 大雨를 釀하는 雲이 되고 風이 되나니라. 勇壯한 大韓 人아, 希望으로써 驀進할지어다.

獨立戰爭의 時機*
이에 必要한 準備

「今年內에 獨立戰爭이 起하나뇨」 하고 「眞正으로 起하나뇨」 하는 片紙도 오고 質問도 하도다. 日前 議政院에서도 「今年에 宣戰할 預定이뇨」 하는 某 議員의 質問에 對하야 金軍務次長은 「마음 갓하서는 今日이라도 宣戰하고 십다. 時機는 秘密이다」 하다.

俄領이나 西北間島의 同胞는 政府가 웨 速히 宣戰을 아니 하나냐, 이러케 遲緩할진대 우리는 政府의 命令을 기다리지 아니하고 自由로 血戰을 開始하 겟다 하며, 本國의 同胞들은 웨 어서 獨立軍이 들어오지 아니하나냐, 엇지하 야 우리를 一刻이라도 速히 敵의 手中에서 救出하지 아니하나냐 하도다.

二千萬이 임의 血戰으로 意를 決하고 政府가 쏘한 血戰의 意와 方針을 決 定하엿나니, 그러면 血戰이 開始될 時機는 언제뇨. 今月이뇨, 來月이뇨 쏘는 今年이뇨, 明年이뇨.

血戰의 時機는 그 準備의 完成하는 날이로다. 그러고 그 準備의 完成이 今 年內에 잇게 하자.

아모리 本國 同胞가 敵의 暴虐中에 魚肉이 된다 하더라도, 아모리 二千萬 人이 血戰의 決心을 가젓다 하더라도, 아모리 當場에 쒸여나가고 십더라도 準備가 업스면 엇지하리오. 비록 政府가 今年內로 宣戰할 決心이 잇다 하더 라도 準備가 업스면 十年 百年後신지라도 宣戰되지 못할 것이오, 만일 準備 야 잇거나 업거나 첫 決心대로 今月이나 來月에 宣戰한다 하더라도 그 結果 는 可知할 것이 아닌가.

***

* 『獨立新聞』60, 1920.4.1. 1면 ‘社說’란에 실렸다.

戰爭이 무엇인데 準備도 업시 되리오. 그럼으로 國民이여, 만일 眞實로 諸位가 獨立戰을 願하거든 準備할지어다. 또 만일 眞實로 今年內에 開戰하기를 願하거든 더욱 急速히 하야 今年內에 準備가 完成하도록 戮力할지어다. 政府가 무슨 神通한 術法으로 어대서 神兵을 불너올 것도 아니요 또 나무닙, 풀닙흐로 金錢을 만들어낼 것도 아니니, 軍兵이 될 者도 우리 國民이오 軍費를 辦出할 者도 우리 國民이라. 우리가 生命을 모호고 金錢을 모호고 熱誠과 意思를 모호아 政府에 提供하기 前에 政府가 무엇을 하리오.

그러면 그 準備란 무엇인가. 또 그 程度는 얼마나 한가.

(一)民心의 統一. 强大한 國家로도 戰爭과 갓흔 大事를 經營할 째에는 民心의 統一을 爲主하나니, 去番 戰爭에 英美가 엇더케 이를 爲하야 힘썻는가. 政府는 政府로 團體는 團體로, 新聞 雜誌 演說 出版 等 온가지 手段으로 宣傳을 力行하며, 人民은 또 人民으로 或은 個人的 宣傳으로, 或은 그 나라의 元首를 敬仰 讚頌함으로 스스로도 現在 全力으로 發動하는 國家의 大意思에 自己도 和하려 하며 남도 和케 하려 하엿고, 言論 出版의 自由가 完全하던 나라에서도 戰時를 限하야 現在 發動되는 國家의 意思에 違背하는 者를 抑壓 禁止하기를 許하엿나니, 하믈며 우리리오. 政府와 各團體는 同一한 主旨下에서 內外同胞에게 大宣傳을 行하야 民心의 統一을 求하야써 二千萬의 情과 意와 力이 全部 獨立戰爭의 一點으로 集合케 하여야 하나니, 이 宣傳事業이야말로 우리가 할 모든 事業의 基礎라. 稅金의 收捧과, 徵兵과, 組織的으로 모든 獨立運動의 計劃을 實行하는 데는 最善한 宣傳으로써 最善하게 內外의 民心을 統一함이 根本이 아니고 무엇이뇨.

(二)國民軍의 編成. 血戰이라 하더라도 二千萬의 男婦老幼가 몽동이, 식칼로 싸흘 것이 아니니, 만일 그러케 싸혼다 하면 이는 詩料로나 재미잇슬 것이오 事實로 現實되지 못할 일이라. 비록 우리의 戰略의 一部分이 原始時代의 出沒法을 利用할 것이라 하더라도 그 亦是 軍籍에 成冊되고, 精神的 及 兵

法的으로 相當한 訓鍊을 受한 軍人임을 要할지니, 그럼으로 可及的 多數의 壯丁을 可及的 短時日에 成冊케 하야 相當한 訓鍊을 加하고 軍隊를 編成하여야 할지오.

(三)담에는 人材의 集中이니, 軍事 專門家와 將校될 人物을 政府로 集中하야 軍隊 編製와 作戰 計劃에 從事케 하여야 할지오.

(四)可能한대로 財力을 中央政府로 集中하야 第一期 軍事行動의 準備를 作케 하여야 할지오.

(五)아모리 大言 壯語를 한다 할지라도 우리가 最後의 勝利를 得함에는 外國의 援助가 絕對로 必要하니, 그 援助는 卽 (一)輿論의 援助요, (二)軍費 及 軍需品의 援助요, (三)專門家의 援助요, (四)政治的 或은 外交的 援助요, (五)兵力的 援助라. 첫재 世界가 우리의 戰爭을 義戰이라 하야 그 同情이 우리에게로 集中하여야 하나니, 이것이 우수운 듯하나 其實은 勝利의 第一要件이오 쏘 其他의 援助의 根本이라. 그럼으로 有力한 對外宣傳은 何時를 勿論하고 特히 血戰을 하라는 우리에게는 絕對로 必要하니라.

그것이 或 美國이던지, 中國이던지, 俄國이던지, 又는 그 三國이 다 될는지 모르거니와, 우리에게 軍費 軍需品 及 軍事 專門家를 提供하여줄 後援을 得함은 絕對로 必要하며, 쏘 相當한 時機에 外交的 及 軍事的 後援을 得함도 必要한 일이니, 우리는 여러 가지 方面으로 이 모든 것을 得하도록 盡力하여야 하려니와, 大抵 日本의 敵, 日本을 憎惡하는 諸國家와 諸民族은 모다 우리의 便인즉 美, 濠, 俄, 中 諸國은 容易히 우리의 便을 삼을 수 잇스며, 兼하야 美日, 俄日의 關係가 日로 險惡하야 언제 大破裂이 生할지도 알 수 업슬쌘더러 쏘 우리의 血戰이 卽時 이 大破裂의 原因이 되기도 쉬운 일이니, 우리가 우리의 內部의 結束을 鞏固히 하고 對外宣傳을 知慧롭게 하면 外國의 援助를 得하기는 極히 容易한 일이며, 쏘 外國으로 하여곰 우리의 援助를 請하게 하기도 極히 容易한 일이니, 대개 美國이나 俄國이나 中國이 我國을 援助한다 함은

我國을 爲하야 하는 것보다 自己네를 爲하야 日本을 除去하는 데 一方便이 되는 故라.

以上 말한 것이 우리의 니른바 獨立戰爭의 準備니, 이것이 相當히 되는 날이 곳 宣戰의 日이라. 이날이 今年內에 잇기 爲하야 우리는 全力을 다하는 中인즉 內外의 同胞여 警醒하고 戮力할지어다.

俄領 同胞에게*

同胞여, 우리가 只今 무슨 일을 하나뇨. 强하고 暴虐한 怨讎에게 對하야 獨立運動을 하는 中이 아니뇨. 이째에 우리 民族의 할 일은 오직 和協과 一致라. 二千萬이 一心同體가 되여 敵을 對하더라도 오히려 不足함이 잇스려든 하물며 內部에 爭鬪가 잇고 決裂이 잇고서야 엇지 所望의 目的을 達하기를 期하리오. 英國이나 美國 갓흔 大國도 大戰의 時機를 當하야는 平素에 敵과 갓히 相爭하던 各政黨도 모든 黨派的 利害와 感情을 다 바리고 一心一體가 되여 難局에 處한 政府를 擁護하고 服從하엿도다.

同胞여, 和協과 一致의 前에는 모든 것을 다 犧牲하사이다. 只今은 是非나 形式上의 理論으로 歲月을 虛費할 째가 아니니, 비록 臨時政府 當局者나 臨時議政院에 무슨 過失이 잇더라도 그것이 獨立運動을 妨害하는 일만 아니어든 容恕함이 可하지 아니하뇨.

承認이라 하면 엇더하며 改造라 하면 엇더하뇨. 承認이라도 大韓民國의 政府요 改造라도 大韓民國의 政府며, 承認이라 하여도 이 閣員이오 改造라 하여도 그 閣員인 바에 구태 旣定한 事實을 다시 變更할 必要가 어듸 잇나뇨. 적은 일이라도 한번 作定한 것을 자조 變함이 不可하거든 하물며 國家大事를 至極히 重大한 理由가 잇기 前에 엇지 輕易히 變改하리오. 한번 變改할 째마다 우리 民心은 不安하게 되고 對外의 信用은 薄弱하게 될지니, 民心이 不安하게 되고 信用이 薄弱하게 될사록 우리의 目的을 達할 날은 漸漸 멀어지지 아니하나뇨.

우리 獨立運動에 關하야 發言權을 가진 이는 俄領 同胞쁀 아니라, 實로 우

---

* 『獨立新聞』 61, 1920.4.3. 1면 '社說'란에 실렸다.

리 獨立運動의 主體요 中心은 本國에 잇는 二千萬 同胞니, 海外에 僑留하는 同胞는 萬事에 本國 同胞를 標準으로 함이 正當할지라. 그런데 本國 同胞가 在外 同胞에게 信賴하고 希望하는 것은 오직 和協一致하야 一日이라도 速히 그네를 敵의 壓迫下에서 解脫케 함이오, 決코 承認 改造 갓흔 小節次를 爲하야 相持 相對함이 아닐지라. 이미 우리 國民이 選擧한 우리의 頭領들에게 萬事를 信賴하고 委託하엿고, 本國 同胞가 또한 우리 政府를 信任하는 쯧을 十月 三十一日 以來 全國 各地의 臨時政府 成立 祝賀 示威運動을 보겟스며, 在外 同胞中에도 異議를 固執하는 이는 오직 俄領 同胞쑨이니, 同胞여, 大局을 爲하야 寬弘한 度量을 가질지어다.

한번 冷靜히 諸位가 諸位의 主見을 固執한 結果를 想像하라.

本篇은 昨年 十一月頃에 썻던 것이라. 그後에 이런 말을 할 必要가 업시 萬事가 無事히 되어옴으로 本稿를 筐底에 忘置하엿더니, 또 一部 人士가 起하야 印刷物을 配布하야써 國民議會의 復活을 云云하는지라. 이것이 俄領 同胞 多數의 意思가 아닌 줄은 알거니와, 그러터라도 이 協和一致를 必要로 하는 時機를 當하야는 甚히 悶嘆한 일이다. 이에 버렷던 原稿를 錄하야써 同胞의 反省을 求하노라.

오늘 반갑게 편지 받았소*

오늘 반갑게 편지 받았소. 나는 그동안 늘 앓고 있습니다. 起居도 如前하고 飲食도 如常하지마는 목 쉬인 것이 낫지 않고 身熱이 좀 있습니다. 목이 쉬어서 近 三週日間 事務를 全廢합니다.** 親舊들이 모두 靜養하기를 勸하므로 或 지방으로 갈 생각도 있으나 亦是 이 房에 가만히 있는 것이 나을 것도 같소이다.

날마다 讀書와 靜坐와 祈禱는 闕하지 아니합니다. 祈禱時間은 英과 談話하는 時間이외다.

당신의 편지에 英도 信仰生活에 들어가고 싶다 하셨으니, 나는 기뻐합니다. 내 마음 속으로 비는 것이 이루어지기를 바랍니다.

내가 노성한 紳士가 다 되었다구요. 마땅히 그리 되어야 할 것이외다. 나는 資格도 없지마는 노성한 紳士가 되어야 할 處地에 있습니다. 그러나 英에게는 언제나 애기라는 것은 變함이 없습니다.

젊음이 가는 것이 아깝지요. 그러나 나는 그것을 그리 重要하게 보지 아니합니다.

편지를 써 놓고는 病이 다 나았다는 말을 드리려고 부치지 않고 있었으나

---

* 1920년 4월 3일자 서간으로 추정됨. 1920년 4월 7일자 서간에 "前番 편지는 토요일에 써놓고 주저하다가 하나님과 英의 앞에 속일 것이 있으랴 하고 부칩니다."라는 언급이 보인다. 1920년 4월 7일을 기준으로 지난 토요일은 4월 3일에 해당한다.
** 1920년 5월 6일자 『독립신문』의 지면에는 이광수의 신병으로 인한 휴무와 관련하여 "過去 約 一個月間 身病으로 하야 事務를 休하고 治療中임으로 여러 親知同志의 惠信에 趁卽奉答치 못한 것을 謝하오며 今後도 快復하기까지 不得已 그러할 터이온則 恕諒하시옵소서."라는 내용의 공지가 보인다. 이 무렵부터 시작된 휴무는 대략 5월 29일까지 계속된다.

얼른 낫지 아니할 것 같아서 부칩니다.

英 에게 이런 편지 드려서 괴로워하실 줄 아오마는 그래도 내가 앓는다는 것이라도 당신에게 알리지 않고는 못 견디어, 있는 대로 기별합니다. 그러나 健康을 恢復할 自身이 滿滿하오니 아무 念慮 마시기 바랍니다.

Deiner

昨日과 今日은*

　昨日과 今日은 上海 南方 約十里 되는 龍華寺(山이 아니요, 黃浦江邊 벌판이오)에 복사꽃을 보러 갔었소. 아직 반만 핀 상태이었습니다.

　昨日은 新聞社員 一同과 함께 떡과 빵과 코코아, 오렌지를 가지고 갔고, 오늘은 安昌浩·孫貞道·金鐵 等 諸氏와 亦是 그 따위 飮食을 만들어 가지고 가서 愉快히 놀았소. 一年이라는 亡命中에도 이만 한 快樂이 있으니 고맙습니다.

　나는 今後 約 一週日間 靜養하려고 합니다. 思慮, 孤獨, 營養不足, 氣候不順이 모두 合해서 이 結果를 지은 모양이나 健康을 增進할 確信이 있으니 安心하시오. 病院 開業하신 狀態 자세히 말씀해 주시기 바랍니다. 몸의 健康, 마음의 和平으로 職分을 爲하여 全力을 다하시오.

　前番 편지는 土曜日에 써놓고 주저하다가 하나님과 英의 앞에 속일 것이 있으랴 하고 부칩니다. 내가 英에게 容恕하심을 請할 權利가 있으리까.

　하나님이시여, 모든 것을 당신께 맡깁니다.

---

*　1920년 4월 6일자 서간으로 추정됨. 1920년 4월 6일자 안창호의 일기에 "金鐵·李光洙 其他 諸君과 같이 龍華寺 及 젯스필 公園에 遊行하고 四時頃에 團所로 歸하다."라는 언급이 있다.

恐怖時代現出乎*

今番 獨立運動을 起함에 際하야 吾族의 今次 運動은 完全한 文明的 示威運動이니, 오직 最後의 一人, 最後의 一刻♂지 民族의 正當한 意思를 發表할 뿐이오 少許도 過激의 行動이 업스라 함은 吾族의 代表等의 屢次 聲明한 바오, 公約 三章에♂지 明文으로 揭載되엿스며, 또 그동안 吾族이 千篇一律로 確守하여온 者라. 이로 因하야 西洋人은 吾族의 運動을 「受動的 反抗」이란 名詞로 形容하엿고, 敵人도 今番 四十八 志士의 所謂 豫審終結書中에서 이를 承認한 바라. 그러하거늘 敵의 對我 獨立運動策은 殘忍과 暴虐을 極하야 世界의 目前에서 人道的 大罪惡을 遂함으로 맛참내 吾族의 熱火 갓흔 憤怒와 列國의 批難을 同時에 受하엿더니라. 더욱 如斯한 殘忍無道한 惡行의 徒中에는 祖國을 叛逆하는 可惜한 吾同胞의 그림자가 잇슴을 吾人은 더욱 痛憤히 넉엿더니라. 그러나 吾人은 冷靜한 頭腦로써 事의 正理를 가지고 激越하는 同胞를 制하고 敵과 밋 敵에게 親附하는 國賊에게 그 改悛을 勸하고 그 反省을 促하엿더니라. 臨時政府 某閣僚가 昨年秋에 大陸報 記者에게 對하야 「吾人은 그동안 過激한 行動을 制禦하기에 吾人의 머리의 一半을 썻노라」 하엿슴은 決코 誇張이 아니엿더니라. 그러하거늘, 임의 그러케 긴 時間을 참앗거늘, 敵과 밋 敵에게 親附하는 者는 依然 改悛의 빗치 업도다. 一二의 面長이 奮然히 職을 去한 外에는 吾人의 發한 警告와 忠告가 다 無效에 歸하엿도다. 敵은 表面으로 所謂 改良을 主張하면서 吾族의 世業인 國土를 그냥 占據할 뿐만 아니라, 殘忍暴虐의 毒手로써 吾民族의 씨를 업시 하려 하도다. 敵에게 阿諛하는 鼠輩는 하늘 무서운 줄 모르고 內外에 橫行하도다. 엇지 이에서 더 참으리오.

* 『獨立新聞』 63, 1920.4.10. 1면 '社說'란에 실렸다.

이에서 더 참지 못한다고 누가 敢히 吾族을 責하리오. 噫라, 三千里 彊土는 化하야 恐怖의 暗窟을 作하려 하도다.

近着의 本社 特別通信을 據하건대, 平安北道 方面에서 敵과 밋 敵에게 親附하는 者(官吏 及 偵探輩)의 慘殺을 當하는 者 날로 만타 한다. 義州 倭探 金明玉을 始로 하야 宣川郡 台山面 金炳駿 叔姪 兩人은 短銃 數放에 慘死하고 新義州倭探 高世賢, 義州 倭獸醫 某等도 갓흔 運命을 當하다. 義州 地方에서 極惡의 稱이 잇고 去番에 安東 幹部를 詭計로 捉去한 金極 一者는 或은 銃殺되엿다 하고 或은 不知去處라 하며, 宣川 以北으로는 面所의 十의 七八이 空하고 同郡廳에는 出席人이 郡守 一人이라 하며, 至於 偵探을 爲業하는 者中 아직 生存한 者는 夜巡은 敢行치 못하고 畫間에도 四五人이 作伴하야 戰戰兢兢의 態로 단닌다 하도다. 某方面의 消息에 依하면, 만일 形勢가 이대로 遷移되면 不遠間에 全國이 如斯한 恐怖時代를 現出하야 悽慘의 風이 半島를 덥흐리라 한다.

아아, 十年來의 怨恨은 제쳐놋코 過去 一年間의 吾族의 밧은 困辱과 痛苦만 하여도 니가 싁도다. 敵은 如何히 同胞의 살을 베고 쎠를 부섯나뇨. 無辜한 어린애의 慘殺을 當한 자 얼마며, 我의 아름다운 村落과 神聖한 敎堂의 破壞된 者 얼마뇨. 얼마나 만흔 男女靑年의 頭腦와 肉體가 敵의 拷刑下에 破滅되엿나뇨. 얼마나 만흔 男子와 女子의 人格과 人權과 貞操와 健康과 感情이 損傷되고 蹂躪되엇나뇨. 이에서 더 참으라나뇨. 참으랴 참을 수 업도다.

우리 손은 임의 피로 물드럿노라. 蒼天아, 우리는 死後의 地府의 刑罰을 견딀망정 이 怨讐는 더 두지 못하겟노라. 世界여, 네가 바른 눈을 가졋거든 恐怖時代 現出의 責任者가 누군지를 바로 알니라.

아아, 吾人의 손은 임의 피로 물드럿노라. 吾人은 이에셔 더 참을 수 업노라.

春風이 불어 生命이 宇宙에 찼소*

Shanghai China

April 10, 20

Dear Yung!

春風이 불어 生命이 宇宙에 찼소. 버들은 푸르고 복숭아는 붉소. 더구나 밤에 달이 南窓에 비취어 매우 心緒가 散亂하외다. 여기 이렇게 외로이 있지 마는, 남 보기에 恒常 孤寂할 듯하지마는 大主宰가 恒常 같이 하고 英이 恒常 같이 하오. 나는 새로운 사람이 되려고, 聖徒와 같고 小兒와 같은 사람이 되려고, 애를 쓰오. 이것이 내 힘으로야 되랴마는 日月과 星辰으로 제 자리를 保全케 하는 그 힘에 依支하여서는 되리라 하오.

英은 나를 믿지 아니하오. 여러 가지 風說을 듣고는 나를 疑心하오. 내가, 참되기를 盟約한 내가 風說만치도 미쁘지 못하다 하면 이것을 사람이라겠소

나는 英을 怨望하지 아니하오. 저는 怨望하오.

나는 아무렇게 힘을 쓰더라도 내 人格과 生活을 根底로부터 改造하여 英이 믿고, 同胞가 믿고, 하늘이 믿는 사람이 되고야 말려 하오.

목 쉰 것이 如前하고, 身體의 疲勞도 그러하오. 어디 아픈 데도 없건마는 아무 일 할 수 없으니 답답하오. 昨日(四月 九日) 午前 十時부터 斷煙하기로 決心한 지 只今 꼭 一晝夜 되었소.

每日의 業務를 除하고는 祈禱, 靜坐, 讀書 其他는 如前하외다.

四月 十日　Deiner

---

* 1920년 4월 10일자 서간.

아아, 安泰國 先生*

如何한 天의 經綸이 이에 니름인지 吾人은 再昨夜 八時에 吾人의 가장 敬愛하는 引導者의 一人인 安泰國 先生의 訃報를 不幸히 接하엿도다. 이 報道를 接한 吾人은 다만 茫然自失하야 붓을 던지고 徒然히 桌을 치며 하늘을 우러러 嘆聲을 發할 쑨이로다. 뭇노니 天아, 先生을 吾人에게서 奪함이 뜻이 잇서 그러함이뇨, 업서 그러함이뇨

新民會, 靑年學友會의 領袖로 문허져가는 國家와 죽음에 濱한 民族을 救援하는 遠大한 理想을 세우고, 애쓰고, 奮鬪하시던 先生. 國恥 以後로 敵人의 毒手下에 모든 同志가 離散하고 모든 經營이 一朝에 灰燼이 되엿스되 十年이 如一하게 그 主義를 變치 안코 그 盟約을 져바리시지 안은 先生. 明晳한 頭腦와 �…然한 意氣로 敵의 法庭에 立하야 强硬 銳敏한 答辯으로 敵의 心膽을 寒케 하던 先生. 吾人은 이러한 人格과 이러한 主義를 가진 先生을 思慕하고 恭敬하엿스며, 또 이런 意味로 先生의 長逝를 愛惜하고 痛嘆함이로다. 그러나 엇지 그쑨이랴.

傳하는 바에 依하건대, 이 先生이 ○○에 니른 後 臨時政府는 特히 先生으로 俄中 兩領의 同胞에게 派遣할 特使로 內定한 지 오래엿섯다 한다. (先生이 임의 업스신 後인 今日은 이를 發表하여도 無妨할 줄 아노라.) 지금 獨立運動의 重大한 轉機에 臨하야 足히 俄中 兩領의 民心을 統合하야 最後의 大目的인 ○○을 向하야 一致 進取케 하는 難事業을 맛타 하고, 또 能히 成功할 이는 오직 先生의 人格과 衆望과 血誠이 아니고는 업슬지라. 아아 그러하거늘, 이갓치 重大한 使命을 가지신 先生은 正히 使命을 위하야 써나시려는 마당에 病

---

* 『獨立新聞』 64, 1920.4.13. 1면 '社說'란에 실렸다.

魔로 因하야 맛참내 그 使命을 다하시지 못하고 永別하섯도다. 先生을 밋고 바라던 吾人도 아프고 悲憤함을 이긔지 못하겟거던, 하물며 몸소 이를 成遂치 못하고 瞑目하시는 先生의 胸中이야 果然 엇더하엿스랴. 先生이 一朝에 病席에 누으시매 一般同胞는 先生의 快愈를 渴望하고 祝願하기를 마지 안엇섯다. 이제 先生은 가고 다시 업스니, 우리는 將次 무엇을 바라고 무엇을 빌니오. 오직 「하늘을 우러러 嘆聲을 發할 뿐」이로다*. 그러나 吾人은 落膽과 失望의 아폐는 오직 敗亡이 잇슴을 아노니, 吾人은 徒然한 嘆聲으로만 先生을 보내지 말고 先生의 逝去로써 우리의 決心과 覺悟를 倍加함이 眞正으로 先生을 弔하는 本意요 쏘 先生의 本懷도 거긔 잇스리라 하며, 쏘한 先生의 遺志를 繼承하야 그 遠大한 理想을 目標하야 나아가는 吾人 同志者는 先生의 도라가심을 機會로 하야 精力과 勇氣를 合하야 先生이 未遂하신 우리 民族 前途의 大業과 死로써 決함이 吾人의 忠誠스러운 義理요 쏘한 즐거히 할 本務라 하리로다. (忽忙中에 이 短篇을 草하야 先生의 靈前에 呈함.)

---

* 　원문은 '뿐이로다.」'로 되어 있다.

安泰國 先生을 哭함*

四月 十一日 午後 七時半. 大韓의 忠誠된 愛國者 東吾 安泰國 先生은 榮光스러운 大韓의 獨立 —— 그의 生命이던 大韓의 獨立 —— 寤寐의 所念이오 所願이던 大韓의 獨立의 完成을 보지 못하고 上海 中國 紅十字會 總醫院 十六號 病室에서 溘然히 世를 別하다.

上海에 在한 모든 同胞가 衷情으로 哀悼의 意를 表하는 것 —— 李國務總理가 放聲大哭하신 것 —— 이 글을 넑고 이 말을 듯는 內外의 同胞가 모다 이 急한 時機에 忠誠스러운 指導者를 失한 것을 哭하는 것 —— 내가 只今 눈물에 붓을 적셔 이 글을 쓰는 것 다 合當한 일이로다. 우리의 哀悼는 皇帝가 死함을 哀悼하는 哀悼도, 權力 잇는 者가 死함을 哀悼하는 哀悼도 아니라. 親愛한 兄弟, 만히 밋던 指導者, 誠實하고 愛惜하던 同志者의 死함을 哀悼하는 哀悼니, 우리의 哀悼의 淚는 心底에서 끌어오르는 熱淚로다. 假裝함이 업고 誇張함이 업는 哀悼로다.

웨?

先生은 權力을 가진 이도 아니라. 金力을 가진 이도 아니라. 學識이 超越하거나 風雲을 起하고 斂하는 所謂 手腕을 가진 이도 아니라. 그는 그다지 名聲이 赫赫하고 威光이 凜凜한 이도 아니며, 그는 쏘한 多數의 部下를 引率한 頭領도 아니라. 그는 一個의 純然한 布衣라. 그에게는 權力이나 金力이나, 朋黨이나, 名利에 關한 아모 野心도 업는 淸廉하고 恬淡한 一個 布衣라.

그는 果然 我國의 最大한 政治的 秘密結社이던 新民會의 中心人物의 一人이엇섯고, 眞正한 國民 改造의 自覺으로 닐어낫던 (合倂의 霜雪에 萌芽로 枯死

---

* 『獨立新聞』 65, 1920.4.15. 1면 '社說'란에 실렸다.

하엿거니와) 靑年學友會의 發起人(恒用 世上에 잇는 發起人 말고 徹底한 主義와 經綸과 實行을 具備한)의 一人이엇섯고, 또, 따라서 所謂 總督 暗殺陰謀事件이란 것에 中心人物의 一人이엿나니, 이것이 엇지 우리 志士 安東吾 先生의 歷史를 빗낼 履歷이 아니리오. 世上의 志士네가 모다 虛되고 僞된 目的을 立하고 虛되고 僞된 手段으로 虛되고 僞되게 言하고 行할 째에 民族 萬年의 大計는 實力(知識과 德性과 團結과 人材의 養成과 實業의 發展 等)을 基礎로 한 民族의 改造에 잇다 하야 一邊 新民會로써 全國內 愛國者의 團結과 敎育 及 實業機의 設置를 實行하며, 一邊 靑年學友會로써 有用한 人材 —— 國民의 中樞가 될 人材의 養成 及 團結에 힘쓰던 그 識見과 功德도 嘆服할 바이라. 이것을 비록 先生 個人의 事業이 아니오 여러 同志(現在 或은 政府에서 或은 野에서 獨立運動의 幹部가 된 李總理, 李內務, 李財務, 安總辦 等 諸名士)의 合力의 事業이라도 先生이 그中에서 가장 重要한 努力을 한 것은 그 同志 諸氏의 共認하는 바라.

그러나 내가 이에 가장 先生을 敬慕하고 따라서 가장 先生의 別世를 哀悼하는 것은 以上의 모든 功績에 在하지 아니하고 다른 一點에 在하니, 이 一點이야말로 過去 우리 志士間에서 求키 難한 特點이오 또 現在 及 未來의 우리 愛國者의 模範이 될 點이며, 따라서 先生을 우리中에서 失하는 것이 가장 哀痛한 點이라. 그 一點이란 무엇이뇨.

「十年이 一日과 갓히 同志와의 盟約을 不變함」이라. 늘 「밋을 만한* 사람」, 「信義의 사람」으로 잇섯슴이라.

아아, 그째에 —— 十五年前에, 또는 十年前에 얼마나 愛國者가 만코 志士가 만핫더뇨. 얼마나 慟哭하는 者가 만코 當場 죽으려 나가자는 者가 만핫더뇨. 그러나 그네가 다 只今 어대 갓나뇨.

또 그째에 —— 十五年前에, 十年前에 同志의 盟約을 結한 者가 얼마나 되엿더뇨. 무슨 會, 무슨 團은 말 말고, 或은 山中에서, 或은 天을 指하야, 日月

---

* 원문은 '믿을만하'로 되어 있다.

과 神明을 指하야 「志를 同히 하고 死를 同히 하고 生을 同히 하자」*고 鐵石
갓히 盟約한 者가 멧 千百이엿슬지나 그들이 只今 어대 잇나뇨. 或은 죽은 者
도 잇스리라. 或은 敵에게 買收도 當하엿스리라. 或은 所謂 落心고 하엿고, 或
은 남의 바람에 나쒸다가 無形 無臭하게 슬어지며, 또 或은 苦生과 不便을 不
堪하야 退隱도 하엿스리라. 이러한 無信, 無誠, 薄志, 冷情한 中에서 或은 獄
中의 苦楚, 或 天涯의 流離, 或은 時局의 悲觀, 或은 同胞의 冷落 等 온갓 困難
을 무릅쓰고 十年 一日과 갓히 愛國者의 初志를 貫徹한 者가 몃 사람인고. 先
生은 實로 이러한 貴한 人物中에 한 사람이로다.

  合倂 當時에 모든 同志들이 다 時局의 非함을 깨닷고 或은 將來를 準備하
려 하야, 或은 一身의 安全을 圖하야 國을 去할제 先生은 泰然히 「나싯지 떠
나면 國內의 모든 經營을 엇지하랴」(이는 安島山을 向하야 하신 말슴)하야 國
內에 留하다가 맛츰내 保安法 違反과 連하야 所謂 暗殺陰謀事件에 걸니어 六
七年間 冷獄의 苦楚를 격것고, 警務總監部의 惡刑에 모다 或은 同志를 連累케
하며 或은 잇는 말 업는 말을 집어대여 事件을 더욱 錯綜케, 禍害를 더욱 廣
汎케 하며, 或은 悲泣哀乞의 醜態를 敵의 面前에서 現할 째에 泰然히 國士의
態度를 不變하고 禍를 同志에게 及하지 아니한 勇壯한 少數 國士中에 一人이
며, 至今토록 愛國者로는 不變하면서도 天地에 誓約한 誓約을 廢棄하고 各기
自己의 利害와 便宜를 向하야 달아나는 當時의 同志들 中에 隕命의 瞬間씻지
그 誓約을 死守한 貴한 國士中의 一人이라. 아아, 信義의 人, 忠誠의 人. 우리
中에 이러한 國士가 幾人이나 남앗스며, 現在의 靑年들 中에는 幾人이나 되
나뇨.

  이번 上海에 來하자마자 政府가 그에게 中俄領 統一에 關한 折衝의 大任을
委하메 先生은 「國家의 命令이면 무엇이나」라 하야 身體의 衰弱함도 不顧하
고 곳 登程하려 하엿다 하며, 또 先生의 人格은 政府 當局이나 中俄領의 人士

---

* 원문은 닫는 홋날표가 누락되어 있다.

나 모다 信任하는 바인 것은 政府가 先生의 來滬 未幾에 이 大任을 委함과 北墾島의 各派 代表者가 共히 先生의 行을 歡迎하고 그의 成功을 確信하며, 아울러 그를 爲하야 全力으로 援助하기를 快諾한 것을 보아서 알지라.

아아, 先生은 가시도다. 天生의 愛國者, 信義의 人, 忠誠의 人, 節槪의 人으로 我國民의 뚜렷한 模範이 되는 先生은 가시도다. 가신 이를 爲하야 慟哭함이 何益이랴. 願컨대 大韓의 男女中에서 先生의 性行을 본밧는 愛國者가 만히 나기만 바라노라.

밋븜*

一

아〻 믿고 싶다
너는 나를 믿고
나는 너를 믿고
서로 믿고 싶다 —
그러케 믿는 세샹이 언제나 올가나

님아 네 눈에서
의심의 깜박임을 쎄라
내가 참말을 할 제
어이하야 그냥 깜박이나뇨
언제나 말과 말이 곳은 길로 다니료

「나를 믿으라」
하는 말도 못 믿네
「너를 믿노라」
하는 말도 못 믿는다네
아〻 못 믿는 님이시니 내 어이하리오

---

* 　春園, 『創造』 6, 1920.5.

二

惡魔! 惡魔!
어느 惡魔냐, 그 어느 惡魔려나,
사람의 입설에
「거즛의 씨」를 쑤린 것이
네야말로 惡魔로다 ─ 惡魔의 惡魔

에덴 동산의
불상한 이와*에게
千萬代에 滅치 못할 罪惡의 뿌리를
심은 것이 ─ 무엇으로냐
알앗다, 갈라진 혀끝의** 달씀한 「거즛말」

아비와 아들과***
나라와 백셩과
지아비와 안해의
피로 매즌 言約이, 所謂 鐵石갓다는 言約이
이로붓어 깨어지다, 눈물이 오다 죽음이 오다

「어디흘 가시든지
主를 조츠리다」

---

* 　창세기에서 창조주가 아담의 갈비뼈로 만든 두 번째 인간. 히브리어로는 '하와'로 읽는다.
** 　원문은 '혀끝의'로 되어 있다.
*** 　원문은 '아들라'로 되어 있다.

하고 주먹을 불끈 쥔 베드로
아々 닭이 울기 젼에
세 번은 過하다, 세 번 「모른다」는 정말 過하엿다

三

드는 칼을 들어
내 혀를 베혀라
입설도 쓰저바려라
만일 「거즛말」의 毒液이 全身에 퍼졋거든
아々 主여 硫黃의 불길로 全身을 태아지이다

十字架의 寶血로
씻을 것이 무엇이니잇가
聖神의 불로
태울 것이 무엇이니잇가
「이다, 져다」 말시고, 다맛 「거즛말이다」 할 것이다

이 눈물의 노래를 외는
二千萬 흰옷 닙은 무리에게
모든 苦痛도 나리소서*,
悲慘도, 무엇도 다 나리소서, 마는
다만 그네의 입설에서 거즛의 뿌리를 뽑아주소서**

* 원문은 '나리소거'로 되어 있다.
** 원문대로.

아々 믿고 싶다
너는 나를 믿고
나는 너를 믿고
서로 믿고 싶다
그러케 믿는 세샹이 언제나 올가나

江南의 봄*

버들가지가 흔들린다
부드럽은 江南의 봄바람에
샌얀 水國의 大氣 속에
그러고 졋빗 같은 日光 속에
버들가지가 나비낀다

종달의 소리가 긋도 안 나서
淸人의 집 낫닭이 운다
종달이 또 운다, 바람이 또 분다
童子軍의 行軍喇叭이 들린다,
아々 사람을 困케 하는 江南의 봄이어

*   春園, 『創造』 7, 1920.7.

H君의게*

一

「創造」三月號에 「五山人」이라는 署名으로 「K先生을 생각함」이라는 一篇이 잇섯다. 五山서 八千里를 써난 異域의 봄밤 病牀에서 이 글을 낡은 나의 感想은 比할 데가 업섯다. 나는 이 「K先生」이란 누군가, 쏘 「K先生」을 그러케 사랑하는 「五山人」이란 누군가 하고 얼마 생각하다가 자리에 누어도 잠이 들지 아니하고 五山 생각, 「五山人」 생각을 두루 하던 中, 그 「五山人」이 小學部 三年級에 잇슬 쌔에 「K先生」이 二十歲(其實 나는 十九歲엿스나)이던 것과**, 「K先生」의 容貌가 西洋人 갓핫다는 말을 綜合하야 그것이 내다 함을 推測하고 쏘 내 일홈의*** 首字, 又는 내 當時의 別號 孤舟의 首字가 K이던 것을 생각하야 더욱 이것이 내다 함을 確實히 알고, 담에 H자는 姓의 首字가 아니오 일홈의 首字리라 하야 마츰내 熙字의 首字인 것을 發見하엿다. H君! 내 發見이 올흔가.(一九二○, 四月 十六日 午前 零時 二十分)

H君. 君은 果然 熙— 君인가.

君은 兄弟가 學校에 다니다가 中道에 兄은 退學하엿다 하고, 쏘 君은 十里나 되는데 通學하엿다 하며, 쏘 君은 寄宿舍의 마루를 通하여 「신 아니 신고」 내房에 단넛다 하며, 쏘 뒷山에 올라가 울엇다 하니, 君은 果然 熙— 君인가. 그러나 君은 君의 집이 農을 業으로 하여 하니 이것이 나로 하여곰 「H君」의 本體를 알기 어렵게 한 一原因이라. 그러나 只今 생각하여 보건댄 君의 家業

---

* 　春園, 『創造』 7, 1920.7. 본문 중에 '一九二○, 四月 十六日'라고 집필 날짜가 적혀 있다.
** 　원문은 '깃과'로 되어 있다.
*** 　원문은 '일흘의'로 되어 있다.

이 當時에는 農業이엇섯다. 그러면 君은 果然 熙— 君인가.

그러면 君은 九州 福岡에 와서 고생하던 熙君, 내게 屢次 편지하야 苦悶을 訴하던, 나는 그 苦悶에 對하야 조곰도 도와들이지 못한 熙— 君인가.

君은 키가 좀 적고 우슬 째에는 눈과 쌤이 함께 웃던, 어느* 녀름 放學째에 나를 爲하야 英和辭典과 和英辭典에서 글字를 차자 주고 모긔쟝이란 말을 英和辭典에서 차자 mosquito net라고도 하고 mosquito bar라고도 한다하고, 내가 어느 十月 校庭의 포풀라에 닙히 날릴 제 飄然히 學校를 써나 定處 업시 大陸을 向하던 날 검은 두르막에 帽子도 아니 쓴 채로 五里 十里, 三十里 길이나 걸어서 T面 산골작 K君의 집 舍廊까지 왓다가 夕陽에 憔然히 홀로 돌아가던 그 熙— 君인가.

二

H君 써난 지가 오래도다. 벌서 六年인가 五年인가. 君도 君의 말과 갓히 K와 五六年 差異밧게 아니 되는 靑年이니 벌서 鬚鬚도 낫슬 것이오, 얼굴에 少年의 態度도 슬어젓슬 것이다. 게다가 君은 그동안 가즌 風霜에 憔悴하지나 아니하엿는지. 君은 그리 强健한 體格도 아니엿스나 蒲柳의 質도 아니엇지마는 그동안에 世上의 찬바람, 人生의 쓴 비에 몸과 맘 — 그러케도 아름답던 — 이 憔悴하지나 아니하엿는지. 하나님이 君을 恒常 保護하야 君의 눈물이 君의 몸을 썩이지나 아니하엿는지. 君이 「K先生을 생각함」을 쓴 것이 엇더한 곳인지. 君이 어느 學校에 다니며 어느 下宿의 칩지나 아니한 房에서 쓴 것인지, 或 三年前 君이 福岡에 잇슬 째와 갓히 「겨울에 홋것을 닙고 니불도 업시」 쓴 것이나 아닌지.

그러나 나는 安心한다. 君의 全篇을 通한 靜肅하고 和平하고 端麗한 情調는 君의 靈이 過去 五六年의 風霜에 荒蕪하지 아니하고 五山時代의 天使 갓흔

精神을 保存하엿슴을 알고 君이어, 怒하지 말라. 君과 冊床과 寄宿舍를 갓히 하던 數百의 靑年中에서 얼마나 만흔 사람들이 ― 君보다 順한 境遇에 處하면서도 ― 墮落하여바렷나 하는 것을 생각하고 君이 變치 아니한 것을 놀나워 하는 나의 心事를 怒여워 하지 말라. 이러케 말하는 나, 君이 先生이라 부르고, 반다시 「시」字를 부치고, 父母에게까지 比하여 주신 나도 그동안 만흔 變化을 밧다. 墮落과 沈滯와 向上의 三點으로 波狀의 運動을 하엿다. 或 地獄의 門에 한 발을 걸터노흔 일도 잇고, 或 上帝를 向하야 雙手를 들고 罪惡의 샊리를 燒滅하여 주소서 하고 祈禱한 일도 잇고, 或 生活에 倦怠하야 졸던 일도 잇다. 그 동안에 나도 世上의 稱讚도 밧아 보고 辱도 먹어 보앗다. 絶望의 自棄도, 奮鬪의 自負도 잇엇다. 이러한 나로 君의 純潔한 精神의 네와 갓흔 片影을 對할 째에 놀라와 한다고 怒여워 말라.

君아, 君은 果然 當時의 純潔한 精神, 純潔한 希望과 抱負를 그냥 保全하엿는가. 君은 져 輕薄한 時體의 靑年들과 갓히 하로에도 二三次 옷을 갈아닙지 아니하엿는가. 아々 하나님이시어, 나의 사랑하는 H로 하여곰 永遠히 그러한 일이 업게 하소서. 내가 일즉 그의 일흠의 音相以로 弄談삼아 지은 그의 別名 Heater가 永遠히 이 冷落한 半島를 Heat하게 하소서.

三

H君, 내가 君을 Heater라고 부르는 쯧을 일즉 五山의 君이 잘 아는 房이나 톳마루나, 或 望遠山이라는 뒷山에서나, 或 後園의 포플라 그늘에서나 말한 일이 잇는 듯하지마는 君은 記憶하는지. 비록 記憶하더라도 한번 더 말하는 것이 一邊 우리의 情다운 過去를 回想하는 데, 쏘 一邊 내가 只今 君에 말하고 십흔 쯧을 表하는 데 有助할 줄 안다.

「世上은 차다, 特히 우리의 나라는 차다.」 이것은 내가 입버릇삼아 하던 말이 아닌가. 나는 當時 내 過去의 冷落한 生活에서 이 結論을 엇엇섯다. 「참이 世上, 特히 우리 世上은 넘어 차서 살 수가 업스니 좀 덥게 해볼 道理가 업슬가.」 이것이 當時의 나의 希望이엇섯다. 君은 五山生活이 至極히 따뜻한 生活이엇던 것을 回想하는 모양이다. 나도 그러햇다. 나도 어듸로 쮜어나가 一二個月 돌아다니다가는 (或은 京城에 或은 海外에, 或은 其他에, 그러나 우리사람들 속인 것은 一貫하게) 손과 발이 人情의 雪寒風에 쏭々 얼어가지고는 다름질로 五山에 들어와 그 愛情의 煖爐에 몸을 녹이고, 그 愛情의 자리에 疲困한 몸을 쉬엇섯다. 그러나, H君, 그것은 一時的이엇다. 만흔 五山人들도 서로 路傍人이 되고 말앗다. 指를 屈할 만한 몟 사람을 除한 外에는 그 同袍 同鼎 同窓의 愛도 誼도 다 쉰허지고 말앗다. 只今 뉘가 君이 하는 모양으로 나를 생각하며, 그와 갓히 서로 사랑하리오.

나는 그째에 그 五山의 보금자리에 자라나는 一百의 健兒로 우리나라를 Heat하는 Heater가 되도록 하여 보기를 힘썻다. 二千萬이나 되는 사람中에 百의 Heater가 무슨 그리 效力이 크랴마는 넷날 소돔城은 二十人의 義人이 업슴으로 硫黃불에 滅亡을 當하엿스니 百人의 Heater가 二千萬人의 血液의 結氷함을 막기나 할가 함이다. 그리하야 그 一百 健兒의 代表로 나는 君에게 Heater라는 일흠을 들인 것이다. 나도 Heater 되기를 自期한 것은 勿論이다.

그러나 그째에 내가 「世上이 차다」 하는 것과 今日의 그것과에는 內容에 多少의 變化가 生하엿다. 그러나 그 內容은 엇더케 變하든지 「世上은 차다, 特히 우리나라는 차서 살 수가 업다」 하는 斷案은 갈사록 더욱 그 確實性을 加하고, 또 이 「참」이 우리 民族의 生命에 關係하는 重病인 것이, 이일 저일 좀 큰일 어른스러운 일을 經營하고 實行해 볼사록에 더욱 分明하여질 쑨이다.

H君, 그러나 君은 식지 아니한 모양이다. 아々 얼마나 반갑고 稀貴한 일이랴. 稀貴하지마는 잇기는 잇다. 此心이 王 될 수 잇다 한 것갓히 이것이 우리나라로 하여곰 따뜻한 나라가 되게 할 可望을 보이는 것이 아니냐. 君이 쓰거우니 君의 兄과 弟와 姉와 妹도 쓰겁게 할 수가 잇슬 것이 아니냐. 그네로

하여곰 우슬 일에 웃고, 울 일에 울고, 同情할 데 同情하고, 죽을 데 죽고, 義理에 아니 變할 줄도 알게 함은 決코 不可能한 일이 아니다.

그럼으로 나는 어렷슬 째에는 우리 同胞의 찬 것을 怨望*하엿지마는 낫살이 먹어가고, 녯날 志士의 行蹟을 工夫해 갈사록 나의 할 일은 怨望이 아니오 그네를 쯔겁게 하는 일이라고 밋게 되고, 또 그러케 힘만 쓰면 그러케 되리라고도 밋게 된다.

H君이어! 君은 Heater다, 나도 Heater가 되마. 그리고 우리의 살과 쌔와 기름과 나종에는 생명까지 火爐에 집어너허 불낄을 도아가면서 손에 寒暖計를 들고 우리 同胞의 冷々한 心情의 溫度가 올라가는 것을 보면서 즐거워하쟈, 늙어가자, 죽자.

---

* 원문은 '怨罔'으로 되어 있다. 이하 상동.

韓中 提携의 要*

一, 共同의 敵

日本이 韓國의 敵인 것은 分明하외다. 日本은 韓族을 奴隷로 하고 韓族의 生業을 奪하고 韓族의 子女를 毆打하고 虐殺하나니, 韓族이 自家의 生存을 圖하랴면 日本을 韓土에서 逐出하는 것밧게 다른 道理가 업소. 그럼으로 韓族은 勝하여도 싸화야 하고 敗하여도 싸화야 하고, 生하거나 死하거나 우리의 生存을 妨害하는 日本에게 對하야 一戰을 決할 길밧게 업소.

그러나 中華民族 諸君이여, 日本은 韓國만의 敵일가요. 中國의 敵은 아닐가요. 나는 日本이 韓國의 敵됨과 갓흔 程度로 中國의 敵이라 하오. 내 말하리다, 그 敵되는 理由를.

(一)歐美列國의 勢力을 中國에 끌어드린 者가 누구인가요. 中國의 弱點을 世界에 暴露하야 列國으로 하여곰 中國은 無主物이다, 막우 쯧어먹을 것이다 하게 한 者가 누군가요. 日本이외다. 日本이 甲午年 中國에 向하야 戰을 開함으로 中國의 弱點이 世界에 暴露된 것이외다.

(二)中國의 領土를 가장 만히 蠶食한 者가 누군가요. 日本이외다. 臺灣은 勿論이요 南滿洲, 山東, 內蒙古는 임의 日本의 領土외다. 英國의 香港** 威海威*** 갓흔 것은 比較도 못할 것이외다. 日本이 現在 領有한 中國의 國土는 日本 自身의 二倍나 됩니다.

(三)中國의 利權을 가장 만히, 쏘 가장 不正當한 手段으로 强奪한 者가 누

---

* 『獨立新聞』 66, 1920.4.17. 1면 '社說'란에 실렸다.
** 홍콩의 한자어 표기.
*** 웨이하이의 한자어 표기. 중국 산둥성 동쪽 끝에 있는 항구도시.

군가요. 日本이외다. 二十一要求, 軍事協定 갓흔 것은 누구나 잘 아는 것이지만은 二十年來 中日 兩國間에 맛힌 條約이 어느 것이 日本이 强制로 中國의 利權을 奪하던 記錄이 아닌가요.

(四)中國의 惡類를 煽動하고 援助하야 中國의 統一과 革新을 妨害하는 者가 누군가요. 日本이외다. 日本은 일즉 袁世凱[*]를 煽動하야 反逆을 行에 하엿고, 段祺瑞[**], 徐樹錚[***], 曹汝霖[****] 等을 도아 現在에 中國을 亡케 하려 합니다. 그 數億萬元의 借款이 어느 것이 中國을 害하고 國賊의 私腹을 肥하는 대 流用된 것이 아님닛가. 만일 日本의 이 奸惡手段이 업섯던들 中國의 國賊階級은 임의 沒落하고 健全한 新政府와 新制度가 成立되엿슬 것이외다.

(五)가장 中國을 蔑視하고 中國人을 侮辱하며 世界에 對하야 中國人의 惡名을 宣傳하는 者가 누굼닛가. 日本이외다. 大連에 가보시오. 奉天에 가보고, 山東省에 가보고, 中國의 首都되는 北京에 가보시요. 日本人이 엇더케 中國人을 犬馬로 待遇하는가. 엇더케 無禮한 言辭를 弄하고 엇더케 차고 싸리며, 日本에 잇는 中國 留學生이 어더케 日本人에게 忍치 못할 侮辱을 當하는가.

---

[*] 위안스카이(袁世凱, 1859-1916). 중국 청나라 말기의 무관이자 중화민국 초기의 정치가, 중화제국의 황제. 청일전쟁 이후 현대식 군대의 필요성을 알아보고 군제 개혁을 담당했고, 1900년 의화단 운동을 진압하는 한편 북양군을 강한 군대로 키웠다. 광서제의 사후 청조와 반청혁명군 사이에서 세력 균형을 꾀하며 1912월 4월에는 중화민국 임시 대총통의 자리에 올랐고, 1915년 12월 중화제국의 황제로서 자신의 통치를 선포했으나 반란에 직면하여 군주제를 포기하고 3달 뒤 요독증으로 사망하였다.

[**] 돤치루이(段祺瑞, 1865-1936). 중화민국의 군벌이자 정치가. 1911년 신해혁명 후 위안스카이 총통 밑에서 육군총장이 되었고, 1916년 위안스카이가 죽은 뒤 정권을 장악하여 1920년까지 중화민국의 최고 권력자의 지위를 누렸다. 1917년 독일에 선전포고를 하면서 일본의 지원을 받아들여 돤치루이 정부의 친일적 행보에 항의하는 5·4운동에 직면하기도 했고, 1920년 7월 다른 군벌들에 패해 정치 일선에서 쫓겨났다.

[***] 쉬수정(徐樹錚, 1880-1925). 중화민국 북양군벌의 한 파벌인 안휘군벌의 장군. 돤치루이의 측근으로 일시 큰 권세를 누렸지만 군벌 간의 패권 다툼에서 몰락했다.

[****] 차오루린(曹汝霖, 1877-1966). 청나라 말기와 중화민국 초기의 정치가. 1915년 위안스카이 정부의 외교부 차관으로 일본이 요구한 21개조를 조인한 장본인이자 돤치루이 정권하에서도 니시하라 차관의 체결을 비롯하여 일본에 권익의 일부를 양도하는 데 앞장섰다. 5·4운동 당시 장종상과 더불어 매국 관료로 지목되어 해임되었다.

도로혀 韓人을 中國人처럼 侮辱은 아니 當합니다. 日本人은 中國人을 最劣等, 最野蠻이라고 自己네도 嘲하고 子女에게 그러케 가르침니다. 昨年 以來도 各 地에서 니러나서 身家를 닛고 生命을 賭하고 奮鬪하는 愛國的 學生團體의 行 動을 日本의 新聞紙는 愚蠢卑陋한 惡徒의 妄動이라 합니다. 中國人이여, 諸君 에게 應當 切齒扼腕할 敵愾心이 火焰갓히 니러날 줄 밋습니다.

(六)以上 모든 것보다도 將來에 中國의 統一과 革新을 妨害하고 中國 領土 와 經濟的 利權을 蠶食하야 맛참내 北京에다가 總督府를 設置하고야 말라는 者가 누군가요. 日本이외다. 中國 同胞여, 英이나 美나 法이나 德이나 俄나 其 他 世界 모든 나라中에는 中國을 敵하라는 者가 하나도 업고, 도로혀 親善을 求할 뿐이니, 왼 地球上에 中國의 咽喉에 匕首를 견준 者는 現在에는 오직 日 本뿐이외다.

中國은 統一을 하려 하든지, 革新을 하려 하든지 (이 두 가지는 中國의 生命 인대) 또 領土와 利權을 保全하고 自由로 富强, 發展을 하려 하든지, 日本의 野 心과 强暴를 除去하기 前에는 永遠히 不能할 것이외다.

이러한 理由로 보아 나는 日本은 韓國만의 敵이 아니요, 中國에게도 唯一 하고 또 가장 毒한 敵이라 하오. 卽 日本은 韓中 兩國의 共同한 敵이라 하는 것이외다.

二, 只今이 共同의 敵을 除去할 時機라

日本이 兩國의 共同한 敵이닛가 만일 兩國이 知慧롭다 하면 이것을 共同하 야 摧挫하여야 할 것이외다.

昨年 以來로 中國은 日本이 中國의 敵임을 自覺하야 各地에 愛國的 團體가 니러나 日貨 排斥을 提唱하엿소. 대단히 欽慕합니다. 그러나 中國의 同胞여, 이러한 手段만으로 足히 日本을 倒하리라고 生覺함닛가. 過去 一年間 日貨를 排斥한 結果로 果然 日本의 商工業者에게 不少한 損害를 주엇겟지오. 그럼 日

本 全國家로 보면 그것이 大海의 一滴이 아닐가요. 果然 日本은 過去 一年間의 損害가 두려워서 中國에 對한 政策을 얼마나 改善하엿슴닛가. 그 改善한 結果가 賣國的 軍閥派에게 一千二百萬元의 新借款을 주엇슬 뿐이 아님닛가. 그것이 맛치 「너희는 암만 日貨를 排斥하더라도 우리에게는 너희 國家를 亡케 할 財力이 充分하다」 하고 嘲笑하는 것 갓소이다.

日本의 害를 驅除할 方法은 一이요 唯一이니, 卽 軍國主義 侵略主義的 現存의 日本國家에게 致命的 大痛棒을 加해서 日本으로 하여곰 正義와 人道의 上에 新國家를 建設케 하거나, 不然하면 日本으로 하여곰 다시 그 아니쩌운 野心을 부리지 못하고 悔改 謹愼하도록 하여줌이니, 이리하는 方法은 오직 一大 決戰이 잇슬 뿐이외다. 日本의 生命은 그 軍隊니 그것을 打破함은 豺狼의 爪牙를 斷함과 갓흔 것이외다.

그러면 韓中 兩國이 提携하면 足히 이 目的을 達할 수 잇슬가. 또 그러하다 하면 그 決戰의 時機는 언젠가. 나는 確信으로써 明言하리라. 「韓中 兩國이 合하면 이 目的을 達할 수 잇다. 그리고 決戰의 時機는 只今이라 — 今年內라」고 내 그 理由를 말하리다.

(一)美日關係의 險惡이니, 美國이 講和條約中 山東問題의 保留와, 國際聯盟 規約 第十條의 保留를 斷行함이 何를 意味하며, 西比利에서 退한 軍隊와, 歐洲戰線으로서 도라오던 軍隊의 多數를 非律賓에 駐屯하며, 艦隊를 增兵하고, 全國民에게 强制로 軍事敎鍊을 施하려 함이 何를 意味함이뇨. 機會만 잇스면 第二 德國이오, 亞細亞大陸 及 太平洋上에서 美國 利權의 脅威을 하는 日本을 膺懲하려 함이 아니고 누구를 敵하려 함이리오.

(二)濠洲는 只今 日本을 唯一한 假想敵으로 보야 一邊 艦隊를 新設하면 온가지 方法으로 日本을 膺懲하여야 할 것을 主張하지 아니함닛가.

(三)俄國의 最大한 仇敵이 누군가요. 골착*을 도아 俄國의 統一을 妨害하

---

* 알렉산드르 콜차크(Алекса́ндр Васи́льевич Колча́к, 1874-1920). 러시아 제국의 제독

고 數十萬의 俄人의 피를 흘니게 한 者가 누구며, 西比利에 聯合軍을 쓸여드
릴 제 率先한 者, 聯合軍에 가장 多數의 軍隊를 派遣하야 橫暴를 恣行한 者, 남
이 다 撤退하는대도 아직도 撤退치 아니하고 淫害하는 者, 俄人의 社會主義
의 가장 强敵되는 者가 누군가요. 日本이외다. 모든 俄人다려 물어보시오, 機
會만 得하면 現存의 日本國家를 破滅한다고 盟誓치 아니하는가.

(四)以上 모든 것보다도 韓國의 二千萬은 死로써 國讎와 民讎를 快雪하고,
獨立과 自由를 恢復할 양으로 今年內에 一大 血戰을 宣하랴고 決定하고 只今
韓國 內外의 韓族間에는 星火갓히 國民軍을 編成하는 中이외다.

(五)이것도 대단히 重要한 것이니, 卽 日本 國內에 現存 國家에 對한 革今氣
運이 澎湃함이외다. 連해 닐어나는 大規模의 同盟罷工, 物價騰貴에 隨하는 中
流階級의 思想의 過激化, 西比利 派遣軍과 俄國 過激系統의 宣傳에 感染된 日
本 軍隊內의 不穩한 空氣, 漸漸 革命化하여 가는 普通選擧運動, 이것이 다 무
엇을 意味함닛가.

아아 조흔 時機외다, 果然 不再來의 好時機외다. 이야말로 着手가 곳 成功
일지니, 우리가 한번 血戰을 宣하는 날 世界가 다 우리의 後援이오 日本의 人
民과 軍隊씃지 間接으로 우리의 後援이 되여져 軍國主義的 侵略主義의 現存
日本國家를 打破할지니, 이는 다만 韓中 兩國의 永遠한 禍根을 除去함일 뿐더
러 實로 世界의 平和를 爲하야, 또 日本國民 自身을 爲하야 永遠한 禍根을 除
去함일 것이외다.

三, 韓中 兩國의 提携하는 方法

兩國의 提携하는 方法은 여러 가지 잇슬지나 그 重要한 것은

이자 군사 지도자, 극 탐험가. 러시아 제국 해군에 복무하여 러일 전쟁과 제1차 세계 대
전에 참전했고, 러시아 내전 중에 시베리아 남서부의 옴스크에서 반공주의 정부를 설립
하여 1918년부터 1920년까지 러시아 백군의 최고 지도자이자 지휘관으로 활약했다.

(一)各團體와 重要人物의 接近

(二)共同作戰

(三)韓國은 血을 내고 中國은 鐵을 냄이니,

(一)은 말 할 必要도 업서 自明한 일이오 (二)는 다시 二種으로 分함을 得할지니, 첫재는 中國의 國家와 國民이 韓國의 獨立運動에 對하야 여러 가지 便宜를 提供함이오, 둘재는 韓國軍隊로 하여금 中國 境內에 作戰의 根據를 得케 하며 아울러 可能하면 聯合軍을 編成함이외다.

그러나 가장 始初될 가장 重要한 것은 韓國은 血을 내고 中國은 鐵을 냄이니, 韓族은 임의 死를 決하고 背水의 戰을 決하엿슨則 그네에게 軍器와 軍費만 供給하면 이 五十萬에 近한 決死의 壯丁을 得할 것이외다. 只 韓族은 그 財産 全部를 그 國土와 함씌 日本의 掌握中에 두고 엇지할 길이 업슨즉 不可不 獨立軍費는 外國에서 借하여야 할 것이외다. 韓國은 俄國에서 軍器를 得하고 美國에서 軍費를 得하리다. 그러나 이는 戰爭이 相當한 期間 繼續한 뒤에 일이니, 戰爭을 開始하기에 必要하는 資金은 敵을 共同히 하는 中國에 仰하여야 할 것이외다.

中國 同胞여, 韓國의 獨立이 卽 中國의 禍根을 斷하는 것인 줄을 아시오 새에 獨立한 韓國을 두고는 日本은 다시 中國에 對하야 前과 갓흔 野心을 부리지 못할 것이오, 韓國의 獨立戰爭을 치르고 난 日本은 다시 그러한 힘이 업서지리라.

中國 同胞여, 韓國獨立의 成功의 速不速이 諸君에게 달넛고, 同時에 中國의 禍根을 除去하고 못함이 諸君에게 달넛나니, 韓國人은 韓國을 爲하야 中國人은 中國을 爲하야 서로 굿게 提携합시다.

中國 同胞여, 내 血을 내노니, 그대 鐵을 내소셔. 韓國은 決코 諸君의 金錢을 그져 달나함이 아니오 獨立後에 本利幷하야 還報할 作定으로 暫間 借與하라 함이외다.

參威事件*

　近著의 電報는 海參威**가 日軍의 손에 占領되야 各公官署에 赤旗가 업서
지고 日本旗가 날니며, 海港의 全權이 日軍에 손에 드는 同時에 海港 臨時政
府는 日軍과 協約를 規定하야 日人의 財産의 安全과 韓人運動 壓迫을 約하엿
다 한다. 生覺컨대 이는 日軍이 完全히 海港을 占據한 後 强迫으로써 同政府
로 하여금 이 協約에 調印케 함인듯 함으로 吾人은 먼저 其實效 有無에 疑問
을 붓첫섯다. 배암가치 눈 발근 日軍은 이 形勢를 벌서 觀察하고 마츰내 暴力
으로써*** 協定된 同協約을 쏘한 暴力으로써 實行에 移키 위하야, 精銳한 軍隊
를 滿洲로부터 沿海州 地方에 移送하며, 中東鐵路(이는 俄國 政府가 中國에 還
附키를 聲明한 것)의 一部를 占據하는 同時에, 積極的 行動에 出하야 海參威 及
蘇王營****에 잇는 革命軍을 不意에 攻擊하야 이를 退散하엿다. 이 餘波를 바든
韓人은 日軍의 手下에 多數히 慘殺되고 捕縛될쑨더러 韓人의 部落은 燒棄되
야 그 學校와 其他의 建物이 破壞되는 同時에 同地方의 韓人의 運動은 前에
업는 困境에 陷한 듯하다.

　쏘 다른 報道에 依하면, 日軍은 임의 치타 저편에서 俄革命軍과 戰鬪를 開
始하엿다 하며, 中東路에서 체크軍과도 衝突되야 問題를 惹起하다.

　日軍은 一旦 占領한 海港을 容易히 노치 아늘 形勢라. 革命軍과 채크軍의
日軍에 對한 反感은 極度에 達하엿스나 間斷업시 集中되는 日軍의 勢力을 反
抗할 힘이 不足하며, 中國 軍隊 쏘한 戰意가 無하며, 一般民衆의 日軍에 對한

---

* 『獨立新聞』 67, 1920.4.20. 1면 '社說' 란에 실렸다.
**　블라디보스토크의 한자어 표기.
***　원문은 '暴力으를써' 로 되어 있다.
****　우스리스크의 한자어 표기.

感情도 今番 日軍의 唐突한 行動으로 因하야 激動되엇스리라 하나, 쏘한 日軍에게 先을 制한 바이 되야 手足을 動지 못하는 形便이라. 列國의 干涉이 업는 동안 日軍은 今後 若干의 期間 東西比利亞의 全權을 握하고 잇슬 터이오, 쏘 進하야 永久 占有의 陰謀를 쇠할 것이 分明하다. 그리하고 日軍의 今回의 行動은 其原因을 찻기 難하니, 其中 重要한 動機가 韓人의 運動을 防止키 위함임도 疑問의 업다.

　이와 갓흔 形勢는 吾人이 임의 豫期하턴 것으로, 美兵의 撤退後, 或은 日本의 所謂「撤兵聲明」이 發表된 後 卽時 이런 形勢의 現出을 憂慮하엿던 바인즉 今日에 니르러 그리 驚動할 것은 아니나, 何如間 如此한 形勢가 今後 長時間 繼續된다 하면 吾人의 運動에는 多少間 不利益을 免치 못할 것이다. 더욱이나 該地에 在한 韓人의 根據地인 新韓村이 日軍의 手에 歸하고 거의 全滅의 狀態에 잇다 함과 갓흔 報道는 吾人으로 하여금 甚히 憂慮의 感을 起케 하는 것이라. 萬一 이가 事實이라 하면 該地 同胞의 苦難밧는 慘狀은 차마 生각만 하여도 니가 시리거니와, 一般民心에 影響됨도 不少하리라 한다. 그러나 도리켜 生각건대 極東의 形勢가 紛糾함은 ― 적어도 新局面을 展開함은 ― 吾人의 가장 긔다리는 바로 一時 日軍의 暴威가 極東을 더품은 將次 올 大破裂의 前提라 할지니, 吾人의 運動에 絶好한 機會는 漸漸 갓가와진다 할 수 잇슬지라. 他國의 混亂을 願함은 점잔치 못하다 할지나 露骨的으로 言하면 西比利 及 滿洲의 形勢 不穩은 도리혀 吾人의 歡迎하는 바라 하리로다. 그 過程으로 一時 同地方의 韓人이 日人의 毒手에 入함도 無可奈何라 할지니, 吾人은 徒然히 이 形勢에 對하야 憂慮 嘆息할 것이 아니라 一時의 犧牲을 堅忍하야 다음번에 올 큰 變動에 對하야 充分한 覺悟와 準備를 것지 말며, 쏘는 一步進하야 新局面 展開의 導火線을 作키를 쇠할지니, 쉬임 업는 努力의 아패는 順風도 올 날이 잇슬 것이오, 쏘 努力함으로 因하야 悲觀을 물니치고 堅忍하는 勇氣를 得할 수 잇슬지니라.

오늘은 아침부터 下服桶이 나고*

April 20, 1920

My dear Yung!

오늘은 아침부터 下服桶이 나고 설사가 되어서 매우 고생하는 中이오. 그러나 자리에 눕지는 아니하였으니 安心하시오.

아무려나 健康이 매우 衰한 것은 事實인 듯하오. 한 一年 靜養하고 싶지마는 四圍의 情勢가 이를 許치 아니하니 걱정이오.

過去 一年間 苦鬪에 多數의 重要人物이 모두 健康을 損한 모양이오. 悲痛한 일이외다.

只今 留하는 데는 매우 寂寂하오. 只今은 夜 八時半인데, 柳榮이라는 사랑하는 親舊가 왔다가 茶를 사다 준다고 나갔소. 그가 돌아오기를 기다리고 있소.

왜 괴로워 하시오. 무슨 일로? 날더러 健康을 조심하라 하면서 왜 괴로워 하시오. 健康에는 무엇보다 精神的 安靜이 必要한 것 같고 모든 病의 原因은 精神的 懊惱와 不調和에 있는 것 같소. 또 病이 낫기도 精神的 慰安이 重要한 것 같소. 내 몸에 健康을 준 것은 北京生活이었소. 그와 反對로 英에게 不健康을 준 것도 그것이겠지요. 왜 이렇게 矛盾이 됩니까.

나는 힘써 精神을 安靜하려 하오. 힘써 英을 생각함으로 希望과 慰安을 삼고 安靜하고 愉快한 生活을 하려 하며, 또 그것이 나의 精神의 向上과 肉體의 健康을 주리라고 確信하오.

부디 安靜하시오. 健康하시오. 나의 生命되는 ○○여.

Deiner

---

* 1920년 4월 20일자 서간.

오늘은 대단히 愉快하외다*

Shanghai China

April 20, 1920

Dear Yung!

오늘은 대단히 愉快하외다. 몸이 快하고 英의 그림이 오고 편지가 왔소 그림은 대단히 슬픈 빛을 띤 것 같소. 하나님이여, 나로 하여 슬퍼하는 깨끗한 英에게 慰安을 주소서. 그가 받을 모든 괴로움과 슬픔을 내게 내리소서.

나는 어제 오늘 대단히 몸이 快하여졌소. 熱도 아니 나고 아프지도 않고 오늘은 더욱 좋소.

同留하는 朴君의 主唱으로 오늘 點心에는 (只今은 午後 五時) 饅頭국을 하여 먹었는데 내가 반죽하고 朴君과 나와 둘이 빚었소. 커도 지고 작아도 지고, 넓적한 것, 둥글한 것, 形形色色이오. 오늘은 비가 오고 바람이 부오. 그 饅頭를 끓였더니 半은 풀어지오. 얼마는 가루가 그냥 있소. 그래도 맛나게 먹었소. 속은 朴君의 솜씨데, 豬肉, 콩기름, 마늘, 胡椒, 豆腐, 法대로 다 넣었소. 日間은 도 밀국수도 만들어 먹을랍니다. 靜養하는 동안이라 閑暇하오. 일찍 東京서 어느 正初에 饅頭 만들어 주시던 생각이 났소.

가슴 아프고 기침 난다 하니 염려되오. 精神을 愉快히 가지시오. 暫間 더 기다립시다. 기쁜 날이 오게 합시다.

Deiner

---

* 1920년 4월 20일자 서간. 앞의 편지와 같은 날짜에 동봉한 듯하다.

獨立運動의 文化的 價値*

近代 歐洲 歷史上에는 文化運動이 먼져 니러나고 政治運動이 이에 繼하엿다. 十五世紀의 文藝復興, 十六世紀의 宗敎改革을 經한 後에야 十八世紀의 法國大革命이 니러낫다. 大革命이 니러나기 前, 法國에는 루쏘, 볼텔의 啓蒙文學이 크게 振하엿섯다.

今日 吾人이 그 渦中에 잇는 東亞의 民衆運動은 먼져 政治運動에 源을 發하야 文化運動이 그 뒤를 續하엿다.(通常 文化運動이라 하면 政治運動도 包含되겟거니와, 여긔 가르치는 것은 政治的 色彩를 씌지 안는 思想運動 啓蒙運動을 말함이다.)

明治維新 民權 擴張에 始하야 文藝 全盛(自然主義運動)**을 經하야 思想運動에 至한 日本도 이 例에 쌔지지 안코, 淸朝 顚覆, 南北 係爭의 時機에서 漸次로 社會革命의 機運으로 向하는 中國도 亦然하다. 我國의 政治運動은 金玉均 一派의 維新運動에 其源을 發하야 保護時代ᄭ지 잇던 新民會 某某學會 等의 結社 等은 그 目的이 直接으로 政治에 이섯다(表面은 不然하다 稱하고 쏘는 그러케 意識도 하엿겟지마는). 그러나 吾族의 近代史中 가장 活撥하고 쏘 民族的인 政治運動이라 하면 勿論 昨年 三月에 起하야 於今 吾人이 從事하는 獨立運動을 고불 것이다. 獨立運動이 起함은 毋論 民衆의 自覺의 結果라 할지나, 因果關係는 反復하야 獨立運動의 勃起가 쏘한 民衆에게 偉大한 自覺과 刺戟을 주엇슬 것은 當然의 理 ― 다. 이를 事實로 보더라도 獨立運動의 影響은 다만 吾民族의 腦裏쑌만 아니라 國境을 너머 他國民의 心性을 흔드럿다 할지니, 대

---

* 『獨立新聞』68, 1920.4.22. 1면 '社說'란에 실렸다
** 원문은 여는 괄호가 누락되어 있다.

져 中國 國民의, 그中에도 學生階級의 가슴에 不少의 反響을 니르키게 하엿다. 昨年 夏季부터 勃起한 中國의 排日運動, 文化運動의 導火線(直接이라 할 수 업다 하더라도 間接으로라도)이 된 者는 韓國 獨立運動이라. 昨夏 以來로 運動의 中心인 學生團體가 採用해오는 罷業示威政策은 거의 昨春 吾族의 示威運動에서 暗示를 得한 者이다.

다음에 吾族의 運動이 影響을 밋친 곳은 日本의 民衆이라 할진대,* 其外에 或은 臺灣, 或은 멀니 安南 等地에섯지 밋첫다.

獨立運動으로 因하야 自覺과 決心과 希望을 得한 韓族은 果然 엿던 方向을 向하야 눈을 썻는가. 첫재는 新聞雜誌의 簇出이라. 昨年 以來로 秘密 出版物로 獨立運動의 直接 機關이 되는 新聞類의 數는 計算 밧게 두고라도 內外를 合하야 新出한 新聞 雜誌가 數十種에 達하겟다. 敵의 苛酷한 出版法 及 出版取締下에서도 그러하니, 조곰만 더 出版의 自由를 가젓던들 新刊의 出版物은 優히 屢百種에 達하엿스리라 한다. 그 內容에 關하여는 여긔 論키를 避하거니와, 엇던 冷評家가 이를 嘲笑하고 罵倒한다 하더라도 이 流行性인 新聞 雜誌熱이 決코 文化史上에 意味업는 것은 아니라 하겟스대, 其內容에 關하여도 時在에 別로 볼 것이 업다 하나 暗中에서 더듬어 求하는 一種의 憧憬的 氣魄이 잇슴은 否認치 못하리라. 다음에 顯著한 者는 企業熱, 會社熱이니, 昨今 兩年間에 會社의 新設되는 狀況이 마치 十五六年前에 私立學校 旺盛하듯 하는 感이 잇다. 더욱이나 今番에 所謂 「會社令」이 撤廢된 後로는 더욱 盛할 줄 안다. 이도 쏘한 敵의 그가튼 壓迫과 差別待遇下에서 이가치 니러남을 보건대 그 底流를 흐르는 潮流의 얼마큼 旺盛함을 알겟다. 以上 二者外에도 더 들 수 잇거니와, 其中 눈에 나타나는 者는 먼져 이 둘을 指하겟다. 이런 運動이 直接으로 政治的 色彩를 쯴 것은 아니지마는 그것이 民衆의 自覺에 起因하고 民族的인 文化運動이라는 見地로 보면 獨立運動과 密接한 關係가 잇다 할 것

* 원문은 '할지대'로 되어 있다.

이다.

　近代의 歐羅巴가 政治的 變動에 先하야 恒常 民衆의 啓蒙運動 及 一般的 文化運動이 잇슨 그 例를 今時代에 處한 吾人이 그대로 本 바들 必要는 업다 하더라도 적어도 政治的 運動은 民衆의 自覺이라는 것과 幷進치 아니치 못할 것이다. 그러치 아늘 째에는 對滿 革命의 成功이 一般 漢族에게는 別로히 큰 利益 幸福을 주지 못함과 가튼 悲喜劇을 現出할넌지 누가 아느냐. 그럼으로 民衆生活의 向上과 民族의 實力(物質 精神 雙方의)의 充實이 卽 獨立運動의 根本策이라 斷하노니, 이 點으로 보아 吾族의 獨立運動은 美國의 그것과 判異하다 하겟다.

　獨立運動은 文化史上에 如斯한 重大한 意義를 가젓고, 쏘 文化運動이 獨立運動과 如斯히 密接한 關係가 잇다. 더욱이나 獨立運動의 影響은 半島內에서만 偉大할 쑨 不啻라. 引하야는 東亞 全局에 (더 汎博히 말하자면 世界文化上에) 及함이 不少하다. 그런 고로 이런 見地에 선 吾人은 吾人의 運動의 範圍가 그처럼 廣大하고 쏘 長久할 것을 生각함으로 一時의 失敗와 困境에 失足지 안코 불 가튼 勇氣와 百折不屈의 持久力을 가지고 前進할 수 잇다 하노라.

政治的 罷工*

愛蘭** 獨立黨은 英國議會에 愛蘭 自治案이 提出되는 時機를 乘하야 全島에 亘하는 大政治的 罷工運動 及 直接行動에 訴하는 反抗運動을 起하다. 今回에 起한 全島 罷業은 其形勢가 甚히 猛烈하야 日用品商을 除한 外에는 全部 罷業하엿다 하며, 其結果로 愛蘭 總督은 緩和手段을 取하지 아니치 못하게 되엿다 한다. 許多히 逮捕되엿던 政治犯人은 獄中에서 飢餓同盟을 起하야 다시 放釋되다.(飢餓同盟이라는 것은 英國 婦人 運動者가 創始한 戰術인대, 英國 法律에 獄中에서 在監人이 身體가 衰弱하야지면 放釋한다는 明文이 有함으로 이를 利用하야 絶食으로 官憲을 威脅함이라.)

元來   同盟罷工은   勞働者와   資本`

家의 爭鬪에 使用되는 것이니, 近代의 特産物이라. 이것이 政治問題에 利用되기는 極히 最近의 事라. 이를 가르쳐 消極的 反抗이다 하고 或은 平和的 戰爭이라 稱하니, 西洋에서는 愛蘭 埃及*** 等의 被壓國民이 政府에 反抗키 爲하야 이를 利用하엿섯다. 政治問題 解決策으로 使用된 消極的 反抗을 兩者로 分할 수 잇스니, 一은 今番에 愛蘭이 取한 全國罷工과 갓흔 者, 卽 壓制者의 行政, 警察의 組織을 崩壞하기 위하야 全然 生業에 就하기를 拒絶하야 行政上, 經濟上 直接 損失과 秩序 破壞를 圖함이오, 하나은 單히 示

---

* 『獨立新聞』69, 1920.4.24. 1면 '社說'란에 실렸다.
** 아일랜드의 한자어 표기.
*** 이집트의 한자어 표기.

威運動에 不過한 者니, 今番 中國 學生聯合會가 全國 學生 一週間 總罷課를 宣言하고 實施함과 갓흔 者라.

吾人이 임의 日本에 對하야 挑戰한 以上 吾族의 取할 바 最後手段은 임의 屢述한 바와 갓치 獨立戰爭의 一途가 有할 뿐이라. 그러나 이 獨立戰爭이라 함은 非但 武器와 彈藥으로 勝負를 決하는 積極的 戰鬪를 가르침이 아니라 以上에 述한바 平和的 手段에 依하는 消極的 戰鬪를 包含한다 하리니, 이는 吾人이 過去 一年間 繼續하여 온 者요, 쏘 將來에도 (正式의 宣戰布告가 發布된 以後이라도) 繼續될 者요, 쏘 其效果가 決코 武力的 戰爭에 지지 안을 者라.

去年 三月 一日에 獨立宣言書가 發表되고 漢城을 始하야 全國 各地에 大示威運動이 勃發된 以來로 漢城 平壤 其他 都市에서는 긴 데는 二個月로, 짧어도 數旬間의 同盟撤市를 斷行하야 敵의 心膽을 寒케 하엿스며, 地方에 싸라는 撤底的인 日人排斥, 日貨排斥으로 日本 居民을 全部 撤退케 하기도 하엿다.

이에 繼하야 敵을 困케 한 것은 官吏 退職이니, 이로 因하야 敵의 警察機關과 行政機關에 大支障을 주다. 이 運動이 徹底的이면 일사록 敵의게 打擊을 줌이 多하고 終내는 敵을 驅逐짯지 할 수 잇스리라. 生각하라, 半島內의 一個의 韓人 警官, 偵探 通譯이 업고 一個의 郡守 書記가 업스면 敵의 行政과 警察은 엇더케 되겟느뇨. 쏘 進하야 敵에게 物件을 파는 者, 敵에게 物件을 사는 者가 하나도 업스면, 二千萬이 다 敵과 交際를 끈으면, 二千萬이 다 敵에게 稅를 아니 밧치면, 그리하야 敵의 汽車가 空車가 되게 하고 敵의 工場이 녹쓸게 되면, 半島內에 敵은 무엇을 먹고 살며 무엇으로 韓人을 支配하여 갈 것이뇨. 먼져 敵의 行政 警察 機關이 倒하고 다음의 敵의 經濟勢力이 衰하면 敵은 맛참내 軍隊의 武力을 恃할 一途밧게 업서지리니, 그째야말로 三千里가 戰場으로 變하는 째요, 그째야말로 內外 應하야 積極的 作戰을 試할 째라. 過去 一年間 臨時政府가 半島內에 劃策한 것의 一半은 專혀 이 平和的 戰爭에 잇섯스니, 或은 納稅拒絕을 曉諭하며 或은 官吏退職을 勸하는 等의 事가 다 이에

屬한 者라. 이 갓흔 計劃이 或地方에서는 成功하고 或地에서는 失敗하다.

勿論 이 政治的 罷工을 大大的으로 決行함에는 多大의 困難이 有하리니, 金力과 人力의 不足됨은 勿論이어니와, 먼져는 이를 全國的으로 一時에 普遍히 實行함이 難點이오, 또는 長久한 時間을 持續키가 甚히 어려울지라. 普遍的으로 徹底的으로 이를 決行키 難함에 짜라 그 效果도 또한 시언치 못하리라. 그러나 우리는 部分的의 罷工이 效果가 적다고 이를 그만두겟나뇨. 持續할 힘이 업다 하야 해보지도 안으려 하나뇨. 아니라, 우리는 우리의 可能한 範圍 안에서 우리의 氣力이 盡하는 그날ᄭ지 死力을 다할지니, 이를 決行함에는 銃도 칼도 彈藥도 들지 안코 다만 決心과 勇氣가 必要할 쭌이니라. 또한 우리가 義理로라도 이를 하지 아니치 못하리니, 우리의 妻子를 殺害하는 者에게 엇지 稅를 納하며, 우리 兄弟를 奴隸視하는 者의 官吏가 되여 엇지 安在하리오. 效果가 不多하리라 하야 이를 棄함은 誤이로다. 少한 效果라도 都無한 것보다 나흐니라.

單純한 머리를 가진 者는 語하야 曰「우리는 임의 血戰을 聲明하엿거늘 區區히 平和手段을 云云하리오」하나 이는 너머나 單純한 말이로다. 敵과 宣戰을 한 뒤에 敵貨를 排斥치 안코 敵人을 排斥치 안으면 어느 째에 이를 하리오. 國內에서는 依然의 敵의 勢力이 絶對的이오, 敵의 經濟力과 權力이 橫行하는 形勢에 잇스면서 能히 國外 一二萬의 軍隊가 鴨綠江을 건너셔리라 하나뇨. 眞正한 日貨排斥과 日人排斥의 必要는 今日 以後로 더욱 必要하며, 獨立戰爭이 갓가우면 갓가울사록 이 平和運動은 더 猛烈함을 要하도다.

그리하고 全國에 亘하는 政治的 大罷工은 먼져 一郡一村붓터 始作할지오 一團體, 一個人붓터 始作할지니, 全國 官吏가 다 退職키를 기다리기 前에 먼져 스스로 退職하야 그 動機를 作함이 可하며, 全市가 日貨排斥을 同盟하는 날이 잇게 하려면 먼져 自己의 一商店에서붓터 모든 日貨를 驅出할지니라. 피가 잇고 눈물이 잇는 大韓男女야, 네게 彈藥이 업고 長劍이 업슬지언뎡 이것을 決行할 만한 勇氣와 意氣야 업겟나뇨.

몸은 점점 恢復됩니다[*]

五月 一日 土曜.

몸은 점점 恢復됩니다. 다만 목 쉰 것이 낫지 아니 하오며 醫師의 勸告로 血液을 檢査하였으니 Negative라 하오며, 아마 Tobacco throat이나 結核性 喉頭炎中의 一일지나 結核性의 徵候도 없다 하오니, 大槪 安心하여 可한가 하옵니다.

아직도 事務는 一切 아니 보고 聖經이나 보고 놀고 있사오며 M. G. Conger 라는 The Seventh Day Adventist Mission의 牧師를 만나 때때로 聖經 工夫하 옵니다. 일 못 하는 것이 걱정이오나 이러한 機會를 타서 堅實한 人格의 基礎 를 닦으려 하옵니다. firm character — 이것이 나의 近來의 所願이요, 努力이외 다. 禁酒, 讀書, 靜坐, 祈禱, 其他 修養의 日課는 如前히 지키오며, 英께 對한 나의 態度도 漸漸 더욱 純潔하게 獻身的으로 變하여 가는 것을 기뻐하옵니다.

徐椿君도 獄中에서 Christian이 되어 出獄하여 곧 領洗하고 生活을 改造하 였다 하옵니다.

只今도 괴로워하시오? 가슴 아픈 것은 어떠시오? 病院은? 仔細한 寄別 주 시기 바라옵니다. 하루라도 速히 합할 날이 오기를 비옵니다.

健康과 慰安이 나의 生命인 英의 위에 있어지이다.

光

이곳은 벌서 綠陰時節이외다. 성급한 사람들은 밀짚모자를 쓰고 다닙니다.

---

[*] 1920년 5월 1일자 서간.

또 기쁜 날 당하였소*

또 기쁜 날 당하였소. 英에게 편지 쓰는 날을. 나는 이 날을 기뻐하오. 英
은 이것을 보는 날을 기뻐해 주시오. 그동안 나는 건강하였고 禁酒도 실행하
고 靜養도 계속합니다.

기도도 쉬지 않고, 기도드릴 때마다 내 英을 생각하고 그의 건강과 위안
을 빌기도 쉬지 아니합니다.

주신 편지는 참 기쁘게 읽었습니다. 실로 정다운 편지였습니다. 실로 나
는 이렇게 깨끗하고 정다운 편지를 받을 자격이 없습니다. 나는 상해에 온
후로 작년 구월부터 대단히 자포자기한 생활을 했습니다. 날마다 술을 먹고
기생집에도 다녔습니다. 내 딴은 당신을 못 만나는 때문이라고 핑계하고 이
러한 생활을 했지마는, 이것은 다 당신의 죄를 짓는 일이요, 당신을 배반하
는 일이었습니다.

그런데 내가 그 자포자기한 생활에서 구제를 받은 것은 금년 정월입니다.
金博士**라는 청년 의사가 하나 있는데 놀러 와서 여러 가지 이야기 끝에 내
가 말하기를 「나는 깨끗한 생활을 해보려고 아무리 애를 써도 안 되니 어떻
게 하면 좋으냐」고 물었소. 그는 경건한 안식교인이었습니다. 그가 말하기
를 「사람의 힘으로 안 되는 일, 하나님께 매달리지 않고는」 하였습니다. 내
생활의 변전을 일으킨 것은 이 단순한 말 한 마디에서입니다. 그 밤부터 나
는 기도를 시작했습니다. 하나님에게 모든 것을 참회하였고 당신에게 대한

---

*   1920년 5월 초의 서간으로 추정됨.
** 金昌世(1893-1934) 평안남도 용강 출신으로 순안교회병원과 중국 상하이의 홍십자병
    원에서 선교사로 일했다. 안창호의 주치의로서 1920년 3월 11일 흥사단에 입단하였고,
    1925년에서 27년까지 국내 수양동우회의 의사부장으로 활동하기도 했다. \

나의 심적 태도도 달라졌습니다. 하나님은 분명히 나의 죄를 용서하여주셨습니다. 그 증거로는 나의 마음에 평화가 왔습니다. 英은 나를 용서해 주시겠습니까?

그후부터 술을 끊었습니다. 만 이 개월 동안 한 방울도 안 먹었습니다. 당신에게 대한 나의 태도는 지금까지는 심히 이기적이었다는 것을 깨달았습니다. 나에게 대하여 어떠한 태도를 취하시든지 나만은 깨끗하고 변치 않는 사랑과 축복을 계속하려고 생각합니다. 당신이 나를 사랑하게 해달라고 기도하지 아니합니다. 당신에게 건강과 위안이 있기를, 또 내가 당신을 위하여 사랑의 의무를 다할 수 있도록 하나님께 기도합니다.

나는 요 며칠 전부터 건강이 대단히 쇠약해졌습니다. 목 쉰 것이 낫지 아니하며, 원기가 아주 없어지고 말았습니다. 오늘은 내 주소를 옮겨서 어떤 수양단체 이층에 와 있습니다.

건강이 회복하는 대로 실내를 조금씩 장식할까 합니다.

석 장 편지는 連하여 받고*

석 장 편지는 連하여 받고 三, 四日間 생각하였습니다. 나를 책망하신 말
씀은 대답할 길이 없습니다. 나는 英께 對하여 大罪人이외다. 나는 「××××
×」외다. 이 ××는 永遠히 消滅할 수 없는 罪의 烙印이외다. 나는 「절로 간다」
하지요. 나는 一生 「僧」으로 지내기로 作定합니다. ○○을 도로 보내신다 하
니 왜 도로 꺼내십니까. 왜 ×로 ○고 찢어서 ×× ○○에 던지시지 아니합니
까. 그러나 九月 前後의 ○○보다 今年 三月의 ○○이 더욱 純潔한 ○○입니
다. 更生한 光의 ○○입니다. 나는 나의 過去 一生中에 只今만큼 純潔한 心과
身을 가져 본 적이 없습니다. 나는 純潔을 向하여 나아갑니다.

나는 더러운 罪惡 구덩이에서 벗어나기를 始作하고 英에 對하여서도 모
든 利己의 念(나는 果然 利己的이었습니다. 내 幸福을 바라고 英을 사랑했습니다)
을 버리고 獻身의 愛를 드리게 된 줄 알았습니다. 그러나 내 罪로 하여 그를
잃어버리게 되었습니다. 그를 기쁘게 하여 드리려고 一念에 먹었던 것이 모
두 虛事가 되고 그에게 無限한 怨恨과 哀痛을 드리게 된 것이 冤痛하옵니다.

英이시여, 「나는 容恕 못한다」하셨고 「이 決心은 變치 못한다」하셨으니,
나는 「僧」으로 당신의 心과 身에서 그 哀痛이 떠나고 무슨 길로나 慰安을 받
기를 祝願할 길밖에 없습니다.

本國으로 곧 오라 하시고 連하여 네게 어찌 그러한 勇氣가 있으랴, 誠意가
있으랴 하셨습니다. 그러나 나는 勇敢히 대답하리다. 내게 그만한 勇氣는 없
습니다. 그러하오나 事業의 失敗가 오고 同志들에 對한 失望이 올 때에 나는
分明히 일어나 本國으로 들어가서 몇 三年 懲役을 치르고라도 本國에 있는

---

* 1920년 5월 6일자 서간.

同胞들 앞에 나서고 싶습니다. 그러나 나는 지금 病中에 있습니다. 이 몸을 가지고 本國에 들어가면 懲役 치르다가 죽어버릴 것입니다.

五月 六日　光

세 차례의 편지는 받았습니다*

세 차례의 편지는 받았습니다.

나는 「기생집에 놀러 갔다」고 자백했으나 그것은 數人의 親舊와 술을 마시거나 노래를 듣고자 함이요, 그것도 남에게 끌리어 간 것이지 英에 對한 盟誓를 어길 程度의 것은 아니었습니다. 날마다 술을 마셨다는 것도 슬픔을 잊어 보겠다는 것이지 狂態를 부릴 지경은 아니었습니다.

그것은 上海에 있는 모든 사람이 立證할 것이외다.

일찍이 나는 墮落的인 몸가짐을 한 것은 記憶에 없나이다. 이제 다시는 女子를 가까이 하지 않겠다고 마음을 定하자니, 妓女의 곁에 앉아서 노래를 請하고 농을 주고받았던 일이 절로 英에게 罪스러워 自白했을 뿐입니다.

나는 心身을 아울러 貞操를 깨친 記憶은 없습니다. 내가 어느 때 英을 誤解했던 것처럼 英도 지금 나를 잘못 아심이외다. 「날마다」라고 말씀한 것은 술을 마셨음이요, 기생집에 갔다는 것은 아닙니다. 내게 그런 돈이 있겠습니까. 假令 가고 싶다 한들 내 形便으로는 拾圓 以上의 돈을 가져 보기가 어렵습니다. 이제 이 말씀만 드려 둡니다.

光

○○ 때문에 健康을 損傷했다 하심은 너무 지나친 말씀입니다. ○○ 때문이라 하심은 지나친 말씀이외다.

옳게 判斷하시고 나의 誠實을 믿어 주시길 바랍니다.

---

* 1920년 5월 6일자 서간.

最後의 定罪*
李垠의 娶仇女

今日부터 英親王이라고 尊稱하기를 廢하리라, 英親王이던 李垠**은 無父無國의 禽獸인 故로. 罪惡 만흔 李朝의 歷史는 今日로써 永遠히 定罪함을 밧앗도다. 光武帝의 時機를 得한 崩御와 義親王의 稀罕한 義擧는 全國民에게 多大한 感動을 주어 五百年 過去의 無限한 罪惡을 容恕하고 沒落의 彼等을 爲하야 一掬의 同情의 淚를 灑하게 하더니, 아아 已矣로다. 賊子 李垠으로 하야 李朝는 永遠한 定罪와 咀呪를 受하엿도다.

大韓民族의 最大한 仇讎가 誰뇨. 天도 아니오 地도 아니오, 實로 五百年의 李朝로다. 立國의 初부터 明에 對하야 臣事함으로써 民族의 榮譽를 더럽히고, 尊中華思想을 中心으로 하는 崇文 偃武를 勵行하야 自家의 萬年을 圖하랴다가 民氣를 銷滅하고 國力을 凋殘하야 壬辰의 倭亂의 慘禍를 招하고, 丙子胡亂에도 國民이 死로써 國威를 保하려 하는 忠義의 氣魄이 잇슴에 不拘하고 自家의 安全을 圖하야 南漢山城下의 盟을 作하야 두번재 民族에게 奴隸의 羞恥를 加하고, 爾來로 或은 黨爭을 助長하며, 奸輩를 用하고 忠義有爲의 士를 誅하야 政治가 紊亂하고 産業은 頹廢하며 貪官汚吏와 憑公營私之輩가 國內에 遍滿하야 民을 더할 수 업시 弱하고 愚하고 貧하고 惡하게 한 뒤에, 마츰내 乙巳의 恥와 庚戌의 辱을 當하야 이에 半萬年 連綿하던 歷史를 斷絶하고

---

* 『獨立新聞』 74, 1920.5.8. 1면 '社說'란에 실렸다.

** 의민태자(懿愍太子, 1897-1970) 대한제국의 황족이자 일본 제국의 군인. 초대 황제 광무제의 일곱째 아들로 1897년 황태자로 책봉되었고, 1907년 이토 히로부미에 의해 강제로 일본 유학을 떠났다. 1910년 한일 병합으로 대한제국 황제가 이왕으로 격하되면서 이왕세자로 격하되었으며, 1920년 일본 황족 나시모토노미야 마사코 내친왕과 정략혼인을 하였다.

二千萬 神聖民族에게 島蠻의 奴隸의 苦를 嘗케 하엿도다. 아아, 이것이 李氏 二十八代 五百餘年의 罪惡이 아니고 무엇이뇨 이를 생각할 째에 現在 獨立의 光復을 爲하야 血을 流하는 吾輩는 切齒함을 禁치 못하도다.

歷代 李朝中에도 가장 罪惡이 大한 者는 大院王 明成后 其他 多數의 賊類에게 圍繞되엿던 光武帝時代니, 日本이 聰明하게 世界의 大勢를 看破하고 翻然히 明治의 維新을 斷行할 째에 攘夷 鎖國과 天主學 撲滅의 愚策 凶策으로 國家 中興의 機를 失한 者는 大院王이오, 馬關條約의 結果로 獨立帝國의 承認을 得한 後에도 淫泆을 爲事하고 奸姬의 徒를 左右에 置하야 國力의 充實을 等閑히 하고 外勢를 誘入한 것은 光武帝와 明成后의 罪라. 金玉均 一派의 開進運動, 獨立協會의 維持運動을 뉘가 撲滅하엿나뇨. 우리 民族의 血과 汗으로 된 歷史의 모든 光榮과, 燦爛한 文化의 集積과 優秀한 國民性과, 모든 富力과, 知力과, 元氣가 다 李氏의 手中에서 銷盡하엿도다. 얼마나 만흔 忠臣의 血, 愛國者의 淚, 英雄의 恨이 李氏의 宗廟를 에워싸고 慟哭하리오.

旣往 지은 罪는 無可奈何라 하더라도 庚戌 八月 二十九日에 웨 光武와 隆熙가 一死로써 그네의 祖上이 그리도 崇拜하던 明崇禎의 後라도 짜르지 못하고 羞辱의 陋命을 苟且히 保存하엿스며, 그는 못하엿더라도 民國 元年 三月 一日에 웨 그네 祖上의 犧牲이 된 人民으로 더부러 獨立萬歲를 부르고 敵의 凶刃에 殉國치 못하엿스며, 그는 못하엿다 하더라도 曾前 大韓帝國 皇太子로 하여곰, 二千萬 民族이 敵刃에 피를 흘니며 祖國의 光復을 爲하야 奮鬪하는 한창 中間에, 國讎요 君讎요 父讎인 倭主의 一族인 女兒와 不義의 婚姻을 못하게 하지 못엿나뇨. 垠이 伊藤賊에게 끌리어 敵京으로 갈 째에는 十二歲의 幼年이라 同胞는 그의 質로 잡혀감을 슬퍼하엿거니와, 只今은 임의 二十五六歲의 成年이니 그를 知覺이 不足한 兒孩라 하야 容恕할 수 업도다. 救國日報는 憤慨하야 니르되, 「아비가 죽으매 動哀할 줄을 모르고 兄(義親王)이 잡히매 動悲할 줄을 모르고 이제 仇人을 娶하니, 垠은 그 禽獸로다」 하엿도다.

아아, 渠는 果然 禽獸로다. 禽獸가 아니고 엇지 참아 그 父皇과 母后를 弑하고 그 皇位를 奪하고 그의 同族을 殘害하는 仇人의 女를, 그의 二千萬 兄弟와 姉妹가 祖國을 爲하야 血戰하는 此日에, 娶할 心腸이 生하리오.

五百年 李氏의 罪惡은 垠에 至하야 그 極에 達하엿도다. 永遠한 定罪와 咀呪의 印을 첫도다.

이제는 귀찮으실지 모릅니다*

이제는 귀찮으실지 모릅니다. 어쩌면 벌써 읽지 않으실지도 모릅니다. 그러나 씁니다. 나는 펜을 들지 않을 수 없는 것을 어찌합니까. 언제까지나 쓰렵니다. 그리고 容恕를 懇求하옵니다.

나는 나의 잘못을 잘 알고 있습니다. 그리고 눈물을 지며 後悔하고 있소이다. 나는 英에게 버림받았다고 생각하면 참을 수 없이 슬프고 외로워집니다. 이것도 利己的인 慾望일까요.

英이여, 당신의 무덤까지라도 같이 할 나를 한때의 잘못으로 하여 路傍에 버리시렵니까. 두세 차례 기생집에 놀러 갔던 罪로. 그것은 分明히 罪외다. 그러하오나 亂雜한 사귐이 있던 것은 아니오며 다만 親舊들과 어울려 술잔이나 마시거나 노래나 듣고자 했던 것입니다. 그러나 이제 그도 아프게 뉘우치오며, 다시금 사람다운 人間이 되어 보자고 다짐하는 이때에, 무덤에까지 같이 할 나를 버리시나이까.

나는 하늘을 두고 盟誓하옵니다. 일찍이 마음으로써 英을 拒逆한 일은 없습니다. 萬一 내가 지난 날 당신의 生命의 한 部分이었다는 것을 英이 믿어주신다면 다시 한 번 생각하시기 바랍니다. 容恕하시옵소서. 어젯밤의 괴로움으로 해서 頭痛이 납니다.

나는 墮落하거나 放蕩하지는 않았나이다. 上海에 계시는 尊敬할 만한 분들이 그것을 證言하여 주실 줄로 믿습니다. 또 하나님께옵서 證人이 되어 주시리다. 내가 墮落과 放蕩 때문에 몸을 傷하였다 하심은 너무 지나치신 말씀이외다.

---

* 1920년 5월 9일자 서간.

그러나 理想的인 純潔에서 볼 때, 내 過去의 生活은 罪로 가득 찼다고 믿어 懺悔하는 것입니다. 세상에 罪 없는 사람이 몇이나 되겠습니까.

당신은 罪 많은 나를 사랑해 주셨거니와, 이제 罪를 뉘우치는 나를 다시 사랑해 주실 수는 없겠나이까.

英이여, 당신이 버리시는 者, 眞心으로부터의 呼訴에 귀를 돌리소서.

　　　　　　　　　五月 九日　罪를 뉘우치는 Deiner

당신이 나를 버린다?*

당신이 나를 버린다? 그것이 可能할는지요. 나는 믿어 의심치 않습니다. 당신은 반드시 나를 당신의 품에 받아 주신다는 것을.

나는 淨化되어 가고 있습니다. 나는 예수를 좇아서 눈처럼 희게 淨化되기를 빌며 또한 行動하고 있습니다.

나는 반드시 어린애처럼 純潔한 人間이 됩니다. 당신이 人體의 썩은 部分을 切開해서 새롭게 하시듯이 하나님은 期必코 나의 靈魂을 淨化해 주실 것입니다.

나는 거듭 태어납니다. 그리하여 天眞스러운 어린애처럼 당신의 품에 매어달립니다.

英이여, 나의 온갖 罪를 용서해 주십시오. 당신에게 용서받지 못하는 동안은 결코 하나님의 용서를 받지 못할 것입니다.

新聞으로 開業하셨다는 것과 당신의 抱負에 관한 글을 읽었습니다. 나는 그때의 당신의 슬펐던 心情을 推測할 수 있다고 생각합니다. 용서해 주십시오. 용서해 주십시오.

五月 十三日 夜半　罪 있는 Deiner

---

* 1920년 5월 13일자 서간.

崔在亨 先生 以下 四義士를 哭함*

四月初 敵軍이 西比利亞의 蘇王營**을 占領한 時에 多數의 同胞가 敵에게 生擒됨은 임의 報道되엿거니와, 그中에서 前財務總長 崔在亨 其他 四氏는 同月 中旬에 맛참내 無道한 敵에게 砲殺되도다.

敵은 그 砲殺의 理由로 彼等은 元來 □日鮮人의 巨魁로 蘇王營 戰鬪의 時에 過激派軍에 加擔하야 日軍을 射擊하엿스며, 또 憲兵隊로써 某處로 護送하는 途中에 逃走를 企하야 暴行을 함으로 不得已 砲殺함이라 하도다. 倭奴의 心腸을 잘 아는 이는 누구나 이 遁辭의 虛僞됨을 推測하려니와, 그 人物과 當時의 境遇를 보아 더욱 이것이 一掩耳盜鈴***의 一狡智임을 알지라.

보라, 崔在亨 先生은 임의 六旬의 老人이오, 갓히 厄을 當한 金理直氏는 當地에 家族을 두고 商業을 經營하던 亦是 老成한 이며, 其他 二氏도 그러하야 猝然히 武器를 執하고 戰鬪에 參加할 人物이 아니라. 그네가 多數의 獨立軍을 糾合하야 大事를 擧할 謀議를 하엿다면 容或無怪여니와, 남의 戰爭에 석겨 直接으로 敵을 射擊하엿다 함은 實로 當치 아니한 거짓말이며,

또 護送中에 四氏가 逃走를 企하야 敵에게 暴行을 加하엿다 하니, 이 亦是 想像치 못할 일이라. 첫제, 四氏가 十餘日間 敵의 憲兵隊에 拘留되엿스니 그 동안에 無限한 惡刑을 四氏에게 加하야 거의 動身이 難하게 되엿슬 터일쑨더러, 또 四氏를 護送할 時에는 반다시 手足을 縛하고 多數의 兵丁이 護衛하엿슬 터인즉 逃走를 企하기도 極難한 일이겟곤 하믈며 무엇으로 武裝한 敵

---

* 『獨立新聞』 76, 1920.5.15. 1면 '社說'란에 실렸다.
** 우스리스크의 한자어 표기.
*** 제 귀를 막고 방울을 훔친다는 뜻으로, 얕은 꾀로 남을 속이려 하나 아무 소용이 없음을 이르는 말.

에게 對하야 暴行을 加할 수 잇스리오. 더욱이 四氏는 苟且히 逃走를 企할 그러한 人格者가 아님도 그네를 아는 이의 다 일컷는 바이랴.

싱각컨대 敵은 捕縛하엿던 三百餘의 同胞를 處置할 일이 末由하야 다 放釋하다가 그中에서 가장 重要한 人物인 四氏에게 對하야 彼等의 慣用 手段인 降服을 勸하고, 그래도 듯지 아니하매 마침내 砲殺의 慘刑을 加함이로다. 아아, 崔在亨 先生 以下 四位 義士는 威武에도 屈치 아니하고 義를 爲하야 死를 視하기 鴻毛와 갓히 하야 勇壯히 녯날 朴堤常의 꼿다운 뒤를 짜르섯도다.

듯건대 敵은 較近 以來로 一種의 新政策을 立하야 獨立運動으로 잡힌 同胞에게 「잘못하엿스니 此後에는 日本의 臣民으로 忠誠을 다하리라」는* 다짐을 强請하야 이에 應하는 者면 放釋하야써 監獄의 不足에 對한다 하며, 쏘 져번 四月 初 海參威 蘇王營 等 西比利 各地 事變에 잡힌 同胞에게 對하여서도 이 政策을 利用하야 一部 薄志弱行의 同胞가 敵의 압헤서 祖國에 對한 節介를 失하엿다 하도다. 아아, 그러한中에서 崔在亨 以下 四位 義士는 「내 몸을 죽이라. 내 祖國에 對한 精神은 犯치 못하리라」는 壯烈한 義氣로 千秋萬世에 國士의 一模範을 보이시도다. 아아, 苟且히 生命을 앗겨 怨敵의 압헤서 祖國을 否認하고 營營히 殘喘을 保存하는 者여, 義의 靈前에 慟哭하고 懺悔할지어다. 一時의 權道라고 핑게를 말라. 一身을 爲하는 權道가 每樣 不義가 되나니, 무릇 暫時라도 祖國을 모른다 하는 者는 完用 秉畯의 類니라.

맛참 全國民이 쯧이 弱하여지고 敵의 甘言의 誘惑과 暴惡한 威壓에 흔들니기 쉬운 이째를 當하야 四位 義士의 殉節은 實로 全國民에 對한 霹靂 갓흔 天聲의 訓戒라 하리니, 四位의 死 — 쏘한 그 時를 得함이라 할지라. 義士의 靈은 그 瞑目하실지어다.

그러나 이 多事하고 人物이 缺乏한 우리 民族으로 이제 쏘 四位의 首領을 失함은 實로 慟哭할 損失이로다. 特히 崔在亨 先生은 비록 임의 財務總長의

---

* 원문은 '다하리라」를'로 되어 있다.

職에서 退하야 直接 우리 運動의 中心人物이 아니라 하더라도 先生은 五十年來 西比利 同胞의 指導者요 信任한 首領이라. 西比利 同胞에게 移住의 便宜와 生途를 指示하며, 自治體의 組織과 敎育을 獎勵하는 等 先生은 實로 西比利 同胞의 大恩人이라.

先生과 親熟한 이의 談話를 據하건대, 先生은 勇毅果敢의 人이며 己를 犧牲하야 同族를 救濟하랴는 愛國的 義俠的 熱血이 充溢하는 人格者요, 兼하야 誠으로써 人과 事를 接하야 民衆의 信賴와 尊敬을 博하던 이라. 先生의 今次의 死가 비록 先生의 人格을 完成함이라 하더라도 우리는 西比利 五十萬 同胞를 爲하야, 및 우리의 前途의 大事業을 爲하야 先生과 갓흔 大人物을 失하엿슴을 痛惜하고, 아울러 우리 義人의 生命을 犯한 不義無道 殘忍野蠻한 倭敵에게 한번 더 切齒의 咀呪를 보내노라.

아아 大韓同胞여, 敵은 다시 우리의 義人 四位의 피를 흘렷도다. 十五年來에 敵의 凶刃에 흐른 우리 義人의 피가 얼마뇨. 우리 首領과 兄弟와 姊妹의 피가 얼마뇨. 半夜에 귀를 기우릴지어다. 漢江의 물과 갓히 만흔 義人의 피가 地下에서 哀哭함을 들으리라, 叫號함을 들으리라. 아아 同胞여, 諸君은 무엇으로 이 哀哭하는 義人의 피를 慰勞하려나뇨.

『東亞日報』의 당신의 글 읽었습니다*

『東亞日報』의 당신의 글 읽었습니다.

지금 英의 편지를 받아 읽었습니다. 얼마 동안 마음을 鎭靜하여 잠을 들어 보려 해도 눈을 붙일 수가 없습니다. 내일은 또 몸이 고달플 것을 알지만, 잠을 청할 수 없소이다. (B)는 설합에 넣어둔 채 깜박 잊고 보내지 못했습니다. 나는 당신이 (B)를 읽고 誤解가 풀릴 것으로 기다리고 있었는데 遺憾스런 일이외다.

당신은 내가 妓女들과 醜 한 關係나 맺어 그 때문에 ○○病이라도 걸려서 入院을 하기도 하는 줄로 생각하시는 듯하외다. 或은 ○○을 ××하는 사람이 그런 뜻으로 傳喝한 모양입니다. 그러나 내가 그렇듯 墮落한 사람이겠습니까. 어디까지나 나를 믿고 사랑하는 당신으로부터 이런 誤解와 侮辱을 받음은 참으로 섭섭하외다.

당신의 最後의 편지를 읽고 얼마나 노여운 생각에 불탔는지요. 그러나 억눌렀습니다. 그리고 내 人格이 당신의 信任에 미치지 못함이 못내 부끄러워 오직 容恕를 빌 뿐이었습니다.

英이여, 그것은 분명히 罪외다. 사랑한다고 하시면서 第三者의 中傷의 말을 믿고 相對方의 마음을 類推한다는 것은 實로 罪외다. 나도 英을 謀陷하는 말을 얼마쯤은 들었습니다.

그러나 언젠가는 誤解가 풀릴 날이 오겠지요. 萬一 내 病이 못 미더우시면 診斷의 結果를 말씀하리다.

醫師는 同胞의 金昌世氏와 美國醫師 셀몬 博士. 症候는 身體의 疲勞와 喉

---

* 1920년 5월 21일자 서간.

痺* 診斷의 結果, 肺에 異狀 없음. 그밖에 臟腑에 異狀 없음. 血液에 異狀 없음. 喉頭炎(結核性)이나 Tobacco throat일 것임. 療法은 含嗽劑, 吸入劑 ― 이것뿐입니다. 목쉰 것은 거의 恢復했습니다. 이런 程度라면 來週쯤부터 事務를 보게 되리라 생각합니다.

아아, 얼마나 안타까운 일입니까. 사람이란 본시 값싼 것일까요. 서로 믿고 사는 世上은 없는 것이겠습니까.

五月 二十一日　버림받은 罪人

돌려 보내시겠다던 ○○은 아직 오지 않았습니다.

---

* 목구멍에 종기가 나거나 목구멍이 좁아지고 혹은 막히기도 하는 병증을 두루 이르는 말.

英의 슬퍼하시는 것이*

英의 슬퍼하시는 것이 다 나 때문이외다. 그러나 그것이 「文字」의 誤解이
니 速히 풀어 줍시오

輕率히 斷定 마시고 잘 調査하시거나 생각하시기를 바랍니다.

나는 英의 편지 以來로 恒常 슬픔 속에 있습니다. 불쌍히 여겨서 기쁘게
해주십시오.

Deiner

* 1920년 5월 22일자 서간.

獨立新聞 論說集*

春園 李光洙著
獨立新聞論說集(獨立新聞叢書第二)

　昨年 八月 以來로 獨立新聞에 揭載하엿던 論說中에셔 三十五篇을 쌔여 이
小冊子가 되게 되엇습니다.
　本紙 讀者 諸氏끠셔는 임의 보신 것이라 別滋味도 업슬 쯧하지마는 이러
케 한데 모아 分類를 하여 노코 보니, 쏘 한번 보아줍소사 할 만한 새 意味가
잇는 듯합니다 ─ 序文의 一節

　第一篇 建國의 心誠
　(一)建國의 心誠 (二)三氣論 (三)自由의 價 (四)統一 (五)國民皆兵 (六)愛國者
여 (七)君子와 小人 (八)信賴하라 容恕하라 (九)新生 (十)世界的 使命을 受한
吾族의 前途는 光明이니라
　第二篇 獨立完成의 時機
　(一)獨立完成의 時機 (二)獨立戰爭의 時機 (三)臨時政府와 國民 (四)獨立戰
爭과 財政 (五)十事로써 告함 (六)七可殺 (七)韓族의 獨立國民될 資格 (八)美日
戰爭 (九)獨立軍의 勝捷 (十)大韓人아 (十一)韓中提携의 要 (十二)六大事
　第三篇 韓國과 日本
　(一)韓日 兩族의 合하지 못할 理由 (二)日本國民에게 告하노라 (三)日本人
에게 (四)日本의 五偶像 (五)同胞여 敵의 虛言에 속지 말라 (六)日本의 現勢

＊　『獨立新聞』 83, 1920.6.10. 廣告. 3면 하단에 실렸다.

第四篇 雜纂

(一)獨立運動의 文化的 價値 (二)國恥 第九回를 哭함 (三)三一節 (四)大韓의 누이야 아우야 (五)安泰國 先生을 哭함 (六)政治的 罷工 (七)最後의 定罪

七月一日 出刊 豫定

全卷 菊板 二百餘頁

一冊 定價 大洋半元

獨立新聞社 發行

1920년 후반기

내 生死와 禍福을 맡은 이여*

내 生死와 禍福을 맡은 이여,

그동안 나는 特別한 事件으로 글 쓸 것이 많아서 꽤 바빴고, 몸도 매우 困하게 되었습니다. 只今은 七月 二十日일 夜 十時 十分 一品香이라는 旅館의 東向房 五十八號室에서 原稿를 걷어치우고 앉았습니다. 웬 일인지 近來 二, 三日刊 上海는 가을과 같이 서늘합니다. 只今도 바람이 房으로 들어옵니다.

대단히 뵙고 싶습니다. 언제나 뵙나, 언제까지나 이렇게 그립게 지내나 하여집니다. 或 「나를 버리시나」 할 때에는 平地가 空虛하게 되는 것 같습니다. 하나님께 對한 信仰의 慰安! 내게는 없는 것 같습니다. 오직 당신께 對한 信仰의 平安이 있을 뿐이외다.

나는 近來에 당신께 對하여 甚히 「不安」이 생깁니다. 자꾸 내게서 멀어가는 것 같아서 못 견디겠습니다. 限 十餘日前에 나는 安東行의 뱃자리를 잡고 짐까지 묶었다가 安東서 不意의 變이 났다는 電報를 받고 中止하였습니다. 꼭 英의 곁에 가려는 것만이 目的은 아니었지마는 내 內心의 目的은 그것이었습니다. 나를 버리지 맙시오. 아무러한 欠이 있더라도, 괴로움이 있더라도 참고 容恕하고 버리지 맙시오. 이미 四年이 넘는데 갈수록 더욱 英이 엇이 살 수 없이 생각됩니다. 더구나 모든 事業에 失敗가 오고 同志의 價値에 의심이 나고 人生의 孤獨을 맛볼수록 당신의 깨끗하고 뜨거운 사랑이 그리워집니다. 只今 당신이 가시면 나는 없어집니다. 대단히 괴로운 일이외다.

그러면서 一方으로 사랑하는 당신을 낼내어** 괴롭게 하고 싶지는 아니하

---

* 1920년 7월 21일자 서간. 본문에 '只今은 七月 二十一日 夜 十時 十分'이라는 언급이 보인다.

여 가끔 男子답게 英의 累를 덜어드릴까 하는 생각이 나지마는 내 生命에 執着하기 때문에 그러할 勇氣가 아니 납니다.

그러나 이미 나를 잊으셨거든, 미워하시거든 발길로 차버려 줍시오. 나도 시원치 아니한 世上에 오래 머물고 싶지 아니합니다.

요사이 대단히 맘이 괴롭습니다. 只今 저 거울에 비치는 얼굴이 놀랍게 瘦瘠하였습니다. 여름 탓도 있겠지요. 不眠症도 생깁니다. 아아, 왜 이렇게 짧은 一生이 괴로웁니까. 그러나 念慮 맙시오. 英의 사랑을 믿고 기뻐하기를 힘쓰지요. 修養은 늘 繼續합니다. 담배는 아직 잘 끊지 못하였습니다. 明朝부터 또 試驗하려 합니다.

英이여, 당신은 醫師외다. 당신의 天職은 病者를 고쳐 줌이외다. 더럽고, 罪 많고, 허물 많고 괴로움 많은 당신의 光洙에게 對하여 匙를 投하게 하지*맙시오.

不幸과 苦痛의 子   光洙 씀

** 원문대로.
* 원문은 '投하지 맙시오'로 되어 있다. 숟가락을 놓는다는 것은 죽음의 완곡한 표현.

편지를 써놓고는 안 부치고*

내 英이여,

편지를 써놓고는 안 부치고 써 놓고는 안 부치고 밤낮 근심으로만 지내다가 오늘 저녁 후에 八月 十四日 午後 八時 病席에서 쓰신 떨리는 글씨를 보았습니다. 病이 돌렸다니 맘이 놓이나 지금은 어떠한지 염려외다. 『東亞日報』에서 英이 任이라는 이와 같이 뚝섬 가셨단 기사를 보고 맘에 매우 기쁘고 프라이드를 가지고 있었습니다. 그러나 「妹」라고 쓰게 되고 새삼스럽게 姓字를 쓰게 되시니 슬픕니다.

나는 明朝에 電報로 英의 病勢를 물어보려니와, 생각에는 든든합니다. 그러나 잠이 아니 옵니다.

나는 只今 대단히 괴로운 중에 있습니다. 신문 하던 것은 事情도 못할 듯하거니와,** 할 수 있게 되더라도 남에게 맡기고 맙니다. 그리고는 이제부터 내 生涯의 方向을 定해야 될 터인데, 내 生活의 主人이요 中心되는 당신이 자꾸 움직이니 當初에 方向이 定해지지를 아니합니다. 今明間에 죽어버려야 할 것도 같고 本國으로 뛰어 들어가 獄에 들어가야 할 것도 같고 世事 萬事를 모두 집어 뿌리치고 어디로 종적을 감추어야 할 것도 같고, 또 英의 사랑을 믿고 더욱 더욱 努力하여야 할 것도 같고, 當初에 어쩔 줄을 모르니, 몸과 마음만 날로 傷하여 이슬 맞은 풀잎새 모양으로 시들어 떨어질 것 같습니다. 아아, 참 괴로운 人生이외다.

---

* 1920년 8월 중순의 서간으로 추정됨. 본문 가운데 "八月 十四日 午後 八時 病席에서 쓰신 떨리는 글씨를 보았습니다"라는 언급으로 미루어 짐작할 수 있다.
** 6월 24일자 제86호로 정간된 『독립신문』은 12월 18일에야 속간된다.

나를 믿어 주시게 되었다니 기쁩니다. 아마 내가 당신에게 대한 사랑은 당신 想像보다는 훨씬 以外이리라고 믿습니다. 過去 四年來의 나의 生活은 全혀 당신을 生命으로 한 것이외다. 내가 무엇을 할 때에 어느 곳 어느 時間에 당신을 생각지 아니한 일이 있겠습니까. 只今도 그렇습니다. 당신은 果然 이것을 모르신 줄 압니다. 당신은 「二十四年의 一生은* 오직 당신의 것이었습니다」하셨으니 原來 믿는 바여니와, 더할 수 없이 기쁩니다. 나는 당신께 對하여 恒常 罪悚한 듯한 괴로움이 있었습니다. 그것은 一 당신도 處女의 特權, 才質, 學識, 財産, 名譽, 容貌, 女子로 갖출 것을 具備하셨으니 오직 光洙라는 者에게 對한 汚點만 없으면 당신의 前程은 당신의 맘대로 될 것이라, 婚姻을 하거나, 당신의 늘 하시는 말과 같이 獨身生活을 하시더라도 모든 것에 不足할 것이 없을 것이라, 一身의 幸福과 社會의 稱譽에 充分히 잠길 수가 있으리라 함을 나는 처음부터 잘 알았고, 또 그뿐더러 당신이 될 수만 있으면 光洙라는 陷穽에서 벗어나려고 애를 쓰심을 볼 때에 나는 진실로 가슴이 아팠으며, 兼하여 내게는 당신을 幸福되게 하기에 여러 가지 힘을 缺하였음을 생각할 때에 나는 奮然히 당신과의 關係를 끊어 당신에게 自由를 드리고자 決心한 것이 몇 百番인지 모릅니다. 정말 몇 百番인지 모릅니다. 그러나 내게는 그러한 勇氣가 없어서 至今토록 英에게 매어달려 왔습니다.

나는 英을 미워하려고 힘써 보았습니다. 英이 없인들 못 살랴, 一年, 二年 지내노라면 혹 잊혀지든 아니 하더라도 尋常하게 되지 아니하랴, 이렇게도 해보려 했으나 그것도 못했습니다. 당신은 一個人이 아니외다. 光洙의 魂은 全혀 英에게 吸收되고 만 것 같습니다. 英에게서 떨어지는 光洙는 一空殼이 되고 말 것 같습니다. 이것을 젊은 文士의 치레의 말이라고 생각하신다면 너무 가슴이 아프외다.

그러나 내가 判斷하기에 英의 今日의 境遇는 一 또 心理狀態는 (이것은 英

---
* 　원문은 '一生을'로 되어 있다.

을 괴롭게 하려고 하는 말이 아니라, 내가 英에게 對한 判斷의 眞正한 告白이외다)
내가 없기를 要求하는 듯합니다. 英이 光을 미워하여 그러는 것보다도, 英은
「세상을 꺼려서」光을 사랑하는 그늘진 생활보다 光을 떼어버린 「堂堂한」,
「公明正大한」生活을 要求하는 것 같습니다. 未嘗不 내게도 或 이러한 誘惑
이 오거든 하물며 保守的이요, 世間 體面을 尊重한 健全한 女子인 英이리오
그것이 無理가 아니라고 생각합니다. 당신은 北京事件을 甚히 後悔하고 日後
도 그러한 모양일진댄 차라리 光을 떼어버리는 것이 낫다고 생각하시는 줄
로 나는 判斷합니다. 나는 그와 反對외다. 내가 왜 北京生活을 그쳤는가, 왜
거지가 되더라도 英의 손을 꼭 쥐지 아니하였던가 하는 것이 唯一한 遺恨이
외다. 내 生活中에, 二十年 生活中에 生活다운 生活이 있다 하면 北京生活이
외다. 그것이 英에게는 어떻게 不幸하게, 醜惡하게 보일는지 모르지마는.

그러나 英은 華麗한 生活을 擇하십니다. 이것이 우리 둘 間의 矛盾이외다.
나는 일찍이 日本서 約束한 대로 돈벌이를 할 생각도 있었고, 醫學을 工夫할
생각도 있었지마는, 아직까지 이것도 저것도 다 못하고 如前히 北京時代의
李光洙대로 그냥 하잘 것 없는 빈한한 자외다.

또 나는 英이 일컫는 바 良心도 義理도 없습니다. 나는 北京, 아니 그前부
터 (아마 滿三年이나 되었을 것 같소) 至今까지 某處와는 一切通信을 끊었소이
다. 徐椿이라는 너무 正義로운 親舊의 德에 그 寫眞을 받았으나 모두 찢어버
리고 말았소이다.

길게 말씀 아니 하렵니다.

아무리 내 맘이 이러하더라도, 사랑이란 두 사람의 사이의 일이니 한편의
맘대로만 할 수 없을 것이외다. 내 생각에는 英의 滿足할 「圓滿」이 언제 내
게 올는지 알 수 없으니 英은 英의 맘대로 하여 줍시오. 나를 버리시든지 그
렇지 아니하면 「地獄에까지 같이 가시든지」, 단마디로 定해 줍시오. 차라리
一時의 「死」의 苦痛을 當할지언정 이 無限히 延長되는 疑訝와 失望과 不安

의 苦痛의 反復은 나도 견디기 어렵거니와, 생각하는 바의 十分之一도 發表치 아니하시고, 내게 對하여서도 一種의 外交的 態度로 謹愼에 又 謹愼, 考慮에 又 考慮를 加하여 意思를 겨우 發表하시는 英(으로서도, 이만큼 光洙를 버리시는 편이 나을 뜻을 累次 發表하시니)으로서야 얼마나 괴롭겠습니까.

「나는 너를 버린다.」

「나는 죽기까지 너와 한 몸이요, 한 맘이다. 네 아내다.」

이 들 중의 한 對答을 擇하여 줍시오. 나는 前 모양으로 英을 威脅도 아니하리다. 또 英의 將來의 幸福된 生活에 妨害도 아니 하리다. 그 點은 아주 安心하십시오.

最後에 한 마디 할 말씀은 나는 예나 이제나 다름없이 언제나 당신의 것이외다. 무엇에나 당신의 要求대로 할 光洙외다. 죽자 하면 죽자, 너 혼자 죽어라 하면 죽을 光洙외다. 피를 吐할 생각으로 말하는 光洙의 眞正이외다. 健康이 恢復되어서 이것을 보셨기를 바랍니다.

또 좀 더 쓸 말이 있는 것 같습니다.

나는 지금 三岐路에 섰습니다.

一, 돈을 모아 볼까.

二, 倫理學을 硏究할까.

三, 죽어버리고 말까.

右 세 가지 중에 當面의 問題는 第三이외다. 내가 愛人과 世上을 征服하지 못하였으니 劣敗者의 恥辱된 生活을 깨끗이 끊어버리고 말까 함이외다. 그러나 한번 더 기운을 내어 世上을 征服하여 볼까 하는 희미한 野心에서 第一, 第二의 慾望이 생깁니다. 그러나 年齡은 이미 壯年의 境을 向하였고 無益한 半死의 思考와 困難에 心과 身의 精力도 次次 涸渴함을 感 할 때에 勇氣가 挫折됩니다. 나는 最近 約一個月間에 억지로 倫理學 工夫를 始作하였으나 連해

서 一時間의 工夫가 困難하고, 一日 四, 五時間만 讀書하면 견딜 수 없게 心身이 疲勞함을 볼 때에 一種의 失望의 淚를 禁치 못하였습니다. 나는 이러다가 말라죽을 運命을 가진 것 같습니다. 아아, 나날의 괴로움, 不安, 죽어지이다!

내가 그리던 將來는 모두 꿈이던 모양입니다. 空想입니다. 英의 사랑 속에서 精力과 勇氣를 얻어서 맘껏, 힘껏 내 抱負를 展開하여 보았으면 하던 것은 空想입니다. 이제 우리 앞에 열린 길은 우리 둘이 海外의 生活을 함이외다. 海外의 孤寂한 生活, 世上이 辱하고 唾罵하는 生活을 함이외다. 만일 兩人이 다 이것을 滿足히 여기고 이 속에서 一生의 幸福과 事業을 求한다고 하면 내 생각만 같으면 甚히 幸福된 生活이 되리라 합니다마는, 英은 아마 이 生活에 不堪하리라. 세상이 욕하는 生活, 貧窮한 生活, 孤寂한 生活, 到底히 이 生活에 不堪하시리라. 그러니까 나는 바라지도 못합니다. 그러나 나는 이 片紙를 보내고 英의 對答을 기다리고 있을 터입니다.

光

그동안 아주 健康하였을 줄 믿습니다*

사랑하는 英,

그동안 아주 健康하였을 줄 믿습니다. 여기도 秋風이 나서 밤이면 서늘합니다.

나는 英의 사랑 안에 즐겁게 지냅니다. 그러나 얼마 동안 通信이 끊일 터이니 그리 아십시오.

英은 내 편지를 볼 수 있더라도 나는 英의 편지를 얼마 동안 받아볼 수 없겠습니다. 편지 못 하시는 그 동안 日記나 해두어 줍시오. 조금도 念慮 맙시오.

다만 不意의 일이요, 또 避할 수 없는 일이기 때문입니다. 工夫는 하게 되더라도 限 一年 遲滯될 듯합니다. 丸善에 書籍 부치는 것도 中止하시든지 부쳐 주시든지 합시오.

만일 내게 부치신 郵便物이 있거든 郵便局에 말하여 도로 返還하게 하도록 합시오.

조금도 놀라지 마시고 光은 재미있게 지내는 줄 믿고 계십시오. 衰弱했으나마 最近의 寫眞을 보내 드리리다.

來日後 또 쓸 次로 이만.

九月 二〇日

電報 놓습니다.

---

* 1920년 9월 20일자 서간.

걱정하시는 편지 받은 뒤에*

　걱정하시는 편지 받은 뒤에 곧 회답을 써놓았으나(十一日) 이럭저럭 못 부치고 있었습니다. 그 편지는 너무 장황하게 썼기로 이후에 만날 때에 뵈어드리기로 간단히 다시 쓰기로 하였습니다.

　결코 걱정 마시고 나의 현재의 생활을 위해서는 안심하시오. 이제는 오는 가을까지 ×××× 이곳에 있어서 공부도 하고 글도 짓겠습니다.

　英을 뵈올 때까지, 그리고 英의 말씀과 같이 그후의 모든 문제는 뵈올 때에 작정하기로 합시다.

　나는 근일에 대단히 즐겁게 지냅니다. 아무 염려나 걱정도 없이 책 보고 운동하고 있으며, 며칠 아니 해서 어떤 책 하나 저술에 착수하려 합니다. 그리고 금년 十一월부터 명년 九月까지의 프로그램을 작정하려 합니다.

　매사에 영을 괴롭게 해서 아픕니다. 그러나 나는 미국 갈 생각도 없고 (과거에도 없었거니와), 학교에도 입하려 아니 하니 모든 염려 버리시오. 그리고 건강과 수양에나 힘씁시오.

　상해에는 아직 모기가 두어 놈 있지마는 꽤 서늘해져서 아침 저녁에는 겨울 옷 생각이 납니다. 좀 감기 기운이 있는 듯하기로 오늘 종일 드러누워 있겠습니다. 돌림감기에 붙들리면 안 될 듯해서. 굿 나잇.

十月 十五日　　英의 光

---

*　1920년 10월 15일자 서간.

좀 괴로움이 적어졌습니까*

十一月 九日 夕雨.

좀 괴로움이 적어졌습니까. 나는 맘을 定치 못하여 대단히 괴로워하는 中에 있습니다. 「어찌하면 좋을까」, 그것은 全혀 經濟問題외다.

英이 前番에 주신 편지는 내게 대단한 슬픔을 주었습니다. 特히 그 結句의 悲調를 나는 차마 바로 읽지 못하였습니다.

그러나 英은 作定하셨으니 그대로 알고 기다립시다.

「明年 가을」.

나는 只今 어느 新聞에 求職廣告를 냅니다. 어떤 結果가 있을는지는 곧 편지 하오리다. 나는 내 身分과 名義를 내놓고 職業을 求할 수 없으므로 不便한 것이 많습니다.

그렇지마는 그만한 生活의 不便이 무엇이겠습니까.

英은 四年前 어느 날 밤 谷町에서 내게 約束했습니다. 「아무리 困苦하더라도」라고. 그러니까 괴로워하기를 그칩시오. 그리고 明秋의 約束을 지킵시오. 내 寫眞 받으셨으리다.

英의 「野原」에서 박은 寫眞은 받았습니다. 술 먹는다는 것은 거짓말이오 담배는 十五日째 아니 먹는데, 맘에 苦痛을 품은 나는 恒常 담배 한 모금의 誘惑을 받기가 쉽습니다.

光

---

* 1920년 11월 9일자 서간.

오랫동안 편지 없으니*

오랫동안 편지 없으니 답답합니다.

편지 받은 지가 十日이 넘습니다.

나는 잘 있습니다. 上海는 아직도 모기와 파리가 있는데 오늘부터는 좀 추워질 듯합니다.

어서 뵈옵고 싶습니다. 내 몸이나 맘이 모두 당신을 要求합니다. 오랠수록에 자꾸 衰하는 것 같습니다.

이제부터 또 바쁜 事務를 잡기로 했는데 定한 대로 되면 十八元 收入이 있으니까 그것으로 먹고 지내면서 어서 明秋가 오기만 기다리겠습니다.

부디 健康하시오.

十一月 十日　英의 것

내가 職業廣告를 내는 것은 永久한 職業을 求하기 爲함이외다.

---

* 　1920년 11월 10일 서간.

너는 靑春이다*

죄 핏긔 업는 얼골을 치어버려라.

山에도 江에도 가지 말고

그것을 火山 아궁지에 데어버려라.

아々 내 가슴을 不快케 ᄒᆞ는

저 핏긔 업는 얼굴을 치어버려라.

저 光彩 업는 눈

神經衰弱匠이의 눈을 우구려버려라.

가을의 시원ᄒᆞ고 긴 밤에도

잠이 못 들어ᄒᆞ는 不寐 病人의 光彩 업는 눈을

우귀어내어라, 안 보이게 ᄒᆞ여라.

너는 靑春이다, 血氣다.

뛸 것이다, 우슬 것이다.

江山이 써나가도록 希望의 노래를 부를** 것이다.

그 消化不良性의 不平과,

結核性의 센티멘탤리즘을 바려라.

(一九二〇, 一一,九)

---

* 春園, 『創造』8, 1921.1. 1920년 11월 9일 집필. 이하 세 편의 시에는 '偶感三篇'이라는 표제어가 붙어 있다.
** 원문은 '무를'로 되어 있다.

긔운을 내어라*

동무야,
우는 소리를 긋쳐라, 참 듯기가 실타
주먹을 불끈 쥐고 소리를 질러라.
「내 손으로, 내 손으로, 내 손으로 ᄒᆞ쟤」고
江山이 잘못 되엇거든 뒤집어 꾸미자
宇宙에 欠이 잇거든 쯧어서 곳치자.
동무야, 무엇이야 못ᄒᆞ랴.
긔운을 내어라, 우는 소리를 긋쳐라!

神經衰弱을 버려라.
消化不良을 쎄어라.
해 쯔기 前에 닐어나 山과 들에 쮜어라.
담빅를 바리고 술 먹기를 긋쳐라.
무엇보다도 못난 소리 우는 소리를 긋쳐라.
그러고 健壯ᄒᆞᆫ 男子가 되어라, 女子가 되어라.
血氣 조코, 힘 만코, 긔운차고
全身에서 흑군々々ᄒᆞ는 健康의 김이
火車의 굴쪽 煙氣갓히 쏫게ᄒᆞ여라
그러ᄒᆞᆫ 사람이 되자, 동무야

*   春園,『創造』8, 1921.1.

平凡*

보니
큰 것은 다 平凡ᄒ더라
하늘을 보아라, 바다를 보고
億萬年 날마다 갓흔 길로 왔다갓다 ᄒ는
太陽을 보아라, 져 平凡흔 太陽을
우리 사람인들 非凡한 ᄎᄒ고 偉大한 놈이 잇더냐
큰 것은 다 平凡ᄒ더라

* 春園, 『創造』 8, 1921.1.

文士와 修養*

나는 쓰거운 精誠과 만흔 希望으로써 이 小論文을 나의 或은 아는, 或은 모르는, 사랑하는 文士 여러분씌 들입니다.

一, 文士와 우리 民族

文藝가 一國의 (넓히 말ᄒ면 全人類의) 文化의 곳인 것은 말ᄒ 必要도 업습니다. 文藝가 新文化의 先驅가 되고 母가 되는 意味로도 곳이오 ᄯᅩ 이믜 잇는 文化의 精髓가 되는 意味로도 곳이외다. 오랜 惰眠을 깨트리고 새로온 文化를 建設ᄒ 만흔 活氣 잇는 精神力을 民族(나는 이 論文에셔는 一國을 標準홈으로)에 注入 或은 强烈ᄒ 刺激으로써 民族의 精神中에셔 啓發ᄒ는 가장 큰 힘은 文藝라 ᄒ 수 잇습니다. 져 푸란쓰의 大革命 짜라셔 닐어난 全歐洲의 政治 社會 思想의 大革命이 룻소, 볼테르를 代表로 ᄒ 法國의 革新文學에 起因ᄒ 것임과, 그보다 더 根本的으로 더 普遍ᄒ게 처음에는 歐洲의 짜라셔 全世界의 文化의 途程에 大曲折을 준 文藝復興은 實로 그 譯語가 表示ᄒ는 바와 갓히 古代 文藝復興을 意味ᄒ 것이외다. 이러케 文藝는 新文化의 先驅가 되고 母가 되는 것이니,** 只今 우리나라에 將次 新文化가 建設되려 ᄒ고 ᄯᅩ 우리가 全心力을 다ᄒ야 新文化를 建設ᄒ려 ᄒ 쌔에 우리中에 新文藝의 運動이 닐어나는 것은 極히 意義 잇는 慶賀로운 일이라 홉니다.

나는 年前에 「靑春」에 「覺醒의 第一波」***라는 小論文을 揭ᄒ야 그中에 故

---

* 春園, 『創造』 8, 1921.1.
** 원문은 '것아니'로 되어 있다.
*** 1918년 3월 『靑春』 12호에 발표한 「復活의 曙光」을 가리킨다.

島村抱月*氏의「民族的 生活이 잇는 곳에 文藝가 업슬 理가 업거늘 朝鮮에는 過去에 民族的 生活은 的實히 잇셧건마는 文藝가 업셧스니, 이는 政治나 社會에 큰 缺陷이 잇셧슴이라. 朝鮮民族이 將來에 民族的 生活을 繼續혼다 ᄒ면 必然코 民族的 文藝가 發生될 것이라」(나는 只今 그 本文을 가지지 못ᄒ엿스민 이는 내 記憶을 짜라 쓰는 것이외다.) ᄒ는 意味의 朝鮮 感想錄의 一節을 引用ᄒ고, 故 李人稙氏 以來로 朝鮮文藝의 發生의 萌芽가 보엿슴과 그것이 生長ᄒ여오는 經路를 略述ᄒ야 未久에 반다시 이 新文藝運動이 大振홀 것과, 또 大振ᄒ여야 홀 것을 論혼 일이 잇슴니다. 그리ᄒ엿더니 昨年 九月 著作 出版의 禁이 多少間 풀님으로부터 여러 種類의 文藝雜誌와 新進 文士가 出現됨이 엇지 慶賀홀 일이 아니겟슴닛가.

나는 이 글 劈頭에「文藝는 新文化의 先驅요 母」라고 ᄒ엿슴니다. 이제 우리가 新文藝를 建設ᄒ는 大運動을 試ᄒ는 時機를 當ᄒ야 이「先驅」라 ᄒ고「母」라 ᄒ는 뜻을 愼重ᄒ게 싱각홀 必要와 義務가 잇슴니다.

엇지ᄒ야 文藝가 新文化의 先驅요 母가 됨닛가. 나는 앗가「오랜 惰眠을 쌔트리고 새로온 文化를 建設홀 만혼 活氣 잇는 精神力을 激發」ᄒ는 것이 文藝의 힘이라 ᄒ야 文藝復興과 法國의 革新文學의 例를 들엇거니와, 文藝가 新文化의 先驅요 母 되는 所以는 여긔만 잇는 것이 아니오 쏘 하나 重要혼 것이 잇스니, 곳 文藝가 人心을 刺激ᄒ야 活潑혼 精神的 活動을 激發ᄒ는 同時에 文藝 自身이 新思想 新理想의 宣傳者가 되는 것이니, 文藝 作者는 文藝의 特有혼 人의 情緖를 直接으로 感動ᄒ는 情緖의 武器를 利用ᄒ야 自家의 理想과 思想을 (비록 無意識的인 수도 잇다 ᄒ더라도) 世人의 精神에 깁히 注射ᄒ는 魔力이 잇나니, 그의 理想과 思想을 宣傳ᄒ는 能力은 實로 冷々혼 理智의 判

---

*　시마무라 호게츠(島村抱月, 1871-1918) 일본의 문예 평론가이자 연출가, 극작가, 소설가, 시인. 신극운동의 선구자 가운데 한 사람이기도 하다. 와세대대학 문학부 교수를 지내면서 자연주의 문학운동을 이끌었고, 1909년 신극운동에 뛰어들어 톨스토이의 『부활』을 무대에 올려 흥행을 거두는 등 신극의 대중화에도 공헌했다.

斷에만 專依ᄒᆞ는 科學이나 哲學에 比홀 빈 아니오, 구데 比홀 것이 잇다 ᄒᆞ면 오직 宗敎뿐이외다. 社會心理學者 롯스氏는 「有力ᄒᆞᆫ 文士들은 想像力으로 種々의 性格을 創造ᄒᆞ고 描寫ᄒᆞ야 世人에게 보임으로 道德의 歷史에 甚히 重要ᄒᆞᆫ 潮流를 만히 形成ᄒᆞ다」(社會心理學 第八章)*ᄒᆞ야 藝術家가 一國의 興亡 盛衰에 對ᄒᆞ야 學者 思想 以上의 重大ᄒᆞᆫ 責任이 잇슴을 力說ᄒᆞ엿슴니다.

이러케 文藝는 그의 强烈ᄒᆞᆫ 刺激力과 무서운 宣傳力(찰ᄒᆞ리 傳染力이라 ᄒᆞᆷ이 그 宣傳의 强ᄒᆞ고 速ᄒᆞᆷ을 表ᄒᆞ기에 適當할 쯧)으로 人民에게 臨ᄒᆞ야 그의 精神的 生活(文化)의 指路者가 되나니, 이에 萬事가 草刱이오 過去의 不幸ᄒᆞᆫ 民族의 生活을 써나 未來의 幸福된 民族의 新生活에 入ᄒᆞ랴고 奮鬪ᄒᆞ는 朝鮮民族中에서 新文藝運動에 參與ᄒᆞ게 된 나와 여러분은 愼重ᄒᆞᆫ 考慮를 ᄒᆞ여야 홀 것임닛가, 아니 해도 關係치 아니홀 것임닛가.

또 한 가지 特別히 主意홀 것이 잇스니, 그것은 思想의 先入權이외다. 이러ᄒᆞᆫ 말을 나는 보지는 못ᄒᆞ엿지마는 이러케 呼稱ᄒᆞᆷ이 가장 適當홀가 ᄒᆞᆷ니다. 思想의 先入權이라 ᄒᆞᆷ은 時間的으로 먼져 들어온 思想이 뒤에 들어온 思想보다 더 深刻한** 根據를 그 思想을 밧는 個人이나 社會의 맘에 박음을 니름이니, 「先入見」이라는 것이 여긔셔 나오는 것이외다. 例컨댄 아직 다른 아모 主見이 업는 小兒에게 一種의 思想을 注入ᄒᆞ다 ᄒᆞ면 그는 十에 八九 그 小兒의 將來의 一生에 影響ᄒᆞᆷ이외다. 所謂 Tabula Rosa(白紙)에 墨印ᄒᆞᆷ과 갓ᄒᆞ셔 後日에 그 思想이 그른 줄을 自覺ᄒᆞ고 힘써 抹消ᄒᆞ려 ᄒᆞ더라도 그 痕跡을 아조 업시홀*** 수 엄나니, 一個人이나 一社會의 運命이 이 先入의 Chance(機)를 某種의 思想에 주고 아니 줌으로 決定됨이 不少ᄒᆞ다 ᄒᆞᆷ니다. 그런데 現在 우

---

* 遠藤隆吉閱·高部勝太郎譯, 『ロッス社會心理學』, 磯部甲陽堂, 1917. 에드워드 앨스워드 로스(Edward Alsworth Ross, 1855-1951)의 『사회심리학 Social Psychology』(1908)의 번역서.
** 원문은 '深列한'으로 되어 있다.
*** 원문은 '어시홀'로 되어 있다.

리 民族의 心的 狀態는 진실로 Tabula Rosa라 홀지니, 이 Chance에 엇던 思想이 들어가고 아니 들어감으로 萬年의 將來의 禍福에 大影響이 잇슬 것이 分明호외다. 게다가 現在 우리中에는 假令 文藝면 文藝의 傳호는 思想의 毒素 (여러 有益혼 要素中에)를 中和홀 科學, 哲學, 其他의 思想이 업고 마치 獨蔘湯 大黃湯 모양으로 文藝 호나밧게 다른 것이 엄는 處地인즉, 만일 그 文藝의 傳호는 思想中에 毒素가 잇다 호면 그것은 全民族에게 對호야 무서운 害를 씨칠 것이외다. 그러고 본즉 思想家의 職, 敎育家의 職을 兼호엿다 홀 만혼 文藝의 使徒는 그의 同胞인 民族을 爲호야 큰 修養과 謹愼이 잇셔야 홀 것이 아닙닛가.

이러케 말호면 或 反對호기를 Arts for art's sake*(藝術 爲혼 藝術)라 호야 나의 意見의 斷홈을 우스시리다마는 이 朝鮮의 宇宙에 處호야는 Good for its own sake(다른 데 利益이 업더라도 저 혼자 조흔 것) 되는 것은 思議홀 수 업 는 것이니, 이 相對의 宇宙에셔는 적어도 現在의 狀態의 人生에셔는 Good for something(무엇이나 한 가지에라도 有益혼 것)이 아니면 Good for nothing(아모 데도 所用 업는 것)이라 하니홀 수 업슴니다. Arts for art's sake 라는 藝術上의 格言은 藝術을 他部門의 文化(政治나 敎育이나 宗敎나)의 奴隷 狀態에셔 獨立식히는 意味에 잇셔셔는 대단히 훌륭혼 格言이지마는 그 範圍 를 지나가셔 使用호면 이는 「個人은 自由라」 호는 格言을 無制限으로 使用홈 과 갓흔 害惡에 싸지는 것이외다. 生에 對호야 貢獻이 엄는 것, 더구나 害를 주는 것은 그것이 무엇이든지 다 惡이니, 文藝도 만일 個人의 特히 우리 民族 의 生에 害를 주는 者면 맛당이 두두려 부실 것이외다. Arts for life's sake야 말로 우리의 取홀 바라 홈니다.

二, 文士와 修養

나는 前節에 文士와 그를 가진 民族과의 關係 그中에도 今日의 文士와 우리 民族과의 關係가 엇더케 重大한 것, 그것이 全民族의 將來의 禍福에 影響되도록 重大한 것을 말ᄒ엿습니다. 그러면 이러케 重大한 責務를 가진 文士는 엇더한 準備와 態度를 가져야 홀가. 나는 斷言ᄒ기를 醫師와 갓흔 準備와 態度를 가져야 ᄒ리라 홉니다. 醫師가 學識과 經驗이 淺薄ᄒ고 手術이나 投藥에 對흔 謹愼이 不足ᄒ면 人의 生命을 救ᄒ는 醫術은 도로혀 人의 生命을 害ᄒ는 醫術이 되고 말 것이외다. 그러나 修養 엄는 文士는 修養 엄는 醫師보다 더욱 社會에 끼치는 害毒이 크다 흘지니, 대개 醫師의 接ᄒ는 患者의 範圍는 個人的이오 또 局部的이로되 文士의 接ᄒ는 讀者의 範圍는 全民族的 乃至世界的이라, 醫師는 數人 數十人을 殺홉에 不過ᄒ지마는 文士는 一社會 一國家를 殺홀 可能性을 가진 것이외다. 또 醫師*의 影響을 受ᄒ는 것은 肉體的이오 一時的이로되 文士의 影響을 受ᄒ는 것은 精神的이오 永久的이외다. 그럼으로 社會에 不良한 文士를 두는 것은 不良한 醫師를 두는 것보다 그 禍害가 無限倍라 홀 수 잇습니다. 不良한 文士들은 아름답고 사랑스럽고 民族의 希望인 靑年男女에게 鴉片을 注射ᄒ고 毒酒를 먹여 그네의 德性과 智慧와 勇氣와 健康을 痲痺홉니다.

이러한 不良한 文士中에는 天生 그 心術이 不良ᄒ야 惡魔의 使徒가 되는 者도 잇슬지나 이는 極히 小數라. 아모러한 째에도 免치 못홀 人類의 宿命이라 ᄒ더라도 多數는 純潔한 精神을 가진 者로 아직 硫酸과 鹽酸을 區別ᄒ지 못ᄒ야 自己의 無知로 世上에 害毒을 끼치는 者니, 이러흔 이는 精誠스러운 修養으로 그의 大罪惡의 根柢인**「無知」를 割去홀 수 잇는 것이외다.

누구든지 工夫 업시 技師가 된다든지 畵家가 된다 ᄒ면 밋지 아니ᄒ면서

---

* 원문은 '醫士'로 되어 있다.
** 원문은 '根抵인'으로 되어 있다.

도 文士는 工夫 업시도 될 수 잇는 드시 迷信ᄒᆞ는 이는 쾌 만흠니다. 그럴 理가 잇겟습닛가. 果然 오늘날 우리나라에셔 날뛰는 그런 種類의 文士는 工夫 업시도 車載 斗量으로 産出ᄒᆞᆯ는지 모르거니와, 眞正흔 意味의 文士는 眞正흔 工夫에셔야만 나오는 것이오 偉大흔 文士는 또흔 工夫에셔야만 나오는 것이외다.

或 「文筆은 天才라」 ᄒᆞ야 天才를 가진 者는 工夫가 업고도 곳 文士가 될 수 잇는 드시 迷信ᄒᆞ는 이도 잇슴니다. 「文筆은 天才라」 ᄒᆞ는 말은 엇던 程度ᄭᅡ지 眞理라, 文筆의 天才를 타지 못흔 者는 아모리 工夫를 ᄒᆞ여도 偉大흔 文士가 되지 못ᄒᆞ리라 ᄒᆞ는 點으로 眞理지, 文筆의 天才만 타고난 사름이면 工夫 업시도 그 天才를 發揮ᄒᆞᆯ 수 잇다 흠은 마치 文筆의 天才만 잇스면 肉體와 精神의 生長 發育의 經路를 밟지 아니ᄒᆞ고도 나면셔 곳 文士가 될 수 잇다 흠과 다름 엄는 愚論이외다. 何必 文士리오. 아모러흔 方面에도 特殊흔 天才가 잇는 것이오, 또 그 天才는 勞苦스러운 工夫를 기다려셔야 비로소 發揮되는 것이외다.

古來로 偉大흔 天才를 보시오. 어느 天才가 所謂 「螢雪」 「針股」의 工夫 업시 偉大흠을 엇엇는가. 生面不知ᄒᆞ엿다는 孔夫子의 韋編 三絶은 누구도 다 아는 바며, 하느님의 아들이신 예수께셔도 舊約聖經에 通曉ᄒᆞ심과 三十年間의 讀書와 瞑想, 그도 不足ᄒᆞ야 四十日 四十夜의 曠野의 苦行은 그의 工夫가 아니고 무엇임닛가. 其他 學者, 發明家, 政治家 ᄒᆞᆯ 것 업시 누구나 歷史中에셔 집어내어 보시오. 覺苦흔 工夫 업시 偉大흠을 엇은 天才가 잇셧는가.

以上은 一般의 天才를 말흠이어니와, 이졔는 本問題인 文學의 天才들의 例를 봅시다. 東洋 文士의 刻苦 工夫흠은 다 잘 아는 빈니 말 말고, 諸子의 崇拜ᄒᆞ는 西洋의 文豪를 봅시다.

爲先 쎅스피어. 그의 歷史는 仔細히 알 수 업다 ᄒᆞ지마는 이는 批評家가 「砂翁*」의 作品을 보건댄 決코 無敎育흔 俳優 싸위의 能히 지을 빈 아니니, 아

마 當時에 가장 學識이 豊富ᄒ던 배큰*의 作인가 보다」 ᄒ리 만큼 沙翁의 作品에는 만흔 工夫의 痕跡이 歷歷하며, 다음에 近代의 巨匠 괴테는 엇더ᄒᆷ닛가. 그는 훌륭ᄒᆫ 希臘 古典學者요 藏相**이오 科學者로 그의 天才가 不世出의 偉大하던 것과 갓히 그의 工夫가 ᄯᅩᄒᆫ 不世出의 深博이엇스며, ᄯᅩ 最近의 杜翁***. 杜翁의 刻苦 工夫와 博學은 그의 傳記와 懺悔錄을**** 보는 者의 누구나 驚愕ᄒᆯ 비라. 古今의 哲學, 宗敎, 文學의 典籍을 讀破ᄒᆷ은 毋論이오 그는 數學을 硏究ᄒᆼ엿고, 五十餘歲에 希臘語를 學ᄒᆞ야 成ᄒ엿스며 英語와 法語를 能通ᄒ엿고 法學, 經濟學, 敎育, 社會學 거의 文科의 部類에 屬ᄒᆫ 全部門의 學科에 通ᄒ엿스며,

明治 以來의 日本文壇에서 가장 貢獻이 大ᄒ고 生命이 長ᄒᆫ 文士로 누구나 許하는 坪內逍遙*****, 森鷗外*, 年前에 作故ᄒᆫ 夏目漱石** 諸氏 等을 보더라도 坪內氏는 劇과 沙翁의 作品에 粗威며, 森鷗外氏는 醫學者요 獨逸文學者요 漢文學에 深ᄒ며, 夏目氏는 學識이 深博ᄒᆫ 英文學者요 日本 古文學과 漢文學에도 專門家의 壘를 摩ᄒᆯ 만ᄒᆫ지 아니함닛가. 或은 二三年에 오래야 五六年이 못ᄒᆞ야 文壇에셔 슬어지는 버슷 갓흔 日本 文士들 속에셔 三十年來 웃쑥이

---

* 셰익스피어의 한자어 표기.
* 프랜시스 베이컨(Francis Bacon, 1561-1626) 잉글랜드의 철학자이자 정치인. 잉글랜드 경험론의 시조이며, 데카르트와 함께 근대 철학의 개척자로 평가받는다.
** 원문은 '寢相'으로 되어 있다. 국가의 재정에 관한 일을 맡은 장관.
*** 톨스토이의 한자어 표기.
**** 원문은 '懺悔錄를'로 되어 있다.
***** 츠보우치 쇼요(坪內逍遙, 1859-1935). 일본 메이지·다이쇼 시대의 소설가이자 극작가, 평론가, 영문학자. 1885년 『소설신수小說神髓』 및 『당세서생기질當世書生氣質』을 발표하여 메이지 문단의 문을 열었고, 1890년 토쿄 전문학교에 문학과를 창설했다.
* 모리 오가이(森鷗外, 1862-1922). 일본 메이지·다이쇼 시대의 소설가이자 번역가, 극작가. 도쿄제국대학 의학부를 졸업. 졸업 후 육군 군의관이 되어 일본 육군성 파견 유학생으로 독일에서 유학했다. 나츠메 소세키와 나란히 메이지시대의 대문호로 꼽힌다.
** 나츠메 소세키(夏目漱石, 1867-1916). 일본 메이지·다이쇼 시대의 소설가이자 평론가, 영문학자. 『도련님』, 『나는 고양이로소이다』, 『마음』 등의 작품으로 널리 알려져 있고, 소설 이외에도 수필, 하이쿠, 한시 등 여러 장르에 걸쳐 다양한 작품을 남겼다.

샛샛이 文壇의 最前線, 最高點에서 指揮의 地位를 保ᄒ여 온 그네의 特徵은 實로 刻苦ᄒᆫ 工夫와 深博ᄒᆫ 一種 或은 數種의 專門學識과 밋 刻苦ᄒᆫ 工夫를 견듸는 堅强ᄒᆫ 意志力과 克己와 勤勉이외다.

이를 보더라도 文士에게 修養이 엇더케 必要ᄒᆫ가를 알지니, ᄒᆞ믈며 文士가 同時에 思想家요 社會의 指導者오 社會改良家요 靑年의 模範이 되야ᄒᆯ 여러 가지 重任을 홈끠 負擔ᄒᆫ 現代의 우리나라의 文士리오. 우리나라의 文士되는 者는 眞實로 刻苦에 刻苦를 加ᄒᆞ고 勉勵에 勉勵를 加ᄒᆞ야 工夫ᄒᆞ고 工夫ᄒᆞ고 修養ᄒᆞ고 修養ᄒᆞ여야 ᄒᆯ 것이외다. 그런데 오늘날 우리나라 文士들은 엇더홈닛가. 모다 二十歲 乃至 三十歲 內外의 靑年少年으로 中等 程度 學校의 卒業生 程度의 學識밧게 업는 데다가 淺薄 腐敗ᄒᆫ 日本의 頹廢期의 文學에 暫間 感染되엿슬 쑨, 모든 일의 基礎되는 人格의 修養과 學識의 修養은 거의 蔑如ᄒᆞ며 益ᄒᆞ야 自國의 歷史와 제 民族의 國民性에 對ᄒᆞ야 아모 知도 識도 업스니, 그中에서 健全ᄒᆫ 文學, 偉大ᄒᆫ 文學이 나오기를 엇더케 바라겟습닛가. 나도 十餘年來로 或은 論文 或은 小說ᄒᆞ고 分量으로는 거의 三千餘頁을 썼거니와, 우리나라에 新文體를 普及식히는 데 一助가 된 外에 多少間 무슨 刺激이나 주엇슬가 只今에 싱각ᄒᆞ면 十에 七八은 아니 썼더면 ᄒᆞ는 것쑨이오, 그 無知ᄒᆞ고 淺薄ᄒᆫ 文이 사랑ᄒᆞ는 靑年 兄弟弟妹에게 害毒을 끼쳣스리라고 싱각ᄒᆞ면 이 붓대를 잡은 손을 끈허바리고 십도록 罪悚ᄒᆞ고 가슴이 아픕니다. 甚히 罪悚ᄒᆫ 말이어니와, 오늘날 各雜誌에 밧브게 執筆ᄒᆞ시는 여러 文士들 中에도 나와 갓흔 罪를 犯ᄒᆞ는 이가 만흔 듯홈니다. 나는 우리 文壇에 只今 文士가 되도록 工夫ᄒᆞ면 될 쯧ᄒᆫ 天才를 가진 文士의 「씨」를 보지마는 이믜 長成ᄒᆫ 文士를 보지 못홈니다. 그러고 甚히 슬퍼ᄒᆞ는 것은 이 文士네 씨 되는 이들이 寸陰을 是競ᄒᆞ야 刻苦ᄒᆞ시는 빗이 아니 보임이외다.

그러면 우리 文士들은 이제부터 엇더ᄒᆫ 工夫를 해야 ᄒᆯ가. 修養을 해야 ᄒᆯ가.

三, 文士와 德性의 修養

漢文을 崇尚ᄒ던 時代에는 우리나라에셔 文士라 ᄒ면 「不事家人生業」ᄒ고 「不拘小節」ᄒ고 「酒因無量飮」ᄒ는 人物을 意味ᄒ니, 近來에는 文士라 ᄒ면 「學校를 卒業ᄒ지 말 것」, 「무론 술, 붉은* 술에 耽溺ᄒ홀 것」, 「반다시 戀愛를 談ᄒ홀 것」, 「頭髮과 衣冠을 야릇이 홀 것」, 「神經衰弱性 貧血性 容貌」를 가질 것, 不規則 不合理ᄒ 生活을 ᄒ홀 것 等의 屬性을 가진 人物을 意味ᄒ게 되엿습니다. 漢文時代의 文士의 風은 支那에셔 輸入ᄒ 것, 今日의 文士의 風은 日本에셔 輸入ᄒ 것임은 勿論이외다. 漢文時代의 文士로 今日에 남은 典型으론 아마 張志淵, 呂圭亨 先生을 곱을지니, 두 분이 다 不事家人生業ᄒ고 不拘小節ᄒ고 酒因無量飮ᄒ는 等의 特徵을 具備ᄒ셧습니다. 不事家人生業이니 不拘小節이니 酒因無量飮이니 ᄒ고 由緒 잇는 文字를 쓰면 매우 조케 들리지마는, 이것을 分明히 說明ᄒ면 「저와 제 妻子의 衣食도 벌어먹일 줄 모른다」, 「밤낫 술만 먹고 사름으로 맛당히 行ᄒ여야 ᄒ홀 여러 가지 本分을 行ᄒ홀 줄 모른다」 는 쯧에 不外ᄒ니다. 그럼으로 이러ᄒ 生活方式은 社會에 直接 間接으로 惡影響을 줌이 多大ᄒ니, 이러ᄒ 生活方式이 尊重되는 社會는 반다시 滅亡ᄒ홀 것이외다. 그런지 아닌지 이러ᄒ 生活方式을 尊重ᄒ던 우리 社會는 이 모양이 되고 말앗습니다.

그러나 今日의 文士의 生活方式은 漢文 文士의 그것보다 더욱 社會에 害毒을 만히 끼치는 것이외다. 今日의 文士들은 昔日 文士의 欠點을 고대로 繼承ᄒ고 게다가 頹廢期의 日本 文士의 欠點을 加米ᄒ엿스며, 그쌘더러 識見 업고 鍛鍊 엄는 靑年의 흔히 ᄒ는 바와 갓치 그네의 欠點만 베우고 長處는 빈호지 못ᄒ얏습니다. 이리ᄒ야 오늘날 우리 文壇의 절믄 文士 諸氏는 무셔운 道德的 惡性病에 걸려 잇습니다.

杜翁이 大學에셔 中途에 退學ᄒ얏다 ᄒ야 學校에 다니기를 우습게 녀깁니

---

* 원문대로.

다. 現今 우리 文士中에 李東園, 玄小星 兩君을 除한 外에는 내가 아는 限에셔는 系統的으로 學業을 畢흔 이가 업스며, 甚至에 杜翁과 갓히 大學科程을 中途까지 밟아본 이조차 드뭅니다. 그러면 그네는 大學을 中途에 退學흔 杜翁모양으로 獨學으로라도 刻苦ㅎ게 工夫를 ㅎ는가. 나는 멀리 쩌나 잇스미 諸子의 近節을 알지 못ㅎ나 그러흔 모양도 아니 보이는 듯ㅎ니다.

諸子는 作品을 通ㅎ야 諸子의 性格을 規ㅎ건댄 大概는 所爲 利那主義요 遠大흔 理想을 向ㅎ야 强固흔 意志力을 가지고 勤々孜々히 向上ㅎ랴고 奮鬪ㅎ는 樣은 도모지 보이지를 아니ㅎ니다. 所謂 最少抵抗을 골라 나가는 生活이오 내 意志力으로 開拓ㅎ랴는 氣槪가 보이지를 아니ㅎ니다. 意志力, 克己, 奮鬪, 力行, 高尙흔 人格, 信義 等의 德目은 文士에게는 아모 相關도 업는 것갓치 싱각ㅎ시는 모양이외다.

아々, 아직 發芽期에 잇는 우리 文壇에는 「데카단쓰」의 亡國情調가 風靡ㅎ야 마치 鴉片 모양으로 毒酒 모양으로 靑年文士 自身과 밋 純潔흔 그네의 讀者인 靑年男女의 精神을 迷惑ㅎ니다. 이거슨 眞實로 不健全흔 日本 文壇의 傳染을 밧은 缺課외다. 사랑ㅎ는 諸子여, 나로 ㅎ여곰 文士와 德性과의 關係를 暫間 말케 ㅎ시오.

「文은 人이라.」 科學的 文章이나 官廳文書 갓흔 것을 除흔 外에는 文은 그 人의 反影이외다. 特히 文學的 作品에 니르러셔는 더욱 그러ㅎ니다. 或 客間 描寫라 ㅎ야 作者의 主觀을 석지 안키를 主張ㅎ는 者도 잇지마는, 이는 相對的으로 主觀의 分量이 적단 말이지 某甲의 作品에셔 全혀 某甲의 主觀이 아니 석긴다 홈은 眞實로 不可能흔 일이외다. 作者가 人生을 悲觀ㅎ는 者면 그 作品은 그 讀者에게 悲觀의 人生을 줄 것이오, 그와 反對로 作者가 人生을 樂觀흔다 ㅎ면 그 作品은 그 讀者에게 樂觀의 人生을 줄 것이며, 만일 作者가 人生을 嚴肅ㅎ게 보지 아니ㅎ고 작난으로 본다 ㅎ면 그의 作品은 讀者에 그러흔 人生을 줄 것이외다.

다르게 말호면 作者가 莊嚴훈 人生의 所有者면 그의 作品에논 莊嚴이 잇고, 作者가 頹廢훈 人生의 所有者면 그의 作品에는 頹廢가 잇슬 것이외다. 君子에게셔 君子의 作品이 나와 讀者에게 君子의 感化를 주고 小人에게셔 小人의 作品이 나와 讀者에게 小人의 感化를 줄 것이외다. 이는 決코 勸善懲惡[*]의 意味로 그러홈이 아니니, 우리는 泰山을 볼 째에 泰山의 感動을 엇고 大海를 볼 째에 大海의 感動을 밧는 것이외다.

보시오, 偉大훈 人格者의 作品은 千古에 人의 靈을 盛大케 호되 邪惡훈 人格者의 作品은 一時에 人의 靈을 蠱惑홀 쑨이 아닌가. 호머一를 보고 沙翁을 보고 궤테를 보시오.

文學은 가장 人心에 直裁호게 感觸되는 能이 잇슴으로 人民에게 精神的 影響을 줌이 宗敎에 不下호나니, 우에 引用훈 롯스氏의 「文士들은 想像力으로 種々의 性格을 創造호고 描寫호야 世人에게 보임으로 道德의 歷史에 重要훈 潮流를 만히 形成혼다」 홈이 이를 가르침이외다. 文士가 想像力으로 種々의 性格을 創造호고 描寫혼다 호엿스나, 偉大훈 作者라야 偉大훈 性格을 想像호는 것이라 小兒는 決코 어른을 創造호야 描寫치 못호는 것이니, 幼稚호고 小々훈 作者의 想像力으로 創造 描寫호는 性格은 밤낫 져와 갓흔 것쑨일 것은 心理學의 原則이 證明호는 빅외다.

古來 여러 民族의 歷史를 보건댄, 그 興亡에는 大槪 文學이 先驅가 됩니다. 一民族에게 健全훈 文學이 싱기면 짜라셔[**] 健全훈 世代가 오고, 不健全훈 文學이 온 뒤에는 반다시 不健全훈 世代가 짜릅니다. 이를 가장 分明히 證明하는 것은 古代에 잇셔셔는 希臘과 現代에 잇셔셔는 德國인가 홉니다. 대개 偉大훈 人格을 가진 詩人의 음는[***] 偉大훈 精神이 誦詠의 路를 通호야 全民族의

---

[*]   원문은 '僞善懲惡'으로 되어 있다.
[**] 원문은 '짜다셔'로 되어 있다.
[***] 원문은 '엄는'으로 되어 있다. 옳는.

精神이 되고, 偉大흔 小說家나 其他 藝術家의 描寫흐는 偉大흔 人格이 全民族의 人格의 模範이 되는 것이외다. 이럼으로 偉大흔 文士를 民族의 寶라 흐야 英人으로 흐여곰 「英國이 印度를 失흘지언뎡 沙翁을 失치 못흐리라」 부르짓게 흐는 것이외다. 이와 反對로 만일 結核菌이나 梅毒菌 갓흔 作品을 民族中에 撒布흐는 文士는 結核菌과 梅毒菌과 흔가지로 民族의 敵이 된 것이외다.

그럼으로 一民族의 立脚地로 보아 그네가 所有흔 文士의 人格의 高低는 實로 그 民族의 休戚이 關흔 빈라. 만일 自己의 種族을 사랑흐는 情을 가진 文士일진댄 먼져 自己의 人格을 健全偉大케 흐기에 努力흘 것이외다.

하물며 오늘날 우리의 處地는 數百年間 썩고 썩어 그 썩음이 極度에 達흔 人心과 社會에 불과 물의 洗禮를 주어 新生命으로 거듭나게 흐여야 흘 時機며, 또 그러케 흐는 데 가장 主要흔 使命을 가진 者는 實로 文士니, 이째에 文士된 者는 맛당히 沐浴齋戒흐고 自己의 聖職을 自覺흐야써 健全 雄偉흔 精神과 人格의 模範을 주어 新民族의 生成에 基礎를 노와야 흘 것이외다. 그런데 前에 말흐엿거니와, 只今 우리 文壇의 文士들은 이 人格 修養의 必要를 깨닷지 못흐고 「데가단쓰」의 亡國情調에 沈淪흐는 이가 만흔 듯흐니 엇지 戰慄*흘 빈** 아니겟슴닛가.

以上은 民族을 爲흐야 文士의 人格이 健全흐기를 求흔 것이어니와, 文士個人으로 보아도 그가 偉大흔 文學을 産흐기 爲흐얀 健全흔 人格을 지음이 必要흐다 흠니다.

그럼으로 나는 斷言흐기를, 偉大흔 文士***는 반다시 健全흔 人格의 所有者이기를 要흔다, 그럼으로 德性의 修養은 文士의 根本要件이다 흠니다****. 그런데 文學이란 民族의 生活을 爲흐여셔만 價値가 잇는 것임으로 文士의 修養흘

---

*   원문은 '戟慄'로 되어 있다.
**   원문은 '흘 비'로 되어 있다.
*** 원문은 '士士'로 되어 있다.
**** 원문은 '흠니다'가 누락되어 있다.

德性은 民族的 生存厚榮을 助長ᄒᆞ는 性質의 것이라야 훌 것이외다.

四, 文士와 知, 體*의 修養

나는 以上에 文士와 德性의 修養과의 關係가 엇더케 密接ᄒᆞᆷ을 말ᄒᆞ엿고, 그러한 中에 「健全한 人格」이란 句를 使用ᄒᆞ엿습니다. 上節에 말ᄒᆞᆫ 것으로 보면 「健全ᄒᆞᆫ 人格」이란 德性을 具ᄒᆞᆫ 人格이라는 쯧과 갓흔 듯합니다. 그러나 「健全ᄒᆞᆫ 人格」은 德性만으로 成立되는 것은 아니니, 健全ᄒᆞᆫ 人格이 되랴면 德性을 基礎로 ᄒᆞ고 健全ᄒᆞᆫ 體力과 一門 以上의 完成한 知識과를 兼全ᄒᆞ여야 훌 것이외다. 德體知** 三育이라는 말을 平凡ᄒᆞ다고 웃지 마시오. 太陽이 每日 東에서 出ᄒᆞ야 西에 入ᄒᆞᆷ이 極히 平凡ᄒᆞ지마는, 이 平凡이야말로 地上의 萬物의 生命을 保育ᄒᆞ는 根源인 것갓히 이 平凡ᄒᆞᆫ 德體知 三育이야말로 人格 建設의 唯一ᄒᆞᆫ 途程이외다. 健全ᄒᆞᆫ 精神力을 維持ᄒᆞ기 爲ᄒᆞ야 千古의 大作을 刻苦 力作훌 만ᄒᆞᆫ 根氣를 爲ᄒᆞ야 病 업고 弱ᄒᆞ지 아니ᄒᆞᆫ 健壯ᄒᆞᆫ 體格이 必要훌 것은 勿論이외다.

우리 文士들은 知識의 修養을 輕視ᄒᆞᄂᆞᆫ 듯홉니다. 「學校를 卒業 아니 할 것」이 一種의 流行이 되고, 讀書라 ᄒᆞ더라도 小說이나 詩 갓흔 純文藝쑫이오 科學 所屬은 돌아보지도 아니ᄒᆞ는 모양임니다. 이릭 가지고 될 理가 업습니다.

첫재, 文을 作ᄒᆞᄂᆞᆫ 것은 畵를 作ᄒᆞᄂᆞᆫ 것과 갓히 一種의 技術인즉 畵家가 되기에 畵를 作ᄒᆞᄂᆞᆫ 技術을 빅흠이 必要ᄒᆞᆫ 것갓치 文士가 되기에도 文을 作ᄒᆞ는 技術을 빅호는 것이 必要홉니다. 그러면 文을 作ᄒᆞ는 技術은 엇더케 빅흘가. 첫재는 그가 使用ᄒᆞ랴는 國語의 語彙 말 用法을 빅호아야 훌지오, 둘재 言語나 文章을 힘잇게 ᄒᆞ는 修辭學의 知識이 잇서야 훌 것이오, 셋재 人類의

---

* 　원문은 '禮'로 되어 있다.

** 　원문은 '德禮知'로 되어 있다. 이하 상동.

思考의 法則인 論理學의 知識, 넷재 人類의 精神作用의 法則인 心理學, 先人의 代表的 作品의 硏究 等의 知識은 잇서야 홀지니, 이는 醫師*가 되기에 解剖學, 病理學, 內科學, 外科學이 必要홈과 갓치 文士가 文을 作ᄒ려 홀 째에는 必要 不可缺홀 知的 準備일 것이외다.

이는 文을 作ᄒ는 技術을 爲흔 知識的 修養만을 말흔 것이어니와, 文을 作ᄒ는 技術은 잇더라도 文에 作홀 材料가 업스면 무엇이 되겟습닛가. 그럼으로 古來로 人類中에 代表的으로 생각ᄒ여온 思想家의 思想의 記錄인 哲學史, 現代의 人類의 代表的 思想(人生觀, 宇宙觀)의 解說인 哲學槪論, 數千年來 人類의 民族的 國家的 生活의 喜劇的 悲劇的 記錄인 歷史, 人類生活의 現在와 未來의 諸問題를 통틀어 마튼 經濟學, 社會學의 知識, 文學史와 代表的 古典文學의 硏究 이런 것들은 文士다운 精神的 知識的 內容을 가지기에 밥과 국과 갓히 必要흔 學科외다. 그럼으로 各國의 大學의 文科에서 이를 課ᄒ나니, 이것은 決코 無意味흔 것도 아니오 低能兒를** 爲ᄒ야 設흔 것도 아니라. 무릇 文士가 되랴는 者는 詩人이거나 小說家거나 評論家거나 반다시 밟아야 홀 學科니, 或 文科 出身 아닌 者로 그러한 이도 잇다 ᄒ나 그네가 大學이나 文科를 修ᄒ지 아니ᄒ엿다 ᄒ면 반다시 독학으로라도 이를 工夫ᄒ엿슬 것이니, 이러한 基礎知識이 업시 文士가 된 者는 오직 우리나라에 現代에서만 보는 現像일 것이외다.

이에 말한 바와 갓히 文士가 되기에 그 技術의 修養과 人文科學의 知識이 必要한 外에 實地의 人生의 觀察과 思索도 必要ᄒ며, 構想과 描寫의 練習도 必要홀지니, 그럼으로 文士 되는 것은 醫師가 工業의 技師 되기와 그 工夫의 經路가 조금도 다를 것이 업습니다. 도로혀 우에 말흔 바 敬虔흔 健全흔 德性이 必要흔 點으로 보아 文士 되기는 다른 專門家 되기보다 더욱 工夫의 時間

---

* 　원문은 '醫士'로 되어 있다. 이하 상동.
** 　원문은 '低能兒을'로 되어 있다.

과 精力과 精誠이 만히 든다 홀 슈 잇습니다.

文士는 돈을 벌자는 職業이 아니외다. 작난 삼아 消日거리*로 ᄒ는 職業
은 더구나 아니외다. 文士라는 職業은 적게는 一民族을, 크게는 全人類를 導
率ᄒ는 牧民의 聖職이외다. 原稿紙 우에 聖經을 펴는 이와 갓히 神聖한 職務
를 同胞에게 行ᄒ는 것이외다. 特別히 健全흔 引導, 熱烈흔 引導를 要求ᄒ는
우리 民衆中에 處흔 우리 文士의 職責은 더욱 神聖합니다. 우리 文士들은 맛
당히 師表인 自覺, 民衆의 引導者인 聖徒의** 自覺을 가져야 홀지니, 그의 一
言과 一動은 오직 敬虔ᄒ고 오직 眞摯ᄒ여야 홀 것이외다. 이러흔 重任을 自
覺ᄒ는 우리 文士들은 發憤ᄒ야 過去의 無意識的 最少 抵抗主義的, 데카단쓰
的 生涯를*** 벗어바리고 一刻이 밧브게 德性과 健康과 知識, 聖職에 合當흔 健
全흔 人格의 作成에 着手 努力ᄒ여야 홀 것입니다.

아々, 사랑ᄒ는 半島의 靑年 文士 諸位여.

(一九二〇, 十一, 十一)

---

* 　원문은 '銷日거리'로 되어 있다.
** 　원문은 '聖徒인'으로 되어 있다.
*** 　원문은 '生涯을'로 되어 있다.

三千의 怨魂*

二年 十月之變에
無道한 倭兵의 손에
타 죽고 마자 죽은 三千의 怨魂아
너의 屍體를 무더 줄 이도 업고나

너희게 무슨 罪 잇스랴
亡國 百姓으로 태어난 罪
못난 祖上네의 끼친 孼을 바다
冤痛코 慘酷한 이 꼴이로고나

무엇으로 너희를 위로하나
아아 가업는 三千의 怨魂아
눈□인들 무엇하며 슬픈 노랜들
너희의 冤恨을 어이할 것가

怨魂아! 怨魂아!
소리가 되여 웨치고 피비가 되여
숨쉬는 同胞네의 가슴에 샌려라
너희 피로 적신 쌍에
太極旗를 세우랴고

---

* 　春園, 『獨立新聞』 87, 1920.12.18. 1면 '社說' 란 본문 한가운데 실렸다.

져 바람소리*

져 바람소리!
長白山 밋헤는 불지를 말어라
집일코 헐벗은 五十萬 동포는
어이하란 말이냐
져 바람소리!

인왕산 밋헤는 불지를 말어라
鐵窓에 잠 못 이룬 國士네의 눈물은
어이하란 말이냐
져 바람소리!

만쥬의 벌에는 불지를 말어라
눈속으로 쫏기는 가련한 용사들은
어이하란 말이냐
져 바람소리!

江南의 닙 썰닌 버들을 흔드니
피눈물에 늣기는 나의 가슴은
어이하란 말이냐

＊　春園, 『獨立新聞』 87, 1920.12.18. 2면에 실렸다.

間島 同胞의 慘狀*

불샹한 間島 同胞들
三千名이나 죽고
數十年 피쌈 흘려 지은 집
벌어들인 糧食도 다 일허버렷다

尺雪이 싸힌 이 치운 겨울에
엇더케나 살아들 가나
먼히 보고도 도와줄 힘이 업는 몸
속절업시 가슴만 아프다

아아 힘!
웨 네게 힘이 업섯던고
내게도 업섯던도
아아 웨 너와 내게 힘이 업섯던고

나라도 일코
기름진 故園의 福地를 써나
朔北에 살길을 찻던
그 둥지조차 일허버렷고나

---

* 　春園, 『獨立新聞』 87, 1920.12.18. 3면에 실렸다.

오늘밤은 江南도 치운데
長白山 모진 바람이야
으즉이나 치우랴
아아 생각히는 間島의 同胞들

大韓人아, 僥倖心과 姑息性을 바리라*

　大韓人아, 僥倖心과 姑息性을 바리라, 焦燥를 말고 冷情을 하라

　遠大한 計劃을 하고 正逕大道로 進하라

　今日의 小功을 圖치 말고 將來의 大業을 爲하야 人材와 金力과 團結力을 준비하라

　이리하기 爲하야 臨時政府를 首腦로 하는 大獨立黨을 組織하라, 이것이 獨立完成의 根本方針이오 大韓人의 義務니라

---

*　『獨立新聞』88, 1921.12.25. 1면 '社說'란 한가운데 나란히 실렸다.

1921년

元旦 三曲*

大統領 오시도다 우리의 元首시니
國民아 맘을 묵거 禮物로 드리옵고
잔 들어 새해의 福을 비옵고져 하노라

새해 새해라니 무슨 해만 녀기는다
合하면 興할 해오 分하면 亡할 해니
國民아 새해인사를 「合합시다」 하여라

나라일 나라일 하니 무슨 일만 녀기는다
저마다 돈을 내고 재조 내여 힘을 모흠
國民아 새해 祝願을 「모흡시다」 하여라

*　春園, 『獨立新聞』 89, 1921.1.1. 1면 '社說'란의 대통령 환영의 글과 나란히 실렸다.

大統領 歡迎*

　國民아, 우리 臨時 大統領 李承晚 閣下— 上海에 오시도다. 우리는 무슨 말로 우리의 元首를 歡迎하랴. 우리 民國의 첫 元首를 우리 故疆의 서울에서 맛지 못하는 悲哀를 무슨 말로 表하랴.

　國民아, 慟哭을 말고 希望으로 이 決心을 하쟈. 우리의 元首, 우리의 指導者, 우리의 大統領을 싸라 光復의 大業을 完成하기에 一心하쟈, 合力하쟈. 그는 우리의 大元帥시니, 獨立軍人되는 國民아, 우리는 그의 指導에 順從하쟈. 그의 命令에 服從하쟈. 죽든지 살든지, 괴롭거나 즐겁거나 우리는 우리의 生命을 그의 號令 밋헤 바치자. 진실로 우리 大統領을 歡迎할 째에 우리가 그에게 밧칠 것은 花冠도 아니오 頌歌도 아니라 오직 우리의 生命이니,

　우리의 生命이 가진 尊敬과, 知識과, 技能과, 心誠을 다 그에게 드리고 마츰내 그가 「나오너라」 하고 戰場으로 부르실 째엣 一齊히 「네」 하고 나셔쟈.

　民國 三年 元旦에 國民아, 一心으로 「우리 大統領 李承晚 閣下 萬歲」를 놉히 부르쟈.

---

* 『獨立新聞』 89, 1921.1.1. 1면 '社說'란에 실렸다.

間島事變과 獨立運動 將來의 方針*

十月 四日 琿春의 變이 起하고 同六日에 日本이 間島 出兵을 聲言함으로부
터 至今신지 約二個月間에 間島 一帶는 修羅의 場으로 化하야 敵의 虐殺을 當
한 同胞의 數가 三千四百六十九名에 達하고, 同胞의 住宅의 燒失됨이 三千二
百九戶며, 學校와 敎會堂의 燒失된 것이 五十에 達한다 하도다(外務部 發表).
其他 穀物과 什物의 灰燼에 歸한 것이 얼마인지는 알 수 업거니와, 間島 地方
으로서 오는 同胞의 말과 通信을 보면 間島 同胞는 壬辰倭亂 以來에 未曾有한
慘狀中에 在한 듯하도다.

敵의 無正義 沒人道한 蠻行은 今日에 始한 것이 아니라. 三十年來로 此를
臺灣에 施하야 數百萬의 臺灣人을 屠戮하얏스며, 十餘年前 國內에 義兵이 起
하얏슬 째에 江原道 黃海道 一帶에서도 敵은 그 長技인 放火와 虐殺을 恣行하
야 數萬의 無辜한 同胞를 魚肉하얏나니, 이번 敵이 間島에서 한 蠻行은 다만
彼等의 慣用手段을 再演함에 不過하도다. 敵 陸軍省의 發表라는 것을 보건대,
「耶穌敎會는 彼等 不逞鮮人의 巢窟임으로 不得已 此를 燒却한 것이오, 또 國
風에 依하야 賊徒를 火葬에 附한 것을 全村의 燒却이라고 誤傳하며, 薪炭이
不足하야 埋葬한 것이어늘 全村을 坑殺하얏다 稱하야 우리 軍隊가 殘虐無道
한 것처럼 宣傳함은 不逞鮮人團 及 日本에 敵意를 가진 者의 捏造」라 하얏스
니, 敵은 巧妙히 辯明하노라는 것이 도로혀 放火, 燒殺, 埋殺의 三事實을 承認
하는 것이 되엿스며, 兼하야 殺戮을 行한 것은 決코 獨立軍人에 對하야 한 것

* 『獨立新聞』 87-93, 1920.12.18.-1921.2.5. 1면 '社說'란에 연재되었다.

이 아니요 無辜한 農民에 對하야 한 것임을 承認함이로다. 事實上 이번 間島事變에 戰鬪에 參加한 獨立軍人의 死傷은 二三十人에 不過한 모양이오, 敵에게 犧牲을 當한 三千餘의 同胞는 거의 全部가 戰鬪에는 아모 相關이 업는 農民이라.

이러한 慘報를 聞할 時에 우리는 同胞를 爲한 慟哭과 無道한 敵에게 對한 怨恨이 激發함을 禁치 못하거니와, 只今은 慟哭하고 怨恨할 째가 아니라 冷靜하게 將來의 運動方針을 考慮할 째니, 다만 一時의 激憤으로 久遠한 利害를 不計하고 盲進함은 決코 大事를 經營하는 民族의 取할비 아니로다.

이에 獨立運動의 指導者中에 今後의 方針에 關하야 兩論이 分하니, 一은 此時에 一大 血戰을 決하쟈 함이오 一은 此時일사록에 더욱 冷靜 沈着하게 將來의 大血戰을 準備하쟈 함이라. 얼마前 李國務總理끠서 議政院 議員을 招待하엿슬 時와, 그로부터 數日後에 議政院 議員 其他 各團體의 代表 及 有力人士를 招待한 席上에서도 此兩論이 各出하엿스며, 多數는 急進論에 共鳴하는 모양이오 李總理의 意見도 「어서 나가쟈」는 편에 贊成하시는 모양이라. 그 밧게도 間島 方面으로서 오는 人士는 過半이나 急進論에 左袒하는 듯하도다.

毋論 忿한 싱각으로는 當場에 뷘주먹으로라도 몰려 나가 怨恨의 敵의 살 멱이라도 물고 느러지려 함이 大韓人된 者의 情일지나, 이것이 엇지 今日에 始한 者리오. 十五年來로 이러한 怨恨中에 隱忍하야 온 우리니, 그처럼 隱忍한 理由는 오직 우리에게 實力과 機會가 업슴이라.

過去 十五年間에도 恒常이 急進論과 實力準備論이 갈니어 急進論을 持하는 指導者는 날마다 해마다 「나간다, 나간다」하여 왓고, 海外에 在한 ─ 그 中에도 中俄領에 在한 同胞들은 此急進論에 共鳴하야 人材와 金錢과 團結의 三大力을 準備하자는 指導者의 指導를 受치 아니하엿도다. 그리하야 國恥後 十年이 經過하도록 大事를 經營할 人材도 金錢도 準備함이 업고, 民族的 大運動에 核心이 될 만한 鞏固한 團結도 成함이 업서 昨年 三月 一日 獨立을 宣言

한 以來로도 支離分裂한 狀態를 繼續하엿고, 이 北間島의 慘變을 當하고도 痛快한 復讐의 擧에 出할 實力이 □게 되엿도다.

只今 所謂 急進論者는 다만 口頭의 急進論이니, 人材를 내고 金錢을 내고 組織的이오 鞏固한 獨立黨을 내놋키 前에는 아모리 急進을 呼□한다 하더라도 안즘방이다려 다름질을 하라고 催促함과 갓도다. 軍人도 업시, 軍費도 업시, 武器도 업시, 엇지 大部隊的 戰爭을 하리오. 이는 去月 二十七日 我民團 講演會에서 述한 安島山의 演說에 가장 잘 說明되엿도다.

그러면 우리의 獨立運動은 今後에 엇더한 針路를 取할가. 同胞여, 冷靜하게 考慮하자.

우리의 目的은 獨立이다. 獨立의 唯一한 方法은 獨立戰爭이다. 그럼으로 우리의 義務는 獨立을 恢復할 能力을 가진 獨立戰爭이 생기도록 一心코 努力함이다. 그런데 獨立戰爭은 軍人과 軍費와 機會가 잇서야 한다. 그럼으로 軍人을 養成하고 軍費를 貯蓄하면서도 機會를 기다리는 것이 우리 根本主義가 될 것이니, 政府나 各團體나 人民이 이로붓허 一心코 努力할 것은 이 主義를 實現하는 일일지라.

이에 對하야 安島山은 前記의 演說에 「우리는 이로부터 國民을 募集하자」하고 絶叫하엿나니, 이것은 實로 今後 우리의 標語가 될 것이라. 獨立運動의 資金이 될 稅金을 밧치고 獨立戰爭의 軍人이 될 兵役을 當한 國民을 募集하쟈 함이니, 이것은 十五年前붓허, 十年前붓허 하엿서야 할 일이요 昨年 三月 一日부터 하엿서야 될 일이라. 그러나 우리 民族에게 그만한 自覺이 업섯고 우리의 指導者에게도 그만한 識見을 가진 者가 적엇도다.

아라사의 革命에는 아라사의 革命黨이 잇고, 支那의 革命에는 支那 革命黨이 잇섯스며, 체크民族에게는 체크 獨立黨이 잇섯고, 猶太에는 猶太 獨立黨, 愛蘭*에는 愛蘭 獨立黨이 잇도다. 이러한 黨들은 그 範圍가 全民族的이오 兼

---

* 아일랜드의 한자어 표기.

하야 그 團結이 甚히 鞏固하야 남이 그 民族의 國家의 獨立을 承認하기 前에 그 黨이 完全한 一國家를 形成하엿나니, 그 黨員들은 稅金을 納하고 生命을 納하도다. 가령 只今 愛蘭의 신펜黨을 보라. 祕密結社이매 그 黨의 員數와 內幕을 仔細히 窺知할 수 업거니와, 愛蘭 內地는 勿論하고 英本國과 美國에 散在한 數十萬의 該黨員들은 數十年來로 多數의 人材를 養成하고 資金을 貯蓄하야 왓스며, 따라서 그 團體의 實力과 信用이 足히 全愛蘭民族을 支配할 만하니, 그럼으로 愛蘭의 獨立運動은 宣傳하는 一片의 紙와 示威하는 一發의 彈이 어느 것이나 신펜黨의 일홈으로 되지 아니함이 업는지라. 이로써 힘이 잇고, 힘이 잇슴으로 强大한 英國으로 하여곰 政府나 議會나 軍隊나 國民이 全部로 此를 憂懼하며 此에 對하야 恒常 讓步의 態度를 取하야, 議會에서도 或은 自治案을 提出하네, 或은 英愛媾和案을 提出하네 하게 하도록 偉大한 勢力을 得하엿나니, 이것을 우리 運動의 甚히 無力하야 日本의 政府, 議會, 民間, 其他 言論機關으로 하여곰 一地方의 騷擾에 不過하는 드시 輕蔑의 態度를 取케 함에 比하야 엇더하뇨.

돌아보라, 우리에게 무슨 獨立黨이 있나뇨. 내 일즉 俄領 國民議會의 代表로 巴里에 前往하엿던 高昌一君을 對하야 우리 獨立運動에 主力될만한 團體가 업슴을 恨嘆하매, 君는 깜작 놀나며 「웨 우리에게 二百萬人의 獨立黨이 잇지 아니한가」 하더라. 君의 此言은 昨年 三月 上海에서 巴里和會 各代表에게 發한 獨立宣言 通報中「二百萬으로 된 韓國 獨立聯合會 代表한 孫秉熙 其他의 聯名으로 韓國의 獨立이 宣言되엿다」 하는 句節을 依據함이니, 이에 二百萬으로 된 韓國 獨立聯合會라 함은 天道敎人 百萬, 耶穌敎人 五十萬, 其他 學生 智識階級 五十萬을 槪算한 것이요, 일즉 그러한 組織된 團體가 存在한 것이 아니라. 이 電文을 草한 사람은 獨立運動에 主力團體가 잇슴이 必要하다 함을 認함으로 이러한 것이라.

그러면 우리에게 무슨 團體가 잇나. 新民會, 俄領에 國民議會, 北間島에 國

民會, 正義軍政署, 西間島에 韓族總會, 獨立團, 國內에 靑年團聯合會, 愛國婦人會, 大同團, 美國에 國民會 大略 이러하도다. 나는 이러한 各團體를 個個로 批評하기를 쒸리거니와, 統틀어 組織이 不完全하고 人材의 缺乏으로 事業의 方針이 그 宜를 得지 못하야 當得의 好成績을 得지 못하여슬쑨더러, 以上의 各團體가 互相 猜忌하며 排除하야 도로혀 國民의 進路를 誤함이 不少하며, 그中에도 가장 痛嘆할 바는 獨立運動의 最高 中心인 臨時政府에 對하야 忠誠을 表한 者가 少하고, 或은 對立, 甚하면 反抗의 態度를 取하야 이러한 大事業에 生命이 되는 實力의 集中과 方針의 一致를 妨害함이 多大하엿슴이라. 그中에 始終이 □一하게 大義를 가진 이는 美國의 國民會니, 不過 千餘名의 勞働하는 同胞를 會員으로 하는 該會에서는 機關新聞 其他로 內外에 宣傳의 事業을 行하엿슬쑨더러 臨時政府의 費用의 거의 半額을 擔當하여 왓도다.

이러한 形便인즉 現存의 團體로는 到底히 獨立運動을 堪當하기 不能하니, 不可不 全民族의 中心이 되고 全運動의 主力이 될 大獨立黨을 建設하여야 할지오, 이 獨立黨은 반다시 臨時政府를 首腦로 하고 中心으로 하는 者라야 할지라. 이러한 大團結이 생겨 現存한 우리의 人力과 財力이 集中이 되고, 兼하야 새 人力과 財力을 準備하야써 이 團體 自身이 完全한 一國家의 名과 實을 具備하여야 할지니, 이리한 뒤에야 全民族을 支配도 할 것이오 列國의 援助를 得하기도 할지라. 同胞가 무엇을 向하고 聚合하고 服從하며 列國이 누구로 더부러 援助하랴. 援助할 것을 議論이나 하랴.

그럼으로 우에의 ― 政府나 各團體나 一般同胞나 ― 今後의 方針은 이 大團體를 現出케 함에 在하니, 獨立戰爭은 그날에야 事實로 現出할 것이라. 或 이를 至難한 業이라 하고 迂闊한 策이라 할지나, 이것이 唯一한 途임에 奈何오.

쏘 이것이 至難이라 하고 不可能이라 하면 獨立事業은 더욱 至難이오 不可能일 것이라. 나는 今後의 本紙上에 이 大團體組織의 具體的 方針에 關하야

卑見을 陳하려니와 間島 同胞의 慘狀에 흐르는 慟哭의 淚를 拘하고 이 同胞를 건지기 爲하야 「國民을 募集하자」는 絶叫로 筆를 擱하노라.(1920.12.18.)

(二)

나는 本紙 前號에 우리 獨立運動 將來의 根本方針이 全民族的인 大獨立黨의 建設에 在함을 主張하엿고, 그리하는 具體的 方針에 關하야 卑見을 開陳하기로 豫約하엿노라. 그러나 그보다 몬져 現在 우리 獨立運動 各團體의 事業에 對하야 一言의 評을 加함이 論을 進하기에 便할 듯하도다.

風說과 敵紙의 所報를 據하건대, 西北利亞의 國民議會는 只今 아라사의 勞農政府에서 資金을 得하야 軍隊의 養成에 全力하며, 二十歲 以上 三十五歲 以下의 同胞에게 徵兵令을 發하엿다 하니, 드르매 매우 痛快한 일이며 또 該會의 機關紙 되는 自由報의 論調를 보더라도 「어서 나가자」를 主張하는 모양이니, 現在 大韓人의 公憤의 所發이라 實로 當然한 일이어니와, 나의 所見으로는 多少間 贊成치 못하는 點이 잇도다.

國民議會가 얼마나 勞農政府에게 資金을 得하엿는지 모르되, 또 엇더한 事業을 한다는 條件으로 得하엿는지도 모르되, 만일 그 資金을 우리의 根本的 獨立運動에 充用할 것이라 하면 方今에 軍隊를 設하고 武器를 備하기에 그 돈을 쓰는 것보다 一邊 土地를* 開墾하야 多數 流離하는 同胞에게 産業의 基礎를 주며, 無依 無業한 海內外 靑年의 敎育을 爲하야 適當한 敎育機關을 設置함이 더욱 緊要할지니, 대개 同胞의 産業에서는 無盡藏의 獨立戰費가 나올지오 靑年의 敎育에는 無盡藏의 軍人과 其他의 人物이 나올지라.

北間島의 國民會와 軍政署의 過去의 施設에 對하야서도 同樣의 遺憾이 업지 못하니, 卽 武官學校라, 兵營의 建築이라, 武器의 購入이라 하야 一邊으로는 一般同胞의 負擔을 過重케 하고, 一邊으로는 敵의 注意를 惹起하야써 今次

---

* 원문은 '土地를'로 되어 있다.

의 慘變을 招致한 것은 決코 策의 得한 者가 아니라. 차라리 鞏固久遠한 團結을 作하야 少하더라도 年年히 一定한 收入을 得할 財源을 만들고, 소리 업시 靑年을 敎養하고, 同胞를 啓發하야써 長久히 獨立運動을 繼續할뿐더러 次次 餘力을 蓄積하야 將來에 大力을 發할 準備에 努力함이 智慧로운 일이엇슬 것이라.

西間島의 韓族總會도 그러하니, 軍隊의 養成, 武器의 購入으로 財政을 費함보다 一邊 同胞의 産業을 振興하고 普通敎育을 擴張하야 將來 大戰爭의 確固한 財源과 人材의 養成에 全力을 다함이 久遠의 計이엇슬 것이오, 數萬의 會員을 擁한 大韓靑年團 聯合會도 急激한 成功을 求치 말고 爲先 그 會員을 鞏固히 團束하야 過大치 아니한 會費 制度로 每年 一定한 金錢의 收入을 圖하고, 소리 업시 民間에 宣傳을 行하야 一邊 會員의 增加를 圖하고, 一邊 國民의 覺醒을 促하야 久遠한 計劃을 立하엿서야 할 것이라.

美洲의 國民會에서 每人 五元의 義務金과 二十一例의 愛國金만 잘 實行하고 同胞의 負擔을 過大케 함이 업시 도로혀 同胞 各個人의 富力을 蓄積하도록 奬勵하엿기를 바라노라.

最後에 臨時政府에 對하여서도 쏘한 同樣의 遺憾이 업지 못하니, 될 수 잇는 대로 冗員冗費*를 節約하고 그 收入되는 財錢을 久遠한 財源의 啓發에 使用하엿더면 過去 一年有半의 歲月에도 不小한 成功을 得하엿슬 것이어늘, 計가 此에 出치 아니하고 한갓 目前의 小事와 姑息의 計에 汲汲하여온 듯하도다. 上海에서 消耗된 經費의 大部와 歐美委員部에서 消耗된 經費의 大部는 此를 內外에 對한 宣傳과 大獨立黨 建設費에 轉用할 수 잇던 것이니, 만일 그리하엿더면 今日에는 우리 運動을 久遠히 維持할 만한 實力의 基礎가 生하엿슬 것이라.

一言以蔽之하면 우리의 今次 獨立運動은 徹頭徹尾로 姑息的이라. 「今年에

---

* 쓸데없는 인원과 비용.

다 해버리고 말자」, 「이달에 다 해버리고 말자」 하야 明年의 經營도 迂闊하게 생각하는 極端의 姑息的 運動이엇도다. 元來 우리 民族은 近代 幾百年 民氣가 墮落하고 大事業을 經營해 본 經驗이 업서 「遠大한 計劃」이라는 것을 理解할 줄 모르고, 萬事에 姑息이 性을 成하야 一株의 樹를 植하기 보다 임의 잇는 것을 썩어먹으려 하나니, 이 性質로는 到底히 大事業을 堪當치 못할지라.

이러한 姑息性이 잇고, 十年 아니면 百年이라는 遠大한 計劃을 모름으로 獨立運動 갓흔 大事業을 經營함에도 맛치 投機業者가 僥倖과 바라는 心事로써 하니, 이러하고야 엇지 成功을 期하리오. 大事業을 經營하는 者의 精神에는 決코 僥倖이나 姑息이나 奇功과 奇得의 棲息함을 不許하나니, 萬事에 恒常 遠大한 計劃을 立하고 正經大道로 勇往邁進하는 大氣魄을 抱하여야 할지라.

그러하거늘 이러케 僥倖과 姑息으로 焦燥하는 幼穉한 民族을 率하고 獨立의 大業을 經營하는 우리 指導者들이 또한 遠大한 計劃과 正經大道로 民族을 統率指導할 줄을 모르고, 한갓 그네의 心理를 利用하고 이에 迎合하기를 是圖하니, 만일 今에 指導者와 一般同胞가 翻然히 舊習을 打破하고 新路로 向함이 아니면 우리의 前途는 一步一步 暗澹에서 暗澹으로 趨할 쑨이오 決코 光明의 日이 오지 못할 것이라.

그럼으로 우리가 우리 獨立運動의 前途方針을 議할 째를 當하야 몬져 絶叫할 것은

「大韓人아, 僥倖心과 姑息性을 바려라」

함과, 이로붓터는 萬事에

「大韓人아, 遠大한 計劃을 立하고 正經大道로 進하라」

함이로다.

이로붓터 본론에 드러가 獨立運動 今後의 方針中의 根本方針인 大獨立黨의 建設에 對한 卑見을 陳하려하노라. (1920.12.25)

(三)

大獨立黨 建設 計劃

나는 前前號에 獨立運動의 根本方針이 久遠한 計劃下에 鞏固히 組織되어 그 黨員이 納稅와 兵役의 義務를 負担할 만한 全民族的 大獨立黨을 建設함에 在함을 論하고, 또 前號에 現在의 우리 獨立運動 各團體의 組織이 不完全하고 主義와 方針이 그 宜를 得지 못하야 到底히 우리 獨立運動의 大業을 堪當할 만한 實力이 업슴을 論하고 한번 더 反復하야 全民族的 大獨立黨의 組織이 唯一한 進路임을 主張하고, 從此로 그 組織의 具體的 方針에 關한 卑見을 陳하기를 約하엿노라.

나는 全民族的 大獨立黨의 組織에 對하야 三案을 提供하려 하노니, 即 (第一)民籍案, (第二)現存 獨立運動 各團體 聯合案, 及 (第三)新黨 組織案이라. 以上 三案은 各기 一長一短이 잇거니와 三案이 다 充分히 硏究考慮할 價値가 잇슬 것이오, 또 此三案을 除한 外에는 他途가 업스리라 하노라.

그런데 이 三案에 共通하여야 할 原則이 또한 三이 잇스니 即

(一)臨時政府를 首腦요 中心으로 할 것

(二)黨員은 納稅의 義務를 負할 것

(三)黨員은 兵役의 義務를 負할 것

이라. 되는 獨立黨이 엇더한 計劃, 엇더한 組織으로 되더라도 此三原則을 依據할 것은 絶對로 必要하도다.

運動에는 그 力點인 中心이 必要하나 모든 力이 各各 同心한 中心으로 集合하여야 비로소 大力을 成할 것이라. 더욱이 우리 獨立運動과 갓히 元來 虛弱한 實力을 가지고 하는 大運動에는 力의 集中이 絶對로 必要할 것이니, 力을 集中함에는 그 中心을 確定함이 必要한 일이라. 져 支那는 金力과 人材의 力이 그리 缺乏함이 아니로되, 그가 內治에나 國際的 折衝에나 恒常 權威를 失함은 實로 分裂에 原由한지라. 우리도 獨立運動 以來로 모든 力이 同一한

中心으로 統合되엇던들 現狀 以上의 大活動을 得하엿슬 것이니, 俄領의 國民議會, 吉林의 軍政司, 北間島의 國民會와 正義軍政署, 西間島의 韓族總會와 獨立團, 國內에도 무슨 團體 무슨 團體가 各各 獨立한 旗幟를 立하고 金錢을 싸로 모흐며 人材를 싸로 募集하고 民心에 不正當한 分野를 劃하야 統一의 基礎를 破壞하고 互相 背馳하는 政策으로 彼此의 活動力을 相殺하엿나니, 一個의 獨立運動이여야 할 것이 十數의 獨立運動을 成하야 効力이 强大할 大事業을 經營할 貴重한 財力과 人力을 無益한 小事에 虛費하고 말앗도다. 過去의 痛恨한 이 過失이 우리의 實力의 太半을 消耗하여 바렷거니와, 民族의 實力은 有機的이라 適當한 培養의 方法을 講하면 消耗한 것을 다시 補充함을 得할지니, 今後에 生한 實力은 한 쌈이라도 虛費함이 업시 集中하여야 할지오, 그리하랴면 實力이 集中될 中心을 確定하여야 할지라.

만일 우리에게 아직 民族的 中心이오 首腦가 될만한 機關이 업다 하면 새로히 此를 形成하여야 할지오, 만일 임의 形成된 것이 잇다 하면 此를 向하고 모혀들어야 할지니, 이미 形成된 것을 바리고 새로 形成한다 하면 이난 偏狹한 自己本位의 利己心이 아니면 愚者의 心事일지라.

우리 臨時政府는 實로 獨立運動과 함씌 發生하엿고, 坐 民族 三十三人으로 代表된 大韓民族의 主權의 統을 承하엿스며, 成立 以來 二個年에 內로 國民에게와 外로 列國에게 恒常 大韓의 國家를 代表하엿나니, 우리 民族의 國民的 生存의 中心이 此에 在할 것은 極히 當然한 일이라. 오직 草創之際에 아직 實力이 充實치 못함이 恨이어니와, 臨時政府는 決코 엇던 個人이나 或은 엇던 個人의 集合의 所有가 아니오 大韓國民의 公器라. 大韓國民이 實力을 내면 實力이 잇게 되고 아니 내면 업게 될지니, 實로 臨時政府를 有力하게 하고 無力하게 함이 全혀 大韓國民의 自由에 잇는 것이라. 只今이 實로 大韓國民이 그 愛國心과 實力을 試驗할 쌔니, 只今 二千萬의 同胞가 臨時政府 밋흐로 모혀들면 우리에게 獨立이 잇고 그러치 아니하면 우리에게 奴隷의 멍에가 잇슬 쑨이라. 무슨 理由로던지 今日에 在하야 臨時政府에 歸치 안는 者는 非國民的이라는 責을 免치 못할 것이라. 이것이 나의 말하는 第一原則인 臨時政府를 中心이오 首腦로 하자는 理由오,

臨時政府에게 實力을 잇게 하려 하면 그에게 財力과 兵力을 주어야 할지니, 그리하는 唯一한 方法은 全國民이 金錢과 生命을 가지고 臨時政府의 旗幟 압흐로 모혀드는 것, 卽 全國民이 納稅의 義務와 兵役의 義務를 均擔함이라. 그러나 今日의 處地에 在하야는 全國民의 統一을 期하기 難하니 이에 國民中 特別히 愛國心이 熱烈한 者를 募集하야 大獨立黨을 建設하자 함이니, 이것이 곳 「國民을 募集하자」 함이라. 그러나 우리 國民은 흔히 「맘만 잇스면 그만이라」 하야 愛國도 맘만으로 하려 하고, 獨立運動을 돕는 것도 맘만으로 하려 하고, 臨時政府를 愛戴하는 것도 맘만으로 하려 하며, 或 甚히 愛國하노 하는 衷情을 發表할 째에는 「나는 生命을 내어 놋노라」 하도다. 맘을 내고 生命을 내는 것도 조커니와, 맘이 잇거든 그 맘을 物質로 表現하여야 비로소 效果를 生할 것이오 生命을 내랴면 生命을 쓰게 할 準備가 必要할 것이니, 여긔 쓸 것은 金錢이라. 맘을 내노코 生命을 내어 노흐되 金錢을 내노치 아니하는 國民으로는 永遠히 國家의 大業을 經營치 못할 것이라. 國民아, 만일 네게 國家를 爲하는 맘이 잇고, 쏘 國家를 爲하야 네 生命을 내어 노핫거든, 안져서 그 生命을 犧牲할 날을 기다리지 말고, 그 生命으로 힘써 일하야 金錢을 만들어 네 生命을 犧牲할 날이 오도록* 하라. 生命을 내놋는 것만이 네 義務가 아니오 生命과 金錢을 갓히 내는 것이 네 義務니, 그럼으로 爲先 每朔에 □□式이라도 金錢을 내기를 負擔하고 그담에는 一旦 國家가 부르는 째에 生命을 가지고 나서기를 許諾하여야 할지니, 이리하야 우리 獨立運動은 每年에 一定한 金錢의 收入을 得하고 機會만 잇스면 動할 수 잇는 確實한 軍籍에 登錄된 軍人을 得하게 될지니, 이것이 진실로 獨立戰爭의 根本的이 最確實한 準

---

* 원문은 '오도독'으로 되어 있다.

備며 싸라서 國家獨立의 要諦라. 내게 얼마즘 金力의 根據나 잇고야 남에게 借款이라도 아니 하나. 내게 幾萬의 軍人이나 잇고야 남에게 請兵이라도 아니하나. 納稅와 兵役의 義務를 負担하기로 正式으로 許諾하고 誓約한 一個人에 國民도 업는 今日의 우리 獨立運動은 實로 아모 根據도 업는 幻影이라 할지라.

이럼으로 나는 全民族的 大獨立黨을 組織하기를 絶叫하고, 組織하되 臨時政府를 그 中心으로 하고 納稅와 兵役의 義務를 지기로 許諾하고 誓約하는 者로 하자 함이로다.

이로부터 나는 第一案, 第二案, 第三案에 對하야 論하려 하노라.(1921.1.15)

(四)
民籍案

나는 三回에 連하야 우리 獨立完成의 基礎로, 獨立戰爭 實現의 唯一한 階梯로 全民族的 大獨立黨 建設의 必要를 論하엿고, 그 方法은 民籍案, 旣存 獨立運動 諸團體의 統一, 及 新團體의 組織의 三種임과, 此三案中에 어느 것을 擇하던지 다갓히 準據하여야 할 三原則이라 하야, (一)臨時政府를 首腦요 中心으로 할 것, (二)黨員은 納稅의 義務를 負할 것, 及 (三)黨員은 兵役의 義務를 負할 것을 擧하엿노라.

이제 그 第一案되는 民籍案을 論하건대, 이는 三案中에 가장 合理하고 當然한 案이니, 倂合 當時에 곳 着手하엿서야 할 것이오 적더라도 元年 獨立宣言時에 곳 着手하엿서야 할 것이라. 外國에 對하야 宣傳을 計하기 前에, 軍隊를 敎鍊하며 武器를 準備하기 前에 第一着으로 하엿서야 할 일이니, 대개 이 일이 對外宣傳이나 軍事行動의 基礎를 成하는 金力과 人力을 得하는 唯一한 方法임일세라.

至于今 우리 獨立運動의 指導者中에 對外宣傳과 軍事行動을 力說한 이는

만핫스되, 그 모든 일의 基礎가 되는 國民의 募集 卽民籍의 實施로 主張하는 것은 稀聞하엿나니, 이것은 實로 本末과 終始를 顚倒함이라 할지라.

或은 云하기를 政府에서 直接으로 民籍을 實施한 일은 업섯스나 各種 獨立運動團體가 政府를 代하야 이에 相當한 事業을 施行하엿다 하리라. 그러나 이는 크게 不然하니, (一)各種 團體는 太半 機關쑨이오 會員이 업섯고, 싸라서 團體事業의 生命인 一定한 金錢의 收入과 아울러 獨立戰爭의 基礎인 軍人의 登錄이 업섯스며, (二)그쑨더러 이 各種 團體가 或은 徵發的으로, 或 義損的으로 各各 一部의 同胞에게서 多少의 一時的 金錢을 募하엿스나 이것을 統一한 目的下에 使用하도록 集中하지 못하엿고, (三)이것을 싸라 이러한 各種 團體의 機關과 밋 그 會員이라 稱할 만한 幾個 分野에 區劃된 同胞의 精神도 統一되지 못하엿나니, 以上 세 가지 理由로 보아도 現存 獨立運動 各團體의 事業이 決코 民籍을 代치 못할 것이 分明할지라. 그럼으로 政府에 統一的으로 民籍을 實施함은 根本的 緊要事라 할지라.

그러면 그 方法이 何如할가. 이에 民籍 實施의 三原則을 立하니, 가론

(一)勸誘

(二)募集

(三)組織

이라. 勸誘라 함은 或 宣傳이라고 稱할 수도 잇나니, 一般同胞에게 獨立運動과 民籍과의 關係를 自覺케 함이라. 이는 重要치 아니한 듯십흐면서도 其實은 根本的으로 重要한 일이니, 國民에게 民籍을 해야 되겟다는 切實한 自覺이 업고는 아모리 民籍을 實施하려 하여도 得치 못할 것이라. 그럼으로 民籍實施 二三個月 前부터 勸誘를 施하야 國民의 自覺을 喚起한 後에 募集에 着手하여야 하고, 募集中에도 이 勸誘事業은 繼續 進行하여야 할지니, 或은 新聞으로, 或은 傳單으로, 或은 演說로 一般的 鼓吹를 行하는 同時에 或은 書束으로, 或은 戶別 訪問으로 各個 勸誘를 行하여야 하나니, 이 兩者가 俱히 必要

하되 前者는 그 氣圍氣를 作하는 데 有力하고 後者는 그 實을 結하는 必要條件이라. 特히 各地方마다 그 地方人民의 中心이 될 階級, 卽 그 地方 民籍運動의 核心이 될 階級을 得하기에는 書柬과 戶別 訪問이 絶對로 必要하니라.

이러케 勸誘한 結果로 幾個 地方에 (各地方이 아니오 幾個 地方이라. 대개 豫定한 勸誘 期間內에 勸誘를 行함을 得한 地方을 指稱함이니, 대개 一時에 同胞의 居住하는 各地方을 包含치 못하더라도 바둑돌 노트시 漸漸 버리는 것이 智慧로운 일인 까닭이라.) 그 地方 民籍運動의 中心이 될 階級이 생기고 一般民心에 民籍에 對한 自覺이 生하면 이에 募集運動을 開始할지니, 이리함에도 그 地方人民 全部를 網羅하기만 바라지 말고 左記의 原則에 照하야 할 것이라

(一)會員募集方法을 適用하되 數를 貪치 말 것

(二)그 地方에 中心될 者(卽 義務를 잇싯지 行할 確固한 決心이 잇는 者)를 먼저 募集하야 結束하야 그 地方 民籍運動의 全責任을 지게 할 것

(三)戶單位로 말고 義務를 行할 個人 單位로 할 것, 싸라서 男女와 老幼의 別이 업슬 것

(四)募集된 人民은 成冊을 行하고 義務를 勵行할 것

이리하야 어느 地方에 幾十名이나 幾百名이나 쏘는 幾千名이 募集되거든 便宜한 地方 及 人數로 自治體를 組織하야써 納稅 兵役의 義務의 履行과 밋 敎育, 産業, 衛生, 土木 等의 事業을 行하게 할지니, 이러함으로 能히 獨立運動의 二大 要業인 金錢과 軍士를 得하는 同時에 民力의 涵養을 圖함을 得할지라.

이에 한 가지 必要한 것은 黨員의 種別이니, 或 納稅는 할 수 잇스되 兵役의 義務를 堪當치 못할 者도 잇슴으로 黨員을 第一種 第二種의 兩種을 分하야 納稅, 兵役의 兩義務를 具担하는 者를 第一種, 納稅의 義務만 担하는 者를 第二種으로 함이 可할지라.

그러면 그 黨員은 獨立黨員이라 할 수도 잇고 國民이라 할 수도 잇나니, 그네에게만 選擧權과 被選擧權과 公職에 當하는 權利를 賦與하야 臨時議政院

으로 이러한 人民의 互選으로 成立케 하며, 臨時政府 其他 各自治體의 職員을 이러한 人民中에서 任用하게 하면, 人民은 人民으로 直接 國政에 參與하게 되어 納稅 兵役의 兩義務의 履行과 아울러 眞正한 責任잇는 愛國心을 涵養하게 될지오, 議政院 議員이나 臨時政府 其他의 職員도 興味와 責任의 念을 加하게 될지라. 이리하야 團結은 더욱 鞏固하여지고 政府의 基礎와 勢力은 더욱 擴大하여 가며, 싸라서 全民族의 力의 中心이 確立하야 搖하야도 動치 못할 獨立運動의 主力이 形成될지라.

이리하여야 國內 國外에 一般同胞도 獨立運動에 對하야 信賴의 念을 發하게 되고, 海外 列邦도 우리의 運動을 信任하게 되리니, 國民아, 이것이 獨立運動의 根本이 아니고 무엇이뇨

더욱 具體的인 方針에 對하야는 機를 見하야 更論하려니와, 以上으로써 民籍의 大綱領을 述한 줄로 信하노라. 그런데 他二案은 이 民籍案의 副本에 不過한 것이니, 그럼으로 全民族的 大獨立黨 組織의 原理 原則은 民籍案을 論하기에 說盡하엿다 할지라. 그러나 以下에 다시 民籍案의 難點을 擧하고, 싸라서 他二案에 對한 意見을 述하려 하노라.(1921.1.21.)

(五)
民籍案에 對한 難點

나는 前回에 民籍案에 關한 大綱을 述하엿거니와, 此에 對하야 아직 贊否에 兩端間 아모 意見의 表示가 업지마는 幾種의 非難과 밋 實施上의 困難을 想像할 수 잇나니, 이러한 預想的 非難과 困難에 對하야 미리 一言의 辯明이 잇슴이 必要하리라.

民籍案에 對한 第一의 非難은 民籍 不合理論일지니, 論者는 主張하되 二千萬 民族이 都是 大韓의 國民이니 民籍을 實施한다 하면 二千萬에게 다하여야 할 것이어늘 國土를 敵의 手中에 둔 今日에는 이는 不可能에 屬한 일이라, 만

일 民籍을 實施할 수 잇는 海外의 僑民에게만 이를 行한다 하면 本土의 人民은 民籍外에 除去함이 되는 不合理에 陷하리라 함이오,

第二의 非難은 民籍 無用論일지니, 論者는 主張하되 只今 언제 그러한 緩漫策으로 歲月을 보내랴, 어서 爆彈 한個, 短銃 一柄이라도 預備하야 倭兵 한名 式이라로 업시 하난 것이 上策이라, 그럼으로 臨時政府나 獨立運動의 諸團體가 今日에 專力을 다할 것은 破壞事業의 進行이라 함이니, 이것이 所謂 急進論者로 同胞中에 가장 多數의 共鳴者를 가진 듯하도다.

第三의 非難은 民籍 不可能論이니, 曰 今日에 在하야는 아모리 民籍이 必要하더라도 그 實施는 不可能에 屬하니 奈何오. 國土를 敵의 手中에 둔 今日에 二千萬 全體의 民籍이 不可能함은 論할 必要도 업거니와, 爲先 敵의 勢力範圍 以外인 在外 僑民에 限한다 하더라도 如左한 不可能의 事情이 存하니 卽

一, 俄領 五十萬 同胞는 國民議會의 旗幟下에 在하매 國民議會가 그 存在를 維持하는 동안 決코 臨時政府의 民籍에 應치 아니할 것이오,

二, 西北間島는 今次의 慘狀을 當한 後로 人民이 堵를 失한 中이며 兼하야 敵의 爪牙가 各地에 遍滿하야 同胞의 一動一靜을 嚴密히 監視하고 偵探하는 中이니 到底히 民籍을 實施키는 不可能한 일이며,

三, 가장 民籍 實施의 可能性이 富한 데는 北美와 布哇에 在留하는 同胞들이나 同胞의 全數가 萬에도 達치 못할 뿐더러 美墨* 兩國과 布哇**의 一部에 在留하는 同胞는 임의 國民會의 自治體內에서 民籍과 納稅를 行하는 中이니, 새삼스럽게 民籍을 實施한다 하더라도 무슨 顯著한 效果가 업슬 것이라.

이러한 理由는 民籍案의 不可能을 論하는 者外에 쏘한 論者는

一, 政府에 民籍案을 實施할 만한 財力과 人力이 업고,

二, 在外 僑民中에 政府를 服從하는 者의 數가 적고,

---

* '墨'은 墨西哥를 가리킨다. 멕시코의 한자어 표기.
** 하와이의 한자어 표기.

三, 過去 二個年間의 獨立運動에 民心이 적이 倦怠하고 離散하야 民籍에 應할 熱이 업슬 것이오,

四, 一方의 首領으로 自處하는 指導者들에게 公心이 不足하야 精神의 統一이 업고 各各 自己의 名利와 勢力만 是圖함으로 政府의 民籍案 實施에 妨害를 加하리라,

하는 理由로 民籍案의 不可能을 論하는 者도 잇슬 것이니, 以上 列擧한 諸論은 아직 發表된 것은 업다 할지라도 同胞의 心中에 닐어날 蓋然性이 잇는 것이며, 그쑨더러 各各 一理를 有한 論이라. 特히 最後에 擧한 不可能論은 가장 確實한 根據를 有한 者니, 대개 此論의 根據는 比較的 確實한 事實에 在함이라. 그러나 나의 主張하는 바 民籍案이 엇더한 性質의 것인 줄을 明知하면 이것이 決코 不可能에 屬한 것이 아님을 解得할 것이라.

第一論 卽 民籍 不合理論은 얼는 듯기에 理論上 根柢가 잇는 듯하나, 全國民에게 一時에 民籍을 實施치 못하리라 하야 아조 民籍을 不當히 넉임은 더욱 不合理한 일일지라. 우리는 爲先 可能한 部分으로 우리 民籍을 實施하야 漸進的으로 全國民에게 及할지니, 海外 僑民 二百萬이 納稅와 兵役의 義務를 負하는 國民이 되어야 우리가 能히 本國을 敵手에서 挽回하는 實力이 生할지오, 그 實力이 生하야 鴨綠, 豆滿으로 長驅 前進하는 족족 平安北道, 咸鏡北道, 平安南道, 咸鏡南道, 黃海道, 江原道, 이러한 順序로 民籍의 範圍를 넓혀써 마츰내 十三道 二千萬에 及할 것이니, 爲先 海外 僑民의 一部에만 民籍을 實施한다고 決코 不合理됨이 업슬 것이오, 또 論하기를 만일 納稅와 兵役의 義務를 負하는 數萬 數十萬이 一團이 되여 臨時政府와 臨時議政院을 維持하고 아울러 此에 對한 選擧權 及 被選擧權을 享有케 되면 아직 民籍에 加入지 못한 大多數의 同胞는 一種 不快한 感情을 抱하야 그 政府와 그 議政院에 服從하는 맘이 薄하리라 하나, 누구나 大韓人이면 民籍에 入할 수 잇고 民籍에 入하는 날로부터 參政權을 享有할* 터인즉 이는 實로 杞憂에 不過할 것이라. 하믈며

民籍에 編入된 國民의 數가 增加할사록 政府의 勢力은 增大하고, 政府의 勢力이 增大할사록 威信과 事業이 共振하야 人民의 歸함이 水의 下에 就함과 갓흠이리오.

第二論 卽 民籍 不必要論에 對하야는 나의 此篇 論文 全體가 그 答이 될 것임으로 玆에 要論할 必要도 업거니와, 다만 一言을 要할 것은 爆彈, 短銃運動이 獨立運動의 重要한 部門의 하나인 것을 認定함은 決코 저 所謂 急進論者의 專賣論이 아니오 나도 主張하는 바이라. 이에 그 主張하는 理由를 擧論할 必要가 업스되, 一言으로써 急進論者에게 뭇고져 하는 바는, 그 爆彈과 短銃은 무엇으로 購得하며, 此를 使用할 人物은 어듸서 엇나뇨 함이라. 急進論者가 날마다 急進을 叫號하되 아직도 進치 못하는 것은 實로 進할 實力이 업슴이니, 이 實力을 엇는 方法도 쏘한 民籍에 잇슬 뿐이라. 每年 一定한 收入이 生한 後에 그 收入中에서 爆彈, 短銃運動의 一年間 經費를 豫算케 되고, 軍籍에 編入된 軍人中으로서 每年에 此運動을 行할 人材를 選定케 되어야 이 事業이 組織的으로 不斷하게 進行될 것이 아니뇨. 져 光復軍과 其他 公私의 여러 冒險團 活動을 盛大히 못함도 實로 資金과 人材의 缺乏에 因한 것이 아니뇨.

第三論 卽 民籍 不可能論은 上에도 一言한 바와 갓히 皮相으로 보면 不可能인 듯하지마는 實相으로 보면 오직 困難의 程度의 問題에 不過하나니,

(一) 俄領 五十萬 同胞가 國民議會의 旗幟下에 在하다 함은 國民議會 見地에서 본 形式論이라. 俄領 五十萬 同胞中에 「나는 國民議會의 人民이라」고 自處한 者가 果然 幾人이나 되랴. 國民議會의 命令□에 納稅와 兵役의 義務를 担負하는 者가 果然 幾人이나 되랴. 元年 以來로 臨時政府의 爲政者가 國民議會라는 一幻影에 眩惑하고 畏怖하야 此와 妥協키 是圖하엿고, 直接 人民에게 接하려 하는 勇氣를 缺하엿슴은 實로 遺憾된 일이니, 그럼으로 只今이라도 만일 人民中에 入하야 民籍運動을 行하면 반다시 相當한 好結果를 收할 것이라.

* 원문은 '亨有할'로 되어 있다.

하믈며 반드시 五十萬이면 五十萬 全部가 一時에 民籍에 編入되는 것이 唯一한 目的이 아님에리오.

(二)西北墾島도 비록 去番의 慘狀을 當하고 現在도 敵의 戒嚴이 甚하다 하나 그 住民 全部를 반드시 目的함이 아니오, 可能한 範圍內에서 漸進的으로 行함에는 容易와 困難의 關係는 잇슬지언정 決코 不可能은 아닐지오,

(三)美布에 對하야는 오직 國民會와 協議하면 그만일지라. 그럼으로 不可能論 第一者의 言은 두려워 할 바가 아니며, 比較的 論據가 確實하다 할 만한 第二者의 不可能論도 不可能이라 하기보다는 차라리 困難의 程度 問題라 함에 歸할지니,

(一)만일 政府에 民籍案을 實施할 만한 財力과 人力이 업다 하면, 何必 民籍의 實施랴. 아모 일도 못하게 될지니, 이는 우리 獨立運動의 沒落을 意味하는 것이며, 또 政府가 民籍의 實施의 能力이 업도록* 窮境에 陷하엿다고는 볼 수 업스며,

(二)在外 僑民中에 政府를 服從하는 者의 數가 少한가 多한가는 아직 數字的으로 調査한 일도 업섯고, 兼하야 服從 不服從이 表現될 機會가 업섯나니, 民籍이야말로 多數 同胞의 政府와 및 獨立運動에 對한 意向을 試驗할 機會라. 某地로 오는 者가 「某地 同胞는 全部 臨時政府에 反對라」 하는 말은 아모 根據 업는 말이오, 多數 同胞中에는 應當 獨立이나 政府를 反對하는 者도 잇슬 것이오 贊成하는 者도 잇슬 것이니, 勸誘로써 贊成하는 者의 數를 增加케 하고, 贊成하는 者를 民籍에 編入하면 그만일 것이다. 그 數가 多할가 少할가는 全力을 다하야 힘써본 뒤에 그 結果를 보고 判斷할 것이오, 決코 一班 全豹的 推測으로 斷定할 수 업는 것이라. 그러나 만일 推測을 許한다 하면, 나 個人의 싱각에는 成功의 希望이 大하다 하노라.

(三)同胞들이 獨立運動에 倦怠하야 民籍에 應할 熱心이 업스리라 하면 獨

---

* 원문은 '업도독'으로 되어 있다.

立運動은 이에 終焉을 告한 것이라. 獨立을 預치 아니하는 人民으로 무슨 獨立運動을 할 수 잇스리오. 그러나 아즉 倦怠한 同胞도 잇는 同時에 熱烈한 同胞도 잇슬 것이니, 生命을 睹하고 獨立을 絶叫하던 熱情과 父祖를 虐殺한 敵에게 對한 痛恨이 그러케 一旦 一夕에 冷却할 理는 업도다. 그럼으로 一邊 熱心 잇는 者를 成冊하며 一邊 업는 者에게 熱心을 鼓吹함은 다만 民籍을 爲하여셔만이 아니오 獨立 自身을 爲하야 根本的으로 必要한 일이 아니뇨.

(四)一方의 首領으로 自處하는 公心업는 指導者들의 妨害, 或은 그의 한 指導者의 率한 團體의 妨害가 잇슬 것은 預想할 일이어니와, 强한 日本을 敵하야 獨立을 運動하는 者가 么麼奸輩를 懼하야 民籍을 못하랴. 만일 그러한 奸輩가 잇거든 敵을 爲하야 預備한 爆彈과 短銃은 먼져 此輩의 頭顱의 破碎하기에 使用할 것이라.

以上 略述한 바로 나는 預想할 만한 反對論의 거의 全部에게 解答을 준 줄로 自信하거니와, 이제 한 가지 民籍 實施에 對한 最大 難關은 議政院, 臨時政府 其他에 在한 獨立運動 幹部의 自覺과 決心과 誠意 如何라. 그네에게 만일 民籍을 實施하야 大獨立黨을 建設하는 것이 獨立運動의 根本方針이라는 明確한 自覺과 期於코 이를 行하도록 戮力 協働하리라는 決心과 誠意만 잇스면 此業은 반다시 成하리라 하노라.

그러나 그네의 自覺과 誠意에 絶對의 信任을 두지 못할 點이 보임으로 이에 第二案, 第三案이 生하는 것이니, 이는 實로 政府가 □□을 모르는 째에 民間有志가 □□□□身하야 實行하기 爲하야 □□□□□□號부터 當局 諸位의 □□□□□□□□ 多少의 批判을 試하고 □□□□ 第二, 第三案에 進□□□.(1921.1.27.)

(六)
政府의 誠意와 民籍案

나는 前號에 約束하기를 今番에는 臨時政府의 誠意 如何에 對하야 一言의 批評을 加하리라 하엿노라. 그러나 다시 생각한즉 此時를 當하야 冷靜한 批評을 加함보다 溫情의 忠言을 獻함이 可할지라. 願컨댄 나의 衷曲의 苦言을 나의 敬愛하는 臨時政府 當局과 獨立運動의 여러 團體 及 指導者 諸位의 大事를 經營하심에 萬一의 刺激이 되기를 바라노라.

내가 五回에 連하야 累述함과 갓히 民籍의 實施는 實로 우리 獨立運動의 根本方針이니, 이것이 잇스면 獨立運動이 잇고 이것이 업스면 獨立運動이 업슬 그러한 重大問題라. 只今 우리 獨立運動이 一大 轉機를 作하여야 할 危急의 秋 ― 그러하도다, 眞實로 危急의 秋를 當하야 이 危急의 地에서 一條의 生路로 나아갈 唯一의 途徑인 民籍의 實施에 對하야는 맛당히 政府나 各團體나, 各個人이 心을 一히 하고 力을 一히 하야 全國民 總動員의 槪로 奮進하여야 할지니, 躊躇할 바도 못되고 困難이 잇다고 挫折할 바도 못되는 바라. 政府部內의 各員은 破船의 危境을 當한 船員의 心事로 모든 意見이나 感情의 差異를 바리고, 墻內에 相鬪하는 猜忌의 心을 바리고 獨立運動의 基礎工事인 民籍의 實施 卽 大獨立黨의 建設에 誠과 力을 다하여야 할지며, 西間島, 北間島, 俄領, 北美, 布哇, 國內의 各團體들도 全國民의 이 死活이 關頭한 이 大獨立黨 建設의 根本問題에 對하야는 一心이 되고 一體가 되여야 死生을 賭하고 成功을 期하여야 할지며, 一方의 頭領이 된 여러 志士네는 勿論이오 一般國民도 男女와 老幼를 勿論하고 이 大獨立黨의 建設을 爲하야는 서로 體가 되고 서로 肢가 되여야 할지라.

爲先 政府에서 無用한 形式論으로 黃金 갓흔 歲月을 虛費치 말고, 一日이라도 速히 此案의 實施를 決議하고 決議한 後에는 大統領 以下 各員은 各各 此事業의 實現을 己任으로 삼아 陽으로만 말고 陰으로 더욱, 舌端으로만 말고 實行으로 더욱, 各各으로 말고 서로 肢體가 되여 하되 誠意로써 各團體 及 一般國民에게 此意를 宣傳하고 아울러 그네의 協力을 求하여야 할지오,

그러하는 날 各團體나 個人들은 過去의 모든 是非를 바리고 政府의 意를 承하야 此와 力을 合하야 渾然한 一體가 되여 此大事業의 成就를 期하여야 할지라.

이에 一言할 것은 政府와 力을 合한다고 各團體가 그 獨立한 個性을 失할 理由는 업나니, 團體는 團體대로 그 獨立의 存在를 繼續하면서 民籍事業에 對하여서만 聯合的 努力을 하면 足할 것이오, 또 이러케 하야 民籍事業이 進步됨으로 다만 一般的 獨立運動의 實力이 增進될뿐더러 또한 各團體의 信用과 威嚴과 事業도 增進될 것이라.

만일 事가 此에 出하지 아니하야 獨立運動의 一般的 基礎가 鞏固하게 되지 못하면 破滅할 者는 다만 政府뿐이 아니오 各團도 그러할지며, 싸라서 우리 獨立運動 全體가 悲慘한 失敗에 歸할 것이라.

그러나 만일 各團體가 政府에 承하야 協力□□에 出키를 不肯한다 하면 勢不得 □政府는 直接 人民의 糾合에 着手할 □□ 이러한 境遇에는 此를 不肯하는 各團體는 獨立의 敵이오 國家의 敵으로 認定할 것이라.

아아, 臨時政府 當局者에게 이러한 自覺과 決心이 잇는가. 아아 臨時政府 當局者 諸位에게 果然 이러한 自覺과 決心이 잇는가. 그리고 各團體의 一般 國民에게 이러한 自覺과 決心이 잇는가. 만일 臨時政府에 이만한 自覺과 決心이 업다 하면 엇지하랴. 우리는 不可不 第二案인 各團體 聯合案에 往하여야 할지오, 各團體에게 만일 이러한 自覺과 決心이 업다 하면 우리는 第三案에 往하야 直接으로 忠良한 同胞를 糾合함으로 大獨立黨 建設의 業을 試하여야 할지라.(1921.2.5.)

良心털이*

諸君은 고요한 房안에 안저 이러케 생각하여 보라

一, 吾人이 今日 何地에 立하엿는가

　　곳 吾人이 臨陣對敵한 中에 在하니 他顧할 瞬間이 잇슬가

二, 吾人의 敵은 何에 在한가

　　곳 吾人의 敵이 內에 在한가 外에 在한가

三, 吾人의 하는 일이 敵의 勢을 減殺케 함일가 抑컨대 增長케 함일가

　　곳 我의 力을 一分만치 스스로 減殺하면 敵의 勢는 어느만치 增長될고

*　『獨立新聞』 93, 1921.2.5. 1면 사설 「間道事變과 獨立運動 將來의 方針」과 나란히 실렸다.

光復祈禱會에셔*

하나님이시어
불샹한 이의 發願을 들어 주신다는
하나님이시어

일허 바린 나라
그 안에 우짓는 가엽는 同胞를
건져주소셔

늦도록 밧븐 일에 피곤한 몸을
겨울 새벽 닭의 소리에 닐오켜
人跡 업는 길로 당신의 집을 차져감니다

亡命의 異域, 길치인 오막사리 검을은 불빗에
말 업시 모혀 안즌 男女의 얼골을 봅시오
思鄕과 憂國의 눈물에 붉은 눈들을 봅시오

푹 숙으린 고개
멀니, 쌍밋헤셔 오는 듯한 썰리는 祈禱의 소래

---
* 春園, 『獨立新聞』94, 1921.2.17. 3면 하단에 실렸다. 같은 지면 1면에 "上海에 在留하
는 天道, 大倧, 耶蘇敎 等의 各敎會에서는 已報함과 如히 지난 十日부터 光復祈禱會를
始作하야 昨十六日에 終了"하였다는 기사가 보인다.

검은 바람갓치 왼 방안으로 휙 도는 구슯흔 늣김

「지아비를 일흔 안해, 아들쌀을 일흔 어머니
주여 그네의 피눈물을 씨서 주시고
소원을 일워주소서」 ─ 아아 이 진정의 발원

무덤에 한발을 노흔 八旬이 넘은 할머니
쳘도 나지 아니한 어린 아해, 閨中에 깁히 자란 處女들신지
「하나님이시여」 부르는 그네의 부르는 소리를 들읍시오

가장 나즌 쌍의 한 모퉁이에서 불으짓는
이 불샹한 무리의 긔도가 燔祭의 내와 갓치
구름을 지나 별을 지나 당신의 寶座로 오르게 합시오

우리 靑年의 갈어둔 利한 칼을
어대서부터 試驗하여 볼가*

大韓 江山의 精氣를 밧아 半萬年이나 되는 긴 時間 가온대 오직 今日을 타서 우리의 祖上들이 살으시고 뭇치신 江山에 나서 잘아난 活靑年들아, 우리의 남이 엇지 뜻이 업스며 우리의 자람이 엇지 싯닭이 업스랴.

그래서 우리는 철을 알 그째브터, 우리는 눈치가 쩌슬 그째부터 날마다 째마다 쉼 업시 갈고 갈어서 단닐 時면 품에, 잘 째면 벼개 밋헤 간직하여온 거시 무엇이뇨. 오직 이째를 爲하여 써보고저 하야 갈어둔 칼이 아니뇨.

아아 ― 同志인 靑年, 義血이 踴躍하는 靑年들이여, 이것이 果然이뇨. 그럴진대 此時가 그째니, 곳 우리의 품은 칼을 쌔여 試驗할 날이로다.

江山이 너를 길너 둠이 此時를 爲함이며, 時運이 나를 모라 즘도 此時를 爲함이며, 우리가 長時間에 그 칼을 갈어 둠도 此時를 爲함이 아니뇨.

이째는 千載의 一時의 此時며, 네의 同族의 死活이 달닌 此時며, 우리 긴 歷史의 斷續이 달닌 此時가 아니뇨.

此時는 우리가 가장 니즐 수 업는 째니, 此時를 일흐면 우리의 生命을 일흘 거시며 此時를 차자 쓰지 못하면 우리의 오래 오던 歷史난 永葬코 말지니라.

아아 ― 諸君이여, 우리가 血淚를 쌕리며 지나옴도 이거슬 爲함이며, 우리가 종의 苦痛을 참고 멍에 아래서 참아 살아옴도 이를 因함이며, 우리가 긴

---

* 滬上一人, 『獨立新聞』 99, 1921.3.19. 1면 '社說'란에 '寄書'의 형식으로 실렸다. 일찍이 『청춘』 3,4호에 발표한 「上海서」(1914.12-1915.1)는 '滬上夢人'이라는 필명을 쓴 바 있으며, 제목은 「독립군가」 1절 가운데 '갈앗던 날낸 칼을 試驗할 날이'라는 구절을 떠올리게 한다.

時間[*]을 異域 江山에 漂泊하며 外人에 嘲笑를 甘受하며 苟命을 늘려옴도 이 때를 苦待함이 아니뇨.

靑年아, 一寸의 虫도 三寸의 魂이 잇거던 하물며 우리일가 보냐.

嘆흡다 靑年이여, 臥하여 他時를 夢하지 말며 躊躇치 말고 닐어나라. 疑心 말고 칼을 쌔여라. 너희 勇猛스러온 義氣 압헤는 막을 者 업스리라. 너희 銳利한 칼 압헤난 當할 者 업스리라.

靑年아, 너희 압길에 山이 잇거던 쮜여 넘고 바다가 잇거던 쮜여 건너서 너희 힘을 한번 試驗하여 보아라. 너희의 칼을 한번 둘너 보아라. 時運이 너희를 生하엿나니, 神明이 너를 助佑하시리라.

아 — 諸君은 回想하라. 閔泳煥은 漢陽에서, 李儁은 海牙에서, 張仁煥은 美洲에서, 安重根은 西比利亞에서, 李在明은 鍾峴에서, 姜宇根은 南大門驛에서, 梁槿煥은 敵京에서 그들은 져들의 氣運껏, 마암껏 그 갈엇던 칼을 쌔가 된 그 때에 놉피 쌔엿스며 깁히 試驗^{**}하엿나니라.

아 — 諸君이여, 그래서 우리게도 우리 갓흔 피 잇난 靑年이 잇슴을 世上 사람에게 알니웟나니라.

諸君이여, 우리의 쌔가 된 이쌔에 누구보다 더 勇氣 잇게 이 칼을 試驗하여 보자. 만일 한다면 어대서부터일가. 東에서? 西에서? 남의게? 나에게.

아 — 諸君이여, 남을 치기 前에 自己를 團束함이 必要하며, 盜賊을 怨恨키보다 自家를 堅固히 保함이 眞理일지니, 萬一 果然이면 우리는 우리 칼을 어대다 써보겟나뇨 우리 仇敵인 倭奴에게보다, 우리 惡物인 探犬에게보다, 各各 너와 나 된 自己와 밋 自己 울안 곳 「우리」에게서브터 우리 칼을 쌔여서 써보자 하노라.

우리의 압길을 막을 者 뉘며 害할 者 뉘뇨. 倭敵이 아모리 强하다 하여도

---

* 원문은 '時干'으로 되어 있다.
** 원문은 '誠驗'으로 되어 있다.

못하리라. 鷹犬이 아모리 多하다 하여도 못하리라.

그럼으로 生覺하라, 十年前 그날은 어대로 좃차 生産되엿더냐. 倭敵에게서? 우리에게서? 倭敵은 敢히 마음도 못 내엿스리라. 盡力은 하엿다 하여도 안 되엿스리라. 그러면 어대서 낫나뇨. 오직 그날을 잇게 한 者는 우리니라.

그럼으로 十年前 그날을 두게 한 者가 곳 우리인즉 그보다 더 못한 다른 날을 두게 할 것도 外에 잇지 안코 內에 잇나니, 이런 까닭으로 네 칼을 外에서 試驗하기 젼에 內에서부터 할 거시며, 他에게 及키 前에 自己에게서브터 함이 必要타 하노라.

外力이라 함은 自體가 몬져 容納한 後에야 비로소 들어오며, 排斥함을 싸라 물너가나니라.

그럼으로 우리의 父母와 兄弟와 姊妹들이 죽음과 傷함과 갓침과 辱 뵈임을 밧은 모든 거시 우리들이 맨드러준 時期 안에서, 우리가 드러오기를 容納한 期間에서 動하는 現狀쑨이니, 眞的한 怨讎난 우리이니라.

아 ― 諸君아, 十年前 그 부그럽고도 쏘한 怨恨이 深한 그 一日을 生産하여둔 우리라는* 거시 아직 너희 속에, 至今 일한다는 우리 속에 그저 잇나 업나를 삷혀보자. 네 손의 칼을 힘잇게 쌔여 쥐고서.

아아, 그 우리는 엇더한 우리던가. 黨을 爭하야 國家를 破壞한 우리, 己腹을 充키 爲하야 萬人의 生命을 밥으로 삼던 우리, 私益을 圖키 爲하여 衆生의 福利를 火에 投하던 우리, 娛樂에 싸저서 任事에 不忠하던 우리, 이러하던 우리로서 우리는 임의 亡하엿더니라. 이러한 우리라는 거시 우리 자리에 아즉 잇나냐 업느냐. 아, 그런 우리가 그대로 잇스면 不惜코 네 칼을 네게 試驗하라. 이거시 男兒의 快히 할 일이니라. 萬一 네 家族이 그러하거던 그 칼을 네 家族에게 試驗하라. 이거시 國民의 할 義務이니라. 況他人이며 異族일가 보냐. 그러하던 우리가 우리를 종의 멍에로 쓸엇스며 우리를 종으로 팔엇나니,

---

* 원문은 '우리라든'으로 되어 있다.

二千萬이 다라면 一個人도 남김 업시 너 죽고 나 죽고 다 죽자 하노라. 살어서 羞辱을 보는 것보다 死하여 몰름이 낫지 아니하랴?

至今 이 새 事業을 建設하는 이째를 當하야 이 칼을 나와 너에게부터 시작하야 萬代에 다시 업슬 이째를 際하고도 自己自便을 圖하야 大業을 不顧하는 者에게, 吾民族 前道의 死活이 달닌 危地를 步하면서도 愛族心이 無한 者에게, 神聖한 우리 歷史 存亡의 難期를 當코도 有名無實인 權利만 爭하야 우리 前道에 害物이 되는 者에게, 私譽의 影子를 鬪하야 大業을 誤케 하는 者에게, 己腹에 充한 個人의 不平으로 光復大業에 不平을 삼는 者에게, 國民의 血과 汗으로 된 公金을 一分이라도 自囊에 投하여 獨立事業에 利되지 안케 하는 者에게, 愛國者의 虛名과 假名을 쓰고 無用의 惡口를 任意로 弄하야 吾業 發展上에 障害를 與하는 者에게, 建國의 重任 곳 獨立의 聖職을 其身에 負코도 不忠 不勤하는 者에게, 同血 同族인 己의 父母兄弟를 鐵窓에 두고 己의 姊妹를 敵手에 任하며 血를 流케 하고 命을 失케 하며 羞와 辱을 보게 하는 자리에 두고도 快飮하고 浪遊하야 娛樂으로 爲事하고 大業을 숢하지도 안는 者에게 容恕 말고 이 칼을 쌔여 葉에서 根신지 絶滅하여라.

以上에 列擧한 온갓 惡習이 임의 우리를 亡케 하엿고, 쏘한 압흐로 亡케 할 者니라. 個人이면 個人, 團體면 團體 勿論하고 우리는 이 칼을 쌔여 消滅할지니, 이거슬 爲하야 하나님이 이 칼을 주섯나니라.

이거슬 하고 餘力이 잇거던 外界로 向하여 探犬에게서붓터 倭敵에게신지 네 칼을 쉬지 말고 쓰라. 그리해서 네 칼에 뭇은 피를 씻처버리는 그날에는 自由의 꼿이 우리 둥산에 필 거시오, 快樂의 亭子가 우리 聖地에 소사나서 昔日 「에던園」에서 아담과 에화가 自由롭고 快樂스럽게 지냄과 갓치 우리의 배달 子孫이 길고 긴 快樂한 時間에서 自由롭고 幸福스럽게 살지니라.

國民皆業*

우리가 이 말을 드른 지 오램니다. 드를사록 그 쯧은 더욱 기퍼가고 그 眞
正한 價値는 더욱 나타나는 듯함니다

國民이란 國家와 社會에 對한 義務를 履行할 만한 資格과 能力을 가진 사
람을 가르킴니다. 業을 아니 가지고서 엇더케 國民된 義務를 다할 수 잇겟슴
니까. 그러면 業을 아니 가진 사람은 國民이라 稱하지 못하겟슴니다. 이 意味
로 보아서 「國民皆業」이란 말은 차라리 矛盾된다 함니다. 그러나 이 말이 今
日 世上에서는, 더군다나 우리 이 社會에서는 矛盾이 아니 됨니다.

獨立한 人格을 維持發展할쑨더러 社會 能率上에 寄與할 能力이 잇는 活動
은 다 業이라 稱하겟지오. 그런 고로 나의 말하는 業은 「盜賊」과 「求乞」은 쌔
어 노흔 業입니다. 業은 決코 個人의 物質的 活動과 報酬만 意味하지 아니하
고 道德的으로 個人의 性格을 支配하는 者입니다. 社會奉仕의 精神이 近代市
民主義의 標語임이 이를 가르킴니다. 國家 能率의 浪費를 防備하기 위하야
世界 모든 나라가 敎育으로, 社會政策으로, 쏘는 民族的 良心에 訴하야 百가
지로 힘씁니다. 더군다나 獨立運動의 큰 事業을 압혜 둔 우리겟슴니까.

國民皆業의 큰 敵이 둘 잇슴니다. 하나은 錯誤된 民族的 良心이오, 하나은
民族的 良心의 缺乏 或은 痲痺임니다. 愛國은 입과 조희로만 하는 것인 줄 아
는 것, 愛國은 暗殺과 彈丸으로만 하는 줄 아는 것들은 다 錯誤된 民族的 良心
의 發露라 하겟슴니다. 그러나 이것은 아직도 救하기 쉬운 病이겟지오. 至於

---

* 　天才, 『獨立新聞』 101, 1921.4.2. 1면 '社說' 란에 실렸다.
　　21년 3월 26일자 신문은 100주년 기념호로 꾸며져 사설란은 후임자의 백주년 기념사가
　　담겼다. 이 사설이 3월 말 귀국 이후의 시점에 실린 것은 이 때문인 것으로 짐작된다.

懶惰와 怯懦와 虛僞와 虛榮과 其他 다른 怪惡한 習慣性의 奴隸가 되어 民族的 良心이 아조 缺乏하거나 痲痺된 者에는 엇더한 藥이 쓸 데가 잇슬넌지오. 오늘날 內外地에 잇는 大小 悵鬼, 敵에게 阿諛하는 者로 始作하야 安逸을 圖하는 富豪輩, 酒色에 浸한 靑年, 坯는 虛位 虛名을 다토며 離間과 陰謀를 일삼은 所謂 政客에 니르기섇지 어느 것이 國民 能率에 損害를 씨치지 안는 者가 안임니섇. 錯誤된 民族的 良心에서 生하는 損失과, 民族的 良心의 痲痺로서 生하는 損害를 打算하면 우리의 獨立運動의 進步가 더듸다고 怪異히 녁일 것이 업다 함니다. 國民皆業의 부르지짐은 하로에도 몟 번을 하여야 하겟습니다.

각가운 대로 보더라도 今日 우리가 恨嘆하고 可惜히 녁이는 모든 우리의 不平과 自暴自棄와 陰謀가 다 業업는 대서 生하는 것이 안임닛섇. 저마다 저 할 일이 잇고 제各긔 거긔 힘을 다하면 不平이나 悲觀이 生길 섇듥도 업고 生길 사이도 업겟습니다. 一國의 政事가 엇던 特殊階級의 힘만 안되는 것과 똑 갓치 우리 獨立運動은 엇던 特殊한 사람의 힘으로 안이 되겟습니다. 반드시 國民全體의 運動이라야 하겟습니다. 國民全體로 獨立運動을 進行하자면 唯一한 方法이 個人이 스사로 自己業에 忠實하는 것이올시다. 萬歲運動이 寢熄하엿다고 獨立運動이 업서졋다고 하겟습닛섇. 萬一 一時的 興奮狀態가 작고 繼續된다 하면 그것이 도로혀 크게 危險한 일이겟습니다. 보시오, 農村의 頹廢와 風敎의 紊亂, 經濟의 破産들이 지금 目睹하는 結果가 안임닛섇. 國民의 前程을 生覺하던지 獨立運動의 將來를 보던지 今日이야말로 우리가 목소래를 다하야 國民皆業을 크게 부르지즐 째라 함니다.

獨立萬歲 소래가 아모리 크더라도 全國의 農村과 學校와 工場과 商埠가 븨는 날 우리 國民은 破産할 것이오, 獨立萬歲를 부르는 그 精神이 흘너 學校와 農村과 工場과 商埠가 될 째에 우리의 獨立運動은 成功하겟습니다.

國民이어, 自由와 幸福의 生活을 願하거던, 國家와 民族에 對한 責任을 自覺하거던 스사로의 業을 擇하시오. 擇하거던 거긔 忠誠을 다하시오 國民이어 우리의 獨立運動으로 하여곰 持久하고 成功하는 獨立運動이 되게 하랴거던, 獨立戰爭을 하랴거던, 臨時政府를 維持하랴거던, 業을 가지시오. 그 業에 忠誠하시오. 그대가 그대 業에 忠誠하는 것이 國民된 資格을 다하는 것입니다. 獨立軍된 義務를 다하는 것입니다. 「너도 일하고 나도 일하야 大韓의 男子와 女子는 하나도 빠지지 말고 일하자」. 일하되 大韓의 國民된, 大韓의 獨立軍된 義務와 責任을 自覺하여서 하자. 이러한 自覺을 가지고 學生은 學校에서 農夫는 田野에서, 工人은 工場에서 商人은 商埠에서 쉬지 말고 게으르지 말고 나아가자 —— 언제던지 獨立運動을 背景삼아, 中心삼아.

참고자료 및 관헌자료

재외 조선인에 대한 긴급책으로서
다음의 2건을 건의함*

건의서

재외조선인에 대한 긴급책으로서 다음의 2건을 건의한다.

1. 방랑 조선청년 구제 선도의 건
2. 재외 조선인 교육 선도의 건

'붙임'　　　적임자의 자격
　　　　　　실행상의 주의

1. 방랑조선청년 구제 선도의 건

이유

1919년(大正 8) 조선 독립운동 발발 이래 중등 정도 이상의 교육을 받은 자로서 지나(滿洲, 北京, 上海) 및 시베리아에 유랑하는 자 2천 이상에 달한 다. 그리고 그들은 조선에 돌아갈 수 없는 자, 또는 돌아가고자 하지 않는 자 이다. 지금 그들은 의식衣食이 곤궁하여 이번 겨울을 나는 것조차 곤란한 상

---

*　　「朝鮮總督時代—朝鮮 · 統治一般—意見書類」,『齋藤實文書』2166, 日本國會圖書館. 원 고 상단에 '建議書'라는 표제어가 붙어 있다. 이 건의서의 집필시기는 1921년 귀국 직후인 4월경으로 추정된다. 애초에 아베 미츠이에가 사이토에게 보낸 서한에 동봉된 것으로 알려 져 있으나 현재 사이토문서 가운데 조선통치 일반의견 서류 항목에 분리 보관되어 있어서 정확히 어느 시점에 이 건의서가 건네졌는지는 분명하지 않다.

태이다. 이러한 상태에 있는 그들로서는 취할 만한 길이 세 가지가 있다.

1) 독립운동을 표방하고 무기를 휴대하여 조선 내에 몰래 들어오는 것
2) 과격파 러시아의 선전자가 되는 것
3) 사기꾼 또는 절도, 강도가 되는 것
이 이것이다.

그들 이천 명은 조선인 ― 특히 재외 조선인 사이에서는 지식계급이면서 동시에 애국지사로서 민심을 선동하는 데 막대한 세력을 가진다. 현재 그 지역에 있는 각종 독립단체의 여러 기관은 그들에 의해 굴러가고 있고, 여러 계획 및 실행은 그들의 손으로 이루어진다.

또 그들은 과격파의 사상에 기울고 있다. 소비에트 정부도 동양에서의 과격주의 선전자로서 조선의 불우청년 지식 계급을 이용하는 방책을 세우고, 현재 상하이 기타에서 수백의 조선 청년을 부리고 있다. 이대로 두면 필시 그들 2천여 명은 전부 과격화될 것으로 보인다.

그리고 그들은 수적으로는 적은 것 같아도 사실 일본의 국방 및 사회의 안녕에 대하여 경시할 수 없는 관계를 갖고 있는 것이다.

게다가 그들은 선도하면 재외 조선인, 나아가서는 전 조선인의 교육 및 산업적 활동에 쓸모있는 인재가 될 수 있고, 또 인도상으로 보더라도 2천 여 쓸모있는 청년을 도랑과 골짜기에 구르게 하는 것은 국가로서도 인류로서도 참을 수 없을 것이라고 믿는다.

구제책

그 구제책은 그들에게 우선 의식을 주고, 다음으로 교육을 주어 건실한 직업을 누릴 수 있는 능력을 주는 데 있다.

길림성 또는 봉천성에 적당한 토지를 구매하고, 조선인 가운데서 적절한 인재를 구하여 이곳에 농촌과 학교를 경영케 한다. 거기서 그들 유랑의 무리를 모아 한편으로 농공업에 종사하여 의식의 밑천을 얻게 하고, 다른 한편으로 농업과 공업 등 만주의 조선인 산업에 필요한 학술 또는 기예, 또는 사범교육을 받게 한다. 사법교육을 하는 것은 재외 조선인(백만을 넘는다고 한다)의 교육을 진흥케 하는 자극이 되고 실력을 갖추게 하기 위함이고, 실업교육을 베푸는 것은 첫째, 그들 자신에게 건전한 직업에 종사하는 능력을 전수하고, 둘째 재외 조선인의 산업을 진흥시키기 위함이다.

이상에서 언급한 사업의 시도로서, 우선 500명을 수용하기 위한 경비를 대강 셈하면 다음과 같다.

1) 토지구입비(1인 경작분 50엔으로 견적)	2만 5천 엔
2) 개간비(기계 구입비 포함)	2만 엔
3) 기숙사 건설비(1실 평균 4인으로 125실, 및 부속 건물)	2만 엔
4) 교사 및 공장 건설비	2만 엔
5) 5백명 최초 1년 생활비	2만 엔
6) 공공비 및 잡비	1만 엔
합계	금 십만 엔

일단 이러한 설비가 마련되면 이듬해부터의 해당 토지의 수입으로 유지할 수 있을 것.

2. 재외 조선인 교육 선도에 관한 건

이유

국외에 거주하는 조선인이 2백만이라고 한다. 그 가운데 가장 밀집도가 높은 거주지는 러시아령 연해주 및 만주 지역이다. 특히 저 간도 및 서간도도 통칭되는 지역은 거의 조선 내지와 다르지 않고, 주민이 백만에 달한다. 그런데 그들에게는 정치가 없고 법률이 없고 종교가 없고 교육도, 예술도 없다. 거의 만민蠻民으로 퇴화하고 있다. 더구나 이러한 인민은 해마다 급증가하여 매년 이주하는 자가 만 명을 헤아린다. 그리고 그들을 지배하는 유일한 주권은 위의 항목에 서술한 유랑 청년이 있을 뿐이다. 따라서 그들 백만의 인민은 일본의 국방상 간과할 수 없는 위험으로서, 또한 그들을 계발하는 것은 조선 통치자로서 일본이 등한시할 수 없는 문제이다.

교육 선도안

그 교육 선도책은 학교의 설립, 강습소 및 순회 강습의 시설, 또 값싼 출판물을 발행하는 것이다.

1) 적당한 곳에 기숙사가 딸린 소학교를 세울 것
2) 강습소를 마련하여 산업에 관한 지식을 줄 것
3) 강연을 통해 위생 기타 필요한 사상을 고취할 것
4) 값싸고 또 그 목적에 맞는 출판물로써 도덕과 지식과 위안을 줄 것

상술한 사업은 아래 항목에 언급한 사업 경영자에게 위임하면 가장 편리하다. 경비는 일정해야 하는 것은 아니고, 다만 이로써 시험적으로 전진하

는 것이 좋다.

적임자의 자격

이러한 사업에는 적임자를 얻는 것이 가장 긴요한 조건이다. 그 적임자는 다음의 자격을 가질 필요가 있다.

1) 조선인, 특히 조선 청년 사이에 명망 있는 자일 것
2) 조선인으로서 친일파로 지목되지 않을 것
3) 교육에 관한 식견이 있고 사무적 수완이 있을 것
4) 비록 일선동화를 외치지 않더라도, 급진적 사상이 아니라 조선인에게 교육과 산업을 전수하는 것을 조선인의 유일한 구제책이라고 믿는 자
5) 거짓말하지 않고, 의지 강고하여 주의를 굽히지 않는 자

이러한 인물이라면 신임해도 좋을 것이다. 이것은 일선동화를 외치지 않더라도 재외 조선인의 망령된 움직임을 견제하고, 그들에게 지식과 부를 주어 생활의 안정을 얻게 하는 효력을 얻을 수 있다.

실행시의 주의

상술한 사업을 진행하는 데는 절대 비밀을 지키는 것이 좋다.

요시찰 조선인 이광수에 관한 건(一)*

비밀 제10문

문서과장 문서과장 검인 1909년 2월 10일 접수

19 년 월 일 기초起草 별지 政機密 合送 제22호

동 1919년 2월 10일자

1918년 2월 10일 발송 완료

주임 제1과

주관 정무국장 우치다內田 대신

재 지나 오바타小幡 공사

재 상하이 아리요시有吉 총영사

본 건에 관하여 이번에 내무성으로부터 별지의 기록대로 조회가 있었으
니 자세한 사항은 별지에 적절히 조처해 주시기 바랍니다.

(별지 카와무라川村 경보국장에게서 온 보고 문서 제78호 기록 첨부)

　　<별지>

　　　　요시찰 조선인에 관한 건

　　접수 01264호

　　□□□□ 제87호

* 　국사편찬위원회 DB 不逞團關係雜件-朝鮮人의 部-在滿洲의 部 8.

1919년 2월 7일 접수 주관 정무국 제1과

1919년 2월 6일 카와무라川村 내무성 경보국장 印

우에하라植原 외무성 정무국장 앞

경시청 편입

갑호 이광수

　위 사람은 비교적 견실한 배일사상을 지닌 자로서 재 토쿄 조선 유학생 주최 각종 강연회 석상에 출석하여 항상 교만 불온한 언사를 지껄이고 반일적 사상의 고취에 힘쓰고 있음. 작년 10월 경 전 경성일보 매일신보 사장인 아베 미츠이에阿部充家로부터 펑톈 총영사 및 기타 각처의 영사에 대한 소개장을 얻어 학술연구를 위한다고 칭하고 지나로 건너간 일이 있음. 올해 1월 31일 코베항神戸港을 떠나는 기선汽船 오구라마루小倉丸로 재차 상하이를 향하여 출발, 상하이를 경유하여 베이징 화석교化石橋의 준텐시보順天時報에 간다고 함. 또 코베 사누키야讃岐屋 여관에서 휴식 중 아래 사람에게 편지 및 전보를 보낸 사실을 관계 지방장관이 내보内報로 알려 왔으니, 본인이 상하이에 도착한 후의 언동에 대해서는 충분히 살피고 시찰 취조상 참고할 만한 사항은 그때마다 알려주시기 바랍니다.

　전보 발송처

　조선 경성부 서대문 허영숙

　오늘 아침 상하이로 감. 상세한 내용은 편지로. 안심할 것. 光

이상.

요시찰 조선인 이광수에 관한 건(二)*

부속서류 첨부 1919년 2월 24일 접수(주관 정무국 제1과 접수 02065호)

기밀 제82호 1919년 2월 18일

지나부 특명 전권공사 오바타 유키치小幡酉吉印

외무대신 자작 우치다 야스야內田康哉 앞

  본 건에 관하여 이달 10일자에 政機密 合送 제22호로써 보내주신 취지 삼
가 받았습니다. 사실 이李는 작년 11월 베이징에 왔습니다. 당시 본인의 행
동에 관해 담당관 하타노波多野 경부警部에게서 별지와 같이 보고가 있었던
바, 그후 올해 1월 베이징에서 떠난 뒤는 이곳에 온 흔적이 없습니다만, 이
번에 통지하여 주신 차제에 단단히 주의하여 만약 베이징에 왔다면 잘 감시
하여 또 보고 올리겠습니다. 이상으로 양해해 주시길 바라며 일단 회신 올
립니다.

  <첨부 1>
    요시찰 조선인 베이징 체제 중의 행동에 관한 건

북경비발北警秘發 제1호

1919년 1월 30일

---

* 「要視察朝鮮人李光洙ニ関スル件」(1919.2.18.), 국사편찬위원회 DB 不逞團關係雜件-朝
  鮮人의 部-在支那各地 1.

경부警部 하타노 카메타로波多野亀太郎

공사관 귀중貴中

본적 조선 평안북도 정주군 갈산면 익성동 16통 3호 호주

이광수 1892년 2월 1일생

위 사람은 작년 11월 8일 오전 10시 도착 열차로 아내라 칭하는 허영숙(1897년 9월 14일 생, 경성에 거주)을 동반하여 베이징에 와서 여관 123관에 투숙했습니다. 코쿠민신문사國民新聞社 외보부外報部 기자 타마오 타케시로玉生武四郎의 소개장을 가지고 이곳 코쿠민신문 통신원 마츠무라 타로松村太郎를 방문하고, 마츠무라의 도움으로 동월 11일 바바오八寶 후퉁胡同 14호 마쿠타幕田라는 자의 처소에서 동거하고 다시 동월 27일 大土地□ 5호 지나인 가옥을 빌려 머물렀습니다. 이에 곧 본인의 신원을 조사하기 위해 다음달 11일 본적 관할 경찰서에 조회하여 별지의 사본과 같이 회답을 접수했습니다. 이를 전후하여 조선총독부 경무총장에게서 이곳 헌병 파견소 앞으로 별지의 사본과 같이 두 번의 통첩이 왔다는 내보內報를 접하고 오로지 그 행동에 주의 중인 바, 아래의 각 항과 같이 이곳 체재 중에는 의심받을 만한 행동의 형적을 발견할 수 없었습니다. 생각건대 이광수 본인은 현재 기혼의 처와 헤어지고자 하는데, 동반자 허영숙과는 토쿄 재학 중(당시 허는 요시오카 야요이吉岡弥生 여자의학교 통학) 정분이 났으며, 이번에 허許가 경성부 의원에 재직 중임을 동지에서 이른바 애정도피 행각을 벌여 동반하여 온 것으로 짐작됩니다. 이곳을 떠날 때도 경성에 있는 허의 모친에게서 송금을 받아 그것을 여비로 하여 출발한 점으로 보아 그가 베이징에 온 목적은 역시 사소한 것이 아닐까 생각됩니다. 또 이번 강화회의를 기회로 미국 대통령이 언급한 민족 자결주의라는 말에 종종 억설臆說을 더하고 이를 구실로 대세에 소원한 우

민을 현혹하여 사기적 수단으로써 금품을 사취하고자 하는 불령도배가 있
는 것은 사실이며, 현재 이곳에도 그들이 잠입해 있는 형적이 있어 주의 중
에 있으니 참고하십사 아울러 알려드립니다.

一, 베이징 체재 중 다녀간 일본인
마츠무라 타로松村太郎 코쿠민신문 통신원, 와타나베渡邊 준텐시보順天
時報 사장
이마세키 주마로今關壽麿 미츠이양행三ツ井洋行 □在(今關은 경성에 있어 이
李와 아는 사이)
一, 다녀간 조선인
한익제韓翊濟. 유학, 지나어동학회支那語同學會에서 면학중인 자. 위험사
상자는 아님.
一, 통신
작년 11월 29일 경성 광화문 우편국 발, 조 모(허의 모친)에게서 35원 송
금. 올해 1월 5일 마찬가지로 1백 원 송금이 있었음. 기타는 분명치 않음.
一, 도착 및 출발
1918년 11월 8일 베이징에 옴. 이듬해 1919년 1월 10일 오후 8시 반, 이
광수는 와세다대학으로 돌아간다고 칭하고 출발하여 베이징을 떠남.
허영숙은 베이징에 체재하는 동안 이곳 야마모토의원山本医院으로 견
습 차 통근하고 있던 관계로, 같은 달 14일 경성에 도착했다고 야마모토 쪽
에 통신이 있었다고 함. 이상.

보고 전 톈진天津 총영사관 경찰서장

<첨부 2>

요시찰 조선인의 행동에 관한 건

본적 조선 평안북도 정주군 갈산면 익성리

당시 토쿄 와세다대학 학생 이광수 당년 27세

一, 위 인물은 배일사상이 자못 농후하며 10월 16일 토쿄를 출발하여 본적지에 귀성, 같은 달 경의선 고읍역을 출발, 지나의 펑톈, 다롄, 잉커우, 톈진, 베이징 및 난징 지방을 시찰하기 위함이라고 언급한 것을 듣고 주의 중임. 그는 11월 1일 오전 6시 20분 도착 안봉선 열차로 펑톈에 왔고, 신시가 여관 따궈大國 호텔에서 경성일보 기자라 칭하고 일주일 간 체재한 다음 같은 달 8일 오전 10시 40분 발 봉천선 열차로 베이징을 향해 출발함. 이곳 체재 중의 행동은 상세하지 않음.

1918년 12월 7일

<첨부 3>

강화회의에 조선 대표자 파견에 관한 건

1918년 12월 19일 조선총독부 경무총장의 아래와 같은 통보가 있었음.

강화회의에 조선인 대표자 파견에 관하여 다음과 같은 정보가 있으니 참고하십사 통보 드립니다.

一, 내지 유학생 중 배일사상 조선인의 우두머리 이광수, 현상윤*, 정노식 등 외 수명은 토쿄 모처에서 밀회하여, 미국 대통령 윌슨의 성명인 민족

---

* 원문은 '廣相允'으로 되어 있다.

자결주의가 자신들의 오랜 뜻이자 자신들의 뜻과 꼭 같다고 하여 이번 강화
회의를 이용하여 미국 대통령의 원조를 얻어 무슨 일인가 하겠다고 했다든
가 하는 설이 있음.

二, 강화회의에 조선인 대표자를 보낼 것을 기획했는데, 유학생만 움직
이기보다는 각 방면과 협동하는 쪽이 효과가 크므로 미국, 서북간도, 노령
및 상하이 방면의 동지와 연락을 취해 결행하고자 하여 우선 지나의 베이징
에서 밀회하기로 하고 토쿄의 배일학생 측에서는 대표자로서 이광수가 베
이징으로 향했던 것이고, 상하이 방면에서는 장덕수, 노령 방면에서는 양기
탁이 대표자로서 모임에 참석했으며, 기타 지방 대표자는 이름이 상세하지
않다고

三, 강화회의에 파견할 대표자는 하와이에 거주하는 배일 조선인으로서
작년 뉴욕에서 개최한 25개 약소국 회의에 조선인 대표자로서 참가한 박용
만 및 전 평양 대성학교장으로 현재 미국 샌프란시스코에 거주하는 안창호
두 명을 추천하기로 함.

四, 대표자 파견에 관한 운동 방법은 이번 베이징에서의 비밀회의의 결
의 조건에 따라 각지의 동지가 협력하여 이를 수행할 것을 도모했다고

<첨부 4>

조선 평안북도 정주군 갈산면 익성리 호주 이광수 1892년 2월 1일생
위 사람에 관한 아래 사항을 상세히 취조하여 각 란에 기입, 각 칸을 조
회하여 회답해주시기 바랍니다.

1918년 12월 21일
재 베이징 일본공사관 내 외무성 경부 하타노 카메타로

정주* 경찰서장 앞

본적 출생지	평안북도 정주군 갈산면 익성리 16통 3호 본적과 동일	현주소 직업	토쿄 와세다대학 기숙사 학생
신분 생년월일	상민 1892년 2월 1일	성향	열렬한 배일사상을 고집하고 항상 국권회복의 음모를 계획하고자 함
교육 정도	와세다대학 유학 중인 자로 1919년 6월 졸업 예정	종교	기독교(북장로파)
기호 습관	일본술을 좋아함 주벽은 없으니 타인을 선동하고 일을 도모하는 습벽이 있음	교제	정주군 내 요시찰인 갑 이인환, 박기□, 조만식, 기타 서상국, 차남진 및 경성 최남선, 유학생 서춘
가족	처 백혜순 및 딸 여아가 하나 있으나 현재 이혼 수속 중	가정 상태	처는 이혼 상태에 있고 불화, 본가는 없음
당파	배일파	명망	조선 전도에 걸쳐 배일파의 유력자로서 유식자가 거의 모르는 사람이 없음
자산	없음	주소 이동	현재 베이징 체재 중
존족의 범죄 유무	없음	통칭 예명 별명	통칭 이광수 호 고주
전과	없음		
경력	1905년** 7월 중 토쿄에 유학하여 토카이의숙東海義塾에 들어가 일본어 및 영어를 배움. □년 4월 칸다구神田區 타이세이중학大成中学에 입학하고 동 1907년 9월*** (메이지)학원에 입학함. 1910년 3월 졸업하고 귀향하여 정주군 갈산면 익성동 오산학교(사립) 교사로 근무함. 1915년 8월 31일 내지에 도항하여 와세다대학에 입학하여 재학 중이었으나 이번 휴가를 이용하여 만주 지역을 시찰하기 위해 무전여행을 한다고 칭하고 10월 17일 귀향, 동 30일 지나 방면으로 향하여 출발함.		
비고	본인은 일한합병을 분개하고 현 시정에 불만을 품으며 항상 배일적 언동을 지껄이고 사방을 배회하여 동지를 규합하고 일을 도모하고자 하는 의지를 가진 자로서, 엄밀한 시찰을 요하는 바임. 행동에 관해서는 상세히 통보하기 바라며, 통신에 대해서는 주의 중.		

위와 같이 회답합니다.

* 원문은 '博州'로 되어 있다.

** 원문은 '1906'년으로 되어 있다.

*** 원문은 '1908년 4월'로 되어 있다.

1918년 12월 21일 평안북도 경찰부장

재 베이징 일본공사관 내 외무성 경부 하타노 카메타로 앞

일본어 및 한문 원문자료

要視察人朝鮮人李光洙ニ關スル件(一)*

機密 第10門(手書き部分判読不可)

文書課長 文書課長檢印 大正 八年 二月十日 接受 浄書□校正原□ 桜井

大正 　年　　月　　日起草　別紙　政機密 合送 第二二号

同 八年 二月十日 附

大正 八年 弐月 拾日 發送済

　　　　　　　主任 第一課

主管政務局長 内田大臣

在支 小幡公使

在上海 有吉総領事

本件ニ關シ今般内務省ヨリ別紙写ノ通、照合有之候ニ就テハ委細別紙ニ就キ

御承知ノ上可然御取計相成度御願申進候也

(別紙 川村警保局長来信第七八號写添付)

<別紙>

要視察朝鮮人ニ関スル件

接受 01364號

大正 八年 二月七日 接受 主管 政務局 第一課

○○ 警保□ 第七八號

大正 八年 二月六日 川村 内務省 警保局長 印

埴原 外務省 政務局長 殿

警視廳 編入

　甲号　李光洙

　右者、比較的堅実ナル排日思想ヲ抱持スルモノニシテ、在東京朝鮮留学生主催ノ各種講演會席上ニ出席シツネニ矯激不穩ノ言辞ヲ弄シテ反日的思想ノ鼓吹ニ努メ居リ。昨年十月頃、元京城日報、毎日申報社長タリシ阿部充家ヨリ奉天總領事其ノ他各所ノ領事ニ対シテ紹介状ヲ得、学術研究ノ為ナリト称シ、渡支シタルコト有之候處、本年一月三十一日、神戸港出帆ノ汽船小倉丸ニテ再ビ上海ニ向ケ出發、同地経由北京化石橋順天時報ニ赴クヤニテ神戸讃岐屋旅館ニ休憩中、左記ノ者ニ書面及電報ヲ發シタル旨、關係地方長官ヨリ内報ノ次第モ有之候ニ付、本人全地着後ノ言動ニ對シテハ充分御視察相成、視察取締上参考トナルヘキ事項ハ其ノ都度御内諜相成候様、御配慮煩度。

　　記

電報發送先

　朝鮮 京城府 西大門 許英肅

　今朝上海ニ行ク 委細文 安心セヨ 光

　　　　　　　　　　　　　　　　　　以上

要視察朝鮮人李光洙ニ関スル件(二)*

附属書類添附 大正 八年 二月廿四日 接受 管主 政務局 第一課 □受02065號

機密 第八二號 大正 八年 二月十八日

在支那 特命全権公使 小幡酉吉 印

外務大臣 子爵 内田康哉 殿

本件ニ関シ、本月十日附、政機密合送第二二號ヲ以テ御来示ノ趣致、敬承
候。實ハ李ハ客年十一月来京シタルコトアリ。當時、本人ノ行動ニ関シ當館波
多野警部ヨリ別紙ノ通リ報告有之候處、其後本年一月退京以来、當地ニ入込
ミタル形跡無之候得共、今般御来訓ノ次第モ有之候ニ付、篤ト注意ヲ加ヘ、来
京ノ□ハ嚴密監視ノ末、更ニ可及報告候間、右様御了承相成度右不取敢回答
申進候ナリ。

　　　<添附 1>

　　　　要視察鮮人滞京中ノ行動ニ関スル件

北警秘□ 第一號

大正 八年 一月三十日

警部 波多野亀太郎

公使館御中

本籍 朝鮮 平安北道 定州郡 葛山面 益城洞 十六統 三戸 戸主

李光洙 明治 二十五年 二月一日 生

　右は客年十一月八日午前十時着列車ニテ妻ト称スル許英粛、明治三十年八月十四日生(京城ニ實家アリ)同伴来京、旅館一二三舘ニ投宿、國民新聞社外報部記者、玉生武四郎ノ添書ヲ以テ當地國民新聞通信員、松村太郎ヲ訪ヒ、松村ノ世話ニ依リ同月十一日八寶胡同十四号幕田ナル者ノ所ヘ同居シ、更ニ同月二十七日大土地□五号支那人家屋ヲ部借リシテ＝間借り？滞在セルヲ以テ、不取敢本人ノ身元ヲ調査スベク翌月十一日付本籍所轄警察署ヘ照會シタルニ別紙寫ノ如キ回答ニ接シ、之レト前後シテ朝鮮総督府警務総長ヨリ當地憲兵分遣所宛、別紙寫ノ如キ両度ノ通牒アリタル旨内報ニ接シタルヲ以テ、専ラ其行動注意中ノ處、左記各項ノ如クニシテ當地滞在ニ於テハ被疑セラルヽガ如キ行動アリタル形跡ヲ認メス。思フニ本人目下既婚ノ妻ヲ離別セントシツヽアルモノニシテ、同伴者許英粛トハ東京在学中(當時許ハ吉岡弥生女医学校通學)慇懃ヲ通シ居リ。今次、許ガ京城府医院ニ在職中ナルヲ同地ヨリ所謂駈落体ノ行動ヲ執リ同伴シ来リタルモノト推知セラレ、當地引上ニ際シテモ京城ニ在ル許ガ實母ヨリノ送金ヲ得、之レヲ旅費トシテ出発シタル如キ点ヨリ見テ、彼ガ来京ノ目的亦取ルニ足ラザル事柄ナリシニハアラズヤトモ推考致サレ候。尚、今次ノ講和會議ヲ機トシ米大統領ノ云為セル民族自決主義ナル語ニ種々臆説ヲ加ヘ之レヲ口實ニ大勢ニ疎キ愚民ヲ惑ワシ詐欺的手段ヲ以テ金品ヲ騙取セントスル不逞ノ徒アルハ事實ニシテ、目下當地方ニモ之等ノ入込ミ居ル形跡アルヲ以テ注意中ニ有之候ニ付、御参考迄併テ申進候也。

　記

一、在京中往訪邦人

松村太郎 国民新聞 通信員 渡邊 順天時報 社長

今関壽麿 三ツ井洋行□在(今関ハ京城ニ在ツテ李ト知合ノ関係)

一、来訪鮮人 韓翊濟

　　留學、支那語同學會ニ在リテ勉学中ノモノ、危険思想者ニアラズ

一、通信

客年十一月廿九日京城黄(光)化門郵便局發、曹某(許ノ母)ヨリ三十五円送金、本年一月五日同上百円送金アリ。其他不明。

一、到着及出發

大正七年十一月十八日来京。同八年一月十日午後八時半、李光洙ハ早稲田大學へ歸校スルト称シ出發退京ス。

許英肅は在京中、當地山本医院へ見習トシテ通勤シ居リタル関係ヨリ、同月十四日京城へ到着シタル旨、山本方通信アリシト云フ。

以上

報告先 天津 総領事館 警察署長

＜添附 2＞

要視察鮮人ノ行動ニ関スル件

原籍 朝鮮 平安北道 鄭(ママ)州郡 葛□山面 益城里

當時 東京 早稲田大學々生 李光洙 當二十七年

一、右排日思想頗ル濃厚ニシテ十月十六日東京出発原籍地ニ帰省、仝月三十日京義線古邑駅出発、支那奉天、大連、営口、天津、北京、及南京地方ヲ

視察スベシト称シ居タルコトヲ聞知シ注意中、仝人ハ十一月一日午前六時二十分着安奉線列車ニテ来奉、新市街旅館大國「ホテル」ニ京城日報記者ト称シ一週間滞在ノ上、同月八日午前十時四十分発京奉線列車ニテ北京ニ向ヒ出発セリ。當地滞在中ノ行動詳ナラズ。

大正 七年 十二月七日

<添附 3>

媾和會議ニ鮮人代表者派遣ニ関スル件

大正七年十二月十九日朝鮮総督府警務総長ヨリ左記ノ通報アリタリ

左記

媾和會議ニ朝鮮人代表者派遣ニ関シ左ノ聞込有之候間、御参考迄ニ及通報候也

一、内地留学生中排日思想鮮人ノ主脳者李光洙、廣相允、鄭魯湜、等外數名ハ東京某所ニ密會シ米國大統領「ウヰルソン」ノ聲命セル民族自決主義ハ我等ノ宿志ニシテ大ニ我意ヲ得タリト為シ、今回ノ媾和會議ヲ利用シ米國大統領ノ援助ヲ得テ何等カ爲ス處アラントスルヤノ説アリ

二、媾和會議ニ鮮人代表者ヲ送ルコトヲ企画シタルモ留学生ノミヨリモ各方面ト協同スル方効果多キヲ以テ、米國、西北間島、露領、及上海方面ノ同志ト連絡ヲ執リ決行セントシ先ツ支那、北京ニ密スルコトヽシ在東京排日学生ヨリハ代表者トシテ李光洙北京ニ向ヒタルモノニシテ、上海方面ヨリハ張德秀、露領方面ヨリハ梁起鐸、代表者トシテ参會シ其他、地方代表者ハ氏名不詳ナリト

三、媾和會議ニ派遣スヘキ代表者ハ布哇在住ノ排日鮮人ニシテ客年紐育ニ開催セシ二十五弱國會議ニ鮮人代表者トシテ参會シタル朴容萬及元平壌大成學

校長ニシテ目下米國桑港ニ在住スル安昌浩ノ両名ヲ推薦スルコトヽナレリ

　四、代表者派遣ニ関スル運動方法ハ、今回北京ニ於ケル密會ノ決議條件ヲ齎シ、各地ノ同志協力之カ遂行ヲ圖ル筈ナリト

　<添附4>

　朝鮮 平安北道 定州郡 葛□山面 益城里 戸主 李光洙 明治 二十五年 二月一日生

　右ノ者ニ關スル左記事項詳細、御取調ノ上、各欄ニ記入、御回答相成度此段及照會候也

　大正 七年 十二月十一日 在北京 日本公使館内 外務省警部 波多野亀太郎

　□州　警察署長殿

本籍	平安北道定州郡葛□山面益城里十六統三戸	現 住 所	東京早稲田大学寄宿舎
生地	本籍地ニ同シ	職業	学生
身分 生年 月日	常民 明治二十五年二月一日	性向	熾烈ナル排日思想ヲ固持シ常ニ國權恢復ノ陰謀ヲ計畫セントスルモノ
教育 程度	早稲田大学留学中ノモノニシテ大正八年六月卒業ノモノ	信教	耶蘇教(北長老派)
嗜好 習癖	日本酒ヲ好ム 酒癖ナキモ他人ヲ煽動シ事ヲ計ル習癖アリ	交際	定州郡内 要視察人 甲 李寅煥、朴基□、曹晩植、其他 徐相□、車南鎮、及京城　崔南善、留学生 徐椿
家族	妻白□順及女子一名ア	家 庭	妻ハ離婚状態ニアリ不和　自

	ルモ目下離婚ノ手続中	状態	己ノ實家ナシ
黨派	排日派	名望	朝鮮全道ニ亘リ排日派ノ有力者ニシテ有識者夙ニ知ラサルモノナシ
資産	ナシ	住　所 移動	目下北京滞在中
尊族 ノ 犯罪 有無	ナシ	通称 藝　名 綽名	通称 李光洙 號 孤舟
前科	ナシ		
経歴	明治三十九年七月中東京ニ留学シ、東海義塾ニ入リ國語並英語ヲ学ビ、□年四月神田区大成中学ニ入校シ、全四十一年四月学院ニ入学シ、四十三年四月卒業帰郷シ定州郡葛□山面益城洞五山学校（私立）教師ヲ奉職シ、大正四年八月三十一日内地ヘ渡航シ、早稲田大学ニ入校、在学中ナリシカ、今回休暇ヲ利用シ満州地ヲ視察ノ為、無銭旅行ヲ爲スト称シ十月十七日帰郷シ、全三十日支那方面ニ向ケ出発シタルモノナリ		
備考	本人ハ日韓合併ヲ憤慨シ、現施政ノ不満ヲ抱持シ、常ニ排日的言動ヲ弄シ、諸方徘徊シ同志ヲ糾合シ事ヲ企テントスル意志ヲ有スルモノニシテ、厳密ナル視察ヲ要スルモノナリ。行動に[関]シテハ詳細通報煩レ度通信ニ付テハ注意中		

右及回答候也

大正 七年 十二月 廿一日 平安北道 警察部長

在北京 日本公使舘内 外務省 警部 波多野亀太郎殿

中國之中興必自挫日而始[*]

夫以世界最舊最大創造最燦爛文明之中國而陷於今日恥辱之境遇果何如耶曾指中國爲睡獅子者今則指爲死獅子矣嗚呼以五千年文明之歷史數萬里膏腴之疆土四億萬盛多之民衆人才無盡藏物産無盡藏而在萬國平和會僅齒於小弱國之列榮乎否乎以堂堂獨立之大國政府唯諾惟謹於島族政客之頤使安乎否乎至若軍械證盟軍事協定非保護階級而何

昨日滿洲今日山東 明日福建再明日蒙古皆次第而逝者也彼貪慾無魘者之爪牙已裂破中國之腦背而其銳利之尖端且直犯於臟腑則現狀之危追奚啻累卵之哉

乃者天牖[**]國民而 有一大覺醒主倡抵制日貨絶叫死守山東而有國民大會學生示威運動馳電政府以策勵之傳單各界以鼓動之報紙之血淚縱橫淋漓此乃起死回生之新氣脈也鄙人東韓之一學生也爲復我旣失之歷史與自由而奮鬪者亦以中國之休戚爲切己之休戚者覩中國人民有如斯之覺悟有如斯之決心而誠不禁感淚之滂沱也

然而昧昧我思之以此溫和手段足以挽回旣失之國權乎足以收復福洲之主權乎足以奪還已入日本鐵顎內之山東乎足以制止日人之無孔不入百方經營期達其大陸政策者乎且中國人思之中國年來因南北之爭而糜費國財屢億萬傷害人民數十萬大江流域幾乎煙火斷絶南北兩方俱已氣盡力竭者果誰之爲也其以日人利中國之內訌陰弄其左右之術而然者非世界各國之所明知公言者耶然則日人以直接侵奪土地與財産固如彼其宏大而以間接殺傷民命傷害[***]國脈又何如耶此中國父老

---

[*]　李光洙, 『新韓青年』 中文版 創刊號, 1920.3.
[**]　원문은 '天牖'으로 되어 있다.

昆弟之痛入骨髓無異乎三韓民族也

然則中國人民爲自衛自存之計出於何法可乎以國人之輿論而能得勝利乎抑亦依外國之輿論而得其實力乎今日雖曰輿論時代而尚可曰全未余未也如英美法文明隆盛三國關於國內政治固以輿論決行而至於國際關係尚以武力左右矣日本輿論之反抗與命令之服從有太未開太強暴者中國位與內政而無輿論之力而況何借助於外國之輿論乎中國興而享其幸福者惟中國人中國亡而受其禍殃者惟中國人則爲中國而流血者亦惟中國人而決非美人英人代爲流血者也若守以夷制夷之舊套而望其自存則不啻緣木求魚而反入於自滅之塗者也

嗚呼中國非世界上獨立國耶無四億萬人民與百萬陸海軍之力者也以山東一省之人民足以成一國家捍禦外敵而以二十一省之人民而無自存之力耶鄙人曾參觀中國學生運動會而其指導者一人登壇演說曰中國不能以武力抵抗日本而惟以和平手段抵制日貨貽日本之損害云云鄙人甚嘆中國士氣之沮喪[*]也夫以白耳義之小而爲其自立對抗強德以捷克之孤而爲獨立攻擊俄人以中國四億萬之衆而曰不能以武力抵抗日本者豈非可嘆之甚耶若謂中國無挫日之必要則已苟爲中國自存與東洋平和而認日本爲敵則豈可不快試一戰乎環顧全球曾有若是無氣魄之民族乎惟中國之兄弟幸勿怒此愚戇之言而猛省益奮也

惟韓族爲傷於虎而眞知可怕者今此獨立運動試行平和手段者一個年而豈謂如此可得其結果乎最右一着惟有出於血戰一塗者卽全族之所確斷者也竊爲中國計中興偉業安寧幸福非頁流血之代價則不可得也嗚呼其思之

*** 원문은 '狀害'로 되어 있다.

* 원문은 '阻喪'으로 되어 있다.

在外朝鮮人ニ對スル緊急ノ策トシテ
左ノ二件ヲ建議ス[*]

建議書

在外朝鮮人ニ對スル緊急ノ策トシテ、左ノ二件ヲ建議ス。

一、流浪朝鮮青年救済善導ノ件

二、在外朝鮮人教育善導ノ件

附 適任者ノ資格

　実行ニ就イテノ注意

一、流浪朝鮮青年救済善導ノ件

　理由　大正八年朝鮮獨立運動勃發以來、中等程度以上ノ教育ヲ受ケタルモノニシテ支那(滿州、北京、上海)及シベリヤニ流浪スルモノ二千以上ニ達ス。而シテ彼等ハ朝鮮ニ帰ルヲ得ザルモノ、マハタ帰ルヲ欲セザルモノナリ。今ヤ彼等衣食ニ窮シ此ノ冬ヲ過スサヘ困難ナル状態ニアリ。

　カカル状態ニアル彼ラニ取リテハ、取ルベキ途三アリ。

一、獨立運動ヲ標榜シテ武器ヲ携ヘ朝鮮内ニ這入リ込ムコト

二、過激派ロシヤの宣傳者ニナルコト

三、詐欺師マタハ窃盗、強盗ニナルコト

是ナリ。

彼等二千人ハ朝鮮人間――殊ニ在外朝鮮人間ニ於イテハ、知識階級タルト同

[*]　「朝鮮總督時代―朝鮮‧統治一般―意見書類」,『齋藤實文書』2166, 日本國會圖書館.

時ニ愛國ノ志士ニシテ、民心ヲ煽動スルニハ偉大ナル勢力ヲ有ス。現ニ彼ノ地ニアル種種ノ獨立運動團体ノ諸機関ハ彼等ニヨリテ運轉サレ、ソノ諸計画及実行ハ彼ラノ手ニヨリテナサル。

且彼等ハ過激派ノ思想ニ傾キツツアリ。ソビエト政府モ東洋ニ於ケル過激主義宣傳者トシテ朝鮮ノ不遇ノ青年知識階級ヲ利用スルノ策ヲ立テ、現ニ上海其他ニ於イテ數百ノ朝鮮青年ヲ使用シツツアリ。成行キニ任セバ恐ラク彼等二千余人ハ全部過激化スルベシト見ユ。

サレバ彼等ハ數ニ於イテ少キガ如キモ、ソノ実、日本ノ國防及社会ノ安寧ニ對シテ軽視スベカラザル関係ヲ有スルモノナリ。

加之、彼等ハ善導スレバ在外朝鮮人、ヒイテハ全朝鮮人ノ教育及産業的活動ノ有為ナル人材トナスヲ得ベク、ハタ人道上ヨリ見ルモ二千余リノ有為ノ青年ヲ溝壑ニ轉ゼシムルハ國家トシテモ人類トシテモ忍ビザルコトナルト信ズ。

救済策

之ガ救済策ハ彼等ニ先、衣食ヲ與ヘ、次ニ教育ヲ與ヘテ正業ニ楽シム能力ヲ與フルニアリ。

吉林省、又ハ奉天省ニ適宜ナル土地ヲ贖ヒ、朝鮮人中ヨリ適材ヲ求メテ此処ニ農村ト学校トヲ経営セシム。ソコニ彼等流浪ノ徒ヲ集メテ、一方、農工業ヲ営ミテ衣食ノ資ヲ得シメ、他方、農業、工業等、滿州ニ於ケル朝鮮人産業ニ必要ナル学術又ハ技芸、又、師範教育ヲ受ケシムバシ。師範教育ヲナスハ、在外朝鮮人(百万ヲ越ユト云フ)ノ教育ヲ振興セシムル刺激トナリ実力トナラシムルタメニシテ、実業教育ヲ施スハ、第一、彼等自身ニ正業ニ従事スル能力ヲ授ケ、第二、在外朝鮮人ノ産業ニ振興セシメンタメナリ。

上述ノ事業ノ試トシテ、先ヅ五百人ヲ収容スルタメノ経費ヲ概算スレバ左ノ如シ。

一、土地購入費（一人耕作分五十圓ト見積リ）　　　　二萬五千圓

二、開墾費（機械購入費共）　　　　　　　　　　　　　二萬圓

三、寄宿舎建設費（一室平均四人トシテ百二十五室、及附属建物）　二萬圓

四、校舎及工場建設費　　　　　　　　　　　　　　　　二萬圓

五、五百人最初一箇年生活費　　　　　　　　　　　　一萬圓

六、公共費及諸雑費　　　　　　　　　　　　　　　　五千圓

合計　　　　　　　　　　　　　　　　　　　　　金十萬圓也

一旦カカル設備整ヘバ、翌年ヨリノ該土地ノ収入ニテ維持スルヲ得ベシ。

二、 在外朝鮮人教育善導ニ関スル件

理由

朝鮮人ノ國外ニ住スルモノ二百萬ト號ス。ソノ中最密集的ニ住居スル[ハ、]露領沿海州及滿州地方ナリ。殊ニ此間島及西間島ト通称サル地方ハ殆ンド朝鮮内地ト異ラズシテ、住民百萬と號セリ。然ルニ彼等ニハ政治ナク法律ナク宗教ナク教育モ芸術モナク、殆ンド原始的ノ蠻民ニ退化シツツアリ。シカモカカル人民ハ年ヲ遂ッテ激増シ、毎年移住スルモノ萬ヲ以テ數フ。而シテ彼等ヲ支配スル唯一ノ主権ハ別項ニ述ベタル浮浪ノ青年アルノミ。故ニ彼等百万ノ民ハ日本ノ國防上看過スベカラザル危険ニシテ、又、彼ヲ啓發スルノ朝鮮統治者トシテノ日本ノ等閑ニ附スベカラザル問題ナリ。

教育善導案

之ガ教育善導策ハ学校ノ設立、講習所及巡回講習ノ施設、又、廉価ノ出版物ヲ發行スルニアリ。

一、適宜ノ所ニ寄宿舎ヲ有スル小学校ヲ立ツベシ。

二、講習所ヲ設ケ、産業ニ関スル知識ヲ與フベシ。

三、講演ニヨリテ、衛生其ノ他、必要ト認ムル思想ヲ鼓吹スベシ。

四、廉価ニシテ且ソノ目的ノ為ニナサレタル出版物ニヨリテ道徳ト知識ト慰安トヲ與フベシ。

上述ノ事業ハ別項ノ事業経営者ニ委任スレバ、最モ便ナラン。経費ハ因ヨリ一定スベキニアラズ。但シ以テ試験的ノ漸進ナルガ好シトス。

　　適任者ノ資格

カカル事業ニハ適任者ヲ得ルコトガ必要条件ナリ。ソノ適任者ハ左記ノ資格ヲ有スルヲ要ス。

一、朝鮮人間、殊ニ朝鮮青年間ニ名望アル者ナルコト。

二、朝鮮人ニヨリテ親日派ナリト目セラレザルコト。

三、教育ニ関スル識見ヲ有シ、事務的手腕アルコト。

四、ヨシヤ日鮮同化ヲ唱ヘザルモ急進的思想ナク、朝鮮人ニ教育ト産業トヲ授クルヲ唯一ノ朝鮮人救済策ナリト信ズル者。

五、偽ラズ、意志強固ニシテ、主義ヲ曲下ザルモノ。

斯クノ如キ人物ナラバ、信任シテ可ナルベシ。コレハ日鮮同和ヲ唱ヘザルモ在外朝鮮人ノ妄動ヲ牽制シ、彼等ニ知識ト富ヲ與ヘテ生活ノ安定ヲ得シメン効力ヲ得ベケレバナリ。

　　実行ニ就イテノ注意

上述ノ事業ヲナスニハ極メテ秘密ヲ守ルヲヨシトス。

연 보

(1919-1921)

1919년(28세) 1월 10일 베이징을 떠나 토쿄로 돌아옴. 조선청년독립단의
이름으로 「2·8독립선언서」를 기초하고 영역하는 한편, 이를 해외
에 알리는 책임을 맡고 1월 31일 코베항을 떠나 상하이로 망명.

2월 2일 상하이에 도착하여 신한청년당의 특파로 일본으로 향
하던 장덕수와 만남. 2월 8일 동경유학생 600여 명이 조선기독교
청년회관에 모여 독립선언서 발표. 장덕수를 배웅 나온 조동호의
권유로 신한청년당원들과 함께 프랑스조계 하비로霞飛路에 사무
실을 차리고 해외 선전 작업에 착수.

3월 1일 민족대표 33인이 태화관에서 독립선언서 낭독. 3월 20
일『창조』2호에 동인으로 이름이 오름. 4월 11일 손정도와 함께
각지방 대표회를 열 것을 제의하고 임시의정원 개설에 참여. 5월
25일 안창호가 상하이에 도착. 7월 임시정부 산하 임시사료편찬
회의 주임으로 실무 책임을 맡음. 8월『독립신문』사장 겸 주필에
취임. 8월 21일『독립신문』창간. 창간호에 창간사와 더불어 소설
「피눈물」및 논설「개조」연재 시작. 9월『한일관계사료집』간행.
신한청년당 기관지『신한청년』의 주필을 맡음. 12월 1일『신한청
년』창간호 간행. 창간호에 논설「한족의 장래」외에「팔 찍힌 소
녀」,「경성 급 의주 공동묘지에서 밤에 원혼 만세와 곡소리가 들
리다」,「만세」등 세 편의 시를 수록함. 12월 안창호를 보좌하여
독립운동방략을 기초함.

1920년(29세) 1월 10일부터『독립신문』에 역술「아라사혁명기」연재 시
작. 1월 29일 흥사단 입단 문답식을 마침. 2월『신한청년』2호 간

행. 3월『신한청년』중문판 창간호 간행. 중문판 창간호에 논설
「중국의 중흥은 일본을 꺾는 날부터(中國之中興必自挫日而始)」 수록.
3월 6일 토쿄유학생 중심의 학우구락부 제1회 강연에서「볼셰비
즘」이라는 제목으로 강연함.

　　4월부터 5월까지 두 달여간 신병으로 고생함. 4월 4일 니콜라옙
스크사건의 여파로 일본군이 블라디보스톡의 신한촌을 비롯 니콜
크스-우스리스크, 하바롭스크, 스파스코예 등 연해주의 한인사회
를 습격한 '4월 참변' 발발. 4월 26일 흥사단 통상단우 문답을 마치
고 원동 위원부 제1호 단원이 됨.

　　5월『창조』6호부터 원고를 보내기 시작함. 6월 24일『독립신
문』제86호 정간. 10월 2일 훈춘사건을 빌미로 간도에 출병한 일
본군이 각 지역의 한인마을을 습격한 '간도참변' 발발. 11월「너
는 청춘이다」외 두 편의 시와 평론「문사와 수양」을 집필하여
『창조』8호에 보냄. 12월 18일『독립신문』속간. 속간호에 간도참
변을 다룬 시「삼천의 원혼」,「저 바람소리」,「간도 동포의 참상」
과 더불어 논설「간도사변과 독립운동 장래의 방침」 연재 시작.

1921년(30세) 2월 초 전『동아일보』문예부장 진학문이 이광수와 안창호
방문. 2월 16일 허영숙이 상하이에 도착. 2월 18일 허영숙과 함께
안창호에게 귀국할 뜻을 밝힘. 3월 20일경『독립신문』에 실을 마
지막 사설「국민개업」을 남기고 상하이를 떠남. 천진을 경유하여
압록강을 건너 선천 부근에서 체포되었으나 불기소 석방됨. 귀국
직후 아베 미츠이에를 통해 사이토 마코토에게 건의서「재외조선
인에 대한 긴급책에 대하여 다음의 두 건을 건의함(在外朝鮮人ニ對
スル緊急ノ策トシテ左ノ二件ヲ建議ス)」을 전달함.

이광수의 상하이시절 문장에 대하여

최주한

망명의 시공간에 유폐된 문장들

이광수가 조선청년독립단 위원의 일원으로 2·8독립선언서를 기초하고 토쿄를 떠나 상하이로 향한 것은 1919년 1월 30일, 이후 1921년 3월 말 귀국하기까지 2년여 간에 걸친 망명지 상하이에서의 문필활동은 이광수의 생애에서 가장 치열했고 또 투명한 성격의 것이었다고 할 만하다. 무엇보다 상하이 임시정부를 중심으로 한 독립운동의 조직과 활동에 실천적으로 관여하며 집필에 몰두했고, 검열의 시선 또한 전혀 의식하지 않고 쓸 수 있는 시기였기 때문이다. 독립운동의 전망이 비교적 또렷했고 또 검열의 시선에서 자유로웠기에 비로소 분명하게 모습을 드러낼 수 있었던 번뜩이는 사유들. 그러나 이 시기 이광수의 문장들은 당대는 물론 한 세기가 지난 오늘에 이르기까지도 여전히 망명의 시공간에 유폐된 채 제대로 주목받지 못했다.

다행히 당대 자료의 발굴과 복원에 힘써온 사학계의 업적을 바탕으로 최근 필명과 무기명 속에 파묻힌 글의 주인을 찾는 작업도 얼마간 진척이 이루어졌다. 학계의 성과와 연구에 힘입어 상하이시절 이광수의 사유와 마주하는 데 필요한 기초적인 토대가 마련된 셈이다. 이 시기 이광수의 사유들은 일차적으로 3·1운동 전후의 상하이 망명지라는 특정한 시공간의 산물이지만, 상하이시절 전후 이광수의 사상에 보이는 연속과 단절을 가늠할 수 있게 해주는 유력한 지표이기도 하다. 이에 이 글에서는 그 연속과 단절을 가로지르는 네 개의 키워드 ─ 3·1운동, 동화불가론, 사회주의, 준비론 ─ 를 중심으로 이 시기 이광수의 문장을 개괄하고자 한다.

3·1운동

3·1운동에 대한 이광수의 인식은 부정적 평가가 지배적이다. 주지하다시피 귀국 후 발표한 「민족개조론」(1922.11 집필)이 그 주된 근거가 되어 왔다. 발표 당시에도 변절, 배신의 낙인과 더불어 사회적 비난의 표적이 되었던 「민족개조론」은 최근까지도 독립에 대한 기대가 좌절된 시점에서 발표된 징후적인 글로 독해되면서 3·1운동에 대한 저평가와 민족적 회의가 집대성된 판본으로 자리매김되고 있다. 그러나 「민족개조론」이 '우연의 변천'과 '목적의 변천'의 차이야말로 비문명과 문명을 가르는 척도라는 전제에서 출발하고 있는 것은 어디까지나 후자를 추동하기 위한 것이었다는 점을 간과해서는 안 된다. 이광수는 이 글에서 3·1운동 이래의 민족적 변천을 두고 이렇게 적었다. "재작년 삼월 일일 이후로 우리의 정신의 변화는 무섭게 급격하게 되었습니다. 그리고 이러한 변화는 금후에도 한량없이 계속될 것이외다." 이광수에게 3·1운동은 억눌려 있던 민중의 저력을 드러낸 무서운 힘이었고, 이후로도 '한량없이' 지속될 힘이었다. 3·1운동에서 분출된 민중의 저력을 어떻게 결집하고 조직화해낼 수 있을 것인가. 「민족개조론」은 그 나름의 구상과 포부를 천명한 것으로, 사실 이 질문은 상하이시절 내내 이광수가 붙들고 있던 화두 가운데 하나이기도 했다.

『독립신문』 창간호부터 11회에 걸쳐 문예란에 연재된 소설 「피눈물」

(1919.8.21.-9.27)은 3·1운동에서 분출된 민중의 저력을 '팔 찍힌 소녀'의 형상에 담아낸 작품이다. '其月'이라는 낯선 필명으로 발표되었지만, 창간 당시 "춘원은 주로 논설과 문예작품들을 쓰고 나는 잡보란과 편집을 맡았다"(「새해에 생각나는 사람들-춘원 이광수 선생」, 『신천지』, 1954.1)는 주요한의 회고도 있고, 또 1919년 12월 『신한청년』 창간호에 발표한 세 편의 시 「팔 찍힌 소녀」, 「만세」, 「경성 及 의주 공동묘지에서 밤에 원혼의 만세와 곡소리가 들리다」의 각 모티프가 서사에 그대로 반영되어 있는 만큼 이광수의 작품으로 특정하는 데 어려움이 없다. 3·1운동 당시 일병의 칼에 희생된 여학생의 이야기에서 깊은 인상을 받았던 이광수는 『무정』의 작가다운 통찰로써 소녀의 이야기를 3·1운동의 기억을 온몸으로 증언하는 '시대의 그림'으로 서사화해낼 수 있었다.

　서사는 만세 시위를 주도하고 나선 학생단 대표 윤섭의 활약과 3월 1일 이래 일제의 폭압을 목도하며 민족의식에 눈뜨게 되는 평범한 여학생 정희의 이야기를 교차시키는 구성을 통해 그녀의 민족적 자각과 성장에 방점을 찍는다. 주도면밀하 계획된 만세 시위 당일 곳곳에 나부끼는 태극기로 눈부신 서울의 아침. 이윽고 사방의 민가에서 여기저기 태극기가 날리며 우레와 같은 만세 소리가 들리고 총검으로 무장한 일병의 진격이 시작된다. 일병이 지나는 곳마다 흰옷 입은 남녀노소가 피를 흘리며 쓰러지는 가운데 일병의 칼에 왼 팔이 찍혀 무섭게 피를 흘리면서 부르짖는 한 여학생이 있다. "총과 칼이 우리 육체는 죽일지언정 정신은 못 죽이리라. 우리는 죽거든 귀신으로 대한독립의 만세를 부르리라." 폭력에 맞선 그녀의 부르짖음이 만세 시위에 촉발되어 민족의식에 눈뜬 민중의 목소리를 대변한다면, 폭력이 각인된 그녀의 신체는 민족의식에 눈뜬 민중의 저력을 가시화한다. "이날 밤에 공동묘지에서 만세 소리가 나다"로 끝나는 마지막 문장은 그녀의 숭고한 희생에 대한 애도이자 그 서사적 추인이다.

이광수에게 3월 1일의 만세 일성은 "우리 민족의 절대독립과 자유를 요구하는 의사의 표시"인 동시에 "우리 민족의 민족적 부활과 민족적 실력을 자각하는 법열의 발로"(「개조」)였다. 그것은 만세의 규호로써 세계의 양심에 호소하여 일어난 세계역사에 유례없는 독창적 운동이자 한족의 정신적 문화의 수준과 더불어 한족의 애국심과 용기를 세계에 과시한 사건이었고, 더 중요하게는 우리의 민족적 실력과 용기를 깨닫고 "독립이 아니고는 민족적 생존을 보전치 못하리라는 자각"에 눈뜨는 계기가 되어준 사건이었다.(「한족의 장래」) 그러나 3·1운동은 민족적 부활의 첫걸음일 뿐, 한족의 장래는 끝끝내 분투하여 독립을 완성하고 나아가 독립국가의 자유를 향유할 만한 민족적 실력을 갖추는 데 달려 있다는 것이 3·1 이후를 전망하는 이광수의 판단이었다. "이것이(3·1운동 — 인용자) 우리의 국민 부활의 제일성이외다. 그러나 우리에게 이 국민적 생존을 보전할 실력이 있습니까. 즉 끝끝내 분투하여서 독립을 완성하고 그러한 후에는 그 독립한 국가로 하여금 훌륭한 국가가 되게 할 그러한 실력이 있습니까."(『신한청년』 창간사) 소설 「피눈물」과 나란히 『독립신문』 창간호부터 '長白山人'이라는 필명으로 연재된 장문의 논설 「개조」는 이러한 문제의식에서 출발한 글이다. 민족의 개조와 실력의 준비, 이 두 가지 과제야말로 3·1운동에서 눈뜬 민족적 자각과 실력을 집약하고 조직화해내는 최선의 방법이자 독립의 완성과 독립 이후의 국가건설에 근본적인 토대가 된다는 것이 그 요점이다. 귀국 후 발표한 「민족개조론」은 이러한 논지를 합법적 버전으로 풀어낸 데 지나지 않는다.

동화불가론

3·1운동으로 분출된 민심은 1919년 9월 2일 신임 총독 사이토 마코토에

대한 저격사건으로 다시 한 번 들끓었다. 이와 관련하여 이광수는 사설 「폭발탄 사건에 대하야」(1919.9.16)에서 3·1운동의 비폭력 노선에 따라 암살, 파괴, 폭동과 같은 폭력은 자제해야 한다는 입장을 표명하면서도, "금차의 총독정치 개선은 전의 무엇보다도 한족을 분격케 하였나니 대개 한족이 일치로 표시한 의사를 전연히 무시한" 까닭이라고 논평함으로써 문화정치를 내건 총독정치의 개량으로 독립과 자유의 요구를 묵살당한 데 대한 분격한 민심을 분명하게 대변했다. 주지하다시피 총독무관제 및 헌병경찰제도의 폐지와 더불어 언론, 집회, 출판에서 교육, 산업, 교통, 위생, 사회구제에 이르기까지 내선 무차별의 관계개혁을 표방한 사이토의 문화정치는 일본과 동일한 관계 개혁을 통해 조선을 일본에 동화시킴으로써 조선에 대한 안정적이고 영구적인 지배를 꾀한 것이었다. 문화정치를 표방했다고는 하나 조선에 대한 영구 지배를 목적으로 한 이러한 통치방침이 독립의 요구와 상충하는 것은 당연했다. 「한일 양족의 합하지 못할 이유」(1919.9.4.-13), 「일본국민에게 고하노라」(1919.9.18.-20), 「倭奴와 우리」(1919.10.28.), 「일본의 五偶像」(1919.11.11), 「일본인에게」(1919.11.15.-20), 「일본의 現勢」(1920.3.11.-4.1) 등 독립의 정당성과 필연성을 역설한 일련의 논설이 동화불가론을 전제하고 있는 것은 바로 이런 이유에서이다.

사설 「한일 양족의 합하지 못할 이유」는 제목 그대로 동화불가론의 논증에 바쳐져 있는 글이다. 이 글에서 이광수가 동화불가론의 근거로 들고 있는 것은 크게 세 가지이다. 공통한 역사와 언어의 부재, 그리고 강렬한 민족의식이 그것이다. 일본은 한일 양족의 동문동종을 강조하고 고대로부터 한일관계가 밀접함을 운운하며 동화정책을 자신하지만, 한족은 4천3백여 년의 독립한 국민으로서의 기록이 있고 특수한 언어와 습관을 가졌으며 강렬한 민족의식을 가지고 있는 민족이다. 따라서 조선의 역사와 언어를 멸하고 동화를 역설할수록 동화는커녕 일본은 이민족, 원수라는 관념이 더욱 강해질 뿐이니, 일본이 조선을 동화할 수 있다는 믿음은 미신에 불과하다는 주장이다. 「일본의 五偶像」과 「일본인에게」 역시 동화론 비판의 연장선상에서 한국문제에 대한 일본의 맹목적 태도를 비판하고 있는 글이다. 여기서 다섯 가지 우상이란 일본족은 우등하고 한족은 열등하며, 따라서 한족은 동화시키거나 권력으로 제압하는 것이 가능하고, 한국의 합병은 일본 존립의 필요조건이라는 믿음을 가리킨다. 이광수는 이 다섯 가지 우상에 대하여 한족은 유구한 역사를 가진 민족으로 애국심과 문화적 창조력 면에서 일본과 차이가 없고, 이미 독립의 일치한 의사와 견고한 결심을 가진 한족을 강압하고 통치하기에 일본은 너무 약하며, 한국의 영유는 일본 존립의 필요조건이기는커녕 방해가 되고 위협이 됨을 들어 조목조목 반박하며 한국의 독립이 일본의 원대한 장래에 유익이 됨을 역설하고 있다. 또 「일본국민에게 고하노라」, 「왜노와 우리」는 독립의 의사를 무시한 일본의 고압적 태도가 불러올 조선 민중의 폭력에 의한 저항의 가능성을 경고하는 쪽에 좀더 무게를 싣고 있는데, 독립의 정당성과 필연성을 전제한 주장이라는 점에서 동화불가론의 연속선상에 놓인다.

한편 「일본의 현세」는 일본의 동화정책에 대한 비판을 넘어서 일본 국가의 존립 가능성 자체를 문제삼고 있는 글이다. 이광수는 시사단평 「독립의 자격」(1920.2.7)에서도 동화정책의 성공을 자신하는 일본의 식민정책학자 니토베 이나조新渡戸稲造의 호언을 겨냥하여 한족에게 독립의 실력이 있는지 없는지는 두고 볼 일이거니와, 일본 자신의 통치나 걱정하라고 쓴 소리를 남긴 바 있다. 일본 국내외 형세로 눈을 돌리면 동화정책의 성패 여부는 차치하고 일본 국가의 존립 가능성 자체가 위태롭다는 판단에서였다. 안으로는 민심과 괴리된 국가체제에 대한 일반 인민의 불만과 민주주의 사회주의의 신복음의 영향에 힘입은 혁명의 가능성이, 밖으로는 제국주의 정책으로 조선, 중국, 러시아 등의 이웃나라는 물론 미국, 호주 등 태평양 국가들과의 충돌이 불가피한 것이 일본의 현실이었다. 제국주의 일본에 맞서는 이들 국내외의 세력은 조선의 연대 세력이 되어 줄 수 있었으니, 일본의 동화정책 운운은 한가한 소리라는 담대한 일갈이었다.

요컨대 문화정치의 근간을 이루는 동화정책은 조선 민중의 민족적 자각과 의지로 보나 일본을 둘러싼 국내외 형세로 보나 가능성이 희박한 공상에 불과하다는 것, 이 무렵 이광수는 그렇게 확신했고 자신도 있었다. 귀국 후 「예술과 인생 ─ 신세계와 조선민족의 사명」(1921.12 집필)에서 민중예술론을 제창한 이래 '민중'과 '전통'에 기반한 유무형의 문화적 자산에 대한 탐구를 바탕으로 본격적인 민족문학의 구축에 나선 것은 그 문화적 실천의 일환이었다. 그것은 3·1운동 이후 신문예운동을 주도했던 동인지 문학의 폐쇄적인 미학주의에 맞서 예술의 잠재력을 통해 조선 민중의 문화적 결속을 끌어내기 위한 시도이자, 당대 문화정치의 안착을 목표로 한 총독부의 조선 민족지 구축 작업에 맞서 민족어와 민족적 정체성에 기반한 조선 국민문학의 창출을 지향한 것이기도 했다. 일제 말기 이광수의 내선일체론은 동화불가론의 입장을 정반대로 뒤집은 것이지만, "조선의 역사와 언어를 멸하고 동화를 역설할수록 동화는커녕 일본은 이민족, 원수라는 관념이 더욱 강해질 뿐"임을 웅얼거리는 기저음의 간섭에서 결코 자유로울 수 없었다.

사회주의

1차 세계대전 직후 세계질서는 국제연맹을 주축으로 하는 국제협조주의와 코민테른을 주축으로 하는 국제연대주의라는 두 개의 이질적인 세계주의가 경합하고 있었다. 3·1운동은 국제협조주의를 내건 윌슨의 14개조에 대한 기대에 힘입은 측면이 컸고, 초기 임시정부의 독립운동 방침 또한 국제협조주의에 기대를 걸고 외교와 선전에 무게를 두었던 것이 사실이다. 그러나 파리강화회의에서의 실패에 이어 국제연맹의 전망마저 불투명해지면서 1919년 후반 상하이의 사상계를 지배하기 시작한 것은 러시아혁명을 시작으로 전후 세계질서의 지각변동을 일으키고 있던 사회주의에 대한 관심이었다. 『독립신문』의 주필이자 신한청년당의 기관지 『신한청년』의 주필이었던 이광수 역시 사회주의의 동향에 각별한 관심을 쏟았다. 「한족의 장래」(1919.10.27. 집필)에서 명시적으로 언급했듯 "정치적 혁명은 물론이요 노동자 혁명, 과격파주의의 지배가 일본에 임할 날"이 머지않았으니, 독립운동에 또 하나의 기회가 되어줄 수 있다는 판단에서였다.

1920년 1월 10일부터 11회에 걸쳐 '天才'라는 필명으로 『독립신문』에 연재한 역술 「아라사혁명기」(1920.1.10.-2.26)는 이 무렵 이광수가 사회주의에 걸었던 기대를 좀더 명료하게 보여준다. 「아라사혁명기」는 당시 오사카마이니치신문 기자였던 후세 카츠지布施勝治가 혁명 전후 러시아의 정치 및 사회 변동을 직접 취재하여 집필한 통신 원고를 정리하여 펴낸 『로국혁명기』(1918)를 저본으로 삼아 대폭 편역한 것이다. 후세 카츠지에게 러시아혁명이 제국주의와 자본계급에 맞서 세계적 혁명을 주도하며 제국주의 열강의 하나로 부상하고 있던 일본을 안팎으로 위협하는 경계의 대상이었다면, 이광수에게 그것은 레닌의 민족자결주의가 약속하는 독립의 가능성이자 나아가 구질서를 타파하고 새로운 세계질서의 건설을 약속하는 인류 구원의 복음이었다. 러시아혁명과 더불어 1918년 11월 독일혁명으로 이어진 유럽 혁명의 파고, 유럽과 미국을 비롯하여 극동의 일본에 이르기까지 세계 각국에 잇달아 번지는 거대한 파업과 노동운동의 기세, 그리고 내전에서의 승리를 눈앞에 둔 볼셰비키 정권의 약진은 세계적 사회혁명의 가능성에 힘을 실어주는 것이었으니, 그 여파를 주시하는 제국과 식민지의 시선이 동일할 수 없었던 것이다.

1920년 1월 임시정부의 방침이 독립전쟁론으로 선회하면서 조선의 독립전쟁을 지지할 세계적 혁명 세력과의 연대는 당위적이며 실천적인 과제가 된다. 이러한 임시정부의 방침에 호응하여 이광수는 세계정세의 변동을 주시하며 독립전쟁에 유리한 기회와 형세를 탐색하고 일본에 맞설 각 세력의 연대를 호소하는 글을 집중적으로 써냈다. 「세계적 사명을 受한 我族의 전도는 광명이니라」(1920.2.12), 「독립군 승첩」(1920.2.17), 「일본의 現勢」(1920.3.11.-4.1), 「미일전쟁」(1920.3.20), 「세계대전이 오리라」(1920.3.23), 「독립전쟁의 시기」(1920.4.1), 「한중제휴의 要」(1920.4.17), 「중국의 중흥은 일본을 꺾는 날부터」(1920.3), 「해삼위사건」(1920.4.20) 등이 바로 이 무렵에 쓴 글들이다. 특기할만하게도 1920년 3월 『신한청년』 중문판 창간호에 실린 「중국의 중흥은 일본을 꺾는 날부터」는 중국 장쑤성江蘇省 우시無錫에서 간행된 시사 잡지 『국치』(國恥編譯社, 1920.10) 창간호에 '한인 이광수'라는 필자명과 더불어 재수록되어 있다. 구체적인 경위에 대해서는 알려져 있지 않지만, 당시 한중 지식인 간의 실질적 교류를 엿볼 수 있게 한다.

그러나 불과 반년 뒤 이광수가 임시정부의 독립전쟁 방침을 지지하며 사회주의 혁명에 걸었던 기대는 1920년 8월 독립군 토벌에 나선 일본군의 간도출병을 계기로 물거품이 되고 만다. 봉오동·청산리전투의 빛나는 성과도 잠시, 연해주의 4월 참변에 이어 10월의 간도참변으로 만주 독립군의 근거지마저 초토화되면서 1920년을 전쟁의 해로 선포했던 임시정부의 독립전쟁의 구상 자체가 좌초되고 말았기 때문이다. 12월 18일자 『독립신문』 속간호 78호부터 6회에 걸쳐 연재한 논설 「간도참변과 독립운동 장래의 방침」은 간도참변에 제대로 대응할 수 없는 현실의 원인을 실력의 부재에서 찾고, 납세와 병역의 의무를 지는 '국민의 모집'을 통해 실질적인 독립운동의 역량을 갖추자는 취지의 대독립당 건설을 제안한 글이다. 독립전쟁에 유리한 기회와 형세를 짓는 일에서 눈을 돌려 금전과 군사의 획득, 산업과 교육을 근간으로 한 민력의 함양 등 보다 장기적인 안목의 준비가 긴요함을 역설하고 있는 것인데, 상하이시절 이광수의 사상적 편력에서 보자면 이른바 준비론으로의 회귀에 가깝다.

요컨대 독립전쟁의 전망이 불투명해졌을 때 이광수가 기댄 것은 사회주의 혁명의 준비가 아니라 대독립당의 건설이라는 거족적인 독립운동의 준비였다. 레닌의 볼셰비즘은 윌슨의 민족자결주의가 그랬듯 독립에 유리한 기회와 형세를 제공하는 외적 여건의 하나였을 뿐, 이광수가 사회주의 혁명 자체를 지지한 것은 아니었던 셈이다. 상하이시절의 이광수에게 사회주의는 민족주의와 대립하지 않았지만, 그것은 어디까지나 독립이라는 민족적 과제를 공유하고 있었다는 점에서 그러했다. 이광수가 사회주의에 대하여 포용적 입장을 거두게 되는 것은 1931년 5월 신간회 해소를 전후하여 민족주의와 사회주의가 치열한 경합관계에 놓이면서부터다.

준비론

상하이시절 이광수의 사상적 편력은 준비론에서 시작하여 준비론으로 끝난다고 해도 과언이 아니다. 『독립신문』 창간호부터 연재 집필한 논설 「개조」가 그 시작점이라면, 귀국을 앞두고 쓴 마지막 장문의 논설 「간도참변과 독립운동 장래의 방침」은 그 종착점에 해당한다. 이광수가 윌슨의 민족자결주의와 국제연맹을 지지하며 외교와 선전에 힘썼고, 또 레닌의 볼셰비즘을 지지하며 독립전쟁에 유리한 기회와 형세를 탐색하기도 했던 것은 앞서 보아온 대로이다. 그러나 이러한 외적 요건이 독립의 기회가 되어줄 수 있을지언정 독립을 가져다주지는 못하며, 실력의 준비 없이 독립은 요원할 수밖에 없다는 사실 또한 이광수는 잘 알고 있었다.

실제로 『독립신문』 창간호부터 기획 연재한 논설 「개조」(1919.8.21.-10.28)
가운데 절반 가까이 지면을 차지하는 것은 '十年生聚十年敎訓'이라는 소제
목 아래 역설되고 있는 이른바 준비론이다. "대저 무슨 사업의 성공은 그 사
업에 필요한 실력의 준비가 있어야 하나니, 하물며 광복사업이리오. 건국사
업이리오." 언론으로 다투든 무력으로 싸우든 "일본으로 하여금 대한의 국
토를 토하지 아니치 못하게 할 실력"과 "세계 열방으로 하여금 대한의 독립
을 승인케 할 실력"을 갖출 때라야 비로소 독립도 가능하고, 명실상부한 독
립 국가의 영위도 가능하다는 것이 이 무렵 이광수의 기본적인 신념이었던
것이다. 그러면 그 실력이란 무엇인가. 인재와 금전이 바로 그것이다. 이광
수는 인재와 금전의 축적이야말로 "장래의 독립과 자유와 행복과 번영의
절대요건"이 된다고 보았다. 인재양성과 산업진흥을 '二大國是'로서 제안하
고 있는 것도 그런 이유에서다.

사실 이광수에게 준비론은 일찍이 대륙방랑시절 이래의 오랜 신념이었
다. 대륙방랑시절 이광수는 상하이에서 연해주, 북만주, 시베리아에 걸친 대
륙방랑의 경험을 통해 제 힘으로 제 나라를 경영해갈 실력을 갖추지 않고는
당장 독립을 하더라도 이를 유지하는 것 자체가 불가능하다는 사실을 절감
한 바 있고, 이러한 자각하에 『권업신문』 및 『대한인정교보』 등의 지면에
「독립 준비하시오」(1914.3.1.-3.22), 「농촌계발의견」(1914.3.1), 「재외동포의
현상을 논하여 동포교육의 긴급함을」(1914.6.1) 등 실력의 준비를 주장하는
논설을 여러 편 쓰기도 했다. 이번의 독립운동과 관련해서도 이광수는 속히
성공한다 해도 만반의 신건설에는 실력이 필요하고, 불행히 실패한다 하면
재기의 실력이 필요함을 내다보고 있었다. 논설 「개조」가 준비론의 기조를
명료히 표명하고 있는 것은 지극히 당연한 일이었던 셈이다.

한편 논설 「개조」는 준비론의 전제로서 민족의 개조라는 근본적인 자기
변혁을 내걸고 있기도 하다. "망국하던 민족이 흥국하는 민족이 되려 하니

개조되어야 하겠고, 열약하던 민족이 우등한 민족이 되려 하니 개조되어야 하겠고, 貧하던 민족이 富하게 愚하던 민족이 智하게 賤하던 민족이 貴하게 되려 하니 개조되어야 하겠소" 이광수는 조선 민족이 열약하고 빈천하게 된 이유가 오랜 세월 '유교의 횡포'와 '일본족의 횡포'로 인해 과거의 영예로운 역사를 잊고 고결용장한 국민성을 잃어버린 데 있다고 보았다.(『독립신문』 창간사) 3·1운동과 더불어 민족의식에 눈떴다고는 해도 끝까지 분투하여 독립을 완성하고 독립된 국가를 경영해 나갈 자격과 능력을 갖추려면 위축된 민족적 자질을 복구하는 것이 급선무라고 판단했던 것이다. 이광수가 신국민의 신생활을 번적하게 경영할 수 있는 자격과 능력을 갖추는 데 요구되는 자질로서 제시하고 있는 것은 참됨, 믿음, 준비, 원려, 단합의 다섯 가지이다. 무실역행과 단결훈련을 중시했던 도산 안창호의 흥사단 이념과도 맞닿아 있어 그 영향을 짐작케 한다.

임시정부가 1920년을 전쟁의 해로 선포하면서 이광수 역시 독립전쟁론을 지지하며 독립전쟁에 유리한 기회와 형세를 탐색하는 데 집중한 것은 앞서 언급한 대로이다. 그러나 독립전쟁의 방침이 임시정부의 공식 입장이었다고는 해도 이광수의 입장은 즉각적인 전쟁론이기보다 전쟁준비론에 가까웠다. "우리 정부의 방침이 이미 전쟁으로 확정하였은즉 우리는 각각 일령지하에 총동원을 행할 준비가 있어야 할 것이외다. 그 준비란 무엇이오 안 총판의 말을 빌건대 저마다 돈을 내고 저마다 군인이 되고 전국민이 정부의 명령하로 집중함이외다."(「전쟁의 年」) 이광수는 군사, 외교, 교육, 사법, 재정, 통일의 6대 강령과 더불어 준비의 긴요함을 강조한 도산의 전쟁준비론에 힘을 싣는 한편, 사설 「본국 동포여」(1920.1.31), 「독립운동과 재정」(1920.2.7), 「국민개병」(1920.2.14.), 「三氣論(義氣·根氣·勇氣)」(1920.3.13) 등을 통해 전면전을 위한 물질적 준비와 정신적 각오를 독려하기도 했다. 독립전쟁에 유리한 기회와 형세에 대한 탐색이 외적 여건의 준비를 위한 것이었다면,

물질적 준비와 정신적 각오에 대한 독려는 내적 역량의 준비에 해당하는 것이었다고 해도 좋을 것이다.

그러나 각지 독립운동 세력의 다대한 관심을 모았던 임시정부의 독립전쟁 방침은 독립전쟁의 시기와 방법을 둘러싼 이견으로 좀처럼 통일을 보지 못했다. 특히 아령과 서북간도에 난립한 단체들 간의 길항과 반목, 즉각적인 혈전을 주장하는 세력들의 발호는 임시정부를 중심으로 대통일적인 독립전쟁을 준비한다는 방침과 충돌했다. 이광수는 「차제를 당하야 재외동포에게 경고하노라」(1920.3.11), 「대한인아, 대한의 독립은 전민족의 일심단결과 필사적 노력을 요구한다」(1920.3.25), 「독립전쟁의 시기」(1920.4.1), 「아령동포에게」(1920.4.3) 등의 사설을 통해 각 독립운동 단체들의 난립과 내분을 경고하는 한편, 혈전의 개시는 '준비의 완성할 날'임을 거듭 표명하며 임시정부를 중심으로 통일된 행동에 나설 것을 촉구하고 나섰다. 그러나 당시 임시정부는 각지의 독립군 단체에 재정을 지원하거나 군사전략에서 지도력을 발휘할 만한 역량이 없었고, 해당 지역 조선인 사회를 장악하지 못했기 때문에 통합에 어려움을 겪었다. 결국 이해 6월과 10월 군사력의 통일을 보지 못한 상태에서 봉오동과 청산리에서 치른 두 차례의 전투는 빛나는 성과에도 불구하고 무장력에서 치명적인 타격을 받게 되어 임시정부의 독립전쟁 구상의 좌절을 초래하게 된다.

앞서 보아온 대로 향후 독립운동의 방침으로 대독립당의 건설을 제안한 논설 「간도참변과 독립운동 장래의 방침」은 간도참변 이후 독립전쟁의 전망이 불투명해진 시점에서 이광수가 내놓은 보다 장기적인 안목의 준비론이었다. 이후 이광수는 '滬上一人'과 '天才'라는 필명으로 「우리 청년의 갈아둔 利한 칼을 어디서부터 시험하여 볼까」(1921.3.19)와 「국민개업」(1921.4.2) 두 편의 기고문을 더 썼다. 내부의 온갖 악습이 우리를 망하게 했고 앞으로 망하게 할 자이므로 우선 우리 자신의 병근을 다스리는 것이 우선임을 주장하는 한편, 각 개인이 각자의 위치에서 자신의 업에 힘쓰는 것이야말로 독립운동의 성공 요건임을 역설하고 있는 글이다. 모두 동일한 관점에서 쓰인 글로서 「민족개조론」의 논조를 예고하고 있다고 해도 지나치지 않다.

귀국

마지막으로 이광수가 귀국을 결단하기까지의 과정을 간단히 언급해두고자 한다. 이광수의 귀국 사실이 세간에 알려진 것은 1921년 4월 3일 『조선일보』 사회면에 실린 한 편의 기사를 통해서였다. 기사는 신의주에서 붙들린 이광수가 귀순 의사를 밝히며 귀순증을 내놓은 사실을 적시하고, 그것이 모처의 부탁으로 '무거운 사명'을 가지고 상하이로 건너가 이광수를 만나고 온 허영숙의 일과 관련이 있으리라는 의혹을 제기했다. 안창호의 일기에 따르면, 허영숙이 상하이에 도착한 것은 2월 16일, 이광수가 허영숙과 함께 귀국할 뜻을 밝힌 것은 2월 18일이다. 그리고 귀국의 결심을 굳힌 이광수가 허영숙을 먼저 돌려보낸 다음 상하이를 떠난 것이 3월 20일을 전후한 무렵의 일이니, 기사가 제기한 의혹이 전혀 근거가 없지는 않았다.

그러나 이광수가 귀국을 고민하기 시작한 것은 1920년 5월을 전후한 무렵으로 훌쩍 거슬러 올라간다. 독립전쟁의 시기와 방법을 둘러싸고 임시정부 안팎으로 논란이 한창이던 이 무렵 『독립신문』은 주3회 발행이던 신문을 주2회로 줄이게 되는 등 재정난으로 힘겨운 시기를 지나고 있었다. 게다가 주필이었던 이광수마저 그동안 쌓인 격무와 열악한 환경 탓으로 건강을 잃고 4월과 5월 두 달여간 휴무에 접어들면서 『독립신문』은 급속히 동력을 잃어가고 있었다. 이 무렵 이광수가 허영숙에게 보낸 5월 6일자 편지에는 이런 구절도 보인다. "사업에 실패가 오고 동지들에 대한 실망이 올 때에 나는 분명히 일어나 본국으로 들어가서 몇 3년 징역을 치르고라도 본국에 있는 동포들 앞에 나서고 싶습니다."(「석 장 편지는 연하여 받고」) 설상가상으로 6월 24일자 『독립신문』 제86호의 발행 직후 프랑스 조계에 항의한 일본의 조처로 신문사마저 봉쇄되기에 이르면서 이광수는 『독립신문』에서 손을 뗄 결심을 굳히게 된다. "신문 하던 것은 사정도 못 할 듯하거니와, 할 수 있게 되더라도 남에게 맡기고 말랍니다."(「편지를 써놓고는 안 부치고」)

　신병으로 인한 휴무와 신문사의 봉쇄 기간 동안 이광수가 관심을 기울인 것은 이른바 문화정치의 개시와 더불어 본국에서 대두하고 있던 문화운동의 열기였다. 사설 「독립운동의 문화적 가치」(1920.4.22)에서는 "이런 운동이 직접으로 정치적 색채를 띤 것은 아니지마는 그것이 민중의 자각에 기인하고 민족적인 문화운동이라는 견지로 보면 독립운동과 밀접한 관계가 있다"고 하여 문화운동에 대해 호의적인 평가를 내놓기도 했다. "정치적 운동은 민중의 자각이라는 것과 竝進치 아니치 못할 것"이라는 이유에서였다. 이광수가 동인지 『창조』의 지면에 꾸준히 글을 써서 보낸 것도 바로 이 기간이다. 1920년 5월 『창조』 6호에 발표한 시 「밋븜」을 시작으로 7호에 시 「강남의 봄」, 수필 「H군에게」, 8호에 시 「너는 청춘이다」, 「기운을 내어라」, 「평범」 및 논설 「문사와 수양」 등이 그것이다. 적막하고도 곤한 이국의 봄을 읊은 서정시 「강남의 봄」을 제외하고는 하나같이 문화운동의 선봉으로서 신문학 건설을 책임져야 할 청년문사들을 향해 선배 문사로서 질책과 격려, 제안을 건네는 내용을 담고 있다. 특히 문예는 '민족의 정신'을 계발하는 가장 큰 힘이며, 신문예운동에 뛰어든 청년문사야말로 신문화 건설의 중추가 되는 만큼 민중의 인도자라는 자각을 가지고 건전한 인격의 수양에 힘써야 함을 당부하고 있는 논설 「문사와 수양」(1920.11.11. 집필)은 신문예운동과 관련하여 문화운동에 대한 본격적인 관심을 드러낸 글로서, 이 무렵 이광수가 점차 국내에서의 문화운동에 마음이 기울고 있었음을 보여준다.

신문사의 봉쇄가 해제되어 『독립신문』이 속간된 것은 12월 18일, 이광수는 신문사에서 손을 떼기로 결심한 지 오래였지만 간도참변의 소식을 접한 이상 가만히 있을 수 없었다. 속간호를 간도참변 특집으로 꾸미고 「삼천의 원혼」, 「저 바람소리」, 「간도 동포의 참상」 등 세 편의 시를 싣고, 사설란에 향후 독립운동의 방침을 논한 논설 「간도참변과 독립운동 장래의 방침」를 연재하기 시작했다. 이광수가 주필로서 사설란에 쓴 마지막 논설이었다.

　논설의 연재를 마친 직후인 2월 중순 허영숙이 상하이에 온 것을 계기로 이광수는 마침내 귀국의 결심을 굳히게 된다. 귀국을 결단한 이광수의 눈앞에는 결혼이 가져다 줄 생활의 안정과 문화운동에 기반한 국내에서의 활동 무대가 펼쳐져 있었다. 허영숙과 결혼식을 올린 것은 5월, 이광수가 귀국을 결심하며 마음에 품었던 준비론적 문화운동의 구상은 「민족개조론」(1921.11 집필)과 「예술과 인생 ― 신세계와 조선민족의 사명」(1921.12 집필)을 통해 구체적인 윤곽을 드러내기 시작한다.